海外汉学研究新视野丛书

张宏生 主编

[美] 柯睿 著

舞马与驯鸢

柯睿自选集

南京大学出版社

《海外汉学研究新视野丛书》序

例言

自序

道教诗歌与追求神灵

放逐边海，寄身蛮荒：江淹在闽南

赋在唐代诗歌史上的地位

初唐贤妃徐惠的生平与著述

驯鸢与穷鱼：卢照邻赋中的冲突与申辩

唐代的舞马

张九龄与荔枝

李白与陀罗尼幢

盛唐时期的"词汇风景"与"文本山岳"

《河岳英灵集》与盛唐诗歌的特征

九世纪中叶诗歌的怀旧与历史——郑嵎的《津阳门诗》

有无之间

编后记

004

008

014

018

048

078

092

122

152

184

204

244

288

326

408

428

《海外汉学研究新视野丛书》序

张宏生

作为对中国文化的研究的一个重要组成部分，海外汉学已经有了数百年的历史。1949年以来，由于特殊的历史原因，海外汉学基本上真的孤悬海外，是一个非常邈远的存在。直到1978年以后，才真正进入中国学术界的视野，而尤以近30年来，关系更为密切。

在这一段时间里，海外汉学家的研究在中国已经得到一定程度的关注，先后有若干套丛书问世，如王元化主编《海外汉学丛书》、刘东主编《海外中国研究丛书》、郑培凯主编《近代海外汉学名著丛刊》等，促进了海内外学术界的交流。不过，这类出版物大多是以专著的形式展示出来的，而本丛书则收辑海外汉学家撰写的具有代表性的单篇论文，及相关的学术性文字，由其本人编纂成集，希望能够转换一个角度，展示海外汉学的特色。

专著当然是一个学者重要的学术代表作，往往能够体现出面对论题的宏观性、系统性思考，但大多只是其学术生涯中某一个特定时期的产物，而具有代表性的论文选集，则就可能体现出不同时期的风貌，为读者了解特定作者的整体学术发展，提供更为全面的信息。

一个学者，在其从事学术研究的不同历史时期，其思想的倾向，关注的重点，采取的方法等，可能是有所变化的。例如，西方的汉学家往往将一些新锐的理论，迅速移植到中国学研究领域，因此，他们跨越不同历史时期写作的论文，不仅是作者学术历程的某种见证，其中也很可能体现着不同历史时期的风貌，或者体现了学术风会的某些变化。即以文学领域的研究而言，从注重文本的细读分析，到进入特定语境来研究文本，进而追求多学科的交叉来思考文本的价值，就带有不同历史时期的痕迹。因此，一个学者不同时期的学术取向，也可以一定程度上看到时代的影子。

海外汉学的不断发展，说明了中国文化所具有的世界性意义。虽然海外汉学界和中国学术界，在研究对象的选择上，或许没有什么不同，但前者的研究，往往体现着特定的时代要求、文化背景、社会因素、学术脉络、观察立场、问题意识、理论建构等，因而使得其思路、角度和方法，以及与此相关所导致的结论上，显示出一定的独特性。当然，在一个全球化的时代，所谓"海外"，无论是地理空间，还是人员构成，都会有新的特点。随着学者彼此的交流越来越多，了解越来越深，也难免出现你中有我，我中有你的现象，不一定必然有截然不同的边界。关键在于学术的含量如何，在这个问题上，应该"无问西东"。《周易》中说："天下同归而殊途，一致而百虑。"既承认殊途，又看到一致，并通过对话，开拓更为多元的视角，启发更为广泛的思考，对于学术的发展来说，是非常重要的，也是非常有意义的。

例言

1. 本书所引用的中文原始文献,皆保留作者的英文翻译。韵文及个别非韵文与英译左右并列,其他英译(如中文原文、书名和术语等)则置于正文引述的中文原文之后;为便于阅读,也有个别情况,将英译置于脚注中。

本书所引用的较长的西文在正文译成中文,其原文则在脚注中附上;较短的(如名词术语、短语句等)则用括号附在正文中译之后。脚注中的西文内容也译成中文,其原文以括号附于其后。

本书所引诗,英译本中以斜体字印出的是多余的音节,不在韵律中有任何作用,也不包含在句数计算中。

2. 由于本书所收论文发表于不同时期,中文的专名(如书名、篇名、地名、人名等)按不同出版物及个人偏好而使用了两种罗马化拼法(Romanization),即汉语拼音与威妥玛拼音(Wade-Giles)标音系统。为避免混淆,并尊重原稿版面形态,本书在引述作者的英译时,所有罗马化拼法一概保留原貌,不予转换。

关于文献版本

一、本书所收柯睿教授的论文

根据以下版本翻译成中文,并已取得相关期刊及出版社批准以中译本形式出版。

1. "Daoist Verse and the Quest of the Divine." In *Early Chinese Religion, Part 2: The Period of Division (220–589 AD)*, ed. John Lagerwey and Lü Pengzhi. Leiden: Brill, 2009, pp. 953–985.

2. "Farther South: Jiang Yan in Darkest Fujian." In *Southern Identity and Southern Estrangement in*

Medieval Chinese Poetry, ed. Ping Wang and Nicholas Morrow Williams. Hong Kong: Hong Kong University Press, 2015, pp. 109–135.

3. "The Significance of the *fu* in the History of T'ang Poetry." *T'ang Studies* 18–19 (2000–01): pp. 87–105.

4. "The Life and Writings of Xu Hui (627–650), Worthy Consort, at the Early Tang Court." *Asia Major* 3rd ser. 22.2 (2009): pp. 35–64.

5. "Tamed Kite and Stranded Fish: Interference and Apology in Lu Chaolin's *fu*." *T'ang Studies* 15–16 (1997–98): pp. 41–77.

6. "The Dancing Horses of T'ang." *T'oung Pao* 67.3–5 (1981): pp. 240–268. 附录：Part IV of "Four Vignettes from the Court of Tang Xuanzong." *T'ang Studies* 25 (2007): pp. 19–26.

7. "Zhang Jiuling and the Lychee." *T'ang Studies* 30 (2012): pp. 9–22.

8. "Dhāraṇī Pillar," chapter 3 of *Dharma Bell and Dhāraṇī Pillar: Li Po's Buddhist Inscriptions*. Kyoto: Scuola Italiana di Studi sull'Asia Orientale, 2001, pp. 39–75.

9. "Lexical Landscapes and Textual Mountains in the High T'ang." *T'oung Pao* 84.1–3 (1998): pp. 62–101.

10. "*Heyue yingling ji* and the Attributes of Tang Verse." In *Reading Medieval Chinese Poetry: Text, Context, and Culture*, ed. Paul W. Kroll, Leiden and Boston: Brill, 2014, pp. 169–201.

11. "Nostalgia and History in Mid-Ninth-Century Verse: Cheng Yü's Poem on 'The Chin-yang Gate'." *T'oung Pao* 89.4–5 (2003): pp. 286–366.

12. "Between Something and Nothing." *JAOS* 127.4 (2007): pp. 403–413.

二、丛书

本书征引的一些传统文献，凡出自丛书者，均只列出丛书名称而不列详细出版资料。例如：《四库全书》《四部丛刊》《丛书集成》《百子全书》《汉魏丛书》等。

三、道经、佛经及敦煌文献

本书所引用的道经文献据明版《正统道藏》，经卷编号用哈佛燕京学社引得编纂处，由翁独健（1906—1986）编纂的《道藏子目引得》（Harvard-Yenching Institute Sinological Index Series, No. 25）所附的序号，用 HY 后加阿拉伯数字表示，如 HY 1010、HY 1026 等，在每篇论文首次引用时加入经卷名称。

佛经文献则根据日本高楠顺次郎（1866—1945）和渡边海旭（1872—1932）组织编纂的《大正新修大藏经》（东京：大正一切经刊行会，1924—1932）的编目序号，以斜体 T 字母后加阿拉伯数字表示，如 T 968.19：页 345a25—29，表示《大正新修大藏经》经卷号第 968 号，收在该书的第 19 册，引文位置在页 345 的上方第 25 至 29 行。在每篇论文首次引用时加入经卷名称。

如有佛道文献出自以上两种书以外者，则在个别脚注中注明版本详情。

敦煌文献按照 S 和 P 序号引述。S 是大英博物馆所藏斯坦因（Aurel Stein, 1862—1943）卷子序号；P 是法国国家图书馆藏伯希和（Paul Eugène Pelliot, 1878—1945）卷子序号。

四、《毛诗》《周易》及常用子书

这类文献的文本根据哈佛燕京学社引得编纂处的 Harvard-Yenching Institute Sinological Index Series, Supplements 所刊的原文。包括：第 9 号《毛诗引得》、第 10 号《周易引得》、第 11 号《春秋经传引得（附标校经文）》、第 16 号《论语引得（附标校经文）》、第 17 号《孟子引得（附标校经文）》等。《老子》则直接用该书的章号。

五、常引期刊简称

以下期刊在本书中较常出现，其名称均作缩写如下：

BEFEO　　Bulletin de l'École Française d'Extrême-Orient
BMFEA　　Bulletin of the Museum of Far Eastern Antiquities

HJAS　*Harvard Journal of Asiatic Studies*
JAOS　*Journal of the American Oriental Society*

六、关于年历

本书所收中译本论文凡涉及年月日处，除原稿提及中国年号及个别篇年号具有重要作用而照原样列出外，所有年历均按照英文原稿中作者提供的西历时间。

自序

四十六年前，我发表了第一篇学术论文。当时，我还只是个研究生，就读于密歇根大学（University of Michigan）。那篇论文题为《关于孟浩然的绝句》。[1]我的学术生涯，一直致力于中古中国的文学、宗教和文化史研究，在时间跨度上涉及汉末建安、南北朝以及用力尤多的唐朝三百年。将近半个世纪过去了，我现在常常觉得我对中古中国的理解不过刚刚开始，它有着那么多引人入胜并且相当复杂的多面性，其传世文本又极具深度和力量。恐怕只能寄希望有来生，在此生研究的基础上继续耕耘，才能更好地掌握和欣赏它们。我虽然已于2019年在71岁时退去大学教职，但只要在我力所能及的情况下，就不会停下对六朝及唐代文学的研究。

　　衡量一个学者的生命不仅要看他的出版物的质量和数量，也要看他培养出来的学生。我很有幸，在科罗拉多大学（University of Colorado）执教的四十年当中，有过很多优秀的学生，他们经过几年的硕士或博士课程训练，在北美和亚洲的大学继续他们出色的职业生涯。本书的构想，出自我最得意的门生之一，也就是现任职于香港浸会大学的陈伟强的美意，他提出由我教过的研究生来翻译我的一些论文并出版。我非常感激他的组织和编辑工作，也在此感谢参与翻译的学生们，抽出宝贵的时间来把我的这些学习心得与中文读者分享。

　　本书收录了我自1976年获得博士学位后发表的八十多篇论文中的一小部分。其中，最早的是1981年发表的《唐代的舞马》，最近的是2015年发表的两篇：一篇是《江淹在闽南》，另一篇有关《河岳英灵集》。其他的都是此间不同时期我所涉猎的部分研究话题，

[1] Paul W. Kroll, "The Quatrains of Meng Hao-jan," *Monumenta Serica* 31 (1974–1975): pp. 344–374.

希望它们能引起中文读者的兴趣。当然,学术难以尽善尽美,因为学无止境。无论我们出版了什么,事后通常会发现有可以增补修改的地方。本书所收的论文也不例外,但每一篇在当时来讲,我也算是倾尽全力了。如果让我现在重写,在处理上会有稍许不同。

西方汉学跟中国的国学有着根本的区别。其中重要的一点:在使用英文(或者法文、德文)书写学术文章时,作者无法要求读者对原文材料有任何熟悉度。因此,由原来的文言文翻译成的英文必然是这些学术著作的一个重要的组成部分。这个传统也成为本书的重要体例之一。如果将这些文章内容全翻译成中文,那些从文言文翻译成英文的原始文献就会出现一个"回译"的奇特景象(我的一些文章就曾以此奇特状态在中文学界出版过),导致了离原始文献更远一层的情况。其实,我们可以将这些英文翻译保留在文中,与文言文本并列呈现。这就是本书所采取的方式,我完全认同这个做法。

我想再次感谢陈伟强以及其他参加翻译的学生,感谢这些年我教授过的所有学生。本书所收论文思路、灵感以及对文本理解诠释大部分来源于星期三下午研讨班的共同学习和讨论,其间氛围一如韩愈《师说》中所描述的师生共勉。

柯睿

(王平 译)

道教诗歌与追求神灵

现在我们轻易地谈论"诗歌"和"宗教"。值得指出的是，上古和中古的中国并没有"宗教"一词。[1]"宗教"原意为"祖先的教义"，现代词典将之解释为与"religion"相应的中文词，这是出自十九世纪的发明。此词是为了适应西方学者尤其是传教士的概念范畴而新创的众多词汇之一。传统中国缺少这一适用于我们自己所划定范畴的词语，这是否表明这种现象不存在？答案是否定的。对于类似现象，我们可以通过具有不同语义范围的不同词语来说明。而且我们所说的"宗教"，涉及亲近或影响的某些力量和实体，这些力量和实体完全是自然界的一部分或生成一切的浑然之气，存在于较为无形的或甚至"看不见的"的空间和平面。与这些力量的交流是通过各种方式实现的，但语言通常起着至关重要的作用，包括各种表现形式，诸如吟诵或歌唱，写成令人愉悦的、设计巧妙的艺术性文本，此类文本有时被焚烧、埋葬或吞咽，以促成传播。在这里，较具象征性或观赏性的语言形式，特别是诗歌和韵文显得十分重要，因为它们与单纯的普通话语不同。因此，可以很容易地将诗歌和宗教置于同一活动范畴。

接下来我将对选定的诗歌做一些评论，这些诗歌对于考察道教诗歌的早期历史具有重要意义。需要指出的是，除了第一首《远游》之外，所引用的其他诗篇在有关中国诗歌的主流评论中都被忽略漠视，这是因为它们被收于道教经典深奥的、未经断句的文献中，因此被归属于"宗教"的范畴，文学学者极少涉足。更为不幸的是，由于这些作品显然属于文学学者的领域，宗教学者也避免涉及，因为他们倾向于关注较为实质的和非感性的材料。于是在此情况下，现今学院中经常使用的学科和术语界线，使我们无法认识中古诗歌重要的整体性和发展情况。有关此方面，下文在需要时会再阐述。

---

[1] 我们可以用"教"，但此词适用于所有"教诲"或"指导"，包括政治、音乐甚至书法。

[2] 我对此诗的一些评论将从我的一篇早期文章中借用，该文章提供了这首诗歌的完整研究和注译；见 Paul W. Kroll, "On 'Far roaming'," *Journal of the American Oriental Society* 116 (1996): pp. 653–669. 霍克思（David Hawkes）的《楚辞》（转下页）

《远游》

我们从一首可能是道教传统中影响最深远的诗开始，尽管它早于公元二世纪中叶正式的或（在某种程度上）教团化的道教的建立。这首诗是《远游》。[2]这是最早的明确体现道教主题的实际诗篇，并收于著名的长江流域歌辞集《楚辞》。此集包括公元前3世纪初至公元2世纪初的诗歌，由汉代学者王逸（约卒于158）编辑而成。长达178行的《远游》大体上模仿《离骚》。《离骚》是第一首也是最具传奇色彩的楚辞。该诗的作者是被放逐的楚国朝臣屈原（传统上系于公元前343—前290年）。然而，虽然屈原的诗歌之旅离开污浊的世界，到奇妙的天空遨游，却始终围绕着政治，并终结于绝望和幻灭；《远游》诗人的神秘旅程则历经天空的四隅和神话中众多神灵的领土，并终止于胜利抵达"泰初"之地，即物质现象分化之前的空间和时间领域。《远游》歌颂对"无形"的原始状态的回归，这是道教作品中常见的追求主题，但诗中是以一个穷尽宇宙的太空之旅展现的。其中《离骚》的运行模式和情感模式都被取代了。

虽然传统研究认为屈原是《远游》的作者，但这显然是不可能的。另一种同样不能令人信服的观点认为，《远游》是汉赋大家司马相如（前179—前117）的《大人赋》的早期草稿或后期修改版。[3] 最有可能的作者为公元前二世纪三十年代淮南王刘安幕下的门客。他们负责编纂《淮南子》，以及后来收录于王逸所编纂的《楚辞章句》中的部分诗歌的早期版本。除非发现颠覆性的资料，否则我们不太可能知道这位诗人的名字；但对于我们目前的目的来说，这并不重要。文学研究者经常将《远游》描述为仅是对《离骚》的模仿；而由于我们对创新的重视，这个看法使此诗备受轻视。但是，从道教的角度来看，将其视为对《离骚》的纠正性评论和挑战的观点更为正确。我欣赏乔治·斯坦纳（George Steiner）的一则评论，即《贵妇人画像》(The Portrait of a Lady) 是对《米德尔马契》(Middlemarch) 的重要批评，而《安娜·卡列尼娜》(Anna Karenina) 是对《包法利夫人》(Madame Bovary) 的不可或缺和最具启发性的评论。[4] 从这个意义上说，对《离骚》的最充分阅

（接上页）英译 (The Songs of the South: An Anthology of Ancient Chinese Poems by Qu Yuan and Other Poets, rev. ed. [Harmondsworth, Middlesex, England; New York, U. S. A.: Penguin Books, 1985])，包括了《远游》。虽然其译文流畅，获得近似经典的地位，却仅是对原文的演绎，更严重的说明只是对注释者的概述的意译。在其《远游》译注中，霍克思似乎无意涉足道教研究的新兴领域。

[3] 尽管不时有相似的词语，但这两首作品的意图和情绪却截然不同。与《远游》细致入微、精心结构的叙事发展形成鲜明对比，《大人赋》充满华而不实的冗词赘语，单调的吟唱贯穿其中，并使用随意混合的宇宙遨游形象来赞颂皇帝（"大人"）。此诗的完整翻译和注释，见 Yves Hervouet (吴德明), Le chapitre 117 du Che-ki (biographie de Sseu-ma Siang-jou) (Paris: Presses Universitaires de France, 1972), pp. 186–203；另一个无注的英译，见 Stephen Owen (宇文所安), An Anthology of Chinese Literature: Beginnings to 1911 (New York: W. W. Norton, 1996), pp. 182–184。

[4] 见 Real Presences (Chicago: University of Chicago Press, 1989), pp. 14–15。

[5]《离骚》陷入诸如蛇食其尾的循环,诗人至少三次尝试突破他似乎陷入的圈子,但都没有成功。

[6] 关于此赋的注译,见 David R. Knechtges（康达维）, *Wen xuan, or Selections of Refined Literature, vol. 3: Rhapsodies on Natural Phenomena, Birds and Animals, Aspirations and Feelings, Sorrowful Laments, Literature, Music and Passions* (Princeton: Princeton University Press, 1996), pp. 105–139; Knechtges, "A Journey to Morality: Chang Heng's *the Rhapsody on Pondering the Mystery*," in *Essays in Commemoration of the Golden Jubilee of the Fung Ping Shan Library* (Hong Kong: Fung Ping Shan Library of the University of Hong Kong, 1982), pp. 162–182。

[7] 对此类诗的最出色研究见李丰楙：《忧与游：六朝隋唐游仙诗论集》（台北：台湾学生书局，1996）。亦见颜进雄：《唐代游仙诗研究》（台北：文津出版社，1996）。

读和反应就包含在《远游》中。

然而,此处我们关注的不是《远游》对《离骚》[5]中所表达的反复失败和挫折的反应,而是它对后来某些类型道教诗歌的重要影响。值得一提的是,除了众所周知的《远游》中某些段落的用词和《离骚》或《大人赋》有相似之处,此诗有时亦明显引用《老子》《庄子》《管子》（尤其是《内业》篇）和《淮南子》。此外,张衡（78—139）的《思玄赋》则在言辞上对它作出呼应。[6] 更有趣的是,《远游》可视为六朝和唐代文学中盛行的游仙诗的先驱。[7] 因此,在为《楚辞》的歌辞提供大量灵感的巫术颂祷和后来道教关于星际间神秘遨游的描述之间,《远游》是一个重要的中间环节。不同方向的全景探寻和"迷狂的遨游"（randonnée extatique）,是中古道教修习者进行存想（"visualization","actualization"）的关键性实践之一,而这也正是《远游》的树枝上成熟的果实。当我们如同中古读者可能做的那样,从这一角度阅读《远游》,正统文学史研究者所未注意的各个方面就开始闪耀突显。

从此"画布"上退后一步,《远游》的叙事进程显得最为清晰。通过这样做,我们会发现一系列主题或行动变化的片段,使我们能够将这首长诗分成几个部分（文本本身没有明确标记的划分）。我认为这首诗由十三个主要部分组成（数字并不重要,学者们可能在他们所做的精确划分上有所不同）,可以概述如下。第一部分（第1—16行）表达诗人对当前世界污浊特征的认识,以及从同伴中分离出来的孤独感；他的最初希望是超越这一切,但又怀疑这样做的可能性。在第二部分（第17—40行）,诗人突然意识到精神的、非形体的潜能,并开始练习"虚静",追随传说中的榜样赤松子,沉思他和其他真人避世甚至登仙的方式。在第三部分（第41—50行）,诗人仍然认识到时间的持续流逝,哀叹他所浪费的岁月,他的孤独和无法在仕途上成功。在第四部分（第51—74行）,诗人决定继续前行,以另一位成功仙人王子乔作为他的楷模;他致力于有助羽化的神秘实践,最终得以访问王子乔在南方的精神领域,从这位传说中的大师本人接受关于养气的指导。这部分值得引用(在这里和其他摘录中,我只保留一些非常简略的注释,删去其他部分;完整的注释可从所引的文章中找到):

[8] 这几行中的四种不寻常活动表明诗人新的、精纯的状态,这将有助于他蜕去肉体的躯壳。四种活动中的最后一种,在中古的道教实践中被精心地加以发展。

春秋忽其不淹兮	Springs and autumns pass speedily, they do not tarry—
久留此固居	Why should I remain in these my olden haunts?
轩辕不可攀援兮	Xuanyuan (i.e., the Yellow Thearch) may not be caught up and held on to—
吾将从王乔而戏娱	I shall follow, then, Wang Qiao for my pleasure and amusement;
餐六气而饮沆瀣兮	Sup on the six pneumas and quaff the damps of coldest midnights—
漱正阳而含朝霞	Rinse my mouth with truest sunlight and imbibe the aurora of dawn;[8]
保神明之清澄兮	Conserve the limpid clarity of the divine and illuminated—
精气入而粗秽除	As essence and vitality enter in, and pollution and filth are expelled.
顺凯风以从游兮	I comply with the triumphal (i.e., southerly) wind, to follow its roamings—
至南巢而一息	And arrive at Nanchao in but a single breathing.
见王子而宿之兮	On seeing the royal scion, I sojourned there with him—
审一气之和德	To study the consonant power of unifying vitality.
曰道可受兮	He said, "The Dao may be received—
不可传	It may not be taught.

其小无内兮	Its smallness admits of no inward—
其大无垠	Its greatness admits of no bounds.
无滑而魂兮	Let your soul not be confounded—
彼将自然	And that shall be just as it is.
一气孔神兮	Unify vitality, make your spirit acute—
于中夜存	Preserve it even in the midst of the night.
虚以待之兮	Be empty, and so wait for what comes—
无为之先	Let the priority be doing nothing.
庶类以成兮	All the sorts are thus brought to completion—
此德之门	This is the gateway of power. [9]

  重新回到我们的概述，在第五部分（第75—86行），这位诗人在与王子乔的会面中受到震惊和启发，于一天之内在日出和日落的神秘地域间的太空中遨游，加强和释放他的精神存在。在第六部分（第87—100行），诗人将他的南方家园和形体牵挂抛弃，跃上天空，并被接受进入天门：

命天阍其开关兮	I commanded Heaven's warder that he open the barrier—
排阊阖而望予	Pushing back the portal's folds, he gazed upon me.[10]

  诗人请云雷之神护卫，快速游览了几个星座，最后在黄昏时向东望去。在第七部分（第101—112行），诗人聚集了一批尊贵的天界侍从，浩浩荡荡地前去拜访东方之神句芒。随后，在第八部分（第113—120行），在风神的指引下，诗人转向西方，拜访西方之神蓐收。在第九部分（第121—132行），诗人随意控制彗星和星辰，朝着黑暗的北方前进，沿途上升中受到众多神话人物的保护。到了第十

[9] 王子乔的教诲伴随着晦涩的、有时自相矛盾的对句，具有《老子》和《庄子》某些段落的风格。如果将王子乔的话看作是一首松散的押韵之作（这是此诗中仅有的由四言句构成的两个段落之一），我们可以欣赏它的创作技巧。例如，用指示词"彼"开始第六行，用其反义词"此"开始第十二行，完美地将此诗分成两半。我们在内向性诗歌和歌辞中经常见到这种手法，如《恰尔德·哈罗德游记》（*Childe Harold's Pilgrimage*），但我们很少在中国叙事诗中遇到它。

[10] 于是诗人被允许自由进入天界。这与《离骚》中的一个相似段落形成有意识的鲜明对比：屈原被排斥于天门之外，守门者不是"排阊阖"，而仅是"倚"天门，拒绝将门打开。

部分（第133—144行），诗人在神圣的高处满足地游荡之时，突然俯视并瞥见了家园；从前生活的记忆使他短暂停留，但是他放下思乡之情，继续前进，只是放慢了速度。[11] 在第十一部分（第145—160行），诗人再次向南行进，被南方之神所告诫，应避免仅仅重复相同的方向循环；然后诗人停下来享受神灵的音乐，并与几位河神和湖神共舞，这让他狂喜不断。

我们也应该在此处暂停，因为这个场景的布置在全诗的叙事结构中是最有趣的。诗人对宇宙的四分，尽管令他振奋，却没有将他推达最高天域。只有在这一音乐和舞蹈的狂欢之后，他才能摆脱所有界限，超越黑暗的北方。宗教史学者可以毫不费力地看到，诗人通过这一插曲所产生的快感，等同于巫师的迷狂状态。音乐使听众超越语言或理性领域的力量，暗示事物本身的迷人境界及神灵的魅力，这是所有文化传统所熟悉的。这一音乐插曲还包括全诗唯一出现的女性，虽然是女神，即洛神和湘妃。在《离骚》中，女子（屈原之姊）和女神（各种女神）不止一次为诗人所遇见或寻求；在《远游》中，我们的诗人仅在此处与她们有所接触。与屈原相比，他对自己的娱乐感到满意：对他来说，女神不是追求的对象，而是相互娱乐的参与者。这位诗人既没有被挫的欲望，也没有性交后的愁闷（这些情绪常见于《楚辞》中其他诗篇对相似情境的描绘，特别是巫术的《九歌》）。相反，此诗象征性地将女性形象完美地融入诗人个人的、或更高级的非个人的宇宙中。霍克思说："巫师对女神的追求（在《离骚》和《九歌》中）是……不可避免地失败了。"[12] 据此，《远游》可以被认为不只是写巫师，而且还有其他内容；正如与巫师只服务当地有限区域中的群体不同，道教的道士们服务于更高级的神灵和更高的召唤。如果我们认真处理诗歌的道教关联，我们就会认识到这些情况不仅仅是文学的变异。

在这首诗的倒数第二部分，亦即第十二部分（第161—168行），这位诗人兴奋地摆脱所有束缚，迅速地飞奔向最北端的极限，冲越出天网之外。最后，

[11] 此处是对《离骚》的另一处有意识的对立。在那首较早诗篇的结尾，屈原无法继续他的精神邀游，因为当他瞥见故乡时，他的思虑为世俗牵挂所重新占据。

[12] Hawkes, "The Quest of the Goddess," in Cyril Birch, ed., *Studies in Chinese Literary Genres* (Berkeley and Los Angeles: University of California Press, 1974), p. 51. 此文是各种语言的《楚辞》研究中最发人深省的作品之一。我不全然认同霍克思的说法，例如他拒绝认为《离骚》和《远游》是"叙事"，这一否认至少剥夺了考察《远游》宗教力量（与单纯的巫术力量相对立）的一种方式。但是这并没有减少我对这篇富有洞察力的文章的认可。实际上，本文标题的一部分即是对它的间接敬意。

在第十三部分（第 169—178 行），他超越所有界限，终于进入神秘的、永恒存在的虚空，即一切形式和现象尚未生成的泰初：

经营四荒兮	Now I ranged and roamed the four wastes—
周流六漠	Sweeping in circuit to the six silences.
上至列缺兮	I ascended even to the rifted fissures—
降望大壑	Descended to view the great strath. [13]
下峥嵘而无地兮	In the sheer steepness below, earth was no more—
上寥廓而无天	In unending infinity above, heaven was no more.
视倏忽而无见兮	As I beheld the flickering instant, there was nothing to be seen—
听惝恍而无闻	Giving ear to the humming hush, there was nothing to be heard.
超无为以至清兮	Gone beyond doing nothing, and into utmost clarity—
与泰初而为邻	Sharing in the grand primordium, I now became its neighbor.

此处诗人进入并与之融合的泰初，可能需要添加一些解释。在此语境下，将泰初译为"宏大（或伟大）开始""宏大起源"甚至"宏大先在"都是不充分的，因为如前所述，这个术语所意指的并不是肇始，而是在肇始之前、现象分化之前的空间和时间。在这个意义上，我们可以说，"泰初"意味着一个充满潜力的储备状态。借用一个胚胎学的术语"原基"（primordium），它指的是"器官发育中第一个可识别的、组织学上未分化的阶段"，与此语境中的"初"字所蕴含的思想相当。诗人在结束远游时所获得的玄秘融合，正是老子所说的"复归其根"，[14] 实现玄秘的混沌统一，包含并超越所有的二元性，也就是库萨的尼古拉斯（Nicholas of Cusa）、荣格、佛陀、庄子或歌德所说的矛盾的对立统一。如果我们冗赘而实际地将"诗歌"定义为散文所无法表述者（恰好适合儒家的方式），我

[13] 这几句是此诗中除了王子乔的说教外，使用四言咒语的另一地方。关于此类音节稍后将有更多讨论。
[14]《老子》，第 16 章。

们可以同意，而且我想《远游》的作者也会同意华莱士·史蒂文斯（Wallace Stevens）所说的"诗歌是对不可名状的追寻""诗人是不可闻见的祭司"[15]。这也就是在《远游》终点的泰初所发现的不可见、不可闻的"至清"。

如前所述，《远游》影响了中古称为游仙的大量诗歌，对此我们现在无法考察。我们此处更感兴趣的是，这首诗的一些特殊措辞被中古初期的道士所采纳，用来指称一些重要的实践。最著名的例子是"餐霞"。《皇天上清金阙帝君灵书紫文上经》是上清道的一部重要经典（稍后有更多解说），[16]经中详细介绍以什么方法适当地吸收这种太阳能量，赋予人体玉石般的光泽，使之不易腐朽，并为终极的飞升做准备。甚至这首诗的标题本身也被作为一个描述性称号，用来指称道士们特有的"远游冠"。在举行仪式时，当道士必须将自己的元神（spirit）送去与神灵接洽时，就会戴上此种冠帽。

[15] 引自 Stevens, "Adagia," in *Opus Posthumous*（1967; repr. New York: Vintage Books, 1982）, pp. 173, 179。

[16]《皇天上清金阙帝君灵书紫文上经》, HY 639, 页 4a—6b。此经有柏夷（Stephen R. Bokenkamp）的英译本，收入其 *Early Daoist Scriptures*（Berkeley and Los Angeles: University of California Press, 1997）, pp. 275–372。有关此处所述实践，见页 314—317。

[17] 在众多描述中，最全面和最有用的可能是 Anna Seidel（石秀娜）, "Das neue Testament des Tao: Lao tzu und die Entstehung der taoistischen Religion am Ende der Han-Zeit," *Saeculum* 29 (1978), pp. 147–172。

三世纪的诗体发展

当提到道士和道经时，我们已经进入一个与《远游》所产生时代不同的历史时期。根据传统说法，这个时期始于汉顺帝汉安元年（142），当时太上老君（即神化的老子）出现在四川的一座山顶上，与张道陵会面，并赐予他与上天的新盟约，以取代包括与天子等的其他一切盟约。老君还授予张道陵"天师"的称号。其他记载讲述了道教在汉代的最后半个世纪兴起的故事。[17]至三世纪初期，第三位天师投降曹操（155—220）的军队，道教迁往都城，进入贵族圈子，成为社会史和文化史上的一个重要事件。

这一事件在中国诗体史上可能具有一定重要意义。文学史家们习惯于援引曹丕（187—226，即魏文帝，220—226 在位）所作的著名《燕歌行》二首作为最早成熟的七言诗。与其他诗歌形式较为常见的隔行押韵不同，《燕歌行》每句都押韵。这种诗体的起源从未被有力地证明，只知其出现于成熟的五言诗后不久,接着似乎蛰伏了几个世纪。然而,在三世纪初某些天师道文献中,已经有此种诗歌形式的一些例子,显著者如保存于《正一法文天师教戒科经》中的三十一行《天师教》。[18]我们可以猜测曹丕可能受到天师道使用这一形式的影响。在建安二十年(215),其父曹操将天师道首领张鲁和许多信徒从四川迁徙至都城后,曹丕应十分熟悉他们。曹操的另一个儿子曹宇是曹丕的同父异母兄弟,他娶了张鲁的女儿。除了监督潜在的反叛活动外,曹宇还可能向曹氏家族提供关于天师道的实践(和诗体?)的信息。

最长的押韵七言诗出现于《黄庭经》中,这是早期道教的基本经典之一。这部经书有两个版本,其一是包括99诗行的《外经》,最早可能出现于三世纪初期或中期,其二是包括435诗行并分为36节的较长的《内经》,可能编写于四世纪初期到中期。[19]两个版本都集中阐述居住于人的物质形体之内的身体之神,以及修炼这些神灵的方法,从而达到从身体内部产生精炼纯洁的灵胎,亦即一种神化的自我,以期最终脱离凡俗的躯体。[20]另外,还有以此诗体写作的其他道教诗歌,包括出现于三世纪中叶的《女青鬼律》中的一首无题的146行的七言诗,并以四言诗作为引子;[21]以及四世纪中叶的《老君变化无极经》,是以369行的七言诗写成的。[22]而在世俗诗歌中,一直到七世纪的初唐时期,我们才发现隔行押韵的七言诗成为相对常见的形式。

[18] 此经的部分内容可能是与寇谦之(活跃于425—448)相关的"佚经"《云中音诵新科之诫》的一部分;但这些诗篇和此经结尾(22a—23a)的一组十一首诗(每首皆由三个五言句构成,逐句押韵)应是三世纪的真实作品。关于此经,参见施舟人(Kristofer Schipper)的词条,收 *The Taoist Canon: a Historical Companion to the Daozang*, Kristofer Schipper and Franciscus Verellen, eds., 3 vols. (Chicago: University of Chicago Press, 2004), 1.120–122。

[19] 根据诗篇的用韵实践,这些日期现在看来相当可靠,见虞万里:《黄庭经用韵时代新考》,收其《榆枋斋学术论集》(南京:江苏古籍出版社,2002),页551—580。

[20] 关于《黄庭经》,可参看 Rolf Homann, *Die wichtigsten Körpergottheiten im Huang-t'ing ching* (Göppingen: A. Kümmerle, 1971); Kristofer M. Schipper, *Concordance du Houang-t'ing king: Nei-king et Wai-king* (Paris: École Française D'Extrême-Orient, 1975), pp. 1–11; Isabelle Robinet, *Méditation taoïste* (Paris: Dervy Livres, 1979), pp. 89–145;《内经》前四节的英译和注释,见 Kroll, "Body Gods and Inner Vision: the Scripture of the Yellow Court," in *Religions of China in Practice*, Donald Lopez, ed. (Princeton: Princeton University Press, 1996), pp. 149–155。

[21]《女青鬼律》, HY 789, 卷五, 页1a—4a。

[22] 关于此诗的研究和翻译,见 Ad Dudink, "The Poem *Laojun bianhua wuji jing*: Introduction, Summary, Text and Translation," in *Linked Faiths: Essays on Chinese Religions and Traditional Culture in Honour of Kristofer Schipper*, Jan A. M. de Meyer and Peter M. Engelfriet, eds. (Leiden: Brill, 2000), pp. 53–147。

《真诰》中的上清诗歌

比三世纪初期天师道在北方的传播更为重要的事件,是杨羲(330—386?)于364至370年间收到的一系列神示。杨羲是依附于一家东晋士族的灵媒,是道教神灵们经常于午夜访问的对象。这些神灵自称来自上清天,一个此前未为人知的天界,其居住者称为真人,比早期道教的"仙人"处于更高的、更完满的存在层次。这些真人是"完满的"或"实现了的"存在,已经完满地或充分地实现了他们的神灵本质,存在于凡俗世界的局限之外。[23] 数十位男女真人单独地或成群地访问杨羲,为他和他的赞助人及亲戚朋友提供各种形态的信息。他们指示杨羲严谨地记下他们的话语,因为真人们不可能纡尊降贵地屈就自己去书写世俗文字。他们传给杨羲的话语标志着中古道教一个新的具有深远意义的转向,即代表"北方"天师道与"南方"(即古代吴、越两国的地域)的本土神秘传统的结合。此处着重点在于个体的冥思或存想、吸收宇宙精华及将微观世界(修道者自身)和宏观世界(特别是星神)的神灵融合为一。我们还应该注意到,这些是神灵与人间的交流和启发,而不是人类祈求的结果。

这些神示的记录渗透到越来越多的南方士族群体中,并产生出大量的文本。[24] 在杨羲与上清真人的夜间邂逅一个多世纪之后,他的原始记录的遗留文本(在此期间已经分散流失)被伟大的学者和道士陶弘景(456—536)编集在一起。陶收集这些文本,时而在其中添加自己的评语,并加上对这些材料先前的分散情况的描述,从而产生我们现在称为《真诰》的著作。虽然严格说来这不是一部经书,但它却是上清文献群的核心文本。自从司马虚(Michel Strickmann)在四分之一多世纪前将其揭晓以来,它已经吸引了超过

[23] 当然,这个词语可以追溯到《庄子》,我们在《远游》的一段引文中也遇到过它;但它在上清神示中和此后的话语里,获得了特殊的意义。威廉·布莱克(William Blake)在1809年所描述的,可以看成是西方的"真人":"神灵和幻象不是如同现代哲学所假设的,仅是云雾或虚无;他们是有组织的并精密表达的,超越了凡俗的、朽灭的世界所能产生的一切事物。……神灵是有组织的人。"见 Blake: Complete Writings, with Variant Readings, ed. G. Keynes (London: Oxford University Press, 1969), pp. 576, 577 (from "A Descriptive Catalogue, number IV").

[24] 贺碧来(Isabelle Robinet)在其纪念碑式的著作中,将这些启示置于其社会、宗教和文学的背景中,并包括对所有相关文献的总结和全面评述,是最彻底的研究著作;见其 La révélation du Shangqing dans l'histoire du taoïsme, 2 vols (Paris: Ecole française d'Extrême-Orient: Dépositaire, 1984)。

[25] 这篇开创性的文章是司马虚的 "The Mao Shan Revelations: Taoism and the Aristocracy," *T'oung Pao* 63 (1977): pp. 1–64。又见其正式出版的博士论文, *Le taoïsme du Mao chan: chronique d'une révélation* (Paris: Collège de France, Institut Des Hautes Études Chinoises, 1981)。这里没有必要列举与此主题相关的所有著作,但请特别注意柏夷(Stephen Bokenkamp), "Declarations of the Perfected," in *Religions of China in Practice*, pp. 166–179。京都大学人文研究所六朝宗教研究小组所编的《真诰译注稿》,是对《真诰》的完整日文翻译兼注释,收《东方学报》68集(1996),页525—713;69集(1997),页603—827;70集(1998),页567—764;71集(1999),页295—412。另外值得提及的是一部关于《真诰》的讨论会论文集,即吉川忠夫编:《六朝道教の研究》(东京:春秋社, 1998)。

其他经书的关注。[25]

此处有必要介绍一下背景,因为《真诰》在众多上清神灵的宣示中,还包含一些我们所能看到的最迷人的中古道教诗歌代表作。因为这些真人是充满热情的娴熟诗人,往往偏好用精心构造的诗歌呈现或颂扬他们的思想和神示,虽然这些诗篇呈现为即兴而作。《真诰》记载的神示中所展现的完美文学技艺是此文本最有力量、最吸引人的特征之一。的确,真人们精心地以语言艺术作为交流的工具,旨在给东晋朝廷那些精致复杂的、文化修养深厚的贵族留下深刻的印象。大约有80首诗篇和歌辞保存于此文本的第一至第四卷中(在文集的最开头)和其他分散的地方。在一个重视文学特别是诗歌能力的社会背景下,这些作品大部分都是东晋文人自己所青睐的五言诗,是将神灵内容与抒情技巧相结合的艺术尝试。经过仔细检查,我们甚至发现有可识别的个人声音和特殊的语言风格,被分别归属于向杨羲演唱或吟诵诗歌的近二十几位女神和男神。

那些现在选择怀疑杨羲为《真诰》诗歌的实际作者的人,必须承认他是那个时代最具有真正灵感的诗人。然而,如果我们以现代怀疑主义否认神示的真实性或可能性,我们就会破坏这种传播的原始框架;而除了一种似是而非的优越感之外,我们将收获甚微。我们可以试想一下向赫西奥德(Hesiod)演唱"永生不朽的神祇之族"的缪斯(Muses)。一个更有趣的比较可能是把大卫(David)看为《诗篇》(*Psalms*)的作者的传统看法,尽管《诗篇》的特异之处使得学者还认为其中一些部分的作者可能是摩西(Moses)、所罗门(Solomon)、以斯拉的伊桑(Ethan the Ezrahite)及其他人。然而,奥古斯丁(Augustine)令人信服地说,《诗篇》都受到圣灵的启发,可以被同化为一个声音,因此大卫的角色可以忽略不计。在新教徒的观点中,重点是大卫在联系其个人历史环境中对《诗篇》的塑造:他知道自己王国的不足之处,尝试预示一个更强大的统治。[26] 在类似的方面，对包括杨羲的赞助人在内的地方贵族的社会历史的了解，对于正确理解《真诰》所包含的一切至关重要。但是对于我们目前关注的问题，人的主动性的问题不是那么重要，重要的是欣赏这些诗的意图，以及它们为中国诗歌的历史提供了什么。

关于后一个问题，我们或许可以惊讶地发现，这些诗中有许多是"爱情诗"，而根据大多数学者的说法，此类诗在中国诗歌中无处可寻。在大多数例子中，女神的爱情诗试图引诱杨羲和他所侍奉的有权势者享受天国的幸福快乐，包括从天上适当地选择一位美女，结合为神圣的婚姻。此处我们看到对《楚辞》集子中所保存的古代《九歌》进行逆转的现象。在《九歌》中，巫师试图通过巫术言语来获得与各种山川女神的神秘结合。与之相反，上清女神在歌辞中所使用的许多比喻和语言意象，后来被唐代诗人所改用，例如用来颂扬世俗妓女的魅力。这种对神灵诗歌的有趣挪用，尚未得到充分的研究。

我在其他地方已经介绍并注释两位最诗意多产的女神的作品，[27] 并就这些诗歌中的天界景象特征加以评论。[28] 这里我们只需考察一两个例子，以抽样了解这些出色作品的旨趣。尽管这些诗歌的措辞通常并不困难，但这些词语的确切含义往往依赖于理解上清学说和实践中所熟知的名称和文献；因此我们有必要在翻译之后添加解释。紫微夫人于公元365年8月29日晚向杨羲吟诵下面这首诗。[29] 诗中针对杨羲的主要赞助人许谧（303—373），在此处和其他地方都需要用大量的鼓励和努力，以将许谧的注意力转向天界的追求。与许多《真诰》诗一样，这首诗首先描述天界遨游的乐趣，然后下降到我们的世俗层面：

[26] Barbara Kiefer Lewalski, *Protestant Poetics and the Seventeenth-century Religious Lyric* (Princeton: Princeton University Press, 1979), p. 232. 此部精彩著作作为我们的主题提供了很多相关的比较信息。同样有用的是 Alain Michel, *In Hymnis et Canticis: Culture et Beauté Dans l'Hymnique Chrétienne Latine* (Louvain: Publications Universitaires, 1976), 尤其是前两部分。

[27] Kroll, "Seduction Songs of One of the Perfected," in *Religions of China in Practice*, pp. 180–187; and "The Divine Songs of the Lady of Purple Tenuity," in *Studies in Early Medieval Chinese Literature and Cultural History*, Kroll and David. R. Knechtges, eds. (Provo, Utah: T'ang Studies Society, 2003), pp. 149–212.

[28] Kroll, "The Light of Heaven in Medieval Taoist Verse," *Journal of Chinese Religions* 27 (1999), pp. 1–12.

[29] 紫微夫人是伟大的女神西王母的第二十四个女儿，姓王，名青娥，字愈音。在出现于杨羲面前的众多神灵中，她是最具吸引力者之一。她的星宫位于紫微垣的左侧宫殿。紫微垣是由15颗星组成的分为两列的星宿，围绕和保护处于天空中心的北斗星和北极星。

	高兴希林虚	Rising high, in the void of the Rarefied Grove,
	遐游无员方	Remotely I roam to tracts outside round or square.
	萧条象数外	Wild wastes, beyond both image and number,
4	有无自冥同	Where presence and absence share freely in the deep.
	叠叠德韵和	Smoothly, sweetly, the noblest harmonies accord,
	飘飘步太空	As wafting, drifting, I pace the grand emptiness.
	盘桓任波浪	Then havering, wavering, I yield to waves and whitecaps,
8	振铃散风中	My trembling grelots strewing their notes upon the wind.
	内映七道观	If a view of the sevenfold Dao is reflected within,
	可以得兼忘	You shall be able to forget all, impartially.
	何必反复酬	Why must one repeatedly urge you on,
12	待此世文通	Before you'll understand the language of this world?
	玄心自宜悟	Mindful of mysteries, one should come to one's senses;
14	嘿耳必高踪	Harking to silence, be sure to make tracks on high.[30]

希林是上清天堂，位于晨光中的东海；[31] 其"虚无"或"萧条"的特质是一个表面的悖论，实际上是一个包含万有的丰满的空虚，如同远处天空的冥暗实际上是炫人眼目的星光。[32] 紫微夫人的短途旅行将她带到天地之外，超越天圆地方的轮廓，到达看似荒凉的空间。这一空间位于宇宙生成之外（或之前），[33] 在那里"存在"（有）和"不存在"（无）相混合，可以说如同宇宙之气和未形之物。但是，在此"太空"中，[34] 可听到神圣的音乐。与我们在其他大多数上清真人的诗歌中所发现的相反，这里紫微夫人清空了和谐音调之外的所有内容，在此诗的前六行强调否定天空的

---

[30]《真诰》，HY 1010，卷二，页 16b—17a.

[31] "希"也可以按字面理解为"不可闻的、寂静的、不可感觉的"，如《老子》第14章的定义；但是由于我们经常在希林中发现音乐演奏，所以最好不要过度字面化。

[32] 见 Kroll, "Li Po's Purple Haze," *Taoist Resources* 7.2 (1997): p. 37. 这些词语的使用，还有刚提到的"希"以及下面即将出现的太空的"空"，都属于不合逻辑的用语。

[33] 关于宇宙生成过程中"象"和"数"的延续性，见杨伯峻：《春秋左传注》（北京：中华书局，1983），页 365（僖公十五年）。

[34] 此词描述天宇的虚空式盈满，蕴含（如"虚"）比字面更丰富的意义。

高度（或深度）的对立性。在第七行，我们可看到她下降到这个变易的世界，"盘桓任波浪"，她的小车铃播散的音符，是对上天音乐的微弱回声。接着，如同我们的神灵诗歌的后部分经常出现的，她向预期的接受者提供建议。在这里，她敦促许谧将北斗星（"七道"）带进和照亮自己的身体，[35]这将使他忘记（借自《庄子》的术语）[36]世间的诱惑。她对许谧重复地要求保证感到有些厌烦，提醒他如果具有"玄心"（即凡人视觉几乎感觉不到的东西），[37]能倾听寂静之音，他就会觉悟真理，并能开始自己的前往星辰之路。

[35] 北斗及步行其星象轨迹的上清（含有古老的"禹步"）仪式，在若干经书中有详细描述，目前已经众所周知，此处不需加以注释。有关概述，见 Robinet, Méditation taoïste, pp. 289–314.

[36] 见郭庆藩（1844—1896）：《庄子集释》（北京：中华书局，1961），卷一四，页 498—499。

[37] 关于此语境中的"玄"，见 Kroll, "Li Po's Purple Haze," p. 36。

[38]《真诰》，卷三，页 10a/b。

公元 365 年 11 月 17 日晚上，同一位女神吟唱了下引诗歌，但未指明具体的接受者：

	左把玉华盖	Grasping with left hand a canopy from Jade Flower,
	飞景临七元	Fly off on sky-lights, to tread the seven primes.
	三辰焕紫晖	As the three chronograms sparkle in purple radiance,
4	倷眄抚明真	Lift your gaze to touch the luminous Perfected.
	变踊期须臾	Shift your steps, that the meeting will be soon;
	四面皆已神	Everywhere you look—divinities are already there!
	灵发无涯际	That the numina may come forth from their shoreless bounds,
8	勤思上清文	Keep your mind intent on the texts of Highest Clarity.
	何事生横途	For what purpose should one remain on a contrary route,
	令尔感不专	Letting your sympathies not be wholly devoted?
	喑哑失去机	Wordlessly now, discard and lose contrivances,
12	不觉年岁分	And be unaware of the apportioning of years and twelvemonths! [38]

[39] 见《无上秘要》，HY 1130, 卷二二，页 8b；John Lagerwey, *Wu-shang pi-yao: somme taoïste du VIe siècle* (Paris: Ecole française d'Extrême-Orient, 1981), p. 10; 及《洞真上清青要紫书金根众经》，HY 1304, 卷二，页 12a。关于后书中进入高层界域的部分的翻译和研究，参见 Kroll, "Spreading Open the Barrier of Heaven," *Asiatische Studien* 60.1 (1985): pp. 22–39。玉华宫位于伟大神灵青童的天界。青童是西王母的对偶男神（古代神灵东王公）在上清的优雅转化。他是将上清经书传授给杰出凡人的最活跃男性真人。前一首诗中提到的"希林"也属于他的天界。关于青童及其出没之处，以及他向杨羲所宣示的一些诗歌，见 Kroll, "In the Halls of the Azure Lad," *Journal of the American Oriental Society* 105 (1985), 75–94。

[40]《真诰》，卷三，页 2b；《庄子集释》，页 17。

[41] 关于此二诗的翻译，见 Kroll, "The Divine Songs of the Lady of Purple Tenuity," pp. 172–174。

玉华是一座天上的宫殿，是传播上清经书的管理部门的住处。[39] 第二行的"七元"是北斗的另一个名称。此处我们再次涉及步行这一强大星座的网络，一部分是规定的步法，包括周期性的跳跃（第五行前两个字的意思是"改变你的跳跃"）。如果人们可以在"不可见"的领域中看见，就会见到来自无限高空的环绕自己的神灵。如果人们专注于遵循经书中描述的各种实践，例如步行北斗，并抛开世俗的计算，就会忘怀万物的区分和时间的流逝。

除了为杨羲及其所代表人物的精神提升所创作的诗歌，《真诰》中也有一些似乎在众神之间流传的诗篇。这些诗篇通常都是轻松而有趣的。例如，在公元 365 年 10 月 4 日晚上，云林宫右英夫人唱了一首六行歌曲，用了"有待"一词。"有待"出自《庄子》第一章的著名段落，其中列子被描述为怡然自在地御风十五天；然而叙述者说："此虽免乎行,犹有所待者也。"[40] 紫微夫人作一首诗唱和，赞扬"无待"的优点。[41] 然后其他八位真人加入，共提供九首以有待/无待的主题做文章的诗篇。这与东晋贵族文人间盛行的消遣活动相同。在某些情况下，一首诗专门以前一首诗为目标，试图超越前诗作者的措辞；而在其他情况下，后诗尝试扩展前诗所用的意象。第四位献诗的是昭灵夫人，她是北元内玄道君之女，掌管着东海仙岛方丈台的露台。以下是她对此次诗会的贡献：

纵酒观群惠	Indulging in wine, I observe this benevolent group,
倏忽四落周	And in the merest flash make a circuit of the four depths.
不觉所以然	I am unconscious of the means by which it is so,
4 实非有待游	But truly this is not a rambling "with reliance."

	相遇皆欢乐	When we meet, we are always pleased and delighted;
	不遇亦不忧	Yet if we are unmet, neither are we saddened.
	纵影玄空中	Releasing our shadows into the mysterium of space,
8	两会自然畴	Both likelihoods are equally just so. [42]

交流变得更加激烈，也更加富有哲理。最后由南极紫元夫人，即西王母的四女王林，送上两首十二行的诗歌，试图总结所有差异。下引为其第二首诗，亦即当晚的最后一首。与许多真人的诗歌一样，此诗在开端描述乘坐华丽龙车遨游天界：

[42]《真诰》，卷三，页 3b。
[43]《真诰》，卷三，页 4b—5a。
[44] 有关于此，主要见 Edward H. Schafer（薛爱华），"Empyreal Powers and Chthonian Edens: Two Notes on T'ang Taoist Literature," *Journal of the American Oriental Society* 106 (1986): pp. 672–676。

	命驾玉锦轮	Commanding an equipage with wheels of jade and damask,
	舞辔仰徘徊	I shake out the reins, going upward, round and about;
	朝游朱火宫	In the dawn rambling to the palace of vermilion fire,
4	夕宴夜光池	At dusk I revel by the pool of night-shining light.
	浮景清霞杪	I drift the phosphors by the nib of auroras in purity,
	八龙正参差	My eight dragons just now disparately displayed.
	我作无待游	I have contrived this ramble "without reliance,"
8	有待辄见随	But "with reliance" always follows in due course.
	高会佳人寝	At our lofty gathering in the Seemly One's nightchamber,
	二待互是非	The "two reliances" are mutually "right" and "wrong".
	有无非有定	"With" and "without" possess no fixity;
12	待待各自归	Each "reliance" takes its own way home. [43]

第三、四行提到的宫殿和水池是天界之境。第五行的"浮景"是从夫人的车驾散发出来的天光，并与融入其精神存在的天体相辅相成。[44] 第九行

[45] "佳人"一词最初用来指美丽的女子,但在南北朝时期经常被不拘性别地使用。在这里此词说明杨羲是与真人相对的"佳人"。

[46]《真诰》,卷三,页5b—6a。

的"佳人"指的是杨羲,这一晚真人们聚集在他的房中。[45] 在这首诗中,紫元夫人得出的结论是,将"有"或"无"分出先后轻重是毫无益处和道理的。最后一联指出"有待"和"无待"纯属偶然的性质。我们可以补充一点,从一个角度来看,这个离散的组诗与当时文士盛行的典型玄学辩论最为相似。然而,它比普通的辩论享有更高的层次,既由于参与者的地位,也由于它是用诗而不是散文举行的。

除了这种诗意游戏外,我们还有一个由右英夫人创作的回文诗的文本,由不少于144字组成,排列为12乘以12的图式(在此杨羲所记录的文本至关重要,因为此诗的技巧无法从口头语言的角度欣赏)。还有一种离合诗,是依赖于某些文字的巧妙拆分和组合的游戏。有时,真人们会赞颂他们自己的天界聚会。下引诗由紫微夫人所作,描述她在青童的东华仙界与许多同伴欢聚后,将与他进行一场幽会:

	宴酣东华内	Elated with revelry, within Eastern Florescence—
	陈钧千百声	As a thousand hundred voices perform melodiously.
	青君呼我起	The Azure Lord then calls upon me to rise,
4	折腰希林庭	Bowing at the waist, in the court of Rarefied Grove.
	羽帔扇翠晖	My plumed cloak fans the halcyon-blue radiance;
	玉佩何铿零	His pendants of jade—how they tinkle and chime!
	俱指高晨寝	We direct our way to the ease-chamber of the lofty dawn,
8	相期象中冥	For a tryst in the unseen realms amidst the stars. [46]

这种对于天界真人闲暇生活的生动描写,在标准的中国诗歌史中却极少受到关注。

四言咒文

虽然《真诰》收集的神灵诗歌最多，但在上清经书群的其他地方也广泛出现诗歌。甚至在二三十年后的灵宝启示中，也随处可见诗歌。很明显，上清和灵宝的仙真和道士都很擅长使用这种媒介。我们也可以回想一下，被称为《大洞真经》的极具影响力的文本，也如同《黄庭经》一样，通篇都以诗歌形式写成。对于上清修道者，此经的地位甚至高于《黄庭经》。此经也关注人的身体之神及对这些神灵的识别、控制和修炼。押韵的四言咒文和五言诗构成此经的核心。但到目前为止，对这些形式特征的学术关注极少，而这些特征体现并决定此文本的特殊语言形态和影响。[47]

在此我应该说明，隔行押韵的四言诗是道教实践中构成咒文的常见形式。在上清经书中有大量的此类咒文，大多数相对简短，只用八到二十行，而且大多为了引人注意（如果不是令人着迷）地诵读而撰写。显然，以有节奏和押韵的形式诵读对于其功效是必要的，从某种意义上说它们是法术。通常，它们被与关于相应身体动作的简单指令一起记录下来。它们是仪式语言的可重复表演文本，与特定的实践联系在一起，因此具有诗歌和歌辞（即使由真人所撰）所不具备的严格宗教性。以下是出自《真诰》的一个例子，涉及躯体健康。此处需要一点背景介绍："真人"有时指被称为"山源"的特定脸部区域，即隔开鼻孔的下部隔膜，尤其是从鼻子下方延伸到上唇中部的凹槽路径。保护这个区域的身内之神必须给予特别的关照和支持，因为游荡的魄（肉体的、回归大地之灵魂）喜欢偷偷沿着这条路穿过鼻子，入侵人体。此处必须与眉毛和眼睛之神建立起重要的联系。眉毛正下方的地方被称为"华庭"，是清晰敏锐视力的"津梁"，是这些神灵吸引其他神灵归来的上部房舍。在公元365年7月31日晚上，紫微夫人与杨羲讨论了这一点，告诉他有一个方案可以帮助这些神灵。在每天的日出、中午和日落时都应该吞下唾液27次，然后用手快速地、不断地轻轻按摩"华庭"，同样是27次。这将有助于增强视力，

[47] 关于《大洞真经》，见 Robinet, *Méditation taoïste*, pp. 151–182; Robinet, "Le *Ta-tung chen-ching*: son authenticité et sa place dans les textes du *Shang-ch'ing ching*," in Michel Strickmann, ed., *Tantric and Taoist Studies in Honour of R. A. Stein*, vol. 2 (Brussels: Institut Belge des Hautes Études Chinoises, 1983), pp. 394–433; 及麦谷邦夫：《大洞真经三十九章おめぐって》，收吉川忠夫编：《中国古道教史研究》（京都：同朋舍，1992），页176–216。

并挫败和阻挠无数邪恶势力成功地从"山源"进入、上行并到达此处。夫人随后透露,在进行上述修习时,可以吟诵一个十行咒文如下:

	开通天庭	Let a passage be opened to the heavenly court,
	使我长生	To bring about the lengthening of my life,
	彻视万里	To see everything clear for a myriad leagues,
4	魂魄返婴	As hun- and po-souls return to infancy.
	灭鬼却神	Let ghosts be destroyed, demons rejected,
	来致千龄	That I come to reach a thousand years,
	上升太上	Upward ascending to the Most High,
8	与日合并	To be of one kind with the sun itself.
	得补真人	Let me add to the number of the Perfected,
10	列象玄名	A mystic name in the ranks of the stars. [48]

此咒文除了表层意义外,还含有更深奥的意思。"天庭"是泥丸中"九宫"顶层第一宫的名称,位于眉心后面。从"山源"向上通过鼻子、到达眉心并延至"泥丸"的途径,必须保持畅通,不受邪恶的影响,这对人的健康是至关重要的。

    文学研究者经常说,四言形式在中古初期已经衰微,即使尚未濒临死亡。然而,它仍然是魏和西晋时期最重要的诗歌形式,甚至东晋的前二三十年还是如此。[49] 对于在四世纪头几十年来到南方的一代,四言仍然是诗歌最常用的形式。真人所偏爱的五言诗反映了这种形式的诗歌日益增长的主导地位,正如我们在南方出生的东晋文人的实践中所看到的。随着五言诗日益普及,在晋代及其后,四言诗越来越被局限于正式的礼仪场合,诸如纪念铭文或需要礼仪性乐府音乐和歌辞的朝廷祭祀。这些诗歌的措辞常常充满传统典故,并且往往用典过多。然而,在道教咒文中,这种形式继续占据主导地位,仍是轻快而生动的语言工具。在这里,我们再次看到对宗教史的认识可以纠正并填补传统的中古诗歌史。

[48]《真诰》,卷九,页 10b。
[49] 然而要承认这一点,将与文学史家所偏爱的演变模式相矛盾,他们喜欢在三世纪看到五言形式席卷一切。

为魏华存而作的宣示诗歌

现身于杨羲面前的真人大多数都是天生的不朽神灵。然而,其中一些真人曾经在地上度过凡人的生活,却成功地脱掉肉体凡胎,飞升至他们在上清天的恰当位置。对于杨羲来说,后者中最重要的是魏华存夫人。她在三十年前刚超越俗世生活,现在成为杨羲的主要导师。由于我想谈谈诗歌在她漫长的神灵化过程中所起的作用,因此需要简述她的生平经历。

魏华存出生于公元252年,是西晋官员魏舒(202—290)的女儿。[50] 她的世俗生活和精神飞升的故事,奇妙而鼓舞人心,记录在由范邈所写的传记或圣传中。范邈同样也是经历过世俗生活(公元二世纪)的上清真人。这本传记的原始文本不复存在,但被道藏内外许多幸存的中古文本所提及和引用。[51] 我们从这些记叙可知,甚至在很小的时候,魏华存已经被道所吸引。她虔诚而严谨,喜欢静止和沉默。她学习了所有重要文本,包括《庄子》和《老子》,以及五经、《春秋》三传,诸子百家等。但她向往神仙之道,喜好真和玄,热切地渴求升上高天。她希望在一个安静的地方单独居住,但其父母不允许。在相对来说已经年龄较大的24岁时,她嫁给一位中级朝官刘文,接着为他生了两个儿子,刘璞和刘瑕。一段时间后,当她的丈夫成为修武(洛阳东北约70里)县尉,两儿子也开始仕宦生涯,她想恢复从前的理想,就在家宅旁边的独立住所居住。在那里,她致力于净化的苦行实践。三个月后的一个晚上(《茅山志》给予我们确切的日期,相当于公元289年1月24日),四位真人突然造访她。

这四位真人是青童、太极真人安度明、小有[洞天]仙人清虚真人王褒及碧阿晹谷神王景林真人扶桑公。他们前来批准她入道,将选定的天书传授给她,鼓励她继续致力于苦修,并承诺如

[50] 魏舒的官方传记见《晋书》(北京:中华书局,1974),卷四一,页1185—1188。
[51] 例如,颜真卿(709—785)所撰一篇铭文的序言,自称主要采自范邈的叙述;见《晋紫虚元君领上真司命南岳夫人魏夫人仙坛碑铭》,收《全唐文》(重印,台北:大通书局,1979),卷三四〇,页16b—23b。关于此文末的铭文的讨论和翻译,见Schafer, "The Restoration of the Shrine of Wei Hua-ts'un at Lin-ch'uan in the Eighth Century," *Journal of Oriental Studies* 15 (1977), pp. 124-137. 此外亦见《茅山志》,HY 304,卷十,页4b—6b;《云笈七签》,HY 1026,卷四,页6b—10a;《历世真仙体道通鉴后集》,HY 298,卷三,页7a—9a;《仙苑编珠》,HY 596,卷三,页4a/b;《清微仙谱》,HY 171,页7a;《三洞群仙录》,HY 1238,卷五,页13b,卷一八,页2a;《岘泉集》,HY 1300,卷四,页7b;《太平广记》(台北:古新书局,1976),卷五八,页121d—123a;《太平御览》(台北:台湾商务印书馆,1968),卷六六一,页6a/b。

果她这样做,最终会被他们迎接进入上清神殿。我们即将考察的就是在此次宣示中所吟诵的诗歌,但还是先让我们继续讲完魏夫人的故事。在此次最初的神灵下降和印可之后,她每天每晚都接受其他访问,却未令其家人知道。她的丈夫在一年后去世,而随着西晋的衰落,那些年世道变得动荡不安,她也躬身帮助无家可归和贫困者。鉴于神灵显示的迹象表明西晋即将覆没,中原将会失去,她带着儿子们南行,途中受到神灵的保护。

在魏夫人83岁时(公元334年),王褒和青童赠予她两枚天界丹药,七天后一辆"飙"车被派来载她离去。现在她已经超越了人世,那些认识她的人认为她已经死去,但她的神灵生涯才刚刚开始。她被直接带到阳朔洛山,这是她在公元289年被许诺的约会地点,而王褒本人也是于约三世纪前在那里被接纳入神殿。在那里,青童、安度明和王褒迎接她,并令她在接下来的500天里举行进一步斋戒,同时不断吟诵《大洞真经》。张道陵授予她护身符,其他47位神灵给予她各种指示。在其后的16年里,已经超越人世的魏华存背诵经文,献身于道,她的容貌逐渐恢复年轻女子的模样。在公元350年,她终于"白日飞升",被彻底接纳入上清天界。她被赐予"紫虚元君领上真司命南岳夫人"的称号,掌管道教的南方圣山霍山(在安徽西部)。[52]但在她承担这一神圣职责之前,她被送往王褒在王屋山的小有洞天,进行最后两个月的斋戒。此段时间结束时,多位真人去那里拜访她,大家欢乐地以音乐和歌曲举行庆祝活动。然后,她被护送到霍山接管领地。大约15年后,她下降到杨羲的房间,成为他的主要导师。

现在,让我们回到公元289年魏华存初入道的现场。这个生命转折事件的叙述突出真人的诗歌交流。他们没有向她讲授教义要点,也没有以散文布道,毕竟真正重要的不是教义,而是个人的实践经历。与她一样经历过凡人生活的王褒,向她讲述自己获得经书的实际过程,然后吟诵一首冗长的四言押韵咒文。在咒文中,王褒承诺她的成道,并解释一些授予她的上清经书(包括《大洞真经》),共计31卷。王褒警告她,如果与未经授权的人分享这些天书,将会产生严重后果("有泄我书,族及一门,身为下鬼")。除了这些经书外,扶桑公还授予她《黄庭内经》。四位真人所吟诵的五言诗是这一场景的

[52] 虽然汉初经学家定衡山为南岳,霍山是汉代至南北朝国家五岳四渎祭祀中的南岳,至隋代才改回为衡山。

高潮,这些诗篇保存在六世纪的道教百科全书《无上秘要》[53]和十一世纪的道教百科全书《云笈七签》中。[54] 由于荒谬的错误,这些诗篇的近乎精确的版本也被收录在唐代诗人孟郊(751—814)的集子中。[55] 这些诗都由 14 行构成。第一首由安度明吟诵,玉女宋联涓以璈(一套小型的编磬)伴奏:[56]

[53] HY 1130, 卷二〇, 页 11b—13a。
[54] HY 1126, 卷九六, 页 10a—11a。
[55] 这些诗篇被列于《列仙文》的总题之下,收于孟郊集的第九卷中。我们可以猜测,孟郊或某位编者在某个时间将这些诗篇抄出,但后来却被当成孟郊的原创,错误地收入文集。见华忱之编:《孟东野诗集》(北京:人民文学出版社,1959;重印,1984),卷九,页 169—170;韩泉欣编:《孟郊集校注》(杭州:浙江古籍出版社,1995),卷九,页 384—390,其中收有任半塘关于孟郊是这些诗歌的实际作者的奇怪看法。这些诗也收于《全唐诗》孟郊名下,见卷三八〇,页 4264—4265。现在和过去的唐诗学者似乎都没有注意到,六世纪后期的《无上秘要》已经记录了这些诗歌。
[56] 见 K. M. Schipper, *L'Empereur Wou des Han dans la légende taoïste: Han Wou-ti nei-tchouan* (Paris: École Française d'Extrême-Orient, 1965), p. 74, n. 3。

	丹明焕上清	A cinnabar brightness sparkles in Highest Clarity,
	八风鼓太霞	As the eight winds drum upon the grand aurora.
	回我神霄辇	I turn my chaise in the divine empyrean,
4	遂造玉领阿	To reach in due course the banks of the Jade Pass.
	咄嗟天地外	As soon as said—then, beyond heaven and earth,
	九围皆吾家	The nine environs are all home to me!
	上采日中精	Higher up, culling the essence from within the sun;
8	下饮黄月华	Lower down, I imbibe yellow flowerings of the moon.
	灵观空无中	Numinous belvederes lie amidst the nullity of the void,
	鹏路无间邪	Where the road of the peng-bird is without deflection or break!
	顾见魏贤安	Looking back, I've caught sight of Wei Xian'an:
12	浊气伤尔和	The world's muddy qi will do harm to your balance.
	勤研玄中思	So contemplate dearly your longings for the mystic realm,
14	道成更相过	And in the Dao's fulfillment we shall meet again.

此处依次做一些解释。首先,魏华存的字是贤安,安度明在第 11 行以此字称呼她,其他真人也在诗中如此称呼她。第二行的"八风"指所有方

[57] 关于"太霞",见 Edward H. Schafer, "The Grand Aurora," *Chinese Science* 6 (1983): pp. 21–32, and "Cosmic Metaphors: the Poetry of Space," *Schafer Sinological Papers*, no. 5 (privately printed, 1984), pp. 12–13。

[58] 有关服食此物的技术,见 Bokenkamp, *Early Daoist Scriptures*, pp. 318–322。

向的风,在朝霞弥漫的东方之国吹拂。[57]"玉领"是玉清天的边界,其居民从未屈尊下降到较低的领域。像所有真人一样,安度明可以在眨眼之间或此处的转舌之间("咄嗟",中古音 twět-tsya)到达想去的地方。"九围"代表九个水平间隔的天界,与地上的传统九州相对应。日之"精"在上清经书中被称为"霞",为真人所服食(我们之前已经提及),而月之"华"是此星体所散发的光华,它提供了匹配的琼浆。[58] 天宫坐落于貌似空虚的空间中,在那里此位真人如同《庄子》开篇中的大鹏一样飞行。但是,因为魏华存的缘故,安度明俯视下面的世界,并向她许诺,如果她使自己摆脱尘世的浑浊之气,并继续从其求道之路的良好开端发展,他们二位会再度见面。

接下来是青童吟诵,由玉女烟景珠以一组乐钟伴奏:

	太霞扇景晖	As the grand aurora fans a divine radiance,
	九气无常形	The nine pneumas have no fixed contours.
	玄辔飞霄外	With mystic reins, I fly beyond the empyrean;
4	八景乘高清	By eight sky-lights, mounting to lofty clarity.
	手把玉皇袂	I take in hand the sleeve-cuff of the Jade Thearch,
	携我晨中生	Where the two of us live in the realm of the dawn!
	盼观七曜房	Swing a glance over the seats of the seven glisteners—
8	朗朗亦冥冥	Brilliant in their brilliance, yet so darkly dark.
	超哉魏氏子	Gone beyond is she!—this child of the Wei clan,
	有心复有情	Possessed of heart, and possessed of what is genuine.
	玄挺自嘉会	Mystic elicitations have yielded this favorable gathering;
12	金书东华名	And your name is written in gold in Eastern Florescence.
	贤安密所研	If Xian'an can hold close what she contemplates,
14	相期眄洛洴	A rendezvous will be had at Yangluo for purifying.

与东方具有稳定联系的青童也从那里开始他的诗篇和旅程，指出在黎明的光辉中，九天摇曳不定，没有定形。他乘坐一辆充满"天光"或"光辉"的车，向上飞行；此类闪耀八方的天光，在我们的身体里也有对应物。[59] 青童有一位同伴，亦即玉皇或玉帝，也居住于这一天域。青童在天空中翱翔，观察五颗裸眼可见的行星、太阳和月亮（"七曜"），在黑暗的太空中熠熠生辉。然后他称赞魏华存是一位"超越"凡人命运的人；四位真人访问她，被解释为她的"玄挺"，即由她根本的精神美德所激发的行为。上文提到，"东华"是坐落于东海中的青童的天域的一般名称；在东华的一座宫殿中，保存有记录所有已飞升真人的名字和阶次的名籍，[60] 而魏夫人的名字已经写于其上，这预示她将会成真。在诗篇结尾，青童指出所有人将再次与魏华存相逢的地点是阳朔洛山，在那里她作为凡人的污浊残余将被消除。王褒也是在阳朔洛山得道的，因而被认为是魏夫人的主要度脱师。[61]

接下来给予鼓励的是扶桑公，由玉女贾屈廷以排箫伴奏。他的诗遵循了前两首的模式：

[59] 关于八景，主要可参看 Henri Maspero（马伯乐），"Les procédés de 'nourire le principe vital' dans la religion taoïste ancienne," *Journal Asiatique* 229 (1937): pp. 177–252, 353–430, 429–430；康德谟（Max Kaltenmark）：《景与八景》，收《福井博士颂寿纪念：东洋思想论集》（东京：早稻田大学出版部，1969），页1147—1154。

[60] 见 Kroll, "In the Halls of the Azure Lad," p. 85。

[61] 关于王褒的传记，见《云笈七签》，卷一○六，页3a。这座山含混地坐落于北方，也与清灵真人裴君玄仁联系在一起，见《云笈七签》，卷一○五，页7b。

	晨启太帝堂	Dawn discloses the halls of the Grand Thearch,
	超越鲍瓜水	As I move past and above the waters by the Gourd-star.
	碧海飞翠波	The cyan sea sets flying waves of brightest blue,
4	连岑亦岳峙	Like connected crags, like alpestrine crests!
	浮轮云涛际	I let the wheels glide at the edge of the cloudy surf,
	九龙同辔起	While the nine dragons rise on their reins together.
	虎旗郁霞津	Tiger banners cluster by the auroral fords,
8	灵风幡然理	Set in fluttering order by the numinous winds.
	华存久乐道	Huacun has persistently delighted in the Dao,
	遂致高神拟	Winning through to emulation of the high divinities.

	拔从三缘外	She is removed, drawn away, beyond the three conditions,
12	感会乃方始	And our sympathetic gathering just now is begun.
	相期旸洛宫	Rendezvous will be made in the palace of Yangluo,
	道成携魏子	And in the Dao's fulfillment I'll take in hand this child of Wei.

扶桑公轻易地越过匏瓜星（由我们的海豚星座中的五颗星组成），穿过银河（"天河"）之"水"。天河的波浪被巧妙地比作山峰，接下来几行对神灵侍从的描述也很精彩。诗篇的后半部分赞颂魏夫人超越了"三缘"的特殊成就。"三缘"的运用很有意思，因为此词含有佛教的弦外之音。"三缘"在此可能指的是三种基本的业力因缘，可理解为使人陷于轮回世界的负面意义，在其他地方也被称为"三毒"或"三垢"。[62] 虽然我们通常认为佛教在灵宝启示中起主要作用，而不是对上清启示有影响，但上清文献中也经常出现佛教概念和术语的痕迹。也就是说，在魏华存传记的叙述年谱中，这种引用并不完全是不恰当的。

[62] 这是康儒博（Robert F. Campany）提出的建议。这一术语在此处不太可能指净土佛教的"三缘"，即（1）佛陀会留意对自己名字的念诵，感受到对自己的虔诚，甚至意识到心灵的祈祷；（2）佛陀会在任何发誓要见他的人面前现身；（3）佛陀甚至会消除那些称颂其名号者的罪业，一切佛都会与临死前呼唤他们的人相见。

在扶桑公结束后，王褒献出他的作品：

	驾飙控清虚	Harnessing a gale, I rein in at Clear Barrens,
	徘徊西华馆	Round and about to the hostel of Western Florescence.
	琼轮既晨秒	As rose-gem wheels run past the nib of dawn,
4	虎旗遂烟散	Tiger banners trail scatterings of haze.
	惠风振丹旆	A favoring wind stirs the cinnabar pennons,
	明烛朗八焕	And luminous torches light the eight dazzlers.
	解襟墉房里	With my collar opened in the Castellated Chamber,
8	神铃鸣倩璨	Divine grelots sound their tinkling glitterance.
	栖景若林柯	I rest on sky-lights as though on sylvan boughs,

	九弦玄中弹	As music of nine chords is struck within the mystic realm.
	遗我积世忧	Let fall from "me" the sorrows of ages accumulated,
12	释此千年叹	And let go those sighings of a thousand years.
	怡盼无极已	Contentedly turn your view to the unterminate and endless—
14	终夜复待旦	All through the night, even down to the morning.

我们前面已提到，"清虚"是王褒所居住的王屋山上（或山内）的洞天的部分名称。"西华"似乎与青童的"东华"相对应，因此应该指的是西王母的界域。这一点在第七行得到了证实，其中提到位于遥远西方宇宙之山昆仑的"墉房"，这正是西王母居住的地方。王褒乘坐由风力驾驭的光芒炫目的车驾（"八耀"是前面提到的"八景"的另一名称），可以从东方的"晨抄"快速穿越天空而到达极西之处。在结尾的几行中，王褒对魏华存宣讲，告诫她应抛弃总是伴随自我的人生无常的悲伤，而转向真人所享有的无限领域。

为了符合他作为主要导师的角色，王褒以另外一首诗结束这场音乐会。此诗有20行，比其他几首都长，适合作为宏大的终曲。但是我们此处应省略此诗，只注意其最后一联。如同其他三位真人所呈现的结尾一样，此联展望了魏华存超脱尘世而加入他们行列的那一天：

灵期自有时	Our numinous rendezvous will come at its own time—
携袂乃俱骋	Sleeve-cuffs paired, we'll then race together!

魏华存的成仙过程由多个阶段构成，这使我想起新柏拉图主义（Neo-plationist）的灵魂升天或成圣的三阶段，或普罗提诺（Plotinus）的三个原则（如果我们略为通融一下界限）。而魏夫人从幼年开始的欲求一直集中于精神世界而不是物质世界，这使我想起波菲利（Porphyry）对普罗提诺的生平简述的著名开头："他似乎对待在一具躯体中感到羞

耻。"[63] 细节比较将会使我们离题太远，但我怀疑如果此两位人物能以某种方式相遇，他们会发现很多共同之处。

进一步研究的看法

在上文中我尝试说明，诗歌对早期中古道教十分重要，甚至在某些形式方面占有中心的位置。这方面的学术研究仅仅审视了表面现象。尽管如此，我们在此可以冒昧地归纳一些结论。

道藏中的诗歌[64] 在本质上大致是非常个性化、甚至个人化的。其中有很多（如果不是大部分）实际上是应景诗（我们把咒文排除在外，因为它们的确是由执行特定实践的任何人所反复吟诵和表演的脚本。但即使如此，也应注意咒文指向精确的、即刻的行动，而不是一般或抽象的反思）。同时，这些诗歌往往高度个人化，它们不是也不能纯粹是自我指涉的。它们的"情节"由作用于诗人的实际经验而考虑决定，特别是实际的精神体验。[65] 这不仅包括个人事务或仪式实践，而且还包括一个互文的网络。正如我们已经看到的，这一网络开始于公元前二世纪的《远游》诗。然而，对先例的引用或对权威的引述在其他同时代和较早的诗歌中很明显，却不是中古道教诗歌的重要特征。或者更确切地说，中古道教诗歌的构建诉诸不同的权威秩序。然而，从修辞的角度来看，这些诗歌的重点并不在于更好的过去，而在于更好的未来。

在此明辨另一种区别是有益的。与大多数西方宗教诗歌不同，道教诗歌不是虔诚的。约翰逊（Johnson）贬低"诗意的虔诚"（见其《沃勒

---

[63] 然而，我们必须记住，恰到好处地净化身体及飞升天界（抛弃肉体的外壳），对道教修行者是不可或缺的。来自古典西方的更合适的对应话语可能是曼利厄斯·西奥多（Manlius Theodorus）在四世纪后期为其成为修女的妹妹所写的诗篇，他将她描述为："在她凡人的头脑中从未想到凡事，总是热爱通向天国之路。"见 Peter Brown（彼得·布朗），*Augustine of Hippo* (Berkeley and Los Angeles: University of California Press, 1967), p. 92。

[64] 与保存于《道藏》之外的含有道教主题和旨意的诗歌相对而言。

[65] 关于此两句所表达的看法和措辞，我应感谢 Patrick S. Diehl（帕特里克·S·迪埃尔），*The Medieval European Religious Lyric: an Ars Poetica* (Berkeley and Los Angeles: University of California Press, 1985), p. 29; 虽然在大多数方面迪埃尔的文本与道家诗歌之间几乎没有相似之处。参看 Helen Gardner（海伦·加德内尔），*Religion and Literature* (Oxford: Oxford University Press, 1983), p. 135:"不论以宗教人物的身份写作的诗人是否试图在其文字和形象中表达所接受启示的实质性，或者表达他对启示的反应，他要求读者至少在阅读此诗时，接受一些不是个人所发现的真理，以及不是个人价值观的价值，并衡量并非按常规处理的经验，这些常规诗歌本身并未创造，但其存在使之成为理所当然。"

的生平》[Life of Waller]),认为诗歌惯常的内在愉悦必然会被宗教情感所击败,这在两个世纪以来西方对宗教诗歌的批评中占上风。即使艾略特(Eliot)也只是把宗教诗歌重新定义为"次要诗歌的一类"。[66] 无论我们对此有何感想(我不会讨论次要诗歌的代表如赫伯特[Herbert]或沃恩[Vaughan]的作品),对于阅读非虔诚的道教诗歌来说都是不重要的。事实上,道教诗歌是直接属于中国文化传统的诗歌。只不过是那种设计了解释性范畴和类别的趋向,使得我们看不到此点,而这种趋向在过去不曾存在,或不曾僵化地存在。关于此点,我们看看十八世纪的《佩文韵府》就可以明白。这一部巨大的用韵手册收集诗语范例,被清代考生和学者普遍视为正统的参考著作,其中包括数十则出自《真诰》所保存的诗歌(如果不是数百则,但我尚未统计确切数字)。书中对每一首引诗都准确地指出其神圣的作者,而不仅仅是注明出自《真诰》。这一情况说明此类资料被清代学者接受为所熟悉的广义文学经典的一部分,或他们被期待应该熟悉的部分。

[66] T. S. Eliot, "Religion and Literature," in *Essays Ancient and Modern* (London: Faber and Faber, Limited, 1936), p. 96.
[67] Bloom, *Ruin the Sacred Truths: Poetry and Belief from the Bible to the Present* (Cambridge, Mass.: Harvard University Press, 1989), p. 129.

我倾向于认为拥有自我意识的人类应具备两个决定性的品质,即对回忆和创新的永恒追求。当我们同时涉及过去和未来,我们总是处于消失中的现在,但我们寻求能使我们站住脚跟的语词或意象。哈罗德·布鲁姆(Harold Bloom)指出:"回忆不仅是诗歌创作的主要模式,它也是实践中灵感的主要来源。"[67] 灵感(或换一种说法,激情)以多种形式呈现,并永远引领着我们。它可能会将我们带回伊甸园,或尚未生成宇宙的混沌之源;它可能会将我们转换到天界,或将神灵转化为我们。中古道教诗歌是物质、文学、精神和想象的凝聚,是灵感/激情的表现之一。从前文所讨论的作品来看,用华莱士·史蒂文斯(Wallace Stevens, 1879—1955)的这些诗行来结束全文似乎十分恰当:

但回忆和激情,以及那些　　　　But memory and passion, and with these

对天堂的理解,将是天赐之福,	The understanding of heaven, would be bliss,
如果有天赐之福的话。	If anything would be bliss. [68]

(贾晋华 译)

---

[68] 引自 "Lytton Strachey, Also, Enters into Heaven," in *Opus Posthumous* (New York: Knopf, 1957), p. 38。

放逐边海，寄身蛮荒：
江淹在闽南

自五世纪中叶，北方衣冠已数代南居，建康定都百余年来，南迁避难的中原士族与南方大族虽然时常发生冲突；但在文化上的碰撞、融合使江南荆扬地区已然成为汉室子孙不争之延祚。至此，复国北土的梦想也难免烟消云散了。虽然江南各地郡县皆冠以"南"字以示侨居之意，[1]但是到了刘宋时期，士人已鲜有身居异乡之感。如同其父辈祖辈，虽然在一定程度上知晓北方祖籍的地理人事，但因从未涉足北地，俨然自视为江南士人。从各方面来讲，江东是他们土生土长的家乡。对他们来说，如下文所要探讨的，鄱阳、洞庭以外的地界才是真正的南蛮、不可居之文化荒原。在文学中，尤其是诗歌当中，我们能看到这一态度的精心架构和鲜活描述。[2]

本文通过江淹（444—505）的作品来具体印证上述的理论。江淹是刘宋末年南齐开朝的一个重要多产诗人。首先，我们需要对他的生平做个评释性简述。

不同于大多数其他文人，江淹是一个神童。其祖上的显赫到江淹出生已经衰落殆尽，但这并不妨碍他幼年饱读经书。江淹13岁丧父，因而度过了穷困的少年时代。因家族过往的名望和自身才华出众，江淹在七年后弱冠之年即公元464年初入仕途，担任刘宋孝武帝之子的老师。这位王子即南徐州刺史刘子鸾，当时年仅8岁（次年，刘子鸾被前废帝刘子业因妒而赐死）。因此江淹此次并非担任要职，但这个机会让他受到其他刘宋皇室成员的关注。

对于自己20年的入仕生涯，也就是从464年到五世纪八十年代初，江淹在其第一本文集的序言中有所叙述，[3]这些资料成为《梁书》《南史》官修本传的依据。[4]江淹自序中提到两位重要的交游人物，一是宋文帝刘义隆（407—453；424—453年在位）的长孙建平王刘景素（452—476）。刘景素

---

[1] 可比照美国新大陆类似的命名习惯，如新阿姆斯特丹（New Amsterdam）、新奥尔良（New Orleans）、新斯科舍（Nova Scotia）等。

[2] 曹道衡对于江淹的生平研究最为可靠，其相关著述散见各处，例如：曹道衡、沈玉成合编：《中古文学史料丛考》（北京：中华书局，2003）；曹道衡：《中古文学史论文集》（北京：中华书局，1986）、《中古文学史论文集续编》（北京：中华书局，2011）；曹道衡：《江淹》，收入吕慧娟等编：《中国历代著名文学家评传》（济南：山东教育出版社，1985），第一册，页503—525。另可参看俞绍初：《江淹年谱》，载刘跃进、范子烨编：《六朝作家年谱辑要》（哈尔滨：黑龙江教育出版社，1999），第2册，页83—147；而丁福林的《江淹年谱》（南京：凤凰出版社，2007）对前二者之疏漏有所纠正。

[3] 参看我的英译本序文，Kroll, "On Political and Personal Fate: Three Selections from Jiang Yan's Prose and Verse," in Wendy Swartz（田菱）, et al. eds., *Early Medieval China: A Sourcebook*, (New York: Columbia University Press, 2014), pp. 392–395.

[4]《梁书》（北京：中华书局，1973），卷十四，页247—251；《南史》（北京：中华书局，1975），卷五十九，页1447—1451。

虽无太子之位,但因素好文章书籍,招集才义之士,深得朝野属意。江淹于 466 年底入职刘景素幕下,当时景素十四岁,江淹二十二岁。在此后的八年中,除了偶有外调之外,江淹一直追随景素左右。[5]二人建立了亲密关系。宋明帝于 472 年夏天驾崩,给刘景素提供了继位的可能。由于江淹并没有为刘景素的皇帝梦摇旗呐喊,导致二人关系渐趋冷却,江淹于后废帝 474 年所著的 15 篇谏诗里也委婉表达了对刘景素帝位追求的怀疑,这种表述当然也无补于二人的关系。[6]

稍后发生的一件事使得江淹与刘景素的失和状态进一步公开化了。元徽二年,东海太守陆澄(425—494)在家居丧,不能行使政事。当时江淹的职务是镇军参军,兼任南东海郡丞。江淹想以郡丞代理郡守,但是刘景素却任用了司马柳世隆(442—491)。江淹多次请求,于事无补,反而触怒了刘景素,被贬为建安吴兴县(今福建浦城)令。[7]从这年秋至 477 年初,江淹在吴兴县令任职 3 年。此期间的诗作是本文讨论的主要对象。

进行具体论述前,让我们先完成江淹生平的简介。尽管江淹感受到了身陷南蛮、无法参与朝廷权力中心的活动(这些活动最终导致刘宋灭亡),但他却避免了像他同僚一般的杀身之祸——例如刘景素于 476 年被诛杀,而江淹只是去官为民。元徽五年,江淹北归特作《无为论》以示远离政治之意。[8]但是,为时未久,萧道成(427—482)——江淹仕途的第二个重要人物——说服了江淹重返朝廷。

萧道成当时在宋廷权势已隆。早在 474 年夏,亦即江淹与刘景素决裂遭贬福建之前,桂阳王兼江州刺史刘休范(448—474)叛变,萧道成领军平乱,曾召江淹作《敕为朝贤答刘休范书》。因其"文诰亦办",等到萧道成于 477 年建相府,自然想到江淹,补为记室参军。接下来,萧道成完成灭宋大业,宰制全国;479 年,萧道成篡宋自立为天子。江淹的命运也随之改变,他创

[5] 江淹转入刘景素幕下不久,受广陵令郭彦文案牵连,被诬受贿入狱,在狱中上书陈情,次年秋获释。
[6] 江淹所作诗篇效仿阮籍难以解明的《咏怀》82 首。见胡之骥(约 1598):《江文通集汇注》(北京:中华书局,1984;下文简称为《汇注》),卷三,页 121—127;俞绍初、张亚新:《江淹集校注》(郑州:中州古籍出版社,1994;下文简称为《校注》),页 21—30;逯钦立编:《先秦汉魏晋南北朝诗》(北京:中华书局,1983),页 1581—1583。
[7] 建安吴兴与浙江省太湖南部的吴兴容易混淆。
[8] 关于此篇的讨论和翻译,参看我的论文:Kroll, "Huilin on Black and White, Jiang Yan on *wuwei*: Two Buddhist Dialogues from the Liu-Song Dynasty," *Early Medieval China* 18 (2012): pp. 1–24。江淹在此文中,通过无为先生回应了王公大人对自己的一个讥讽。

[9] 江淹后期的作品大多是公文，萧齐开国时期，江淹有诗文创作。钟嵘《诗品》中有"江郎才尽"的故事，关于这个故事，我已经有所讨论，参看注3和注8中引用的文章。

[10]《被黜为吴兴令辞笺诣建平王》，《汇注》，卷九，页333—334；《校注》，页250—253。

[11] 洪兴祖（1090—1155）：《楚辞补注》（北京：中华书局：1983），卷十四，页264。如下文讨论所示，江淹在描写福建时，多所引用《楚辞》文字。

制了大部分的齐宋换代的文书，成为萧齐忠臣，在短短的三十一年时间内担任了一系列职务，但并没有参与重要政治决策。直到502年萧梁代齐，江淹仍为新朝所重。梁505年江淹去世，谥号"宪伯"。

江淹现存文集中有27篇赋，130余首诗，大部分作于477年之前，尚未跟随萧道成的时期。[9]早在五世纪七十年代初，江淹已经颇具诗名，而他在福建，也就是474年秋至477年春这段时间里，创作了极具个人情感并时而体现酸楚讽刺语调的诗文。这类作品甚至在他动身去闽南之前就已经出现，例如他写给刘景素的离职公函《被黜为吴兴令辞笺诣建平王》[10]，就是一篇极具魅力的作品。除了有些夸张的自贬自责之外（例如，"孽由己作，匪降自天"["My trials were brought on by myself, not sent down by Heaven"]）。终篇弥漫着极端的效忠言辞，但也夹杂着对建平王的偶尔讽刺，例如："而小人狼狈，为鬼为蜮。"（"But I, a petty person, stupidly fell out of step, as though a demon or a water-imp."）乍看之下，这句充满了悔恨自责，由于引自《毛诗》第199篇（《小雅·何人斯》）的"为鬼为蜮"四字在此处可解读为指向话者本人。可是，《巷伯》一诗的传统解读，认为该诗表达了诗人对昔日友人背叛自己的控诉。并且在诗中，背叛者被描述为"为鬼为蜮"。所以"为鬼为蜮"也可以解读为指向刘景素。虽然江淹一文表面上谨小慎微、诚惶诚恐、献卑致歉，但其中的一丝讽刺恐怕难以逃脱读者的眼睛。

就本文的主旨而言，最值得注意的是江淹在其诗文中对自身将在未经开化的南方所遭遇的一切的措辞。比如，"凿山楹为室，永与鼋鼍为群"（"I will carve out a mountain's struts to make my house, and ever after be the neighbor of sea-turtles and alligators"）。此句上联引自《楚辞》中庄忌（约前188—前105）的《哀时命》（"Lamenting my lot in this age"）一文的"凿山楹为室兮"。[11]此句将在江淹的另外两首诗中出现，下联的"鼋鼍"也会再次出现。在这篇辞笺的末尾，接续更多对刘景素的夸赞之辞之后，江淹写道:"淹乃梁昌,自投东极。"("I then fell into confusion and so have cast myself into the farthest limits of the east."此处"东"是面对长江下游而言,所以也就是"南")也就是说,他要去往南方的 Ultima Thule [译者按:即"小行星 486958(2014 MU69)";中文一般译为"天涯海角"或者"终极远境"]。

  让我们稍做暂停,思量一下贬谪福建对江淹意味着什么。吴兴位于现在的浦城,隶属建安郡(府治位于吴兴以南 35 英里,也就是现在的建瓯),是当时刘宋最遥不可及的外疆。虽然三世纪时东吴业已将其纳入管辖范围,后代王朝对此因袭,但通常意义上的"汉"文化在这一地区仍是闻所未闻。当地的语言属于闽方言的一支,在江淹之前没有史载文官居住此地或进行关于此地的描述。其地形是闽南特有的丘陵地貌,属亚热带区。对于一个像江淹这样一个有自我意识的典型文人来说,这里很难有什么可以吸引他的东西。恰恰相反,除了气候上的差异,这个地方可能和奥维德(Publius Ovidius Naso,公元前 43—17 或 18)的流放地黑海西岸的托米斯城(Tomis)一样荒凉峻险。虽然江淹至少还有官职,不像奥维德全靠自己。不过,江淹在这样偏远的地方做太守,与被贬官并没有多大区别。这跟江淹生活前期相比反差太大了。另外,去吴兴述职没有固定期限,可能让江淹更惴惴不安,担心遥无归期。在这样的心境之下,江淹数月后的姗姗来迟也是情有可原的。不难想象,他每天都在期盼着转机,可以被调回扬州,或者迁转到一个不那么荒凉的地区;然而,他最终毕竟在闽南度过了两年半。从政治角度上讲,这只是贬官,而对江淹本人来说,这是真正意义上的文化流放。

  江淹的某些诗赋创作,从作品中的言辞可以确定是作于福建时期。还有一些作品,根据类似或者相近的措辞,可以拟定为作于福建。[12] 属于前一类的诗篇有:《赤亭渚》《渡泉峤出诸山之顶》《迁阳亭》《游黄蘗山》《杂三言》5 首、《山中楚辞五首》之五、《草木颂十五首》;8 篇赋为:《待罪江南思北归赋》《青苔赋》《四时赋》《赤虹赋》《水上神女赋》《石劫赋》

[12] 魏宁(Nicholas Morrow Williams)最近对江淹所谓的吴兴建安作品系年提出较有意义的质疑。他提醒学者不能通过简单的心理阅读来推断创作原因。参看 Williams, "Self-Portrait as Sea Anemone, and Other Impersonations of Jiang Yan," pp. 139, 140–141。当然,我们也不能走到另一个极端,来完全否定作品创作时间的毗邻,尤其是两篇以上作品里出现相同辞汇或者意象上的独特更进。我们写作的经验证明了写作特点的时期性,知道自觉重复后再有意识地去改变。

[13]《汇注》，卷一，页31—35；《校注》，页197—201。值得注意的是，"待"在此处不是简单的"等待"的意思，贬谪南方的罪责已经体会了。这里的上下文"待"的意思是"在一种状态下或者地域中忍耐并坚持下去"。

[14] 江淹此处将自己比小人，称刘景素为君子，这样的并称已出现在前文提到的《辞笺》一文当中。

[15] 刘景素在此被喻为银河日月，天赐雄才。

[16] 此句意指《庄子·逍遥游》中的大鹏："背负青天而莫之夭阏者，而后乃今将图南。"("After shouldering the blue sky on his back, and nothing to impede or impair him, he now is about to set off toward the South.") 见郭庆藩（1844—1896？）:《庄子集释》（北京：中华书局，1961），卷一，页7。

[17] 参《毛诗》第80号（《郑风·羔裘》）："彼其之子，舍命不渝。"("That man among them/ Rests in his charge, never changing.") 此诗，在江淹时代，通常被诠释为对良臣的奖许。此处江淹应该是自喻。

《空青赋》《翡翠赋》。第二类，可能也是这一时期的作品，赋作包括:《去故乡赋》、其名作《恨赋》《倡妇自悲赋》《泣赋》；诗作则有：《采石上菖蒲》、10首组诗《悼室人》，此外也许可加上《山中楚辞》的前4首。由于篇幅所限，只能选择几篇诗赋里江淹所流露对南方边陲的感受做分析和考量。

首先讨论的当然是《待罪江南思北归赋》。[13] 我们注意到"江南"在这里所指代的并非扬州地区，而是作者将待罪的偏远南方，而他要归返的北地也不是中原而是我们通常所说的"江南"。这些方位上的错置透视了江淹被强制迷失文化方向。赋的开篇两段讲述了他和建平王刘景素的关系。此处所述要更甚于上文所提到的《辞笺》，江淹对自己恩主的恭敬着意夸大。我们还将看到，提到自己贬谪闽南，江淹言辞锐利，也体现在他在福建时期创作的一些诗文当中。

	伊小人之薄伎	I with just the meager gifts of a petty person,
	奉君于而抚力 [14]	Tendered all my strength in deference to a noble man.
	接河汉之雄才	Endowed with the powerful faculties of the starry river,
4	揽日月之英色 [15]	He embodies the finest look of sun and moon.
	绝云气而厉响	Cutting through the cloudy ethers, sharply resounding,
	负青天而抚翼 [16]	He shoulders the blue sky whilst beating his wings.
	德被命而不渝 [17]	His kindness laid on me a charge, never changing;
8	恩润身而无极	His favor enriched my person, without any limit.

	何规矩之守任 [18]	But by what rule or compass do I hold responsibility?
	信愚陋而不肖	For truly, dull-witted and uncouth, I am not worthy.
	愧金碧之琳琅	Ashamed as if by the gemstone standard of splendid gold,
12	惭丹艧之照曜 [19]	I am humbled as if by the lucent luster of choicest cinnabar.
	樊天网而自罹	Caught in Heaven's net, now I have come to this pass;
	徒夜分而谁吊	In the night's divisions it is useless that anyone repine for me.

诗人在下一章节转向自己的过失和罪责。（这里的"误"字让人联想到奥维德被贬的原因——"carmen et error"［诗与误］。）江淹把转迁之所视为重新开始的起点。这样，他启程离开朝廷和所谓的北方。

[18] 此句大意为：以何德何能，我受到青睐？参《离骚》："固时俗之工巧兮，偭规矩而改错。"（"Indeed the artful contrivers of this vulgar time—/ Turn their backs to square and compass, altering the lines."）见《楚辞补注》，卷一，页15。

[19] 此句中无可比拟的金玉至德用以比喻刘景素。

[20] 江淹的《被黜为吴兴令辞笺诣建平王》中有句类似的短语："仰遭大道之行，草木勿践。"（"Looking up I encounter the Great Way's course of action, which never treads on the least plant."）见《汇注》，卷九，页333；《校注》，页250。

[21] 三辅包括京兆、长安、扶风和冯翔。江淹用这些关中地名来代指建康地名。

	遭大道之隆盛	Encountering the Great Way's majestic fullness,
16	虽草木而勿履 [20]	Even the least plant need not be trod upon.
	误衔造于远国	For error, I have proceeded as told to this far region,
	出颠沛之愿始	Where, from out of misfortune's fall, I might start anew.
	去三辅之台殿 [21]	Leaving the halls and terraces of the Three Vicinages,

20	辞五都之城市 [22]	I bid farewell to the walls and markets of the Five Metropolises.

[22] 汉代五都指洛阳、邯郸、临淄、宛和成都；三国时期的五都指长安、谯、许昌、邺和洛阳。江淹这里用来代指江南地区。

[23] "江南"在此处非指长江下游的吴地，而是更远的福建。

[24] 此句指向《招魂》所描述的南方的险境："蝮蛇蓁蓁，封狐千里些；雄虺九首，往来倏忽，吞人以益其心些。"("Pit vipers prosper and spread, huge foxes run a thousand *li*—;/ Nine-headed deadly bamboo-snakes slither swiftly here and there,/ Devouring men to sate their whims—") 见《楚辞补注》，卷九，页199。"比景"指汉代安南，此地由于太阳直射，人影好像踩在脚下；另一类似地名可能是北影。苍梧是舜的埋葬地，或为今日广西东部的梧州。

[25] 江淹在此应用了一系列《九章·哀郢》里描写公元前三世纪楚民被逐出郢都离散流亡的意象："皇天之不纯命兮，何百姓之震愆。民离散而相失，方仲春而东迁。去故乡而就远兮，遵江夏以流亡。"("August Heaven's decrees are not untainted—;/ Why do the hundred surnames suffer for its wrongs?// The people parted and went away, giving up each other,/ And just in mid-springtime removed to the east.// Leaving my homeplace, I went on into the distance—,/ Tracing the Jiang and the Xia, adrift in exile.") 见《楚辞补注》，卷四，页132。

[26] 参《毛诗》第129号（《国风·秦风·蒹葭》）："蒹葭苍苍，白露为霜。"("The reeds and rushes turn greyish-green,/ And white dew becomes hoarfrost.")

此后，作者的描述转向南地。接下来的68句将无间断地引述和译注如下。值得注意的是，江淹对南地的感受和描述都是以《楚辞》篇目为明显坐标的。江淹的共鸣并非来自《离骚》或《九歌》的章节，而是其他的《楚辞》篇章。

	惟江南兮丘墟 [23]	Verily, on to the hilly wastes of a land south of the Jiang;
	遥万里兮长芜	A myriad miles remote, everywhere overgrown with weeds;
	带封狐兮比景	Beset with giant foxes, in the territory of Bijing,
24	连雄虺兮苍梧 [24]	As with deadly bamboo-snakes in the lands of Cangwu.
	当青春而离散	It was greening springtime when all parted and went away,
	方仲冬而遂徂 [25]	And just in mid-winter I arrived here in due course,
	寒蒹葭于余马 [26]	Where the reeds and rushes are cold to my horses,
28	伤雾露于农夫	Where the mists and the dew impair the farmer.

	跨金峰与翠峦	I have traversed peaks of gold and halcyon-blue tors,	[27] 此句指向《楚辞·九叹》中刘向（前 77—6）作的《忧苦》（"Anguish of sorrow"）："登巇屼以长企兮，望南郢而窥之。"（"Ascending the sheer steepness, long I stood tiptoe—,/ Gazing toward southern Ying, just to catch a glimpse."）见《楚辞补注》，卷十六，页 299。如其他引用《楚辞》文字的例子，江淹在此借楚国故都——郢都，表达了他对故都的追思。
	涉桂水与碧湍	Forded osmanthus-lined rivers of cyan-blue billows.	
	云清泠而多绪	The clouds were clear and cooling, often in threads,	[28] 如上文所示，此处江淹使用了也出现于《辞笺》的《哀时命》的意象，见本赋的第 44、79、80 句。 [29] 此处"战"字应理解"惮"。这句的意思是：连鹰隼猛禽及鼋鼍都因淫雨而失所无从自适。
32	风萧条而无端	And the winds blew bleakly, never desisting.	
	猿之吟兮日光回	The wailing of gibbons echoes far in the light of day,	
	狖之啼兮月色寒	And the cries of black monkeys are cold under the moon.	
	究烟霞之缭绕	Delving into wreathing windings of haze and bright vapors,	
36	具林石之巉屼 [27]	I journeyed into a sheer steepness of forest and stone.	
	于是	And here:	
	临虹蜺以筑室	Overlooking the rainbow's arc, I have reared a house,	
	凿山楹以为柱 [28]	Carved out the mountain's struts to fashion its pillars.	
	上暠暠以临月	Upward, gleaming aglitter, I can look out on the moon,	
	下淫淫而愁雨	But downward, drenched in deluge, I despair at the rains.	
40	奔水潦于远谷	Overflowing waters rush into the distant valleys,	
	汩木石于深屿	As trees and rocks are flooded on submerged isles.	
	鹰隼战而櫓巢 [29]	Hawk and falcon are dismayed and keep to their nests;	
44	鼋鼍怖而穴处	Even alligator and sea-turtle stay frightened in their holes	
	若季冬之严月	Coming to the harsh month of latest winter,	

	风摇木而骚屑 [30]	As the wind shakes the trees, howling hoarsely,
	玄云合而为冻	Dark clouds gather, turning all ice-cold,
48	黄烟起而成雪	And a dun film rises up, changing to snow.
	虎蹯踞而敛步	The tiger huddles in a ball, curbing its paces;
	蛟蟺跜而失穴 [31]	The lamia, writhing and wriggling, forsakes its den.
	至江蓠兮始秀 [32]	In spring when river sedge begins to flourish,
52	或杜衡兮初滋	Or when sweet pollia is just branching out,
	桂含香兮作叶	The osmanthus, full of scent, sets forth its leaves,
	藕生莲兮吐丝	And the lotus, rising from its root, extends its fibers.
	俯金波兮百丈	Looking down on golden waves stretching for a thousand feet,
56	见碧沙兮来往 [33]	In summer I see prase-colored sand shifting to and fro.
	雾纷纭兮半出	The fog builds and blurs, halfway revealed,
	云杂错兮飞上	While clouds mesh and merge, floating above.
	石炤烂兮各色	Rocks brightly glinting, each with its own look;
60	峰近远兮异象	Peaks far and near, all of different appearance.
	及回风之摇蕙 [34]	In autumn an eddying wind will shake the melilot,
	天潭潭而下露	And dew from a sky soaked and saturated descends.
	木萧梢而可哀	Trees rustle and whisper as if they are in mour-ning;
64	草林离而欲暮 [35]	Plants dripping and damp tend toward their decline.
	夜灯光之寥炯	In the lonely gleam of nighttime's lamplight,

[30] 参《楚辞》刘向《九叹·思古》："风骚屑以摇木兮，云吸吸以湫戾。"（"The wind howls hoarsely, shaking the trees—；/ The clouds scud saddeningly, rolling up and sluing off."）见《楚辞补注》，卷十六，页306。

[31] 与虎的蹯踞不同，蛟龙在寒风最后的咆哮中听到春天的讯息，从而开始舒展身躯，迎接季节变换。

[32] 江蓠的植物学科目很难确定，不同时期，不同作家，不同地区，所指皆可能不同。但通常被认为是 Gracilaria verrucosa，也就是一种海藻类，这是错误的。康达维在他的司马相如前179—前117）《子虚赋》译注中提供了有用的信息，见 Knechtges, trans., Wen xuan, or Selections of Refined Literature, vol. 2: Rhapsodies on Sacrifices, Hunting, Travel, Sightseeing, Palaces and Halls, Rivers and Seas (Princeton: Princeton University Press, 1987), p. 58, L. 70。

[33] 参郭璞（276—324）《江赋》中关于滔滔江水的描述："碧沙瀢沱而来。"（"Prase-colored sand tosses and tumbles to and fro."）见 Knechtges, trans., Wen xuan, 2: p. 327；萧统（501—531）编：《文选》（上海：上海古籍出版社，1994），卷十二，页560。

[34] 此句指向《楚辞·九章》之《悲回风》："悲回风之摇蕙兮，心怨结而内伤。"（"Grieving at the eddying wind that shakes the melilot—,/ My heart, twisted and knotted, aches within."）见《楚辞补注》，卷四，页155。

[35] "林离"作"淋漓"解。

	历隐忧而不去 [36]	The darkening sorrow I experience cannot be expelled.
	心汤汤而谁告 [37]	My heart's cares and concerns, to whom can I declare them?
68	魄寂寂而何语	My soul's bereft forlornness, how can I relate it?
	情枯槁而不反	Feelings, withered and worn, no longer reach outward;
	神翻覆而亡据	Spirit, overborne and oppressed, now relies on nothing.
	夫以	Though there was
	雄才不世之主	An uncommon ruler of powerful faculties,
72	犹储精于沛乡 [38]	He still husbanded his essence in the village of Pei;
	奇略独出之君	An outstanding sovereign remarkable in strategy
	尚婉恋于樊阳 [39]	Yet had tender longings for his home in Nanyang;
	潘去洛而掩涕 [40]	Departing from Luoyang, Pan Yue was wiping tears,
76	陆出吴而增伤 [41]	And upon leaving Wu, Lu Ji's grief was acute.

[36] 指向《哀时命》句:"夜炯炯而不寐兮,怀隐忧而历兹。"("At night distracted in dejection, I cannot sleep—,/ Holding to heart the darkening sorrow I've experienced.")见《楚辞补注》,卷十四,页259。

[37] 此句引自《哀时命》:"心忧忧而无告兮,众孰可与深谋。"("My heart's dense despair has none to declare it to—;/ With whom among the throng may I take deep counsel?")见《楚辞补注》,卷十四,页260。

[38] 此处指的是汉高祖刘邦高祖十二年(前195)回故乡沛(江苏),在沛宫置备酒席,酒到浓时,唱起《大风歌》,并对父老兄弟说:"游子悲故乡。吾虽都关中,万岁后吾魂魄犹乐思沛。"("A wanderer keeps his homeplace in his heart. Although my capital is in the Guanzhong region, a myriad years hence my cloudborne and earthbound souls will yet take pleasure in thinking of Pei.")见《史记》(北京:中华书局,1982),卷八,页389。另,江淹用"雄才"("powerful faculties")一词指称刘景素和刘邦。

[39] 这里的"君"指的是刘秀,东汉光武帝。他于在位的第17年(即公元41年)回故里南阳(今湖北枣阳)的事件,记载于《后汉书》(北京:中华书局,1965),卷一,页68—69;其中没有明确提到光武对故乡的"婉恋"。在"南阳"和"樊阳"两种异文之间,我接受"南阳"。南阳也曾名春陵和章陵。

[40] 潘岳(247—300)于292年从洛阳去长安就职途中书写的《西征赋》提到"掩泣"("sighing and sobbing")。见《文选》卷十,页440;英译见Knechtges, Wen xuan 2: pp. 179—235。

[41] 吴人陆机(261—303)在西晋灭吴后,北上洛阳时,也表达了怀乡之情。比如他的《赴洛》("Proceeding to Luoyang")二首中有各种悲情泣涕的表达。见郝立权:《陆士衡诗注》(台北:台湾商务印书馆,1976),卷三,页7a—8b。

	况北州之贱士	More so is it for a low-repute man of northern climes,
	为炎土之流人	Become a person now adrift in this sweltry land,
	共魍魉而相偶 [42]	Where one's companions are spectral succubi,
80	与蟏蛸而为邻 [43]	And one's neighbors are spume-spinning spiders,
	秋露下兮点剑镡	Where autumn's dew descen-ding blotches blade and sheath,
	青苔生兮缀衣巾 [44]	And springtime moss in growth clings even to robe and headwrap.
	步庭庑兮多蒿棘	As I pace in porch and cour-tyard, many the weeds and wormwood,
84	顾左右兮绝亲宾	But looking to left and right, I am cut off from family and friends.
	忧而填骨	Wretchedness fills my bones,
	思兮乱神	This yearning unsettles my spirit.
	愿归灵于上国	I pray my final consciousness return to the upper domain—
88	虽坎轲而不惜身	Then, though rough my road may be, I shall grudge it not.

[42] "魍魉"（"spectral succubi"）是木石之怪的总称，早期有瘟疫的意思，是汉代大傩（Great Exorcism）所要驱除的灾祸。参见《后汉书·志》，卷五下，页3127—3128，英译参Derk Bodde（卜德），*Classical China: New Year and Other Annual Observances during the Han Dynasty, 206 B.C.-A.D. 220* (Princeton: Princeton University Press, 1975), pp. 81–82；张衡（78–139）：《东京赋》，《文选》，卷三，页123—124，英译参Knechtges, trans,, *Wen xuan*, 1: pp. 291–297.

[43] 蜘蛛的一种，腿很长，结网成车轮状。可能是 *Tetragratha praedonia*；亦称"喜蛛""蟢子"。江淹《四时赋》中提及其蜘网。

[44] 青苔多有生长，表明气候潮湿。《艺文聚类》"青苔"作"春苔"。其后文曰江淹著有《青苔赋》，疑误混淆。

这篇赋酝酿于厌恶和恐惧的情绪之下。倘若死于闽南，江淹所希望能归灵的"上国"（"upper domain"）指的就是中国（"central domain"），亦即中原（"Central Plains"）这个华夏文明之摇篮。"上国"也可读为"主上之国"（"His Highness's state"），即朝廷所在地。这里江淹用以指代江南地区，特别是建康。

第21句叙写诗人出发去福建，他脑海中出现的恐怖景象是《招魂》里的"封狐""雄虺"。等他到达目的地时，诗人首先回顾了路途所见的新鲜景色和所闻的令人沮丧的声音（白天的猿鸣和夜间的狄嗥），然后在第35—36句引《楚辞·忧苦》总结其旅途为"缭绕"且"具林石之巑岏"。诗歌意象的逻辑带入下文的"临虹蜺以筑室，凿山楹以为柱"，回响着《哀时命》的书写。从那里，诗人瞭望秋夜的孤月，低头俯视水潦的远谷。连那些原本凶悍动健的"鹰隼"和"鼋鼍"也都各自约束起来。

[45]《汇注》，卷一，页58—60；《校注》，页201—203。
[46] 钱锺书指出这种结构在江淹之前没有先例。《管锥编》（北京：中华书局，1979年），页1408。

接下来的4节（第45—70句）描写了一年四季的交替，从冬天开始——江淹到达的季节——直到来年的秋季。在此过程中，我们听到更多《楚辞》作品的回响，如《悲回风》《思苦》《哀时命》等。在一年之末，诗人感叹道："情枯槁而不反，神翻覆而亡据。"江淹在这令人沮丧的地方被击败。也许是自我安慰，他追忆历史前贤，他们背井离乡多年后仍归心不减。在最后一节里，江淹对前文作了总结：他流落异乡，不得不与蟏蛸为邻，生存在潮湿青苔多生的环境中。倒数第2联，江淹突然改用四言句式，这也是全赋中的唯一一次。借此，诗文节奏缓慢下来，有效地凸显了怨情的喷发："忧而填骨，思兮乱神。"诗人最终的祈愿因此更具力量和感伤。

在《四时赋》里，[45] 江淹将《待罪赋》中的四季次序再次运用，作为全篇的结构纲领。[46] 与全篇六言的《待罪赋》所不同的是，《四时赋》用的是四六言的有序交替。在以春天作为开始描写四季交替的四节（第2—5节，第5—36句）里，有着固定的格式，以四言起篇，继以六言的联句，春季的描写以六言的四句式结束，除此无他例外。最后2节诗长度不一，但也以四言起，六言终。在音节外短语（"hypermetrical phrase"）的使用上，除了见于每节的开头（第1节除外），在第5、7节（四季描写的最后一节和全赋的最后一节）中各插入一个音节外短语（前者包括："若乃""至若""若夫""至于""是以"等；而节中出现的有"故""实由"等）。这首赋不但是江淹用来抒情达意的，更是用心谋篇布局的书写练习。

《待罪赋》的一些意象在此《四时赋》中以稍微不同的措辞重复出现。比如，在第2节的第1联里出现的，之前我们见过的，令人不悦的蜘蛛网丝和无所不在的青苔。

	北客长欷	A stranger from the North sighs long,
	深壁寂思	Silently yearning behind deep walls.
	空床连流	An empty bed has been kept continually,
4	圭窬淹滞 [47]	As I stagnate within tablet-shaped slats.
	网丝蔽户 [48]	Webby threads screen the doorway,
	青苔绕梁 [49]	And green moss grows round the roofbeams.
	春华虚郁	Here springtime flowers overbloom in vain,
8	秋月徒光 [50]	And autumn's moonlight shines to no avail.
	临飞鸟而魄绝	Looking out at birds in flight, my soul feels cut off;
	视浮云而意长	Beholding the drifting clouds, my thoughts lengthen out.
	测代序而饶感	Brooding on time's chronic sequence affects me all the more;
12	知四时之足伤	Understanding the four seasons' turning is suffi-ciency of pain.
	若乃	So it is
	旭日始暖 [51]	When the first warmth is brought by the dawning sun,
	蕙草可织 [52]	And the melilotus plant is able to be braided,
	园桃红点	When the garden's peach blossoms are daubed in pink,
16	流水碧色 [53]	And the rivers in flow are colored cyan-blue,

[47] 形状如"圭"的墙洞,四边狭窄而顶端为圆。这样的建筑应该是独具当地特色。
[48] 蛛丝网,见《待罪赋》第 80 句中的蟏蛸。
[49] 青苔四处可见。参《待罪赋》第82句,苔丝缠于衣冠。
[50] 这样的荒凉之地,春华、秋月也无人欣赏。
[51] 参《毛诗》34(《国风·邶风·匏有苦叶》):"旭日始旦。"("The dawning sun at last brings sunrise.")
[52] 以芳草编为绶带象征佩戴者的美德,如《离骚》:"替余以蕙纕兮,又申之以揽茞。"("Though I have been replaced, of melilotus is my sash woven,/ And I add to it with angelica I gather.") 见《楚辞补注》,卷一,页 14。花草编织比喻的另一个层面是植物生长茂盛,如细密的茧绸(绸和稠属同源词)。繁盛的花簇与织锦的相通之处,在下文第 23 句再次出现。
[53] 参《待罪赋》第 30 句中的"碧湍"。

	思旧都兮心断 [54]	I yearn for the old capital, as my heart is breaking,
	怜故人兮无极	And the longing for my dear friends goes on without end.
	至若	Then it is
	炎云峰起	When sweltry clouds rise up teeming,
20	芳树未移 [55]	And balmy trees no longer sway,
	泽兰生坂	When marsh thoroughwort grows on the banks,
	朱荷出池	And vermilion lotuses emerge from ponds,
	忆上国之绮树	I recall the filigreed trees of the upper domain,
24	想金陵之蕙枝 [56]	And remember the sprigs of Jinling's sweet basil.
	若夫	And then
	秋风一至	When autumn winds arrive all at once,
	白露团团 [57]	With white dew grouped englobed,
	明月生波 [58]	As the luminous moonlight quickens its waves,
28	萤火迎寒 [59]	And fireflies usher in the cooler weather,
	眷庭中之梧桐 [60]	I feel pangs for my courtyard's "we-together" trees,
	念机上之罗纨	Reminded of the gauze and taffeta from my wife's loom.
	至于	Coming to
	冬阴北边	When winter darkens the border northward,
32	永夜不晓	And no light breaks on nights that seem endless,

[54] 取"旧都"弃"应都"。
[55] "芳树未移",盛夏炎热,微风不发。
[56] "上国",如《待罪赋》第 87 句所指乃江南地区,金陵为建康别称。
[57] 露珠是水滴的团凝所成,描述词"白"使之和秋天及明月相关联。
[58] 明月生波的"波"指的是月光之粼粼波纹。
[59] 根据《礼记·月令》,季夏之月"腐草为萤"。《礼记正义》(《十三经注疏》本),卷十六,页 6a(1370a)。因此,初秋时分,萤火虫将会现身迎接这个凉爽的季节。
[60] 梧桐树学名为 Sterculia (or Firmiana) platanifolia。其音谐"吾同"("we together"),因而尤其让人联想到恋人。此处触发了诗人对妻子记忆,这份记忆也伴随下文中所提及的女性纺织行为再次出现。

	平芜际海 [61]	Where dense weedland runs to the sea,
	千里飞鸟	And birds fly on for a thousand miles,
	何尝不	Have I ever not
	梦帝城之阡陌	Dreamt of the crisscross roads of the imperial city,
36	忆故都之台沼	Recalled the terraces and pleasure pools of the old capital?
	是以	Because of this
	轸琴情动	When tuning the zither my emotions are roused,
	戛瑟涕落	When plucking the cithern my tears fall.
	逐长夜而心殒	In train of the long nights, my heart is downcast;
40	随白日而形削	Attending the bright days, my health abates.
	故	Hence
	秦人秦声 [62]	A man from Qin intones the music of Qin,
	楚音楚奏 [63]	The man from Chu plays a tune from Chu.
	闻歌更泣	On hearing the song, one weeps right away,
44	见悲已疚	With grief already endured for long,
	实由魂气怆断	Because indeed soul and vital force are woe-laden and broken,
	外物非救 [64]	And things outside me offer no salvation.
	参四时而皆难	Essaying the four seasons is hard in every case,
48	况仆人之末陋也	Even more for the most ignoble of abject persons.

[61] 此处"平"并非"平坦"之意,而是"荒芜"。见李善(卒于689)注司马相如《上林赋》,《文选》,卷八,页374。

[62] 杨恽(卒于前54)《报孙会宗书》云:"家本秦也,能为秦声。酒后耳热,仰天抚缶而呼呜呜。"("As my family hails from Qin, I am versed in the tunes of Qin. ... When drunk enough that my ears are warm, I lift my head to the sky, beat on a pot, and cry out, 'oh, alas oh!'")见《汉书》(北京:中华书局,1962),卷六十六,页2896。

[63] 指钟仪(大约在公元前580年被晋国俘获的楚人)。《左传》记载,晋侯观于军府,见钟仪,问曰:"南冠而系者,谁也?"有司对曰:"郑人所献楚囚也。"使税之。问其族。对曰:"伶人也。"使与琴。操南音。公曰:"乐操南音,不忘旧也。"见杨伯峻:《春秋左传注》(北京:中华书局,1983),成公九年,页844—845。

[64] 诗人离乡背井,无所可救。

这首《四时赋》不像《待罪赋》那样多用《楚辞》故实。与其说它是感情的抒发，不如把它读作情绪的整理。正如诗人在第11—12句中指出的：思旧怜故令人断肠。每节赋的重点放在一个季节上，以描写吴兴景色起，以江淹对北方的某个记忆结束；从四言转向六言。我们尤其应该注意有关秋季那节的末联（第29—30句）：诗人对家园里梧桐树的记忆让他想到妻子织机上之罗纨，尤其让人心酸。结合上文第3句出现的"空床"，我们可以推测诗人的妻子没有伴随他来到吴兴。我们也知道：江淹小儿子江艽死在襁褓之中也发生于诗人跟刘景素不和之前不久；而江淹的挚友袁炳也是最近过世的。[65] 这段时间，命运给了江淹不少挑战，给他带来了这些悲怆情绪。[66]

《四时赋》末节的前半虽然较短，但在一定程度上，可以和《待罪赋》的倒数第2节相比，两者都列举了前代思乡人的史例。《四时赋》的倒数第2联也似乎呼应了《待罪赋》的第69—70句："情枯槁而不反，神翻覆而亡据"；而此处则曰："魂气怆断，外物非救。"因此，中国诗人常常在四季轮转、自然万物中寻找到抚慰，但到了江淹这里，却无寄托。在赋的结尾，诗人称自己为"仆人之末陋"，与先前的"小人""贱士"无差。在这样的心境之下，每一个季节都了无生机。

《四时赋》浓缩表现了江淹在闽南的感受。同时期的咏物赋似乎旨在隐喻。《青苔赋》[67] 细致地描写这种无处不在的植物属性（此地有许多不同的植物品种），它们缠绕在房梁、衣冠上，也在木石上，还在河边溪水里，江淹所写的是似苔藓的各种生物，包括爬藤和水藻。这些"无用"之物，却"依依"不去。在《空青赋》和《翡翠赋》中，诗人以美羽和美玉为例，指出它们的无名能免其离乡之苦，这样的命运要优于"翠灿轩室"[68]。《石劫赋》的寓意也基本相似，其貌不扬的海葵，不过是"海若之小臣"（跟江淹的自称比拟），但一不小心会"委身于玉盘"。这些咏物作品的寓意和江淹与刘景素的

[65] 江淹为此创作的两首赋即《伤爱子赋》和《伤友人赋》是我所读过的最感人的五世纪作品。分别见《汇注》，卷十，页383—384，卷二，页68—73；《校注》，页151—154，页141—145。汇注校注前篇的英文翻译，见本文作者，Kroll, "On Political and Personal Fate," pp. 395–398。

[66] 从江淹的《悼室人》的诗文内部看，他的内人也在这一期间过世。见《汇注》，卷四，页165—168；《校注》，页64—69。

[67]《汇注》，卷一，页18—22；《校注》，页203—206。部分英文翻译，见Williams, "Self-Portrait as Sea Anemone," pp. 144–146。

[68]《空青赋》和《翡翠赋》，分别见《汇注》，卷二，页91—94,81—83；《校注》，页214—216、211—213汇注校注。《翡翠赋》的英文翻译，参我的论文，Kroll, "The Image of the Halcyon Kingfisher in Medieval Chinese Poetry," JAOS 104 (1984): p. 249。稍作修改后译本，见 Kroll, "On Political and Personal Fate," pp. 399–400。

君臣关系不无关联。

	吴江泛丘墟	On a river of Wu I drift in the hilly wastes,
	饶桂复多枫[69]	Where osmanthus abounds and maples too are many.
	水夕潮波黑	Waters at dusk seem black with tide-pushed waves,
4	日暮精气红	And red-pink are the vital airs of sunset.
	路长寒光尽	The road grows long in the chill light's dying,
	鸟鸣秋草穷	As birds call with the waning of autumn's plants.
	瑶水虽未合	The season's chalcedony waters have not frozen up,
8	珠霜窃过中	But pearly frost steals in fully more than is due.
	坐识物序晏	I sit and perceive how things progress quietly in sequence,
	卧视岁阴空	Lean back and observe the emptying of the year's decline.
	一伤千里极[70]	Hurting now at vision's limit a thousand miles off,
12	独望淮海风[71]	Alone I gaze back toward the zephyrs of Huaihai.
	远心何所类	Of my faraway heart, what would be a likeness?
14	云边有征鸿[72]	At the edge of the clouds is a journeying swan-goose.

现在我们把讨论重点转向诗作。江淹的赋里通常有较多的典故，在以上的讨论中，两篇赋文多处出现《楚辞》用典。其他赋作，比如《恨赋》也是建构在一系列典故之上。在诗文创作中，这一用典技巧是否也存在呢？

《赤亭渚》是江淹前往吴兴途中所作。赤亭位于当今的浙江省富阳，江淹的贬谪之行至此还不到一半。此时正值早秋。诗中出现的想法、意象甚至辞藻，都在吴兴所做的赋里多次出现。例如，"丘墟"见于《待罪赋》的第 21 句中；"饶桂"见于《待罪赋》的第 30 句；四季交替的话题鲜明地出现在《四时赋》中。诗中两次用《招魂》典故，在闽南的日子里，这篇

---

[69] 参《招魂》："湛湛江水兮上有枫。"《楚辞补注》，卷九，页 215。
[70] 参《招魂》："目极千里兮伤春心，魂兮归来哀江南。"《楚辞补注》，卷九，页 215。
[71] 淮海指江南，包括扬州地区。《尚书·禹贡》有"淮海惟扬州"语。
[72] 《汇注》，卷三，页 115；《校注》，页 49。

《楚辞》作品一直萦绕于江淹心头。江淹在诗中自己喻作"云边征鸿",这一意象在吴兴诗作中却没有再出现,也许这一意象太常见吧。

[73] 泉峤近浙江省衢州。
[74]《汇注》,卷三,页115;《校注》,页49—50。

《渡泉峤出诸山之顶》[73]("Crossing Quanqiao and Emerging onto the Summit of Several Mountains")一诗作于路途行进稍远于赤亭的地方。

	岑崟蔽日月	Where spiring scarps block the sun and moon,
	左右信艰哉	Truly danger seems present on every side!
	万壑共驰骛	A myriad straths run madly off together,
4	百谷争往来	As a hundred valleys vie hither and yon.
	鹰隼既厉翼	While hawk and falcon stretch their wings,
	蛟鱼亦曝鳃	Lamia and fishes show their scales to the sun.
	崩壁迭枕卧	While tumbled bluffs sprawl pillowed one on another,
8	斩石屡盘回	Scraggy rocks spread everywhere round about.
	伏波未能凿	Even the Wave-Queller could not push through here,
	楼船不敢开	For he would not dare set forth in his storeyed ships.
	百年积流水	Over centuries these flowing waters have been piling up,
12	千岁生青苔	Over millennia the green moss-cover has been growing.
	行行讵半景	Onward and onward, how is it just half a moment?
	余马以长怀	My horses indeed have long been yearning for home.
	南方天炎火	In the southern quarter the sky is sultry and torrid;
16	魂兮可归来	Oh soul! may you return whence you came! [74]

诗中的"鹰隼""鲛鱼""青苔"都见于江淹后来所写的赋中。第9—10句中的"伏波"指东汉马援(前14—49),其东征西讨为汉帝国统一天下并拓宽疆土立下大功;尤其是他的南征交趾,善用楼船,被封为伏波将军。交趾地形险峻,气候湿热,马援仍能够成功征服。江淹写道:就算是马援将

军到了福建，也不敢在如此危险的山地里运用楼船。因为，这里除了有峻岭，还有河流、青苔，亘古以来从没有文明的印迹。最后4句，诗人感叹他的旅途甚远，连马都"长怀"，这显然让读者联想到《离骚》的结尾。[75] 这种情景让诗人感到孤途迷失，一如《楚辞》中的游魂，因此感叹："魂兮可归来！"这些诗的重心不同于赋，在结构上更复杂；虽然在语言上要相对简练，但其描述南方的理念一样——此非君子留处之地。

《草木颂》十五首记录了常见和罕见的草木。依次为：金荆（gold thorn; *Bauhinia*）、[76] 相思（coralwood; *Adenanthera pavonia*）、豫章（camphor tree; *Cinnamomum camphora*）、枔榈（windmill palm; *Trachycarpus fortunei*）、杉（China fir; *Cunninghamia lanceolata*）、柽（Chinese tamarisk; *Tamarix chinensis*）、杨梅（box myrtle; *Myrica rubra*）、山桃（Père David's peach; *Prunus davidiana*）、山中石榴（wild pomegranate; *Punica granatum*）、木莲（climbing fig; *Ficus pumila*）[77]、石上菖蒲（sweet flag; *Acorus calamus*）、黄连（golden thread; *Coptis chinensis*）、薯蓣（shouliang yam; *Dioscorea rhipogonoides*）、杜若（sweet pollia; *Pollia japonica*）、藿香（patchouli; *Pogostemon cablin*）[78]。这组诗都是四言八句体。在形式上类似于郭璞（276—324）的《尔雅图赞》，其中对于植物的描写常常将物理特性和心理特性结合起来。这组诗的序言可能是最有蕴意的：

仆一命之微，遭万代之幸。不能镌心砺骨，以报所事。擢翼骧首，[79] 自至丹梯，[80] 爰乃恭承嘉惠，守职闽中。且仆生人之乐久已尽矣。所爱，两株树十茎草之间耳。今所凿处，[81] 前峻山以蔽日，后幽晦以多阻。饥猨搜索，石濑戋戋，[82] 庭中有故池，水常决。虽无鱼梁钓台，处处可坐，而叶饶冬荣，花有夏色，兹赤县之东南乎？[83] 何其奇

[75]"仆夫悲余马怀兮，蜷局顾而不行。"见《楚辞补注》，卷一，页47。

[76] 不同于牧荆属。参 Hui-Lin Li, *Nan-fang tsǎo-mu chuang: A Fourth Century Flora of Southeast Asia* (Hong Kong: Chinese University Press, 1979), pp. 100–101。

[77] 又名薜荔。

[78] 不同于北方的藿香（*agastache rugosa*）。见 Li, *Nan-fang ts'ao-mu chuang*, p. 75。

[79] 如同大鹏或者良驹。

[80] 仙人之域。

[81] 凿山为居。

[82] 此句有歧义。引《九歌·湘君》中句"石濑兮浅浅"（"Over stony rapids—waters rush racing"），见《楚辞补注》，卷二，页62。江淹诗《刘仆射东山集学骚》有"石戈戈兮水成文"句，胡之骥注为"委积貌"，见《汇注》，卷五，页174；《校注》，页17。虽然两词有偏旁的不同，但应该是通用的，一词集二意：或指石头的委积貌，或指水流湍急。翻译此句，只能二选一，决定使用胡之骥义。此处也让我们得知江淹是如何理解《湘君》中的这句诗的。

[83]"赤县"是"赤县神州"（"Divine Continent of the Red District"）的简称，来自邹衍。见《史记》，卷七十四，页2344。江淹《游黄蘖山》和《翡翠赋》中皆有使用。

异也。结茎吐秀，数千余类，心所怜者，十有五族焉。各为一颂，以写劳魂。

The insignificant fate of my poor self has come upon good fortune known only once in a myriad ages, though I am not able to engrave my heart or file my bones in order to make report of what has happened. But stretching out my wings and tossing my head, I have been brought to the stairs of cinnabar—even so far as to have received with respect the estimable bounty of upholding official duties here in Min. What's more, my happiness in living has long since reached its uttermost point. What I now care most about consists of a couple of trees and a dozen plants.

The place I have carved out for myself has beetling mountains in front which block out the sun and a shrouded darkness behind that troubles one most of the time. Famished monkeys come to scrounge and scavenge, where stony rapids are heaped and huddled. In the courtyard is an old pond, the waters of which always spill out. And though there is no fish-weir or platform for angling or anywhere that one might sit, still the leaves are lush around the winter's blooms and the blossoms have the look of summertime, here in this southeast part of the Red District. How remarkable it is! Of the several thousand kinds of plants that open out their stem and branch, there are fifteen types in particular that I have the most affection for. I have made a paean to each of them, in order to transcribe what comforts my spirit.

此序以惊人的嘲讽口气开篇。在江淹写给刘景素的《辞笺》和《待罪赋》的开篇中，讽刺之意较为掩饰，而此处的口气在中古文学中很少见到。难道我们还会怀疑江淹并没有把"守职闽中"当成什么"嘉惠"吗？或者他根本没有"至丹梯"？我没有看到很多如此辛辣讽刺的其他例子。跟奥维德在托米斯城直到死前所写的那些充满奴性的卑躬屈膝的文字相比，江淹这里的写作风格要更令人愉悦。他决定不再恳祈，不再说讨好的话。

就本文的目的而言，这篇序言最重要的含义是它表明了江淹对吴兴景象的接受甚至是一定程度上的怜悯与欣赏。虽然我们无法确认《草木颂》的创作日期，但至少这是江淹在闽南居住了一段时间后，对当地植物有所认识，并从中得到某种慰藉后的感受。比如，藿香应不是江淹之前可以接触到的草本植物。下面是江淹的《杨梅颂》（"Encomium of the Wax Myrtle"），杨梅有时被称为"中国的草莓"[84]。

	宝跨荔枝 [85]	Its value oversteps that of the lychee,
	芳轶木兰	Its scent outruns that of magnolia.
	怀蕊挺实	Holding petals close, it reaches out its fruit;
4	涵英糅丹 [86]	Massing its blooms, mingling with the cinnabar-red.
	镜日绣壑	Mirroring the sun, it embroiders the gorges;
	炤霞绮峦	Shining as auroras, it filigrees the tors.
	为我羽翼	Let this be as feathers and wings for me,
8	委君玉盘 [87]	To be delivered to a lord's jade plate.

诗的结尾江淹以杨梅自喻。"君"非特指刘景素，而是泛指，是咏物诗中常见手法之一。

这十五首草木之颂的侧重点并非在于这些植物的物理性状，而是它们能提供的象征意义上的安慰。[88] 江淹在吴兴早期或者前往吴兴途中的创作中，透露了他的流放地一无是处的看法，这种观点从《楚辞》的引述以及他个人情绪的悲观表达中得以体现。而在《草木颂》的书写中，诗人开始做到一定程度上的水土适应。哪怕是偶尔可以发现一些在福建生活宜人的方面，这些方面在其他诗篇中也有所体现。

在此时期的赋作中，诗人会偶尔表现对奇景的欣赏甚至喜爱。最具代表性的是《赤虹赋》（"Fu on the Red Nimbus"）。[89] 此赋的长序交代了出游

---

[84] 见 Li, *Nan-fang ts' ao-mu chuang*, pp. 117–118。《本草纲目》（上海：商务印书馆，1954），卷三十，页93—94。

[85] 关于中古时期的荔枝，参我的论文，Kroll, "Zhang Jiuling and the Lychee," *Tang Studies* 30 (2012): pp. 9–22。编者按：该文的中译本收入本书，由饶骁翻译。

[86] "丹"指荔枝果实，与其花交映。

[87] 见《汇注》，卷五，页192；《校注》，页60。

[88] 《金荆》《杨梅》二篇有魏宁的英文翻译，见 Williams, "Sea Anemone," pp. 142–143。

[89] 《汇注》，卷二，页52—58；《校注》，页191—195。

九石山的创作背景，[90] 其地处"东南峤外"[91]。虽然江淹此行时值初夏，却逢"岩崖相焰，雨云烂色。俄而雄虹赫然，晖光曜水，偃塞山顶，焉奕江湄"。("cliffs and bluffs shone against each other and rain-clouds took on a fulgent appearance. Suddenly a grand-looking nimbus as red as could be flared its glowing light upon the river, arching up to the mountain's summit and spreading out to the river's margins.") 此情此景让江淹回忆往日登庐山香炉峰"手可接云"的经历。[92] 这次出行显然也是一段难忘的经历，故作赋纪念。

赋的开始写江淹所惊惧而不熟悉的场景，对读者来说，我们已经习以为常了。

[90] 九石山在吴兴东南十五英里左右。
[91] 在江淹集自序中，这一地名用来形容吴兴。
[92] 见《从冠军建平王登香炉峰》："绛气下紫薄，白云上杳冥。中坐瞰蜿虹，俯伏视流星（笔者按：流星为陨石）。"("Scarlet fumes descend to wrap and enfold me, / While white clouds rise up to the blurred dimness. // Sitting in their midst, I behold a swelling nimbus, / And with head bowed low look upon a coursing star.") 见《汇注》，卷三，页103；《校注》，页4—6。
[93] 文中的"玉"当作"王"。对此修订笔者非常有把握。可类比下文对《楚辞·大招》的修订。
[94] 《楚辞补注》，卷十，页217。其中"王"意为"令人望而生畏。"

迤逦碕礒兮	Coiling continually, bunched up and broken,
太极之连山	A chain of mountains from the first stage of time.
鳎鲻虎豹兮	Here are striped-fish and bleak, marked like tiger and leopard,
王虺腾轩兮 [93]	And the kingly bamboo-snake, rearing and rising up.

前文已经讨论过"王虺"。引文的第三句揭示了江淹引用《楚辞》的特别手法。诗人引用《大招》中的一联"鳎鲻短狐，王虺骞只"("Striped-fish, bleak-fish, and the sand-spitter, / And the kingly bamboo-snake lifting upright")来指代南方的危险。[94] 看似直白，但江淹是如何知道体呈虎豹纹路的鱼类的呢？原来，《大招》里此二句先前有这么两句："山林险隘，虎豹蜿只。"("The mountain groves are hazardous and cramped, / With tiger and leopard stalking there.") 江淹从这里提取了虎豹之文，用在鳎鲻上，使其不但罕见也令人生畏。这是江淹对南方经历描述往往受其文本知识影响的标志性案例。

赋文接下来描述一场突如其来的暴雨：

紫油上河	Purplish vapors arose from the river,
绛气下汉 [95]	Scarlet fumes descended from the sky.
白日无余	Of the white sun there was nothing left,
碧云卷半	Though clouds in bright-blue rolled half up.

[95] 参前文《庐山》诗中相似的诗句。

[96] "赤弓"现象出现在清晨或者黄昏，因为那时的光线通过底层大气穿行更长轨道导致光谱中短波的蓝青色散逸而赤（橙）色聚重。

稍后，"赤霓电出"（"A red rainbow came forth like lightning"），"非实非虚，乍阴乍光"（"Neither empty nor substantial, / Now shady, now bright"）。此景让诗人应接不暇，以更多细致的语言进行描写。他指出这样的景色出现在"昏"或"暧"，而这极有可能是气象科学家所称的"赤弓"（red bow）现象。[96] 这种现象总是昙花一现的。如诗人所说的，很快如烟消云散："彼灵物之讵几，象火灭而出红。"（"How short-lived this uncanny phenomenon! / Like the crimson emitted from a snuffed fire."）接下来的十句是赋文中最美部分，值得详细品味：

余形可览	Something left of its shape could still be made out
残色未去	And its lingering color did not depart;
耀葳蕤而在草	Sparkling on scented sealwort amid the weeds,
映青葱而结树	Glinting on green scallions knotted to trees;
昏青苔于丹渚	In the dusk, on green moss in islets gone cinnabar-red;
暧朱草于石路	In the gloaming, it vermilioned the plants by rocky paths.
霞晃朗而下飞	An aurora gleaming and glimmering, then it fled downward;
日通笼而上度	Like sunlight fading to faintness, it passed on upward.
俯形命之窘局	Head bowed, I watched the contraction of its fated form,
哀时俗之不固	Lamenting that the customs of these times cannot be steadfast.

接下来十多句为全篇作结，指出这一事件的重要性，将之形容为体现了"阴阳之神焉"（"the actualizing spirit of yin and yang within it"）。然而，此赋的大旨在于一切美好事物总是在瞬间不可挽回地消逝。文中"形命"（"fated form"）一词指"灵气"的外形和短暂呈现，同样指示了月下人间一切事物的"物质命运"。江淹平静地接受生命短暂的现实。这一在南方偏远地区发生的事件给了他没有预料到的满足的记忆。也许我们可以在此联想到，在印度一段时间后，大英帝国驻印执政长官的心理调适。

[97] 指女娲补天所用五色石。
[98] 指黄帝灭蚩尤后出现的祥云。

还有几个其他的场合为江淹在南方的创作提供了积极经验。江淹的《水上神女赋》是对曹植（192—232）《洛神赋》的拟作。赋的前几句把闽南描述为具有一定魅力的地点：

	乃造南中	Then I traveled into the South,
12	渡炎洲	Passing by sweltry islands,
	经玉涧	Fording rivulets of jade,
	越金流	Crossing currents of gold.
	路逶迤而无轨	The road twisted and turned, with no tracks to follow;
16	野忽漭而鲜俦	The wilds were a blurred expanse, like little else I'd seen.
	山反复而参错	Mountains reversed round on themselves, an erratic jumble;
	水浇灌而萦薄	The rivers poured on surging ahead, wrapping and enfolding.
	石五采而横峰 [97]	Nüwa's stones of five colors seemed to lie athwart the peaks,
20	云千色而承萼 [98]	And clouds of a thousand hues took on the shape of petals.

	日炯炯而舒光	The sun burned blazing, throwing out its light,
	雨屑屑而稍落	And rain spattered sprinkling, falling but scantly.
	紫茎绕径始参差	Purple-stalk camellias girded the footway, ranged at random;
24	红荷绿水才灼烁 [99]	Pink lotuses and green waters just then vivid and vibrant.

[99] 见《汇注》，卷一，页 24;《校注》，页 177。

[100] 黄蘖山的确切地点有争议。丁福林考量了不同意见后认为黄蘖山在白台山西，福清市西，距离浦城县大约 65 英里。丁福林:《江淹年谱》，页 104—106。

此下用相当长的篇幅描述与神女的会晤，形容她的造临时诗人用了与前文所提《赤虹赋》相同的词汇"非实非虚"。然而正如曹植的洛神，江淹的水神也给诗人带来了诱惑。这让我们想到《楚辞·九歌》里那些渴望与神女相遇的表达。江淹诗篇的场景让我们可以引用浮士德的话："神女召唤我们一直向前。"（"Das Ewig-Weibliche / Zieht uns hinan."）至少在这一刻，欲望的存在并不是为了回归北土。

一个较为类似的情绪出现在记游黄蘖山的诗篇，有证据表明此行发生在江淹定居吴兴后一段时期。[100]

	游黄蘖山	Roaming on Mt. Huangnie
	长望竟何极	I gaze long afar, but in the end to what limit?
	闽云连越边	To where clouds of Min join up with the Yue frontier.
	南州饶奇怪	This southern land abounds in anomalies and freaks,
4	赤县多灵仙	While in the Red District gods and transcendents prevail.
	金峰各亏日	Here are peaks of gold, every one eclipsing the sun;
	铜石共临天	Boulders of bronze, each one overlooking the sky.
	阳岫照鸾采	Sunlit notches reflect the simurgh's bright hues,
8	阴溪喷龙泉	Overshadowed ravines disgorge dragon springs.
	残杌千代木	Near crumbled spires are trees of a thousand eras,
	庼崒万古烟	Around perpendicular crests, mists of a myriad ages.

	禽鸣丹壁上	Birds call out from atop sun-flushed bluffs,
12	猿啸青崖间	And gibbons howl from among deep-green cliffs.
	秦皇慕隐沦	Qin Shihuang envied the havens of the hidden immortals,
	汉武愿长年	And Han Wudi wished for everlasting years.
	皆负雄豪威	Both of them bore the authority of overpowering might,
16	弃剑为名山	But would cast aside their sword for the mountains of renown.
	况我葵藿志	More so I, who am minded of mallows and bean leaves,
	松木横眼前	And of pine trees stretching on before my eyes.
	所若同远好	We are alike in that I share their distant fancies,
20	临风载悠然 [101]	As I lean into the wind, with deep and far-off longings.

诗篇一开始陈述了一个重要的反差：闽地多"奇怪"而越地——古赤县[102]——多灵仙。这样的定义也正是唐代越来越多被贬谪到南蛮之地的文官诗文中所描写的（诸如沈佺期、宋之问、刘禹锡、柳宗元等）。

接下来的描写是光彩鲜艳的山中图景。有趣的是，这也成了古典文化中凤鸾龙虬栖身的高峰古泉。可是猿啸不禁让人驻足感受一种离奇的景象，让诗人想到秦皇汉武所孜孜追求的神仙。就在这样偏远的福建，江淹的"葵藿志"和"慕隐"思想让他能够理解那些神仙之愿。也许，闽地也不可不谓神仙之地。到此，我们已经离江淹开始对闽南那种惧怕嫌恶的描写有很远的距离了。

如上文所述，江淹最终得以在 477 年春离开吴兴返乡。他在《还故国》（"Returning to my Home Country"）[103] 诗中写道："北地三变露，南檐再逢霜。"（ In northern lands three seasons of dew have passed,/ And under southern eaves I twice experienced seasons of frost."）[104] 此诗写得较克制，结尾四句曰：

[101] 见《汇注》，卷三，页 117—118；《校注》，页 70—71。

[102] 周汉时期的越地未必为赤县一部分，或许在其临界地。但江淹所属的江南士人无疑认为越地属中原文化管辖。

[103] 见《汇注》，卷三，页 118；《校注》，页 80—81。

[104] 亦即江南过了三秋（因江淹于 474 年早秋离开江南），474 年隆冬到吴兴，可以说他在闽南过了完整的两冬。

高歌傃关国	I sing loudly on nearing my country's gates,
微叹依笙簧	Sigh gently to be nigh the sound of the syrinx's reeds.
请学碧灵草	Allow me just to imitate the magic lush-blue herb,
终岁自芬芳	Through the whole year breathing a sweet scent on my own.

令诗人感到安慰的是听到笙簧——中原文化的声音。其"微叹"的克制，比较恰当地和诗人在过去的两年半里所经历的文化荒原产生了反差。回到故国，诗人只期望不受搅扰，就像"碧灵草"一样，哪怕是在寒冬季节也永不凋零。[105] 在短短的时间里，江淹的梦想是实现了的。[106] 很快，他将淹没于朝廷政治，辅助萧道成代宋建齐。能被召返朝廷，并成为换代的佐功之臣，当江淹还在闽南，在那些不见天日的流放期间里，恐怕怎么也预想不到吧。

江淹没有身亡于当初恐惧的闽荒之地。一个世纪之后，庾信（513—581）成了那个江南士人，被流放异土，死也没能回归故园。从方向上说，庾信的流放和江淹正好相反，他被扣留在北土——曾经的中原腹地，在四世纪被大家士族离弃；他们虽在江南偏安东晋、却没有放弃北归的意愿。庾信认为自己和伧夫们同处，中原腹地对他没有任何吸引力，当然，这是另一个故事。

江淹多年后对自己在南方的日子有过最终的反省。这些反省见于诗人于483年晚些时候或者翌年编纂的文集自序里的一段文字。[107] 在介绍了他跟刘景素失和而被流放到吴兴的背景之后，江淹写道：

> 地在东南峤外，闽越之旧境也。爰有碧水丹山，珍木灵草，皆淹平生所至爱，不觉行路之远矣。山中无事，与道书为偶。及悠然独往，或日夕忘归。放浪之际，颇著文章自娱。

That land lies beyond the mountain range of the southeast and is an old-time territory of Min-Yue. In it there are deep-blue rivers and sun-flushed

---

[105] 参班固（32—92）《西都赋》："灵草冬荣,神木丛生。"("Magic herbs flourishing in the winter,/ Holy trees growing in thickets.")《文选》,卷一,页18。
[106] 参江淹《无为论》,见注[8]。
[107] 见注3。

mountains, rare trees and numinous plants, everything I have been most partial to my whole life—and I did not mind how distant was the road that took me there. Amid the mountains I was free of official tasks, and had the books of the Way as my companions. I would go out walking alone, my heart drifting off, sometimes oblivious of returning home at dusk of day. When feeling fancy-free I composed literary pieces to amuse myself.

这些语句写于江淹已数年居处在萧齐朝廷的安逸之中,人事皆安,前途无忧。这是对他在福建流放生活的一个重新诠释。也许,这也不足为奇。如我们所知,时间,可以增添人们看问题的角度,可以改变人的态度,也可以治愈一切创伤。

(王平 译)

赋在唐代诗歌史上的地位 *

* 本文的前身是我在 2001 年 3 月芝加哥举办的亚洲研究学会（Association for Asian Studies）年度会议上报告的论文。其中有一些语句改编自两篇文章：Paul W. Kroll, "Seven Rhapsodies of Ts'ao Chih," *Journal of the American Oriental Society* 120.1 (2000): pp. 1–12, 以及 Kroll, "Poetry of the T'ang Dynasty (*shih* and *fu*)," in Victor Mair（梅维恒）ed., *The Columbia History of Chinese Literature*（New York: Columbia University Press, 2001）, pp. 374–413。

[1] 译者按：作者认为，整个中古时期的诗歌（"poetry"）应包括诗（shi）和赋（fu）这两大重要文体，以及其他体式的韵文。译者根据不同语境，在译文中区分"诗歌"（poetry）和"诗"（shih-poetry; shih-poem）。

如果我们轻信中国文学史上一系列文学体裁各有所谓"黄金时代"这个传统说法，那么赋体随着汉代灭亡，自然被视为其鼎盛时代已经过去。没有比这更大的假象了。然而，在这样一条几乎未受到任何批判的教条的影响下，我们总听见一批又一批中国文学史课上的学生们在驶入三世纪早期成熟五言诗的安全港湾时，如释重负吁气的声音——不必再和汉赋让人望而生畏的长度、晦涩难懂的句法、稀奇罕见的词汇和错综复杂的同义词打交道，总算可以把注意力集中在我们认为的名副其实的、没有那么让人费神的"诗歌"上面了。但是，冷落中古时期（魏晋南北朝至唐代）的赋不仅是对这一其时盛行于世也极重要的诗歌文体的刻意忽略，同时也会导致我们对"诗"的片面认识。[1]

西塞罗（Marcus Tullius Cicero，前106—前43）曾说过："诗人忠实于语言，而非主题。"（vocibus magis quam rebus inserviunt；英译："are more devoted to words than to topics."）此话背后的真相可以解释为何世界各地诗人在评论写作的文采时，往往更多地将之视为"发现"（"discovery"），而非"创造"（"creation"）。它也暗合米开朗琪罗（Michelangelo di Lodovico Buonarroti Simoni, 1475—1564）和博尔赫斯（Jorge Luis Borges, 1899—1986）（以及其他艺术家的类似譬喻）所说：雕塑家的作品是让困在石头里的生命重获自由，仿佛此生命一直都只是在等待被释放。因此，一位好的作家在写作结束时会感觉到一种包含着两方面的"成就感"（"sense of 'fulfillment'"），即发明（"invention"）和发现（"discovery"），这两方面均为作家自身所"拥有"（"possession"）。其具体情况是：那些最合适的词语盘旋在某处，等待被寻获，甚或是在召唤作家尝试通过 inventio——也就是发明和发现——去找出它们。这才是后古典时期（如果不是后现代时期）缪斯（the Muse）的含义：她并非借助歌声给诗人注入灵感的女神，而是通过一个在语言组合方面提供指引的未成型的声音，引导作家们去主动发掘。因此，缪斯是活跃于语言内部的一种力量，或可称为语言之"德"。这是我们所说的"传统"的真正含义。传统是各种不同的被认可的写本记录档案或者认证过的目录，各以自身特有的规范形式和书法呈现着。

汉唐之间的诸多古典诗学传统都体现在赋这一文学体裁中。对于这个事实的习惯性忽视，恐怕很大程度源于上面所提到的逃避困难的想法（或许我们应该老老实实承认这一点）。同时这种忽视也来自我们对于"诗"一词的显而易见的不清晰义界，把诗这样一种独特的文体等同于诗歌的全部。这种混淆的一个例子是把《全唐诗》视作唐代诗歌的全集，而实际上它只是唐代诗和一些词的一个集子。相应的误区还包括把《全唐文》理解为唐代散文，并忽略其中的赋以及大量嵌在铭、赞、颂、碑中的韵文，而从诗歌研究者看来，这其中的韵文正是这些文学体裁作为艺术作品所存在的理由。只要看看唐代作家视为不可或缺的六世纪文学总集《文选》中的文体分配比例，就能理解赋相对于诗的重要性。即便是小赋，其丰富的语汇和华彩的描述也提醒我们从语言学角度（从概念层面的某种程度上）来讲，赋提供了更加广阔的背景，而精炼短小、定型化的韵文——比如诗，必须放在此背景来考察。这也解释了为何从 681 年开始，作赋成了唐代进士科的必考内容；在此过程中，诗曾偶尔作为赋的补充，但是从未替代过赋。[2]

[2] 关于进士考试科目要求的演变，参阅 Robert des Rotours（戴何都），*Le traité des examens, traduit de la Nouvelle Histoire des T'ang (chap. xliv, xlv)* (Paris: Ernest Leroux, 1932)，特别是页 151 以及页 151—153 的一条长注——注 3。
[3] 转引自马积高：《赋史》（上海：上海古籍出版社，1987），页 252。

因此，一般所说的唐诗，所指的并非唐代的全部诗歌，而只是其中非常重要的一种文体。正如清代诗人、学者和藏书家王芑孙（1755—1818）所说，"诗莫盛于唐，赋亦莫盛于唐。"（"The *shih* was never more thriving than in the T'ang, so too the *fu* was never more thriving than in the T'ang."）[3] 如果想对唐代韵文和其创作者有更精确的认识，我们不能再假装对赋视而不见。我们该如何看待那些仅仅依据贺拉斯（Horace, 前 65—前 8）的讽刺诗、德莱顿（John Dryden, 1631—1700）的戏剧、以及麦考利（Thomas Babington Macaulay, 1800—1859）的散文就鉴别此三人文学才华的学者呢？在品鉴南北朝和唐代文人诗歌的同时却又忽略他们的赋，会很容易产生类似的失真。下文将围绕这个重点作论述。

第一个问题是，现存唐赋有多少？为方便起见，我们先从《全唐文》说起，同时也应该记住它并非一手文献，最多可以充当三手文献。此书共收 522 位作者的 1505 篇赋加上 38 篇佚名赋，总共是 1543 篇赋作。其中的大部分（超过 1300 篇）都来自十世纪编成的《文苑英华》，其编撰效仿《文选》，在目次中将赋列为所有文体之首。除此之外，《全唐文》编撰者还挖掘了十世纪的《唐文粹》以及稍晚的类书《玉海》《渊鉴类函》和《古今图书集成》所收的唐赋。二十世纪新出了一小部分但很重要的赋，较有名者来自敦煌文献和日本所存稀有文本。然而现存 1600 多篇唐赋中，只有极少数被认真研究过。

二十世纪被翻译成英文的唐赋的数量，扳着手指和脚趾都可以数下来——甚至还有盈余。这并非源于唐赋的稀缺，也并非源于现存作品缺乏种类和风格方面的多样性。接下来我会对唐赋进行一些简洁的梳理。

唐代依然有人在创作汉代典型的华丽大赋。一些有名的作品包括王绩（590—644）的自传作品《游北山赋》（"*Fu* on Roaming the North Mountains"）；[4] 李白（701—762?）的《明堂赋》（"*Fu* on the Hall of Light"）和《大猎赋》（"*Fu* on the Great Hunt"）；[5] 李华（？—774）的《含元殿赋》（"*Fu* on the Han-yuan Basilica"），[6] 此赋关于长安皇宫极其华美的描写可以和王延寿（大约活跃于 163 年）及何晏（？—249）被收录在《文选》中的两首有名的"建筑"赋媲美；[7] 吴筠（？—778）为向同时代某位高道表示敬意作的《逸人赋》（"*Fu* on An Unhindered Man"）；[8] 顾况（725—约 814）措辞庄严的《高祖受命造唐赋》（"*Fu* on Gaozu's Receipt of the Mandate and Establishment of Tang"）；[9] 以及不知名作者李庚（？—874）精彩绝伦的《两都赋》（"*Fu* on the Two Metropolises"），[10] 此赋歌颂长安和洛阳，明显效仿七八百年前班固（32—92）和张衡（78—139）为汉代都城所作之大赋。[11] 李庚这篇唐代最长篇

[4]《全唐文》（台北：华文书局，1961），卷一三一，页 6a—12b。关于《游北山赋》非常详尽的注解和英文翻译，参考 Ding Xiang Warner（丁香），"Wang Ji (590-644) and the Idealization of the Recluse" (Ph.D. diss., University of Washington, 1996), pp. 193–251。

[5]《全唐文》，卷三四七，页 1b—6a，6a—10b。

[6]《全唐文》，卷三一四，页 1a—9a。

[7] 参考王延寿的《鲁灵光殿赋》以及何晏的《景福殿赋》，见《文选》（上海：上海古籍出版社，1986），卷一一，页 508—522、522—543。关于此二赋的英文翻译，参考 David R. Knechtges（康达维），*Wen xuan, or Selections of Refined Literature*, vol. 1: *Rhapsodies on Capitals and Metropolises* (Princeton: Princeton University Press, 1982), pp. 262–277, 278–303。

[8]《全唐文》，卷九二五，页 11a—15b。关于吴筠另外一篇作品《岩栖赋》（《全唐文》卷九二五，页 3b—4a）的英文译注，参考 Kroll, "Lexical Landscapes and Textual Mountains in the High T'ang," *T'oung Pao* 84 (1998): pp. 96–100。编者按：该文的中译本收录于本书，由姚竹铭翻译。

[9]《全唐文》，卷五二八，页 1a—7a。

[10]《全唐文》，卷七四〇，页 1a—11b。

[11] 班固《两都赋》、张衡《西京赋》和《东京赋》的全文见《文选》，卷一，页 1—46，卷二，页 47—92 和卷三，页 93—148。此三赋的英文翻译详见 Knechtges, *Wen xuan, or Selections of Refined Literature*, vol. 1: pp. 93–179, 180–242, 243–309。

幅之一的赋，详细描述了长安、洛阳宫殿和皇家建筑的布局和周边环境，同时还回溯了唐代自开国以来贯穿十四位帝王的历史。此赋所蕴含的关于九世纪中期丰富的信息仍等待中古史学家们的挖掘。然而我们必须承认，和上面所提到的赋作相比，此赋的言辞并非华丽如织锦。我们应该注意到古典赋在很大程度上也是科举考试制科之一——博学弘词科，所要求的写作形式；此科要求应试者展示"渊博的学问和宏美的修辞"。不幸的是，创作于此场合（他们有时甚至让作者平步青云）以及在其他场合下为帝王所作的类似风格的现存赋作如今已不被欣赏。比如，杜甫（712—770）为751年举行的皇家三大礼祭创作的三首赋：《朝献太清宫赋》《朝享太庙赋》及《有事于南郊赋》，[12] 为杜甫赢得了皇帝的关注，然而其措辞过于浮夸和铺张，这也解释了为何杜甫后来选择致力于诗这一形式的写作。

[12]《全唐文》，卷三五九，页1a—4a、4a—6b、6b—10a。
[13]《全唐文》，卷三二二，页3a—5b。
[14]《全唐文》，卷七四八，页1a—2b。

延续南北朝时期的趋势，唐代辞赋作家们也钟爱小赋。然而"小"这个形容词必须从相对层面上理解，因为即便是小赋也不乏动辄上百句的——尽管比大赋要短小，他们的长度却仍然超过大部分诗。小赋用于歌颂具体物件（咏物），表达自己的感情（述情），以及针砭时事和讽喻、批评朝廷（讽刺）。虽然后者在早期赋作中已有端倪，但直到唐代方有登峰造极之势。在此姑且举一些有名的例子：萧颖士（707—759）在749年写了一篇《伐樱桃赋》（"*Fu* on Felling a Cherry Tree"）以表达对当时弄权专政宰相李林甫（？—752）的蔑视；七年以后正值安禄山之乱爆发以来最混乱的岁月，当时萧颖士就职于湖北境内也即楚国旧土，听闻洛阳被叛军攻陷，官员四处逃散，于是写下了《登宜城古城赋》（"*Fu* on Ascending the Old Walls of Yicheng"）。[13] 此赋全面地综述叛乱背景，同时表达作者在危难时刻中的沮丧和决心。还有三代以后，杜牧（803—852）的《阿房宫赋》（"*Fu* on the E'pang Palace"），[14] 用繁复的语言刻画秦始皇所建的极其庞大奢侈的皇城，借此讽喻其时执政者敬宗（825—826在位）想要翻新和扩建骊山温泉宫殿的计划，此温泉因为玄宗和杨贵妃的寻欢作乐而声名狼藉。另有陆龟蒙（？—约881）现存的十九篇赋，里面尖锐深刻的批评让其在唐王朝最后五十年的文学作品中脱颖而出。

八世纪早期还出现了律赋（"regulated *fu*"）。顾名思义，律赋在强调上下联句法对称和措辞讲究平仄相对这两方面与律诗——或者更确切地说：排律——互为呼应。律赋面世不久就被进士考试的诗歌创作部分和一些科目考试所采纳。除了格律方面的要求外，律赋和骈体文（"parallel prose"）类似，而后者在齐永明时代（483—494）以后，实践了不少声律论的要求。到了唐代，大部分官方文书以骈体行文，律赋于是成为检验未来官员们写作能力和对文学传统运用能力的有效形式：考试命题作赋，除了题材往往与历史或哲学相关以外，还限定了韵脚，考生必须遵守这些规则作赋并完整表达命题立意。律赋同时也被文人们用来抒发个人情感。到九世纪上半叶的后半段，律赋已经被诗人们用于各种题材的创作了。

此外还有九世纪晚期出现的俗赋（"*fu* in common speech"），这些作品大量运用民间、口语化的词汇和句法。佚名的俗赋作品见于敦煌文献中。[15]但是俗赋在其表现方式方面更多地向散文（"prose"）靠拢，并且经常不押韵，因此俗赋在大多数（如果不是所有）的情况下被置于唐代"诗歌"的义界之外。

唐赋并没有统一的年代分区。如果单纯按照风格来划分唐赋的年代，大致会有三个分区：早期的赋，也包括诗，可以下延至公元710年左右。中期以律赋的兴起为标志，跨度为712年玄宗登基至820年代中期的一个世纪，这时期的赋通常带有"官方"或者宫廷的特质。"晚期"则从820年代中期开始，其时律赋盛行，题材扩展至没有那么公开化而转入更加私人化的话题。尽管旧体形式的赋在唐代依然通行，但律赋的出现和发展可以作为对唐赋不同阶段的划分的便利标记。

这里讨论一些涉及唐赋的观点，这些观点透露了个体作家与整体唐代诗歌的关系。鉴于篇幅有限，本文无法覆盖整个唐代诗歌领域，这里集中论述一些以唐诗闻名的作家。

虽然所谓"初唐四杰"（"Four Elites of the Early Tang"）的诗歌妙趣横生，但是如果只关注他们的"诗"，那么我们就错过了不少让他们在同时代作家中脱颖而出的闪光点。例如，卢照邻（约630—约685）现存的五首

[15] 大部分敦煌俗赋被收录于张锡厚编：《敦煌赋汇》（南京：江苏古籍出版社，1996）。

赋展现了其诗作并未发挥的一系列技巧,且均为杰作。[16] 同样的情况适用于他的两首骚体文,也可当作赋,以唐诗中少见的形式表达了生命将尽时对病痛和怀才不遇的哀伤。[17] 虽然王勃(649—676)的 90 首诗中有不少作品广为人知,但它们只展现了他作为诗人和作家的写作才华的冰山一角。王勃现存的 12 篇赋超过了七世纪任何一位作家的赋作数量,即便他的诗作没有流传下来,这些赋也足够让他流芳百世。这些赋中的一部分在清新的风格和气势方面类似卢照邻和骆宾王(约 619—约 687)的叙事歌行体。王勃还有一些华丽的长篇赋作,如《春思赋》("Springtime Longings")[18] 中作者思绪起于四川,随后飘至长安、西北塞外、洛阳以及金陵;又如《采莲赋》("Lotus Picking")[19] 尝试超越并精炼前人对于莲花的诗意描写;还有妙趣横生讲述佛陀生平的《释迦佛赋》("Sākyamuni Buddha")[20]。当我们阅读杨炯(650—694)的作品时,如果只读他的诗作,我们会猜想他究竟有什么特殊之处,因为它们实在非常平庸。然而他现存的八篇赋作蕴含了丰富的知识学问和修辞艺术。其中有名者包括《浑天赋》("The Enveloping Sky")和《老人星赋》("The Old Man Star",即西方星座中的船底座[Canopus]),[21] 此二赋反映了唐代极为有意思的一些天文观念;另有 692 年,在武则天要求下,为其在洛阳所举行的盂兰盆节所作之《盂兰盆赋》("The Buddhist Ullambana")[22]。

到了八世纪早期,首先引人注目的是张九龄精彩的《荔枝赋》("Fu on the Lichee")[23]。作为来自广东的南方人,作者在此赋中歌颂家乡不为北方人知的光彩,并通过赞美热带水果中最美味的荔枝来扭转传统的地域偏见。至于我们以为熟知的李白,如果不读他的赋,我们就无法获得对他的全面认识。虽然比其诗歌得到的关注少很多,但他的八篇赋作可以说是神来之笔。

[16] 这五篇赋中已有两篇被翻译成英文,见 Kroll, "Tamed Kite and Stranded Fish: Interference and Apology in Lu Chao-lin's *fu*," *T'ang Studies* 15–16 (1997–98): pp. 41–77(这篇文章也刊载了王勃的一篇赋的英译);Stephen Owen(宇文所安), "Deadwood: The Barren Tree from Yü Hsin to Han Yü," *Chinese Literature: Essays, Articles, Reviews* 1 (1979): pp. 160–162。

[17] 见 Kroll, "The Memories of Lu Chao-lin," *JAOS* 109 (1989): pp. 581–592。

[18]《全唐文》,卷一七七,页 2b—6a。

[19]《全唐文》,卷一七七,页 11b—16a。

[20]《全唐文》,卷一七七,页 6b—7a。

[21]《全唐文》,卷一九〇,页 1a—6b、15b—16b。

[22]《全唐文》,卷一九〇,页 8b—11a。关于此赋一些段落的英文翻译和注解,参考 Stephen F. Teiser(太史文), *The Ghost Festival in Medieval China* (Princeton: Princeton University Press, 1988), pp. 73–76。

[23]《全唐文》,卷二八三,页 1b—3a。

上文已提到了李白的两篇大赋，有类似宏伟风格然而极具个人锋芒的是他的《大鹏赋》("*Fu* on the Great Peng-bird")，[24] 李白此赋借用《庄子》开篇的大鹏作为充满自信自我的喻体。大鹏在与"希有鸟"("rarely-held bird")会面后对对方肃然心服，这只"希有鸟"是备受尊敬的上清派高道司马承祯（647—735）的化身。[25] 李白的其他赋作篇幅较短，抒情性则更强，在形式和风格上类似于他的一些古体诗（我们可以他的《剑阁赋》与著名的《蜀道难》作比较），[26] 由此可见清晰的文体分界对于李白并无太大意义。然而，李白赋作的名声在元代祝尧所编的早期赋集《古赋辨体》（其开篇作品选录自《楚辞》）中有所体现：收录了李白现存 8 篇赋作中的 6 篇被收录，占此书所收唐赋的一半数量。

岑参（715—770）主要以边塞诗（"frontier poetry"）见长，然而我们如果阅读他的两篇赋作，会有迥异的观感。这两篇作品是：诗人早年写于 743 年的自传作品《感旧赋》[27]，和写于 769 年的长篇《招北客文》("Text to Summon Back a Visitor from the North") [28]，后者以精妙骇人的笔触渲染蜀地旅途的艰险，它融合了李白《蜀道难》和《剑阁赋》的宏伟因素，同时还与《楚辞·招魂》（"Summons to the Soul"）遥相呼应。[29] 八世纪中叶还有一位颇有意思的诗人，这就是当时备受推崇而后来却名气渐衰的钱起（约 720—约 783），他也擅长律赋。他现存 13 篇律赋的题材从星座（如《泰阶六符赋》）至鹤唳（《晴皋鹤唳赋》），[30] 从描写象环（《象环赋》）到一年一度为玄宗庆生的百匹驯养舞马（《千秋节勤政楼下观舞马赋》）。[31] 此外，上文提到的萧颖士和李华，他们的赋都要比诗更加引人入胜。

到了九世纪，如果继续放眼有名作家，最引

[24]《全唐文》，卷三四七，页 10b—12b。

[25] 关于此赋的英文译注，参见 Kroll, "Li Po's Rhapsody on the Great P'eng-bird," *Journal of Chinese Religions* 12 (1984): pp. 1–17。

[26]《全唐文》，卷三四七，页 15a/b。关于《剑阁赋》精彩绝伦的英文翻译，参见 Elling O. Eide（艾龙），*Poems by Li Po* (Lexington, Kent.: Anvil Press, 1984), p. 4；后来又收入 Victor H. Mair（梅维恒）ed., *The Columbia Anthology of Traditional Chinese Literature* (New York: Columbia University Press, 1994), pp. 437–448。关于李白另外一篇赋，《拟恨赋》("In the Manner of [Jiang Yan's] '*Fu* on Resentment'"）的英文译注，参考 Michelle Sans, "A Better View of Li Bai's 'Imitating the "*Fu* on Resentment"'," *T'ang Studies* 18–19 (2000–2001): pp. 41–59。

[27]《全唐文》，卷三五八，页 5a—7b。

[28]《全唐文》，卷三八九，页 11a—4a。

[29]《全唐文》根据《唐文粹》将《招北客文》误收在独孤及（725—777）作品中；《文苑英华》将此篇归在岑参名下。关于此问题的讨论，参考陈铁民、侯忠义：《岑参集校注》（上海：上海古籍出版社，1981），页五，页 453，注 1。

[30]《全唐文》，卷三七九，页 15a—16b、22b—23b。

[31]《全唐文》，卷三七九，页 17a/b、11b—12a。关于玄宗的生日庆典，参考 Kroll, "The Dancing Horses of T'ang," *T'oung Pao* 67 (1981): pp. 240–268。该文的中译本收在本书中，由吴捷翻译。

人注目的当数柳宗元（773—819）。他以散文见称，但许多人对他的诗却颇为失望（当然，除了对《江雪》老调重弹的夸奖）；他的赋却很少受到关注。柳宗元现存的 12 篇赋中包括一些出类拔萃的骚体形式的古赋以及一些律赋。比较引人注目的包括《牛赋》("The Ox") 和《瓶赋》("The Wine-jar")，[32] 分别从实物刻画和托物寓意的层面来描述此二物件。同样值得一读的包括《囚山赋》("The Imprisoning Hills")、篇幅更长的《闵生赋》("Despairing over Life") 和《惩咎赋》("Reprehending My Faults")，[33] 描述作者在流放期间的身体和精神状态；这些作品都是大手笔之作。另外柳宗元还有一些作品与宋代文赋（"prose fu"）并无二致，比如《骂尸虫文》("Reviling the Corporeal Worms")、《愚溪对》("Dialogue at Witless Brook") 以及《哀溺文》("Lamenting a Death by Drowning")。[34] 这些作品均呈现出糅合叙事文、讽刺和社会哲学的丰富文辞，然而并不能被称为诗歌（"verse"）。即便如此，著名赋史专家马积高还是认为柳宗元的这些作品代表着唐赋所达到的最高水准。[35]

[32]《全唐文》，卷五六九，页 3b—4a、3a/b。关于《牛赋》的英文译注，参考 Madeline K. Spring（司马德琳）, Animal Allegories in T'ang China (New Haven: American Oriental Society, 1993), pp. 88—90。

[33]《全唐文》，卷五六九，页 9b—10a、7a—8a、5a—7a。

[34]《全唐文》，卷五八三，页 3b—4b、10b—12a、12a—13a。

[35] 马积高:《赋史》，页 312—322。

[36]《全唐文》，卷五九九，页 6b—8a。

[37]《全唐文》，卷五九九，页 13b—14a、11b—12b，卷六九七，页 10b—11b。

较之柳宗元，其朋友刘禹锡（772—842）在诗方面名声稍胜。然而，我们不应因为他的名作《竹枝词》("Bamboo-branch Lyrics") 和《杨柳枝词》("Willow-branch Lyrics") 而把他想成甜美的尚古主义诗人，我们应该重视他的 11 篇赋。其中特别值得一提的是：《砥石赋》("The Whetstone")，[36] 作者巧妙地用常常磨拭剑以保持其锋利来暗喻君王须让贤臣司其职，而非让他们闲置外省让其生锈；《谪九年赋》("Being Banished Nine Years") 篇幅短小，用令人惊讶的直白风格铺陈原本极其阴郁的题材；又有《秋声赋》("The Sound of Autumn")，写于 841 年即李德裕去世的前一年，以回应李德裕的同题赋作。[37] 此赋一反传统悲秋主题，而是借秋天蕴含的潜力来激励迟暮之人再次积极入世。我们应该注意到，欧阳修的名作《秋声赋》在一定程度上须以刘禹锡和李德裕这两首同题作品为背景来考察。

上面提到的李德裕（787—850）是九世纪上半叶朝廷两大政治势力中李

党的领袖，对赋情有独钟。他现存的 32 篇赋中每一篇均有序言陈述写作动机。这些作品中的大部分都是描画具体物件——植物或动物，这是李德裕的昂贵爱好的对象：据说他费尽周折为其在洛阳周边的平泉山居添置了官宦生涯中获得的珍奇美丽的动植物品种。他的赋，即便是关于历史性的题材，也典雅而不失生机，比如《知止赋》（"Knowing When to Stop"）歌颂了春秋至西汉以来兼顾政治生涯并选择适时退隐的士人。[38] 至于韩愈极具文学功底的古体赋，我推荐康达维刊登在《唐学报》的极具启发性的一篇文章。[39]

白居易（772—846）现存的诗有三千多首，足够专研一生。他同时也留给了我们 16 篇赋。他尤其擅长律赋，他的一些赋作被收录在同时代用于传授律赋创作技巧的写作手册中，很好地体现了他的水平，比如最近发现的《赋谱》（Ledger for the Rhapsody）。[40] 这些赋中最有趣的莫过于《赋赋》，[41] 其文以班固著名论断"赋者古诗之流"（"fu is a current [genre, technique] of the ancient Songs"）六字为韵脚作书写，而把班固之说理解为"赋为古代诗歌之流"（the fu is the mainstream of ancient poetry）。

另外，还有一些在某方面独树一帜却不那么知名的作家，他们在唐诗史上湮没无闻，在《全唐文》中仅有一席之地甚至完全缺席，然而他们的赋作值得一提。这样的作家有不少，在此举两位作为例子。第一位是王起（760—847），798 年登进士第，在随后直至其去世的五十年中担任了不同阶位（有时非常重要）的官职，同时也是白居易一生的朋友。唐史关于他的传记主要聚焦在其政治生涯，[42] 然而我们还得知："起僻于嗜学，虽官位崇重，耽玩无斁，夙夜孜孜，殆忘寝食，书无不览，经目靡遗。"[43]《新唐书·艺文志》著录收藏在北宋皇家图书馆的王起集有 120

---

[38]《全唐文》，卷六九七，页 3a—4b。

[39] Knechtges, "The Old-Style fu of Han Yu," T'ang Studies 13 (1995): pp. 51–80.

[40] 关于《赋谱》，参考 Stephen R. Bokenkamp 具有开拓意义的研究："The Ledger on the Rhapsody: Studies in the Art of the T'ang fu" (Ph.D. diss., University of California, Berkeley, 1986); 柏夷，《赋谱略讲》《中华文史论丛》第 49 期（1992），页 149—164。

[41]《全唐文》，卷六五六，页 16b—17b。

[42]《旧唐书》（北京：中华书局，1975），卷一六四，页 4278—4281；《新唐书》（北京：中华书局，1975），卷一七七，页 5117—5119。

[43]《旧唐书》，卷一六四，页 4279。我的英译："He was freakish in his lust for study. Even when his official position was elevated and weighty, he would indulge his passion [for study] without stint, applying himself with assiduous effort from morning till night, practically oblivious of sleep or meals. There was no book that he did not scrutinize, and whatever he passed his eyes over would never be lost to him."

卷，[44] 但他只有 6 首诗流传至今，赋则有 65 篇。王起因此成为现存赋作数量最多的唐代作家，而其中大部分作品（57 篇）幸赖《文苑英华》得以保存。他们均是中等篇幅的律赋，每篇大约五十到六十句。他们有力地佐证了王起广博的阅读和稳健的雄辩，这造就了其赋作的题材涉猎广泛，但是他钟爱以历史事件和典故为主题，并围绕这些主题灵活运用其百科全书式的知识储备。如果一定要推荐几篇体现其风格的赋作，我会推荐《被褐怀玉赋》("*Fu* on Clasping Jade while Clad in Hodden")和《斗间见剑气赋》("A Sword's Aura was Seen amidst the Dipper")。[45] 很显然，这些赋至少到十一世纪完结前都备受推崇，而王起的政坛影响力不应该是其中的主要原因，否则我们应该期待看到更多他的作品被保存下来——而实际情况是，王起五十年从政生涯以来所写的诗文只有 8 篇得以流传至今。

  第二个被遗忘的赋作家是王棨，他的名字的普通话发音和上一位王起相同，可是他在唐代历史上占据不一样的地位，或者说，有不一样的路径。这位王棨是 862 年进士，活跃于当时政坛，然而并没有王起那么成功。[46] 他只留给后世 1 首诗（写于 862 年进士考试），[47] 然而其赋作有 46 篇。律赋也是王棨的强项。他的作品文笔生动，且常常流露出让人惊讶的活泼和幽默感。他应该成为某位有潜力的博士生的论文题目，题目为:《最后一位唐赋巨匠》("The Last Great Master of the Tang *fu*")。此论文首先应该研究的赋作是《梦为鱼赋》("*Fu* on Dreaming of being a Fish")、《蟭螟巢蚊睫》("The Brow-mites that Nest in Mosquitoes' Eyelashes")和饶有趣味的《一赋》("*Fu* on the Number One")。[48]

  我们还可以举出数百篇华美的稀奇赋作。正如本文很简略的概览所示，唐代诗歌的视野在逐渐扩大。虽然在数量上，现存的一千六百多篇赋作只有五万多首唐诗的百分之三，但是如果用实际篇幅作为比较（而非作品的首数），唐赋占据现存唐代诗歌的百分之二十。我们真的能够忽略唐代诗歌这一重要组成部分吗？

[44]《新唐书》，卷六〇，页 1607。
[45]《全唐文》，卷六四一，页 28b—29a；卷六四二，页 17b—18b。
[46] 徐松（1781—1848）写过关于王起的详细注解，见徐松：《登科记考》（北京：中华书局，1984），页 840—841。
[47] 王棨题为《倒载干戈》（"Laying the weapons of war away, upside-down"）的应试赋作也流传在世，参见《登科记考》，页 842—843；《全唐文》，卷七六九，页 14b—15b。
[48]《全唐文》，卷七七〇，页 11b—12b、12b—13b，卷七六九，页 6a—7a。

然而，我们把赋纳入唐代诗歌研究中最大的益处是极大丰富和深化我们对于唐代文学辞藻的认识。将自己束缚于阅读"诗"这一文体会掩盖一个事实：诗的词汇，即便个体诗人灵活运用，也只体现了庞杂语言形态中的某些面向。阅读唐赋将会扩大我们对于唐代作家们所面对的不同语汇可能性的认知，从而让我们更敏锐地欣赏他们在创作时如何对词汇做出精妙的选择。于是，我们找到一个聚焦点和参照标准，以此来更好地定义多样化的语言风格。如果只读诗，我们相当于把它放在一个真空瓶里，人为设定我们想要的温度，把它和周遭同时期时时影响作家生活和表达方式的水流隔绝。

　　另外，如果我们广泛阅读唐代其他文体，包括至今少有人问津的铭文、赞、颂、墓志铭等，更不用说佛教和道教文献——文学研究专家们往往对这些材料比对赋更加敬而远之，我们会发现唐诗中不少广为人称的修辞和意象在当时实际上是平常和惯用的词汇。这提醒我们，研究唐诗所要达到的成就远远不止破译其诗意。诗最具风格的特点并非其所承载的语义（这几乎是我们现今所关注的全部），而是，或者说同等重要的是，其音乐性和语音上的特质。例如，词汇的发音如何与其所表达的含义紧密相连——并非指涉作者的真实意图而是词汇排列所产生的音律美感（我们可以回顾《诗·大序》所说："诗者，志之所之也。在心为志，发言为诗，情动于中而形于言，言之不足，故嗟叹之……情发于声，声成文谓之音"）。我们常常忘记唐"诗"实际上离蒲柏（Alexander Pope, 1688—1744）的作品比离华兹华斯（William Wordsworth, 1770—1850）的诗歌更近，更不用说 W. C. 威廉姆斯（W.C. Williams, 1883—1963）或者加里·斯奈德（Gary Snyder，生于1930）的作品了。[49]

　　十九世纪和二十世纪早期西方（大部分在法国和德国，偶尔在别处）的唐诗研究主要围绕《唐诗三百首》中的作品展开。此诗集在二十世纪前半期依然是学术研究的焦点或者指南针。但是到二十世纪二十年代和三十年代，学者们开始拓展唐代主要诗人的其余诗作，而过去的80年可以被视作我们深化和重塑主要诗人的渐进过程，此过程伴随着通过对《全唐诗》（以及中国大陆逐渐增多的

[49] 可叹的是，对唐诗听觉美的忽略也是另一种自我保护反射的体现，通常以我们没有时间深究历史语言学为说辞，就抛给相关领域专家——仿佛文学研究者的身份豁免了我们深究词汇语音的义务，而这恰恰是我们所关注的文本所使用的语言。

诗人文集校注本）的扩展阅读来谨慎挖掘其余诗人的作品。拓宽唐代诗歌研究边界的下一步是将赋纳入其中。尽管我们已经拥有很多学者用不同语言写作的极富价值的研究，但是我们距离获得对唐诗更加全面的了解还有很长的路要走。过去数十年中，已经有中国大陆和台湾学者开始认真地研究唐赋，这是一个很好的信号。北美大陆已有几位学者在做类似研究，更多学者应该会担起此重任。也许，我们正处在迈进唐代文学研究新时代的门槛上——这样的研究跨越了既定边界，并将努力部分重现消逝于时间长河的世界，以及在其间湮没无闻的文本。

（罗奕奕　译）

初唐贤妃徐惠的生平与著述 *

* 康达维（David R. Knechtges）、田安（Anna M. Shields）和田晓菲（Xiaofei Tian）对初稿提出了有益的意见，特致谢忱；尤其感谢田安教授，在文中几处提出了敏锐的见解和有关措辞的建议。（译者按：以上所指是英文版原文。）

唐代女诗人中最有名的，自然要数蜀妓薛涛（770—832）和性情易变、一度是女冠的鱼玄机（约844—870?）。若只谈诗，比她们更有意思的是活跃于八世纪后期的李冶和生活在十世纪中期后蜀宫廷的花蕊夫人。李冶的18首现存诗篇比薛涛和鱼玄机的更多样也更有技巧；而花蕊夫人的157首"宫词"占据了《全唐诗》卷七九八的全部篇幅。[1] 比这些女诗人对她们所处的时代影响更深远的，是优雅的上官婉儿（约664—710），虽然她的诗只有二十余首传世。她的祖父上官仪（？—665）是一位有名的朝官和诗人，为反对皇后武曌（625—705）篡取皇权而付出了终极代价。[2] 上官仪及其家族成员被处死后，还在襁褓中的上官婉儿被武后接到宫中，仿佛是一种补偿。[3] 七世纪末至八世纪初，上官婉儿成为武后的私人秘书；在武曌被迫退位后，她活跃于同样是女主掌权的中宗朝（705—710），成为宫廷诗歌竞赛的仲裁人。

然而，唐代的第一位女诗人是一位名叫徐惠的年轻女性。虽然文学史几乎从不提及，但徐惠比起她的后继者毫不逊色。[4] 唐代正史所记载的三十几位后妃中，只有她的著述被引录。其本传采用了讲述唐代士人而非宫廷女性的叙事模式：关注的不是她并不出众的外貌，而是她的文学才华。公元627年，徐惠生于湖州（今浙江省北部太湖南边的吴兴），父亲徐孝德是一个没什么名气的士人。[5] 她出生的前一年九月，李世民（其庙号太宗更为人所知）在迫使其父也就是唐代的开国君主李渊退位后登基。徐惠的短暂一生和太宗的贞观时期（627—650）几乎完全重合，其个人命运也与帝国皇室紧密相连。她出生那年，其他值得一提的历史事件还包括：当时还不为人们所知的年轻僧人玄奘离开长安，去印度寻找佛教真经；上官仪进士登第（不过此时的进士考试还不像七世纪后期声望那么高，那么难以成功）。

---

[1] 花蕊夫人的现存作品，数量超过了她以前的任何一位女性，这无疑与宋代私家藏书的日益普及和印刷术的使用有关。

[2] 注意：所有参考资料都以公元664年为上官仪的卒年，那是错误的。他在高宗麟德元年十二月丙戌日被杀死，相当于公元665年1月3日。因为麟德元年的大部分时间与664年重合，所以664年一直被当作是上官仪的卒年。这看起来是小事，但无疑那多出来的三天对上官仪很重要。

[3] 为表明她是有罪家族的成员，她的脸被刺上奴隶或犯人才有的标志。

[4] 她的简短官修传记收在《旧唐书》（北京：中华书局，1975），卷五一，页2167—2169；《新唐书》（北京：中华书局，1975），卷七六，页3472—3473。Jeanne Larsen 写过一段不可靠的徐惠生平介绍，并翻译了她的几首诗，见 Kang-i Sun Chang（孙康宜）and Haun Saussy（苏源熙）eds., Women Writers of Traditional China: An Anthology of Poetry and Criticism (Stanford: Stanford University Press, 1999), pp. 52-54；可惜翻译错误极多，几近幻想文字。

[5] 徐孝德的十卷文集在721年及稍后藏于皇家图书馆中（见《旧唐书》，卷四七，页2074；《新唐书》，卷六〇，页1599——不过《新唐书·艺文志》的条目年代次序杂乱），但没有一篇保存至今。

徐惠是个神童，是一个在当时引起轰动的小孩。据说她四个月就会说话，三岁就能背诵《论语》和《毛诗》。如果这是真的，她甚至比约翰·穆勒（John Stuart Mill, 1806—1873）还要早慧。她七岁开始写诗，保存下来的一篇早期作品是楚辞体，应父命而作，写的是《楚辞·招隐士》中"山中不可以久留"（"In the mountains you cannot long remain"）这个主题。这首作品有效地运用了与《楚辞》相关的典故和词语，全文如下：

[6]《全唐诗》（北京：中华书局，1960），卷五，页59。这里诗题为《拟小山篇》，当时认为《招隐士》的作者是一个叫淮南小山的人。这首诗也收在十二世纪的《唐诗纪事》（香港：中华书局，1972），卷三，页25。

[7] 桂枝的意象在《楚辞》中还出现过一次，是在《九歌·大司命》中，用法和这里相同。这是桂枝意象的经典用法，也为《招隐士》所沿用。桂树在《楚辞》的很多篇章中多次出现，既指实物，也是象征。

仰幽岩而流盼	Looking up at the hidden cliff, I let my gaze drift;
抚桂枝以凝想	And caress a cinnamon bough, to focus my thoughts.
将千龄兮此遇	Taking a thousand ages, oh, to come upon one of *this* sort:
荃何为兮独往	Why is it that the iris, oh, is gone forever alone? [6]

这首小诗的体式和《招隐士》一样是骚体。第二句写到的桂枝，在《招隐士》中出现过两次，都是用引持桂枝形容流连徘徊不愿离开。[7] 诗人由此想到，心志纯洁者取得成功（"得遇"）是多么罕见——这个贯穿了《楚辞》的感慨，在这首诗中因为"荃"的意象得到加强；"荃"在《楚辞》的核心篇章《离骚》中两次出现，都象征自然和道德品格的纯洁。贤能者不被赏识，而且往往踽踽独行：从《楚辞》问世以来，这种哀叹在中古中国的学者和想要成为官员的士人那里已是老生常谈。在处理这个常见主题的诗歌习作中，年幼的徐惠用词适当。难怪她的父亲，一位心怀希望却很少人欣赏的学者，对女儿的诗作颇为满意。据说他由此知道徐惠的文才"不可掩"（"he could no longer keep her shut away"），她和别的女孩子不一样。

从此，徐惠开始深入学习（而不只是背诵）经史，"手不释卷"（"a scroll always in her hands"）。很快，她引起了皇帝的注意，被纳为才人（"Gifted One"）——后妃中的正五品。与此同时，她的父亲被授予果州（今四川南充附近）刺史。一段时间后，她晋升为正三品的婕妤（"Preferred Helpmate"），然后是正二品第八等的充容（"Replete of Mien"）。这以后还有一次升等，不过那是在她死后，我们后面还会谈到。

下面的图表列出史料记载中唐初后妃的头衔、品级和数量，有助于了解相关史实。[8] 当时后妃的等级次序，由高至低如下：

表一　唐代后妃的头衔与品级列表

品级	头衔（数量）	详情
正一品（First Rank）	夫人（Ladies）（5人）	皇后 (Resplendent Heir-giver = "Empress"） 贵妃 (Precious Consort) 淑妃 (Immaculate Consort) 德妃 (Virtuous Consort) 贤妃 (Worthy Consort)
正二品（Second Rank）	嫔（Concubines）（9人）	昭仪 (Splendid Paramour) 昭容 (Splendid of Mien) 昭媛 (Splendid of Charm) 修仪 (Finest Paramour) 修容 (Finest of Mien) 充仪 (Replete Paramour) 修媛 (Finest of Charm) 充容 (Replete of Mien) 充媛 (Replete of Charm)
正三品 (Third Rank)	婕妤 (Preferred Helpmates)（9人）	
正四品 (Fourth Rank)	美人 (Lovely Ones)（9人）	
正五品 (Fifth Rank)	才人 (Gifted Ones)（9人）	
正六品 (Sixth Rank)	宝林 (Consolers of the Throng)（27人）	
正七品 (Seventh Rank)	御女 (Aurigal Maidens)（27人）	
正八品 (Eighth Rank)	采女 (Selected Maidens)（27人）	

[8]《唐会要》(《丛书集成》本)，卷三，页 32—33 ;《旧唐书》，卷五一，页 2161—2162 ;《新唐书》，卷七六，页 3467—3468。初唐君主沿用隋制。

[9] 我们注意到，和过去相比，比如此前四个世纪的魏（220—265），唐代后妃的数量和头衔增加了许多。关于魏的后妃情况，见 Robert Joe Cutter（高德耀）and William Gordon Crowell（孔为廉）, *Empresses and Consorts: Selections from Chen*（转下页）

图表中的一些头衔和品级在不同时期略有变化，变动最大的是在玄宗朝（712—756），这里显示的是徐惠在后宫时的等级秩序。[9]

除了前面引录的少作，徐惠其他的现存作品都写于七世纪四十年代，在她十几岁入宫之后。下面我们逐个考察。读这些作品的时候，我们应该记住她还是个年轻人（她 23 岁去世）；同时我们也应该记得，她在高雅的文化环境里，十几岁就已在其文学传统中受到良好训练，因而写出可以呈现并推进该传统的成熟作品，这种情况，无论是在一百年前的西方还是今天，都绝不罕见，而在徐惠的时代，为她赢得声誉的不是年龄而是性别，因为从事写作对七世纪的宫廷女性来说极不寻常。

用指定的题目即席赋诗——就像徐孝德让他7岁的女儿所做的——在中古中国早已成为一种娱乐消遣和社交竞赛的既有形式。的确，这是博学的精英士人最常参加的文学活动，在宫中尤其盛行。流传至今的四首不同内容的徐惠诗作中，有两首属于这类作品。

（接上页）*Shou's Records of the Three States with Pei Songzhi's Commentary* (Honolulu: University of Hawaii Press, 1999)，特别是第137—138页的表格。关于玄宗在位早期尝试减少嫔妃的数量（不过他后来废除了这个政策），见Kroll, "Four Vignettes from the Court of Tang Xuanzong," *T'ang Studies* 25 (2007): pp. 1–27。编者按：该文第四部分收入钱起的《舞马赋》译注，见本书所收吴捷翻译的《唐代的舞马》一文的附录。
[10]《全唐诗》，卷五，页59；《唐诗纪事》，卷三，页25；《文苑英华》（北京：中华书局，1966，影1567年本），卷一七〇，页9a。按：《英华》本，第二句"劲"作"朔"，第七句"时"作"诗"。

第一首共八句，称颂皇室成员经过风景如画的历史要地函谷关（今河南省灵宝南边，在洛阳和长安中间）。这首诗应太宗诏令即席而作，当时皇帝和随从正在从东往西返回都城的途中：

	秋风函谷应诏	Autumn Wind at Enfolded Vale, In Response to Fiat
	秋风起函谷	The autumn wind rises in the Enfolded Vale,
	劲气动河山	And a rugged air shakes river and mountain;
	偃松千岭上	Bent-over pine-trees atop a thousand ridges,
4	杂雨二陵间	And confused rain between the Two Mounds.
	低云愁广阪	Lowering clouds turn the drawn-out gorge sad,
	落日惨重关	As the setting sun brings gloom to the layered barrier.
	此时飘紫气	At just this time a swirling, empurpled aura
8	应验真人还	Sanctions and confirms the Perfected One's return.[10]

诗的前六句由写作此类题材的常规词语巧妙组成，不过并不陈旧乏味。篇首的"秋风"暗示汉朝开国皇帝刘邦的著名诗篇《大风歌》（"大风起兮……"）（"A great wind rises..."），但这里的场景不是帝王霸业，而是道路

[11] 李吉甫：《元和郡县图志》（813 年成书；北京：中华书局，1983），卷五，页141—142。

[12] 见 Kroll, "Li Po's Purple Haze," *Taoist Resources* 7.2 (1997): pp. 21–37.

[13] 据说，老子就是在这里应守关兵士尹喜之请写下了《道德经》。见《史记》（北京：中华书局，1972），卷六三，页2141。五世纪的裴骃注特别提到气，并指认老子为"真人"。八世纪中期的司马贞注引述三世纪的《列仙传》，说气是紫色的。但请注意，这个故事的最早版本来自《列异传》，而不是《列仙传》——这个错误在《史记》现代排印本中开始出现，并延续下来；见 Max Kaltenmark（康德谟）, *Le Lie-sien tchouan: Biographies légendaires des immortels taoïstes de l'antiquité* (1953; rpt. Paris: Institut des Hautes Etudes Chinoises, 1987), p. 67, n. 4.

[14] 把人间的皇帝和百官想象为道教中的天界人物，就好像是把人间贵族的快乐想象为天上的快乐，在唐代宫廷诗中很常见，从唐初就如此，不过这一点经常没有被认识到。

[15] 史称"李夫人"，她的正史传记引录了李延年的诗。见《汉书》（北京：中华书局，1975），卷九七上，页3951。这首诗中有几个意象进入了文学史，但后来成为陈词滥调，全诗如下："北方有佳人，绝世而独立。一顾倾人城，再顾倾人国。宁不知倾城与倾国，佳人难再得。"("In the northern quarter there is a fair woman;/ Surpassing all others, she stands unmatched.// With one look, she topples a city of men;/ With another look, topples an entire state.// Best not to know of this city-toppler, state-toppler;/ Such a fair woman is most difficult to win.") 逯钦立对比了中世纪不同类书中此诗的版本，见《先秦汉魏晋南北朝诗》（北京：中华书局，1983），页102。

险阻难行。第四句的"二陵"指二崤山的两座山峰，一座据说是埋葬夏朝国君皋的所在，另一座靠近传说中周文王避暴风雨的地点：[11] 这让我们想到，此地的皇室遗迹时代久远。但在最后一联，前面写到的阴暗天空和艰难旅程发生了变化。薄暗的黄昏中出现了紫气，于是我们发现这首诗还有其他意义。紫色是天空的颜色，尤其与道教天界相关联。[12] 传说道教圣人老子经过函谷关离开中国的时候，有紫气显现他的到来。[13] "真人"指住在道教天界中上清境的仙人，他们都和被奉为神的老子（即"太上老君"，"Lord Lao, Most High"）有关联。再加上唐朝皇室宣称自己是老子的后人，因此在这里，我们可以把太宗看作是老子在后世的化身，很久以前在紫气中出函谷关，现在经过同样的地方，在同样的紫气中回来。于是，诗篇开始那恼人的秋风，在此处衍生出一片青霄（以及帝国）的景象。人间的天子穿过雨，展示出他更为崇高壮丽的一面。[14] 这一切在徐惠的诗中表现得轻快圆熟，尽管需要花点时间来解释。

徐惠第二首即席赋诗是《赋得北方有佳人》（"On the Assigned Topic, 'In the Northern Quarter there is a Fair One'"）。题目出自李延年（卒于前90）一首著名诗篇的第一句，那首诗描写他那个时代最美的女子——原来就是他那在汉武帝宫中的妹妹。[15] 徐惠得到这个题目，估计多半因为她是女性。她的诗共十句，在描写倾城之美的方面超过李延年很多：

	由来称独立	She has always been esteemed as one who "stands unmatched"
	本自号倾城	Even taking for herself the epithet of "city-toppler."
	柳叶眉间发	Willow leaves push out between her eyebrows,
4	桃花脸上生	And peach blossoms come forth upon her cheeks.
	腕摇金钏响	At a quiver of her wrist, gold bangles resound;
	步转玉环鸣	When she turns her steps, jade bracelets sing.
	纤腰宜宝袜	Her slender waist is just right for a jeweled girdle,
8	红衫艳织成	Her pink blouse a perfection of seductive weaving.
	悬知一顾重	One knows from afar the weight of a single glance from her,
10	别觉舞腰轻	And can sense, besides, the lightness of her dancing waist.[16]

这首诗对身体的描写相当直接，多少反映了徐惠大胆的一面。诗中的女子比李延年的原型更优雅，也更艳情。第三句的"柳叶"是一种浅绿色的化妆品，有几分像百合花饰，画在眉毛中间；这在唐代壁画上的贵族女性那里可以看到。和这个装饰相配的，是她抹了淡淡胭脂的双颊，这里想象为桃花。精致的珠宝首饰装点她的娇美容颜，身上穿一件"艳"得诱人的红色短衫。你无须靠近，就会被她迷住。这里，汉朝的"倾城"佳人被改写成优雅的唐代宫廷女性；也可能徐惠把自己想象成了这个角色。值得一提的是，除了第二句的一处疏漏，诗人熟练地在每句第二和第四个字之间交替使用平仄——这是诗艺精湛的另一个表现。

徐惠的诗中还有一篇以弃妇为主题，是一首《长门怨》("Tall Gate Plaint")。一个广为流传的故事说，汉武帝的陈皇后被幽禁在偏远的长门宫，担心自己被皇帝的新宠取代。于是她请大诗人司马相如（前179—前117）替她写了一篇赋，借此重新赢回了武帝的心。[17]"长门怨"是乐府诗的常见主题，中古时期以此为题的诗现存二十

[16]《全唐诗》，卷五，页60。

[17] 这篇赋的英译和研究，见 David R. Knechtges, "Ssu-ma Hsiang-ju's 'Tall Gate Palace Rhapsody,'" HJAS 41 (1981): pp. 47–64; 翻译修订版见 Knechtges, Wen xuan, or Selections of Refined Literature, vol. 3: Rhapsodies on Natural Phenomena, Birds and Animals, Aspirations and Feelings, Sorrowful Laments, Literature, Music, and Passions (Princeton: Princeton University Press, 1966), pp. 159–167。

余首。[18] 徐惠的《长门怨》写的似乎主要是班婕妤,那是另一位汉代宫廷女性(成帝的妃子,成帝在位年:前32—前6),她先是得到皇帝的宠爱,后来被弃置一旁:[19]

	旧爱柏梁台	The cherished of old—at Cypress Beams Terrace;
	新宠昭阳殿	The newly preferred—in the Hall of Radiant Yang.
	守分辞芳辇	Accepting her part, she refuses the scented palanquin;
4	含情泣团扇	Filled with feelings, she sobs behind a round fan.
	一朝歌舞荣	A sudden morning's songs and dances now are in full flower,
	夙昔诗书贱	And the long-ago *Odes* and *Documents* are held in disrespect.
	颓恩诚已矣	Fallen from his favor—in truth, it is all over with:
8	覆水难重荐	Water once spilled cannot be presented again.[20]

[18] 这些诗在十二世纪的《乐府诗集》中自成一类,见《乐府诗集》(台北:世界书局,1961),卷四二,页4b—8a。对这些诗的介绍性研究,见 Brigitta Ann Lee(李吉儿),"The Poems of 'Complaint in the Long Gate Palace'," M. A. thesis (University of Colorado, 1998)。

[19] 传记见《汉书》,卷九七下,页3983—3988;翻译见 Burton Watson(华兹生),*Courtier and Commoner in Ancient China: Selections from the History of the Former Han by Pan Ku* (New York: Columbia University Press, 1974), pp. 261–265。

[20]《全唐诗》,卷五,页59。

[21] 见《汉书》,卷九七下,页3989。华兹生也翻译了赵氏姐妹的传记;见 Watson, *Courtier and Commoner*, pp. 265–277。

[22]《汉书》,卷九七下,页3983—3984。她提到夏朝、商朝和西周的末代君主迷恋德行欠缺的女人,是国家灭亡的原因之一。

[23] 几乎可以肯定,关于这首诗的故事是杜撰的,(转下页)

柏梁台于公元前115年由汉武帝下令修建,11年后被烧毁;诗中被抛弃的女子把自己和柏梁台联系在一起,虽然这从时间上看是不可能的。昭阳殿是汉成帝后宫最奢华的宫殿;那里住着诗中叙述者的获胜对手——即历史上赵飞燕的妹妹赵昭仪,她取代了赵飞燕受到皇帝的瞩目,而此前赵飞燕取代了班婕妤。[21] 第三和第四句用典,提及和班婕妤有关的事件和意象:第一个是她坚持原则,拒绝与皇帝同辇(因为与妃子同辇的古代君王往往有不光彩的结局),[22] 而团扇的意象让人想到归在班婕妤名下的著名诗篇《怨歌行》,在那里她自比白绸扇,以前君王经常使用,可现在被抛在一边。[23] 在徐惠的诗中,失宠的女子接受了自身地位的下降,把自己比作遭到君王轻慢的经典著述,惋惜让君王动心的只有当下的轻浮消遣。这里,我们再次看到班婕妤的影子,她喜欢吟诵《诗经》和别的古代经典。[24] 倒数第二句让我们想到屈原(约前343—前278)的作品《离骚》及其遭遇,他是不遇侍臣的原型。[25] 最后一句中覆水难收的意象,质朴而绝望。[26]

除了上文引录的作品,这里还谈谈徐惠的一首绝句。据说有一次她被太宗召见,却姗姗来迟,于是写了这首诗平息太宗的怒气。这首小诗载于九世纪初的《大唐传载》,也收在十一世纪的《唐诗纪事》和十二世纪初的《唐语林》,由此可以判断,这是她最为人们所熟知的作品。诗的内容如下:

朝来临镜台	During the morning, she faces her mirror stand;
妆罢暂徘徊	With her makeup done, she paces to and fro a while.
千金始一笑	It would take a thousand in gold to start a smile from her,
一召讵能来	So how ever could she come at a single summon? [27]

如果故事可信,这首机智小诗中透出的近乎盛气凌人的傲慢,肯定让皇帝觉得好玩儿,并引发对她的纵容。诗人对自己容貌、文才的自觉和自信在诗中突显出来,表现方式跟她写"倾城"佳人那首诗相似,不过更简洁。

记载此诗的《大唐传载》中的相关故事(后来又在别的轶事集中重复)说,太宗宣召徐惠的时候,她正在长安崇德坊

(接上页)但是在中古时期(甚至在当今学界),它常被看作是班婕妤的作品,并被收入各种诗选和类书中。《文选》所录如下:

新裂齐纨素　Newly cut out, unbleached taffeta of Qi,
皎洁如霜雪　Candent and untainted, just as frost or snow:
裁为合欢扇　Now fashioned into a "joined-in-joy" fan,
团团似明月　Is perfectly round, like the luminous moon.
出入君怀袖　It goes in and out of milord's sleeve and breastfold,
动摇微风发　To be set aflutter when a slight breeze arises.
常恐秋节至　Yet always one fears the advent of autumn's term,
凉风夺炎热　When cool gusts drive off the burning heat.
弃捐箧笥中　One is cast aside then, in box or in basket,
恩情中道绝　As favor and affection are broken off in mid-path.

见《文选》(上海:古籍出版社,1986),卷二七,页1280—1281;参看逯钦立编:《先秦汉魏晋南北朝诗》,页116—117,对比了不同的版本。班婕妤也被认为是一首赋的作者,见《汉书》,卷九七下,页3985—3987;英译见 Watson, *Courtier and Commoner*, pp. 263—264。

[24]《汉书》,卷九七下,页3984。班婕妤喜欢吟诵的作品具有道德和警诫意义。

[25] 特别是《离骚》结尾"乱"的第一句:"已矣哉!"("It is all over with now!")

[26] 在一个略微不同的语境中,何苗阻止哥哥何进(卒于189)做一件最终使他丢掉性命的事情,也使用了这个意象:"覆水不可收。"("Water once spilled may not be gathered up.")见《后汉书》(北京:中华书局,1974),卷六九,页2250。

[27]《全唐诗》,卷五,页60;《大唐传载》(《四库全书》本),页18a;《唐语林校证》(北京:中华书局,1987),卷四,页403—404;《唐诗纪事》,卷三,页25。

[28]《长安志》(《四库全书》本),卷九,页 11b;《唐两京城坊考》(北京:中华书局,1985),卷四,页 100。

[29] 还有一位唐代女性写过赋并保存至今,她是鲜为人知的牛应贞,于九世纪作《魍魉问影赋》,见《全唐文》(台北:大同书局,1979,1814 年,卷九四五,页 1b—3a。

[30]《咏小山》,《全唐诗》,卷一,页 19;吴云、冀宇校注:《唐太宗集》(西安:山西人民出版社,1986),页 95。

西南角的崇圣寺她自己的房间里。这很有趣。太宗在位的时候,崇圣寺名为济度尼寺。一些宫中女子似乎有时会被准假,可以去京城某些指定的佛寺过夜。寺庙的旅舍功能在中古社会生活中很常见。如果这则轶事可信,皇帝宣徐惠回宫的时候,她应该正在这样的一次出游中。这个故事也可能是杜撰的,起因也许是徐惠可能后来在这个寺庙住过。因为自 649 年太宗去世后,他的很多嫔妃被从皇宫迁到济度尼寺,后来安置她们的机构又迁到安业坊的修善寺。[28]

至此,我们考察了徐惠所有的诗作。她的五首诗中有三首不是绝句,这已经使她有别于唐代大部分女诗人,因为她们的诗很少超过四句。比如,薛涛现存的 91 首诗中,86 首是绝句,1 首是六句,4 首是八句。不管是什么原因,写长诗不是唐代女诗人的常见技艺。不过,为公平起见我们需要指出,当时的女性写作主要在私人空间,写长诗的场合极少。除了诗,徐惠还有一篇赋保存至今,这在唐代女性中几乎是独一无二的。[29] 而在诗赋以外,她也写过一篇很长的政论文书,我们后面还会介绍。徐惠的作品样式表现出异乎寻常的广度。

徐惠传世的这首赋是应太宗之命,"和"("to accord")其《小山赋》("The Little Hill")。篇题中的"小山",指后宫妃嫔所住掖庭("annex court")旁边的花园,里面按照中式庭院的风格,有人造的小天地,如丘陵、山岭、山谷、水道、岩石、树木和花草。太宗另有一首绝句写"小山",其中描写的景观看似不起眼,未经雕琢:

近谷交紫蕊	The near valley is laced with string of petals,
遥峰对出莲	And a distant peak faces emerging lotus.
径细无全磴	The footpath is slight, and has no full stepstones;
松小未含烟	The pines are small and have collected no mist.[30]

可以想见，赋里面的描写会比绝句丰富得多。为了更好地欣赏徐惠的赋，并把她的作品放在唱和的语境中考察，我们先看太宗的这首赋。赋的基调由皇帝设定：赞赏这个朴素花园不招摇的品格，并在这里寻找更高尚的美德。

[31] 蓬莱和瀛洲是东海仙人居住的两座仙山。坐落在西方的昆仑山是西王母的家，据说她和周穆王曾有一次会面。

	小山赋	*Fu* on the Little Hill
	何四序之交运	How the connected phases of the fourfold sequence
	转三阳之暮时	Round to this late hour of the third month of *yang*!
	风辞暄而入暑	Bidding farewell to spring's mildness, breezes recede into heat;
4	树替锦而成帷	Replacing flowers' figured silks, trees fill out into curtains.
	想蓬瀛兮靡睹	I envision the isles of Peng and Ying, but can't lay eyes on them;
	望昆阆兮难期	Look off toward Kunlun's fells, but have no hope of a tryst.[31]
	抗微山于绮砌	Yet an unassuming hill has been raised near the traceried steps,
8	横促岭于丹墀	A snug-formed ridge extending from the cinnabar-red parvis.
	启一围而建址	Opened to a whole reach, it sets firm its base;
	崇数尺以成岯	Exalted but several feet, it makes up an alp.
	既无秀峙之势	It is indeed without the contours of a salient tor,
12	本乏云霞之资	And surely lacks resources for engendering cloudy mists.
	承坠宇之残露	Accepting the leavings of dew fallen from the eaves,

[32] 花园中的柳树让人想到画在女人双眉间的柳叶形状图案，前面讨论徐惠诗的时候提到过。花园的这个部分还有两条水流，镜子般映照着景色。

| | 挂低空之断丝 | It lets hang torn threadlets lowered from the sky. |

	尔乃	In this way, then,
	参差绝巘	Unevenly arrayed — it is stacked up sheer;
16	薇纤短迳	Floridly twisting — its short footpath.
	风暂下而将飘	The breeze drops a while, before whirling up again;
	烟才高而不暝	A haze just lifts high, and there is no more overcast.
	寸中孤嶂连还断	In less than an inch a lone bluff seems joined, yet breaks free;
20	尺里重峦欹复正	Within only a foot, tiered crests incline, then stand straight.
	岫带柳兮合双眉	Its notches are girded with willows of a kind with paired eyebrows;
	石澄流兮分两镜	Its rocks are cleansed in currents that are like two distinct mirrors.[32]

	尔其	And here
	移芳植秀	Scents have been varied, bloom planted,
24	擢干抽茎	Stems shoot up, stalks push forth.
	松新翠薄	The pine seems new, its bright verdure thin;
	桂小丹轻	The osmanthus is small, its reds still faint.
	细影杂兮俱乱	Fine shadows mix together, all in confusion;
28	弱势交兮共萦	Tender shapes interlace, mutually entangled.
	才有力以胜蝶	They have just the strength now to bear a butterfly,
	本无心以引莺	But surely have not the gist to entice an oriole.
	半叶舒而岩暗	With half a leaf unfurled, the cliff is darkened;
32	一花散而峰明	With a single blossom strewn, the peak is now brightened.

| 何纤微之同景 | The shared spectacle of such slight fragility |
| 亦卑细以相成 | Is formed up from what seems the lowliest trifles. |

于是	*At this*
换浮欢于沉思	We trade flimsy pleasures for profound musings,
36 赏轻尘于胜地	Prizing the lightest dust in this superb spot.
俯蚁垤而有余	Looking down at an ant-hill, one feels more than content,
仰终南而多愧	But looking up to Zhongnan mountains, much abashed.[33]
非为固于九折	Not that this is more stable than Nine Bends Peak,
40 庶无亏于一篑	But neither is it incomplete by one basketful of earth.[34]
聊夕玩而朝临	If I might dally here at evening, gaze out from here in the morn,
42 足摅怀而荡志	It were enough to unbind my thoughts and set my mind free.[35]

自然，这样一个花园的全部意义就是在一个很小的空间容纳多层次的风景。太宗这首赋是赞美小之华丽的绝好例子。有些描写尤其精美，比如第4句中原先光秃秃的树现在长出了叶子，看起来好像帷幕（"成帷"）一样，代替了繁花似"锦"的初春景色。第23至32句描绘了一组精致的意象，也同样迷人。[36] 这首赋也许还包含另一个比较微妙的层面：这"小山"既是妃嫔居所旁边的花园，我们也可以把皇帝对花园的描写看作是他对女性空间的探索。虽然在作品中，这二者之间的相似之处并不明显，也没有连续性，但有些植物的意象至少似乎是在暗指女性。例如，第23句的"移芳植秀"可能让人想到宫中的女性是从外面摘取

[33] 长安南边高耸的终南山和花园里的小山形成对照，突出了观察事物的不同视点和相对性。
[34] 四川北部的九折峰以险固著称，是去成都的必经之地。《尚书》说，如果小事上不谨慎，就会损害大的计划，就好像是"为山九仞，功亏一篑"（"in making a mound of nine fathoms, the deed may be incomplete for just one basketful of earth"）。见《尚书正义》（《十三经注疏》本），卷一三《旅獒》，页 3b（页 195）。参看孔子使用的类似比喻，见《论语·里仁第四》。
[35]《小山赋》，《全唐文》，卷四，页 4a—5a；另见《文苑英华》，卷二七，页 1a—b，八世纪的《初学记》（台北：鼎文书局，1976），卷五，页 92—93，《唐太宗集》，页 113—115。
[36] 太宗在一些诗中表现出他对自然的敏锐观察力，例如《仪鸾殿早秋》中的一联："松阴背日转，竹影避风移。"（"The shade of the pine-tree turns with the sun on its back;/ Shadows of the bamboo slue before the wind."）《全唐诗》，卷一，页 9。

[37] 对徐惠赋和太宗赋中同样的词语,我尽可能用同样的英文词来翻译。

[38] 这里使人想起汉武帝微服出访平民时的"就卑"("adopting the more lowly"),在张衡(78—139)的《西京赋》中有所描写,见《文选》,卷二,页78。我们也可以把"就卑"译成"到地位卑微的人中去",指汉武帝探访的百姓和太宗花园中的女性。

后,再安置到后宫;清新纤细的植物和它们柔弱的外形("弱势")让人想起年轻美丽的女子从帝国各处送入宫中。在赋的结尾,太宗遏制自己对感官愉悦的欣赏,以"沉思"代替"浮欢",表达对花园(和女人)的正确认识:他或许晚上在这里嬉戏("玩"),但那只是为了使思绪得到暂时的纾解("摅怀"),很快就会回去处理更重要的事情。

徐惠的同题赋是一首应和之作,对皇帝赋中的措辞和意象,她时而阐发,时而回应。她的这些做法显得非常谨慎,这在下面我们对比她和太宗的句子时就能看到。[37] 和太宗的赋相比,徐惠的作品增加了一个关于平衡的有趣游戏,平衡的一端是花园的小而不炫耀的性格,另一端是歌颂所有与皇帝相关事物的需要。要做到这点,一个办法是引用老子的建议,主张应该"无为"("do nothing"),不该炫耀物质或精神上的财富。不过,对赋中大量对皇帝的恭维话,我们也无须感到惊讶。

	奉和御制小山赋	*Deferentially to Accord with the* 'Fu *on the Little Hill' Indited by His Majesty*
	惟圣皇之御寓	Indeed, the imperial lodging of his Sagely Augustness
	鉴败德于前规	Holds a mirror against virtue's ruin in the lessons of the past.
	裁广知以从狭	Trimming a wider knowledge to follow the more narrow,
4	抑高心而就卑	He checks his vainer thoughts, adopting the more lowly.[38]
	惧逸情之有泰	Wary of the peremptoriness of heedless feelings,
	欣静虑于无为	He delights in quiet reflections, in "doing nothing."

	于时	At this time	[39] 用"茅宇"做成的屋顶,是形容朴素建筑的传统意象。
	季春移序	Spring's ending month shifts the sequence,	[40] 传说华山由一位巨灵"削成",而罗浮山本来是东海仙人居住的岛屿,后来漂到现在所在的中国南部。
8	初光入暑	As earlier sunlight moves into summer's heat.	
	露溽池台	Dew makes muggy the terrace by the pond,	
	烟霏林篽	And mist damps this wooded, private garth.	
	睿情悒以无欢	When his sagacious feelings are fretful with a lack of cheer,	
12	怀仁智而延伫	Cherishing wisdom and humaneness, he lingers a long while.	
	思寓赏以登临	Thinking to appreciate the view, he ascends to gaze out from here;	
	非骋丽于茅宇	No surface beauty is flaunted in these floss-gross eaves.[39]	
	殊华岳之削成	Unlike is it from the chiselled forming of Marchmount Hua,	
16	异罗浮之移所	And it differs from the transplanted site of Mount Luofu.[40]	

	尔其	In this way
	表玩宸衷	To give dalliance to his sanctified thoughts,
	故作离宫	He has made therefore a detached palace.
	含仁自下	Enclosed with humaneness, it is naturally humble;
20	带崄非崇	Girded into a tight area, by no means exalted.
	分上林之卉木	Apportioned with plants and trees from His Highness's Grove,
	点重峦之翠红	It is dotted with bright verdure and reds on its tiered crests.

	叶新抽而不树	Leaves newly push forth but don't make up a tree;
24	花散植而无丛	Flowers are planted randomly, not in any groupings.
	杂当窗之带柳	A belt of willows is mixed together, across from a window;
	交约砌之珪桐	Scepter-leaved paulownias intermingle by a ledge of steps.
	纤尘集兮朝岭峻	Fine dust settles here, on the ridge's pinnacle in the morning;
28	宵露晞兮夕涧空	The night-time dew dries up, and at evening the gill seems spent.
	影促圆峰三寸日	Shadows are snug to the rounded peak, three inches from the sun,
	声低叠嶂一寻风	And voices descend from the creased bluff, in one stretch of wind.
	风轻兮拂兰蕙	The lightness of that wind—it brushes orchid and sweet basil;
32	日斜兮荫阶砌	The slanting of the sun—it shades the stairs and steps.
	蝶留粉于岩端	While butterflies shed powder at the edge of the cliff,
	蜂寻香于岭际	Bees seek out scents by the margin of the ridge.
	草临波而侧影	Grasses stand over the wavelets, their shadows tilting,
36	石莹流而倒势	As rocks glitter in the current, their shape inverted.
	虽蓬瀛之蕴奇	Even the wonders gathered at the isles of Peng and Ying
	故未留于神睇	Can hardly be retained in the seeing of the gods;
	彼昆阆之称美	And those fells of Mount Kunlun, esteemed so lovely,
40	讵有述于天制	Can scarcely be described in their celestial formation.
	岂若	But those don't compare with
	数篑之形	The shapings from several basketsful of earth,
	托于掖庭	Here entrusted to this annex court.

	俯依绮槛	Where looking down, one leans on tracered railings,
44	仰映朱楹	And looking up, is dazzled by vermilion columns.
	耻岩崖之鄙薄	Shamed by the sparse rudeness of these steeps and cliffs,
	荷眺瞩之恩荣	I brave the gracious honor of thy notice and regard.
	其保终于一国	May you be protected till the end, throughout the whole kingdom,
48	奉天眷于千龄	Be favored with Heaven's watchfulness for a full thousand years! [41]

　　徐惠此赋的第一个任务是在形式和内容上遵照皇帝原作，却又不能一味卑屈模仿。在形式方面，太宗的赋共四节，前两节押"韵摄"中的"止"摄（tsyi）和"梗"摄（keingQ），[42] 其中第一节押平声韵，第二节仄声韵，然后在第三、四两节继续交替使用平仄韵部，但颠倒了韵的顺序（先"梗"摄，再"止"摄）。徐惠的赋共五节，以"止"摄始，"梗"摄终，这两个都是皇帝用过的韵。在赋的中间部分，即第二、三、四节，她依次使用了"遇"摄（nguoH）、"通"摄（thung）和"蟹"摄（gheiQ）。[43] 和太宗一样，她在不同的诗节交替使用平仄韵部。大体上，她对太宗赋的形式有模仿，也有变化。

[41]《奉和御制小山赋》，《全唐文》，卷九五，页1a—b；《文苑英华》，卷二七，页1b—2a（作者题为充容徐氏）。

[42] 这里使用的中古汉语的拟音系统是 David Prager Branner（林德威）在过去十年中研发的，见 Branner, "A Neutral Transcription System for Teaching Medieval Chinese," *T'ang Studies* 17 (1999): pp. 1–169, 以及 Branner, *Cūyùn: A Handbook of Chinese Character Readings* (North Chelmsford, Mass: Erudition Books, 2002)。

[43] 细看徐惠诗的用韵，会发现一些历史语言学上的有趣现象。比如，她在第二节混用了《广韵》和《平水韵》中分开的麌、语两个韵部，在第五节混用了《广韵》中有所区别的庚、清两个韵部。

　　至于内容，下表（表二）列出了徐惠从太宗赋的意象和措辞得到启发的句子，不过她的用法比太宗多少有些变化：

表二　徐惠应制赋仿照太宗原赋之意象、措辞所成句子对照

	徐惠《奉和御制小山赋》	太宗《小山赋》
赋句序号	7—8	2—3
	17	41
	22	25—26

续表

徐惠《奉和御制小山赋》	太宗《小山赋》
27	36
29	8
36	22
37	5
39	6
41	40

这种诗歌唱和活动最要紧的是游戏于文字间的那种敏捷灵巧。对徐惠和太宗作品的相似点作逐一分析肯定有助于我们了解这一点；但在这里，也许稍举几个例子就足以说明问题。比如，我们可以看到徐惠是怎么借用太宗赋的第三节第23—26句四言四句中的植物意象，经过巧妙的重新组合，写成了她自己作品的第三节第21—24句的六言四句。她首先呼应皇帝描写的松树和桂树，不过只是提到它们的颜色而已；然后用一联去写太宗描绘过的花和叶，不过调换了它们的次序；最后添上柳树和桐树这两个新的意象来充实这个场景。另一个例子是在开篇不久，为对比"小山"，徐惠引入著名的华山和罗浮山，并引述它们的传说，而不只是重复使用皇帝写到的海上蓬瀛仙山和传说中的昆仑山；不过，在徐惠赋后面部分的恰当位置，蓬瀛和昆仑也都出现了。

在徐惠应和皇帝的作品中，她用一种适合她身份的恭敬态度强调了这个女性花园的"小"。她从太宗赋结束的地方开始，赞美皇帝对感情的节制，但她的赋更明确地暗示，感情节制意味着政治英明。太宗的存在从未远离徐惠的头脑，这既表现在她从太宗的意象发展出自己的意象，也表现在她在作品的开头和结尾都直接提到他。我们有时仿佛在她的赋里不那么直接地看到太宗（就好像太宗的一些意象不那么直接地指向女性），最好的例子是第31—32句吹拂（"拂"）和遮蔽（"荫"）花园的"风"和"日"这两个意象。太宗赋的某些关键词也出现在徐惠赋中，不过一般在他们作品的不同部分：于是，皇帝在花园嬉戏（"玩"；太宗赋的倒数第2句）在徐惠那里提前了（第17句）；而皇帝在赋的前面部分（第8句）提到的短小山岭（"促岭"），在他妃子的作品中移到了后边（第 29 句），成为峰顶短小的影子（"影促"）。仿佛是万花筒的效果，一些同样颜色的玻璃碎片，再加上些新的，重新组合成既相似又不同的图案。[44] 这篇赋是一个长篇作品的诗艺操练，没有任何一位唐代女作家的作品可以与之相比。

我们还没有讨论徐惠的全部现存作品。除了诗赋，她还写过一篇很有意思的文章，对内政和外交政策提出建议。唐史极少记载这类女性创作。这份文书谈到百姓日益艰难的生活和造成这种状况的原因，包括皇帝对外族或"胡人"的征讨、奢华宫殿的修建和缺乏节制的危害。文章相当长，里面援引各种论点劝太宗行事须更谨慎：有这样的智慧，他的统治才能跟先王圣人的教导取得一致。这份于 648 年进献给皇帝的文书，在《旧唐书》徐惠传中全文引录。《文苑英华》和《全唐文》收录的版本有一些异文。[45] 文书的片段也收在九世纪的《大唐新语》，[46] 十世纪的《唐会要》，[47] 最重要的是，收在司马光（1019—1086）的历史巨著《资治通鉴》中。[48]

这篇上书的繁复风格和句法，全用骈体，是政府文书的通行格式。这不是一种容易掌握的文体风格，假设这份文书不是由某位官员修改或代写（我们并没有理由产生这样的怀疑），它足以证明徐惠具备杰出诗人以外的才能和学识。很显然，文章的修辞结构经过细心安排，通过重复某些词语加强辩论力度的方法也十分有效。

这篇文书由四个部分组成。第一部分以赞美帝国现状，回顾历史以寻找皇帝可以学习的治国榜样开始。君主必须抑制自负心，尽全力把好的计划贯彻到底。这个部分关注在泰山顶上和泰山脚下的小山丘举行的封禅大典——帝王通过大典向天地宣告他履行了天子的职责，使国泰民安——意在疏解太宗心中的一个痛处。太宗在位期间几次准备封禅，比如在 637 年、641 年和 648 年初，但每次都被大臣劝阻，没能举行这项最令人惊叹的帝国礼仪（最

[44] 学者官员许敬宗（592—672）似乎也写过一首和太宗的赋。见许敬宗：《披庭山赋应诏》，《全唐文》，卷一五一，页 7b—8b。这篇赋共 84 句，比太宗和徐惠的赋长很多，用词方面也比他们溢美（甚至浮夸）。

[45]《文苑英华》，卷二七，页 2a—3a；《全唐文》，卷五一，页 7a—8b。马茂元和刘初棠对这篇文章的注释，见孙望、郁贤皓主编：《唐代文选》（南京：江苏古籍出版社，1994），页 2226—2236。十世纪的《太平广记》（台北：古新书局，1976），卷二七一，页 564b—c 提到，徐惠的上书是罕见女性才能的产物，不过她被误认为是徐坚的女儿，而实际上徐坚是她的侄子（徐坚的情况见下文）。

[46]《大唐新语》（《四库全书》本），卷二，页 5a—b。

[47]《唐会要》，卷三十，页 555—556。

[48]《资治通鉴》（香港：中华书局，1976），卷一九八，页 6254。

近的一次由汉光武帝在公元 56 年完成），他仍在为此事后悔。徐惠提出，太宗不举行封禅大典证明他的自谦，比举行大典更值得赞美。文书的这个部分充满典故，我们会在注解中指出其中最有意思的一些：

自贞观以来，二十有二载，[49] 风调雨顺，年登岁稔，人无水旱之弊，国无饥馑之灾。昔汉武守文之常主，犹登刻玉之符;[50] 齐桓小国之庸君，尚图泥金之事。[51] 望陛下推功 [52] 损己 [53]，让德 [54] 不居 [55]。亿兆倾心，犹阙告成之礼;[56] 云、亭伫谒，未展升中之仪。[57] 此之功德，足以咀嚼百王，网罗千代者矣。古人有云："虽休勿休",[58] 良有以也。守初保末，圣哲罕兼。[59] 是知业大者易骄，愿陛下难之；善始者难终,[60] 愿陛下易之。

It has been two and twenty recurrences from [the beginning of] the Zhenguan era till now. The winds have been moderate and the rains accommodating, the years fruitful and the harvests imposing; the people have had no misfortune of flood or drought, the state no adversity of

[49] 这一句说明文书的写作时间是 648 年，因为贞观时期始于 627 年 1 月 23 日（按中国纪年的算法，贞观二十二年是 648 年）。司马光给出了上书的具体日期，是贞观二十二年阴历三月庚子日，相当于公元 648 年 4 月 17 日。

[50] 封典中有一项是帝王留给天刻在玉牒上的祈愿文书。徐惠强调，和唐太宗不同，汉武帝虽只是朝代的继承者（"守文之常君"）而非创始者，但现在以汉朝最伟大的皇帝和完成封禅大典的首位帝王著称。

[51] 在封的仪式上，受命于天的帝王所献的玉牒用金缕缠住封起。见《后汉书》，卷七《祭祀志》，页 3164。虽然齐国在公元前 8 世纪末和 7 世纪初还是个不起眼的国家，国君齐桓公却一举成为周朝诸国的霸主。这里将他与唐太宗对比，认为后者显然是更伟大、更有成就的君主。

[52] 见《韩非子》(《百子全书》本)，篇五二《人主》，卷二〇，页 2b:"明主者，推功而爵禄。" ("The illuminate king, upon enlarging his exploits, bestows rank and emoluments.")

[53] 见《三国志·魏书》(北京：中华书局，1973)，卷二九，页 820："未有损己而不光大。" ("There has never been someone who in curtailing himself does not shine more brightly [because of it].")

[54] 这是圣王舜的做法。见《尚书正义》，卷三《舜典》，页 2a (页 126A)。

[55] 参看《老子》，第二章、第七十七章："功成而弗居"，"功成而不处"("The exploits being accomplished, one does not arrogate all merit")。

[56] "告成之礼"指封禅大典。徐惠断言，由于百姓衷心拥护君王，没有必要举行大典。

[57] "升中之仪"指封的仪式。见《礼记正义》(《十三经注疏》本)，卷二四《礼器》，页 5a (页 1440B)。英文 "the places for *feng* and *shan*" 是 "云亭"的解释。云云山在泰山东边，据说是远古举行禅礼祭地的地方；"亭亭"指泰山顶峰，是封礼祭天的地方。

[58] 见《尚书正义》，卷一九《旅獒》，页 8a (页 249B)。

[59] 关于古代帝王中的圣哲认识到人生短暂，见杨伯峻:《春秋左传注》(北京：中华书局，1983)，页 548 (文公六年)。

[60] 参看《诗经·大雅·荡》(《毛诗》第 255 号)："靡不有初，鲜克有终。" ("None there are who have not the beginning; / Few there are able to bring it to a finish.")

famine or want. Far in the past the Martial One of Han, a normal ruler who maintained traditions, yet offered tablets incised in jade; and Huan of Qi, an unpretentious sovereign of a small state, still planned enterprises dusted with gold. [Accordingly,] I wish Your Majesty to enlarge his exploits by curtailing himself, to yield to the virtuous and not arrogate all merit. The countless millions have inclined their hearts even though you forwent the rite of announcing success; at the places for the *feng* and *shan* you waited to present yourself, but the ceremony of sending up accomplishments was not to be performed. Such merit and virtue as this has been sufficient for hundreds of kings to savor and ponder, has caught and enveloped a thousand ages. Men of older times said: "Though one flatters you, do not be flattered" – indeed, there is reason for this. Take care with beginnings and attend to the ends, for the sagely and wise are too seldom found together. From this one realizes that for him whose emprise is grand it is easy to be proud, so I pray Your Majesty find that hard; and one realizes that for him who is best at starting out it is hard to finish, so I pray Your Majesty find this easy.

文章的第二部分讲述连年征战的危险。徐惠谈到帝国征讨的范围过于庞大：在东北，太宗最近两次率军亲征高丽，花费巨大却不成功，又在准备来年再战；在西部，从公元 638 年开始，唐朝军队就试图对塔里木盆地的各个王国建立宗主权，以控制丝绸之路上的贸易，取得相当的成效。这个部分的一些用词让人想到某些著名政论文，如贾谊（前 200—前 168）的《过秦论》("Finding Fault with Qin"），[61] 但直接的借用很少，而且，在骈文结构允许的范围内，观点论证也很直接：

窃见顷年以来，力役兼总，东有辽海之军，[62] 西有昆丘之役，[63] 士马疲于甲胄，舟车倦

[61] 见《史记》，卷六，页 276—282，《文选》，卷五一，页 2233—2240。
[62] 太宗对北部高丽的征讨以辽东（今辽宁辽阳一带）为中心。徐惠这里使用辽东的另一个名字辽海，是要以东北的海（"海"）对西部的山（"丘"；见下一个注解）。
[63] "昆丘" 让人想起西方神山昆仑山的神话（见注 31）。实则指中亚的沙漠和山脉，特别是集中在塔里木盆地的那些。

于转输。[64] 且召募役戍，去留怀死生之痛；因风阻浪，人米有漂溺之危。一夫力耕，卒无数十之获；一船致损，则倾数百之粮。是犹运有尽之农工，填无穷之巨浪，图未获之他众，丧已成之我军。虽除凶伐暴，有国常规，然黩武玩兵，先哲所戒。昔秦皇并吞六国，反速危亡之基；[65] 晋武奄有三方，翻成覆败之业。[66] 岂非矜功恃大，弃德而倾邦；图利忘害，肆情而纵欲。遂使悠悠六合，虽广不救其亡；嗷嗷黎庶，因弊以成其祸。是知地广非常安之术，人劳乃易乱之源。愿陛下布泽流人，矜弊恤乏，减行役之烦，增湛露之惠。[67]

With all due respect, it appears that in recent years both corvée and military service have been consolidated, such that there are armies in Liaohai to the east, conscripts by Kunqiu in the west, troops and horses are wearied from bearing armor and headpiece, boats and wagons worn down in transport and haulage. With the calling out and levying of conscripts for the frontier garrisons, those who go and those who remain behind are heartsick with mortal fears; trusting to the winds or breasting the waves, men and rations are in danger of being whirled away or sunk. The demise of a single able-bodied tiller of fields leaves several dozen without supplies to be had; mischance befalling a single ship will capsize the provisions of several hundred—this is to convey agricultural output, which is finite, only to glut the swelling waves that have no end, and to plot against other peoples yet unconquered only to deplete our own victorious armies. Even if one eradicates the nefast and scourges the violent, holding to time-honored guidelines of state, still, to wallow in war, treating men-at-arms as playthings, is what our own savants of former times warned against. Long ago the August One of Qin swallowed all of the Six States, but [in doing so] nevertheless sped the warrant for

[64] 数千只船——主要为供给物资但也用于海战——当然只用在远征高丽，而不是西域。
[65] 指秦始皇在前221年征服六国，重新统一几个世纪以来分裂的中国；但短短十几年后，百姓由于受不了秦的压迫而在秦二世时造反。
[66] 指司马炎在266年2月8日成为西晋的开国皇帝。徐惠这里可能指他在280年平吴后统一中国。但是，当时就已暴露出来的朝廷内部阴谋和司马氏家族的嫉妒导致西晋在311年灭亡，从此中国北部落入北方和西方外来者的手中超过两个半世纪之久。
[67] "湛露"是形容君王恩泽的传统意象。见《诗经·小雅·湛露》（《毛诗》第174号）。

Qin's own peril and destruction; the Martial One of Jin took complete possession of the Three Regions, but nonetheless formed the legacy of Jin's own overthrown and defeat. Surely this is the result of flaunting one's claims and presuming on greatness, of casting moral power aside and contemning the kingdom, of plotting for gain and ignoring the damage done, of indulging one's whims while giving free rein to passions. In consequence it happened that the far-flung, far-spread limits of empire, however extensive, could not keep from annihilation, when the black-haired plebs, in full bellowing outcry, brought on the destruction. It is from this that one realizes the extent of a domain is no insurance of long-term stability and that the troubles of the people are the source that facilitates disruption. I pray Your Majesty shed beneficence widely on those who are displaced, show compassion to the ill-treated and charity to those in need, reduce the exactions of conscripted service and increase the benevolence of the soaking dew.

[68] 玉华宫在651年由太宗的儿子兼皇位继承人李治（高宗）改为佛教寺庙。从显庆四年659年末开始，著名僧人玄奘在这里居住，不停息地翻译他从印度朝圣带回的梵文佛经。

文书的第三部分讨论过分耽溺于修建宫殿的问题。徐惠认为，不停地建造宏伟的宫殿，对人民和土地都是负担。她特别提到最近的两个工程，在她看来都是过度的。第一个是太宗修复的太和宫，位于长安南边的终南山。625年，这座宫殿为太宗的父亲高祖（618—626在位）所建造，636年太宗下令拆毁；但十年后，为了避暑太宗又重修扩建这座宫殿，于贞观647年5月完工，改名翠微宫（Palace of Halcyon-blue Haze）。第二个工程是一个全新的建筑，在长安以北约250里的宜君县凤凰谷。这个建筑叫玉华宫（Jade Splendor Palace），于647年8月完工，比翠微宫只晚几个月，也比它更奢华（太宗表示翠微宫不如他预期的那么宽敞）。[68] 与其做这种耗费精力却只有很少人受益的事情，徐惠用老子关于"自由放任"（"*laissez-faire*"）的训谕提醒皇帝，即最好的统治者是"无为"者（类似观点在她的赋中也有所表达），但在他的统治下，所有需要做的事情都完成了。

妾又闻为政之本，贵在无为。窃见土木[69]之功，不可兼遂。北阙初建，南营翠微，曾未逾时，玉华创制。[70]虽复因山藉水，[71]非无架筑之劳；损之又损，颇有工力之费。终以茅茨示约，犹兴木石之疲；假使和雇取人，[72]不无烦扰之弊。是以卑宫菲食，圣主之所安；[73]金屋瑶台，骄主之为丽。[74]故有道之君，以逸逸人；无道之君，以乐乐身。愿陛下使之以时，[75]则力无竭矣；用而息之，则人斯悦矣。

[69] 即修建宏伟的厅堂和宫殿。
[70] 如前所注，玉华宫的建成离翠微宫落成只有三个月。有趣的是，在修建玉华宫的诏令中，太宗强调这个建筑不牢固。见《建玉华宫手诏》，《全唐文》，卷八，页14a—15b；《唐太宗集》，页397—398。
[71] 就是说，即使是用依地势修建宫殿的办法来节约。
[72] 而不是强迫百姓服劳役。
[73] 参看《论语·泰伯第八》，第21段："禹，吾无间然矣。菲饮食，而致孝乎鬼神……卑宫室，而尽力乎沟洫。"("As for [the sage-king] Yu, indeed I can make out no flaw. Though with only the poorest of food and drink, he yet extended filial piety to the revenants and spirits...in but the rudest of dwellings and abodes he spent all his efforts in [cutting] watercourses and channels.")
[74] 让人想到汉武帝年轻时因迷恋阿娇，许诺藏之"金屋"。见《汉武故事》，《古小说钩沉》(香港：新艺出版社，1970)，页337。还有贪图享乐的夏代和商代末代君王建造"璇室、瑶台、象廊、玉床"("halls of gemstones, terraces of chalcedony, porticoes of ivory, and couches of jade")。见《淮南鸿烈集解》(北京：中华书局，1989)，卷八，页256。
[75] 就是说，人民需要在田里耕作的时候，不要征集他们修建宫殿。

Your handmaid has heard that the fundamental principle of engaging in government is to place the highest value on "doing nothing." With all due respect, it appears that achievements founded in earth and wood may not be deemed in compliance with this. For the northern pylons had just been set firm as Halcyon-blue Haze was built to the south, and nary a season had fled before Jade Splendor was being designed and laid out. Even if one were to adopt the contours of the mountain and conform to the bends of the river, there would be no lack of toil in framing and raising; cut it back once and do so again, there would still be quite an expense of effort and labor. In the end one might roof just with thatch and floss-grass to evince restraint, but there is already the exhaustion of erecting wood and stone; one may get workers by hiring at goodly wage, but abuses from mistreatment and bullying are not absent. For this reason, the rudest of dwellings and the poorest of food are what a sagely ruler finds most satisfying, as a prideful ruler is enraptured by chambers of gold and terraces of chalcedony. Therefore, a sovereign in possession of the Way exploits his own ease to bring ease to his people, while the sovereign who is devoid of the Way takes pleasure in pleasing himself. I pray Your Majesty use all in heed of their right season, that their physical strength might then be untiring, and when employing them give them proper rest, that the people in this shall take joy.

在文书的最后一个部分，徐惠猛烈地抨击了宫中盛行的炫耀性消费。她的一些用词使人想起宋明帝（466—473 在位）在 466 年 12 月 1 日发布的诏令，向朝臣说明各种形式铺张的危险。[76] 她也知道并提及太宗和大臣褚遂良（596—658）在 643 年的一次讨论，谈到漆器，以及用度奢华必定会逐渐导致腐败。[77] 接着，她以详尽而充满希望的慷慨陈词结尾，劝君王认真学习前车之鉴，以使他的声誉传到千秋万代。

夫珍玩伎巧，乃丧国之斧斤；珠玉锦绣，实迷心之酖毒。窃见服玩纤靡，如变化于自然；[78] 织贡珍奇，若神仙之所制。[79] 虽驰华于季俗，实败素于淳风。[80] 是知漆器非延叛之方，桀造之而人叛；[81] 玉杯岂招

---

[76] 诏令见《宋书》（北京：中华书局，1974），卷八，页 158—159。一般参考资料提供的明帝继位年份为 465 年，这是错的，原因和上文提到的导致上官仪卒年错误的原因相同（见注 2）。明帝于泰始元年阴历十二月丙申日（相当于 466 年 1 月 9 日）登基。
[77] 见《旧唐书》，卷八〇，页 2730；参看《新唐书》，卷一〇五，页 4025；另见吴兢（约 670—749）：《贞观政要》（上海：上海古籍出版社，1978），卷二，页 53，可能是这则轶事的最早版本。徐惠提及这次对话的主旨，比吴兢的记载早半个多世纪。
[78] 即对自然（"what is so-of-itself"）本真的偏离。
[79] 不属于人间世界的事物。
[80] 参看宋明帝的诏令："庶淳风至敦，微遵太古，阜财兴让，少敦季俗。"（"… in hope that the best instruction from the purest of styles shall neatly bring honor to [the practices of] highest antiquity, and that even the wealthiest shall uphold modesty and give less esteem to the latest vogues."）一二句前，他提到"职贡"（textile tribute）。《宋书》，卷八，页 159。
[81] 桀是传说中约四千年前的夏朝的末代君主。传说他的恶行导致了夏朝的灭亡，恶行包括使用漆器这样的奢侈行为。据说比桀更

代更早的圣王舜拒绝使用这样的器物，因为他知道这会带来什么后果。643 年，即徐惠上书的五年前，太宗向侍臣和学者褚遂良询问这件事情。褚遂良回答："雕琢害农事，纂组伤女工。首创奢淫，危亡之渐。漆器不已，必金为之，金器不已，必玉为之。所以争臣必谏其渐，及其满盈，无所复谏。"（"[The arts of] carving and incising do harm to agricultural concerns, while extra-fine embroidery disrupts women's work. To start off designing excess and nimiety is the gradual approach to peril and destruction. When lacquer utensils will no longer do, one must make them of gold; when gold will no longer do, one must make them of jade. The reason why hortatory officials must admonish about such gradual steps is that when all has reached its fullest extent, there is nothing left to admonish."）太宗同意他的观点，答道："夫为人君，不忧万姓而事奢淫，危亡之机可反掌而待也。"（"So, if the lord of men attends to excess and nimiety instead of caring for the common people, the trigger of his peril and destruction lies waiting to be turned in his palm."）引文出处见注 77。

亡之术，纣用之而国亡。[82] 方验侈丽之源，不可不遏。作法于俭，犹恐其奢；作法于奢，何以制后？[83] 伏惟陛下明鉴未形，[84] 智周无际，穷奥秘于麟阁，[85] 尽探赜于儒林。[86] 千王治乱之踪，百代安危之迹，兴衰祸福之数，得失成败之机，固亦苞吞心府之中，循环目围之内，乃宸衷之久察，无假一二言焉。唯恐知之非难，行之不易，志骄于业泰，体逸于时安。伏愿抑志[87]裁心，慎终如始，[88] 削轻过以添重德，循今是以替前非，则令名与日月无穷，盛业与乾坤永大。

Now, costly playthings and ingenious curios are, after all, the bills and axes that unmake a state; gems and jades, damasks and embroideries, are truly toxins and poisons that nonplus the mind. With all due respect, it appears that caprices in clothing, delicate and fine, are as transformations from what is

[82] 商（殷）的末代君王纣是残暴和挥霍的典型。传说纣开始用象牙筷子的时候，直臣箕子劝诫他：“彼为象箸，必为玉杯；为杯，则必思远方珍怪之物而御之矣。舆马宫室之渐自此始。”（"When one makes jade chopsticks, he will find it needful to make jade cups; making the cups, he will surely long for costly and unusual items from distant lands to be controlled by him. The gradual approach to fine carriages, horses, palaces, and halls begins from this."）《史记》，卷三八，页1609。纣王没有听从箕子关于这件事和其他事的劝告，他的王国在前1045年灭亡了。

[83] 参看《春秋左传注》（昭公四年），页1255："君子作法于凉，其敝犹贪。作法于贪，敝将若之何？"（"If the *junzi* sets norms for tolerance, the end will be the same as cupidity; but if he sets norms for cupidity, what end could there be?"）

[84] 镜子般的统治会防止恶人恶行出现，因为他们会立刻被映照出来。参看《礼记正义》，卷五十《经解》，页4b—5a（页1610c—1611a）："故礼之教化也微，其止邪也于未形，使人日徙善远罪而不自知也。"（"Thus the power of the rites to transform through instruction is subtle – stalling misconduct when it has not taken form, causing people daily to move toward the good and away from wrong, though they are not conscious of it."）

[85] "麟阁"（"The Unicorn Gallery"）由汉宣帝（前73—前48在位）建成，里面安放着声名显赫大臣的画像，以供皇帝深思他们的行为和榜样。但是，如马茂元和刘初棠指出，"麟阁"也可能指"麟殿"，那是汉朝的一个宫廷图书馆。

[86] 即力求遵循经典之"道"者的教导和实践。我把"儒"译为"古典学者"，是遵循Michael Nylan（戴梅可）的做法。她在最近发表的多种论著中，对汉代及以后的古典主义和"儒家"的一些问题，提出了细致入微且令人信服的观点，见 Nylan, "A Problematic Model: The Han 'Orthodox Synthesis,'" in *Imagining Boundaries: Changing Confucian Doctrines, Texts, and Hermeneutics*, ed., Kai-wing Chow（周启荣）et al. (Albany: State University of New York Press, 1999), pp. 17-56, 尤其是 pp. 18–19, pp. 25–30, p. 37, n. 15, Nylan, *The Five "Confucian" Classics* (New Haven: Yale University Press, 2001), pp. 32–33, 53–54, 364–365。

[87] 屈原《离骚》中的诗人在诗的结尾就尝试这样做，当时天车即将把他带到太高的地方，于是他"抑志而弭节"（"I checked my will and held back our pace..."）。《楚辞补注》北京：中华书局，1963），卷一，页46。较晚的《远游》也借用了这个情节，但结局与《离骚》不同，见《楚辞补注》，卷四，页172, 见 Kroll, "On 'Far Roaming,'" *JAOS* 116 (1996): pp. 653–669。

[88] 这句引自《老子》第六十四章，一字不差。参看徐惠上书第一部分末尾提出的类似建议，让人想起《诗经·大雅·荡》(《毛诗》第255号)。

so-of-itself; textile tributes, costly and rare, are like handiwork of the divine transcendents. And even so, hasting after the fanciest in the latest vogue is truly to forfeit plainsilk of the purest of styles. One realizes from this that lacquering utensils is not a craft that invites rebellion, yet when Jie had these items made, his people rebelled; that shaping cups of jade could hardly be a skill that summons destruction, yet when Zhou put them to use, his state was destroyed. Just here we see why the font of dissipation cannot but be curbed. Setting norms for frugality is the same as being apprehensive of luxury; but how, if one [on the contrary] sets norms for luxury, may one control its after-effects?

Humbly, I submit: let Your Majesty's light be as a mirror against what has not taken form, your wisdom reach to where there are no bounds, pushing thoroughly into the arcane secrets from the Unicorn Gallery, completely probing profundities in the Forest of Classicists. The tracks of orderly and disorderly rule from a thousand kings, the traces of security and peril through a hundred eras, the premises dictating rise and fall, fortune and misfortune, the impulses behind gain and loss, success and failure, hence shall be embraced and contained in the store of your heart, obligingly encompassed within the scope of your vision, so that in the protracted contemplations of your sanctified thoughts you shall find every least word at call. Verily I fear lest in knowledge's not being deemed difficult and in the fact that action is not easy, one's mind may rest proud in the nobility of heritage, one's body find ease in the comforts of the times. Humbly, I pray you check your will and trim your feelings, be as prudent of the finish as of the start, pare away weaker flaws to enhance heavier virtues, following the truths of today to replace the wrong of the past, that your esteemed name be interminable as are sun and moon, your fulfilled legacy forever grand as Heaven and Earth!

对太宗来说，从一个妃子那里听到她对国事的长篇建议，一定是前所未

[89] 见《旧唐书》，卷五一，页 2165；《新唐书》，卷七六，页 3470。

[90] 据《旧唐书》徐惠传，她写了一首七言诗，并参与联句写作，表达她的意志，但这些作品没有保存下来。

有的经验。这和他深爱的，但早已去世的文德皇后（601—636）即长孙无忌（卒于659）的妹妹，一定形成了鲜明对比：后者坚决拒绝和他讨论政事，即使太宗要求她也不肯。[89] 读者也许注意到，这篇上书的用词和观点，有些地方跟前面引录的徐惠那篇赋作有点像。有一种可能是，激发徐惠写这篇文书的，与其说是她对国家政策的急切关注，不如说是一种匠人情结的渴望（"crasftsmanlike desire"），试图通过用另一种文学形式书写帝王的自我约束这个主题。不过，在徐惠上书前后，太宗朝的重臣也确实因为担心皇帝过度使用权力而进行辩论。把这篇文书收入《旧唐书》徐惠传的史官一定是想强调这个议题。不管徐惠上书的驱动力是什么，皇帝对此印象深刻，据说慷慨地赏赐了她。不过，没有迹象表明太宗被说服，进而减少奢侈享受或者领土扩张的雄心；而实际上，为征伐高丽所做的准备还在迅速进行，然而，太宗没有活到率军亲征。

在徐惠上书的第二年，即 647 年 7 月，太宗死于长安。据说徐惠因太宗之死而产生的绝望如此强烈，对他恩情的记忆又如此深刻，她病倒了。传闻她和关系最亲近的人说："吾荷顾实深，志在早殁，魂其有灵，得侍园寝，吾之志也。"（"The favor that I have been burdened with is truly deep; and my resolution lies in an early death. If it be that one's soul [after death] is possessed of consciousness, then my wish is to serve at the chamber of His long-bowered sleep."）[90] 不到一年后的某个时刻，在太宗的儿子和继承人李治（即唐高宗）开始永徽年号后，徐惠离开了人世。她被赐予"贤妃"的谥号，是皇帝五位正一品"夫人"中的最低一等封号，也被赐予在昭陵陪葬太宗的特殊恩典，可以想象，在那儿，她的魂灵在漫漫长夜里忠诚地侍奉着太宗。

徐惠的皇妃身份使她的家庭成员受益。她的一个妹妹后来成为高宗的婕妤（不过所有高宗周围有魅力的妃嫔都受制于武后，要么被她杀掉，要么生活在她的阴影中）；据说她也有文学才能，但是我们一点也不了解她的作品，甚至不知道她的名字。徐惠的弟弟徐齐聃（约630—672？）在太宗朝被授予第一个官职桃林（今河南灵宝）尉，是其姊的荣宠所致。后来在高宗朝，他的仕途很成功，曾任中书舍人，崇文馆翰林学士，太子师傅（太子后来成为睿宗）。[91]

　　徐齐聃的儿子徐坚（659—729）使徐家在官运和学术两个方面取得新的成就，那是在八世纪的前25年。[92] 徐坚是徐贤妃的侄子，在她去世九年后出生，一生中累积了令人羡慕的官品和头衔，如光禄大夫行右散骑常侍（"constant attendant and unassigned cavalier"），集贤院学士（"literatus of the Academy of Assembled Worthies"），副知院事（"associate master of the Academy Library"），东海郡开国公（"duke opening up the principality of Donghai county"）。他是一位长期在宫中任职的学士和朝官，参与编纂了701年完成的诏修大型类书《三教珠英》，是重要的史学家刘知几（661—721）和位高权重的诗人兼政治家张说（667—730）的知交。[93] 徐坚于729年去世后，朝廷赐予谥号，这是他赢得官方声誉的标志。对后世更为重要的是，徐坚主持编纂了《初学记》这样一部极有价值的类书。这部类书为年轻皇子的教育而编，共30卷，于726年被献给皇帝。它汇集了学术知识、著名引言和文学创作中需要使用的精炼对偶句，至今仍是每个认真研究唐代文本的学人的重要参考书。[94]

[91] 其传记见《旧唐书》，卷一九〇上《文士》，页4988，《新唐书》，卷一九九，页5661。他的两篇奏疏保存在《全唐文》，卷一六八，页12a—13a。睿宗记得他的老师，在684年登基后提高了徐齐聃谥号的品级。当时已经掌握皇权的武瞾没有干涉他，这似乎是睿宗在位期间被允许去做的有限几件事之一。

[92] 传记见《旧唐书》，卷一〇二，页3175—3176，《新唐书》，卷一九九，页5662—5663。他的几篇公文收在《全唐文》，卷二七二，页13a。有九首诗收在《全唐诗》，卷一〇七，页1111—1113。要了解他在八世纪唐朝宫廷学术中扮演的角色，见David McMullen（麦大维），*State and Scholars in T'ang China* (Cambridge: Cambridge University Press, 1988)，书中多次提到他。

[93] 张说是卒年被弄错的又一个例子：他在731年2月9日去世，不是通常给出的730年。我多年前已指出这个错误，见Kroll, "On the Date of Chang Yüeh's Death," *Chinese Literature: Essays, Articles, Reviews* 2.2 (1980): pp. 264–265）。之后对中国的参考资料产生影响，主要是因为这个观点在陈祖言的书中被引述，见《张说年谱》（香港：中文大学出版社，1984），页87。

[94] 关于《初学记》的编纂和出版，见胡道静：《中国古代的类书》（北京：中华书局，1982），页94—102；关于其他唐代类书的讨论，见该书页77—94，102—115。另见McMullen, *State and Scholars*, pp. 219–220。

（洪越　译）

驯鸢与穷鱼：
卢照邻赋中的冲突与申辩[*]

[*] 本文献给 John K. Villa，我永远的真心朋友。

近年来，学界越来越关注惯常被称为"初唐四杰"（Four Elites of the Early T'ang）的四位作家：[1] 即卢照邻（约632—约685）、骆宾王（约619—约687）、王勃（649—676）和杨炯（650—695?）。有关"四杰"的整体研究包括沈惠乐与钱伟康的合著，[2] 以及葛晓音、[3] 骆祥发、[4] 尚定、[5] 黄晴惠[6] 等多位学者的著作。聚焦于这四位文人中某一位的研究也并不少见。十年前，笔者曾在一篇关于卢照邻所作骚体诗的文章中写道：

极少有学者尝试过认真品读或重新评价"四杰"的作品。除了他们不凑巧地生于"盛唐"之前以外，这还可以归结于至少两个原因。第一，他们的作品常常既艰涩又极尽雕琢，要求读者了解古典词汇、才智及中国文学传统。这对一个现代读者来说十分困难。第二，为了准确评价他们的作品，我们不仅仅要考虑其中的诗，也包括赋。而赋作为一种非常高难度的文体常令当今许多研究唐代诗歌的学者望而生畏，避之唯恐不及。因此，像"四杰"一样成就并不仅限于诗的作家就由于我们这些读者的缺陷而被忽略了。[7]

虽然引文第一句所描述的情况在过去十年间已

---

[1] "杰"意为在群体中突出，可形容植物、动物、人等，词义接近 egregious，即"离群"或"与众不同"（"out of or apart from [ex] the flock [grex]"）。英文中 egregious 没有合适的名词形式，而且在现代词汇中几乎只作贬义用。而 ouststanding、salient、distinguished 等词虽然都接近"杰"，却也没有对应的名词。但 elite 源自 electus，即"从……中优选之物"（"the pick of, the choice[st] or elect of"），可以大致对应"杰"。Elite 甚至带有一丝恃才傲物的意味，"杰"也同样如此（参见《说文解字》解"杰"为"傲"）。早期称"四杰"时的确在相应语境中意指他们的高傲（详见后文）。虽然 elite 现在多用作集体名词，但以它指代独立个体或事物并非不可。无论如何，常见的对应词 hero 绝不能用来翻译"四杰"，talent 太过庸常，而 eminence 又过于正式且隐约带有宗教意味。

[2] 沈惠乐、钱伟康：《初唐四杰和陈子昂》（上海：上海古籍出版社，1987；台北：群玉堂出版公司，1991 再版）。

[3] 葛晓音：《初唐四杰与齐梁文风》，《求索》第 55 期（1990 年），页 87—93。此文与葛晓音近 10 年来发表的其他有关"四杰"及初唐诗歌的论文一同收于她的《诗国高潮与盛唐文化》（北京：北京大学出版社，1998）。

[4] 骆祥发：《初唐四杰研究》（北京：东方出版社，1993）。

[5] 尚定：《"四杰"与"当时体"》，载《走向盛唐》（北京：中国社会科学出版社，1994），页 125—198。这本改编自尚定 1991 年博士论文的优秀著作从社会政治、文学批评、文学史及文化史角度考察初唐文学，有许多精彩论述。

[6] 黄晴惠：《初唐四杰传记考辨及其文学思想研究》，台湾大学 1996 年硕士论文。

[7] Paul W. Kroll, "The Memories of Lu Chao-lin," *JAOS* 109.4 (1989): p. 583: "Only rarely have scholars made the effort to savor or re-evaluate properly the works of these four individuals. There are at least two reasons for this—beside the fact of these poets' unfortunate provenience to the 'High T'ang.' First, many of their works are difficult and highly embellished, assuming a command of classical diction, wit, and the Chinese literary heritage that is quite daunting to a modern reader. Second, to make a valid appraisal of their work, one must consider not only their *shih*-poetry but their *fu* (rhapsodies) as well, and this is something oddly fearful to many present-day scholars of T'ang poetry who do their best to avoid encounters with the latter, very demanding verse-form; hence poets such as these four, whose achievements are not encompassed by their *shih*, suffer because of our own inadequacies."

大有改善,但大致上讲,"四杰"的赋仍然处在边缘地位。即使这些赋曾引起关注,也多半是因为学者们希望从中提取关于作者生平的信息。只要赋还没有进入唐代"诗歌"("poetry")的学术视野,[8]我们就无法完整地品鉴任何一位诗人,也无法真正全面地书写唐代诗歌史。[9]本文以下将重点分析卢照邻所作的两首赋及相关作品(包括王勃的一首赋作),希望能在某种程度上拓展我们的批评视角。

"四杰"中的每一位都有值得单独探讨的文学特征,他们不是任何意义上的小团体。卢照邻或许是四人中在主题与形式上最创新多变的一位,[10]但他们四位似乎都准确地意识到了自身的能力与特殊价值,而且并不羞于宣扬自己的优点。就卢照邻而言,出身于范阳卢氏必然孕生出他早年的优越感:作为历史悠久的河北世家,卢氏是唐代最显贵的五大望族之一。[11]虽然卢照邻似乎来自卢氏较小的一支,[12]他在

[8] 关于唐赋,参见 Stephen R. Bokenkamp(柏夷),"The Ledger on the Rhapsody: Studies in the Art of the T'ang fu," Ph.D. diss., University of California, Berkeley, 1986. 该论文讨论近期在日本发现的九世纪早期赋体写作指南。同时参见柏夷:《〈赋谱〉略述》,《中华文史论丛》第49期(1992年),页149—164。有关唐赋的英文翻译和学术著作较少见,可参考 Kroll, "Li Po's Rhapsody on the Great P'eng-bird." Journal of Chinese Religions 12 (1984): pp. 1–17; Edward Schafer(薛爱华),"The Dance of the Purple Culmen," T'ang Studies 5 (1987): pp. 45–68; David R. Knechtges(康达维),"The Old-style fu of Han Yü," T'ang Studies 13 (1995): pp. 51–80。Stephen F. Teiser(太史文)译有杨炯关于692年孟兰盆节的赋(节选小半自),参见 Teiser, The Ghost Festival in Medieval China (Princeton: Princeton University Press, 1988), pp. 73–76。

[9] 笔者尝试在"The Poetry of the T'ang Dynasty (shih and fu)"中初步描述更完整的唐代诗歌史,此文将载于 Victor H. Mair(梅维恒)编纂的 Columbia History of Chinese Literature。译者按:该书已于2001年出版,即 Kroll, "Poetry of the T'ang Dynasty (shih and fu)," in Victor Mair ed., The Columbia History of Chinese Literature (New York: Columbia University Press, 2001), pp. 374–413。

[10] 10年前卢照邻的作品尚无任何古代或现代注释。近10年间已新出版3部《卢照邻集》的注本。似乎汉学界正在证明谢德瑞克(Rupert Sheldrake, 1942—)的"形态共振"("morphic resonance")理论。这三种注释各有所长,应同时参考使用:任国绪:《卢照邻集编年笺注》(哈尔滨:黑龙江人民出版社,1989);祝尚书:《卢照邻集笺注》(上海:

上海古籍出版社,1994);李云逸:《卢照邻集校注》(北京:中华书局,1998)。在此之前最权威的现代卢照邻集为徐明霞所编《卢照邻集 杨炯集》(北京:中华书局,1980)。

[11] 除范阳卢氏外,其他望族还有博陵崔氏、清河崔氏、赵郡李氏和荥阳郑氏。西边的太原王氏也常位列其中。这些世家几个世纪以来一直发挥着政治社会影响力,甚至自认为(也常被公认为)比皇室更强大。高宗在太宗之后继续试图削弱他们的势力,于659年禁止望族之间通婚。但这项禁令并无实效,甚至更拔高了他们的地位。参见《资治通鉴》(香港:中华书局,1956),卷二〇〇,页6318;《新唐书》(北京:中华书局,1975),卷九五,页3842。同时可参考以下资料:David G. Johnson(姜士彬),The Medieval Chinese Oligarchy (Boulder: Westview Press, 1977); Patricia Buckley Ebrey(伊沛霞),The Aristocratic Families of Early Imperial China: A Case Study of the Po-ling Ts'ui Family (Cambridge: Cambridge University Press, 1978); 最近出版的 Dušanka D. Miščevic(杜桑卡·米什切维克),"Oligarchy or Social Mobility: A Study of the Great Clans of Early Medieval China," BMFEA 65 (1993): pp. 5–283,提供了新的材料与一些不同解读。

[12] 现存材料中没有关于卢照邻父亲或者祖父身份的信息(唯一确认的是卢父在672年左右去世)。或可通过材料缺失猜测是卢氏较小的一支。卢照邻自称是卢偃九世孙,卢偃一族在西晋灭亡时留在了北方没有南迁。照邻的同辈堂兄卢承庆(595—669)在太宗与高宗朝都有任职,并一度在659年担任宰相。他们之间至少要上溯四辈才同祖。参见祝尚书:《卢照邻集笺注》,页555;《旧唐书》(北京:中华书局,1975),卷(转下页)

幼时就被送入大学者曹宪（活跃于605—649）以及王义方（615—669）门下长期学习。曹宪是训诂学家，尤其精通《文选》，[13] 而王义方则是治"五经"的大家。[14] 卢照邻对文学传统的惊人娴熟程度显然与他早年受教于这两位权威学者有关。卢照邻未冠时已成为李元裕（卒于665）府中典签。元裕是唐高祖第17子，统辖数个州郡，拥有许多皇家头衔，其中邓王最为熟知。邓王李元裕或许是高祖所有皇子中最重学术的一位，卢照邻无疑也享受且充分利用了李为之自豪的丰富藏书。据说，邓王把卢照邻称为"吾之相如"。他和卢照邻十分亲密，甚至委任卢为自己的使臣，替自己执行公务。我们不清楚卢照邻是一直服侍李元裕至李在麟德二年（665）逝世，还是在那之前几年就离开了邓王府。但总之，卢的仕途并非一帆风顺。

卢照邻的确切生平事迹尚存疑问。学者们曾按时间顺序作不同尝试重构卢的人生经历，由此可见他的传记资料中的某些细节难以确定。[15] 然而我们没有理由怀疑他在660年代曾三次在蜀地停留，也能确信这段经历标志着他人生中的一次重要转折。当时，他至少一度在位于成都东北方向的新都担任了任期两年的新都尉（职务相当于警长）。根据对他某些诗作的不同解读与推测，这段经历有可能是在七世纪六十年代早期，即665年左右，或者一直持续到670年。不论如何，他此后再也没有担任过任何官职，并于671年彻底告别了蜀地。[16] 不久后，疾病开始困扰卢照邻。[17] 他的病不仅导致他双脚与一只手

（接上页）八一，页2748—2750；《新唐书》，卷一〇六，页4047。

[13] 卢照邻跟随曹宪学习应在曹晚年，大约640年代中期。曹宪的门生包括李善（卒于689），《文选》最重要的注即李善在658年写成的。曹宪传见于《旧唐书》，卷一八九上，页4945—4946，及《新唐书》，卷一九八，页5640。

[14] 卢照邻在649年至650年左右于洹水（近今河南安阳）任职期间跟随王义方学习。王义方传见于《旧唐书》，卷一八七上，页4874—4876，及《新唐书》，卷一一二，页4159—4161。

[15] 有关卢照邻生平的著作主要有：高木正一：《盧照鄰の伝記と文学》，《立命館文学》第196期（1961年10月），页777—809，特别是页777—785；刘开阳：《论初唐四杰》，载《唐诗论文集》（北京：中华书局，1961），页1—28，特别是页2—6；陈贻焮：《卢照邻》，载《论诗杂著》（北京：北京大学出版社，1989），页83—99；任国绪：《卢照邻集编年笺注》，页514—524，及其《卢照邻生平事迹新考》，《文学遗产》，1985年第2期，页51—56；葛晓音：《关于卢照邻的生平若干问题》，《文学遗产》，1989年第6期，页68—73，此文重刊于《诗国高潮》（见注3）；骆祥发：《初唐四杰研究》，页43—77，页367—452；兴膳宏：《初唐詩人と宗教：盧照鄰の場合》，载吉川忠夫编：《中国古道教史研究》（京都：同朋舍，1991），页417—470，特别是页419—432，该文应属近年关于卢照邻最有趣的研究；祝尚书：《卢照邻集笺注》，页554—575；李云逸：《卢照邻集校注》，页482—510。傅璇琮：《卢照邻杨炯简谱》，载《卢照邻 杨炯集》，页195—233，此文简略介绍了卢照邻生平大事时间点。笔者尚未考察的著作有：张志烈：《初唐四杰年谱》（成都：巴蜀书社，1992）；任国绪：《卢照邻年谱》（哈尔滨：黑龙江人民出版社，1992）。

[16] 在出任新都尉以前（具体时间不详），卢曾经至少一次作为邓王的使臣到过附近地区。

[17] 可能是类风湿关节炎。

残疾，而且令他在饱受折磨的晚年亲手结束了自己的生命。在那灰暗的最后10年，自号为"幽忧子"("Master of Intense Distress")[18]的他写出的诗文堪称中古文学中最沉痛的作品，尤其是两篇骚体文《五悲》("Five Grievings")与《释疾文》("Text to Dispel Illness")。这两篇作品需另作讨论。[19]本文将探讨卢照邻罹病之前所写的两篇以寓言形式抒发相似愤懑的赋，即《穷鱼赋》("*Fu* on a Stranded Fish")和《驯鸢赋》("*Fu* on a Tamed Kite")。

虽然《穷鱼赋》在唐以降的卢照邻集中已经不在首位，但从其序中可知卢照邻曾特意把这篇赋置于其文集之首。卢在序中写道，此赋是为庆祝自己出狱而写：他入狱的原因并未写明，仅被称为"横事"("for untoward matters")；一位同样未具名的恩人将卢照邻从狱中救出，而此篇正是为致谢而作。我们无从得知卢在何时何地被捕，但可以认定他在秋天入狱。[20]学者们常以确切的语气指出入狱年份，常见推测包括：650年代早期（陈贻焮）[21]，656—657年左右（祝尚书），661年（祝）[22]，660年代早期于兖州（葛晓音、黄晴惠）[23]，668年于蜀（骆祥发）[24]，以及669年于蜀（任国绪、李云逸）等[25]。详述这些推论的来由会很烦冗，而且不一定有帮助。简而言之，笔者认为卢不太可能在服侍邓王期间被捕，因此，较早的日期不太可信。而且，假如确有此事，邓王应该就是拯救卢的人。但这篇赋中的恩人却以曾经是卢的同辈、之后由于地位上升才得以帮助卢照邻的姿态出现。这种形象并不符合邓王的身份，却有可能是卢照邻在王府任职期间结识的同僚。由于包括这点在内的

[18] "幽忧子"之号指涉传说人物子州支父与子州支伯，尧和舜各曾试图禅位给这两人。两者都拒绝登上王位，理由是他们正试图解决"幽忧"而无法治理天下。参见郭庆藩：《庄子集释》（北京：中华书局，1989），卷二八，页965。若忽略其原本出处，笔者曾经将此号译为"Master of Shrouded Sorrow"。

[19] 笔者曾经论述过《五悲》的一部分，见 Kroll, "The Memories of Lu Chao-lin"。又见刘成纪：《卢照邻的病变与文变》，《文学遗产》，1994年第5期，页43—49。此文立论较浅，近乎道德评判，并未达到标题所指的深度。

[20] 参见卢照邻《狱中学骚体》，收于《幽忧子集》（《四部丛刊》本，崇祯十三年（1640）张燮编），卷四，页13a；《全唐诗》（北京：中华书局，1960），卷四一，页519—20；徐明霞：《卢照邻集杨炯集》，卷四，页58；任国绪：《卢照邻集编年笺注》，卷四，页288—290；祝尚书：《卢照邻集笺注》，卷四，页258—259；李云逸：《卢照邻集校注》，卷四，页237—238；英译参见 Kroll, "The Memories of Lu Chao-lin," p. 592，译文中所言"入狱是一种隐喻"（"the incarceration is metaphorical"）不应采信。

[21] 陈贻焮：《卢照邻》，页85—87。

[22] 祝尚书推测年份为"显庆末龙朔初"（656—657），而在其《卢照邻年谱》中则系在661年。见祝尚书：《卢照邻集笺注》，卷一，页12；附录四，页561—562。

[23] 葛晓音：《关于卢照邻的生平若干问题》，页70—71；黄晴惠：《初唐四杰传记考辨及其文学思想研究》，页83及185都指为662年。

[24] 骆祥发：《初唐四杰研究》，页401。

[25] 任国绪：《卢照邻集编年笺注》，卷一，页11—12，页519—520；李云逸：《卢照邻集校注》，卷一，页9，页496。

种种原因，笔者更倾向于一个较晚的日期——669年是最有可能的。然而，卢照邻入狱是发生在他入蜀前还在李元裕府中时，还是发生在他前往新都任职期间或之后并不会影响我们理解或欣赏这篇赋本身的文学价值。[26] 与此同时，了解一首被卢照邻作为范本的、[27] 比此赋早500年的作品却极为重要，此即二世纪文人赵壹所作《穷鸟赋》（"Rhapsody on a Stranded Bird"）。我们必须在解读卢赋之前先讨论这首作品。

《穷鸟赋》是一篇28句的四言小赋，并有一篇长于正文的序。此赋收于《后汉书》中赵壹本传的开头处：

[赵壹]体貌魁梧，身长九尺，[28] 美须豪眉，望之甚伟。而恃才倨傲，为乡党所摈，乃作解摈。[29] 后屡抵罪，几至死，友人救得免。壹乃贻书谢恩曰：

Stalwart and hardy in form and appearance, [Chao I] was unusually tall. With handsome beard and bushy eyebrows, he was quite magnificent to see. But, too confident in his abilities, in arrogance of pride, he was reprehended by the local cliques—upon which he wrote [the composition] "To Resolve Reprehension" ("Chieh pin"). Later his actions brought him frequent punishment. When he was about to be put to death, a friend lent aid, effecting his release. Chao I then sent the following writing, in gratitude for his kindness:

昔原大夫赎桑下绝气，传称其仁；[30] 秦越人还虢太子结脉，世著其神。[31] 设羹之二人不遭仁遇神，则结绝之气竭矣。然而精脯出乎车轮，针石运乎手爪。今所赖者，非直车轮之精脯，手爪之针石也。乃收

---

[26] 笔者并不认为可以脱离历史阅读文学，下文将证明笔者持相反观点。但某些情况下，即便我们希望知道确切写作时间和具体情境，缺乏此类信息也不会妨碍我们理解文本。
[27] 详见后文所引《穷鱼赋》序。
[28] "九尺"约长6英尺8英寸。但此处并不代表真实身高。
[29]《解摈》作于赵壹被逐出故乡以后，现仅存略带蔑视的一句："丹鸿可杀蚤虱"（"The swan-goose of cinnabar-red may do away with lice and fleas"）。见《太平御览》（台北：台湾商务印书馆，1975），卷九五一，页1b。
[30] 此指公元前七世纪后期晋国大夫赵盾。赵盾停车赐食给饥民的典故见《吕氏春秋》（《四部备要》本），卷一五，页18b；也见于《左传》宣公二年。
[31] 此指名医扁鹊（约前六世纪晚期或前五世纪早期）。扁鹊使虢国太子起死回生的故事见《史记》（北京：中华书局，1972），卷一〇五，页2788—2792。

之于斗极，还之于司命，使干皮复含血，枯骨复被肉，允所谓遭仁遇神，真所宜传而著之。余畏禁，不敢班班显言，窃为《穷鸟赋》一篇。其辞曰：

[Preface] Long ago Grandee Yüan redeemed the life of someone who would otherwise have expired beneath a mulberry tree—and tradition esteemed him humane. Ch'in Yüeh-jen restored to normal the knotted pulse of the Grand Heir of Kuo—and the world celebrated his god-like skill. Had these two men of the past not met with such humaneness nor encountered such divinity, then indeed their short and knotted breath would have been spent completely. But as it happened, the dried-meat of provender appeared for the one from behind a carriage's grillwork and the probing needle was turned for the other between [the physician's] fingers and nails. What I rely on at present is not the dried-meat provender from behind a carriage's grillwork or the probing needle held between fingers and nails. Rather it is something received from the Dipper and Pole-star, it is owing to the [constellation] Arbiter of Fate! To make dry skin be filled once more with blood, withered bones be covered again with flesh—this conforms with what is called "meeting with humaneness, encountering divinity," and is worthy to be celebrated in our traditions. However, as I fear interdiction and dare not present my words too plainly, I have ventured to write a "Rhapsody on a Stranded Bird." It reads:

	有一穷鸟	A lone stranded bird there was,
	戢翼原野	Its wings furled, in the wilds of the plain.
	罦网加上	Nets and meshes were set above,
4	机阱在下	Snares and pitfalls awaited below.
	前见苍隼	In front appeared a grizzled falcon,
	后见驱者	Behind appeared the game-drivers.
	缴弹张右	Corded-darts and crossbow-pellets were readied to the

		right,
8	羿子彀左 [32]	And Master I drew his bow on the left.
	飞丸激矢	Flying shot and speeding arrow
	交集于我	Collected together then, in *me*!
	思飞不得	I wished to fly but could not do so,
12	欲鸣不可	Wanted to cry but was unable,
	举头畏触	Or to lift my head but dreaded being hit,
	摇足恐堕	Or to budge a foot but feared I might fall.
	内独怖急	Innermost alone, in panic and dismay,
16	乍冰乍火	Now like ice, and then again like fire!
	幸赖大贤	I was lucky to rely on someone of great worth,
	我矜我怜	Who to me was compassionate, to me was sympathetic.
	昔济我南	In the past he had saved me in the south,
20	今振我西	And now came to my aid in the west.
	鸟也虽顽	The bird—well, even though it be obtuse,
	犹识密恩	Still it recognizes this close kindness,
	内以书心	Within to be written upon the heart,
24	外用告天	Without to be declared unto Heaven.
	天乎祚贤	May Heaven, oh! bless this Worthy One,
	归贤永年	Remit to this Worthy One years eternal.
	且公且侯	And let there be Dukes, let there be Marklords,
28	子子孙孙 [33]	Sons upon sons, and grandsons after grandsons!

[32] 传说尧帝时后羿善射，曾射下天空中的九个太阳，以防它们烧毁大地。

[33] 此赋见《后汉书》（北京：中华书局，1965），卷八〇上，页2628—2629。可参考苏瑞隆（Su Jui-lung）的英译，见 Gong Kechang（龚克昌）, *Studies on the Han* Fu, ed. David R. Knechtges（康达维）, tr. Knechtges et al. (New Haven: American Oriental Society, 1997), pp. 334–335.

这篇作品是最早的动物寓言赋之一。在稍迟于此的建安时期（196—220），被射中或捕捉的鸟在诗与赋中都很常见。这类作品意在表达诗人高超的才能，有时也涉及由于无法自由展翅而产生的愤懑。主导这类作品的标准寓言通常是一只优秀的、振翅高飞而又自由不羁的鸟突然由于王侯（通常是一位通情达理的王侯）的喜好而被擒，然后又因为主人的优待而以谢意与发誓效忠来报答这份恩情。[34] 在赵壹的赋中，虽然一开始鸟是由无名小卒捉住，但之后却是被"大贤"（"Worthy One"）所救。此处我们没有看到这只鸟被放归野外——它最终成为恩主的宠物。

六世纪早期，何逊（卒于527？）在《穷鸟赋》（"*Fu* on a Stranded Crow"）中重新发挥了赵壹的诗题，把赵壹笔下作笼统指称的"鸟"变成了更为具体的"鸟"。在现存于唐代类书的引文中，何逊并没有提及他的作品是受前人启发。[35] 前文已提到虽然卢照邻将文中的鸟替换成了鱼，但他明确指出这是借鉴了赵壹作品的主题。不过，卢的拯救者却以鹏鸟形象出现。在《庄子》篇首，鹏鸟是巨大鲲鱼的季节性化身。卢的《穷鱼赋》比赵赋更长，格律与内容也都更富于变化。同赵作一样，此赋也以一篇解释创作背景的序开头。

[34] 最为人熟知的应属祢衡（约173—198）与曹植（192—232）的此类作品。有关祢衡最著名的赋，参见William T. Graham, Jr.（葛蓝），"Mi Heng's 'Rhapsody on a Parrot,'" *HJAS* 39 (1979): pp. 39–54。关于曹植某些以鸟为喻的作品，参见Kroll, "Seven Rhapsodies of Ts'ao Chih," 将载于 JAOS 第120期（译者按：此文已发表，见Kroll, "Seven Rhapsodies of Ts'ao Chih," *JAOS* 120.1 (2000): pp. 1–12。

[35]《艺文类聚》（台北：文光出版社，1974），卷九二，页1593；《初学记》（台北：鼎文书局，1976），卷三〇，页733；《全梁文》，卷五九，页10a/b，载严可均编：《全上古三代秦汉三国六朝文》（广雅书局1893年刻本）。

[36] 见《诗经·邶风·柏舟》（《毛诗》第26号）："忧心悄悄，愠于群小。觏闵既多，受侮不少。"（"With downcast heart sadly still,/ I am resented by a band of inferiors./ Meeting with sorrows already many,/ I suffer affronts not a few."）

余曾有横事被拘，为群小所使，[36] 将致之深议，友人救护得免。窃感赵壹《穷鸟》之事，遂作《穷鱼赋》。常思报德，故冠之篇首云：

[Preface] Once, for untoward matters, I was held in detention through the workings of a band of inferiors. When this was leading on to serious deliberation, a friend lent his aid and protection, effecting my release. In empathy with the incident of Chao I's "Stranded Bird," I composed accordingly a "Rhapsody on a Stranded Fish." And, mindful always of requiting such goodness, I place it at the head of my writings. It says:

有一巨鳞　　A lone huge finned being there was,

	东海波臣 [37]	Magnate of the waves from the Eastern Sea,
	洗净月浦	Washed and placid by a moonlit cove,
4	涵丹锦津 [38]	Soaked in cinnabar at the brocade ford.
	映红莲而得性 [39]	In reflection of scarlet lotuses, it fulfilled its nature;
	戏碧浪以全身	At play in the cyan-blue waves, it kept itself whole.
	宕而失水 [40]	But tossed about, it slipped from the water,
8	届于阳濒	And came to rest on the sunward shore.
	渔者观焉	A fisherman observed it there, and proceeded
	乃具竿索	To set right his rod and line,
	集朋党	To collect his pals and mates.
	凫趋雀跃	Like ducks they came scurrying or sparrows slipping,
12	风驰电往	Like the wind rushing or lightning darting.
	竞下任公之钓 [41]	They fought to let down the fish-hook of Sir Jen,
	争陈豫且之网 [42]	And vied to spread out the net of Yü Chü.

[37] "东海波臣"语见《庄子·外物》。庄子路遇一条因于车辙的鲋鱼，鱼请求庄子以升之水救活它，而庄子承诺而见吴、越王后会为鱼引西江之水。鲋鱼感叹等河水来时自己应已在"枯鱼之肆"。《庄子集释》，卷二六，页924。此典故影射着诗人的不幸遭遇。开篇两句或指涉卢照邻先前作为邓王臣仆("magnate" or "servant")的自在时光，邓王早期即管辖东部。

[38] "锦津"可能指黎明或黄昏时霞光下的渡口，也可能指环成都南面的锦江。"月浦"可能指月桂树下的水湾；如果"月浦"指的是地名，至今还没有可信的对应地点。

[39] 此句或许再次提及为邓王服务的美好日子，因为自五世纪以来已用"莲幕"称地方幕府。参见陈贻焮：《卢照邻》，页85。值得关注的是"莲"同样完美切合赋中的图景。也可参考《诗经·小雅·鱼藻》(《毛诗》第221号) 第一句毛注："鱼以依蒲藻得其 性。"("The fishes, because they keep close to the cattails and pondweeds, are able to fulfill their nature.")《毛诗正义》，(《十三经注疏》本)，卷一五，页1a。

传统上理解为赞颂恰当的君王与朝廷所带来的幸福。

[40] 参阅《庄子·庚桑楚》中庚桑了所言："吞舟之鱼，砀而失水，则蚁能苦之。"("If a fish big enough to swallow a boat is tossed about so it slips from the water, even an ant will then be able to trouble it.")《庄子集释》，卷二三，页773—774。考虑到卢赋第15句 (译者按：原注作第16句，有误，也可参考《韩诗外传》中的异文："则为蝼蚁所制。"("... it will then be at the mercy of crickets and ants.")《韩诗外传集释》(北京：中华书局，1980)，卷八，第35章，页305。

[41] 见《庄子·外物》：任公以五十犗为饵，一年后钓得大鱼。《庄子集释》，卷二六，页925。

[42] 《庄子·外物》：渔人豫且 (一作余且) 捕获了宋元君梦中所见巨龟，此龟虽能入梦却未能逃脱被捕杀的命运。《庄子集释》，卷二六，页933—934。亦见《史记》，卷一二八，页3229。按《史记》此事发生于公元前530年。

	蝼蚁见而甘心 [43]	When the crickets and ants saw it, they were glad of heart;
16	猵獭闻而抵掌	When all the otters heard of it, they applauded with their paws.
	于是长舌利嘴	Thereon, the long-tongued and the sharp-mouthed
	曳纶争钩 [44]	Cast their lines, hung down their hooks.
	拖鬐挫鬣	They tugged its dorsal fin and tore at its bristles,
20	抚背扼喉 [45]	Pounded its back, clutched at its throat.
	动摇不可	To move, to budge, was not now possible;
	腾跃无繇 [46]	To leap or to jump was beyond its means.
	有怀纤润	The hope it held was for but a little moisture,
24	宁望洪流 [47]	Rather than wishing for a full-flowing current.
	大鹏过而哀之曰	A great *p'eng*-bird, passing over, pitied it and said,
	昔予为鲲也	"A while back, when I was a *k'un*-fish,
	与尔游乎	I swam about with you, did I not?
	自余羽化之后	But from after my own feathered transformation,
28	子其遗孤 [48]	You, it seems, were left alone."
	俄抚翼而下	Quickly, wings whirring, the bird descended;

[43] 见注 40。亦参考贾谊（前 200—前 168）流放长沙时自比被贬谪的屈原的著名赋作《吊屈原赋》，尤其结尾处："彼寻常之污渎兮，岂能容吞舟之鱼！横江湖之鳣鲟兮，固将制于蚁蝼。"("The muddied trench here, of no more than average size,/ Surely could not contain this swallower of boats?/ But this huge leviathan that is wont to cross the Kiang and the lakes/ Must now indeed be at the mercy of crickets and ants.")《史记》，卷八四，页 2495。

[44] 据《文苑英华》及《全唐文》改"争"为"垂"。

[45] 参照刘敬于公元前 202 年向高祖所言："夫与人斗，不扼其亢，拊其背，未能全其胜也。"("In fighting with someone, unless you clutch at his gullet and pound his back, you won't be able to win a complete victory.")《史记》，卷九九，页 2716。

[46] 参赵壹《穷鸟赋》，第 12—15 句。

[47] 此处再次引用庄子与鲋鱼的对话（见注 37）。比起等待一整条河流，鱼更需要少量即刻救活它的水。

[48] 若此赋确属寓言，那么作为救星的大鹏则影射卢照邻在邓王美好的"莲幕"中结识的同僚，此人之后地位得到极大提升。如陈贻焮所言（《卢照邻》，页 85）把大鹏形象理解为邓王是不可能的。

	负之而趋	Bearing up a burden, it hastened away—
	南浮七泽 [49]	To let it float south in the Seven Meres,
32	东泛五湖 [50]	Or drift along east amid the Five Lakes.
	是鱼也已相忘于江海 [51]	This fish, it is now oblivious of others in the Kiang and the sea,
34	而渔者犹怅望于泥涂 [52]	While the fisherman yet looks on despondent in the muck and the mire.

卢照邻的赋与其楷模即赵壹之作相比远为活泼。赵赋全为四言，且仅有一处变韵；而卢赋四言与六言相间，并且还有一联三言（第9—10句），一句五言（第29句），以及好几处小节前（即变韵处，如第9、17、25句前）或单句前（第33和34句前）的格律外散文式用词。[53] 赵壹以与汉代或更早的钟鼎铭文相似的雅正言辞结尾，向他的恩主献上望其长寿与开枝散叶的例行祝愿。卢则给自己的叙事添上了满怀希望的尾声，将一度受困的鱼描绘成在风平浪静的水域遨游。此外，卢照邻在末句中无法抑制其情绪，对事件的罪魁祸首也就是带领霸道朋党的"渔者"做最后一击。

诗人巧妙地运用了一组发音相近的联绵词，从而在音效上强调了得救的鱼和受阻的渔者相反的命运。当鱼再一次悠游自在地"相忘"（中古音：syang mywang）时，渔者被困沼泽，只能"怅望"（中古音：t'yang-wang-）。为了全面理解文本，我们还必须意识到这一联借用了司马相如（约前145—前85）的书信《难蜀父老》("Rebuking the Paternal Elders of Shu"）中的一联对仗句。《难蜀父老》斥责蜀人未能理解在位君主的伟大计策，其文曰："犹鹪明已翔乎寥廓，而罗者犹视乎薮泽。"

[49] 此指长江中游楚地附近的"七泽"。
[50] 指长江下游吴越附近的"五湖"。
[51] 参见《庄子集释》，卷六，页242："泉涸，鱼相与处于陆，相呴以湿，相濡以沫，不如相忘于江湖。"（"When a spring dries up and fish find themselves next to each other on dry land, one will mouth the other for moisture and dampen the other with spittle; but far better to be oblivious of others in the Kiang and the sea!"）及卷六，页272："鱼相忘乎江湖，人相忘乎道术。"（"Fish are oblivious of others in the Kiang and the sea; men are oblivious of others in the practices of the Way."）
[52]《幽忧子集》，卷一，页4a/b;《文苑英华》(台北：新文丰出版公司，1979)，卷一三九，页4a/b;《全唐文》（台北：华文书局，1961)，卷一六六，页3b—4a；徐明霞：《卢照邻集 杨炯集》，卷一，页3—4；任国绪：《卢照邻集编年笺注》，卷一，页17—22；祝尚书：《卢照邻集笺注》，卷一，页11—15；李云逸：《卢照邻集校注》，卷一，页9—12。
[53] 正如诗一样，赋的韵脚也在每联第2句末尾。若仔细考察赋的押韵形式，即使在句长不一或散文化句式的情况下也能掌握准确的阅读节奏。

（"While the splendrous gryphon has now soared off to unmeasured infinity, the setter of nets is yet looking round about in the marshy fens."）[54]（卢借用司马相如对蜀人的愤怒或许能佐证他是在蜀地入狱的）。我们也应注意到，引文的注指出的数处出自《庄子》的典故营造出一种协调，从而间接甚至直接导向全赋结尾处的飞跃（既指鱼在故事中的飞升，也指情感升华）。这让人想起孤傲的考利欧雷诺斯（Coriolanus）在离开罗马时所说的："别处另有世界在。"（"There is a world elsewhere."）[55] 赵壹的作品归根结底是一篇寓言化的致谢，而卢照邻的作品虽然也有此意，但其文笔更灵动，意象更立体，文意也更直抒胸怀。《穷鱼赋》的互文性（"intertextual connections"）不仅关联前人，也影响到后代作者。例如，李白（701—762？）在半个多世纪后写成的《大鹏赋》明显进一步发展了卢赋：大鹏本身（即诗人）被希有鸟（即道士司马承祯）带领着飞往更高远的天空。[56]

尽管《穷鱼赋》自称表达敬意，却不时显露出自信，甚至于自傲。卢照邻的许多作品都带有这样的特质。他也的确"不该在因功受赏的时候遭受这种卑鄙的不名誉的挫折"（he had not "Deserved/ this so dishonored rub, laid falsely/In the plain way of his merit"）。[57] 读者与评论家常常论及李白作品中明目张胆，堪比拜伦的孤傲（Byronic），并且认为这与诗人张扬的个性有关。事实上，这种风格在卢照邻的诗歌中已经十分显著，而李白非常熟悉卢的作品。不过，我们将继续聚焦于卢照邻笔下孤独的鱼和鸟。在继续讨论第二篇赋之前，笔者将先提及卢照邻的《赠益府群官》（"Presented to the Officialdom of I-fu"），卢在其中自比为一只举世无双的鸟。这首结构巧妙的五言诗首节与尾节都是由 8 句构成，中间两节各有 4 句与 6 句。益府包含成都及其附近区域，这片区域自唐朝武德元年（618）以来就被称为益州，并在龙朔二年（662）成为都督府。[58]《卢照邻集》的三位现代注家任国绪、祝尚书与李云逸都认为此诗写于咸亨元年（670）底，当时卢照邻刚结束他

[54]《史记》，卷一一七，页 3052；一作"翔宇寥廓之宇"（"to the eaves of unmeasured infinity"），见《文选》（上海：上海古籍出版社，1986），卷四四，页 1995。笔者以较华丽的"splendrous gryphon"译"鹔鹴"（亦作"鹔鹏"或"鹔鹏"）。关于"鹔明"究竟是何鸟学者各有说法，总之是一种传说中的上古神鸟。

[55] 译者按：指莎士比亚的悲剧《考利欧雷诺斯》。此处引梁实秋译：《考利欧雷诺斯》（北京：中国广播电视出版社，2002），页 183。

[56] 参见 Kroll, "Li Po's *Rhapsody on the Great P'eng-bird*"。

[57] 译者按：梁实秋译：《考利欧雷诺斯》，页 135。

[58]《旧唐书》，卷四一，页 1664。

在新都的任期。[59] 有关诗中提到的任期，我们不清楚他是仅担任过一次为期两年的新都尉，还是曾经连任。但我们可以确认他那时已经决定不再参加官员任期结束时的"选"试，从而放弃了任何连任或升职的机会。[60] 卢将以下的诗句献给了他的同僚：

	一鸟自北燕 [61]	A lone bird from out of Yen in the north,
	飞来向西蜀	Came flying on toward Shu in the west,
	单栖剑门上 [62]	Singly to nest atop Sword Gate,
4	独舞岷山足 [63]	Solitary to dance at the foot of Mount Min.
	昂藏多古貌	Proud and redoubtable, with much of olden seeming,
	哀怨有新曲	It deprecates sadly the need for newer songs.
	群凤从之游	Phoenixes in a flock joined it on this journey,
8	问之何所欲	And asked of it, just what were its wishes?
	答言寒乡子	It answered them, "An offspring of colder lands,
	飘飖万余里	Who has glided on high for over a myriad *li*,
	不息恶木枝	I do not rest in the limbs of ignoble trees,
12	不饮盗泉水 [64]	And do not drink the waters of Robber's Springs.

[59] 任国绪：《卢照邻集编年笺注》，卷一，页98；祝尚书：《卢照邻集笺注》，卷一，页70；李云逸：《卢照邻集校注》，卷一，页67。如大多数关注过此问题的学者所言，卢放弃职位并不像《旧唐书》传记所说的那样是出于健康问题；此时他身体仍旧健康。
[60] 关于"选"试的流程与引起的问题，参见 P. A. Herbert（何汉心）, *Examine the Honest, Appraise the Able: Contemporary Assessments of Civil Service Selection in Early Tang China* (Canberra: Faculty of Asian Studies, Australian National University, 1988).
[61] 范阳位于燕地。
[62] 剑门是连接蜀（四川）与秦（陕西）的著名关塞。
[63] 指蜀北岷山山脉。
[64] 意为诗中的鸟与任何非礼的迹象都保持距离。此联与陆机（261—303）《猛虎行》开头四句类似："渴不饮盗泉水，热不息恶木阴。恶木岂无枝，志士多苦心。"（"When thirsty, I do not drink the waters of Robber's Spring; / When hot, I do not rest in the shade of ignoble trees./ Surely the trees are not without limbs,/ But a gentlemen of resolve has more of a painstaking heart."）《文选》，卷二八，页1293。李善注提及《尸子》中孔子因为不喜盗泉名字而不饮其水的故事（盗泉在山东），亦转引江遂之（活跃于5世纪中叶）所录的《管子》佚文，大意为存有"耿介之心"（"a heart of unbending integrity"）的君子将耻于在恶木下休息。李注也引用了《论语》卫灵公第十五，第9行："志士仁人，无求生以害仁，有杀身以成仁。"（"The gentleman of resolve, the humane man, does not seek to live by impairing humaneness, but will sacrifice his own person in order to keep humaneness intact."）以上文本都启发了卢照邻的遣词造句。

	常思稻粱遇 [65]	Always I yearn for a 'rice-and-millet encounter,'
	愿栖梧桐树 [66]	But prefer to make my nest in the wu-t'ung tree.
	智者不我邀	Yet those that are wise make to me no invitation,
16	愚夫余不顾	And the witless sort I myself do not attend to.
	所以成独立	This is why I've become one who stands alone,
	耿耿岁云暮 [67]	In steady integrity, as the year draws on to evening."
	日夕苦风霜	At dusk of day, suffering the wind and frost,
20	思归赴洛阳 [68]	Yearning to go home, to proceed to Lo-yang,
	羽翮毛衣短	Its feathered coat of plumes and pinions now is short,
	关山道路长	And the roads over passes and mountains are long.
	明月流客思	The luminous moon sets adrift a visitor's yearnings,
24	白云迷故乡	As white clouds confuse the way to one's home-place.
	谁能借风便	Who is there can borrow the easefulness of the wind,

[65] 即渴望知人善任的慷慨恩主。《韩诗外传》(卷二, 第 23 章, 页 60—62) 录有田饶去鲁时对哀公 (在位年：前 494—前 468) 所说："夫黄鹄一举千里, 止君园池, 食君鱼鳖, 啄君黍粱, 无此五者, 君犹贵之, 以其所从来者远矣。臣将去君, 黄鹄举矣。"("Now, the yellow swan in a single flight came a thousand *li* and stopped at the pond in milord's garden. It has fed on your fish and turtles, pecked at your wheat and millet. It lacks the [aforementioned] five virtues [of the domestic cockerel], so why do you still value it? Just because the place it came from is so far away. Therefore I will be leaving milord, flown away like the yellow swan.") 此处黄鹄所食"黍粱"在李善注鲍照 (约 414—466)《白头吟》中作"稻粱", 见《文选》, 卷二八, 页 1237。初唐类书《艺文类聚》卷九〇, 页 1565 亦引此事。曹植《离缴雁赋》("*Fu* on a Wildgoose Met by a Corded-Arrow") 也使用了"稻粱"一词。曹赋中的雁被箭所伤, 饲养它的主人分用心, 让它"饥食粱稻, 渴饮清流"("When hungry it shall feed on rice and millet,/ When thirsty it shall drink from a clear current")。赋见《艺文类聚》, 卷九一, 页 1580；全赋英译见 Kroll, "Seven Rhapsodies of Ts'ao Chih"。应当注意到典故中来自远方而又不被珍视的鸟十分切合卢照邻的诗句。

[66] 参见《庄子集释》, 卷一七, 页 605："夫鹓雏发于南海而飞于北海, 非梧桐不止……"("Now, the yuan-ch'u phoenix having set off from the southern sea, flies to the northern sea, never alighting save on a *wu-t'ung* tree...")。在此典故中, 庄子自比为鹓雏, 并嘲笑惠子以鸱得腐鼠一般贪婪地保护自己的官职。卢照邻用典时显然考虑了故事背景。

[67] 此处的"耿耿"不是"忐忑不安"("fitful and restive"), 例如《邶风·柏舟》第 3 句或《远游》第 7 句中那样。这里的"耿耿"类似"耿介", 意为"坚定不移", 与以上例子完全相反。"耿介"一词已见于第 11—12 句 (见注 64), 亦出现在前引陆机诗中倒数第 2 句, 而陆诗也以表达高洁情操为主题。卢诗中"耿耿"一词可能起初说是把草书的"介"误读成省略记号"々"造成的结果, 也许编纂者正是联想到了《诗经》与《远游》中"耿耿"的用法。

[68] 东都洛阳在回燕地的路上。

26　一举凌苍苍[69]　　In a single flight skimming the cerulean sky?

诗人为结尾处问题给出的答案无疑是"我"。正如同第 13 句中隐藏的典故所指,他将像田饶一样以"鸿鹄举"离去,不再困于只有虚伪逢迎之地。如此的骄傲与蔑视大不同于一般唐代仕宦者写给志同道合的同僚的道别。益府官僚(即"群官")在诗中第 7 句以一群凤凰的嘲讽式形象("群凤")出现,他们试图理解来自北燕的"一鸟"心中的志向。不论群凤属于"智者"还是"愚夫",这只鸟都不愿与他们为伍——他们自认为富有智慧,但事实上十分愚蠢。鸟儿对他们充满鄙夷,一心想回到自己的家园,即使他现今"羽翻毛衣短"。此句意指卢照邻已经不再着官服,大约也暗示了他入狱的经历。他在蜀地从来都只是形同陌路的"客"。虽然他十分渴望得到当权者的青睐,但仍不愿为此违背自己的原则(第 13—14 句)。比起滥觞的"新曲","昂藏"的他更中意古时的风貌(第 5—6 句)。不论凤凰还是其他鸟群,他都无法融入其中,于是只能"耿耿"而"独立"(第 17—18 句)。尽管家园也许被白云遮蔽,他却能乘风一举凌驾其上。谁会有如此能力与他同行!我们或许能借用卡利埃尔(François de Callières,1645—1717,法国外交家)之言来批评此诗:"天才无法替代礼仪。"("Genius is no substitute for good manners.")但卢照邻之意并不在于取悦从前的同僚。

此处的寓言几近直言,例如诗题本身即直指真意。这首诗语气与《穷鱼赋》太过类似,以至于我们不得不设想赋序中诬告诗人且被诗人尖刻嘲讽的"群小"是否就是诗中以愚蠢的"凤凰"与冷漠的"智者"形象出现的同一批益府官宦。《穷鱼赋》的写作目的主要在于向救星致敬(虽然卢同时也控诉了诬告者),而《赠益府群官》则意在宣告自己不屈的品格比深陷地方政治(或许即"泥涂"?)且游刃其中的同僚更为崇高。

卢照邻在其他的作品中也运用了孤鸟的意象。其诗作中另一个最恰当的例子大概是一首主题为"孤雁",与临津纪姓县令同咏的五言排律。临津在从成都到长安的必经之路上,靠近现在四川东北部的苍溪。任国绪与李云逸都认为此诗作于卢

[69]《幽忧子集》,卷一,页 16a/b;《文苑英华》,卷二四九,页 1a/b;《全唐诗》,卷四一,页 517;徐明霞:《卢照邻集 杨炯集》,卷一,页 16;任国绪:《卢照邻集编年笺注》,卷一,页 99—101;祝尚书:《卢照邻集笺注》,卷一,页 70—71;李云逸:《卢照邻集校注》,卷一,页 67—68。

照邻出狱后离蜀途中，应该是在临津停留时所写。这个假设十分诱人，但笔者并不认同他们的推测，因为卢照邻在不同时段也写过类似主题的诗。[70] 无论他们在何时相遇，纪明府似乎选择了一个卢照邻碰巧非常熟悉的诗题。诗中的孤鸟这次飞往了南方。

	三秋违北地	In autumn's third month, wayward from the northern lands,
	万里向南翔	For a myriad *li*, on toward the south he soars.
	河洲花稍白	On isles of the Ho, flowers now are hardly white;
4	关塞叶初黄	By the barrier fortresses, leaves have already yellowed.
	避缴风霜劲	He evades the corded-dart, but wind and frost are stiff;
	怀书道路长	Carries a letter next to his heart, though the route is very long.
	水流疑箭动	The flow of the river, he fancies as moving arrows,
8	月照似弓伤	And the brightening moon seems a hurtful bow.
	横天无有阵	Traversing the sky, he holds to no array;
	度海不成行	Crossing the sea, he forms up no ranks.
	会刷能鸣羽	But at the right time he'll groom his sonorant plumes,
12	还赴上林乡[71]	And find the way home to His Highness's Grove.

诗中最有趣的第四联出乎意料地以"箭动"形容月光下河面的涟漪，以"弓伤"比喻蛾眉月。然而这些画面并不如《穷鱼赋》和《赠益府群官》中的意象那么个性化。最后一句中的"上林乡"显然原本指的是皇家上林苑，而此处成了诗人温暖的故乡。

[70] 例如24句的七言诗《失群雁》并序（"Wildgoose Lost from the Flock"）也围绕和下文所引诗类似的意象，但其序可证该诗写于670年代后期或680年代早期。那时卢在洛阳城外的山中养病。诗见《幽忧子集》，卷二，页1a—2a；《文苑英华》，卷三二八，页9b、10a；《全唐诗》，卷四一，页517—518；徐明霞：《卢照邻集 杨炯集》，卷二，页1；任国绪：《卢照邻集编年笺注》，卷二，页102—106；祝尚书：《卢照邻集笺注》，卷二，页72—76；李云逸：《卢照邻集校注》，卷二，页69—73。

[71]《同临津纪明府孤雁》，《幽忧子集》，卷三，页1a；《文苑英华》，卷三二八，页10a；《全唐诗》，卷四一，页517；徐明霞：《卢照邻集 杨炯集》，卷三，页34；任国绪：《卢照邻集编年笺注》，卷三，页164—165；祝尚书：《卢照邻集笺注》，卷三，页130—131；李云逸：《卢照邻集校注》，卷三，页123—124。第五句中的"缴"是一种带绳可取回的箭。在古典诗歌中雁通常是信使（第6句）。

[72]《楚辞补注》(北京：中华书局，1983年)，卷四，页139—140。
[73] 例如《穷鱼赋》中的鹏。前文已提到，李白《大鹏赋》中鹏鸟由希有鸟带领是个独特的例子，但即使如此，鹏鸟也并不需要保护。

这首诗由一贯的鸟儿被善良主人所庇护的主题转化而成，这意味着一位士人遇见赞赏他的王侯，也即《赠益府群官》所说的"稻粱遇"。

以孤鸟喻高洁士人的诗歌原型来自佚名氏所作《楚辞·九章·抽思》中的"倡曰"部分。这部分描写一只来自南方的俊美鸟儿孤独地徘徊在汉水以北的陌生土地。"既惸独而不群兮"("friendless and solitary, no longer of a flock")，孤鸟找不到他需要的恩主。虽然他"灵魂之信直"("its very soul is faithful and unswerving")，却意识到众人的内心与他截然不同，他的价值也得不到认可。[72] 传统文学史认为这个主题来自屈原，而对后世继续发展这个原型的诗人而言，难点在于愤懑容易流于牢骚，而高傲常常近乎狂妄。当鸟成为寓言主角时，具体生物类别通常不太重要。几乎任何鸟类都可以融入人类世界，成为探讨人性道德的工具。通常只有鹏鸟能控制他自身的命运，且不需要任何避难所或保护者。[73] 其余鸟类，不论是大雁、翠鸟、鹦鹉还是白鹭，都时刻处在危险中，需要他人的庇护。甚至连猛禽也难逃这样的命运。我们将由此继续探讨卢照邻的另一首作品《驯鸢赋》。

因为王勃写过同题的赋，《驯鸢赋》的写作时间较为确定。这两首作品都提到了蜀地地名，讲述了类似的不幸遭遇（下文将讨论个人遭遇在王勃赋中的重要意义），并且使用了完全相同的押韵形式。这些都证明两首赋是卢、王两位诗人在同一场合同咏一题的作品。

669年初，19岁的王勃在长安担任16岁的沛王李贤（653—684）府中侍读（李贤后来成为太子，不幸被武后所疑而罹难。他以曾为《后汉书》作注而著名）。沛王有几位兄弟非常喜爱斗鸡，于是王勃自告奋勇写了一篇亦庄亦谐的"檄"（这种文体通常用来在宣战之前细数某位主的罪过），以此记录沛王与周王两人所养的公鸡相斗（周王李显［656—710］即后来的中宗，684及706—710在位）。这篇檄文引得高宗不悦，认为此文出自年轻的沛王府中既不忠又无礼，所以高宗立刻将王勃逐出了朝廷。不久后的669年仲夏，王勃离开都城长安前往蜀地，在那里一直逗留到671年秋天。卢照邻此时刚结束在新都的任期，也在短暂前往都城之后又因为某些其他原因回到了蜀地。[74] 这两年间，王勃与卢照邻曾几次一起前往不同的蜀地名胜，不少诗作可以证明他们曾共同出游并创作诗歌。虽然卢照邻那时已经年过四十，而王勃还是刚满二十的少年，但这并没有影响他们的愉快交游。两位诗人很有可能在 669 年初卢在长安短暂停留时相识。[75] 当他们在蜀地重逢时，两人已有了相似的经历：他们都曾担任某位王子的幕僚，且因为不同原因遭受了让人不甘的惩罚。与此同时，他们都有着惊人的渊博学识（和卢照邻一样，王勃也在少时就以才华著名），也都对自己的文笔十分自信。或许卢照邻在王勃身上看到了年少时的自己。可以想象两人灰暗的仕途前景与受挫的自尊更促进了他们的友谊。

卢、王两位诗人所运用的寓言主体是鸢，也即鹰（拉丁学名：*Milvus migrans lineatus*），其象征意义源自《诗经》。《大雅·旱麓》在文学传统中被认为是赞颂周文王之作，"鸢飞戾天、鱼跃于渊"（"The kite flies off to the heavens,/ The fish leaps about in the gulf"）一联中的鸢和鱼通常理解成比喻文王登上王位是水到渠成，就如同鸢和鱼的动作那样自然。同时，《小雅·四月》在感叹时运不济、怀才不遇时自称"匪鹑匪鸢，翰飞戾天"（"I am not an eagle, not a kite,/ Whose pinions will fly him off to the heavens"），暗示"我期望着英明的君主带领我高飞，飞往我自身无力达到的高度"。总而言之，"鸢"自古以来就与英明统治以及入仕愿望有着联系。

卢照邻的赋由 4 节组成，每节 10 句。这四节

[74] 具体的原因难以确定。张鷟（活跃于 680—725）《朝野佥载》中称卢照邻卸任后"婆娑于蜀中，放旷诗酒"（"gadded about aimlessly in Shu, giving himself up to poetry and verse"）。见《朝野佥载》（与《隋唐嘉话》合刊）（北京：中华书局，1979），卷六，页 141。卢与蜀中女子郭氏不寻常的关系或许与他的行踪有关：郭氏曾为卢生下一子。几年后，骆宾王在 673 至 675 年间（673—675）逗留于蜀期间曾代郭氏写下一首忧愁的 64 句七言诗。此诗献给当时正在洛阳的卢照邻，他在 671 年离蜀时把郭氏留在了当地。参见骆宾王《艳情代郭氏答卢照邻》，《骆临海集笺注》（台北：世界书局，1972），卷四，页 1400—1445 ;《全唐诗》，卷七七，页 837—838。葛晓音认为卢照邻于 669 年秋接圣旨前往蜀地，目的是告知当地高宗已在 3 年前完成泰山封禅仪式，笔者对此存疑。

[75] 笔者目前认为流传已久的裴行俭（619—682）在首都同时接见王、杨、卢、骆后评价他们"浮躁浅露"（"flippantly impulsive and superficially conspicuous"）的故事非常可疑。此事日期不可信是一方面（无法认定"四杰"是否曾同时身处长安），评价某人是否适宜任官职的面试在初唐时不会以一组人为对象。即便可以设想分组的面试，卢照邻与骆宾王是有为官经验的，应当不会与毫无经验并比他们年轻一倍的王勃与杨炯同属一组。无论我们如何努力解读该故事的任何一个版本，它听起来都更像是典型的伪作。尚定在《走向盛唐》（页 134—138）中解释了这则故事被美化的过程及原因，很能给人启发。陈伟强（Tim W. Chan）发表于本期 *T'ang Studies* 的论文也讨论了同一则故事：陈认为这是历史事实。[译者按：论文出处为 Tim Chan, "Literary Criticism and the Ethics of Poetry: The 'Four Elites of the Early Tang' and Pei Xingjian," *T'ang Studies* 15-16 (1997): pp. 157-182.]

分别以中古汉语 -ung、-ang，-u- 和 -ak 押韵，依次用到平、上、去、入四声。诗人在开头处描绘了一只充满天然力量的凶猛的鸾，然而这只鸾很快将遭受厄运。

孕天然之灵质	Conceived of the numinous substance of Heaven itself,
禀大块之奇工 [76]	Endowed by the wondrous workings of the Great Mound,
嘴距足以自卫	His beak and talons are sufficient himself to protect,
4　毛羽足以凌风 [77]	His feathers and plumes sufficient to skim the wind.
怀九围之远志	He holds close a distant resolve for the Nine Surroundings,
托万里之长空 [78]	Takes refuge in the lasting emptiness for a myriad *li*.
阴云低而含紫	At the lowering of cold-lit clouds, he is tinted with purple;
8　阳景升而带红	With the ascent of sun-lit luminescence, he is zoned with red.
经过巫峡之下	Though he ranged by the lower stretches of Shamanka Gorge,
惆怅彭门之东 [79]	He was downcast, despondent to the east of P'eng's Gate.
既而摧颓短翮	And then he toppled, tumbling, on shortened pinions,

---

[76] "大块"（"Great Mound"）指土地，代表大自然转化万物的力量。参见《庄子集释》，卷二，页 45；卷六，页 242、262。通常与"天然"（"Heaven Itself"）成对。

[77] 可与张华（232—300）《鹪鹩赋》序中描绘巨鸟的相似句子对比："翰举足以冲天，嘴距足以自卫。"（"A lifting of their quills is sufficient to surge to the sky,/ Their beaks and talons sufficient themselves to protect."）见《文选》，卷一三，页 617。

[78] "九围"（"Nine Surroundings"）指中国传统世界观中将大地分为九州。"长空"（"lasting emptiness"）指无限的天空。

[79] "彭门"指今四川灌县两座相对而立的山。卢曾经任尉以及可能在当地入狱的新都位于彭门东边 40 里。"巫峡"是著名的靠近巫山的长江峡湾。"惆怅"（"downcast, despondent"）典出《楚辞·九辩》："廓落兮，羁旅而无友生；惆怅兮，而私自怜。"（"Fallen on misfortune, with no friend in his travels,/ Downcast, despondent, he can only comfort himself."）见《楚辞补注》，卷八，页 183。

12	寥落长想 [80]	Forlorn and fallen his long-drawn visions.
	忌蒙庄之见欺 [81]	Refusing to be duped as did Chuang-tzu from Meng,
	哀武溪之莫往 [82]	He laments that Wu Torrent cannot be crossed.
	进谢扶摇之力	Advancing, he is humbled by the force of the whirlwind;
16	退惭归昌之响 [83]	Retreating, he is shamed by call-to-nest echoes.
	腐食多惧 [84]	He is much dismayed now by rotting food,
	层巢无象 [85]	And is crestfallen in his layered-up nest.
	屈猛性以自驯	Repressing his fierce nature, to make himself docile;
20	抱愁容而就养 [86]	Bearing a sorrowful aspect, he attends to his own care.
	于是傍眺德门	At this, peering from the side at a Gateway of the Virtuous,

[80] 这两句中的联绵词"摧颓"（t'wai dwai）与"寥落"（lau lak）前者韵母同音（"echoic"），后者声母相同（"alliterative"）。两者造成的声音密度更突出了鸟的坠落。

[81] 庄子在《庄子·山木》篇首向他的弟子讲述了无用之树避免砍欣，不能鸣之雁却被烹的寓言，意在说明如何避免世间羁绊。虽然寓言似乎将正确处世之道定位于无用与有用之间，庄子最后的建议却并非如此。他认为人应当"物物而不物于物"（"treat things as things, but not let oneself be treated as a thing by other things"）。若能清楚万物千变万化，且随时引起不同效应，则会知道"有为则亏，贤则谋，不肖则欺"（"if he be competent, he will be plotted against; if incompetent, he will be duped"）。见《庄子集释》，卷二〇，页 667—668。如果可能的话，卢笔下的鸢希望避免这些后果。

[82] 此引乐府诗《武溪深行》，传为马援（前 14—49）作："滔滔武溪一何深，鸟飞不度，兽不敢临"（"Steadily streaming, Wu Torrent, how very deep it is!/ Birds cannot cross it in flight,/ And beasts do not dare to lean over it"）。见《乐府诗集》（台北：世界书局，1962），卷七四，页 3a/b；逯钦立编：《先秦汉魏晋南北朝诗》（北京：中华书局，1983），页 163。

[83] 无法像庄子中的鹏一样"抟扶摇而上"（"mount the whirl wind"）（《庄子集释》，卷一，页 4），凤凰归巢时的鸣叫也使鸢感到羞惭。"归昌"字面意思为"载誉而归"（"come home to glory"）刘向（前 79—前 8）所编《说苑》中解"归昌"为凤凰归巢之鸣。见《说苑今注今译》（台北：台湾商务印书馆，1977），卷一八，页 624。沈约（441—513）在《宋书》中解释这是凤凰夜晚时的鸣叫《宋书》（北京：中华书局，1974 年），卷二八，页 793。

[84] 此指前文已提到的《庄子》中的鹓雏（见注 66）。鹓雏根本不屑于鸱的腐鼠，而鸱确信鹓雏嫉妒自己的食物，试图将它赶走。

[85] "无象"字面含义是"混乱无常"。鸢的栖所被形容为"层巢"是因为巢位于高大树木顶端的枝桠上。

[86] 参考张华《鹪鹩赋》："屈猛志以服养。"（"Restraining his fierce nature, to submit to care."）《文选》，卷一三，页 619。

	言栖仁路 [87]	He would find a roost by the Road of the Humane.
	不践高粱之屋 [88]	He does not tread on roofs that have lofty beams,
24	翔止吾人之树	But hovers and alights in a tree all his own.
	听鸣鸡于月晓	He listens to the crowing cocks at moonlit daybreak,
	侣群鹊于星暮 [89]	And associates with flocking magpies on starry evenings;
	狎兰砌之高低	Has come to know the unevenness of orchid-edged stepping-stones,
28	玩荆扉之新故	And trifles at brushwood door-leaves both new and old.
	循广庭之一息 [90]	He moves around, on one full breath, the broadest courtyard;
	历长檐而径度	In passing over the lengthy eaves, cuts the shortest way across.
	若乃风去雨还	And so, as the wind goes off, as the rain returns,
32	河移月落 [91]	When the sky-river shifts and the moon falls,
	徘徊乱于双燕	He wheels round, more frantic than a pair of swallows,

[87] 意为鸢渴望生活在与它一样遵循最高道德准则的群体中。
[88] 高粱之屋一般为富有与有地位的人所居。
[89] 参考何逊《穷乌赋》中相似句子:"望绝侣于霞夕,听翔群于月晓。"("He looks afar at sundered companions in rose-pink twilight./ ...Listens to the hovering flock at moonlit daybreak.")《艺文类聚》,卷九二,页1593;《初学记》,卷三〇,页733;《全梁文》,卷五九,页10a。
[90] 正与大鹏"以六月息"从北冥飞到南冥对照。《庄子集释》,卷一,页4。
[91] "河"指银河。此句可与鲍照《舞鹤赋》("Rhapsody on Dancing Cranes")对比:"星翻汉回,晓月将落。"("The stars roll on and the Sky-Han turns,/ As the day break moon is about to fall.") 见《文选》,卷一四,页632。鲍赋之后形容鹤如"风去雨还"("Go off [like] the wind, return [like] the rain"),由此可见卢赋第31句"风去雨还"可能是在形容鸢。笔者的翻译中尽量包含了这种可能性。

143

	鸣舞均乎独鹤 [92]	Calls out and dances just like the solitary crane.
	乍啸聚于霞庄	Sometimes he shrieks at the throng in the dawn-lit compound,
36	时追飞于云阁	At other times flying in their wake to cloudy pavilions.
	荷大德之纯粹	Maintaining a spotless core of great inner-virtue,
	将轻姿之陋薄 [93]	He assumes a sorry ignominy of negligible mien.
	思一报之无阶	Mindful that he has no standing to make full recompense,
40	欣百龄之有托 [94]	He will rejoice to have a refuge for all of his years.

正如同有着漫长传统的关于困鸟的诗歌一样，"驯服"（"taming"）这只凶猛的鸢是从一次未被描述的坠落开始的。鉴于已知的卢照邻生平以及这首赋的创作时间，我们很难不联想到诗人遭受的官方打压。这场经历很有可能发生在蜀地，也许就在写作这篇赋前一年左右。第 10 句所提到的鸢坠落的地点似乎不是典故，而是和诗人自身经历有关的细节。然而，与那些我们通常认为是在诗人入狱后写成的作品相比，主要描写鸢的现状的后三节显得更加冷静，不如前者尖刻。

不论如何，应当指出的是此赋精巧而又均衡的设计。描述鸟儿原本自由自在的处境的第 1 节几乎全由六言组成，而后 3 节则都由一联四言起始。有意缩短的句子似乎令人想起鸢目前必须重新适应的"短翮"（第 11 句）。唯一的另一联四言

[92] 鲍照《咏双雁诗二首》的第一首写双雁"徘徊韶景移"（"Wheeling round as the beauteous sunlight shifts"）。见逯钦立：《先秦汉魏晋南北朝诗》，页 1310。阴铿（约卒于 565）《咏鹤》中有云："依池屡独舞，对影或孤鸣。"（"Close by the pond, often he dances solitary;/ Facing his shadow, sometimes he calls out alone."）逯钦立：《先秦汉魏晋南北朝诗》，页 2459。

[93] 参见祢衡《鹦鹉赋》："托轻鄙之微命，委陋贱之薄躯。"（"Consigning his tenuous fate in negligible baseness,/ He submits [to his lord] his ignominious husk in sorry lowness."）《文选》，卷一三，页 615。

[94]《幽忧子集》，卷一，页 3a/b；《文苑英华》，卷一三五，页 6a/b；《全唐文》，卷一六六，页 2b—3b；徐明霞：《卢照邻集 杨炯集》，卷一，页 2—3；任国绪：《卢照邻集编年笺注》，卷一，页 11—17；祝尚书：《卢照邻集笺注》，卷一，页 8—11；李云逸：《卢照邻集校注》，卷一，页 6—9。

[95]"青城"指青城山,在成都西北大约50英里。二世纪中叶新兴天师道创始人张道陵传说曾居于此山。青城山是道教十大洞天中的第五洞天,达到相应境界的仙人在此居于赤色宫殿中。

[96]此句指559年落于北周皇家上林苑中的双鹤。庾信(513—581)为双鹤创作了一篇四言赞,其序记载双鹤被射中,并与其他鸟一同被圈养。忧愁的双鹤不断向彼此哀鸣,雄鹤不久即死去,留下雌鹤似寡妇丈夫一般思念它的配偶。见《庾子山集注》(北京:中华书局,1980),卷一〇,页645—646。金山位于现今蒙古,唐人认为该地是西域极限。鹤与金山的关系在于鹤的白色象征着西方,正如五行中的"金"——即金属——象征西方一样。

是第17与18句,此处又有引人注目之意:在这以前,鸢大概会像名叫鹓雏的凤凰一样嘲笑竟会以为它觊觎腐鼠的鸱;然而在此句中,鸢却真正惧怕起卑贱的鸟那一声"吓"("shooing"),摆出了一副谦逊的态度。我们从而认识到一个恒常的真理:当好运达到巅峰时总会跌落至与其相反的低谷。

鸢的厄运将它限制在了靠近人类的有限范围内,不似原先自由翱翔的活动空间(第27—30句)。而且,它也要与"鸣鸡"与"群鹊"这样寻常的伙伴共处(第25—26句)。鸢现在必须重新寻找一种委曲求全的生存方式。它能期待的最好的结局就是得到"德"者与"仁"者的救助(第21—22句),他们将同情并且庇护它。尽管它的行为看起来并不一贯(第33—36句),但即使要承认自己的"轻姿"(第37—38句),它却仍然坚持着崇高的理想。它无法回报愿意收留他的君子,只能把余生"托"于救星身边(第39—40句)——即使它曾经"托万里之长空"(第6句)。

年轻的王勃同题的赋也由同样押韵形式的4节组成(尽管韵字不同),但王赋每节长度不统一(分别是10句、12句、10句和8句),句长也更多变。第1节以两联五言起始,紧接一联八言与两联四言。第2节以两联六言起始,后接一联四言与一联六言,然后以两联四言结束。第3节以两联四言开始,接着是三联六言。最后一节全由六言写成。可见王赋中每一节都比前文更加规则。我们将会看到,这种越来越规则的格律与鸢在落魄之后重新奋起的情节相映成趣。王勃笔下的鸢虽然和卢照邻的一样,在第2节起始就受困,但它却一直保持着远游的愿望,甚至以充满希望的言语安慰同样被困的伙伴。这篇赋开头处对鸢的处境做了全景式描绘:

海上兮云中
青城兮绛宫 [95]
金山之断鹤 [96]

From along the sea—and amidst the clouds,
Or at Green Castle—and its scarlet palace.
Like an uncoupled crane from the Golden

		Mountains,
4	玉塞之惊鸿 [97]	Or a frightened swan-goose from Jade Fortress,
	谓江湖之涨不足憩	Who considered it would never pause for the surgings of river and lake,
	谓宇宙之路不足穷	Considered it would never exhaust the roads of space and time,
	终衔石矢	Yet at last was stung by a stone-tipped dart,
8	坐触金笼	And kept confined in a metal cage,
	声酸夕露	Its voice crabbed in the night's dews,
	影怨秋风	A shadow begrudging autumn's winds.
	已矣哉！[98] 何气高而望阔	It is done, and over! Such lofty verve and prospects so generous
12	卒神颓而智痒	Ends with spirit spent, judgment unstrung.
	徒骛迹于仙游	Vain to have sped one's tracks in transcendent roaming,
	竟缠机于俗网 [99]	Only to be targeted for the catch in a vulgar net.
	未若兹禽	What now for such a bird,
16	犹融泛想	Perfused still with streaming visions?
	惭丹丘之丽质 [100]	Shamed by the gorgeous creatures of

[97] "玉塞"是连通中国与中亚的玉门关的别称。
[98]《离骚》中"乱曰"部分以"已矣哉"开头。王勃在数年写在他入蜀第1年的诗中使用了这个感叹句，显然是在影射遭谗言陷害而尔后被流放的屈原。笔者未把"已矣哉"算作单独的一句。
[99] 参见傅咸（239—294）《仪凤赋》("Rhapsody on the Exemplary Phoenix")："患俗网之易婴。"("Suffering the too-easy entanglements of a vulgar net.")。《全晋文》，卷五一，页9b，载严可均辑：《全上古三代秦汉三国六朝文》。
[100] 据《山海经》记载，凤凰居于丹穴之山，见《山海经校注》(上海：上海古籍出版社，1980)，卷一，页16。王勃《寒梧栖凤赋》("Rhapsody on the Phoenix Roosting in the Cold Wu-t'ung")："凤则丹穴之灵雏。"("The phoenix, it is the numinous fledging of the Cinnabar Cave.")《王子安集注》(吴县蒋氏双唐碑馆，1883)，卷一，页22b。

		Cinnabar Hill,
	谢青田之逸响 [101]	Humbled by untrammeled echoes from the Green Fields,
	与道浮沉	He floats and sinks together with the Tao,
20	因时俯仰	Looks down or up in accord with the times;
	去非内惧	Gone from his kind, but not dismayed within,
	驯非外奖	Though docile, he'll have no reward from without.
	夫劲翮挥风	Now, sturdy pinions will buffet the wind,
24	雄姿触雾	A steadfast shape would ascend the fogs;
	力制烟道	With strength mastering the way through the haze,
	神周天步 [102]	Spirit would course to heaven's far pacings!
	郁霄汉之弘图	But foreclosed from the vast tracts of the high empyrean,
28	受园庭之近顾	He must suffer being seen nearby from garden kiosks.
	质虽滞于城阙	Though his form is now stayed by enclosing gate-towers,
	策已成于云路	His aims are fulfilled in the road through the clouds.
	陈平负郭之居 [103]	This is Ch'en P'ing's abode backed to the city-wall,
32	韩信昌亭之遇 [104]	Or Han Hsin's lodgings in Nan-ch'ang village.

[101] 据《永嘉郡记》(见《艺文类聚》,卷九〇九,页1565引),浙江青田荒郊的洙沐溪中,一对洁白的天鹅每年都养育新的幼雏,似是天仙的宠物。

[102] 鲍照《舞鹤赋》:"穷天步而高寻。"("To the limit of heaven's pacings, it searches on high.")《文选》,卷一四,页631。

[103] 陈平(卒于前178)在得项羽(前232—前202)重用,并在项羽死后成为汉高祖刘邦的丞相之前,曾住在户牖城郭背面的陋居中。户牖近今河南陈留。见《史记》,卷五六,页2052。

[104] 韩信(卒于前196)在家乡南昌时曾穷困至讨饭而食,后来成为刘邦最器重的将领。南昌近今江苏淮阴。见《史记》,卷九二,页2609。

	似达人之用晦	Like the man of insight's availing of the covert,
	混尘濛而自托 [105]	He fades into the shrouded dust, finding his refuge there.
	类君子之含道	Akin to the Gentleman's incarnating of the Tao,
36	处蓬蒿而不怍 [106]	To dwell amid brush and wormwood he is unabashed.
	悲授饵之徒悬 [107]	But he is grieved by the vain dangling of proffered bait,
	痛闻弦之自落 [108]	And hurts for the needless fall of one who but hears the bowstring.
	故尔放怀于诞畅	So then, you shall loose your thoughts in breadth unbounded,
40	此寄心于寥廓 [109]	As this one trusts his heart to unmeasured infinity.

若对照卢照邻与王勃写作时的处境阅读两首赋，年轻的诗人似乎在用他的勇敢来鼓励与安慰年长的那一位。即使在"尘濛"中（第34句）也能找到所"托"之处："托"同样也是卢照邻的鸢所寻求的目标。假如能够不被厄运击垮，那么也就能在命运起伏中生存下来，并且再一次获得自己应得的世界。在那之前，处于受限的环境中，同偶然的平庸伙伴一起，仍然可以有所作为。

虽然这样的作品显然是寓言，但我们绝不能仅仅关注它们的寓言

[105] 见贾谊《鹏鸟赋》（"Fu on the Houlet"）："达人大观兮，物无不可。"（"The man of insight takes the broad view,/ And to him nothing is impossible."）《文选》，卷一三，页607。《鹏鸟赋》也建议根据环境调整处世方式，类似王赋中第19—20句。据《易经》第36卦"明夷"卦象，"用晦"指君子应暗中指引民众。参见《周易正义》（《十三经注疏》本），卷四，页10a。

[106] 君子已得大道，则居于明堂或陋室毫无差别。

[107] 讨论军事政治谋略的《六韬》伪托为周文王太公望所作。《六韬》开篇即认为君主应以禄为饵吸引能人。《六韬》（《百子全书》本），卷一，页1a。

[108] 据《战国策》记载的一则寓言，一只落单的受伤孤雁被拉弓声音惊吓，试图高飞却加重了伤势从而坠地，但事实上并没有箭射出。故事寓意恐惧会限制人的发展。《战国策》（上海：上海古籍出版社，1988），卷一七，页571〔楚策四〕。

[109]《王子安集注》，卷二，页1a—2a；《文苑英华》，卷一三五，页5b—6a；《全唐文》，卷一七七，页11a/b。"寥廓"（"unmeasured infinity"或"infinity's outskirts"）令人想到前文已提过的司马相如《难蜀父老》中"鹪明"（"splendrous gryphon"）的目的地。

性。这些诗歌同时也充满语言与学识之趣，是诗人展示文学才华的方式。其中具体的意象必须具有连贯性与逻辑性，只有这样才能成诗。两位诗人完美地达成了这一点。在这一层面，趣味也源于诗人以高超的技巧将典故融入作品之中，从而编织出一幅比直抒胸臆更为厚重的文学图景。就卢照邻而言，他的诗歌常有《庄子》的影子（他最喜爱的作品之一），同时也借用了《楚辞》以及祢衡、张华、何逊、鲍照、阴铿的作品（多为赋作）。就王勃而言，他借用了傅咸、鲍照、庾信的诗歌，但也更多地选择了引用散文体作品，包括《史记》《战国策》《六韬》《永嘉郡记》《山海经》以及《易经》的注。这里的关键当然不是他们引用了什么样的典籍，而是他们如何精妙而又和谐地将文本引入自己的创作中。诗歌性、文学技巧以及渊博学识都必不可少。比起其他"三杰"，卢照邻的作品在这方面尤其典型：他的杰出多是因为这三种特质在其作品中得到完美结合，从不突出其中一者而减弱其他两者。

以本文中分析过的赋为例，自我价值与自我实现是这场博弈中的心理因素。对打算入仕的中世纪文人来说，这自然是他们必须面对的问题。他们长期浸淫于已有千年历史的文学传统中，如果没有自信与野心，是不可能脱颖而出的。他们渴望控制感——不论是掌控文字，取得杰出成就，还是调控人生中的艰险。或许正因为卢照邻出身于显贵的范阳卢氏中默默无闻的一支，他才更看重出人头地，同时也更会因为蒙冤而感到痛苦。奈波斯（Cornelius Nepos, 约前110—前24, 古罗马历史学家）对阿尔西比亚德（Alcibiades, 约前450—前404, 古希腊军事家）的评价大概也适用于卢照邻、王勃和骆宾王："对自己天才与品德的过分自信是他莫大的不幸。"（"What was most harmful to him was his excessive opinion of his own gifts and merits."）这也令笔者想起罗宾逊·杰弗斯（Robinson Jeffers, 1887—1962, 美国现代诗人）的诗《受伤的鹰》("Hurt Hawks")，其中描绘了一只折翅的鹰：

……
再也无法永远翱翔天空，只能在饥饿
与痛苦中生活数日……
他在橡树丛下等待

跛脚的救赎；夜里，他记起自由，
在梦中飞翔，而黎明摧毁了一切。
他很强壮，对强壮者而言，痛苦更难熬，
无能为力更难熬。
日间的野狗自远处折磨着他，
只有博爱的死神能令他屈服，
那勇敢的义无反顾，那令人生畏的双眼。
世上任性的神有时候充满怜悯，
怜悯只给渴求它的人，不常给骄傲的人。
……[110]

尽管两种语言各有侧重，且杰弗斯也自有其粗砺风格，我仍然在诗中读到了类似卢照邻"穷鱼"与"驯鸢"的气质。

673 年夏，在与王勃交游不久后，卢照邻开始遭受可怕疾病的折磨。病痛将统治他的余生，令他再无可能担任任何官职。676 年秋，20 多岁的王勃在犯下重罪、导致其父被流放后去世。[111] 在生命的最后 10 年，卢照邻的世界逐渐缩减到一个房间的大小。诗人只能在这个狭窄的空间里艰难地活动。没有任何仁慈的王侯能庇护他。

[110] 译者按：原文如下："…/ No more to use the sky forever but live with famine/ And pain a few days…/ He stands under the oak-bush and waits/ The lame feet of salvation; at night he remembers freedom/ And flies in a dream, the dawns ruin it./ He is strong and pain is worse for the strong, incapacity is worse./ The curs of the day come and torment him/ At distance, no one but death the redeemer will humble that head,/ The intrepid readiness, the terrible eyes./ The wild God of the world is sometimes merciful to them/ That ask mercy, not often to the arrogant./ …"

[111] 674 年夏，王勃在虢州任参军期间释放了一名被诛的官奴，又因惧怕事发而杀死了那名奴隶。王因此被判死刑，王父从户部被贬至交趾（今越南）任县令。交趾是当时最偏远及危险的任职地。王勃 674 年九月逢咸亨改上元时大赦，但他没有接受官方复职。两年后，王勃前往交趾探望父亲，在回程路上死去。

（黄康妮　译）

唐代的舞马

729 年夏末秋初的一天,张说(667—731)与同僚宋璟(663—737)上表,请以皇帝诞辰之八月五日为普天同庆的节日。[1] 表中对各类相关活动做了较为详细的建议,令人感到,张说之请,反映出他洞察了皇帝本人的意愿。这个节日将被命名为"千秋节"("Thousand-Autumn Holiday",作为表达对君王长寿的祝愿),将给唐帝国全境带来三天假期。其间,各村社须为皇帝安排相应的庆典,安乐的臣民要给皇帝进献贺礼。[2]

李隆基,庙号玄宗(712—756 在位),是将接受这敬意的至尊皇帝。他批准了臣下之请,并下令于当年秋天庆祝首个千秋节。[3] 他从此建立了一个后世继位者延续近两个世纪的先例。所有刚登基的皇帝都将自己的生日定为普天同庆的佳节,仅有一位例外。[4]

玄宗在西都长安庆祝这一年一度的节日时(从 729 年到退位期间,他仅有四年没有在长安过千秋节[5]),朝廷的正式庆典于兴庆宫举行。兴庆宫不在长安最北部的"宫城"内,而是别建于东市东北处并占据一坊之地的宫室群。玄宗从 701 年至 712 年间居住于此地,[6] 因此这一区域对他而言充满了早年美好的回忆。712 年即位后,他正式将兴庆宫指定为日后一些皇家庆典——通常是较为私人

[1]《请八月五日为千秋节表》,收入《全唐文》(台北:大通书局,1979),卷二二三,页 11a—12a。根据表中所述,《资治通鉴》(香港:中华书局,1976)卷二一三,页 6786 所记上表者为张说及源乾曜(?—731)显然有误。729 年前后的官职调动情况如下。张说于 727 年被迫辞去尚书右丞相,729 年初官复原职。彼时,源乾曜为尚书左丞相,亦为张说名义上之上首。数月后,源乾曜擢为太子少傅,位高而权轻;张说代之为左丞相,宋璟为右丞相。三人同日拔擢,在庆祝宴会上,皇帝亲笔作诗赞之:"左丞相说,右丞相璟,太子少傅乾曜同日上官,命宴东堂,赐诗。"《全唐诗》(北京:中华书局,1960),卷三,页 38。

需要注意的是,《旧唐书·张说传》(北京:中华书局,1975,卷九七,页 3056)以及《旧唐书·玄宗本纪》(卷八,页 193)误记张说于 729 年官复左丞相《张说传》实际于误记之末又云,张"寻代源乾曜为尚书左丞相",这一赘笔显然是因为错误。正确的官职转变顺序,见《新唐书·张说传》(北京:中华书局,1975),卷一二五,页 4409;又见两《唐书·宋璟传》相关记载,《旧唐书》卷九六,页 3035 以及《新唐书》卷一二四,页 4193;《旧唐书·源乾曜传》,卷九八,页 3072,以及前文引玄宗诗。最后,张说实际卒于 731 年,而非多数文献所记的 730 年。见 Kroll, "On the Date of Chang Yüeh's Death," *Chinese Literature: Essays, Articles, Reviews* 2.2 (July 1980): pp. 264–265.

[2] 张说的上表甚至为不同社会阶层指定了应进献的贺礼种类:群臣献甘露醴酎,王公戚里进背面系有缦带的金属镜,土庶交换丝质承露囊。见《全唐文》,卷二二三,页 12a。作为答礼,皇帝赐群臣金属镜。《全唐诗》,卷三,页 32、41 录玄宗御制诗二首,一律诗、一绝句,皆题为《千秋节赐群臣镜》,咏某年千秋节赐群臣镜事。

[3] 玄宗在新设这一节日的诏书(《答百僚请以八月五日为千秋节手诏》,《全唐文》卷三〇,页 5b—6a)中云,此节日亦宜为欢庆丰收季的日子,因时值"清秋高兴,百谷方熟,万宝以成"。诚然。礼部奏请于翌年千秋节时,同时庆祝一个名为"秋社"的传统农业节日,获准。秋社时,向本地的土地神献谢祭,感谢其助成当年丰收。见玄宗诗《千秋节宴》注,《全唐诗》,卷三,页 38;另外,特别参见《册府元龟》(台北:中华书局,1972),卷二,页 7b。

[4] 唯一例外是德宗李适(780—805 在位),有群臣上寿酒即满意。《新唐书》,卷二二,页 477。

[5] 开元二十、二十二、二十三及二十四年(732、734、735、736)八月,皇帝于东都洛阳听政。

[6]《旧唐书》,卷八,页 165;见《唐会要》,《丛书集成》本,卷三〇,页 558。

性质的庆典[7]——的举办地之一。在宫殿群西南角数层高的勤政楼和花萼楼前，[8]举行一年一度的盛大宴乐。宴乐活动对民众开放，[9]是千秋节皇都庆典中最有名的部分。

这些通宵达旦的演出盛大而华丽，包括各类乐队演奏的朝廷和民间乐曲、甲胄军队列队巡游以及朝廷各部会署负责的歌舞表演。不过，最引人注目的表演是动物参加的娱乐项目：会舞蹈（至少算是曳步而舞）的大象和犀牛，[10]以及一队一百匹的舞马。[11]舞马奋首鼓尾，纵横应节，无疑是最有魅力、最令人难忘的节目。这些非凡的骏马激发了当时众多文人的写作灵感，文人在它们身上看到的意义超出了训练有素的野兽体魄。

要正确理解这些马在唐代人眼中究竟代表了什么浪漫的和象征的意义，我们必须首先细读赞美舞马的文学作品，尤其是诗歌，并且探寻舞马在神话和历史中的前身。本文将致力于这一课题，以之作为文化再现的一个粗浅尝试。

有关舞马的记载，最知名也是最完整的文献，见于成书于九世纪中叶的《明皇杂录》。这部有趣的杂录由郑处诲（834年进士）辑成，收集了关于玄宗盛世的片段记载。据《旧唐书·郑处诲传》载，郑任职校书郎时编成此书，大约是从经眼的官方文献中摭取资料。[12]其中对舞马

[7] 例如，玄宗尤其为神奇的五龙所倾倒，于714年诏立祭典。见 Robert des Rotours（戴何都）："Le culte des cinq dragons sous la dynastie des T'ang (618–907)," *Mélanges de sinologie offerts à Monsieur Paul Demiéville* (Paris, 1966), I, pp. 264–265。

[8] 勤政楼正式但极少用到的名称为"勤政务本楼"，于720年（720）诏建。见徐松（1781—1848）：《唐两京城坊考》，《丛书集成》本（北京：商务印书馆，1936），卷一，页25。花萼楼全名"花萼相辉楼"。皇帝在楼上可望见他兄弟（当时仍居于此坊中）的宅第，宫室排列如环绕花朵的花萼形，因得名。见徐松：《唐两京城坊考》，卷一，页25。736年（736），玄宗令毁东市东北角,道政坊（于兴庆宫正南）西北角以扩建花萼楼，遂对这三坊的墙进行较大规模的拆毁及重建。见《唐会要》，卷三〇，页559；又见徐松：《唐两京城坊考》，卷一，页25。兴庆宫布局的详图，见平冈武夫：《長安と洛陽》京都：同朋舍，1956），地图23、24。

[9] 郑綮（卒于899）：《开天传信记》，《唐代丛书》（1806年本），页2b—3a；又见王谠（1110年前后在世）：《唐语林》（台北：世界书局，1959），卷一，页16。

[10] 这些聪慧的巨兽超出本文的讨论范围。有关它们的故事，见 Edward H. Schafer（薛爱华），*The Golden Peaches of Samarkand: A Study of T'ang Exotics*（Berkeley, 1963), pp. 82–83。

[11]《新唐书》，卷二二，页477。正史中对节日娱乐活动的记述，源自编于九世纪中叶的《明皇杂录》，《唐代丛书》本（有关此作及其编者，见下文），页13a/b。《明皇杂录》所载，意在描绘所有皇家典礼的宴乐项目，不限于千秋节。原文虽略有舛误，却也提及上述活动之外的其他几类娱乐，如山车、旱船、丸剑、角抵。《资治通鉴》，卷二一八，页6993—6994对玄宗千秋节的记载亦本之。《明皇杂录》页14a/b记载了千秋节时一种特别惊人的走索表演。原田淑人对所有娱乐活动的概述十分出色，见原田淑人：《千秋節宴楽考》，载池内宏编：《白鳥博士還暦紀念：東洋史論叢》（東京：岩波书店，1925），页833—843，包括四幅插图。

[12]《旧唐书》，卷一五八，页4169。《四库》编者虽然指出了《明皇杂录》中的一二处舛误，却坚持认为此书大致可靠。《合印四库全书总目提要及四库未收书目禁毁书目》（台北：台湾商务印书馆，1971），Ⅲ，页2888—2889。无论如何，下文所引有关舞马的记载，在当时（八世纪早期到中期）资料中佐证极多。

的记载,英语世界的读者并不陌生,因为有韦利(Arthur Waley)三十年前发表的译文。[13] 不过,考虑到本文的目的,需要对原文作更精细的译解。以下译文虽不如韦利的翻译那么有情致,却在信实上更胜一筹。先引述原文,然后是英译:

> 玄宗尝命教舞马四百蹄,各为左右,分为部目,为某家宠,某家骄。时塞外亦有善马来贡者,上俾之教习,无不曲尽其妙。
>
> 因命衣以文绣,络以金银,饰其鬃鬣,间杂珠玉。其曲谓之《倾杯乐》者,数十回奋首鼓尾,纵横应节。又施三层板床,乘马而上,旋转如飞。或命壮士举一榻,马舞于榻上。[14] 乐工数人立左右前后,皆衣淡黄衫,文玉带,必求少年而姿貌美秀者。每千秋节,命舞于勤政楼下。
>
> 其后上既幸蜀,[15] 舞马亦散在人间。禄山常观其舞而心爱之,自是因以数匹卖于范阳。[16] 其后转为田承嗣所得,[17] 不之知也,杂之战马,置之外栈。忽一日,军中享士,乐作,马舞不能已。厮养皆谓其为妖,拥篲以击之。马谓其舞不中节,抑扬顿挫,犹存故态。厩吏遽以马怪白承嗣,命棰之甚酷。马舞甚整,而鞭挞愈加,竟毙于枥下。时人亦有知其舞马者,惧暴而终不敢言。[18]

[13] Waley, *The Real Tripitaka and Other Pieces* (London, 1952), pp. 181–183.

[14]《新唐书》(卷二二,页477)所载与此处有矛盾,但与《明皇杂录》所记一致,且似乎本于《明皇杂录》。《新唐书》载,当"壮士举榻,马不动"。不过,如果我们想象,舞马在榻举起时静立不动,然后方才起舞的话,这两处记载即可以调和一致。

[15] 即当他为躲避安禄山的叛军而逃离皇都时。

[16]《太平广记》(台北:古新书局,1976),卷四三五,页916c—916d 引文云,安禄山"置"数匹舞马于范阳。此乃《太平广记》所载版本的唯一异文。范阳,幽州之一部。幽州位于唐帝国东北,约今河北境内,是安禄山最初的军事基地。

[17] 田承嗣(704—778),安禄山最得力的部将之一,平叛后仍继续侵扰朝廷。传见《旧唐书》,卷一四一,页3837—3840;《新唐书》,卷二一〇,页5923—5926。

[18]《明皇杂录》,页8a—9a。

Hsüan Tsung once decreed that four hundred hooves be trained to dance. [These hundred horses] were divided into companies of the Left and of the Right, and styled "So-and-so Favorite" or "Such-and-such Pride of the Household." Occasionally there were also included excellent steeds that had been sent as tribute from beyond the border. His Highness had them taught and trained, and there was none but did not devote himself utterly to this wonderwork.

Thence, it was decreed that the horses be caparisoned with patterned embroidery, haltered with gold and silver, and their manes and forelocks dressed out with assorted pearls and jades. Their tune, which was called "Music for the Upturned Cup" had several tens of choruses, to which they shook their heads and drummed their tails, moving this way and that in response to the rhythm. Then woodplank platforms of three tiers were displayed. The horses were driven to the top of these, where they turned and twirled round as if in flight. Sometimes it was ordered that a doughty fellow lift one of the scaffolds, and the horse would [continue to] dance atop it. There were a number of musicians who stood to the left and right, before and behind; all were clothed in tunics of pale yellow, with patterned-jade belts, and all must be youths chosen for their handsome appearance and refined bearing. At every Thousand-Autumn Festival, beneath the Loft of Zealous Administration [the horses] danced by decree.

Subsequently, when His Highness graced Shu with his presence, the dancing horses were for their part dispersed to the human world. [An] Lu-shan, having often witnessed their dancing, coveted them at heart; because of this he had several sold [to him] in Fan-yang. Subsequently, they were in turn acquired by T'ien Ch'eng-szu. He was ignorant of them (i.e., of their special talent). Confusing them with steeds of battle, he installed them in the outer stables. Unexpectedly one day, when the soldiers of his army were enjoying a sacrificial feast and music was struck up, the horses, unable to stop themselves, began to dance. The servants and lackeys considered them bewitched and took brooms in hand to strike them. The horses thought that their dancing was out of step with the rhythm and, stooping and rearing, nodding and straining, they yet [tried to] realize their former choreography. The stablemaster hurried to report this grotesquerie, and Ch'eng-szu ordered that the horses be flayed. The more fiercely this was done, the more precise became the horses' dancing. But the whipping and flogging ever increased, till finally they fell dead in their stalls. On this occasion there were in fact

[19]"我骐𬴂"("My mottled-grays and whitefoots")令人想到《诗经·国风·秦风·小戎》(《毛诗》第128号)中的"驾我骐𬴂"("Yoked be my mottled-grays and white foots")。关于"𬴂"字,见 Bernhard Karlgren(高本汉),"Glosses on the Kuo Feng Odes," *BMFEA* 14 (1942): p. 230, gl. 364。"𬴂"特指左后蹄为白色的马。《说文解字注》(台北:世界书局,1970),卷十上,页5b。

[20]《千秋节勤政楼下观舞马赋》,《全唐文》,卷三七九,页12a。

some persons who knew these were the [emperor's] dancing horses but, fearful of [Ch'eng-szu's] wrath, they never ventured to speak.

这段记载不但活灵活现地描绘了舞马的装饰和表演,而且或许过于生动地记述了它们悲惨的结局。此外,它还展示了皇帝本人对舞马的爱好程度。从下令建立舞马队、挑选其演出服饰,以至下诏让舞马在每年诞辰庆典上表演的,都是玄宗的旨意。因此,这些舞马不属于任何人,而是玄宗所专有的。

钱起(751年进士)在其颂美舞马的一篇赋中,描述玄宗在诞辰宴乐的高潮指挥舞马表演:

帝曰司仆	Spake the Thearch: Let the Gerent Equerries
舞我骐𬴂 [19]	Set dancing my mottled-grays and whitefoots,
可以敷张皇乐	That they may display and spread wide august jubilation,
可以启迪欢趣	That they may disclose and bring forth glad exultation.
须臾	In the space of an instant
金鼓奏	Golden drums make the proposal,
玉管传	Jade pipes carry the message,
忽兮龙踞	And suddenly, oh, startled from dragon's crouch
愕尔鸿翻	Into swan's flutter—
顿缨而电落朱鬣	As dipping tassels make lightning fall on their vermilion manes,
骧首而星流白颠 [20]	Prancing polls make stars flow on their white foreheads!

引文最末两句的形象大放异彩——串于马笼头上的缨络震动着，像闪电落在马的鬣毛上；舞马昂起头来，它们的前额在舞动中闪耀，令人联想到流星划过夜空。

这群聪慧的骏马表演的伴奏曲《倾杯乐》（"The Upturned Cup"）是源自域外的古乐。此曲由来自疏勒、任职朝中的琵琶大师裴神符[21]于贞观（627—649）末年编成。《倾杯乐》虽然最初是琵琶曲，但极易转到其他乐器上演奏。例如，玄宗倾心喜爱的羯鼓旋律中就有它，[22]此后又由李忱（庙号宣宗，847—860在位）改编为芦管曲。[23]《倾杯乐》为商调，故而最适宜于秋季节日演奏，因为五音中的商调在传统的五行配属系统中与秋季相应。[24]

从现存文献看来，当乐队为舞马的舞蹈演奏此旋律时，显然突出鼓与（在较低程度上）笛的音色。[25]但《倾杯乐》并不属于十部伎与二部伎[26]——包含"正式"朝廷音乐会所演奏标准曲目的大型组曲，而是一个单独的娱乐舞曲。显而易见，舞马本身即是表演。

张说的上表肇千秋节之始。他曾作一组《舞马词》（"Lyrics for Dancing Horses"），共六首，似是舞马曲《倾杯乐》的歌辞。张说是为宫廷音乐填词的高手：725年，玄宗令其修订雅乐之词，玄宗则亲自改编其

[21]《唐会要》，卷三三，页610。见向达：《唐代长安与西域文明》（北京：《燕京学报》1933年专号之二），页57—58。《新唐书》卷二一，页471载，李世民（庙号太宗，627—650年在位）朝中的高官之一长孙无忌（卒于659）受诏撰《倾杯曲》。如果我们能认识到长孙无忌是依曲撰词的话，那么这一记载与《唐会要》（成书较《新唐书》为晚）中裴神符为《倾杯》作者的记载就并不矛盾了。不过，虽然该曲为域外乐工所谱，某个排外的书吏却将它列于权倾一时的长孙无忌名下。这并不奇怪。长孙以雅好音乐知名，曾主持编辑《隋书·音乐志》。

[22] 南卓（九世纪中叶在世）：《羯鼓录》（《唐代丛书》本），页10a。此书所载目录，记有这个库车小鼓全部曲目中的一百二十八个曲名，按调式排序。此外，关于唐代朝廷中这一乐器的历史，目录也提供了大量有用信息。玄宗与其雅好音乐的兄弟李宪（宁王）尤娴于击鼓磬。

[23] 段安节（九世纪末在世）：《乐府杂录》（《唐代丛书》本），页18a。E. D. Edwards（爱德华兹）误以改编者为比李忱（唐宣宗）更有名的先祖李隆基，显然是因二人庙号的普通话发音相似而将二者混淆了。见 Edwards, *Chinese Prose Literature of the T'ang Period, A.D. 618–906* (London: Probsthain, 1937), I, p. 40.

[24] 该曲存留于今日本雅乐曲目全集中，虽然可能并非其最原始的形态。在雅乐中，它仍以商调为主，但有二处变为角调。见 L. E. R. Picken（毕铿），"T'ang Music and Musical Instruments," *T'oung Pao* 55 (1969): p. 81.

[25] 见张说颂美舞马的组诗三首之二，依曲调六首之一，句及钱起之赋节选，皆引于本文。中亚地区的音乐在玄宗的朝廷极受欢迎，其中主要乐器是鼓和笛。中国古典音乐中常ใช้的磬，似乎也在舞马的伴奏中出现过。张说《舞马词》六首之五提及"击石"和"拟金"。见《全唐诗》，卷八九〇，页10050。三首词下文有引ផ。

[26] 岸边成雄的研究极有说服力。他指出，绝大多数历史学家严重误解了这两个专有名词的重要意义；它们并非指宫廷音乐的部类或截然不同的种类，而是指音乐的多部组曲。这些组曲由大小不一的乐队和乐器以特定顺序演奏。与此相关的详细解说，见岸边成雄：《唐代音乐の历史的研究》（东京：东京大学出版会，1961），第二册，页184—437。岸边的卓越研究，对正确认识唐代音乐、音乐学校和机构、表演者、宫廷娱乐（皆需音乐）的大致情况起了关键作用。

曲调。[27] 同年，他负责为皇帝泰山封禅的盛大仪式编写祭典乐曲和歌辞（以及其他一切事务）。[28] 张说卒于 731 年 2 月初，因此可将其《舞马词》系年于第一个或第二个千秋节，即 729 或 730 年。舞马词其一、其三、其四，对骏马的描绘最为详细，故引用于下文。词皆以六言绝句写成：

其一

万玉朝宗凤扆	The "myriad jewels" pay court at the levee of the phoenix screen;
千金率领龙媒	"Thousand-guilders" guide and lead the Dragon's Mediators.
眄鼓凝骄蹀躞	In promenade prancing, vigor concentrated, [the steeds] glance aside at the drums,
听歌弄影徘徊 [29]	Pace to and fro in sportive shadows, paying heed to the song.

首句中"万玉"指朝臣才俊，济济一堂；"凤扆"指立于御座旁的绣屏。第二句"千金"指年轻的名门之后；由他们带入表演场地的"龙媒"即舞马，"龙媒"旧指公元前 101 年大宛送入汉朝的天马（"Heavenly Horses"）。下文将详述玄宗的舞马与早年的天马在象征意义上的关联。末联描绘骏马起舞，在此后的两首绝句中则将之展开描写。

其三

彩旄八佾成行	With colorful tail-pennants the eight dancing rows form up into columns;

[27]《唐会要》，卷三二，页 595。"乐章"一词，用于指称这庄严音乐的歌词，而非意为俗乐歌词的"词"。张说应诏而作的歌，见《旧唐书》，卷八五，页 920—923。

[28]《唐会要》，卷三〇，页 595。张说为这一典礼所作的歌，见《全唐诗》，卷八五，页 918—920。皇帝一行赴泰山途中及驻跸期间，张说态度相当专横，引发中下层尤其是军中官员嫉恨，这在此后一年半里加速了他的倒台。见《旧唐书》，卷九七，页 3054；《新唐书》，卷一二五，页 4408；又见《资治通鉴》，卷二一二，页 6766—6767。

[29]《舞马词》，其一，《全唐诗》，卷八九〇，页 10050。

时龙五色因方	The five hues of the temporal dragons are adapted to the directions.
屈膝衔杯赴节	Bending their knees, they clench winecups in mouth, attending to the rhythm;
倾心献寿无疆 [30]	Inclining their hearts, they offer up longevity never ending.

此首写舞马妆饰华丽，排为八列（八佾），有意引人联想起传统上认为周天子才配享有的八佾舞：[31] 道出唐代皇帝天授之德，正如八佾舞之于古代君王之德。"时龙"一词在班固《东都赋》中出现过，指颜色与五行方位的象征色彩匹配的龙马；[32] 因此可知，舞马也是以彼此相辅相成的色彩来装饰的。至于马口所衔酒杯，那并非张说的诗意想象，而是有文献可征的舞马表演中最引人瞩目的一部分，在其他称颂舞马的诗歌中常有提及。近年发现了一帧精美图画，再现了这一著名场景：1970年，在位于长安的邠王（？—741）旧邸，出土了一件玄宗年间的银质酒壶，壶身有鎏金浮雕，雕刻的是一匹口衔酒杯、腾空跃起的骏马。[33]（酒壶及浮雕照片见下页插图）由此观之，舞马演出的这一幕正是按字面意义上的"倾杯"！

[30]《舞马词》，其三，《全唐诗》，卷八九〇，页10050。
[31]《论语·八佾第三》，第1行。
[32]《东都赋》，《文选》，卷一，页18。
[33]《西安南郊何家村发现唐代窖藏文物》，《文物》（1972年第1期），页37及彩色插图第三幅。
[34]《舞马词》，其四，《全唐诗》，卷八九〇，页10050。

其四

帝皂龙驹沛艾	The dragon colts of the imperial fold are well-grouped, well composed;
星阑骥子权奇	The thoroughbred foals from the astral corral are unwonted and uncommon.
腾倚骧洋应节	In easy expanse of gambade and prance, they answer to the rhythm,
繁骄接迹不移 [34]	Full of high spirits, treading each other's prints, and never wavering.

这些马不是小步慢跑的日常坐骑，也非普通缓步徐行的马，而是居于"星闲"的"龙驹"——这两个暗喻，都强调了舞马神奇超凡的特性。此外，如果我们读此诗时耳目并用，就会注意到，在首联作谓语用的两个叠韵词和双声词的声与义，与舞马在视觉上充满活力的和谐皆有绝妙响应：沛艾，中古音 p'aai-aai，意为队列整齐；权奇，中古音 gywen-giě，意为罕见、少有。二词皆见于较早的文学作品中：司马相如（前179—前117）和张衡（78—139）都在赋中用"沛艾"描写为天子拉车的龙或龙马。[35]"权奇"用在写于公元前113年的一首汉郊祀歌中，颂美在甘肃捕到并进献朝廷的一匹"天马"。[36] 将玄宗的舞马以神马或龙马作喻，在张说这组绝句的最后两首中得到进一步加强。它们被视为紫燕（"Purple Swallow"）、苍龙（"Glaucous Dragon"）和龙马的化身。[37] 龙马据说曾现身黄河，其所背负的图案给了伏羲《易经》画八卦的灵感。

唐代作家通过这种方式从舞马的表演中看到古代名马的身影，是很常见的：舞马令观众联想起一连串历史和传说中的骏马。要想全面欣赏赞美这些奇异动物的文学作品，必须先熟悉一些同类文学的先例，以及可称为"文化马学"的若干词语。

中国皇帝喜爱超凡特异的马，上文两次提到的汉代"天马"，大概是那些马最著名的历史原型。这些被广为研究的骏马，[38] 包括公元前101年的

[35] 司马相如：《大人赋》，引自《史记》（北京：中华书局，1972），卷一一七，页3057；张衡：《东京赋》，《文选》，卷三，页59。

[36] 《汉书》（北京：中华书局，1975），卷二二，页1060。此处所记日期，即元狩三年（前120），须以《汉书》卷六，页184《武帝本纪》为准加以纠正。后者详细记述了元鼎四年捕马之事。

[37] 紫燕见《舞马词》其五，载《全唐诗》，卷八九〇，页10050。关于传说中的骏马"紫燕"，特别参见颜延之（384—456）：《赭白马赋》，载《文选》，卷一四，页288；以及沈约（441—512）：《三月三日率尔成篇》，载《文选》，卷三〇，页675。苍龙见《舞马词》其五，载《全唐诗》，卷八九〇，页10050。"苍龙"被认为是春季天子乘舆的御马，于礼相符。见《礼记注疏》（《十三经注疏》同治十年[1871]本），卷一四，13a/b。龙马的化身见《舞马词》，其六，载《全唐诗》，卷八九〇，页10050。有关河出龙马，古籍记载甚多，如《尚书注疏》（《十三经注疏》本），卷一七，页23b以及《礼记注疏》，卷二二，页27a—28b。

[38] Homer H. Dubs（德效骞），"The Blood-Sweating Horses of Ferghana," Dubs, *The History of the Former Han Dynasty, Vol. 2* (Baltimore, 1944), pp. 132–135; Richard Edwards（艾瑞慈）的论文 "The Cave Reliefs at Ma Hao" 虽为人忽视，却颇有启发性。见 *Artibus Asiae* 17 (1954), esp., pp. 13–25；以及 Arthur Waley, "The Heavenly Horses of Ferghana: A New View," *History Today* 5.2 (1955): pp. 95–103。

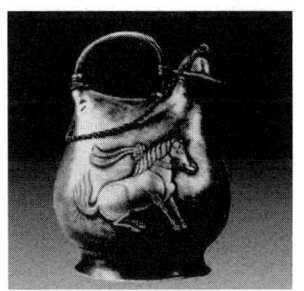

鎏金舞马衔杯

大宛贡马（汉武帝所渴求）和此前12年在渥洼河（近敦煌）捕获的一匹稀有的水生马。汉武帝郊祀歌中的两首颂美这些马的歌即改编自这些背景。[39] 这两首歌中对天马的描绘，成为后世作家经常借用以描写同样非凡的骏马。上文指出，张说为玄宗的舞马所作歌词中用到"权奇"一词，[40] 以及他以"龙媒"称呼龙马，[41] 这两个词都源于汉郊祀歌，其中"龙媒"一词尤其需要特别注意。汉郊祀歌将天马视为龙的亲族——它们蹈天而行，是"媒"，也是神龙之友（确实，生于渥洼河的马显然是龙马）。

龙与马最根本的类同性在早期和中古时期的中国已经完全确立。比如，在《列仙传》中，有关马师皇传说的记载清晰地说明了这一点。这位贤者是极负盛名的马医，经他诊治的马匹向来都能被治愈，乃至生病的龙都下界来向他寻医问药；[42] 显然，龙认为一个医术超群的马医一定也能够治疗它们这些尘世之马的神仙族属。因为龙与马在不同的领域中遨游，在各自的领域中都罕有其匹。正如汉代大将军及骑手马援（前14—49）所说："行天莫如龙，行地莫如马。"[43]（"For moving through the heavens, nothing compares with the dragon; for moving over the earth, nothing compares with the horse."）因此，难怪超群的骏马——如唐代的舞马——向来被颂词作家赋予龙的卓绝特性。到了这个程度，在象征意义上就很容易将它们进一步视为龙马了。

最早记载的龙马，不是汉代渥洼河的奇马，而是上古传说中现身黄河的龙马。它的背上有斑点的"图"。所有龙马皆被认为是"仁"兽，只会在百年不遇的天下大治之世才出现。下文引述的资料，是有关唐玄宗盛世时期发现的一匹龙马：

> 海岱之间出玄黄石，或云茹之可以长生。玄宗皇帝尝命临淄守每岁采而贡焉。开元二十七年，江夏李邕为临淄守。是岁秋，因入山采玄黄

[39] 歌词为三言，见《汉书》，卷二二，页1060—1061。这些歌词作为一体，是郊祀歌十九首之第十。又见《全汉诗》，卷一，页7a，收录于《全汉三国晋南北朝诗》（台北：世界书局，1968），页57。艾瑞慈和韦利皆曾将歌词英译，前者偏直译。

[40] 引自第一首歌中的一句，描绘舞马为"志俶傥，精权奇"（"Able and careless of will; / Unwonted, uncommon in essence"）。

[41] 引自郊祀歌第二首。

[42]《列仙传》，见《正统道藏》（台北：新文丰出版公司，1977），HY 294，页2a。马师皇最终乘一条心存感激的病龙遗世而去。

[43]《后汉书》（北京：中华书局，1974），卷二四，页840。马援之语见于其《上铜马式表》。铜马由交趾（今河内）工匠所铸，原是马援远征今越南北部时所获一面青铜鼓。

石，忽遇一翁，质甚妙，而丰度明秀，髭髯极丰，衣褐衣，自道左出，叩李邕马，且告曰："君侯躬自采药，岂不为延圣主之寿乎？"曰："然。"翁曰："圣主当获龙马，则享国万岁，无劳采药尔。"邕曰："龙马安在？"答曰："当在齐鲁之郊。若获之，即是太平之符。虽麟凤龟龙，不足以并其瑞。"邕方命驾以后乘，遽亡见矣。邕大异之，顾谓从事曰："得非神乎？"即命其吏王乾贞者，求龙马于齐鲁之间。至开元二十九年夏五月，乾贞果得马于北海郡民马会恩之家。其色骓毛，两胁有鳞甲，鬣尾若龙之鬐鬣，嘶鸣真虚笛之音，日驰三百里。乾贞讯其所自，会恩曰："吾独有牝马，常浴于淄水，遂有胎而产。因以龙子呼之。"乾贞即白于邕。邕甚喜，以表其事献之。上大悦，诏内闲厩，异其刍秣。命画工图其状，用颁示中外。[44]

In the region between the sea and Tai (i.e., Mount T'ai) there came forth stones dusky and yellow. Some said, "If one consumes these, he may protract his life." The illustrious thearch Hsuan Tsung decreed that the [Grand] Warden ([t'ai-]shou) of Lin-tzu should gather them each year and send them [to the court] as tribute.

In the twenty-seventh year of "Opened Prime" (i.e., 739), Li Yung (678–747) of Chiang-hsia was serving as Warden of Lin-tzu. In the autumn of this year he duly went into the mountains to gather the dusky and yellow stones, when suddenly he happened upon an old gaffer. Quite wonderful in appearance, the old man's robust lineaments were hale and clear, and his moustaches and beard were exceptionally sleek. Of hodden were the clothes he wore. Emerging from off to the left of the road, he stayed Li Yung's horse and declared, "Surely you, my lord, are personally gathering medicaments that will serve to extend the years of our sagely ruler?" "It is so," said Yung. "It were meet," said the gaffer, "if our sagely ruler

[44]《宣室志》(《唐代丛书》本)，页1a—2a；亦引于《太平广记》，卷四三五，页915b。正如艾瑞慈指出：世以《宣室志》为张谓（743 年进士）撰，误，应为张读（约 860 年前后在世）。见 Edwards, *Chinese Prose Literature*, I: p. 113. 较《唐代丛书》所收《宣室志》更为完整的版本，重印于《笔记小说大观》（台北：新兴书局，1960），第一册，页 1—33。

procured a dragon-horse. In that case, he would for a myriad years enjoy the state and that without the trouble of gathering medicaments." "And where," said Yung, "might a dragon-horse be found?" "One may be expected on the moors of Ch'i and Lu," replied the gaffer; "if it be procured, that would be a very talisman of Greatest Tranquility. Even unicorn, phoenix, tortoise, or dragon are not worthy to be paired with such a token." Yung then ordered [the old man] to mount and ride behind him, but all at once the fellow vanished from sight.

Yung marveled greatly at it. Turning around, he addressed his attendant followers, "Have we not encountered a divine person?" And he forthwith ordered his bailiff, one Wang Ch'ien-chen, to seek for the dragon-horse in Ch'i and Lu.

When the fifth month, in summer, of the twenty-ninth year of "Opened Prime" (741) arrived, Ch'ien-chen actually obtained the steed at the household of Ma Hui-en of Pei-hai County (modern I-tu district, in central Shantung). Its coloring was a mixed blue-black and white; its two flanks had fish-scale plating; its mane and tail were like the tufted bristles of a dragon; its whinnying call had truly the tone of a hollow flute; and in one day it could gallop three hundred li. When Ch'ien-chen inquired from whence it had come, Hui-en said, "I had but a solitary mare. Upon bathing in the waters of the Tzu, she conceived and delivered. Accordingly, I called this horse by the name 'Dragonling'" [since it must have been sired by the resident dragon of the Tzu River].

Ch'ien-chen reported this immediately to Yung, who, quite delighted, memorialized the matter and presented the horse [to the sovereign]. His Highness was greatly pleased. He proclaimed that the Inner Stable should take especial care with the beast's food and fodder. And he commanded painters to depict its form, to be published and revealed both within [the court] and without.

[45]李邕:《进文马表》,载《全唐文》,卷二六一,页17b—18a。进马一事,亦简录记于《新唐书》,卷三六,页953。

[46]《宋书》(北京:中华书局,1974),卷28,页802。

[47]见王融(467—493):《三月三日曲水诗序》,载《文选》,卷四六,页1016,李善注。李注引《汲冢周书》是先秦文献,据称与其他众多最早抄本于公元280年前后发现于河南汲县一座古墓中。王融在序文中列举齐武帝的宝藏、马厩、苑囿中的诸多珍奇,"兹白"为其中之一。

[48]《淮南子注》(台北:世界书局,1962),卷六,页95。飞黄,又名乘黄,见高诱注;又见《山海经笺疏》(台北:艺文印书馆,1967),卷七,页308。骑乘此兽是否仅获千年之寿,向有争议;有文献称二千年乃至三千年。有人相信,它就是黄帝的坐骑,黄帝升仙时驮他遗世而去。

[49]《山海经笺疏》,卷一二,页360—361。其名有时亦作"吉量"或"吉黄",但在中古时期文献中更常作"吉良"。上述三个马名(最初可能是外来语的音译或上古单音节音素的两分化)或许经过一些变更和语义化,方才成为如今我们熟悉的名称。

[50]飞黄、吉良二名,亦曾用于唐代长安六座"闲"(御马园)中的二座。见《大唐六典》(东京:广池学园出版部,1973),卷一一,页25a;《唐会要》,卷六五,页1126。

虽然这段文字引自四世纪的文献,李邕本人的回忆录(引文中有提及)留存至今,对获龙马、进龙马之事可资佐证。[45]需要注意的是,龙马的外形并不总与以上引文中的唐代典型相似。六世纪初成书的《宋书·符瑞志》云,龙马为"河水之精",将之描绘为"高八尺五寸,长颈有翼,傍有垂毛"。[46]不过,我们可以假定,倘若是为个体发育所需,单个样本或许表现出与其他马略微不同的特点。

当一位唐代作家为玄宗舞马的表演目眩神迷,去寻求与早期文学中记录的类似骏马做比较时,他通常不但会想到汉代的天马和不可预测却一再出现的龙马,还会联想起大量传说中较少为人知的马,如紫燕和苍龙(前文已述)。这些文学作品中马的形象,最常见于有关舞马的作品者有三:名为兹白("Battened White")、飞黄("Flying Yellow")、吉良("Benign Patrician")。兹白据说在古代由位于中国突厥斯坦的义渠国进贡周朝;唐代《文选》学家李善(?—689)引古文献云:"兹白者若马,锯齿,食虎豹。"("The one called Battened White resembles a horse, has serrated teeth, and feeds on tigers and leopards.")[47]飞黄是一匹超绝的马,如其多数同类一样,来自西北之域,略有狐相,背有角;《淮南子》云,飞黄于治世"服皂"("submissive in the fold"),而且据说任何有幸骑乘它的骑手必得寿千年。[48]吉良据称缟身朱鬣,目若黄金,育于北地,也可令骑手得寿千年。[49]

唐人将舞马作为这些古代卓越骏马的后裔,是很自然的。[50]不过,没有证据显示这些早期神奇的马会跳舞;在这一点上,唐代的舞马超越了所有前辈。

我们的惯常思维是:唐代的舞马在中国宫廷娱乐的记载中是独一无二

的。因此，若是知晓它们其实在古代不同时期曾有前身，或许会感到惊讶。比如，我们可以像一些诗人一样，引述名为"九代"的骏马，它们据传曾在明君大禹即位之时随乐起舞；[51] 不过，这些表演者隐藏在上古的神秘迷雾中，躲开了我们的视线。更引人注目且历史上也有详细记载的，是一匹深褐色的大宛马，一度为曹植（192—232）所有。这位伟大的作家也是位忧郁的王子，训练这匹马跟随着鼓声鞠躬和行动。其后，友于兄弟，他慷慨地将马进献给兄长魏王曹丕（187—226）。[52]

公元 458 年，吐谷浑王兼河南王拾寅（452—481 在位），[53] 把整整一队舞马进献给定都建康的刘宋朝廷。它们是唐代舞马的真正前身。刘宋君主刘骏（庙号孝武帝，453—464 在位）令臣下作赋以歌颂这份罕见的礼物。其中一篇赋留存至今——谢庄（421—466）的《舞马赋》（"A Rhapsody on Dancing Horses"）。[54] 赋中充满了虔敬的典故，暗示所贡之马体现了圣德远播，而对舞马表演的描述却乏善可陈。谢庄亦受诏为舞马撰"歌"一首，歌成，谱为曲，但歌词已佚。《宋书》中还有另外两处对"西域"及"河南王"向朝廷贡舞马的记录，分别在 459 年底和 461 年，但它们记录的很可能正是谢庄所赞美的那一队舞马，只是日期有误。[55]

半个世纪后，梁朝于 505 年获得一队相似的舞马，同样来自吐谷浑。[56] 有关这队舞马，有一篇极长的赋留存下来，作者张率（475—527）。[57] 赋作极精但冗长，本文无法全录。张的序文描写这队骏马为"赤龙驹，有奇貌绝足，能拜善舞"（"red dragon foals, possessed of rare aspect, agile-footed, able to make obeisance and excellent at the dance"）。我们至少不能错过张率对舞马表演的诗意描写：

[51]《山海经笺疏》，卷七，页 299—300。如引文注释所云，"九代"起初或许并不指马匹，而是典礼上演奏的音乐，或是"九成"之笔误。然而，对多数中古时期作家尤其是曾写过唐代舞马的作家而言，这一词语无疑指称的是大禹的一队会表演的骏马。

[52] 曹植进马上表，存于七世纪类书《艺文类聚》。见《艺文类聚附索引类书十种》（台北：文光出版社，1974），卷九三，页 1623。此表亦收入《太平御览》（台北：台湾商务印书馆，1968），卷八九四，页 6b；以及《全三国文》，卷一五，页 4b，见《全上古三代秦汉三国六朝文》（1893 年本，北京：中华书局，1965）。

[53] 吐谷浑王，领地包括中国西、北大部，自五世纪初起被称为"河南王"。见 Thomas D. Carroll（卡罗尔），Account of the T'u-yü-hun in the History of the Chin Dynasty (Berkeley, 1953; Chinese Dynastic Histories Translation, No. 4), p. 32, n. 85。

[54]《宋书》，卷八五，页 2175—2176；又见《全宋文》，卷三四，页 7a—8a。

[55]《宋书》，卷六，页 125 以及卷九六，页 2373。现存资料无法确定进马时间是 458 年、459 年还是 461 年。舞马极不可能在短短四年之间进献三次——熟悉生轻蔑，尤其是珍奇礼物。

[56]《梁书》（北京：中华书局，1973），卷三三，页 475。

[57]《梁书》，卷三三，页 475—478；又见《全梁文》，卷五四，页 3a—4b。

既倾首于律同	Having tipped their heads in concert with the pitch-pipes,
又蹀足于鼓振	Next they stamp their feet to the flurry of the drums.
擢龙首	They toss their dragon heads,
回鹿躯	Twist round their cervine torsos;
睨两镜	Their glances [like] double mirrors,
蹙双凫	Their kickings [like] wild-ducks paired.
既就场而雅拜	Once they have reached the arena, they bow in courtly fashion;
时赴曲而徐趋	Attending timely to the tune, they move sedately or in haste.

此后又二百年，方有中国皇帝及其朝廷再得一睹舞马表演的风采。

唐代最早载于史册的舞马并非出现在玄宗朝。若干年前，在玄宗的伯父李显（庙号中宗，705—710 在位）的朝廷中，有一队类似的舞马表演过。《景龙文馆记》中有一段对它们演出中一整套动作的生动描写，薛爱华（Edward H. Schafer）曾将之译成英文。[58] 这里，我介绍另一处对这队舞马的描写：薛曜写的舞马诗。[59]

薛曜这首诗（英译见下）匠心巧制，以非凡的文学技艺再现了表演情景，不仅呈现了这队舞马栩栩如生的形态（这些描写无疑诱发了玄宗在登基之初即遴选并训练了一队相似的舞马），还为众多早年形成的关于马的传统主题和典故注入了鲜活的文学生命。诗起首为七言，但中段变为兼用六、五、三言的杂体诗。全诗分七节，每节长短不同，也反映出用韵的改变；每节之中所用韵字都完全出自同一声调（薛曜没有用平仄二分韵允许的较宽松韵脚）。另外，中古汉语的四声都至少有一次被用作韵脚的声

---

[58] Edward H. Schafer, *The Golden Peaches of Samarkand*, p. 67.

[59] 诸多文献对这位作家的生平有所混淆，此处加以订正。《全唐诗》卷八〇，页 869 存薛曜诗五首，诗前小注舛误较多，主要引自十二世纪编成的《唐诗纪事》（香港：中华书局，1972），卷一三，页 189 云："薛曜尚城阳公主（笔者按：太宗女）。"又云："子绍，尚太平公主。"实将薛曜与薛瓘混淆。后者尚城阳公主，但卒于 670 至 674 年间。见《新唐书》，卷八三，页 3647—3648。有关薛曜下引诗的作者）唯一信实的记载，见《旧唐书》，卷七三，页 2591 和《新唐书》，卷八九，页 3893 中的一句话小传。传云，曜为薛元超（622—683）子，在朝任职，698 至 700 年间参与编撰《三教珠英》，依附 699 至 704 年间受武后宠信而臭名昭彰的张氏兄弟之一张易之。

调。译文后附注释。

星精龙种竞腾骧	Of stars' essence and dragon's seed, they skitter and dance side by side;
双眼黄金紫艳光	The yellow gold of their paired eyes glows against their purple gloss.
一朝逢遇升平代	When one dawn chances to meet with an age ascendant in tranquility,
伏皂衔图事帝王	Submissive in the fold, a chart in muzzle, these then serve thearch and king.
我皇盛德苞六宇	The consummate virtue of our Illustrious One burgeons out to the Six Confines;
俗泰时和虞石拊	The vulgar, the majestic are in accord at this time, as the stone of Yü is struck.
昔闻九代有余名	From yesteryear one hears of the Nine Tai who held so much renown;
今日百兽先来舞	In our present day the hundredfold beasts come ahead to dance.
钩陈周卫俨旌旄	By the Hooked Array and the Guarded Enceinte—banners and standards for reverence;
钟镈陶匏声殷地	From bell and gong, gourd and earthenware vessels—sounds to make the earth thunder.
承云嘈囋骇日灵	The racketing clamor of "Receiving the Clouds" startles the sun's numen;
调露铿铉动天驷	The lilting tinkle of "Harmonious Dew" sets Heaven's team of four in motion.

奔尘飞箭若麟螭	Racing the dust, they are arrows in flight— like to unicorn or dragonet;
蹑景追风忽见知	Treading the sunlight and chasing the wind— indifferent to our vision and ken.
咀衔拉铁并权奇	Chewing and champing on the "pulling iron," they are equally unwonted, uncommon;
被服雕章何陆离	Cloaked and caparisoned in tooled blazonry, very sightly and stunning!
紫玉鸣珂临宝镫	Clinking trinkets of purple jade dangle over their jeweled stirrups;
青丝彩络带金羁	Striated halters of bice-blue silk gird their golden bridles.
随歌鼓而电惊	Following drum and song, they bolt away fulgurously;
逐丸剑而飙驰	Mate with grelot and sword, they gallop tempestuously.
态聚踊还急	Demeanor collected, their light step remains nimble;
骄凝骤不移	Mettle concentrated, their rapid gait does not waver.
光敌白日下	Their brilliance rivals the white sun descending,
气拥绿烟垂	Their breath envelops the verdant haze lowering.
婉转盘跚殊未已	Now they give way, limping, but in fact have not yet done—
悬空步骤红尘起	For, suspended in air, their pace quickens, and red dust flies!

惊凫翔鹭不堪俦	Startled ducks, soaring egrets, are not fit to be set beside them;
矫凤回鸾那足拟	Sublime phoenix, swirling simurgh, do not suffice for comparison.
蘅垂桂裛香氛氲	As asarum-scent hangs and cinnamon wafts—fragrance full and favoring—
长鸣汗血尽浮云	With long neighs, they sweat blood, floating utterly with the clouds.
不辞辛苦来东道	But not shrinking from bitter misery, they have taken the eastern road,
只为箫韶朝夕闻	And all due to the hallowed hymnody heard here dawn to dusk.
阊阖间	Amid Ch'ang-ho
玉台侧	And nigh the Jade Terrace,
承恩煦兮生光色	They take in the warmth of graciousness, oh! producing a glorious hue.
鸾锵锵	With jingling of simurgh-bells,
车翼翼	Winged glide of carriages,
备国容兮为戎饰	Completing the countenance of our state, oh! they are boisterous ornaments
充云翘兮天子庭	Crowding the clouds, they soar, oh! in the Son of Heaven's courtyard;
荷日用兮情无极	Shouldering the sun, they engage, oh! our affections limitlessly.
吉良乘兮一千岁	Benign Patrician now is ridden, oh! and a thousand years are won;
神是得兮天地期	Divinity here is attained, oh! to the tenure of

大易占云南山寿

趍趗共乐圣明时 [60]

heaven and earth.

The prognostic from the Great Change sayeth: "the longevity of South Mountain"; And careering, cavorting, they share in the glee of this season of sagely brilliance.

这首诗是名副其实有关马的传说的汇编。不过，我们应当已经很熟悉其中的许多形象了。是故，舞马是天之骄子，与星辰和龙有亲缘。它们目若黄金，一如吉良之眼（诗的末尾更明确地提到吉良）。在如今这罕见的升平之世，它们是飞黄——"伏皂"——和背负河图、现身黄河的龙马的化身。[61] 第二节中的"我皇"当然是指圣德广被的君王，其德泽惠及"六宇"（四方上下），一统万民。被"拊"的虞石指的是圣君舜的乐师夔曾演奏过的磬（舜来自虞，所以常以虞代称之）；此石发出的声音扣人心弦，和谐得让"百兽率舞"。[62] 因此，这一形象象征当代帝王治下的大一统。上文提到禹即位时跳舞的九代马化身为现在的舞马，而且大批其他兽类似乎也加入了舞蹈，正和舜的时代一样。

"钩陈"指天上的一个星宿，北极星也包括在内。[63] 它与人间皇宫的后宫相对应，[64] 与皇帝的"周卫"相邻。仪式进行时，这里排列着庆典的旗帜，朝廷乐师演奏，舞马表演。曲调包括黄帝曾欣赏过的《承云》（"Receiving the Clouds"）[65] 以及激发舞马摇摆身体的《调露》（"Harmonious Dew"）。这些马在此处称为"天驷"（"Heaven's team-of-four"），再次强调它们星辰的特性，因为天上有一个同名的恒星群，是马——尤其是属于天子的神马——在星空中独特的标记。[66] 有了这

[60]《舞马篇》，载《全唐诗》，卷八〇，页870。
[61] 特别注意《宋书》，卷二八，页796："王者德至渊泉，则河出龙图。"（"When the Kingly One's virtue reaches to the abysmal springs, the Ho gives up the Dragon Chart."）
[62]《尚书注疏》，卷二，页29b。"虞石"亦见于庾信（513—581）所作《道士步虚词》之五。词中，虞石用于"会明真"（"convene the luminous Realized Ones"），即居住在道教诸天，光芒夺目的真人。见《庾子山集注》（台北：台湾中华书局，1959），卷五，页4b。清代庾信集汴家倪璠（约1711年前后在世）对"虞石"之意颇为困惑，但现在我们可以提供正确的解释了。
[63] Edward H. Schafer, *Pacing the Void: T'ang Approaches to the Stars* (Berkeley: University of California Press, 1978), pp. 45–47.
[64]《晋书》（北京：中华书局，1974），卷一一，页289。
[65] 见《列子》（台北：台湾中华书局，1972），卷三，页1a/b，张湛注。
[66] "天驷"，房宿别名，见《尔雅疏》（《四部丛刊》本），卷六，页9a。它是青龙宫七宿之一。唐朝人认为，青龙宫与皇室有关，特指其马厩中的龙马。见 Edward H. Schafer, *Pacing the Void*, pp. 76–77, p. 82。又见初唐类书《艺文类聚》，卷九三，页 1622 引郭璞（276—324）语云："马……祖自天驷"（"the horse ... is descended from T'ien-szu"）。

些内容，薛曜在第三节的末尾便完成了所有必需的场景设定。音乐奏响，从此处到诗的最末，我们的注意力将完全集中在舞马本身具体而壮观的景象之上。

第四节很长，韵脚多变，描述了这些长蹄缪斯的快速动作和鲜亮的马饰。它们如"飞箭"——像刘宋时期作家颜延之笔下的天马 [67]——追逐日光。[68] 嘴衔马勒，它们"权奇"——我们已熟悉的词语，首次用于汉代的天马。它们的"电惊"与歌声和鼓声节拍协调一致，也与挽具上的铃铛和丸剑协调。丸剑为它们的表演带来了更多的音乐和盛大场面。[69] 它们如太阳一样光芒四射，在空中闪烁的喘息吐气好像绿色的雾霭——最后这个形象绝妙。

此后两节诗回到起首时的七言体。舞马看似停止了舞蹈，但那不过是在终章高潮之前徐缓行板式的间歇。当此时，在蘅、桂浓郁的香气中，它们重新起舞，而且就像空中的飞鸟一般——却在完美程度上超过了凫、鹭、凤、鸾——它们高高跃起，"尽浮云"，真正成了天马行空！曾有目击者称，它们流汗如血，而且自"东道"（汉代骏马来自西域）光临华夏，皆似其汉代前身，虽然从家乡远道而来，路途艰险。[70] 吸引它们远道而来的正是朝廷的"箫韶"，与传说中舜的圣乐等同。[71]

最末一节亦是杂言体。在这里，我们与舞马一同被送上阆阖和玉台星光闪耀的世界。二者分别是天门和天帝之座。这一天上世界完全与地上皇宫相对应。[72] 马则是带领帝王来到这天界的坐骑。这些舞马是唐帝国至高无上的饰物，它们更预示

[67] 见颜延之：《天马状》，引于《艺文类聚》，卷九三，页1623（亦引于《全宋文》，卷三七，页1b），其中描绘天马为"水轶惊凫，陆越飞箭，遇山为风，值云成电"（"Outracing the waters—a startled duck;/ Overrunning the land—an arrow in flight.// Happening upon hills, he is as the wind;/ Encountering clouds he becomes the lightning."），引文的遣词造句影响到薛曜诗后半段至少两处用词——一处写舞马"电惊"（"bolt away fulgurously"，即如闪电），另一处写它们与"惊凫"（"startled ducks"）做比较。
[68] 《文苑英华》（北京：中华书局，1966）卷三四四，页3a—4a 所收薛曜诗版本，第四节起首二句为五言："若麟螭蹑景，追风忽见知。"（"Like to unicorn or dragonet, they tread the sunlight;/ Chasing the wind, they are indifferent to our vision and ken."）
[69] 同样提及"丸剑"的，见鲍照（405—466）：《舞鹤赋》，载《文选》，卷一四，页292。薛曜之用典或本乎此。
[70] 汉郊祀歌中的一首写道："天马徕，历无草，径千里，循东道。"（"The Heavenly Horses have come,/ Having crossed the grassless places.// Passing over a thousand li/ They have followed the eastern road."）另一首写天马"霑赤汗，沫流赭"（"Wetted with red sweat,/ Lathered with flowing sienna."）《汉书》，卷二二，页1060。
[71] 舜的"箫韶"据说能引凤来翔于前。《尚书注疏》，卷四，页16b;《史记》，卷二，页81。
[72] 此处再次回应了汉代郊祀歌之一："天马徕，龙之媒，游阊阖，观玉台。"（"The Heavenly Horses have come./ Mediators of the dragon,// To wander in Ch'ang-ho, / And surview the Jade Terrace."）《汉书》，卷二二，页1061。有关阊阖这一星群，见《淮南子》，卷一，页3; Schafer, *Pacing the Void*, p. 47。

皇帝将寿比南山，也绝妙地证明了他的圣德圣明远播四方。[73]

薛曜颂美的骏马和它们更有名的后继者——玄宗的一百匹舞马——无疑是帝国中骏马的精锐，驯养它们只是为了欣赏其才智，而不是将之作为朝臣、官员、士兵、邮驿的坐骑。玄宗即位之初的十二年间，即从712至725年，在他的监管下，官马从24万匹增加到43万匹。[74] 其中最优秀的马当然为皇都服务留用。对它们的护理和饲养，它们的草场、打烙印、长牙情况，以及这些"皇家"动物的常见病，我们所知甚多。[75] 很容易想见君王御用的表演团队肯定受到更多的关注。那些后来落入无知军阀田承嗣手中的玄宗的舞马，命运悲惨（见上文所述）。如果我们记得，唐代律法将任何滥用官马者处以重刑，更遑论皇帝的御马，那么舞马的下场则更显得可悲。[76]

当然，最能长留在人们记忆中的，是玄宗的舞马在千秋节庆典时的演出。不过，舞马确实偶尔也会在皇帝生辰以外的其他场合表演，我们对其中的一个场合略有所知。那是在玄宗统治后期的某年九月，由教坊（朝廷训练歌女演唱俗乐并为之提供住宿的机构[77]）歌伎训练成的女骑手参加的盛大娱乐活动，是朝廷宴饮的休闲项目之一。当时敬括和李濯分别作赋颂之。[78] 从赋中可以清楚看出，舞马是娱乐的主要构成部分。还有两篇写玄宗的舞马的赋流传至今，它们是为739至742年间某次非关生日的表演而作。[79] 这两篇赋的作者姓名已

---

[73]《大易》即《易经》中的"占"未收入今本，但它是一个常见的古代成语，有长寿之意，尤其关于君王。参见《诗经·小雅·天保》（《毛诗》第166号）。

[74]《资治通鉴》，卷二一二，页6767。据此段史料，一个世纪前，唐王朝在618年定鼎之时，仅有骏马三千匹。

[75]《大唐六典》，卷一一，页22b—27b；又见《唐会要》，卷七二，页1305。其中部分内容收入《新唐书》，卷一七，页1217—1218、1220；译文见Robert des Rotours, Traité des fonctionnaires et traité de l'armée (Leidon: E. J. Brill, 1948), pp. 218–226, 232–237。Schafer, The Golden Peaches of Samarkand, p. 66 亦引用其中一部分，此书中整个"马"一节（页58—70）添加了有关马的重要信息，尤其是众多官马的中亚起源。有关唐代军事中马的重要作用，参见李树桐优秀的概述：《唐代之军事与马》，载《中国史学论文选集》第二辑（台北：幼狮文化事业公司，1977），页353—406。

[76]《唐律疏议》（上海：商务印书馆，1939，《国学基本丛书》本）中至少有九篇文章有关滥用官马：卷十，页91，"增乘驿马"；卷十，页92，"乘驿马枉道或经驿不换马"；卷十，页92，"乘驿马赍私物"；卷一五，页12，"乘官马驮私物"；卷一五，页14，"乘用不调习官马"；卷一五，页14，"故杀官马"；卷一九，页63，"盗官马而杀"；卷二五，页25，"诈乘驿马"；卷二五，页25，"未应乘驿马而辄乘"。其中最严重的罪是"盗官马而杀"，"徒二年半"。

[77] 岸边成雄：《唐代音乐の历史的研究》，第一册，页46—78 收录所有有关教坊的文献。

[78] 敬括：《季秋朝宴观内人马伎赋》，《全唐文》，卷三五四，页11b—12b。敬括其人有趣而志尚简淡，因而招致一些着意进取的同僚的批评。身经安史之乱，卒于771年。见《旧唐书》，卷一一五，页3376。他写赋众多，包括《花萼楼赋》《八卦赋》《神蓍赋》《豫章赋》《蒲卢赋》《木莲赋》《观禾器赋》，以及最奇特的《蜘蛛赋》。李濯：《内人马伎赋》，《全唐文》，卷五三六，页18a/b。李、敬二人的赋作所用韵字顺序相同。

[79] 两篇《舞马赋》分别见《全唐文》，卷九六一，页13b—14b、14b—15a。二赋的韵律相同。前者序文称玄宗为"开元圣文神武皇帝"，是玄宗于739至742年间所用称号。有关玄宗的各种称号及其使用、更改日期等，见《唐会要》，卷一，页6。

佚，而赋本身可惜也不怎么引人入胜。

有一个相当显而易见却仍然被轻易忽略的情况。我们既然已经知道，舞马为玄宗表演至少是从729年开始（庆祝第一个千秋节）到756年（据说那一年，一批舞马落入安禄山之手），既然马的寿命极少有超过二十年的，那么在这三十年间，肯定有新的骏马源源不断地被纳入团队中，并且从头开始训练，以替代死去或因太老而表演不尽人意的舞马。这才能保证舞马团队存在的制度化，以及对它们提供的娱乐永存不绝的关注。舞马是玄宗朝的昌明盛世的鲜活印记。

没有人比张说更善于歌颂这些绝妙的动物。除了上文引述的他写的舞马绝句六首中的三首，张说还写了一组三首七律赞美它们。这三首赞辞是唐代舞马研究所不可或缺的。这三首作品是为赞美舞马在千秋节表演而作的。

[80]《舞马千秋万岁乐府词三首》，其一，《全唐诗》，卷八七，页962。

其一

金天诞圣千秋节	For the paragon born of the Heaven of Metal—a Holiday for One Thousand Autumns!
玉醴还分万寿觞	The jade ale is shared, circulated—a toast for a myriad years of life!
试听紫骝歌乐府	We have given ear to "The Purple Bayard," a song from the Archive of Music;
何如骇骥舞华冈	How may it compare, though, with these prime steeds as they dance on their floriated mound?
连骞势出鱼龙变	Curvetting in company, their conformation evokes transfigured dragons and fishes;
蹀躞骄生鸟兽行	In promenade prancing, their vigor concentrates a whole column of birds and beasts.
岁岁相传指树日	Year upon year, in accord with tradition, on the day one pointed to the tree,
翩翩来伴庆云翔 [80]	Light and lightly, they come as companions, soaring on felicitous clouds.

[81] 写"紫骝"的诗歌,例子见《宋本乐府诗集》(台北:世界书局,1961),卷二四,页3a—5b。
[82]《神仙传》,《道藏精华录》(上海:医学书局,1922),第二册,卷一,页1b。
[83]《宋书》,卷二九,页836。

此诗中的一些用词或许较晦涩,需作解释。"金天诞圣"当然指玄宗,他生于金运所主的秋天。"紫骝"是古乐府诗题,至少从六世纪早期开始,就有以之为题的描写超绝骏马的诗。[81] 不过对张说而言,那些乐府诗比不上他眼前实实在在的骏马("prime steeds"是"骒骥"的意译,此词是双音复合词,代指传说中周穆王的八匹骏马之一"骒骍"以及上古之世日行千里的纯种马"骥")。

如上所说,舞马表演是在皇帝诞辰之日举行,但为何这一天被称作"指树日"?为理解这一特殊用词,我们必须记住,唐代统治者姓李,自称是老子后裔。据说老子也姓李。据四世纪成书的《神仙传》云,老子之母生老子于李树下;老子生而能言,指树曰:"以此为我姓。"[82] "指树日"遂意为老子的生日,而因为皇帝是老子的后裔和代表,世人遂认为,皇帝本人的生日在象征意义上等同于他传说中先祖的生日。这些都是不难理解的。最后,诗的末行,舞马飞跃而上(一如天马)的"庆云",是指罕见的五色云的云气,是天下太平的治世的征兆。[83]

组诗的第二首主要写马的舞蹈:

圣王至德与天齐	The Illustrious Paragon's perfect virtue is equal to that of Heaven,
天马来仪自海西	And Heavenly Horses come for this ceremony, from far west of the sea.
腕足齐行拜两膝	Sedately striding with pasterns flexed, now they bow down on both knees;
繁骄不进蹈千蹄	Though full of high mettle, they do not advance, but stamp with a thousand hooves.
髬髵奋鬣时蹲踏	Hispid whiskers and straining manes steadily sweep in time;
鼓怒骧身忽上跻	As drums grow riotous, the gambading bodies now rear abruptly upward!

更有衔杯终宴曲	And then to the end of the festal song they have winecups clenched in their mouths,
垂头掉尾醉如泥 [84]	And loll their heads and flicker their tails, getting drunk as mud!

此诗中的迷人描述,无须解说。如果只能挑选一首诗来颂美玄宗的舞马,此诗无乃最佳之选。组诗的最后一首,对景象和场合作了最终概述:

[84]《舞马千秋万岁乐府词三首》,其二,《全唐诗》,卷八七,页962。

[85]《舞马千秋万岁乐府词三首》,其三,《全唐诗》,卷八七,页962。

其三

远听明君爱逸才	Afar it is rumored, our Illuminate Sovereign loves unconventional talent;
玉鞭金翅引龙媒	And by jade whip and golden wings the Dragon's Mediators have been led in.
不因兹白人间有	If it not be accounted Battened White that now is here amongst us,
定是飞黄天上来	Surely that must be Flying Yellow come from above the sky!
影弄日华相照耀	Their silhouettes play with blossoms of sunlight, in mutual glimmer and shimmer;
喷含云色且徘徊	Snorting breath frames cloudy hues, as they pace round to and fro.
莫言阙下桃花舞	Let it not be said that beneath the pylons peach flowers are dancing—
别有河中兰叶开 [85]	Instead, by the river, there are leaves of orchid now opening out!

此诗所用典故如"龙媒""兹白""飞黄"等,读者都颇为熟悉了。事实上,我们甚至可以从张说笔下的舞马鼻中喷出的云气,感受愉悦之余,也

依稀看到薛曜二十年之前所写舞马那淡绿色喘息的影子。此诗末联最后一次温馨提示了欣赏这一表演的季节——不是桃花盛开的春天,而是兰花绽放的秋日,是天下众生为皇帝庆祝一个节日的秋天。

本文的结束,回到本文的开头处,即千秋节。张说既是首先倡议设立这一节日的人,这里引述他的这三首诗作为对玄宗的一百匹舞马——庆典活动上最卓越的演出者——的最后赞美,十分合适。此后的唐代帝王再也无法观看如此壮观的景象了。舞马对后世之人而言——正如它们对我们而言——只是一个传说,是那个被756年的大叛乱一扫而空的伟大时代的片段。

附录:钱起描写舞马的赋 [86]

近30年前,我就唐玄宗的一队非凡的百匹骏马写了一篇论文。那些马被训练舞蹈,作为众多的娱乐项目之一,为皇帝的千秋节庆典演出。从那时至今的四分之一个世纪中,玄宗舞马的华丽表演和它们的悲惨结局已广为人知。1970年出土的一樽银质酒壶,壶身有鎏金浮雕,雕刻的是一匹舞马,口衔酒杯,仿佛在随着它的招牌乐曲《倾杯乐》的曲调表演(译者按:见上文引图片)。因为这一酒壶,舞马的面貌也为人们所熟悉。这件精美的文物现在几乎成为唐代研究学者的护身符。1980年代中期,正是在本刊(译者按:即《唐学报》[T'ang Studies])发行的书签上,赫然印有那樽酒壶的图片,其下列有唐代诸帝登基日期以及唐朝全部75个年号。1990年代初,此图为中国唐研究基金会(Tang Research Foundation)采用为正式标识,从此印在基金会出版的所有刊物的封面,包括其年刊《唐研究》——这些都在其美国《唐学报》这一先驱之后。

在此,我想为早年那篇论文添加一篇简短的附录。除了赞美舞马的诗,包括我们的朋友张说于729或730年所作的两首组诗以外,[87] 还有一些赋,其中最优秀者为钱起(约720—约789)

---

[86] 译者按:这个附录部分是取自柯睿教授的另一篇关于唐玄宗朝的论文的第四部分:"Qian Qi's *Fu* on the Dancing Horses"。见 Kroll, "Four Vignettes from the Court of Tang Xuanzong," *T'ang Studies* 25 (2007): pp. 19–26。

[87] 张说的6首诗,见《唐代的舞马》。正是张说及其同僚宋璟(663—737)说服玄宗于729年将皇帝的生日——八月初五——定为"千秋节",并在唐帝国全境举办奢华的庆典。

所作。钱起诗赋俱佳，于天宝年间度过青壮年时期，而且是安史之乱的幸存者，故而能将玄宗朝的一些风采介绍给年轻一代。钱起于750年中进士。[88] 天宝年间，他在都城目睹千秋节盛典上的舞马表演，作赋一篇以纪之。庆典通常在兴庆宫举行。兴庆宫是玄宗及其兄弟曾经共同居住过的宫室。在花萼楼之东，也即之前提到的西向之楼，是一座朝南的配殿，名为勤政务本楼。众多生日庆典的娱乐活动就在楼前空地举行。也正是在这里，多才多艺的舞马为皇帝表演祝寿。我在早年的那篇论文中引用了钱起赋中的7句，但此赋值得全文收录。它将以华丽的文采为我们展示玄宗朝廷的另一闪亮的侧面。

[88] 钱起进士考试所作的诗和赋，见《登科记考》（北京：中华书局，1984），卷九，页323、325。
[89]《舞鹤赋》，见《文选》，卷一四，页633（该联首句第三字"遗"改为近义的"余"）。此赋译文见Knechtges, *Wen xuan or Selections of Refined Literature*, vol. 3: *Rhapsodies on Natural Phenomena, Birds and Animals, Aspirations and Feelings, Sorrowful Laments, Literature, Music, and Passions* (Princeton: Princeton University Press, 1996), pp. 75–81。
[90] 见《文苑英华》，卷八一，页5a—b；《全唐文》，卷三七九，页11b—2a；《全唐文新编》（长春：吉林文史出版社，2000），卷三七九，页4367。
[91] 即上天赐予的吉祥象征或标志，证实了唐朝正统。常与"坤珍"（chthonic treasures）作为对偶。
[92] 六个古代的"阳"律，调和适度。

钱起的赋因用韵不同而分为八节。押韵的格式是基于"态有余妍，貌无停趣"（"Movement with grace to spare, / Appearance of unending verve"）这一八字短语，源自鲍照（约416—466）的《舞鹤赋》。[89] 这篇著名的赋描绘了旧时一位王子的驯鹤。由此，对玄宗舞马的颂辞所用韵脚模仿了这一名篇。钱起赋的韵字序列安排如下（每一韵字之后的括号中列出其所属韵部）：1 无（虞），2 有（有），3 余（鱼），4 趣（遇），5 妍（先），6 态（队），7 停（听），8 貌（效）。钱起学识渊博，赋中用典很多，尤其在第一节中；这些典故都在脚注里加以说明。以下是《千秋节勤政楼观舞马赋》（"*Fu* on Watching the Dancing Horses below the Pavilion of Zealous Administration of the Festival of a Thousand Autumns"）的译文。[90]

惟	*Indeed*,
大唐之握乾符 [91]	From when the Great Tang secured the supernal tokens,
声谐六律 [92]	Its music has been attuned to the six Standard Pitches,

4	化广三无 [93]	And moral suasion has sown wide the "Three Without,"
	能使	Such that
	乘黄服皂 [94]	The Yellow Courser is docile in his stall,
	龙马负图 [95]	The dragon-horse bears the chart on its back,
	必将登高率舞 [96]	Certain now to mount on high, leading each to dance,
8	岂独载驰载驱 [97]	Surely not just to gallop on and to urge forward.
	岁八月也	*In this eighth month of the year,*
	一圣之生	*For the birth of the Unique Sage,*
	千秋之首	*At the start of a Thousand Autumns,*
	举天庆丹陵之会 [98]	*All of heaven hails a gathering as at Danling,*
12	率土献南山之寿 [99]	*The whole earth proffers a longevity as of South Mountain.*
	上乃	*His Highness, now,*
	御层轩	*Holds sway at the storeyed pavilion,*
	临九有 [100]	*Presiding over the Nine Domains,*

[93] 为民父母的统治者泽被万方的特性是：无声之乐（music without sound），无体之礼（ritual without embodiment），以及无服之丧（bereavement without mourning garb）。见《礼记正义》(《十三经注疏》本），卷五一，页 3a/b（页 1617b；孔子闲居第二十九）。

[94] 传说中的马，据《管子》记载，当黄河出龙马（见下一条注）、洛水出负图之龟时，地出乘黄，三者皆为纪念圣王荣登大宝。见W. Allyn Rickett(李克），*Guanzi: Political, Economic, and Philosophical Essays from Early China*, vol. 1, rev. ed. (Boston: Cheng & Tsui, 2001), p. 343. 钱起赋中的这一句源自颜延之（384—456)：《赭白马赋》("*Fu* on the Russet and White Horse"），《文选》，卷一四，页 623；不过颜延之称这匹马为"飞黄服皂"（"Flying Yellow"），见 Knechtges, *Wen xuan*, vol. 3: p. 467. (line 10: "Flying Yellow submitted to being kept in a stall.")

[95] 从黄河中跃出一匹龙马，背负一图，图上绘有文化英雄伏羲用于创立八卦的原始符号。

[96] 圣君舜在位时，乐师夔"击石拊石，百兽率舞"("the hundred animals led each other on to dance [in honor of Shun and as a model of harmony to Shun's officials]")。见《尚书正义》，卷三，页 19a（页 131c）以及卷五，页 11a（页 144b）。

[97] 见《诗经·鄘风·载驰》(《毛诗》第 54 号）首句："载驰载驱。"("Galloping on, urging forward [the horses].")

[98] 丹陵据说是圣君尧的出生地。因此，这一句高度赞美了当今的君主。因为尧与古代的唐国有渊源，他实际上被视为唐朝宗室的图腾式人物。

[99] "南山之寿"是传统的祝寿辞。

[100] "九有"同"九州"(Nine Provinces)，是中国古代的居住区域。

	张葛天氏之乐 [101]	To let Master Getian's music swell up,
16	醉陶唐氏之酒 [102]	And Lord Taotang's wine flow freely.
	感百兽之来仪 [103]	Rousing the hundred animals to come in ceremony,
	即八骏之孔阜 [104]	With even the Eight Bayards here bulking large.
	于是	*Thereupon*
	陈金石	Bells and chimes are set out,
20	俨簪裾	Hatpins and robes well arranged
	广场天近	To the ample arena heaven seems drawn near,
	彩仗晴初	As the bright-garbed troupe is brought into the light.
	有骃有骊	Some are sorrels and some are white-breeched blacks,
24	有骅有鱼 [105]	Some are shag-shinned and some are wall-eyed.
	云聚日下	They mass like clouds under the sun,
	花明露余	Or flowers agleam with lingering dew.
	帝曰司仆	Spake the Thearch, "Let the equerries
28	舞我骐骎 [106]	Set dancing my mottled-gray and whitefoots,
	可以敷张皇乐	That they many display and spread wide august jubilation,
	可以启迪欢趣	That they may disclose and bring forth glad exultation."

[101] 葛天氏是上古有名的音乐大师；见《吕氏春秋》《四部丛刊》本），卷五，页 7b。

[102] 陶唐是尧治时所用名称。这一句与此前一句令人想起司马相如《上林赋》中的一联，见《文选》，卷八，页 374。不过在《上林赋》中，"陶唐之舞"与"葛天氏之歌"对偶。见 Knechtges, *Wen xuan, or Selections of Refined Literature, vol. 2: Rhapsodies on Sacrifices, Hunting, Travel, Sightseeing, Palaces and Halls, Rivers and seas* (Princeton: Princeton University Press, 1987), p. 105, lines 382–383。钱起赋中用"酒"字是为了叶韵。

[103] 见上文第 91 条注。在写"百兽"的第二段之前，我们得知，凤凰应箫韶之乐（见下文第 114 条注）而来仪（comes in ceremony）。

[104] 八骏是周穆王远游时所御的著名马队。《诗经·秦风·驷驖》(《毛诗》第 127 号) 提到"驷驖孔阜"（"four iron-gray steeds [that] bulk large"）；见《诗经·秦风·小戎》(《毛诗》第 128 号) 中同样"孔阜"的那一队四匹骏马。

[105] 这一联由《诗经·鲁颂·駉》(《毛诗》第 297 号) 中的几段描摹借来。在那几段中描述了各种良马，传统上认为，它们象征了鲁公之德。

[106] 《诗经·秦风·小戎》："驾我骐骎。"（"Yoked be my mottled-grays and whitefoots."）骎，意为只有左后蹄是白色的马。

	须臾	In an instant,
	金鼓奏	Golden drums make the proposal,
32	玉管传	Jade pipes carry the message;
	忽兮龙踞	Suddenly, oh, from dragon's crouch,
	愕尔鸿翻 [107]	They startle, yes, into swan's flutter—
	顿缨而电落朱鬣	As dipping tassels shed lightning on vermilion manes,
36	骧首而星流白颠 [108]	Prancing polls send stars coursing on white foreheads.
	动容合雅	Shifting so smoothly with courtly poise,
	度曲遗妍	They keep time to the tune with surpassing grace.
	尽庶能于意外	Doing everything they are capable of, well beyond imagining,
40	期一顾于君前	They are hopeful of a single glance, here before the sovereign.
	喷玉生风 [109]	Snuffling jade, they raise the breeze;
	呈奇变态	Showing their skill, they change their gait.
	虽	Even
	燕王市骏骨 [110]	The King of Yan's paying for the bones of a swift steed

[107] 参见颜延之:《赭白马赋》,《文选》,卷一四,页 625:"欻聳擢以鸿惊,时蹀躞而龙骧。" Knechtges, *Wen xuan*, vol. 3: p. 71, lines 65–66: "Suddenly, he rears up like a started swan, / At times coiling and uncoiling like a soaring dragon."

[108] 钱起赋中最佳的几联之一:舞马从笼头上垂挂下缨络被震动,看上去好像闪电掠过马鬃。它们扬起的头使得前额闪耀发光,仿佛流星("coursing stars")划过夜空。

[109] 从马鼻中喷出的白沫被喻为白玉,显示了马的价值。它们剧烈地喷鼻息,好像带起一阵风。

[110] 燕昭王采纳郭隗的建议,以五百金购得千里马之骨,从而暗示国民,他愿以更多金钱购买活的千里马——果然不久后得骏马。见《战国策》(上海:上海古籍出版社,1985),卷二九,页 1064—1066。这则故事通常隐喻寻求英才:若昭王任用并奖励郭隗,更有才能的人就会接踵而至——一如后来所发生的。

181

44	贰师驰绝塞 [111]	Or the Ershi General's galloping from the extreme frontier
	岂比夫	Could hardly match these
	舞皇衢	Dancing in the royal concourse,
	娱圣代	Bringing delight to a sage's era,
	表吾君之善贷	And evincing our sovereign's finest magnaminity.
	向使	Had it been that
48	垂耳长坂	With ears drooping on the long hill
	翘足远垌	Or standing expectantly on the far border,
	天骥之才莫用	The talent of a pure-blooded charger were not used,
	盐车之役不停 [112]	And its service pulling the salt-cart were continued,
	安得	Then how could they
52	播天乐	Turn with this sublime music,
	辉皇灵	Glossing the imperial soul?
	服御惟允	Truly they have yielded to be trained and taught,
	箫韶是听 [113]	Attending indeed to the hallowed hymnody.
	则知	So one knows that
56	绝群称德	Standing out from others, attesting the ruler's virtue,
	殊艺逸貌	With uncommon gifts and extraordinary appearance,
	足之舞之	As they step to it and dance to it,

[111] 汉武帝渴求的著名"天马"（或汗血马），原产贰师（大宛[Ferghana]旧国中的Sutrishna）。公元前104年，李广利受封贰师将军，诏令其率军远征，以取天马。见 A. F. P. Hulsewé（何四维）, *China in Central Asia: The Early Stage, 125 B.C.–A.D. 23* (Leiden: Brill, 1979), p. 76, n. 41. 据说武帝将所获骏马饰以金、银、宝石、锦缎等。见《西京杂记》(《汉魏丛书》本)，卷二，页2b。

[112] 之前的四句是相马大师伯乐的故事。伯乐偶遇骏马"骥"拉盐车上长坂，满身泥污，疲弱不堪。伯乐认它是一匹良马，但若无伯乐，又有谁人识得？见《战国策》，卷一七，页573。马"翘足远垌"，见《诗经·鲁颂·駉》中的马"在垌之野"（"in the wilds of the border"）。

[113] "箫韶"（"hallowed hymnody"）指圣君舜的典礼用乐，等同于当今皇帝的音乐。

莫匪圣人之教	Everything is due to the Sagely One's true instruction.
60 则陈力者 [114]	—And in offering their talent,
愿驱策而是效	Let all be spurred onward in imitation of this!

如此看来，舞马不仅为宫廷盛典增光添彩，而且还抬高了帝王之尊荣。对于所有俊杰之士，包括钱起一样的贤人，舞马也为他们建立了榜样：乐于为帝王效力，投身并贡献于大唐天命之基业。愿帝国境内众生一如舞马，训练有素、忠诚不二；且愿朝廷之教化如同舞马的表演，和谐融洽。

这是玄宗朝廷的理想情形。可惜的是，如果这队在几十年间精心训练、喂养、增补阙员的舞马在一定意义上可以看作玄宗统治的一个象征，那么当皇帝落难之时，这些骏马的遭遇则更加悲惨。中唐时期郑处海编纂有关于玄宗朝轶事的《明皇杂录》，其中的那个故事……（编者按：此故事在本文开端处已引述过，[115] 这里不再重复。）

然而，我们更愿意记住那些舞马，以及玄宗朝廷烈火烹油、鲜花着锦的年代。幸有钱起，我们得以对当年的盛况有更加全面的了解。

（吴捷 译）

---

[114]《论语·季氏》第十六，第1行，孔子引用周任的话，"陈力就列"（"In offering one's talent, one moves into the ranks"）。

[115]《明皇杂录》，见《开元天宝遗事十种》（上海：上海古籍出版社，1985），页34—35。九世纪三十年代前后，文人阶层开始对玄宗时代有了追忆的热情。在这一情境下对郑处海及其轶事集的讨论，见 Kroll, "Nostalgia and History in Mid-Ninth-Century Verse: Cheng Yü's Poem on 'The Chin-yang Gate'." *T'oung Pao* 89 (2003): pp. 298–300。编者按：此文的中译本收在本书。

张九龄与荔枝

序：当我接到《唐学报》（Tang Studies）邀请撰文以纪念艾龙（Elling O. Eide, 1935—2012）的学术成就，我首先想到要写一篇关于李白的论文。这主要是因为艾龙多年来慷慨支持《唐学报》，而李白又是我们二人最敬仰的唐代诗人，我们都写过以李白为研究对象的文章，并经常长时间地讨论李白。但是如果我真的以李白为题撰文就太容易预想得到，配合不了艾龙这位处事往往令人预想不到的人。于是我一转念，想起来他对珍奇植物的欣赏，特别对亚热带植物钟情，再结合他对玄宗朝的喜爱以及他终生致力的翻译事业，那么本文的选题用意就显得明白无疑了。

张九龄（678—740）是唐代出身于岭南地区，而位至高阶并具有影响力的最显赫的人物。他的祖辈在唐代初年才来到这个地区，当时其曾祖父被任命为韶州别驾，从此开始在这里扎根。张氏的新居所在曲江县，张九龄后来被封授爵位，他因此被称为张曲江。他的官宦生涯概述如下。[1]

张九龄在岭南度过了童年和少年。702 年，当时张九龄约 25 岁，第一次前往北方参加并通过了进士考试。那年的主考官是著名的诗人和官员沈佺期（？—713）。张九龄通过考试后并没有立刻被任命官职。五年之后他通过了殿试并被任命为校书郎，这是他的第一个"清流"（"pure stream"）官职。712 年，他通过了另一个制科考试（我们现在仍有他这次考试的对答）并被任命为左拾遗（从八品上），是服务于皇帝的一个小团体"拾遗"。716 年秋，他因与大臣姚崇（651—721）有隙而告假回到南方的家。这年年末，在广东北部崎岖难行的大庾岭之上修建了一条更好的新道路，张九龄在这个工程中发挥了重要作用。它使岭南同其他区域的商贸往来更加便利，是一个对偏远南方而言利在千秋的工程。718 年春，他作为左补阙（从七品上）回到朝廷，这同样是一个回补的职位，但比他之前的官职（左拾遗）稍高一些。

[1] 关于张九龄职业生涯更具体的记录以及更多其他信息，参见 P. A. Herbert（何汉心），"The Life and Works of Chang Chiu-ling" (PhD diss., Cambridge University, 1973); Herbert, *Under the Brilliant Emperor: Imperial Authority in T'ang China as Seen in the Writings of Chang Chiu-ling* (Canberra: Faculty of Asian Studies, Australian National University, 1978)。Edward H. Schafer（薛爱华）在其 *The Vermilion Bird: T'ang Images of the South* (Berkeley and Los Angeles: University of California Press, 1967) 中也有一些关于张九龄的散论；薛爱华喜欢称张九龄为"克里奥尔人"（Creole, 译者注：指欧洲人与其他非欧洲地区的人通婚的后裔）。又参见我所著张九龄的词条，见 William H. Nienhauser ed., *The Indiana Companion to Traditional Chinese Literature* (Bloomington: Indiana University Press, 1986), pp. 207—209。

之后几年张九龄有了一些小的升迁，在 722 年初，他的官职有了很大的提升。张说（667—731）与九龄善，甚至把他视为一位远房亲戚，张说是当时一位高官，执掌国家大事。张九龄在这时被提拔至中书舍人，中书省的第三阶官位（正五品上），同时被任命为翰林供奉，这是一个承担为皇帝提供建议和起草诏书和信件任务的非常设官位。张九龄与唐玄宗（712—756 在位）的个人关系大概由此开始。他在这些职位上任职直到 726 年初，其间在 724 年他受封曲江县开国男。[2] 这些年间，张九龄在朝廷的日程繁忙，读者或许会觉得由于置身于权力高层，他会感到满足。我们接下来将要细读他的一篇赋的序，其中张九龄所回忆的事件就发生在这时。

[2] 这个爵位授予他曲江县的三百户食邑。

726 年夏，张说失势，这给他的圈子里的人也带来了不幸的后果。张九龄被贬到江西北部的洪州（位于今江西南昌）去做都督，他于翌年到任。虽然这并非最难熬的穷乡僻壤，但贬官至此确实是不小的打击。特别是对一个在京城待了 25 年的人来说，被贬谪出京本身就不是什么小责罚。张九龄在洪州度过了三年，直到 730 年秋他被发往更南——虽然离家更近——的桂州任桂州（今广西桂林）都督和岭南道按察使，并兼有其他相关的一些职衔。按察使是一个颇具分量的职位，职务涉及对所辖的一个道之下的各州县的例行性总监，唐代共有十个道。张九龄被派往岭南道任职肯定与他作为本地人熟悉当地有一定关系，这多多少少缓解了这次任命的苦楚，对大部分官员而言这是毫无益处，基本等同于流放南方的一次任命。

731 年 2 月张说去世，两年前他就已经回到朝廷并再次获得高度尊崇。然而他却没能或不愿意把张九龄召回京。但是，张说去世后不久，皇帝将张九龄召回京城，除了给他一个一般性官职之外，还让他担任了皇帝的私人秘书，负责撰写各类国务文书。张九龄接下来经过一系列稳步升职，于 734 年成为中书令和宰相。这段时期他的影响和权威登顶，后来的史学家经常把这段时期看作是唐代文人执政的（因此也是值得称道的）辉煌时期。然而，在这期间李林甫（？—752）带来的阴影却逐渐增加。李林甫是张九龄的同僚，但是被视为旧门阀贵族利益的代表，与他所鄙视（双方互相鄙视）的区区读书人的利益相对立。736 年底张九龄在斗争中败下阵来并辞去了他的宰相职位，自此李林甫在朝廷中专权长达十六年之久。张九龄在737年夏被贬到长江中游的荆州大都督府出任长史。这份任职对他的声望是严重的贬抑，在省级官阶排行第三，而且在公务上对张九龄所需甚少。他实质上相当于被流放了。直到740年初，张九龄因病告假，才离开羁留已久的荆州回到曲江。6月5日他在家中去世。

张九龄流传至今的诗文比任何一位安禄山兵变之前的唐代士人的都多。他的作品中基本诗和文对半，但他的两百多篇文才是历来学者们研究最多的对象。其中特别是张九龄以皇帝名义起草的那些文书，例如政策论述和对外国君主的信件，得到了历史学家的注意，他们希望以此来了解在开元（713—742）年间的最后十年唐王朝所面对的问题。

张九龄有250多首诗歌作品也被保存了下来。然而他在诗歌方面的成就至今基本被忽视。[3] 这方面他的光芒被其他盛唐诗人的名气所盖过，例如李白（701—762？）、王维（701—761）、杜甫（712—770），还有其他诗人，例如：孟浩然（689—740）、王昌龄（约690—约756）、李颀（约690—约751）、崔颢（约700—约754）、高适（716—765），等等。我们今天仍然惯性屈服于后代尤其是清代对唐诗的评价；在张九龄所处的时代，他被排除在殷璠编辑的同时代诗文选集《河岳英灵集》（编纂于753年）之外，原因是张九龄是一位有政治影响力的人物，而殷璠不希望将这些人物的作品收录，不论其诗歌造诣如何。但是，如果好好地阅读他的诗歌我们就会发现他是一个优雅而富有艺术感的诗人，特别是刻画自然事物鲜明的视觉特征时尤为明显。最显著的莫过于他的一项写作技艺，将自然景物中的元素出人意料地并列放在一联对仗的诗句中。他有很大一部分诗歌是"登高"诗，描绘在各种自然或人造的高处俯瞰的景色。或许对熟悉唐诗的读者而言最引人注意的，是张九龄在描写南方环境时，面对自然环境的反应，而张九龄的反应通常与习以为常或为人所接受的反应截然相反。对他而言，南方并非蛮荒、隔绝或可怕之地，而是一片展示着他所熟悉与珍视的事物的土地。因此，在很多诗中我们可以找到萦绕的猿啸，在张九龄的诗中并非表示愁绪和哀思，而是被他当成一个他所欢迎的老友。

[3] 尤其被西方学术界所忽视。这个情况近年在中国学术界大大改善了，有关研究概述参见顾建国：《张九龄研究》（北京：中华书局，2007），页8—17。

张九龄肯定是一个南方的拥护者,他似乎时常觉得南方是一个从不被人看上而又被误解的地方。这一点在他那篇绝妙的关于荔枝的赋中体现得再明显不过。本刊的读者当然不需要关于荔枝的介绍,但是这种"水果皇后"在开元年间却并不为朝廷所知。只是到了天宝(742—756)年间,荔枝才完全引起朝廷的注意——这背后含有不光彩的因素。这个故事今天已经为人熟知,首次记载出现在九世纪李肇(约813在世)的《国史补》:

> 杨贵妃生于蜀,好食荔枝。南海所生,[4] 尤胜蜀者。故每岁飞驰以进。然方暑而熟,经宿则败。后人皆不知之。[5]

> Precious Consort Yang had been born in Shu, and was fond of eating lychees. The lychees from Nanhai were much superior to those from Shu. Therefore, each year [when they were ripe] an express relay of horses brought them for presentation to her. But ripening just in the heat of summer, they would spoil after one night. People of later times are all unaware of this fact.

现在我们需要注意的是,在张九龄的赋中,有一联颇富想象力的诗句出奇地预想了上述自岭南以接力快递的形式发送荔枝的情形。我有时猜测:是否张九龄的诗句激发了那个从南方为杨贵妃送荔枝的故事。正如李肇所记载,荔枝这种水果一旦摘下就难免迅速腐烂,当荔枝被运送至京城后显然不可能依旧新鲜。

除了在蜀地和岭南地区之外,唐代种植荔枝的还有闽地区。如下我们将要读到的材料将证明,杨贵妃对产于岭南荔枝的偏爱同张九龄对荔枝的看法一致。[6] 奇怪的是,唐代的《本草》,作于659年,当中并没有关于荔枝的条目。这显示其缓解各项身体机能失调的功效还未被确认。[7] 唐代早期的类书《艺

[4] "南海"这个词在唐代用于指大庾岭以南的一整片区域,或者指广州(与今日广东省广州市并非简单对应)或岭南东部地区。这片区域在秦代首次归入中国治下后被划为南海郡,后来虽在不同时期也是如此,但到唐代时,"南海"不再指代某个特定区划。参见《元和郡县图志》(北京:中华书局,1983),卷三四,页885—886。

[5] 李肇:《国史补》,见《唐国史补 因话录》(上海:上海古籍出版社,1979),卷一,页19。

[6] 然而有意思的是,到十一世纪时,苏颂(1020—1101)把中国的荔枝出产区域按照闽、蜀、岭南为顺序依次排列。见李时珍(1518—1593):《本草纲目》(北京:人民卫生出版社,1978),卷三一,页1817。

[7] 尚志钧:《唐新修本草》(合肥:安徽科学技术出版社,1981)。至十一世纪,关于荔枝,其果实、果核、果荚甚至是花朵都被发现有医学功用。见《本草纲目》,卷三一,页1818—1819。

《文类聚》中有一则非常简短的条目,其中仅仅包括了一些上文提到的文献。[8] 稍晚出现的但更袖珍的《初学记》,一部于727年被张九龄的友人徐坚(659—729)呈给皇帝的类书,也完全省略了荔枝。十世纪晚期的大型类书《太平御览》中有一则关于荔枝的条目,然而其引述的内容仅仅比《艺文类聚》的条目多了一点而已。[9] 所有这些都显示,张九龄在下面将要读到的这篇赋的小序中所表达的惋惜,由于他的(北方)同僚们对荔枝毫无概念,并非夸大其词。

论述张九龄的赋之前,先关注一篇更早的荔枝赋。虽然今天它已经基本被遗忘,但毫无疑问张九龄读过它。这篇赋的作者是二世纪学者王逸(约116—154)。王逸最著名的当然要数他对《楚辞》的注,但是他也写过其他作品。[10] 就本文的目的而言,王逸的家乡也是一个切题的问题。他来自湖北中部的宜城,虽然并非华南地区,但宜城足够靠南以至于可以让那里的人们熟悉一些南方风物,显然也包括荔枝。王逸的这首赋并没有被完整流传下来。今天能看到的,很大程度上是保存在《艺文类聚》引述的两个片段。此外,在《初学记》里徐坚关于其他话题的两处注释中保存了一些散落的句子,一些被李善(?—689)引用在《文选》的注释中,还有一些散落在《太平御览》里。[11] 在《艺文类聚》以外的这些被保存下来的散句中提到了橘、蒲桃、栗、柿、李、柰和杏。这表示王逸在他的赋中可能将这些以及其他水果坚果与荔枝拿来做比较。这些讨论大概出现在此赋的开篇,并引出歌颂荔枝的部分。所有这些散落的片段都被严可均(1762—1843)所辑佚,再和《艺文类聚》中描写荔枝的断章缝合起来。[12] 王逸所作的赋的这一部分以一句"超韵律陈述句"("hypermetrical statement")开篇:"乃睹荔枝之树,其形也。"("Now let us regard the tree of the lychee./ As to its form.")其后接着21句:

---

[8] 这些引文的其中之一被认为是曹丕所作,下文中张九龄的赋的序中也提到。见《艺文类聚》(重印本,台北:木铎编辑室,1974),卷八七,页1497。

[9] 《太平御览》(台北:台湾商务印书馆,1968),卷九七一,页7b–9b。当中引述了一些唐代资料,其中包括杨贵妃的轶事。《太平御览》中称这则轶事引自《旧唐书》,但不见于今本《旧唐书》。

[10] 《后汉书》(北京:中华书局,1974)本传,卷八〇上,页2618,提到他关于汉代的作品有21篇赋、诔、书、论和其他未归类的杂文,此外还有123首诗。

[11] 见徐坚:《初学记》,第二版(北京:中华书局,2004),卷二〇,页475;卷二八,页678。《文选》(上海:上海古籍出版社,1986),卷四,页176;卷一六,页704。《太平御览》,卷九六,页5b;卷九六八,页7a;卷九七一,页1a;卷九七二,页3b。

[12] 《全后汉文》,卷五七,页1b–2a。严可均辑:《全上古三代秦汉三国六朝文》(广州:广雅书局,1887)。本文中王逸和张九龄的赋的引用和排列,是按照原文中的韵脚变化而分节的。

	暧若朝云之兴	Umbral as the rising of clouds at dawn,
	森如横天之彗	It is tufted like a comet crossing the sky.
	湛若大厦之容	Deeply founded as the spacious look of a great mansion,
4	郁如峻岳之势	Densely cumulate like the contours of a pinnacled alp.
	修干纷错	Its lengthy trunk branches off and interwinds,
	绿叶臻臻	Its green leaves are in profuse proliferation.
	角亢兴而灵华敷 [13]	When Horn and Gullet are on the rise, its marvelous flowers unfold;
8	大火中而朱实繁 [14]	When the Great Fire is overhead, its vermilion fruit fills out,
	灼灼若朝霞之映日	Vividly vibrant as the sun glinting off dawn's rosy clouds,
	离离如繁星之着天	Distinctly disposed like the manifold stars set in the sky.
	皮似丹罽	Its rind resembles felt of cinnabar-red,
12	肤若明珰	Its flesh is as a shining jewel.
	润侔和璧 [15]	With a glossiness equal that of Mr. He's jade circlet,
	奇喻五璜	Its rarity is analogous with a varicolored half-disc.
	仰叹丽表	Looking up into the tree, one exclaims at its outer beauty;
16	俯尝嘉味	Looking down in the hand, one tastes its admirable flavor.

[13] "角"和"亢"是构成东方青龙七星中的两颗星宿,与春季有关。

[14] "大火"指木星星宿"心宿",中心位于 Antares（译者注：心宿二,也称天蝎座 α 星）。"大火"的称号显然与夏天有关,夏天——也是荔枝成熟的季节——这个星宿在日落时会出现在头顶。

[15] 典出《韩非子》(《百子全书》本),"和氏"第十三,卷四,页 4a/b。

	口含甘液	And one's mouth then holds a liquor of sweetness,
	心受芳气	And one's heart embraces an aura of fragrance.
	兼五滋而无常主	Aligned with various succulent items, none is ever its master,
20	不知百和之所出 [16]	Nor is it known how it excels even the hundred-blend scent.
	卓绝类而无俦	Outstandingly in a class of its own, it has no peer;
22	超众果而独贵	Surpassing every sort of fruit, it alone is priceless.

  这一段可能并非王逸的完整描述，甚至都不一定是关于荔枝的。但是它看起来有着连贯的内在逻辑发展：从树的树盖开始，到它的叶子和树枝，花朵和果实，接下来是对其从视觉、味觉和嗅觉角度的详细描述，最后以赞美它的无与伦比为结尾。然而，另一个事实是，这篇赋并没有完整流传下来，这也印证了中古时期的学者们对荔枝这个对象并不感兴趣。

  张九龄想要改变这种状况。从他的赋中明显可以看出，他不仅仅对荔枝有个人偏好，更将此自然之物视为"南方"的象征。在其赋的序言中，他回忆了720年代中期他与同僚谈论荔枝的情景。他告诉我们，这篇赋作于他远离朝廷后，在"理郡暇日"（"some days of rest from managing a prefecture"）期间。至于创作的确切时间和地点我们并不清楚，但一定是他任洪州都督期间（727—730）或者在岭南担任桂州刺史期间（730—731）。杨承祖认为应该是在洪州期间写成的，因为比起在桂州时，张九龄在洪州有更多闲暇。他在桂州时还担任着一个行政使节的职务。[17] 这是一个无法被证实的观点。杨氏更站得住脚的论述是，他注意到：在桂州张九龄时来运转官运升腾，与之相比，在洪州他的挫败感和失落感很可能更深，更契合他在序的结尾表达的在远方不被欣赏的感觉。然而，位于江西

---

[16] "百和"由不同晒干的香料组成，是香中"究极"（ne plus ultra）之香。

[17] 杨承祖：《张九龄年谱，附论五种》（台北：京华印书馆，1964），页59。

鄱阳湖以南的洪州，是一个宜人之地，并非世界尽头。而且张九龄在赋中有些片段似乎讲到他身处一个荔枝的产区，而洪州并不是。因此，可以做出这样一个判断，即张九龄在桂州的那年创作了这篇赋，桂州对一个有雄心壮志的人来讲可算是最没前途的地方之一了，虽然他在那里担任一个有名望的职位。实际上，孙映逵断言这篇赋就是张九龄在桂州写的，虽然他没有给出一个解释来支撑他的论点。[18] 关于这篇赋的创作时间，虽然最可能的时间是在他在洪州的第二或者第三年，即 728 或 729 年，那时他在洪州的任职开始显得将要一直持续下去，并且毫无好转的迹象。但是，在桂州期间随着时间飞逝，离京城也比洪州更远，张九龄感到更加刺痛的挫败感。然而，所有这些，在没有确凿证据的情况下，都是猜测。读者可想象，在洪州或是桂州其中任何一个地方，张九龄或许抓住荔枝——一种有非凡特质的南方风物，但北方品鉴家们只有很少机会有幸接触到它——作为自己命运多舛的恰当展现。

[18] 他对这篇赋有很好的注解，只是基于有缺陷的《全唐文》文本。见孙望、郁贤皓编：《唐代文选》（南京：江苏古籍出版社，1994），页 66。
[19] 这些著作的出版信息附在本文末的列表中。

这篇赋流传至今有几个版本，大体都一致，但有不少地方有多种解读。下面讨论的文本主要基于《四部丛刊》中的《唐丞相曲江张先生文集》（《曲江集》）所收的版本。《曲江集》与今见张九龄文集各本皆以 1473 年琼台丘浚序本为祖本。熊飞的《张九龄集校注》所采用的就是这个版本（然而尽管称为校本，它并没有完整或准确地参校其书的前言提及的张九龄作品的其他版本）。我也查阅了这篇赋的其他版本，包括:《唐文粹》《文苑英华》《唐五十家诗集》《全唐文》以及 1892 年版《广东丛书》中的《张曲江集》。[19] 在合适的地方也会写上一些校勘记（根据需要在脚注中说明原因）。

我们现在开始读一读张九龄是如何写荔枝的。

> 南海郡出荔枝焉，每至季夏，其实乃熟，状甚环诡，味特甘滋。百果之中，无一可比。

In the Nanhai region where the lychee is produced, it is regularly in the last month of summer that its fruit ripens. Its shape is of a distinctly uncommon roundness, its taste unusually sweet and succulent. Among the hundred kinds of tree-fruit, there is none to compare with it.

余往在西掖,[20] 尝盛称之,诸公莫之知,而固未之信。惟舍人彭城刘侯,弱年累迁,经于南海。[21] 一闻斯谈,倍复喜叹,[22] 以为甘美之极也。又龙眼凡果,而与荔枝齐名,魏文帝方引蒲桃及龙眼相比。[23] 是时二方不通,[24] 传闻之大谬也。

Once when I was working in the court's Western Annex, I positively sang its praises. But since none of the other gentlemen knew anything of it, they refused to believe me. There was only the honorable Liu from Pengcheng, a secretarial chamberlain who had been transferred to several places in his youth and had been in Nanhai. Directly he heard of my remarks he added in agreement his own exclamation of pleasure, to the effect that the lychee is unexcelled for its sweetness and beauty. Then again, the longan, which is a homely fruit, has been reputed on a par with the lychee, as when Emperor Wen of the Wei dynasty adduced the longan and even the grape as comparisons to it. But at that time there was no communication between the two regions of north and south, and this was an instance of his greatly exaggerating because of what had been passed along by hearsay.

[20] "西掖"是中书省的别称,张九龄从722年初至726年夏在这里担任书记官。
[21] 这里指刘升,他的小传见《新唐书》(北京:中华书局,1975)卷一○六,页4055。在武则天时代,在他二十岁之前,他被贬到岭南,后来他改姓温,睿宗时代被带回京城并在720年升任中书省,该职位张九龄也任职过。他的一首应召纪念张说的诗,被保存在《全唐诗》(北京:中华书局,1960),卷一○八,页1116。
[22] "喜"字在《唐文粹》和《文苑英华》本中作"嘉"。
[23] 这里指曹丕(187—226;220—226在位)。张九龄所指的被引述在《艺文类聚》,卷八七,页1497。我这里按照《文苑英华》本在"又"字后删掉了"谓"字。如果加了"谓"字,刘升就会成为关于曹丕这句的讲述者,我质疑张九龄需要刘升来告诉他这个典故。
[24] 葡萄自西域来到中国(北方),但是龙眼和荔枝却是南方偏远地区所产。问题是在三国早期,曹丕应该没对荔枝和龙眼没有任何亲身感知的知识,以此来作为这个论述的基础不甚妥当。
[25] 参见之前关于张九龄在洪州和桂州任职的评述。

每相顾闲议,欲为赋述,而世务卒卒,此志莫就。及理郡暇日,[25] 追叙往心。

Often when turning to idle considerations, I

have thought of describing the lychee in a *fu*. But mundane matters were so constantly pressing that I never followed through with this idea. Now that I have some days of rest from managing a prefecture, I can go back and say what I wished to before.

夫物以不知而轻，味以无比而疑，远不可验，终然永屈。况士有未效之用，而身在无誉之间，苟无深知，与彼亦何以异也。因道扬其实，遂作此赋。

It is certain that any object is devalued when unknown and every taste is suspect when there is nothing to compare it with. When what is distant cannot be personally verified, in the end we always discount it. Even more is this so of him whose person remains in an unacknowledged state, when his mettle has not been put to the test. As long as one is not understood deeply, how can it be different from that? So, this leads me to celebrate the merits of this fruit and I have accordingly composed this *fu*.

[26] "震"是八卦之一，属东方，并因此也和春天联系在一起。这是孕育植物生长的季节。
[27] "离"卦属南方，夏天，与暑热相联系，对荔枝这种热带水果来说很合适。
[28] 根据当时被当作标准的孔颖达（574—648）的《尚书》注，"木生子实，其味多酸……是木实之性然也"（"Trees engender seeds and fruit, the taste of which is mostly sour... . This is the nature of tree fruit"）。因此"作酸"指树生水果生长成熟。见《尚书注疏》（北京：中华书局，1980年《十三经注疏》版），卷一二，页5b。
[29] "休和"是君主避免军事联盟需要的品质。见杨伯峻：《春秋左传注》（北京：中华书局，1981），页969。这个词被用来形容一位贤明君主治下的平和政治。张九龄这里即是如此使用的。这个意象也可能被用来形容荔枝原产地的平和的气候。

果之美者	Of tree-fruits the finest,
厥有荔枝	There is plainly the lychee.
虽受气于震方 [26]	Though receiving its vital breath from the eastern quarter,
4 实禀精于火离 [27]	It is truly imbued with the essence of the fiery south.
乃作酸于此裔 [28]	Then it "becomes sour" in this border land,
爰负阳以从宜	Putting the sun on its back just as it should.
蒙休和之所播 [29]	Accepting what is sown by the beneficent and

		mild,
8	涉寒暑而非亏	It suffers no loss when touched by heat or cold.
	下合围以擢本	Below one must spread one's arms to enwrap its roots;
	傍荫亩而抱规	To the side shading the fields it enfolds its globed fruit:
	紫纹绀理 [30]	With purple lines and violet streaks,
12	黛叶缃枝	Kohl-hued leaves and blondish branches;
	蓊茸霮霸 [31]	Lushly luxuriant, dipped with dewdrops,
	环合芬缊	Are joined circlets of riotous pulchritude;
	如盖之张	Like the spreading out of a canopy,
16	如帷之垂	Like the hanging down of a drape;
	云烟沃若	Glossy and glistening in clouds and haze,
	孔翠于斯	As if peacocks and halcyons were here.
	灵根所盘	Where its native roots are coiled,
20	不高不卑	Is neither high up nor low down,
	陋下泽之沮洳	Disdaining the sodden dampness of a low-lying marsh,
	恶层崖之崄巇	And disliking the perilous peaks of stacked-up cliffs.
	彼前志之或妄	Of those records from the past, some are erroneous:
24	何侧生之见疵 [32]	For why should "growing on the edge" be seen as a fault?

[30] 指的是树皮上有时可见的暗条。
[31] 第二字按《唐文粹》和《文苑英华》作"茸"，这样就与前一字形成叠韵联绵词，因而也配合了后两字所形成的双声连绵词。但是其他版本中"茸"作"郁"，虽然意义相同，但是音律上不如前者悦耳。
[32] 左思（约250—约305）的《蜀都赋》中提到"旁挺龙目，侧生荔枝"（"Longans shoot up from the sides,/ Litchi grow on the edges"）。见《文选》，卷四，页 176。David R. Knechtges（康达维），trans., *Wen xuan, or Selections of Refined Literature, vol. 1: Rhapsodies on Metropolises and Capitals* (Princeton: Princeton University Press, 1982), p. 345。虽然字面上这句话显得有贬义，但张九龄并不觉得如此。

尔其	Just when
句芒在辰 [33]	Goumang resides in the dragon sign,
凯风入律 [34]	And the balmy wind enters the pitch-pipes,
肇允含滋 [35]	With all beginning verify to embody new growth,
28 芬敷谧溢	As a fragrance wafts softly swelling,
绿穗靡靡 [36]	Its virid aments are swaying and waving,
青英苾苾 [37]	Its green blooms sweetly are scented,
不丰其华	And before its flowers are fully blown,
32 但旨其实 [38]	One gets just a hint of the fruit to come.
如有意乎敦本	It seems there is intent contained in its hardy root,
故微文而妙质	Hence the subtle patterning on its wondrous substance.
蒂药房而攒萃 [39]	The stems show a housing of peonies collected together,
36 皮龙鳞以骈比 [40]	The rind is of dragon scales set side-by-side in parallel.
肤玉英而含津	Its flesh is a jade-white bloom, full of moisture.
色江萍以吐日 [41]	Its color that of river nuphar shedding sunlight.
朱苞剖	When the vermilion husk is peeled,

[33] "句芒"（字面义：卷曲的复叶和小穗 [Curling Fronds and Spikelets]）是东方和春天的守护神。"辰"作为十二"地支"之一与龙联系在一起。

[34] "凯风"指春季开始刮起的渐渐温暖的南风。关于传统上声律与二十四节气的关系，目前标准的研究依然是 Derk Bodde（卜德），"The Chinese Cosmic Magic Known as Watching for the Ethers," in Søsen Egerod and Else Glahn eds., *Studia Serica Bernhard Karlgren Dedicata* (Copenhagen: Ejnar Munksgaard, 1959), pp. 14–35。

[35] 本句前两字"肇允"让人想起《诗经·周颂·小毖》(《毛诗》第289号)，传统释为"始信"。"允"（"verify"或"certes"）字在《唐文粹》和《全唐文》本作"气"（因此，英译为"As the air of the [year's] beginning ..."）。

[36] "穗"（"ament"）指的是一种带有有鳞苞片的穗状的花序，类似于总状花序（"raceme"）。

[37] 荔枝的花一般是绿中透白（"greenish-white"）。

[38] 第二字按《唐文粹》本作"旨"，其他版本作"甘"。后者显得不必要地重复，可能是因字形相似而误。此外，作"旨"可避免"甘"与"但"所产生的半谐音，因为这两个字并不是联绵词。

[39] "药"这里是"芍药"的简称，这句是说荔枝圆形的果实就像紧实圆球形的含苞待放的芍药的花朵。

[40] 这里描述的是荔枝果皮颗粒状的表面。它是一种细小六边形小盾有规则的纹理，果实的外皮上分布着疙疙瘩瘩的突起物。

[41] "萍"（*Nuphar japonicum*，译者按：中文学名是日本萍蓬草）有浅黄色的花，当反射阳光时，会显出闪闪发亮的白色。

40	明珰出 [42]	A shining jewel comes forth.
	冏然数寸	In its radiance just a few inches,
	犹不可匹	Yet still not able to be equalled.
	未玉齿而殆销	Before it is touched by jade-white teeth it almost melts;
44	虽琼浆而可轶 [43]	Even the divine snow-gem liquor can be outdone by it.
	彼众味之有五 [44]	Among the various flavors there are five different kinds,
	此甘滋之不一	But there is not another one this sweet and succulent.
	伊醇淑之无准 [45]	Ah, for ambrosial purity there is none on a level with it,
48	非精言之能悉	Impossible to be suggested by the most exquisite words.
	闻者欢而竦企	Hearing of it, one stands up expectantly with delight;
	见者讶而惊伫	Seeing it, one cocks the head startled in amazement.
	心恚可以蠲忿	When you are irritable in mind, it will dissipate anger;
52	口爽可以忘疾 [46]	When appetite is blunted, it will dismiss the complaint.

[42] 称荔枝的果肉为"明珰"应和了王逸的赋中的描述。
[43] "琼浆"是一种知名的仙人饮品，能带来长寿。见《黄庭内景玉经注》(HY 402),卷三,页 21a。也见于更早之前的《楚辞·招魂》,是召回帝王魂魄的诱惑物之一。见洪兴祖(1090—1155):《楚辞补注》(北京:中华书局, 1983),卷九,页 209。
[44] 传统上的五味是酸、苦、甜、辛和咸。
[45] "准"字在《唐文粹》和《全唐文》作"算"。
[46] 虽然乍看起来"口爽"似是对荔枝味道的一种赞许的描述，但这并不正确。与此有关的经典语句是《老子》第 12 章的"五味令人口爽"("The five flavors make one's taste fail"), 意思是说它们让人的食欲被过分满足或至于迟钝。关于张九龄此处"口爽"的另一个贴切的用法,参见张协(约 285—313):《七命》,《文选》,卷三五,页 1611。

	且欲神于醴露	It is more desired by spirits than dew of libational mead,
	何比数之湘橘 [47]	Hardly to be set alongside a tangerine from the Xiang.
	援蒲桃以见拟	To propose that the grape be seen in likeness to it,
56	亦古人之深失 [48]	Is itself a profound error of the men of old.
	若乃	Then, when
	华轩洞开	Ornate casements are opened out,
	嘉宾四会	And a goodly company from all places assembles,
	时当燠煜	Amidst the season that is most sultry and sweltering,
60	客或烦愦	As the guests are sometimes crabbed and irksome,
	而斯果在焉	Still, if this fruit is at hand to them there,
	莫不心侈而体忕 [49]	None but will find their mind relieved, their body relaxed.
	信雕盘之仙液	Truly it is like transcendent ichor served on a finely-carved tray,
64	实玳筵之绮缋	Or indeed a fringe of filigree trimming a tortoise-shell mat.
	有终食于累百	There are some who in one meal pile up a hundred,

[47] "橘"("sourpeel tangerine")在《楚辞·橘颂》中被赞颂以来,它与南方(湘江区域)的联系以及它的美已经典化了。见《楚辞补注》,卷四,页153—155。但是荔枝也超越了它。"之湘"在《唐文粹》《文苑英华》和《全唐文》作"于甘"。这是一个明显的"舍难求易的解读"(lectio facilior,译者按:所谓"舍难求易的解读"指的是在文本重建中,如果出现两种可能的解读方式,其中更简单或者更显而易见的解读。但是,两种解读中更难的解读,即"舍易求难的解读"[lectio difficilior],更不容易是后代抄写者的臆断,因此是更有力的解读。这是又一个对"甘"("sweet")的反向修订("reflexive emendation")。

[48] 指曹丕在这篇赋的序中被引用的、被张九龄批评为误读的那段话。"疾"字在《唐五十家诗集》《张曲江集》和《唐丞相曲江张先生文集》作"失"。但是张九龄应该不会在这里重复使用他在四句之前刚用过的韵字。

[49] "忕"字在《唐文粹》和《文苑英华》作"泰",并没有实质上改变意义。

	愈益气而理内 [50]	And further enhance their *qi* while availing their insides.
	故无厌于所甘	Hence without growing weary of the sweetness of it,
68	虽不贪而必爱	Even if not craving it, one is sure to become partial.
	沉美李而莫取	Of lovely plums dunked, none would be chosen over it;
	浮甘瓜而自退 [51]	Of sweet melons floated, all would withdraw in its favor.
	岂一座之所荣	How could it just be honored at a single gathering?
72	冠四时之为最	It caps what is the very best of all four seasons.
	夫其	*Now, then*
	贵可以荐宗庙	Its value is such as may be offered in the ancestral shrine,
	珍可以羞王公	Its specialness such as may be served to princes and dukes.
	亭十里而莫致	If it were not relayed between post-stops at ten-league intervals,
76	门九重兮曷通 [52]	Could it ever be conveyed to the court's nine-layered gates?
	山五峤兮白云 [53]	Through the white clouds on the mountains of five defiles,

[50] "理"字在《唐五十家诗集》《张曲江集》和《唐丞相曲江张先生文集》作更容易解读的"治"。

[51] 在其著名的《与朝歌令吴质书》中，曹丕写到他特别记得在与吴质共同享有的过去时光的快乐中，"浮甘瓜于清泉，沉朱李于寒水"（We floated sweet melons in the pure wellspring, dunked crimson plums in a cool stream）。《文选》，卷四二，页1895。在水中能沉下去的李子，由于它们的果肉密度大，被认为比那些不能沉下去的更要有滋补效果。对瓜而言，在水中显重是过熟的表现。

[52] 这几乎预言了玄宗日后为杨贵妃能吃到新鲜荔枝而准备的接力快递。

[53] "五峤"是"五关"的别名，指通往岭南地区的山路。它们是：湖南中部的骑田关、湖南南部的都庞关、湖南南部的萌渚关、广西东北部的越城关、广东北部著名的大庾关。

	江千里分青枫 [54]	Or past green maples along a thousand miles of river?
	何斯美之独远	Why is this choice thing alone at such a distance?
80	嗟尔命之不逢 [55]	Alas, for your not meeting up with your proper fate!
	每被销于凡口	Normally dissolving in the mouths of commonfolk,
	罕获知于贵躬	Rarely secured and appreciated by those of noble birth.
	柿可称乎梁侯	The persimmon could be extolled thanks to the honorable Liang,
84	梨何幸乎张公 [56]	While the pear was good-fortuned owing to one Sir Zhang.
	亦因人之所遇 [57]	Here, too, it all depends on whom you may come upon,
86	孰能辨乎其中哉 [58]	And on who can discern what really is inside you.

[54] 这里说枫叶是青色的因为季节是夏季末，树木都还是枝叶茂盛。"青"字在《唐五十家诗集》《张曲江集》和《唐丞相曲江张先生文集》本作"清"。这根本讲不通（我怀疑是受了"清风"这个常见词汇的干扰，虽然没有任何版本把"枫"作"风"）。《文苑英华》作"春"，同样讲不通，因为荔枝是夏末成熟的。

[55] "逢"字《文苑英华》《唐五十家诗集》《张曲江集》和《唐丞相曲江张先生文集》本作"工"，这无疑似乎把责难放在了个人身上而非命运身上。这无疑是一种错误的读法。注意：张九龄这里用第二人称来称呼荔枝。

[56] 潘岳（247—300）的《闲居赋》中提到张公之梨和梁侯之柿。见《文选》，卷一六，页704。英文翻译见 David R. Knechtges（康达维），*Wen xuan, or Selections of Refined Literature, vol. 3: Rhapsodies on Natural Phenomena, Birds and Animals, Aspirations and Feelings, Sorrowful Laments, Literature, Music, and Passions* (Princeton: Princeton University Press, 1996), p. 153。

[57] "人"字《唐文粹》和《文苑英华》作"地"，这样的话对张九龄这里暗示的更广阔的修辞而言显得太局限了，即便仅对荔枝而言也无法跟前一联相接。

[58] 熊飞编：《张九龄集校注》（北京：中华书局，2008），卷五，页415—417；《唐丞相曲江张先生文集》，卷六，页11a—12b；《唐文粹》，卷六，页61—62；《文苑英华》，卷四四，页1a—2b；《唐五十家诗集》，卷一，页113a；《张曲江集》，卷一，页13a—15a；《全唐文》，卷二八三，页1b—2b。韩大伟（David B. Honey）在他的近著中有一个稍有不同的翻译，见 Honey, *The Southern Garden Poetry Society: Literary Culture and Social Memory in Guangdong* (Hong Kong: Chinese University Press, 2012)。

张九龄在这篇赋中所展现的灵巧丰富的辞藻实在令人折服。这是一个超乎寻常、令人愉悦甚至让人垂涎三尺的对荔枝的描述，是为此篇赋的首要目的和主要完美之处。它是迄今为止中国历史上关于荔枝最精彩的文学书写。它当然牢牢根植于咏物诗和咏物赋的传统中，而且如同其他在这类诗歌中被歌颂的事物一样，荔枝在这里不仅仅是代表其本身。这是第二层的解读。在将荔枝的所有特点和本质完全展现的基础上，张九龄将其置于长期以来关于赏识贤能人才的对话中——这也基本是历来所有中国士大夫的一个执着的关怀。我们可以从各个时代的文本中感受到这种一直存在的关怀，虽然有时甚至会多到让人厌烦，但从任何意义上来说都不会消减其对每个个人生活的重要性。虽然张九龄在他的序言的末尾就已经明白地将这个比喻讲出来，但在这篇赋中这个信息还是被轻描淡写，直到在末尾的最后八句才被公开地宣告出来。与其说诗人是在与荔枝对话，不如说是与自己对话。他对荔枝的身份认同昭然若揭，于是发问："为什么你（我）要被拒而远之？为何你只能遇到凡夫俗子却不能前程似锦？远不及你的柿子和梨子却早早得遇贵人。这一切的转机只能依赖运气，依赖你是否能遇到一位可以超越你（我）的偏远的出身和看似带刺的外壳，而赏识你那如'明珰'一般的内在的贵人。"

　　在他当时所处的唐代社会和官僚高层，张九龄作为一个内心坦荡的华南后裔，拥有一个独特的文化位置。难怪他可能有时会感到他与同时代的人有些不同。读者也可以说，作为一个文人，张九龄在今天依然没有得到足够的赏识。总有一天他的诗歌会赢得应有的学术重视和能产生共鸣的读者。不论那一天是否来到，他的荔枝赋在唐代文学中占据着一个特殊地位，而且，异常确定的是，这无疑会作为他的最"有代表性的"作品而流传下去。

为纪念艾龙而作

本文参考的张九龄文献版本：

1.《唐丞相曲江张先生文集》，《四部丛刊》（1919—1936）本，据1473年本《张子寿文集》。

2.《全唐文》，董诰（1740—1818）等编，1814年，台北：大通书局，1979年重印本。

3.《唐文粹》，姚铉（968—1020）编，《国学基本丛书》（1929—1941），

据 1893 年癸未江苏书局本。

4.《唐五十家诗集》，编者未知。据明活字版影印，上海：上海古籍出版社，1989 年重印本。

5.《文苑英华》，李昉（925—996）等编，北京：中华书局，1966 年，据 1567 年本。

6.《张曲江集》，广东丛书本（1792），附温汝适（1754—1820）所做的考证和年谱，据 1734 年本。

（饶骁 译）

李白与陀罗尼幢

[1] 译者按：本文为柯睿教授的专著 *Dharma Bell and Dhāraṇī Pillar: Li Po's Buddhist Inscriptions*（Kyoto: Scuola Italiana di Studi sull'Asia Orientale, 2001）的最终章。在本文的前一章，即第二章"Dharma Bell"（法钟）中作者已经讨论了李白重要的佛教主题作品《化城寺大钟铭并序》，所以这里一开篇便说"在李白其他佛教主题的作品里"。

[2] 安旗《东鲁寓家地考》，载《李白研究》（台北：水牛出版社，1992；这是西北大学1987年版的修订本），页111–121，特别是页115–117。瑕丘其实就是李白作品里另有三处都提到的"沙丘"，却被一些李白传记作者误认为是河北巨鹿附近的沙丘。

[3] 韦利（Arthur Waley）将其误当作是"为某位僧人所写的纪念铭文"，并认为它"值得一看主要因为跟道教相关，特别是提了炼丹这一道教的特殊层面"。除非是为了维护某种诡异的"中国风味"而忽视原文本意，不然不可能如此彻底地误解该铭文。见 Waley, *The Poetry and Career of Li Po*（London: Allen and Unwin; New York: Macmillan Co., 1958）, p. 53.

[4] Strickmann, *Mantras et mandarins: Le bouddhisme tantrique en Chine*（Paris: Gallimard, 1996）, pp. 65ff.

[5] Étienne Lamotte（艾蒂安·拉莫特）, *Le Traité de la grande vertu de sagesse de Nāgārjuna*（Mahā-prajñāpāramitāśāstra）, 4 vols.（Louvain: Institut Orientaliste, Université de Louvain, 1949–1976）, vol. 1: pp. 317–318, and esp., vol. 4: pp. 1854–1869。另见 Strickmann, *Mantras et mandarins*, p. 66。

[6] 例见《妙法莲华经》，卷七，T 262.9：页 58c9–13。

[7] 像玄奘（596—664）和义净（635—713）那样在印度待过几年的僧人是极少的特例。常被忽视的 R. H. van Gulik（高罗佩）的 *Siddham: An Essay on the History of Sanskrit Studies in China and Japan*（Nagpur: International Academy of Indian Culture, 1956）仍然是关于这一话题最有启发性的著作。特别是页12–50。

在李白其他佛教主题的作品里，他为鲁郡（今山东兖州）崇明寺的陀罗尼幢所写的铭文意义尤为突出。[1] 在唐代，鲁郡又名兖州，李白将妻儿安置于其首府瑕丘城东北隅的住所。四五十岁的李白四海为家，这也算得上是他的一片故土。[2] 这篇铭文中的崇明寺似乎位于鲁郡的首府瑕丘，所以一般宽泛地说它的地理位置在鲁郡。该文与李白为化城寺钟所写的铭文一样均是应邀之作。它不仅让我们可以深入了解李白的文学技巧及其对佛教经典的灵活运用，还在一些有关文化史，特别是宗教史的重要议题上给予我们启发。[3]

这种被称为陀罗尼（*Dhāraṇī*）的咒文常与密宗（Tantric Buddhism）联系在一起，而密宗修行在唐玄宗（712—756在位）及其继任者执政期间日益公开也是广为人知的事实。不过，司马虚（Michael Strickmann）在他近期关于中古中国密宗的权威著作中提醒我们，拥有陀罗尼一直是菩萨不可或缺的特征之一，因此也是大乘佛教的标志。[4] 陀罗尼本质上是让菩萨能记住他所有学过或将要学到的东西的一种工具，[5] 也是保护经文以及保护传播经文者的强大法器。[6] 就是说，它可以通过运用基本的阿罗波遮那（arapacana）音素的内在力量创造出一个语言的能量场，并以此来抵挡和控制邪恶的或迷惑人心的势力。因此，陀罗尼不能被翻译成其他的语言。而且唐朝的汉人，甚至那些可能被认为是虔诚的佛教徒的人，都很少费力去学梵文。[7] 所以这些强大的咒语只能用通过汉字这一笨拙的媒介被音译成中文。人们因此就不断地尝试用文字来表现这些强有力的声音，并不停地"修正"和"重新翻译"较知名的或较受追捧的陀罗尼。在八世纪，人们对诵念这种梵文[8]咒语的兴趣日益高涨，奈良时代和早期平安时代的日本很快也会热衷于此，甚至有过之而无不及。[9]当时该陀罗尼的重要性已在《大智度论》《莲华经》和《楞伽经》这样的佛教经典及其他文献中得到了充分的证实。[10]

这些咒文中，在唐代最广为流传的应该是梵文名为 Uṣṇīṣa vijaya dhāraṇī 的咒文，载于名为 Buddhoṣnīṣa vijaya dhāraṇī sūtra 的经文中，中文译为《佛顶尊胜陀罗尼经》。该经于高宗朝（649—684）后期由一位叫佛陀波利（Buddhapālita，意为"觉护"，约470—540）的克什米尔僧人带入了中原。约于公元680到710年之间，在长安和洛阳被译成了五种不同的版本。一连串的翻译热潮说明了人们对这一新引入的经文很有兴趣。本文将讨论的李白的铭文归根究底因此经而作，所以我们应该先停下来仔细地审视一下这篇经文。

几位日本学者，例如月轮贤隆、田中海应和干潟龙祥，都在二十世纪的上半叶发表过关于《佛顶尊胜陀罗尼经》不同方面及其传播的翔实而有用的研究。[11]荻原云来则细致地研究了经文中最重要的陀罗尼咒。[12]三崎良周探讨了该经不同版本的重要性，特别是对于某些肖像形成的影响。[13]在此笔者将浅谈经文中有助于理解李白的铭文的一些背景知识。

传统上一般认为[14]僧人佛陀波利于676年从他的故乡克什米尔来到中国。[15]这位僧人的名字通常被译写为 Buddhapāla。梵文里的 la 一般

[8] 或者甚至是它们最原始的形式，有时是伪梵文。
[9] 见 Ryūichi Abé（阿部隆一），*The Weaving of Mantra: Kūkai and the Construction of Esoteric Buddhist Discourse* (New York: Columbia University Press, 1999), pp. 151-184。阿部指出，密宗修行在奈良时代的佛教中很普遍，然而现代学者因文献分类的需求，违反时间顺序，强行建构了杂密/纯密的区分，从而模糊了这一事实。他的这个论点对我们很有帮助。
[10] 见 John Kieschnick（柯嘉豪），*The Eminent Monk: Buddhist Ideals in Medieval Chinese Hagiography* (Honolulu: University of Hawaii Press, 1997), pp. 82-96，概述了中古中国使用咒语情况，着重于高僧传记中对它们的描述。
[11] 月轮贤隆：「鄔瑟抳沙尾匿野陀羅尼」について》，《六條學報》第133期（1912），页1—23。田中海应：《尊勝陀羅尼信仰史觀》，《大正大學學報》第15期（1933），页1—2。干潟龙祥：《佛頂尊勝陀羅尼經諸家の研究》，《密教研究》第68期（1938），页34—72。
[12] 荻原云来：《尊勝陀羅尼の研究》，载《荻原云来文集》（东京：大正大学出版部，1938），页809—834。该研究最早于1912年发表在荻原所办的期刊《密教》上。
[13] 三崎良周：《佛頂尊勝陀羅尼經と諸星母陀羅尼經》，载《敦煌と中國佛教》（东京：大东出版社，1984），页115—129。
[14] 两个最早的关于佛陀波利和《佛顶尊胜陀罗尼经》的来历的出处是：一、该经的佛陀波利译本后附上的、与他同时代的定觉寺住持志静所写的序文（T 967.19：页349b1—c19）；二、赞宁十世纪的著作《宋高僧传》（北京：中华书局，1987）里的有关章节（卷二，页28—29；T 2061.50：页717c15—718a29）。我们将看到，志静的证词有着强烈的救赎色彩，而且并不总与史实相符。九世纪的日本朝圣僧人圆仁（794—864）的著名行记里有一个缩略的版本，见小野胜年注、白化文译：《入唐求法巡礼行记校注》（石家庄：花山文艺出版社，1992），卷三，页[转下页]

[接上页] 293，页 341；Edwin O. Reischauer（赖世和），trans., *Ennin's Dairy: The Record of a Pilgrimage to China in Search of the Law* (New York: The Ronald Press,1955), pp. 246, 266。另参见 Robert M. Gimello（詹美罗），"Chang Shang-ying on Wu-t'ai Shan," in Susan Naquin and Chün-fang Yü eds., *Pilgrims and Sacred Sites in China* (Berkeley and Los Angeles: University of California Press, 1992), p. 130, n. 24。

[15] 仪凤元年被断定为佛陀波利初抵中国的时间。仪凤始于上元三年农历十一月八日，等同于公元 676 年 12 月 18 日。仪凤二年在不到两个月之后从农历新年开始，即公元 677 年 2 月 8 日。由于仪凤年号不是从农历新年开始的，所以发生时间在历史资料里被记录为仪凤元年的事件可能发生在仪凤年号开始的这一整个阴历年里的任何时间（即 676 年 1 月 21 日到 677 年 2 月 7 日），而只局限于该年号第一"年"（共 52 天）。

[16] 主要见 Étienne Lamotte, "Mañjuśrī," *T'oung Pao* 48 (1960): pp. 1–96。Lamotte 并没有评论朝圣者的名字，但正确地将他称为"Buddhapālita"。在过去的四十年里只有 Antonino Forte（福安敦）采用了他的叫法。

会被翻译成汉字"罗"，而中文里他名字的最后一个音节在这里则被写成了通常与梵文中的 *li* 或 *ri* 对等的"利"字。另一种常见的译写 Buddhapāli，试图顾及"利"字的语音价值，但这又与梵文的语法形式不符，所以这里的 *-pāli* 要么是个错误，要么就并无意义。另一方面，Buddhapāla 的意思是"为佛守护者（直译为觉悟者）"，可与"觉护"的语意对等，但末尾的 *-li* 仍然是个问题。为了解决这个疑问，我们需要意识到很多被译成汉语的梵文的最后一个音节都会被省略。在这里也是一样，被省掉的是用来标示过去式的语素 *-ta*。Buddhapālita 的意思"受佛护佑"，是中文名"觉护"的完美原型，也直接衍生出了其中文译写。语法上，作为词尾的 *-ta* 并不难分析，也很容易与前面的部分拆分开来，因此特别容易被语言中完全没有动词变位的汉人忽略。如果这样的词尾出现在超过四个音节的专有名词里就更是如此了。中文名字的长度一般不会超过四个音节，所以尾音消失的情况并不少见。事实上，甚至还能找到一位和我们这位克什米尔僧人同名的人物，即大名鼎鼎的佛护（Buddhapālita，约 470—540）。在他为龙树（Nāgārjuna）的《中论》(*Madhyamakakārikā*) 写的注释中，佛护建立了后人眼里的中观派（Madhyamaka）分支、归谬论证派（Prāsaṅgika）。鉴于在六、七世纪的中国中观派的教义越来越受到追捧，这一关联也很合理。

跟很多朝圣者一样，佛陀波利最初的目的地是五台山。这座位于山西北部的大山（更准确地说是一片山脉）作为代表了无上智慧的文殊师利（Mañjuśrī）菩萨的居所而为人所知。[16] 到达以后，波利满怀感激和祈愿，在他追寻已久的山脉前伏地跪拜，诉说着自己旅途的艰辛和信仰的虔诚，乞求文殊菩萨现身并向世间广施慈悲。波利强忍着泪水，终于行礼完毕。当他抬起头时，面前出现了一位不知从何而来的老者。老者与波利用"婆罗门语"进行了交谈。他告诉波利很多汉人都罪孽缠身，连这里大多数的僧侣都违背了寺院的戒条。老者还说，只有《佛顶尊胜陀罗尼经》可以去除这些人的恶业，不知僧人是否带了此经文？波利坦言自己空手而来。老者回答说如此是徒劳，即使朝圣者能见到文殊师利，也认不出那是菩萨本尊，除非他可以沿着漫长的原路折回，获取经文并携之而返。到那时，他就可以确信自己能在菩萨的住所见到文殊师利。我们的好僧人因此感到鼓舞而非沮丧，抑制住眼泪并怀着最高的敬意向老者一拜。当佛陀波利再抬起眼的时候，老人就像他突然出现的那样突然消失了（这显然是文殊师利本尊的微服幻象）。惊奇之后，波利满怀热诚，启程回了印度。

七年之后，也就是683年，佛陀波利又回到了中国。这一次，他带来了佛经，并清楚自己的使命。他径直去了都城长安，把佛经献给了皇帝（那是高宗皇帝在世的最后一年，他已病入膏肓，政务由武后掌管。依照这个故事的时间顺序，此处及之后几年的事件中提到的皇帝都应是指武后，而不是高宗和他没用的儿子们）。皇帝收下了佛经并下令让士大夫、俗家弟子（*upāsaka*，优婆塞）杜行颛将之译成汉文。[17] 据说杜行颛通晓好几门外语，而且还有十名左右的助手。他们在杜的指导下完成了《佛顶尊胜陀罗尼经》的译本，但通常仅归功于杜一人。该版本保存在今本《大藏经》，编号为 *T* 968。

佛陀波利似乎被排挤在了这个项目之外。他因佛经仅被藏在秘书省而不是像五台山的老者所期待的那样广为传播、造福众生而感到不满。他恳求皇帝将经文散布出去。皇帝随即把梵文原版的经文还给了他，只留下汉译本。拿回手稿之后，佛陀波利找到当时少有的略通梵文的汉人，长安西明寺的僧人顺贞，[18] 来帮助他完成一版为中国百姓而作的译文。这项任务获得了皇

[17] 志静的序里指明杜行颛的官衔是司宾寺典客令。司宾寺是武后时期（684年10月19日到705年3月3日）鸿胪寺的名称。见 Robert des Rotours（戴何都），*Traité des fonctionnaires et Traité de l'armée, traduits de la Nouvelle histoire des T'ang* (chap. XLVI-L) (1948; 2nd rev. San Francisco: Chinese Materials Center, 1974), p. 414。鸿胪寺或司宾寺是政府管理佛教僧侣的机构，因为佛教是外来宗教。694年，其对佛教的监管职责转移到了管理皇家礼仪的祠部。这标志着武后时期佛教官方地位的提升。见 Stanley Weinstein（史丹利·威因斯坦），*Buddhism Under the T'ang* (Cambridge; New York: Cambridge University Press, 1987), p. 43。

[18] 关于该寺，见 Forte, "Daiji (Chine)," in *Hōbōgirin: Dictionnaire encyclopédique du bouddhisme d'àpres les sources chinoises et japonaises*, fasc. 6 (Paris: Adrien-Maisonneuve, and Tokyo: Maison Franco-Japonaise, 1983), pp. 700–701。

[19] 根据一个稍晚出现的传统说法：佛陀波利这次见到了文殊师利的真身并被菩萨带进了他的金刚窟，这样波利第一次跟老人见面时后者的预言就都成真了。波利一进窟，入口就关上了。此处后来变成了虔诚信徒的朝圣地之一。虽然在隐居五台山之后波利的踪迹不再为他同时代人所知，但据说僧人法照曾在近一个世纪之后在山上遇到过他，并获准进入金刚窟，一睹文殊师利及其神圣居所的真面目。之后法照被护送出来，并将这个故事告知天下。见慧皎：《宋高僧传》（北京：中华书局，1992），卷二，页 29；T 2061.50：页 718a14—29。故事的另一个版本（没有最后的这些补述）收录在志磐：《佛祖统记》，卷三九，T 2035.49：页 368c15—23。

[20] 志净的版本是 T 967 的序。Lamotte 将它译为了法语。见 "Mañjuśrī", pp. 86—88。

[21] 写在棕榈叶上的该陀罗尼的悉昙文版本于 609 年从日本传入中国，现存于奈良法隆寺。见获原云来：《尊勝陀羅尼の研究》，干潟龙祥：《佛頂尊勝陀羅尼經諸傳の研究》，页 45—58。如果这不是当时唯一的范本的话，那么该陀罗尼一定在佛陀波利到达中国之前 70 年就已经在中国的某些圈子里存在了。这就构成了该咒文的史前阶段，即在它受到朝廷重视或者甚至成为僧伽的重要组成部分之前。

[22] 见 Forte, "Divākara (613—688), un monaco indiano nella Cina dei T'ang", *Annali della Facoltà di lingue e letterature straniere di Ca' Foscari* (Serie Orientale, 5) 13 (1974): pp. 135—164。地婆诃罗的生平和著作最清晰的记述见《宋高僧传》，卷二，页 32—33；T 2061.50：页 719a18—64；以及《开元释教录》卷九，T 2154.55：页 564a12—16。

帝的首肯，该译本为《大藏经》中的 T 967。佛陀波利因此达成了让经文广为流传的目的。在下文我们将看到，载有李白铭文的陀罗尼幢上刻的正是这个版本。该版的翻译很可能完成于 683 年。本文依照的是僧人志静所写的佛陀波利的故事，志静则声称自己是从印度僧人地婆诃罗（Divākara，日照，613—688）那里听来的。志静与地婆诃罗在 687 年期间交往甚密，而后者与该经（见下文）的渊源之深又仅次于佛陀波利。据说佛陀波利在完成经文的翻译之后便带着梵文原版隐居五台山，同时代的人从此再也没有见过他的踪迹。[19]

如果志静的纪录都是真的的话，那这会是个非常精彩的故事，而且从各个层面来说都是个令人信服的喻言。这一点对于当时信佛的人来说至关重要，尤其是故事中对当时已成为唐代佛教中重要角色的文殊师利的强调。[20] 然而，该版本的很多细节并不可靠。其他资料清楚地显示《佛顶尊胜陀罗尼经》已于 679 年出现在了大唐宫廷里（皇室在那一年的大多数时间及之后的一年居于洛阳，不在长安），并已交给杜行颉翻译。[21] 如果我们假设三年时间已经足够佛陀波利往返取回经文，而不是故事中过长的七年的话，那么就可以解开一些时间顺序上的疑点。所以，大多数学者认为 T 968 的完成时间是 679 年。志静给出的佛陀波利将经文带入都城的年份，683 年，很有可能是后者译本完成的时间。

地婆诃罗被认为是《佛顶尊胜陀罗尼经》另外两个版本的译者。来自印度中部的地婆诃罗是七世纪八十年代中国最活跃、也最重要的佛教文献译者。[22]

有些资料显示他曾在翻译了 679 年版的杜行颢的团队里工作过。[23] 鉴于 678 年他似乎已身在长安，这一假设并不是没有可能。[24] 在接下来的十年中，他独自完成了另两个版本的翻译，即 T 969 和 T 970。地婆诃罗住在长安弘福寺期间完成了第一个版本，[25] 即 T 969，沙门彦悰于永淳元年五月二十三日（682 年 7 月 3 日）为之作序。[26] 彦悰告诉我们，仪凤四年一月初五（679 年 2 月 20 日），杜行颢和某个叫度婆的人向朝廷递交了他们为近期进贡的经文所作的译稿。[27] 皇帝（此处应为高宗）深为经文中的"圣言"折服，并允许翻译时不避高宗及其父太宗的名讳。[28] 彦悰声称自己是这个翻译团队中的低阶成员（参末席），而杜行颢却对他优雅的散文行文风格甚是赞赏。杜行颢在第一版修改完成之前就去世了，这一版本最终成为 T 969。地婆诃罗为该版最后收尾，这可能是他有时会与杜行颢并列为译者的原因，进而也让人误以为他参与过更早的 T 968 的翻译。彦悰进一步声称，他在杜去世不久后就给 T 969 写了序，以便让后世的学者不会对这一版译文创作的背景和过程产生疑问。[29] 687 年，地婆诃罗在志静的帮助下在洛阳的魏国寺完成了第二个译本，[30] 即现在的 T 970。当时地婆诃罗在悉心教授志静陀罗尼的正确发音。地婆诃罗于翌年（688）去世，我们知道在接下来的几年里，朝廷大部分的注意力会转移到用来支持武后和她的新周王朝统治的佛经和佛教活动之上。然而这并没有减少《佛顶尊胜陀罗尼经》公认的现实意义。正如巴雷特（T. H. Barrett）近期的研究所显示，它似乎还推动了中国印刷技术的发展，因为武后计划在她的整个帝国发放无数个装有这一力量强大的经文印本的微型佛塔。[31]

[23] 例如《开元释教录》，T 2154.55：页 564b2—3。

[24] Forte 认定地婆诃罗到达的年份是 680 年，但又说他在 680 年前就到过中国，"可能甚至是 676 年"（因私前来）。见 Forte, "Divākara," pp. 136–139。

[25] 关于弘福寺，见 Fort, "Daiji (Chine)," p. 692。

[26]《佛顶尊胜陀罗尼经序》，T 969.19：页 355a12—b13。彦悰最为人知的事迹应该是和慧立共同撰写了伟大的旅行家、翻译家玄奘的传记《大唐大慈恩寺三藏法师传》（T 2053）。关于彦悰的事迹，见《宋高僧传》，卷四，页 74；50：页 728c15—729a2。

[27]《大藏经》的版本提到了一位宁远将军度婆，乍看似乎是地婆（地婆诃罗的简称）的音译或误写。然而，《开元释教录》（T 2154.55：页 564b2—3）清楚指出度婆和地婆诃罗是两个不同的人。笔者尚未找到其他关于度婆的资料，但这个名字一定是某个印度人名的音译。宁远将军是个附属于兵部的名誉头衔，官阶为正五品下。见 des Rotours, Traité des fonctionnaires, p. 101。

[28] 唐代佛教中更多避讳字眼的另一例子，见 Forte, A Jewel in Indra's Net: The Letter Sent by Fazang in China to Ŭisang in Korea (Kyoto: Italian School of East Asian Studies, 2000), pp. 73–74。

[29]《开元释教录》，T 2154.55：页 564a27—b11。

[30] 关于该寺，见 Forte, "Daiji (Chine)," pp. 693, 695。

[31] Barrett 出色的研究 "Stūpa, Sūtra and Śarīra in China, c. 656–706 C.E" 为七世纪晚期文化一些被忽视的方面提供了新的见解，文载 Buddhist Studies Review 18 (2001): pp. 1–64。注意该篇经文的注释由行感和波仑于七世纪九十年代早期［转下页］

相隔近一代人，在唐朝中兴以后，出现了《佛顶尊胜陀罗尼经》的另一个新译本，于 710 年由高僧义净（635—713）完成。从 673 年至 685 年，他花了超过十年的时间在印度学习，直到 693 年才回到中国。[32] 所以这部经文刚开始风靡时，义净还身处异国。在生命的最后几年里，义净决定重新诠释该经（T 971），并近乎疯狂地投入到翻译之中。这是《佛顶经》的最后一个中译本。这一译本以对陀罗尼的音译为主，旨在指导中国广大信徒的发音。在之后的几十年里，密宗大师善无畏（Śubhakarasiṃha，卒于 735）、不空金刚（Amoghavajra，705—774）以及其他后继者都对该版进行过完善工作。[33] 佛陀波利的译本在 735 年被朝圣僧人玄昉（Genbō）从中国返乡时带回日本。4 年之后，玄昉身体有恙，圣武天皇下令制作该经的抄本，以示虔诚、助法师康复。[34] 从此该经在日本成为与疗愈相关的重要文本。[35] 而它在中国的地位到达巅峰则是由于代宗皇帝在 776 年发放了一道诏令，命令众僧伽从此每天诵念《佛顶尊胜陀罗尼经》二十一遍。[36] 这道诏令让该陀罗尼及包含了它的经文成为中唐僧侣们最熟悉的一篇佛经。

那么这部经文的内容是什么呢？它讲述了一位名叫善住（梵文：Susthita 或 Supratisthita）的"天子"（梵语 devaputra）的故事。[37] 善

[接上页] 撰写（现在的 T 2180），而这两位僧人都为武后建立周朝出过力。见 Forte, *Political Propaganda and Ideology in China at the End of the Seventh Century: Inquiry into the Nature, Authors and Function of the Tunhuang Document S. 6502 followed by an Annotated Translation* (Napoli: Instituto Universi-tario Orientale, 1976), pp. 99–100。

[32] 近期有关义净生平及著作的透彻研究，见王邦维：《唐高僧义净生平及其著作论考》（重庆：重庆出版社，1996）；另见 T. H. Barrett, "Did I-ching Go to India? Problems in Using I-ching as a Source for South Asian Buddhism," *Buddhist Studies Review* 15 (1998): pp. 142–156。

[33] 善无畏：《尊胜佛顶修瑜伽法轨仪》，T 973.19：页 372a28—373a29。不空金刚：《佛顶尊胜陀罗尼念诵仪轨法》，T 972.19：页 367a25–b28；另见《佛顶陀罗尼注义》，T 974D。后继者例如一位来自那烂陀寺名为法天（Dharmadeva）的十世纪的僧人：《最胜佛顶陀罗尼经》，T 974A；武彻：《加句灵验佛顶尊胜陀罗尼记》，T 974C.19：页 387b12–c19，加版见页 387c21–388a24。

[34] Abé, *The Weaving of Mantra*, pp. 150–151,将"桓武"改成了"圣武"；吉田靖雄：《日本古代の菩薩と民衆》（东京：吉川弘文馆，1988），页 173。

[35] 吉田靖雄：《日本古代の菩薩と民衆》，页 172—174。

[36] 该诏令写于 776 年 3 月 3 日，见《代宗朝赠司空大辨正广智三藏和上表制集》，卷五，T 2120.52：页 852c9—14。该法令事实上是以宦官李宪诚的名义发布的，李是代宗与僧侣人员之间的官方联系人，十分拥护不空。法令要求重复 21 遍是因为经文中佛陀说，如果有人以为了使生活在世间的一切众生受益而每天念诵咒文 21 遍的话，他就可以往生佛陀的极乐世界，即净土。

[37] Susthita 或 Supratisthita 这个名字有"被稳妥安置在能享用一切美好的地方"的含义，非常适合供利天的居民。梵文 devaputra 直译是"神的儿子",中文意译成"天子"。Devaputra 是天界的一个特殊的阶层，其意译"天子"并不含有皇室成员或王子之义，虽然有些学者会认为两者是相同的。见 Sylvian Lévi（西尔万·莱维），"Devaputra," *Journal asiatique* 224 (1934): pp. 1–21；对此更多的更正，见 F. W. Thomas（托马斯），"Devaputra," in D. R. Bhandarkar, et al.eds., *B.C. Law Volume*, part 2(Poona: Bhandarkar Oriental Research Institute, 1946), pp. 305–320。

住天子是须弥山（Mount Sumeru）顶帝释天（Indra）所住的忉利天，即欲界六重天第二层的众天神之一。一天，这位天子跟平常一样无拘无束地在自己的乐园中与很多其他的男女天神们一起纵情享受。[38] 玩乐至深夜，天子突然听到一个声音跟他说七日之后他的现世之身将会死去，他将在人间的南洲、阎浮提（Jambudvīpa）连续七次以动物之身重生（依次为猪、狗、狐狸、猕猴、毒蛇、秃鹫和乌鸦），之后再入地狱历经各种折磨。最后他可能转世为人，但将生于寒门，自幼双目失明。被宣告了命运的善住天子被吓到汗毛竖起，之前的快乐变成了哀伤和恐惧。他焦虑地找到帝释天（释提桓因，Śakra 或 Śakradevānām），恳求帮助。后者了解状况后意识到，只有佛陀才能把天子从他的业报中拯救出来。帝释天穿上全套天神的服饰，前往祇园精舍（Jetavāna），见到了在那里冥想的佛陀，向其致敬，并讲述了天子的劫难。

[38] 为免读者过分想象，这里需要说明一下：根据《长阿含经》，忉利天里男神女神之间的性关系并不涉及直接的身体接触：他们靠近彼此，通过各自的气来享受阴阳交融的愉悦。见《长阿含经》，卷二〇，T 1.1：页 133c16—17。这可能会让人想起天师道臭名昭著的合气术，但两者没有任何的共同点：这里参与者不会触碰彼此的身体，他们的行为与必须通过肢体交缠来满足欲望的人类（和迦楼罗[garuda]！）明显不同。

与很多大乘佛教的经文中描述佛陀宣讲至上教义前会发生的一样，此处佛顶（即头顶突出的肉髻，为佛陀特有的外貌特征）散发出光环，围绕一切世界，然后返回盘旋在佛陀身边，最终与他再次合为一体。几乎不知不觉中，佛陀微笑着向帝释天传授了《佛顶尊胜陀罗尼经》。这有着至高神力的咒文可以消灭所有导致人重生于畜生道及地狱道的业障，根除生死之苦，使人稳立于觉悟之道。只要听过一次即可知晓所有前世，获取过往的一切善报，并同时除去因恶行而导致的生死业报。若能在临死之时想起该咒文，或若能时常诵念，就会得到其他相应的回报：比如，确保可以得到一切如来和神灵的保护，或根除可能会让人堕入地狱、饿鬼、畜生三恶道的宿业。在帝释天的请求下，佛陀开始诵念咒文。

在这之后有一个更长的段落，介绍该陀罗尼的不同名称、其作为"佛印"的属性，以及对各种与之接触的人的作用，比如那些使用它的人、抄写它的人、为了彰显它而把它刻在石柱上的人、看到或只是靠近这类柱子的人、碰到柱子的影子或者沾到柱子上落下的灰尘的人等。最后，帝释天接受了佛陀的赐福，将咒文传授给善住天子，使后者脱离了即将临头的劫难。焦虑的善住天子在接下来的几天里虔诚诵念咒文,七天之后发现所有不良的业力都被驱除,并且自己可以留在天界。极度喜悦之下,天子赞颂着佛陀的慈悲和力量,并随后在帝释天的陪伴下亲自前去向佛陀行礼,以报谢佛恩。

经文中刻有咒文的石柱暗指经幢,在八世纪和之后的几百年里,中国很多地方都建立过这类经幢。我们马上将要讨论的李白的铭文便刻在其中的一尊之上。这些"经幢"是刘淑芬近期一项研究的对象。[39] 它们是八角形的石柱(也有少数是六角形的),最常由砂岩制成,为多层结构,由下至上逐渐变窄。通常会有幢座,幢座本身一般有三层,雕有种种如来和菩萨的形像或是一些具有重要象征意义的动植物。幢座的最上层向外延伸呈碗状,刻有莲花花瓣。底座之上是经幢最主要也是最长的一个部分——幢身。幢身的八面都刻有经文,如果需要的话还可以刻上其他的题铭。在这之上是碉堡状的"宝盖",每一边都向外延伸几英寸,上面有不同的装饰。再往上则是纵向延伸的一层,比幢身要细、要短,上面可能刻有铭文,但最常见的还是一些圣者的形像。和幢座一样,幢顶也有三层,但比例上更小,通常顶端是刻有如意珠(cintāmaṇi)的莲花宝座。宝盖和经幢顶端之间还可以根据整体设计和大小加入更多的层次。[40] 存留下来的八世纪的经幢,高度从仅四米到壮观的二十米不等,一些宋代流传下来的经柱则高达六十米。[41] 刻有李白的铭文的经幢,显然也不一般。被诗人狂热地形容为"百尺中标,蠢若云断……周流星霜"("a guidepost one hundred ch'ih 尺 [approx. ninety-six feet] tall, straight up as though to cleave the clouds ... around which stream the stars and frost"),定是九世纪早期这类经幢中比较大的一尊。

这类经幢在象征意义上等同于内有佛陀存在的佛塔。最近的学术研究认为,佛塔里面放置的

[39] 刘淑芬两篇关于经幢的长论文可以组成一部内容充实的专著。见《佛顶尊胜陀罗尼经与唐代尊胜经幢的建立(经幢研究之一)》,《"中央研究院"历史语言研究所集刊》第 67 期(1996 年),页 145—193;《经幢的形制性质和来源(经幢研究之二)》,《"中央研究院"历史语言研究所集刊》第 68 期(1997 年),页 643—786。
[40] 相关图表见刘淑芬《经幢的形制性质和来源》,页 727—786。
[41] Angela F. Howard(何恩之)的论文非常详细地描述了一尊十三世纪早期装饰华丽的经幢,并提供了很多照片和绘图。见 Howard, "The Dhāraṇī Pillar of Kunming, Yunnan: A Legacy of Esoteric Buddhism and Burial Rites of the Bai People of the Kingdom of Dali (937–1253)," *Artibus Asiae* 57 (1977): pp. 33–72. 与该个案(Howard 指出受到了南诏的影响)相比,唐代的经幢似乎一般会留更多的空间给铭文而不是装饰。Howard 所研究的经幢也是为了本文中提到的经文而建的。

神圣经文或舍利可以表明其内有佛陀存在。[42] 正如这广为人知的信条所说，佛陀和佛法完全对等，佛陀的法身可以与经幢及其上的陀罗尼成为一体。建造佛教的纪念物，不论是佛塔、石碑、雕像还是经幢，都会让中央政权和地方团体在社会及宗教层面上受益。在地方上，这类建造工程还可以有效地聚集僧侣、贵族、官员和普通百姓的力量。[43]

保存至今最古老的经幢建于 702 年，位于河北获鹿县（今鹿泉市）的本愿寺内。[44] 如刘淑芬所论，最早的这类经幢上刻的都是佛陀波利译的《佛顶尊胜陀罗尼经》（T 967），通常也会包括志静写的序文。根据现存资料，即编入《石刻题跋索引》的铭文文本，我们可以看到从七世纪七十年代晚期开始，唐代中国的陀罗尼幢上就出现了题词。索引中标题直接跟《佛顶尊胜陀罗尼经》相关题词最早可追溯到 688 年。该类写作随后迅速普及起来。由玄宗在位的开元（713—742）天宝（742—756）时期流传下来的此类铭文有好几十篇，其中作于天宝时期的就有近五十篇。这些李白时代的铭文还有待进一步的研究，但它们在题跋集册中保存至今的数量（可能只是八世纪前半叶所刻的铭文的一小部分）充分表明了李白的题词源自一个盛行的传统。甚至，如果愿意的话，我们可以将这类题词定义为一种独立的文体。我们将看到李白的铭文有着独特的个人色彩，正如他创作过的每一种文体。

刻有李白题词的经幢原本位于鲁郡市集，建造和雕刻的经费来自县里虔诚信徒的捐赠。铭文没有注明事件发生的具体时间，却先描述了经幢的建造过程，等到开始交代经幢被移出市集的原因和方式的时候才提到当时在位的皇帝。据此推测，事件应该发生在玄宗即位的 712 年之前。李白没有具体指出经幢建造的日期和事件背后的主要政府及宗教人物（差不多是他上一代的人）。虽然有些蹊跷，但猜想可能已经在经幢上某处标明了。

李白的铭文中关于经幢迁到崇明寺的纪录极为详细，不过这也在预料之

[42] 例见 Gregory Schopen（格里高利·叔本）的多篇论文，收入 Schopen, *Bones, Stones, and Buddhist Monks: Collected Papers on the Archeology, Epigraphy, and Texts of Monastic Buddhism in India* (Honolulu: University of Hawaii Press, 1997)。关于该现象在中国的情况的研究，见 Daniel Boucher（丹尼尔·布歇），"The *Pratītyasamutpādagāthā* and Its Role in the Medieval Cult of Relics," *Journal of the International Association of Buddhist Studies* 14 (1991): pp. 1–27。

[43] 有关研究，见 Liu Shufen（刘淑芬），"Art, Ritual, and Society: Buddhist Practice in Rural China during the Northern Dynasties," *Asia Major* 3rd ser. 8.1 (1995): pp. 19–49。

[44] 刘淑芬：《佛顶尊胜陀罗尼经与唐代尊胜经幢的建立》，页 174。

中，因为题词正是为该事件而写。虽然铭文的中文标题突出了全篇结尾处的十四行押韵的"颂",在它之前的所有部分被称为"序",但鲁郡人最在意的应是长篇的序文,因为它介绍了与重建经幢有关的当地历史的重要细节。该文可以作为一个整体而被称为一篇颂文。除非曾被稍做删减或修改,否则应是全篇都被刻在了经幢上的留白处。和他写的钟铭一样,我们这位大名鼎鼎的诗人不仅仅是被请来为需要被称颂的建筑物写一首正式的赞歌,他还需要在题词中公开地赞颂工程的负责人及时代背景。所以这篇题词必须被看作是"一个整体"。

铭文跨越的时间可确定为749年后半年和750年初之间。事情的起因普通:崇明寺的律宗大师道宗于749年5月21日圆寂。之后不久经幢就被移走了,显然是为了纪念道宗。几位政府官员出资赞助了这次搬迁,其中最有名的是当时鲁郡的都督李辅。李辅本名独孤琬,祖上三代都是高官。他袭承了广武伯的头衔,曾任武卫参军,在开元期间被赐皇姓李,改名为辅(国家壁垒之意),在掌管鲁郡之前曾任其他五郡太守。750年,他前往广平任太守(今河北南部的鸡泽),[45] 这应该就是铭文时间线的终点了。该铭文和上一章讨论的钟铭有很多类似的词汇及用语,把两篇放在一起读的时候,这一点特别明显。因此很可能二者的创作时间很接近,也许是在同一年完成的。[46]

然而,据李白自己所说,邀他来题词的人既不是崇明寺的僧人也不是李辅,而是孙太冲。孙是当地的贤士,享有都水使者的头衔,并在当地人中很有声望。他若干年前曾举国闻名,因为他在744年将自制的长生不老药献给了皇帝。孙太冲在外多年(也曾旅居邻近洛阳的嵩山),如今回到故土,他的奉承让李白很是受用。要记住李白已在此安家,而不是什么吟游诗人或游士,因此他是担任这项任务的合理候选人,这样一来整个项目就都是由本地人完成的了。

[45] 公元750年初,李白代表虞城地区(鲁郡西南五十英里左右)民众写了一篇颂扬地方良吏、李辅之子李锡的碑文,上文内容参照了该碑文中关于李辅的信息。李锡自745年任虞城知县,750年被调往别处任职。文章简短地追溯了李锡的家族史并赞颂了他个人的功绩。见李白:《虞城县李公去思颂碑》,载詹锳:《李白全集校注汇释集评》(天津:百花文艺出版社,1996),卷三〇,页4365—4385;瞿蜕园、朱金城:《李白集校注》(上海:上海古籍出版社,1979),卷二九,页1677—1686;安旗:《李白全集编年注释》(成都:巴蜀书社,1990),页1959—1967。

[46] 这也可以用来证明化城寺钟铭并非作于八世纪五十年代中期,而是像詹锳说的作于四十年代晚期。接连写类似主题的文章时,重复使用一样或者相似措辞的机率最高,但随着时间推移,这一倾向会逐渐消失:即使是五年以后再写同一个话题,我的措词也很可能跟今天有所不同。

这篇铭文可以划分为几个独立的部分。文章的开头回顾了中国文化传统中的三个重要人物，并阐述佛陀如何超越了他们。接下来概括地介绍《佛顶尊胜陀罗尼经》的内容和传入中国的过程，还提及了它拯救众生的效力。然后作者讲述了近半个世纪前，鲁郡人在市集捐建陀罗尼幢及建造过程。在感谢皇帝圣恩之后，文章开始转入当下，表明人们想将经幢从市集移入寺院的热望。作者接着赞颂当地官员治理有方，特别是欣赏佛教且积极推广教义的李辅的政绩，还回顾并赞美了刚去世的崇明寺僧道宗留下的精神财富。之后便是一段关于经幢搬迁和重立过程的有趣叙述，接着作者热情地描绘了经幢卓尔不凡的外形及它会带来的有益影响。然后李白简短地提到对这一项目做出重要贡献的人物的名字将会刻在经幢的其他地方，随后告诉我们是孙太冲促使他写下了这篇题词。最后，文章以一首庄严的十四行颂诗结尾。

[47]《崇明寺佛顶尊胜陀罗尼幢颂》，《李白全集校注汇释集评》，卷二九，页4237—4260；《李白集校注》，卷二八，页1608—1616；《李白全集编年注释》，页1949—1959。这里用《李白全集校注汇释集评》的版本作底本。其他版本另见郭云鹏：《分类编次李太白文》（《四部丛刊》本），卷二九，页5b—9b；缪曰芑：《李太白文集》（京都大学人文科学研究所1958年影印宋本），卷二九，页2b—5b；董诰等：《全唐文》（台北：大通书局，1979），卷三四八，页2b—5b。

这篇铭文最惊人的特点之一是，不光结尾的颂是用诗句写成的。在其他三处，李白的文字也已到达了押韵诗的程度。他是一位太过纯粹的诗人和艺术家，以至于无法将音韵和语义的互动推迟（到文末）。这也提醒我们，虽然我们常常读题跋只是为了从里面搜罗有用的信息，但它们同样也是有意识的文学和修辞能力的展示，在提供信息的同时也要取悦和征服读者。正是出于这个原因，人们才会请像李白那样的大师来写这类的纪念性文章。他们的文采可以帮助当地人定义并提高自己群体的形象。铭文中明显可见的密集用典以及华丽的形式是这种文采形成的关键。虽然是为公开展示的碑铭而作，这篇题词无疑是精英文化的产物。它的措辞需要很多脚注来解释。

下面是李白铭文的全篇：[47]

崇明寺佛顶尊胜陀罗尼幢颂并序

Paean, with Preface, for the Pillar of the Sūtra of the Dhāraṇī of the Honored and Victorious Buddha's Uṣṇīṣa, at the Monastery of Exalted Insight

共工不触山,娲皇不补天,其洪波汩汩流。[48] 伯禹不治水,万人其鱼乎? [49] 礼乐大坏,仲尼不作, [50] 王道其昏乎? 而有功包阴阳,力掩造化, [51] 首出众圣,卓称大雄, [52] 彼三者之不足征矣。粤有我西方金仙之垂范, [53]

If Kung-kung had not battered the mountain, Queenly Wa would not have patched the heavens, and the huge waves would have run rushing, gushing on. Sire Yü in his day not channeled the floodwaters, the myriad folk would now be fish! When rites and music were badly debased, had Chung-ni not arisen, the Way of Kings would have slipped into darkness. And yet,

[48] 根据传说,在神秘的远古时期,共工和颛顼为争夺天下而交战,落败的共工愤怒地用头撞向支撑天空西北角的大山(后来因此被称作"不周山"),撞折了八根支天柱里的一根,还弄断了一根地维。结果大地斜向西南,河川也朝同一方向流动,而天空则向西北倾斜,日月星辰也都往西北移动。天空因不周山部分被摧毁出现了一个洞,造物主女娲(或李白所称的"娲皇")于是炼五色石补天。如果不是女娲,天地就会在西北边分得越来越远,河川就会更严重地倾向西南甚至淹没整个世界。见黄晖:《论衡校释,附刘盼遂集解》(北京:中华书局,1990),卷一一,页469—470(《谈天》);刘文典:《淮南鸿烈集解》(北京:中华书局,1989),卷三,页80。

[49] 大禹,这里称为"禹伯"(传说于公元前2205—前2197年间执政),在洪水泛滥中拯救了华夏众生。在艰辛治水的九年里,大禹小腿上的汗毛被磨光,因治水奔波、踏遍疆土而跛了一只脚,且几次过家门而不入。他通过疏通河道成功泄洪,还将天下划为九州(这是中国传统的行政划分)。《左传·昭公元年》中记载,公元前540年,周王的使者刘夐(刘定公)在与晋国公赵孟的一次对话的开始说:"美哉禹功,明德远矣;微禹,吾其鱼乎!"("So admirable were the accomplishments of Yü! His sanctified virtue far-reaching indeed! Were it not for Yü, we would now be fish!")杨伯峻:《春秋左传注》(北京:中华书局,1893),页1210;另见 James Legge, trans. & comm., *Chinese Classics* (Taipei: Shih-chieh shu-chü, 1971), vol. 5: p. 578.

[50] 仲尼当然是指孔子。《史记》(北京:中华书局,1972),卷四七,页1935—1936:"孔子之时,周室微而礼乐废,诗、书缺。追迹三代之礼,序书传,上纪唐虞之际,下至秦缪,编次其事。"("In the time of Master K'ung, the House of Chou was in decline and the rites and music degenerated, the *Odes* and *Documents* had become defective.

He sought backward for traces of the rites of the Three Dynasties (i.e., Hsia, Shang, Chou). He wrote prefaces to the accounts in the *Documents* and, starting from the era of T'ang Yü (i.e., Yao, trad. reg. 2357–2255 B.C.) down to that of [Duke] Mu of Ch'in (reg. 659–621 B.C.)"参见 Édouard Chavannes(沙畹), *Les Mémoires historiques de Se-ma Ts'ien* (Paris: Adrien-Maisonneuve, 1967), vol. 5: pp. 390–391。

[51] 也被称为"造物者",指的是大自然客观的选择力量及合成原理。这将其与英文中的"creator"相对等的译法使该词有了错误的含义。对这一问题的初步探讨,见 Edward Schafer(薛爱华), "The Idea of Created Nature in T'ang Literature," *Philosophy East and West* 15.2 (1965): pp. 153–160。

[52] 参照《妙法莲华经》,卷二,T 262.9:页21a2:"大雄猛世尊,诸释之法王"("The Great Champion, the unyielding World-Honored One,/ The Dharma King of all the Śākyas...");又23a2:"世雄无等伦,百福自庄严"("Champion of the world, without parallel,/ By a hundred blessings self-adorned and garlanded.")。另见 Leon Hurvitz(郝理庵), *Scripture of the Lotus Blossom of the Fine Dharma, Translated from the Chinese of Kumārajīva* (New York: Columbia University Press, 1976), pp. 122, 134。

[53] 关于汉明帝的梦,见 Kroll, "Li Po's Buddhist Writings," in *Dharma Bell and Dhāraṇī Pillar*, p. 5, n. 22。参照陈子昂(659–700?)《感遇诗》其八:"仲尼推太极,老聃贵窈冥。西方金仙子,崇义乃无明。"("Chung-ni (sc. Confucius) upholds the Great Ultimate,/ While Lao Tan (sc. Lao-tzu) values verecund darkness./ The Transcendent One in Gold, come from western lands,/ Exalts a doctrine that is, after all, 'ignorance'.")彭庆生:《陈子昂诗注》(成都:四川人民出版社,1981),页13。在其他版本里"仙"通常被译成 deva。

with merit encompassing both *yin and yang*, power outdoing that of the Shaper of Changes, standing headmost above the many sages, is he who is boldly termed the Great Champion—in the company of whom these three just mentioned cannot rightly be ranked. Verily here is the abiding model of the Transcendent in Gold, come from lands to our west,

觉旷劫之大梦,	[54]	Awakened from the Great Dream that stretches on for kalpas,
碎群愚之重昏,	[55]	Spalling the heavy gloom from the host of the witless;
寂然不动,	[56]	So still as to be unmoving,
湛而常存;	[57]	Placid yet ever enduring,
使		so that
苦海静滔天之波,	[58]	The waves spurting to the sky from the sea of misery be quieted.

[54] 即从一生到下一生不断进行的轮回, 只有像从梦中醒来一样觉悟的佛陀们才可以豁免。参见李白的钟铭:"佛……惊大梦" ("Buddha... shakes us from the Great Dream")。这一句和后面的三句都是用诗句的形式写的, 第二、四句的尾字押韵 (昏 *hwĕn 和存 *dzwĕn)。前两句为五言, 后两句四言。

[55] 参见王巾 (?—505) 著名的《头陀寺碑》:"曜慧日于康衢, 则重昏夜晓。" ("They shed the Wisdom-sunbeam's light upon bustling crossroads, and thus the 'heavy gloom' at night grew bright.") Richard Mather (马瑞志), "Wang Chin's 'Dhūta Temple Stele Inscription as an Example of Buddhist Parallel Prose,*" Journal of the American Oriental Studies* 83 (1963): p. 346;《文选》(上海: 上海古籍出版社, 1986), 卷五九, 页 2533。"重昏" 指多数人都无意中有过的昏乱状态;"群愚" 是更为常见的群迷的近义词。"碎" 译为"spall", 意思是"变成碎片"。

[56] 关于该短语在《系辞传》和王巾著名的碑铭中的重要用法, 见 Kroll, "Li Po's Buddhist Writings," p. 12.

[57] 为佛教辩护的袁粲 (420—477) 在回应顾欢 (420—483) 拥护道教的《夷夏论》一文时说道:"又仙化以变形为上, 泥洹以陶神为先。变形者白首还缁, 而未能无死;陶神者坐忘日损, 湛然常存。" ("Then again, transformation through transcendence takes modifying the physical form as the highest goal, while nīrvaṇa takes the burning away of the spirit as the foremost aim. One who modifies his physical form may turn white hair black again, but cannot escape death [eventually]. One who burns away the spirit reduces every day the illusions of the dusty world, [becoming] so placid as to be ever enduring.")《南齐书》(北京: 中华书局, 1972), 卷五四, 页 933。更多关于 "湛" 字的论述, 见 Kroll, "Li Po's Buddhist Writings," p. 13。李白在几年之后写的一篇关于佛教的文章《金银泥画西方净土变相赞》里, 也用了 "湛然常存" ("so placid as to be ever enduring"),《李白全集校注汇释集评》, 卷二八, 页 4190;《李白集校注》, 卷二八, 页 1625;《李白全集编年注释》, 页 1921。艾龙 (Elling Eide) 将之译成了 "abiding forever in tranquility"。见 Eide, *Poems by Li Po* (Lexington, Ky.: Anvil Press, 1984), p. 52。

[58] 这句和下句都是七言的, 各自的尾字押韵 ("波" *pa 和 "火" *hwa; 注意, 在盛唐的多数诗人笔中 "火" 是一个平声的韵脚)。《尚书正义》,《十三经注疏》本), 卷二, 页 14a:"浩浩滔天" ("[The waves of the great flood in Yü's time] were lurching and lifting, spurting to the sky")。又见 Legge, *Chinese Classics*, vol. 3: p. 24。"苦海" 是佛教中常见的比喻, 用来形容所有凡人时刻经受着的无边痛苦。

疑山灭炎昆之火，[59]	The fire blazing out of K'un-peak from mountains of doubt be quenched,
囊括天地，	enclosing and wrapping up Heaven and Earth,
置之清凉。[60]	installing them in the realm of Clarity and Coolness.
日月或坠，	Though sun and moon may fall,
神通自在，[61]	His divinely comprehensiveness power will remain of its own
不其伟欤！	—magnificent, isn't it?

鲁郡崇明寺南门佛顶尊胜陀罗尼石幢者，盖此都之壮观。昔[62]善住天子及千大天游于园观，又与天女游戏，受诸快乐，即于夜分中闻有声曰：善住天子七日灭后当生，七反畜生之身。

The stone pillar of *the Dhāraṇī of the Honored and Victorious Buddha's Uṣṇīṣa*, at the south gate of the Monastery of Exalted Insight, in Lu county, is surely the most impressive sight in this whole region. Long ago the deva-lord Well Established was passing the time in his garden belvedere along with a thousand great devas, also together with *devakanyās* disporting and trifling, enjoying all manner of delight and happiness, when without warning in the midst of the night he heard a voice saying, "The deva-lord Well-Established shall in seven days be extinguished, after which he shall be reborn, to undergo seven turns of life in the form of an animal."

---

[59]《尚书正义》, 卷七, 页 9b：" 火炎昆山之冈，玉石俱被焚烧。"（"Fire blazes from the K'un-ridge, and jade and stone are consumed together."）又见 Legge, *Chinese Classics*, vol. 3: p. 168。这里的火山之炎象征着从环绕人类世界的 "疑山" 中升起的激情。"疑山" 是李白自创的词汇，用来搭配常见的 "苦海"（见前注）。请仔细观察我们的诗人是如何在这一对句中巧妙地将两个《尚书》典故用在佛教的语境中的。还要注意这里的六句诗句依然是 "粤" 字开头的句子的一部分，语义也与之相连。

[60] "清凉" 是指阻隔了所有情感的三昧境界。《大方等大集经》, 卷一六, T 397.13; 页 113a24—25。"清凉" 也是与我们讨论的陀罗尼和经文关系特殊的五台山的另一个名字。

[61] "神通" 有超自然的和创造奇迹的力量的含义，比如像《维摩诘经》中常提到的那样。

[62] 这里开始概括《佛顶尊胜陀罗尼经》中关于经文产生过程以及佛陀如何传授经文的部分。天子听说自己命运之后和佛陀传授咒文之前的那段时间里发生的很多事情都被省略了。前文中有更详细的整个经文要旨的概述。

于是如来授之吉祥真经，[63] 遂脱诸苦，盖之天征为大法印，[64] 不可得而闻也。我唐高宗时，有罽宾桑门 [65] 持入中土，犹日藏大宝，清圆虚空，檀金净彩，人皆悦见。[66]

As to this, the Tathāgata conveyed to him a perfected scripture, benign and providential, apt in consequence to take away all sufferings, stamping it attested by heaven as a seal of the great dharma—something of which one may not easily hear. In the time of Kao Tsung of our T'ang dynasty there was a śramaṇa from Kashmir who brought this scripture to our Middle Land. It is like the great jewel of the sūryagarbha, the perfect void of a clarified park, cleansing and dazzling as the gold [sand] of the river [Jambū] that all men delight to see

所以山东开士，[67] 举国而崇之。时有万商投珍，士女云会，[68] 众

[63] 在佛陀波利（T 967.19 : 页 351a28）和义净（T 971.19 : 页 363a26）的译本里，佛陀将该陀罗尼命名为"吉祥"。"真经"显然是借用了道教词汇，这里指陀罗尼本身。这么做明显是应行文节奏所需，李白在此得用一个双字词而非三字（陀罗尼）的短语。

[64] 关于中古佛教中"印"的实物及其法力，见 Strickmann, "The Seal of the Law: A Ritual Implement and the Origins of Printing," Asian Major 3rd ser. 6.2 (1993): pp. 1–83。

[65] 即佛陀波利。见前文。

[66] 这些词汇直接来源于经文中的一个段落，讲的是佛陀在将咒文传授给帝释天时告诉后者，经文就像日藏摩尼宝珠，光焰照彻，无不周遍，洗净所有，无瑕翳残垢，犹若虚空。"清圆"指的既是天国也是当下的寺院。另外，听到该陀罗尼的人会想起阎浮檀河底明净的金沙，并感到欢喜。阎浮檀河由须弥山自南而下，得名于其两岸以四洲之一、凡人的居所阎浮提（狭义上即印度）命名的阎浮檀树林。八世纪早期中宗朝（705—710）中极有影响力的女官、当时诗坛权威的上官婉儿（约 664—710）很熟悉阎浮檀金的意象，并在其为长宁公主的庄园写的 25 首诗之一的一联用它来将庄园比成仙人的天堂："参差碧岫耸莲花，潺湲绿水莹金沙。"("The deep-blue rises, in uneven array, [are like] emergent lotus blossoms;/ The vivid water, in chuckling rush, shows clear the gold sands [of the Jambū].") 见

《游长宁公主流杯池二十五首》，《全唐诗》(北京：中华书局，1960)，卷五，页 63。注意："檀"在李白的铭文中不是指"檀香木"，而是梵文词缀 -nada 的缩略音译（可能是音位转换），即"名称-河-X"(Jambū nadasuvarna, "阎浮-河-金")的形容词形式。为了对仗和韵律平衡，李白缩短了河的名字，但任何熟知该经文或其他经文中这一意象的人都能理解。中国和西方的现代学者常常误读中古文学中的"檀金"一词，将其错误地解释成一个并列名词 (coordinate nouns)。标准的早期出处为《大智度论》，卷三五, T 1509.25 : 页 320a26—27。同样应注意，虽然看起来很有可能，但"日藏"在这里并非引用《大乘大方等日藏经》(《大方等大集经》，卷三四至四五, T 397.13 : 页 233a—297c)，而是经文里常提到的照亮佛土十方的日藏宝珠。例见《大方广佛华严经》，卷七六, T 279.10 : 页 414c28。鉴于该经在世纪之交时已被实叉难陀（Śikṣānanda, 活跃于 695—710）译成汉文，所以它很有可能是李白掌握的资料之一。关于这一段落更多的评论，见下文页 70—72 (按：指英文原文的页码，在本文译稿中，为页 230—232)。

[67] "山东"指的是太行山东边的地区，包括现在的山东及河北南部。关于"开士"，见 Kroll, "Li Po's Buddhist Writings," p. 9, n. 44。

[68] 参见李白的钟铭中类似的语句："工不日而云会" ("in less than a day, clouds of craftsmen were gathered")。

布蓄沓如陵。琢文石于他山，[69] 耸高标于列肆。镂玟错彩，为鲸为螭；天人海怪，若吒若语。[70] 贝叶金言[71] 刊其上，荷花水物形其隅。[72] 良工草莱，[73] 献技而去。

—which is why the Openers-of-the-path east of the mountains, all throughout the region, have regarded it so highly. And there came a time when a myriad merchants offered up their jewels, gentlemen and women gathered like clouds, donating together their valuables heaped high as a mound. They hewed figured stone from out of those hills, raised a lofty marker amidst the shop-stalls. Carving fine jade in various hues, they made whales and wyvernes, devas, men, and freaks of the sea, some as if ranting, some conversing. Words of gold from *pattra* leaves were cut into the stone, lotus blossoms and water plants were shaped around the corners. Expert artisans and plain folk tendered their skills, then left.

圣君垂拱南面，[74] 穆清而居，大明广运，[75] 无幽不烛。以天下 [76]

[69] 参见《诗经·小雅·鹤鸣》(《毛诗》第 184 号)，第 8—9 句和第 17—18 句："它山之石，可以为错；它山之石，可以攻玉。"（"Stones from those hills/ May be used for grindstones./ ... Stones from those hills/ May be used to work jade."）见《毛诗正义》(《十三经注疏》本)，卷一一之一，页 6b, 7a/b；又见 Legge, *Chinese Classics*, vol. 4: p. 297。

[70] 这些可能是经幢底座上的装饰。

[71] 即该经文。"金言"指佛陀说的话。在印度，经文是写在贝叶（pattra leaves）上的。"贝叶"这个叫法严格来说是啰嗦的，因为它结合了梵文 "Pattra"（贝多罗，意为 "叶子"）的（部分）中文音译和它的中文意译 "叶"。贝叶是糖棕树（学名：*Borassus flabellifera*）的叶子。段成式（约 800—863）在《酉阳杂俎》(台北：汉京文化事业有限公司，1983) 里有相关的讨论，见该书卷一八，页 177。

[72] 此为佛教雕塑常见的主题。关于陀罗尼幢的工艺和设计，见刘淑芬：《经幢的形制性质和来源》。

[73] 关于 "草莱" 作为 "平民、草民和普通人" 的意思，见《汉书》(北京：中华书局，1975)，卷六六，页 2898，蔡义说自己 "臣山东草莱之人"。该词

与前几行的 "山东开士" 一词的呼应，可能因此被选用。王融（468—494）的《三月三日曲水诗序》里也有 "草莱" 一词："草咮乐业"（"The country folk take pleasure in their labors"）。《文选》，卷四六，页 2060。李白应该知道这首诗，用法也符合当下的语境。

[74] "垂拱" 字面上的意思是 "两手相合、衣袍垂挂"，暗指君王完美的平静状态。君王自古南面而坐。这里的君王指的是李白时的皇上玄宗。

[75]《尚书正义》，卷四，页 2b："益曰，都，帝德广运，乃圣乃神，乃武乃文。"（"I [minister of the sage-king Shun] said, 'Indeed, the monarch's power broadly stretches out, as he is sagely, is god-like, is martial, is cultured.'"）又见，Legge, *Chinese Classics*, vol. 3: p. 54。

[76] 语法上，"天下" 应该是建立经幢的施事者。我认为指的是百姓——经幢是应百姓而非僧侣的要求建的，所以地址选在市集附近。文学经典的注释传统中也有时将 "天下" 定义为 "天子"，即 "拥有天底下的世界的人"，如果取这一解释的话就可以翻译为 "... was erected under the aegis of him who controls the empire"。

所立兹幢，多临诸旗亭，[77]喧嚣湫隘，[78]本非经行围绕之所，[79]乃颁下明诏，令移于宝坊。[80]

吁！百尺中标，矗若云断，委翳苔藓，周流星霜；俾龙象[81]兴嗟，仰瞻无地，[82]良可叹也。

Our sagely ruler, facing south in complete composure, dwells in self-possessed purity, his great illumination broadly stretching out so there is no hidden spot not touched by his light. Because this pillar was erected by the citizens of the subcelestial realm, it looked out mainly over all the market pavilions; there the babble and racket, the squalor and closeness, were really not conducive to a place of contemplative walking or circumambulation. Then was promulgated and handed down a sanctified fiat, ordering that the pillar be moved to a jewelled compound.

Ahh! A guidepost one hundred feet tall, straight up as though to cleave the clouds, sprinkled with a covering of lichen and moss, around which stream the stars and frost, making the most eminent monks and bonzes cry out in rapture, so that on gazing aloft so far there seems no ground below—yes, truly it is something to make you catch your breath!

[77] "Market pavilion" 字面上是 "旗亭"，市集里的多层建筑。虽然在张衡（78—139）的《西京赋》里长安的 "旗亭" 被理解为政府官员监督商贩行为的办公场所，但在唐代，如果店铺上面飘着旗子的话，一般就标志着那是一间酒家或者旅馆。《文选》，卷二，页 61；David R. Knechtges, trans., *Wen xuan, or Selections of Refined Literature* (Princeton: Princeton University Press, 1982), vol. 1: pp. 202, L. 331。

[78]《春秋左传注》，昭公三年，页 1237： "景公欲更晏子之宅，曰，子之宅近市，湫隘嚣尘。" ("Duke Ching wanted to change the residence of Yen-tzu and said, 'Your residence is too near the marketplace with its squalor and closeness, its babble and racket.'") 又见 Legge, *Chinese Classics*, vol. 5: p. 589。

[79] "Contemplative walking" 为 "行经"，这里指边冥想边绕经幢行走。 "Circumambulation" 为 "网绕"。李白作品的清代编注者王琦（1696—1774）给出了一个很牵强的解释： "网绕" 是为了防止鸟降落其上面围绕经幢垂放的网。现代的编辑沿用了这一解释，即使从来就没有人见过这种想必会有损经幢的外观或挡住上面的雕刻的网兜。

[80] "明诏" 指皇帝的诏书，但是远在长安的朝廷似乎不太可能会来促成经幢的搬迁。应该是地方官员得到皇帝默认的授权并作为中央政府的代理在背后推动这一工程（见下文）。短语中的 "明" 含有神圣的意味，因此可以翻成 "sanctified, consecrated"；马伯乐（Henri Maspero）很早就指出了这一点，见 Maspero, "Le mot *ming*," *Journal asiatique* 223 (1933): pp. 249–296。"宝坊" 指寺院，见 Kroll, "Dharma Bell," p. 30, n. 47。

[81] 字面上是 "龙象"，见 Kroll, "Dharma Bell," p. 31, n. 56。

[82] 参见王巾的《头陀寺碑》： "层轩延袤，上出云霓，飞阁逶迤，下临无地。" ("Tiered casements extend on and out, emerging upward through clouds and rainbow;/ Flying galleries writhe and wind, looking down over no ground below.")《文选》，卷五九，页 2538；又见 Mather, "Wang Chin's 'Dhūta Temple Stele Inscription'," p. 353。

我太官广武伯陇西李公,先名琬,奉诏书改为辅。[83] 其从政也,肃而宽,仁而惠;五镇方牧,声闻于天。[84] 帝乃加剖竹于鲁,[85] 鲁道粲然可观。[86] 方将和阴阳于太阶,[87] 致吾君于尧舜。[88] 岂徒闭阁坐啸,鸿盘二千哉。[89] 乃再崇厥功,发挥象教。[90]

[83] 李辅是鲁郡的都督。关于他的背景,见郁贤皓:《李白交游杂考》,载《李白丛考》(西安:陕西人民出版社,1983),页137—138。从李辅之前两代人开始,李家就享有了这个贵族头衔。李家祖籍陇西成纪(今甘肃秦安),有的学者指出这个地方和李白的家族也有渊源。李辅的官路历程如下:在成为鲁郡都督之前,曾担任武卫参军在不同时期做过郢州、海州、淄州、唐州和陈州的太守。李白在后文中也提到了这些。不久之后,于750年,李辅成了广平太守。他在鲁郡的任期很短,可能只是一个过渡的职位。玄宗时期,鲁郡设有上都督府,鲁郡都督监管周围几州的所有军事事务,为从二品,在唐朝的官僚体系中官阶甚高。见 des Rotours, *Traité des fonctionnaires*, p. 703。"太官"可以指任何与光禄寺有关的人员;然而我认为李白这里使用的是该词简单的字面意义。关于同在附近地区任职的李辅之子李锡,见注45。

[84] 关于李辅的五次太守任职见前注("牧"是太守的另一种说法)。译为"key territories"的"镇"字字面上的意义是"要塞",指有特别重要军事意义的州。"Heard of on high"是"声闻于天"的直译,即在朝廷上,从那里得到了皇帝的赏识。

[85] "剖竹"指将由两部分组成的官符一分为二,用来作为一名官员是朝廷委派而来的证明;官员随身携带一半,另一半由朝廷保管。关于该物及使用的经典研究为 des Rotours, "Les insignes en deux parties (*fou*) sous la dynastie des Táng (618–907)," *Toung Pao* 41 (1952): pp. 1–148。

[86] "鲁道"指的是备受尊崇的周公的治国之道。见司马迁在《鲁周公世家》卷末引用的孔子的评语,《史记》,卷三三,页1548。这样作者就把李辅作为都督对鲁郡的治理与伟大的周公联系到了一起,后者甚至曾在该地镇压过叛乱(《史记》,卷三三,页1518)。

[87] 这里引用康达维极为详尽的相关注释,Knechtges, *Wen xuan*, vol. 1: p. 464, L. 611:"'泰阶'(the Grand Stairway),或译为'the Grand Hierarchy'更恰当,是三台的另一叫法。三台是一个由六颗星组成的星座,对应大熊座的 ζ、χ、λ、μ、ε 和 ξ 星。泰阶有三台,每一台都象征着政治、社会阶层中的一级。见《晋书》,卷一一,页293。一本叫《皇帝泰阶六符经》的书说每台有两颗星。上台代表皇帝,中台则是贵族和大臣,下台为普通百姓。'三阶平则阴阳和,风雨时,社稷神祇咸获其宜,天下大安,是为太平。'见《汉书》,卷五六,页2851,注4."

[88] 有意思的是,"致吾君于尧舜"这句话几乎同样地出现在了杜甫的一首诗里。744年的秋天,杜甫和李白在山东地区一同游历了几个星期。杜甫说他自己"致君尧舜上,再使风俗淳"。("[I thought I would] help the sovereign be superior to Yao and Shun,/ And even make pure the prevailing customs.") 见杜甫:《奉赠韦左丞丈二十二韵》,仇兆鳌:《杜诗详注》(北京:中华书局,1979),卷一,页74。李白在写经幢的铭文之前有读过杜甫的诗吗?不论如何,这一用法最早的灵感应该来自《孟子·万章上》,5A,第7行,商朝建立者商汤王的丞相大名鼎鼎的伊尹在最终接受商汤授任时说:"与我处畎亩之中,由是以乐尧舜之道,吾岂若使是君为尧舜之君哉?"("Rather than stay in the farming fields, thereby to delight [personally] in the ways of Yao and Shun, should I not assist this lord to be a lord like Yao or Shun?")

[89]《周易正义》,(《十三经注疏》本),卷五,页21b;Richard John Lynn(林理彰)trans, *The Classic of Changes: A New Translation of the I Ching as Interpreted by Wang Bi* (New York: Columbia University Press, 1994), p. 475:"鸿渐于磐,饮食衎衎,吉。磐,山石之安者……本无禄养,进而得之,其为欢乐,愿莫先焉。"("The wild goose gradually advances to the crag, so one drinks and eats with delight, which means good fortune. [On which Wang Bi comments]: A crag is a safe place on mountainous rocks... Originally such a one lacked a salary to take care of his own, but now he has advanced and so has obtained it. That he celebrates the occasion is because there is nothing he wanted more than this.") 笔者意译为"perched with his salary"的是李白简单直白的"二千"一词,指的是月入两千石的官员。这种计量收入的方式在汉朝变成了一个抽象的官阶的标志。"二千"的收入还是相当高的,差不多等于我们现在的六位数工资。Hans Bielenstein(毕汉思), *The Bureaucracy of Han Times* (Cambridge: Cambridge University Press, 1980), pp. 125–131。

[90] "象教"是佛教在其三大时期的第二个时期,即象法("Semblance Dharma")时期的形态。在此之前的是佛法的直接影响还在发挥作用的正法("True Dharma")时期,之后的(转下页)

Our supreme official, His Lordship Li of Lung-hsi, Earl of Kuang-wu, who first was named Wan, upon receiving an imperial writ has had his name changed to Fu, "Bulwark [of the State]." In his prosecution of government he was grave and tolerant, was humane and considerate; in shepherding five key territories, his fame was heard of on high. The thearch then split with him the bamboo tally for Lu, and the "way of Lu" in all its luster could be seen. Upon which yin and yang were soon in harmony on the Grand Stairway, as he helped his sovereign to the success of Yao or Shun. He was none merely to sit reciting poems in a closed-off room or perch with his salary like the goose on a crag. Instead he heightened his merits further, advancing and raising the Semblance Teaching.

于是与长史卢公、[91] 司马李公 [92] 等，咸明明在公，[93] 绰绰有裕；[94] 韬大国之宝，[95] 钟元精之气，[96] 荣兼半刺，[97] 道光列岳。[98] 才或大而用小，

（接上页）则是世界终将毁灭的末法（"Final Law"）时期。在象法时期，佛法仅在表面上以与其本质相像的方便形式存在。处于中间的象法时期到底是何时变成了衰退的末法时期，即两个时期各有多长，这个问题在中古中国并没有一致的答案。特别参见 Jan Nattier（那体慧）, *Once Upon a Future Time: Studies in a Buddhist Prophecy of Decline* (Berkeley: Asian Humanities Press, 1991), pp. 65–118。伯希和（Paul Pelliot）可能是第一个正确详细解释术语的西方汉学家；见 Pelliot, "La terme de *siang-kiao* 象 教 comme désignation du bouddhisme", *T'oung Pao* 25 (1928): pp. 92–94。李白对"象教"的使用再一次让人想起王巾在著名的头陀寺碑铭里的词句："正法既没，象教陵夷。"（"The True Law was already subsided, and the Semblance Teaching gradually declines."）《文选》，卷五九，页 2532；参见 Mather, "Wang Ch'in 'Dhūta Temple Stele Inscription'", p. 345。注意该词与用来形容李辅的行为的动词"发挥"的对比。

[91] 卢公的身份不是很明确。长史负责都督府里组织管理以及监督一切跟官僚体系相关的事务，在当时鲁郡的官阶是从三品。Des Rotours, *Traité des fonctionnaires*, p. 703.

[92] 李公的身份也没有确认。司马（字面上为"马匹管理者"）负责监督都督府每日的军事事务；在当时鲁郡的官阶是从四品下。Des Rotours, *Traité des fonctionnaires*, p. 703.

[93] 参见《诗经·鲁颂·有䭾》(《毛诗》第 298 号)，形容朝臣："夙夜在公，在公明明。"（"From matin to night, in the duke's court,/ In the duke's court they are diligent and discerning."）《毛诗正义》，卷二〇，页 8a；又见 Legge, *Chinese Classics*, vol. 4: p. 614。当中的"在公"一词的传统解释为"在主公 [朝上]"，而在这篇经文里必须被理解为"[地方机构的] 公共事务"。有无数关于"明明"的阐释，但大多数都认为是形容官员的聪慧和勤劳。

[94] 又一个《诗经》典故，和之前的类似。《诗经·小雅·角弓》(《毛诗》第 223 号)："此令兄弟，绰绰有裕。"（"These esteemed elder and younger brothers,/ Are even-tempered and obliging enough and to spare."）《毛诗正义》，卷一五，页 8a；又见 Legge, *Chinese Classics*, vol. 4: p. 405。

[95] 参见魏徵（580—643）在《隋书》中为文人列传所写的著名序文，见《隋书》(北京：中华书局，1973)，卷七六，页 1730。在序里，魏徵说唐朝初年，"江汉英灵，燕赵奇俊，并该天网之中，俱为大国之宝。"（"The finest souls from the areas of the Kiang and the Han, the rarest paragons from the states of Yen and Chao, were contained together within the network of the emperor, all counting as treasures of our great nation."）《北史》(北京：中华书局，1974)，卷八三，页 2782。

[96] 蔡邕（133—192）在他的《陈太丘碑》形容官员："含元精之和。"（"He embodied [转下页]

识无微而不通。政其有经，谈岂更仆？ [99]

With him thereon Lordship Lu, his chief of staff, and Lordship Li, his military administrator, together were diligent and discerning in public affairs, even-tempered and obliging enough to spare; in them were compassed the treasures of our great nation, was cumulated the harmony of the primal essence. In honor they both were demi-prefects, and their principles irradiated the mountains in ranks; though their abilities were great they employed them still in lesser matters, and their perception comprehended everything even to the most minute. So well-ordered had the lines of government become [here in Lu-chün] that to tell of it would last till the changing of the guard.

有律师道宗，[100] 心总群妙，[101] 量苞大千。[102] 日何莹而常明，天

[接上页] the harmony of the primal essence...")见 Mark Asselin（马克·阿塞林），"'A Significant Season' – Literature in a Time of Transition: Cai Yong and a Few Contemporaries," (PhD diss., University of Washington, 1997), pp. 545–546；《文选》，卷五八，页 2504。

[97] "半刺" 指少数由中央政府任命的地方官员的副官。见庾亮（289—340）：《答郭预书》，《全晋文》，载《全上古三代秦汉三国六朝文》（北京：中华书局，1958），卷二上，页 2a/b。"别驾旧与刺史别乘同流，宣王化于万里者，其任居刺史之半。" ("Deputy supervisors are normally deputy controllers together with the prefect; they are those who share in proclaiming the transformative teachings of the king throughout a myriad miles, and their responsibilities engage half those of a prefect.")

[98] "列岳" 既指地理区域本身，也指社会地位显要的人。见任昉（459—507）：《为齐明帝让宣城郡公第一表》，《全梁文》，载《全上古三代秦汉三国六朝文》，卷四二，页 4b："骠骑上将之元勋，神州仪刑之列岳。" ("...the primal qualities of the high generals of cavalry on the alert, the mountains in ranks of the model exemplars [for which, see Ode 235] of our sacred land.") 有趣的是，这个词也出现在了第一部李白文集的序言里。李白的族人李阳冰在宝应元年十一月十日（762 年 11 月 30 日）写下了这篇序，在描述李白独特的天赋是如何被贵欣赏时，他说道："王公趋风，列岳结轨。" ("Princes and dukes sped like the wind, mountains in ranks overlapped their carriage tracks [to visit him].") 见李阳冰：《草堂集序》，《李白全集校注汇释集评》，卷一，页 1；《李白集校注》，卷三，页 1789；《李白全集编年注释》，页 213。

[99] 若要详细地解释花太多时间，但 "更仆" 直译是 "changing of the footmen"，出处是孔子答哀公关于儒者行为的典故。孔子说："若急而说，则不能尽事也。悉数之乃留，更仆未可终也。" ("If I reckoned it out hastily [for you], I would be unable to get to everything. If I reckoned it out in detail, I would continue till you changed your footmen [sc. several hours from now] and still not have finished.")《礼记正义》，（《十三经注疏》本），卷五九，页 1a/b；参见 Legge, *Li Chi: Book of Rites, An Encyclopedia of Ancient Ceremonial Usages, Religious Creeds, and Social Institutions* (1885; rpt., New Hyde Park, N.Y.: University Books, 1967), vol. 2: p. 402.

[100] 我没有找到关于他的其他信息。安旗认为他可能是我们在 "Li Po's Buddhist Writings" 里见到过的叶有尚。见安旗：《李白研究》，页 153–153。虽然不是没有可能，但也完全是猜测。

[101] 参见《道德经》第一章的最后一段："玄之又玄，众妙之门。" ("Further mystery of the mystery,/ The gateway of all the subtleties.")

[102] "Breadth of insight" 是 "量" 的重复翻译，指通过对现象的推理来理解不太清晰明朗的事物的能力。关于 "大千"，见 Kroll, "Li Po's Buddhist Writings," p. 13。

不言而自运；[103] 识岸浪注，[104] 玄机清发。[105] 每口演金偈，[106] 舌摇电光；[107] 开关延敌，罕有当者。[108]

Now there was the vinaya master Tao-tsung, whose mind commanded the host of subtleties, whose breath of insight took in the great chiliocosms. Like the sun so crystalline and always shedding light, like heaven which speaks not but turns things in their own courses, or the shore of consciousness where waves roll in, or the mysterious trigger clearly tripped—when he spoke, his mouth related *gāthās* of gold, his tongue raised flashes of lightning; when he opened the barrier to engage the enemy, few were those who could stand against him.

[103]《论语》,《阳货》第十七, 第 19 行 :"子曰, 天何言哉! 四时行焉, 百物生焉, 天何言哉!"("Surely heaven does not speak! Yet the four seasons move on thereby and the hundredfold things are born thereby. Surely heaven does not speak!")

[104]《楞伽阿跋多罗宝经》, 卷一, T 670.16 : 页 484a14 :"水流处藏识转识浪生……"("As in a place where water flows, the waves of the storehouse-consciousness [*ālayavijñāna*] and of the progression-consciousness [*pravṛttivijñāna*]"); 又页 484b9—12 :"斯由猛风起, 洪波鼓冥壑, 无有断绝时。藏识海常住, 境界风所动, 种种诸识浪, 腾跃而转生。"("Like unto the waves of the broad ocean,/ Which by fierce winds are stirred up,/ Huge swells drumming the gorges of the deep,/ With no time that they let off or stop./ The sea of the storehouse-consciousness always remains,/ But is moved by the winds of the physical world,/ And the waves of all the consciousnesses, this and that,/ Leap and surge, being progressively born.")关于"藏识"和"转识", 见 *Hōbōgirin: dictionnaire encyclopédique du bouddhisme d'après les sources chinoises et japonaises* 法宝义林 , fasc. 1 (Tokyo: Maison franco-japonaise, 1929), pp. 35–37, 条目"Araya 阿赖耶", Diana L. Paul (戴安娜·保罗), *Philosophy of Mind in Sixth-Century China: Paramārtha's 'Evolution of Consciousness'* (Stanford: Stanford University Press, 1984)。注意, 李白形容道宗时运用了安然不动的意识之岸和永远起伏不停的大海之间的鲜明对比。关于佛教中"大海"的意象, 见 Hubert Durt (戴路德) , "Daikai 大海 ," in *Hōbōgirin: Dictionnaire encyclopédique du bouddhisme d'àpres les sources chinoises et japonaises*, fasc. 7 (Paris: Adrien-Maisonneuve, and Tokyo: Maison Franco-Japonaise, 1994), pp. 817–833, esp., pp. 830–831, on "Le flot agité par les vagues dans le Vijñānavāda"。

[105]"玄机"指法师用语言以外的方式刺激人产生深刻见解的能力。

[106]"金偈"指的是在经文中的佛陀说的诗文。

[107] 参见扬雄的《解嘲》:"上说人主, 下谈公卿, 目如燿星, 舌如电光。"("[You have never] Offered persuasions to the ruler above,/ Discoursed with ministers below,/ Or with eyes like blazing stars,/ Tongue like flashing lightning, Argued...") Knechtges, trans, *The Han shu Biography of Yang Xiong (53 B.C.–A.D. 18)* (Tempe: Center for Asian Studies, Arizona State University, 1982), p. 46《文选》, 卷四五, 页 2006。

[108] 道宗的辩论技能在这里被作了无人能挡的秦始皇的军队。贾谊在《过秦论》里如此形容秦军 :"秦人开关延敌, 九国之师逡巡遁逃而不敢进。"("When the men of Ch' in opened the barrier [of the T' ung-ku Pass] to engage the enemy, the regiments of the nine states shrank back and ran off, not daring to advance.")《史记》, 卷六, 页 279。

由万窍同号于一风，众流俱纳于溟海。[109] 若乃严饬佛事，规矩梵天；[110] 法堂郁以雾开，[111] 香楼岌乎岛峙；[112] 皆我公之缔构也。

以天宝八载五月一日 [113] 示灭 [114] 大寺。[115]

Like the myriad vent-holes sounding together as the one only wind, the several currents all merge into the deepest of seas. And then it was that, to ornament and bedeck the projects of the Buddha, he outlined and measured out a brahma heaven, where a dharma hall distends into the opening mists and incense pavilions rise up like island spurs—all of it being the construction of our master himself.

But on the first day of the fifth month in the eight rotation of Heavenly Treasure, at this great monastery, he passed into manifest extinction.

百城号天，

四众泣血；[116]

焚香散花，

扶榇卧辙；[117]

[109] "众流"指最终皈依于海洋般宽广的佛法的各种思想流派。此处所见的"一风"与大地"万窍"的怒号显这一经典对比出自《庄子》。见郭庆藩（1844—1896）：《庄子集释》（北京：中华书局，1989），卷二，页 45。习凿齿（？—384）在他于 365 年写给道安（312—385）的著名书信里也有类似的用典："大块既唱，万窍怒号，贤哲君子靡不归宗。"（"As the great ball of this earth sings through a myriad vent-holes sounding furiously, there is no gentleman of worth or wisdom who does not resort or pay court [to the Buddha's teachings]."）《弘明集》，卷一二，T 2102.52：页 76c28—29；参见 Erik Zürcher（许理和），*The Buddhist Conquest of China: The Spread and Adaptation of Buddhism in Medieval China* (Leiden: E. J. Brill, 1959), p. 105。此处，Zürcher 罕见地失误了，将"归宗"当作了动词—谓语结构，但"宗"在这里跟在经典短语"[江汉]朝宗于海"里一样也是动词，见《诗经·小雅·沔水》（《毛诗》第 183 号），见《毛诗正义》，卷一一上，页 5a。

[110] 即圣地，指这所寺院。道世（约 600—683）在《法苑珠林》(T 2122.53：页 282b21—23)中，将三"梵天"定义为色界四禅天的第一个，脱离了欲界的一切不净。

[111] 我将"郁"译成"distends"，特别取了"向上膨胀"的意思。曹植（192—232）在他的《赠徐干》一诗中也有类似的用法。见《文选》，卷二四，页 1117："文昌郁云兴。"（"[The palace called] Patterned Glory distends lifted into the clouds."）

[112] 参见左思（约 250—约 305）：《吴都赋》（《三都赋》之一）："叠华楼而岛峙。"（"In tiers the ornate pavilions [of the ships] are like island spurs."）《文选》，卷五，页 227。

[113] 天宝八载五月一日对应公元 749 年 5 月 21 日。玄宗在 742 年 2 月 10 日改元天宝之后，除了其他的改革以外，还将官方纪年中用的"年"（years）改成了"载"（rotations，即从某个时间跨度的起点到下一个起点之间的时段）。

[114] "示灭"即涅槃（*nirvāṇa*），通常作为在他人见证下过世的委婉说法，例如，中古中国越来越常见的住持或高僧在打坐冥想时去世的案例。

[115] 通过使用"大寺"一词，李白尊敬地将该寺的地位提高到与皇家寺院相同的位置。关于该术语，见 Forte, "Daiji (Chine)," pp. 683–684。

[116] "四众"即比丘（*bhikṣu*，和尚）、比丘尼（*bhikṣuṇī*，尼姑）、优婆塞（*upāsaka*，俗家男弟子）和优婆夷（*upāsikā*，俗家女弟子）。

[117] 被想要阻止他下葬而"卧辙"的送葬者给挡住了。

仙鹤数十，

飞鸣中绝。[118]

非至德动天，深仁感物者，[119] 其孰能与于此乎。[120] 三纲 [121] 等皆论穷弥天，[122] 惠湛清月。[123] 传千灯于智种，[124] 了万法于真空。[125] 不谋同心，[126] 克树圣迹。[127]

A hundred cities cried to Heaven
While the four orders wept blood.
As incense was burned and flowers were strewn,
His loaded hearse was stopped in its tracks.
And transcendent cranes, some ten of them,
Calling in flight, broke off away.

Were it not for his extreme virtue that moves Heaven, his profound humaneness that affects living creatures, who among us would be able to take part on this present occasion? The three guiding members [of the monastery] are all equally competent to discuss exhaustively the all-pervading heavens, their graciousness as thoroughly revealing as the clear moon. They pass light to a thousand lamps in varieties of wisdom, bringing a myriad phenomena to

[118] 仙鹤似乎要以超凡的方式将道宗送离这个世界。"仙鹤"一般是道教"仙人"的现身或分身的标志；也会让人想起在释迦摩尼佛在娑罗双树获得般涅槃之际，双树周围的树中的一棵变成了白色，像一群筑巢的仙鹤。之前的六句都是四言的，偶数句的第四个字押韵（血 *hwet*、辙 *dyet*、绝 *dzywet*），因此形成了一首插曲小诗。
[119] "德"和"仁"的品质表明他也是完美的儒家典范，而他的美德感染了周围的每一个人。
[120] 参见李白钟铭里类似的语句，见 Kroll, "Dharma Bell," p. 33。
[121] 关于"三纲"，见 Kroll, "Dharma Bell," p. 33, n. 78。
[122] 李白通过将僧人们与高僧道安相比来表示对他们的尊敬。习凿齿有些自命不凡地向道安介绍自己是"四海习凿齿"，道安则回答："弥天释道安。"《高僧传》（北京：中华书局，1992），卷五，页 80；参见《晋书》（北京：中华书局，1974），卷八二，页 2153，这一出处中对话的顺序反了，习成了后说的那个。
[123] 这两行对仗的句子更令我满意的翻译是："... all alike as exhaustive in their discussions as he of the all-pervading heavens (i.e., Tao-an), as thoroughly evident in their graciousness as he of the clear moonlight." 但句中的"清月"很明确并不是任何僧人的称号，因此也不会是典故，不像"弥天"可以用来指道安。
[124] "无尽灯者，譬如一灯燃百千灯，冥者皆明，明终不尽。如是诸姊，夫一菩萨开导百千众生，令发阿耨多罗三藐三菩提心，于其道意亦不灭尽。"（"The Inexhaustible Lamp is like unto a single lamp that lights a hundred or a thousand others, whereby the darkness is all made bright with a brightness that will never be exhausted. A bodhisattva guides all living beings, causing them to set their hearts on *anuttarasamyaksaṃbodhi* so that their desire for the Way likewise will not be extinguished or exhausted."）见《维摩诘所说经》，卷四，*T* 475.14：页 543b19—22。"智种"指不同等级和种类的识或慧。
[125] "真空"是最终觉悟后知晓的真相，万物以其原本状态存在，且无法相。
[126] 和彼此，也和已故的道宗。
[127] 即可以迈上神圣之路。

completion in realized emptiness. Without contriving it they are of like mind and can effect the sowing of saintly traces.

太官李公,乃命门于南,垣庙通衢,曾盘旧规,[128] 累构余石。[129] 壮士加勇,力侔拔山。[130] 才击鼓以雷作,拖鸿縻而电掣。千人壮,万夫势,转鹿卢于横梁,[131] 泯环合而无际。[132] 常六合[133]之振动,崛九霄之峥嵘。非鬼神功,[134] 曷以臻此?

况其清景烛物,

香风动尘。[135]

群形所霑,

积苦都雪;

粲星辰而增辉,

挂文字而不灭。[136]

The supreme official, His Lordship Li [Fu], has ordered a gateway to be placed to the monastery's south that the immured sanctuary might have passage to the public thoroughfare. Following the old design as for "catch-

[128] 让人想起耸立在一些汉代宫殿塔楼上明镜般的托盘,用来承接有神效的甘露。参见何晏?—249《景福殿赋》,《文选》,卷一一,页534:"尔乃建凌云之层盘。"("They erect uplifted catch-basins that skim the clouds.") 参考李善注;其他的注释者则认为"凌云"是某个露台的名字。参见 Knechtges, *Wen xuan*, vol. 2: p. 297。

[129] 参见张衡(78—139):《西京赋》,《文选》,卷二,页57—58:"累层构而遂陊。"("Piling high the uplifted framing, they rose accordingly.") 此处李白描述的是鲁郡人在经幢新址附近建起了脚手架塔,用来做后文会讲到的将经幢竖起的滑轮的杠杆。

[130] 关于经幢从原地拔起展现了他们非凡的力量。

[131] 横梁架于侧柱之间,作为滑轮的支点,在吊装经幢的过程中滑轮逐渐受力。关于滑轮在中国漫长的历史,包括和本文类似的项目的研究,见 Joseph Needham(李约瑟),*Science and Civilisation in China*, vol. 4, *Physics and Physical Technology*, part 2: *Mechanical Engineering* (Cambridge: Cambridge University Press, 1965), pp. 95ff, esp., pp. 98–99。

[132] 经幢牢牢固定在了新址并封了泥("泯"疑是"泥"的误写,并因此做了相应的改动),这样就好像它一直都在那里。

[133] 四个基本方向,加上天堂和地狱。

[134] 正如刚刚描述的那样,移动经幢需要极大的力量,所以这一成就不能只归功于人类。李白在其他作品中也以同样的方式感叹过超凡的自然景象,比如,他把著名的庐山瀑布称为"造化功"("the exploit of the Shaper of Mutations"); 见 Kroll, "Lexical Landscapes and Textual Mountains in High T'ang Poetry," *T'oung Pao* 84 (1998): pp. 72–73。编者按: 该文的中译本见本书,由姚竹铭翻译。

[135] 李白描述的是理想状态下的经幢,在洗净尘世污染的香风缭绕之中,作为一切生灵的光之源泉。如上文所说,这些意象可能出自经文中关于经幢的投影和落尘的灵性的叙述。在这里,经幢好似烽火般地发光,紧随其后的押韵诗句中会有更多类似的意象。

[136] 这些句子形成了又一首插曲诗,第一联为四言,第二联六言。第二、四句押韵(雪 *sywet* 和灭 *myet*)。方才提到的"尘"引出了"群形所霑"的意象;同样地,"清景"引出了经幢像星辰般闪耀的意象。"文字"则当然指的是刻在经幢上的经文。

basins uplifted," an abundance of stone was piled high in framing. Then strong men showed their prowess, by main force collectively pulled up a mountain. To the striking of drums in a noise of thunder, dragging massive tow-ropes here in a lightning-flash they hauled it. With the strength as of a thousand men, the might as of ten thousand, a pulley was turned round a horizontal joist, and they sunk it in a perfect join, without a seam. All throughout the six directions it stirred excitation, as it stabbed into the ninefold empyrean toweringly tall. If it were not an achievement of gods and spirits, however would this have come to pass?

What is more, its pure refulgence casts light on beings,

its incense breeze shakes away dust:

And whatever has besmeared the host of humans,

All accrued suffering, now is purged snow-white.

Glittering as star or orb, it increases in radiance,

Decked with patterned graphs that will never be expunged.

[137] 再次提及汉武帝宫殿上由道家仙人的铜像托起，安在"金茎"上的承露盘。见班固（32—92），《两都赋》,《文选》，卷一，页 16；Knechtges, *Wen xuan*, vol. 1: p. 135。

[138] 公元 43 年，伏波将军马援（前 14—49）带领汉军南下征服如今的北越。在那期间，他于安南北疆（交州）立了两尊经幢。它们是唐代文献中经常提到的中国最南边界的标志。见杨守敬：《水经注疏》（南京：江苏古籍出版社，1989），卷三六，页 3022；Max Kaltenmark（康德漠），"Le dompteur des flots," *Han-hiue: Bullétin du Centre d'Études sinologiques de Pékin* 3.1–2 (1948): pp. 47-58（着重于与神话的关联）; Schafer, *The Vermillion Bird: T'ang Images of the South* (Berkeley and Los Angeles: University of California Press, 1967), pp. 97–99, et passim。

[139] "方坛"（此处遵从瞿蜕园和朱金城的修改）指密宗灌顶（*abhiṣeka*）仪式里所使用的曼陀罗 *mandala*）。在仪式过程中，弟子向准备好的曼陀罗上掷花，花落在哪个佛上，这位佛就成了该弟子的精神守护者。

[140] "持" 在这里是"总持"（完全掌控）或"持咒"（施控咒语）的简称，也是 *dhāraṇī* 常见的中文翻译。参见 Kuo Li-ying（郭丽英），*Confession et contrition dans le bouddhisme chinoise du Ve au Xe siècle* (Paris: École Française d'Extrême-Orient, 1994), p. 48, n. 80；又见 Strickmann, *Mantras de mandarins*, pp. 69–70。

[141] 沿三界（欲界 [*kāmadhātu*]、色界 [*rūpadhātu*]、无色界 [*ārūpyadhātu*]）各天逐层向上。

[142] 即搬移并重立经幢。

虽汉家金茎，[137]伏波铜柱，[138]拟兹陋矣，或日月圆满，方檀散华；[139]清心讽持，[140]诸佛称赞。夫如是，亦可以从一天至一天，[141]开天宫之门，见群圣之颜。巍巍功德，[142]不可量也。

Even those gold shafts of the House of Han, or the bronze pillars of the Wave-Subduer, when compared to this are sorry indeed! Mayhap, in the complete fullness of days and months, upon a squared altar here one will cast a flower; with mind purified intone the enchantment, to the approval and acclaim of all the buddhas. And in this way likewise shall we be able to progress from one heaven onward to the next, to open the gates of the palaces of the gods and see the faces of the host of saints. So steeply superlative the merit of this act, it is impossible to measure!

其录事参军、[143] 六曹英寮，[144] 及十一县官属，[145] 有宏才硕德，含香绣衣者，[146] 皆列名碑阴，[147] 此不具载。

The names of the Coadjutor Militant Registrar of Affairs, the fine public servants from the Six Departments, as well as the subordinate officials of the eleven districts, plus those of prodigious genius, imposing virtue, in embroidered clothes redolent with scent, have all been listed on the other side of the pillar and so are not separately indited here.

郡人都水使者[148] 宣道先生孙太冲，得真人紫蕊玉笈之书，[149] 能令太一神自成还丹，以献于帝。[150] 帝服享万寿，[151] 与天同休。功成身退，

---

[143] 录事参军，正七品上，是上都督府中官阶第四高的职位，排在前文已经解释过的都督、长史、司马之后。见 Des Rotours, *Traité des fonctionnaires*, p. 703。

[144] 关于六曹，见 Kroll, "Dharma Bell," p. 34, n. 85。

[145] 兖州的 11 个县都在鲁郡都督府管控之下。这 11 县为：瑕丘、金乡、鱼台、邹、龚丘、乾封、莱芜、曲阜、泗水、任城和中都。见《元和郡县图志》(北京：中华书局，1983)，卷一〇，页 263–271。

[146] 最后这些指的是当地名门望族的代表。

[147] 即阴面。

[148] 有两位都水使者,官阶为正五品上,隶属都水监(des Rotours, *Traité des fonctionnaires*, p. 490)。对于脱俗的孙太冲来说，这似乎是一个闲职。更多关于孙的内容见注 156。

[149] "真人"住在道教天界最高层,比"仙人"略高。"紫蕊玉笈"这一标题无法与任何已知的文本匹配，不过标题本身暗示该经的原本存于天界，并被赋予了不朽之花的力量。这样的书名出现在包含长生不老神药配方的经文很合适（见下注）。

[150] 关于孙太冲的资料有两个主要来源，都和李白提到的仙丹有关。《册府元龟》(北京：中华书局，1960)，卷九二八，页 12b 里的一篇短文中简短记载了这个成功炼丹的个案："孙太冲隐于嵩山。玄宗天宝三载，河南尹裴敦复上言，太冲于嵩山合炼金丹，自成于灶中，精华特异，变化非常。请宣付史官，颁示天下，以彰灵瑞仙圣之应。从之。" ("Sun T'ai-ch'ung lived in reclusion at Mount Sung. In the third year of the T'ien-pao era [744], P'ei Tun-fu, governor of Ho-nan, sent up [to the throne] these words: 'T'ai-ch'ung has effected at Mount Sung the refining of an elixir of gold [i.e., of incorruptibility], self-completed within its crucible, peculiarly exceptional in its vital attributes, extraordinary in its transformative powers. I request that report of it be given [转下页]

谢病而去。[152]不谓古之玄通微妙之士欤？[153]乃谓白曰："昔王文考观艺于鲁，骋雄辞于灵光；[154]陆佐公知名在吴，铭双阙于盘石。[155]吾子

[接上页] to the History Office [for recording in the state archives] and that this be divulged to the world, as an illustration of a numinous sign in response from the transcendent saints〔or: to your (i.e., the emperor's) transcendent holiness〕.' It was so orderea."）另外还有一篇孙逖（696—761）写的祝贺性的短文，在他现存的作品中有大量关于天宝早年这类幸事的类似描述，那也是玄宗参与道教活动最多的时期。他的描述比刚刚引用的枯燥报告要详细很多，并包含了以下关于孙太冲如何调制仙丹的有趣描述，虽然里面没有任何关于成分及用量的信息："其灶中著水，置炭于灶侧，对三却回。已经数月，泥拭既密，缄封自全。即与县官等对开门，其炭并尽，灰又别聚，不动人力。其药已成，初乃五色发瑞，终则太阳晖于舲际。"（"Into the stove [and beneath the reaction-chamber] water had been introduced, with charcoal placed along its sides (i.e., between the reaction-chamber and the walls of the stove). It was then turned round several times. After the passage of several months, the lute smearing [which sealed the stove] was still tight, the bonding seal quite intact. Then with officials from the district-seat looking on, he opened the door [of the stove]. The charcoal was all used up, the ashes gathered in separate piles. No human effort had been expended, but the medicine was now complete (i.e., a "self-completing" elixir). At first all five colors shone forth, and later the sun itself seemed to blaze along the furnace's margin."）见孙逖：《为宰相贺中岳孙自成炼药兼有瑞云见表》，《全唐文》，卷三一一，页6b—7a；《文苑英华》（台北：新文丰出版公司，1979），卷五六二，页9a/b。这些鲜艳的色彩很可能是沉淀物，一旦突然接触氧气便会从七彩的细印变成金黄色。
成书于三、四世纪的《太上老君中经》（HY 1160），卷上，页15b10—16a1、18a6、20a4—5，卷下，页1a10—1b1中常提到的太一神丹能让人生命延长到可以"常在紫房宫中，与道合同也"（"unite together with the Tao in the Palace of the Purple Chamber forever"）。Needham, Science and Civilisation in China, vol. 5: Chemistry and Chemical Technology, part 4: Spagyrical Discovery and Invention: Apparatus, Theories and Gifts (Cambridge: Cambridge University Press, 1980), pp. 1–210, 有很多相关实际操作技巧的说明。李白这里提到的孙太冲成功炼丹是整篇经文中韦利唯一觉得有意思的地方（见注3）。参见Waley, The Poetry and Career of Li Po, p. 54 页上《文苑英华》版中该段落的另一种翻译，不过读者必须得忽略韦利的各种嘲讽、玩笑以及他对铭文目的

的误解。
[151]"服享"乍看似乎简单指皇帝"服食享用"仙丹。虽然也可以这么理解，但我认为李白在这里取的是该词在是《左传》里"服从和进贡"之意的经典用法。《左传》，昭公二十六年，《春秋左传注》，页1477；Legge, Chinese Classics, vol. 5: p. 717。
[152]孙显然自己一点都没吃，而是把仙丹全部献给了皇帝。
[153]参见《老子》，第15章："古之善为士者，微妙玄通，深不可识。"（"Those who in olden days excelled at being adepts were sublimely wondrous and in communication with the mysterium, profound enough not to be recognized [by the vulgar world]."）选用"士"字充分说明了李白引的是河上公及王弼版的《老子》。包括傅奕（约558—约639）所谓的古本和马王堆乙本在内的其他版本中，"士"均作"道"。"古之善为道者。"（"Those who in olden days excelled at practicing the Way...."）这是一个关键段落，学者们多年来对此提出了各种异议。简述见张松如：《老子校读》（长春：吉林人民出版社，1981），页90。李白一字不差地引用了他所知道的原文。河上公本是八世纪早期及整个玄宗朝官方认可的版本，见William Hung（洪业），"A Bibliographical Controversy at the T'ang Court, A.D. 719," HJAS 20.1–2 (1957): p. 78, 所以李白使用了这一版本也不足为奇。
[154]"文考"是《鲁灵光殿赋》的作者王延寿（活跃于163）的字。灵光殿在曲阜，和崇明寺在同一个行政范围内，这也是孙太冲用典的根据。公元前154—前128年间，该殿由鲁恭王刘余下令建成。王延寿在其赋序里说道："予客自南鄙，观艺于鲁。"（"I have traveled from the southern frontier (sc. his home in I-ch'eng in northern Hupei) to peruse the classics in Lu."）Knechtges, Wen xuan, vol. 2: p. 263；《文选》，卷一一，页508—509。传说大学者蔡邕当时也在为灵光殿作赋，王延寿的作品（蔡之前没有读过）引起了他的注意，于是，蔡就没再往下写了。《后汉书》，卷八〇上，页2618。
[155]"佐公"是陆倕470—526）的别名。陆倕是吴郡（今江苏苏州）吴县人，也是齐末梁初有名的朝臣和学士。他著名的《石阙铭》被收录在《文选》，卷五六，页2412—2422。铭文结尾押韵的诗句之前的最后一句云："爰命下臣，式铭盘石。"（"And thus a decree came down to me, that I compose an inscription on a stone slab."）（页2421）。陆倕的正史传记见《梁书》，卷二七，页401—403及《南史》（北京：中华书局，1975），卷四八，页1192—1193。他在铭文中赞颂的石阙于508年由梁武帝下令建造。由于这也是一篇关于某种石幢的铭文，所以孙太冲会提到。

[156] 虽然"盛德"与"中和"也可以有其他的解释，但在孙太冲使用了其他赞美宏伟建筑的官方性铭文作类比之后，这两个词指的应该是那些促成经幢搬迁到崇明寺的人的崇高品格以及经幢本身所象征的和谐与美德。

[157] 根据《诗经·大雅·抑》(《毛诗》第256号) 毛注 (《毛诗正义》, 卷一八之一, 页 12a), "话言"应解释为"古之善言也", 而不是我们倾向于理解成的"他所说的话"。虽然后者更直白, 在语境中也算恰当, 但我确信毛注的解释是正确的, 因为李白的用词几度与《诗经》呼应, 而且几乎铭文里的每个短语都会让人想起这些呼应。

[158] 让人联想到扬雄的《甘泉赋》,《文选》, 卷七, 页 327: "炕浮柱之飞榱兮, 神莫莫而扶倾。"("Flying beams flung upward on floating pillars,/ With gods silently and secretly shoring up the incline.")

[159] 该佛陀的称号之一。见注 52。

[160] 佛陀被描述成一位载着无知众人渡河前往觉悟的彼岸的船夫。

盍可美盛德，扬中和？" [156] 恭承话言，[157] 敢不惟命？遂作颂曰：

The Monsignor who Exhibits the Tao, Sun T'ai-ch'ung, who is commissioner in charge of waterways and hails from this county, obtained writings of the Perfected from the jade portfolio of purple stamens and was able thereby to effect the self-completing cyclic elixir of the divinity T'ai-i and proffer it to the emperor. The emperor accepted the offering in hope of being blessed with a myriad-year longevity equal to that of Heaven. His achievement completed, Sun then withdrew himself, retiring on the grounds of illness. Shall we not say he is a sublimely wondrous adept as of olden days who is in communication with the mysterium? To me, Po, he remarked: "Long ago Wang Wen-k'ao perused the classics in Lu, and then gave free rein to powerful words and about [the Hall of] Numinous Brilliance; Lu Tso-kung was well known in Wu, and composed an inscription for paired pylons on a stone slab. My son, should you not now celebrate this bountiful virtue, glorify such perfect harmony?" Respectfully I have acceded to his good words, presuming nought but to yield to his command. Hence, I composed a paean, which reads:

揭高幢兮表天宫，
巍独出兮凌星虹。
神纵纵兮来空，
仡扶倾乎苍穹。[158]
西方大圣称大雄，[159]
横绝苦海舟群蒙。[160]

陀罗尼藏万法宗,[161]
善住天子获厥功。[162]

明明李君牧东鲁,[163]
再新颓规扶众苦。[164]
如大云王注法雨,
邦人清凉喜聚舞。[165]
扬鸿名兮振海浦,[166]
铭丰碑兮昭万古。

A pillar lifted tall—showing forth to the devas' palaces,
Emerging steep and prominent—grazing the arcs of the stars.
The gods, massed and manifold—have come from the void,
Bravely shoring up an incline—into the cerulean vault.
The great saint from the western lands, dubbed the Great Champion,
Has crossed right over the sea of woe, to ferry the unenlightened.
The *dhāraṇī* storehouse is the summation of the myriad dharmas,

---

[161] 密宗认为陀罗尼"藏"是佛法最完满的第五藏(第四藏是加在原有的三藏之后的般若藏[*prajñāpāramitā*];三藏为经藏[*sūtras*]、律藏[*vinaya*]和论藏[*śāstras*])。不过李白在这里可能只是泛指陀罗尼。

[162] 指那位为世间带来了陀罗尼的天神。见本文页8—10。

[163] 关于"明明"一词,见注93。作为都督,李辅的确是其管辖地区居民象征意义上的"牧"(见注84)。

[164] "颓规"是李辅所矫正的已堕落的政府及公众道德标准。这意象本身带有一丝对经幢的暗指,因为后者也是另一种"准则"和"标准",曾经衰落,现在又重新树立。随后使用的"众苦"一词带有明显的佛教意味,让读者想起第六句中佛祖帮众人渡过的"苦海",使这一解读更可信。还要注意的是,这里用来描述李辅对其百姓的行为的动词"扶",在颂词的第四句也被用来描述众神如何支撑经幢,如此便强调了人与神的和谐互融。

[165] 从"大云"而降的甘霖滋养众生。该词暗喻如来所说的佛法,最名的出处是《莲华经》第五卷的一个段落;见 T 262.9:页 19a28—19b9; Hurvitz, *Scripture of the Lotus Blossom of the Fine Dharma*, pp. 101–102;以及紧接其后的诗句中对这意象的延伸描述;页 19c10—20b24 (Hurvitz, pp. 103–109)。"喜聚舞"的民众让人想起《大云轮请雨经》(那连提耶舍 [Narendrayaśas, 517—589] 译, T 991.19:页 500b23—27)和《大方等大云请雨品第六十四》(阇那耶舍 [Jñānayaśa, 活跃于 564—572] 译, T 992.19:页 506c1—4) 里的龙王。听闻佛法,因甘霖由"大云"而降,龙王"欢喜踊跃"。不空(Amoghavajra, 705—774)的译本(T 989)在经幢建立之后才完成,而且也没有提到跳舞。关于大云和法雨,又见 Forte, *Political Propaganda and Ideology in China at the End of the Seventh Century*, pp. 239–240。

[166] 即到陆地的最边界都能听到。参考张衡:《西京赋》(《文选》,卷二,页 69),中有"嚣声震海浦"("the sound of the uproar reverberates to the brink of the sea")一句形容皇家军队集合时震天的声响。

And the deva-lord Well-Established has won merit from it.
His Lordship Li, diligent and discerning, shepherding eastern Lu,
Made new again the lapsed guidelines to shore up the woes of all.
As when the king of the great cloud poured forth the dharma rain,
The people of this state, purified and refreshed, now dance together in joy.
We glorify his magnific name—reverberant to the brink of the sea,
And inscribe this bounteous stele—radiant for a myriad ages.

从风格和才华上来说，这篇铭文显然是一部杰作。上文提到过很多唐代陀罗尼幢上的铭文都收录在各地的题跋集册里。甚至在颇为"世俗"的《全唐文》里，也能找到十来篇，其中有些只是残篇，大多数都是佚名的，[167] 而且没有一篇的语言能像李白的那样精彩。当然，我们刚刚读的内容清楚地展示了李白对佛教文本和传统并不是只略知一二，他对这一领域的精通远不限于铭文里的几个典故，很多现代中国的注释者都忽视了这一点，因为他们对佛教术语的理解经常完全依赖于丁福保（1874—1952）编纂的《佛教大辞典》。这部词典虽然很便利，但也有它自己的局限性。

铭文里有一段文字特别能展示李白对佛经的掌握。该段落在对陀罗尼经来历的概述的最后，交代了经文传入中国过程，并运用一系列比喻概括其特点。此处再次引用：

于是如来授之吉祥真经，遂脱诸苦，盖之天征为大法印，不可得而闻也。我唐高宗时，有罽宾桑门持入中土：犹日藏大宝，清圆虚空，檀金净彩，人皆悦见……

[167]《全唐文》中的八篇匿名作品（卷九八八），外加八世纪中后期僧人昔真写的一篇（《全唐文》，卷九一六，页20b—21b），九世纪前中期僧人睿川写的一篇（卷九一九，页18b—19a），以及九世纪时僧人汇征写的一篇（卷九二一，页18a—19b）。

As to this, the Tathāgatha conveyed to him (viz., the deva Well-established), a perfected scripture, benign and providential, apt in consequence to take away all sufferings, stamping it attested by heaven as a seal of the great dharma–something of which one may not easily hear. In the time of Kao Tsung of our T'ang dynasty there was a śramaṇa from Kashmir who brought this scripture to our Middle Land. It is like the great jewel of the śūryagarbha, the perfect void of a clarified park, cleansing and dazzling as the gold [sand] of the river [Jambū] that all men delight to see...

我们首先要注意作者在整个铭文的行文中都很重视语句的平衡，常用的是四步格或六步格的短句。除了韵格外的词和轻声词以外，比如"于是""我""有"和"犹"，所有内容表述都是建立在四字短语基础上的。甚至更长的句子，像"如来授之吉祥真经，盖之天征为大法印，罽宾桑门持入中土，"（每句）都是由两个四字短语组成的。六言的句子"不可得而闻也"其实是为了起到强调作用而从四言的"不可得闻"扩展来的。在此处和他的其他作品中，不管李白要说的内容是什么，或是他如何说，也就是传达信息的形式，都体现了他职业作家的技巧。这类文章的意义和结构都很重要，虽然我们读者通常更倾向于关注前者，对后者只是匆匆一瞥，但是对文学形式上的精通是人们邀请李白这样的作者来写纪念碑铭的一大原因。正是形式和内容的巧妙结合使这篇文章质量上乘，令人难忘。

在之前译文的脚注里也提到过，我们现在讨论的段落中所用的术语既依赖对《佛顶经》的理解，也同样依赖于对其他佛教文本的理解。另外，正是根据李白的这几行铭文，我们才辨别出刻在经幢上的《佛顶经》究竟是679年到710年间的五个中译本里的哪一个。为了找到答案，我们得来看看各个版本中相对应的段落。以下按时间顺序排列，并加粗标记了跟李白的文章中类似或完全相同的语句。

摘自 *T* 968（杜行顗等679年译）：[168]

……有大力能，是大吉祥；如日藏宝珠，皎洁无垢，净若虚空，所在之处，光明照朗。此陀罗尼所置之处，威神洽被亦复如是。持此陀罗尼者，一切罪恶　　[168] *T* 968.19：页345a25—29。

皆不能染，柔和润泽，清净无垢，如阎浮檀金。

... possessed of great strength and efficacy, it is greatly **benign and providential; it is as the jewel of the** *śūryagarbha*, candently immaculate and free of grime, **as clean as the perfect void,** and wherever it is is lit up by its brilliance. At whatever place this *dhāraṇī* is found, awesome spirits are collected together in just the same way. Whoever controls this *dhāraṇī* will be able to remain untainted by every single wrong or evil, mild and in accord, smoothly polished, pure and clear without grime, **like the Jambū-river gold.**

摘自 *T* 969（佛陀波利等 682 年译）:[169]

……天帝，我此法印大陀罗尼具大吉祥；如日藏宝，所在之处，光明耀照朗[170]，亦喻于彼阎浮提金，无秽无瑕，不染尘垢。

... Lord of Heaven (sc. Indra), this great *dhāraṇī* of mine, **a seal of the dharma,** is wholly **benign and providential; it is as the jewel of the** *śūryagarbha*, and wherever it is is lit up by its brilliance and scintillance, reminiscent as well of that **Jambūdvīpa gold,** free of pollution or flaw, untainted by dust or grime.

摘自 *T* 967（佛陀波利及顺贞 683 年译）:[171]

……如是天帝，此陀罗尼名为吉祥，能净一切恶道。此佛顶尊胜陀罗尼，犹日藏摩尼之宝，净无瑕秽，净等虚空，光焰照彻，无不周遍。若诸众生持此陀罗尼，亦复如是，亦如阎浮檀金，明净柔软，令人喜见，不为秽恶之所染着。

... and just so, Lord of Heaven, this *dhāraṇī* is called *benign and providential; able to cleanse every single evil path.* This honored and victorious *dhāraṇī* of the Buddha's *uṣṇīṣa* is **like the jewel of the** *śūryagarbha-maṇi,* **as clean–**

[169] *T* 969.19：页 356b25—26。
[170] 除了加进了"耀"字以外，该短语完全借用了杜行颤版的翻译。
[171] *T* 967.19：页 351a28—b3。

free of flaw or pollution–**as the perfect void**; whose brilliant fire sheds penetrating light, leaving no least spot untouched. Should any living being control this *dhāraṇī*, it would likewise be just the same way, being also **as the Jambū-river gold, brightly clean and mildly unassuming, which brings pleasure to those who see it**, not being tainted or cloyed by pollution or evil.

[172] *T*970.19：页 360a15—19。
[173] "日如摩尼珠"中的"如"理应是"日藏"的"藏"，又因后文紧接的"如吉祥"而形成了重复误写。
[174] "皎洁无垢，净若虚空"显然是从杜行颢的版本里引用而来的。
[175] 这里地婆诃罗的某些尴尬措辞也许可以证明这一译本和他几年前的翻译不同，主要是由他自己完成的，没有中国助手帮忙润色。
[176] *T*971.19：页 363a26—b2。
[177] 即投胎于畜生、饿鬼或于地狱的三恶道。
[178] 这一句直接引自佛陀波利的译本，只是为了让字数对等而把"犹"改成了"犹如"。
[179] 义净的这些用语显然又是从佛陀波利那里借用的。

摘自 *T* 970（地婆诃罗 687 年译）：[172]

……如吉祥，日如摩尼珠，[173] 皎洁无垢，净若虚空。[174] 所在之处，光明照世，犹如世间最胜七宝。一切众生及诸国王王子王母，百官宰相，凡有见者共所贵重，乐见无厌。由是妙宝不为秽污之所染故。[175]

... as though **benign and providential**, sunny as the *maṇi*-gem, candently immaculate and free of grime, **as clean as the perfect void**, and wherever it is it lights up the world by its brilliance, like unto the all-conquering seven treasures (*saptaratna*) of the mortal world. Whoever there is, among every single living being as well as the kings, princes, queens, officials, and high ministers of the various states, who sees it–it is valued by them all. Who never tire of **seeing it with joy**; this, for the reason that the wonderful jewel is not something to be tainted by pollution or defilement.

摘自 *T* 971（义净 710 年译）：[176]

……天帝，此陀罗尼名为吉祥。何以故。能除一切三恶道故。[177] 此佛顶尊胜陀罗尼，犹如日藏摩尼之宝；[178] 净无瑕翳，犹若虚空，光焰照彻，无不周遍。[179] 若诸有情净心持此陀罗尼者，亦复如是，如善好金，明净柔软令人喜见；[180] 不为秽恶之所染者，亦如莲华飞尘不染。

... Lord of Heaven, this great *dhāraṇī* is called **benign and providential.** For what reason? Because it is able to eradicate every single one of the three evil paths. This honored and victorious *dhāraṇī* of the Buddha's *uṣṇīsa* **is like unto the jewel of the *śūryagarbha-maṇi*,** clean and free of flaw or overlay, **like as it were the perfect void**; whose brilliant fire sheds penetrating light, leaving no least spot untouched. Should any sentient being, with clean heart, control this *dhāraṇī*, it will also be just this way—**as** the well-esteemed **gold so brightly clean** and mildly unassuming **that is seen with pleasure**; something untainted by pollution or evil, just as the lotus flower that lifts above the dust untainted.

虽然所有的版本都含有与李白的措词重叠的部分，但很显然重叠部分最多也最接近的还是佛陀波利的译本。比其他译本冗长很多的义净本大量地借用了佛陀波利的翻译，所以可能看起来也有可能是李白引文的来源。不过义净本是唯一没有标明金沙源自何处的版本。再者，义净的译本直到玄宗年间才为人熟知，且李白明确地将鲁郡经幢命运的变化与玄宗的圣德相联系，因而暗示了经幢是在玄宗即位之前建造的。所以可以确定经幢上刻的和李白所知晓的经文皆是佛陀波利的译本。这可以被当作是佛陀波利成功地将他自己带入中国的经文推广并受到追捧的证据。

虽然对佛教文本的引用贯穿了整篇铭文，但它们也与中国本土文学经典的内容相呼应，特别是《诗经》，还有《尚书》《左传》《易经》《礼记》《史记》《汉书》以及各种收录在《文选》里的作品。《文选》里最明显的例子是五世纪后期王巾所做的《头陀寺碑》。这篇出色的骈文是中文写作中第一批因整体文学造诣而受到欣赏的佛教主题的文章之一。在七世纪晚期和八世纪早期之间，它成为了极重要的写作范本，甚至还影响了日本文坛。[181]

对于这些典故及引文的选择、使用的场合以及灵活的掌控是个人风格的标志之一，而个人风

---

[180] 注意这里义净对佛陀波利的借用。
[181] 见 Forte, "A Literary Model for Adam: The Dhūta Monastery Inscription," in Pelliot, ed., *L'Inscription nestorienne de Si-ngan-fou* (Kyoto: Italian School of East Asian Studies, and Paris: Institut des Hautes Études Chinoises, Collège de France, 1996), pp. 473–487。

格则是私密游戏的一部分,所有优秀的写作都是一场这样的游戏,甚至连为公共纪念项目而写的文章也是一样。这里就不再多花时间重复或解释李白的铭文在这方面具体的优异之处了,因为在前文英译的注释里已经详细讨论过了。但认真地审视这些细节可以让人了解八世纪中期的正式散文的写作方法。

即使是在如此正式的作品里,李白还是用各种方式彰显了他的个性。最主要的是在三处突然插入了短诗(结尾的颂诗除外),这在此类铭文中很少见。熟练地运用对仗和韵律节奏已在预料之中,押韵的加入更凸显了大师风范,尽管有人会认为这是作者过于自我中心的表现。李白太沉醉于语言的音韵与和谐,因此整篇他都对此毫不克制。文章中段处有一首为道宗写的六句告别诗,作为给一位圆寂的僧人最后的赞歌无疑非常恰当:因为道宗已圆寂,所以对他的赞誉可以多过太守李辅及其同僚。在序的开头提及佛陀的一个句子里,李白突然波澜不惊地(对于只单单试图读懂他文章的意思而不关心里面词汇的声音特色的读者来说)插入了一首六行诗。前四句里,首联用五言,次联四言,第二、四句的尾字押韵,紧跟其后的是更让人出乎意料的一联轻巧的七言对句。这六句经过三次变换步格及使用两个不同的韵脚之后,又巧妙地回归了因诗化而被打破的散文的行文节奏。这是极高语言天赋的表现。之后,在滔滔不绝地描述重立的经幢时,李白的散文又一次变成了诗句,这次是一个由四言一联和六言一联组成的四句诗节,第二、四句的尾字押韵。事实上,如果不是这三首插曲诗中的第一首和第三首有押韵的话,我们甚至不会发现它们是诗句,因为看似只是(本已很优美的)散文又被升华了一下。熟悉这种语言的音韵的读者应该会忍俊不禁吧。

当然另一个更明显的个人烙印是作者对自己受到孙太冲赞赏并应邀写铭文的叙述。特别要注意的是,李白声称孙太冲用王延寿和陆机两位以前的作家(前者写了一篇关于鲁地另一个地标的名赋,后者则写了一篇刻在石塔上的铭文)来作为他的榜样。我们的作者接受了这项任务,就是要与两位极富盛名的前辈并驾齐驱。只有极其自信和有魄力的作家才会在他写的铭文里加进这种话(即使孙太冲真的有这么说过),以邀请读者将他自己的作品与王延寿和陆机的进行比较(两篇文章都被收录在《文选》里)。

最后,颂诗本身也很值得讨论。它是李白集里仅有的四首被归为颂体的作品之一。其他三首均位于他不同题词的结尾部分，分别是在750年代表虞城居民为他们将要离任的知县李锡（李辅的儿子）写的铭文、[182] 757年末代表武昌居民（今湖北鄂州）为他们即将离任的知县韩仲卿写的性质类似的铭文[183]，以及755年末为当时的宣城太守赵悦新建的凉亭写的纪念文。[184] 这些颂在形式上并不统一：长度从14、16、28到38句不等，音韵和格律也都不一样。实际上，并没有什么形式上的特征能够将李白的"颂"和他的多篇"赞"、或其他碑铭的结尾处文体不明的诗歌区分开来。崇明幢上的颂每句都押韵，"Dharma Bell"一章中讨论的钟铭也是这样。[185] 句句都押韵一定会使诗文更"紧凑"，因为如果以平常两倍的频率使用韵脚的话，该音节就会更快地再现。跟写化城寺钟的那首诗一样，这里的颂诗的韵脚也变了一次（从第8句之后），预示了行文重心的转移。跟化城寺钟铭末尾的十句诗一样，这首颂简略地概括了序文中提到过的历史背景和抒发的情感。经幢上的14句颂诗除了第三、四句是六言以外，其他每句都是七言。前八句(押 *-ung 韵)赞颂了经幢参天的高度、效用、佛陀的慈悲，以及让该陀罗尼初现的善住天子的功绩。后六句（押 *-u: 韵）满怀敬意地赞扬了李辅支持佛法、关切如何救赎其百姓。

从整体上考量，在某种程度上，李白这篇铭文是对陀罗尼的内在力量和宗教影响的歌颂。建造经幢的初衷也在于此。我们也可以说该铭文是汉语文学中能与莎士比亚"这是超乎寻常的喜事，应当用金字把它铭刻在柱上，好让它传至永久"（rejoice/ Beyond a common joy, and set it down/ With gold on lasting pillars"）的劝诫比肩的宣言。[186] 它也同样是对将在鲁郡市集树立了一个世代的经柱搬迁到崇明寺南门的集体努力的赞歌，特别是对文中所提及的地方政府和宗教领袖的颂

[182] 见注45。
[183]《武昌宰韩君去思颂碑并序》，《李白全集校注汇释集评》，卷三〇，页4348—4365；《李白集校注》，卷二九，页1670—1677；《李白全集编年注释》，页2013—2020。几年之后，韩仲卿将得子韩愈（768—824）。他因这个特殊身份，而非自己的事业而被人记住。
[184]《赵公西侯新亭颂》，《李白全集校注汇释集评》，卷二九，页4235；《李白集校注》，卷二八，页1606；《李白全集编年注释》，页1688。在同一时期李白还为这位赵悦写了一封奉承手握朝权的杨国忠的信；见《为赵宣城与杨右相书》，《李白全集校注汇释集评》，卷二六，页4007—4015；《李白集校注》，卷二六，页1536—1538；《李白全集编年注释》，页1680—1684。李白在这一时期还写过一首讨好赵悦的48句诗，《赠宣城赵太守悦》，《李白全集校注汇释集评》，卷一一，页1768—1778；《李白集校注》，卷一二，页783—787；《李白全集编年注释》，页1204—1210。
[185] 其他作品里唯一能做到这一点的是他给赵悦的西侯亭写的颂，但那首16句诗中有两句（第7句和第9句）是不押韵的。
[186] 译者按：朱生豪译：《暴风雨》，《莎士比亚全集》（南京：译林出版社，1998），第七卷，页351。

扬。新址让经幢可以在与其更相符的环境里发挥影响力。在经幢的一面，刻上由在当地人尽皆知且是整个帝国最负盛名的诗人所写的铭文，是经幢影响力持续发挥的显著证明。

（贾倩 译）

盛唐时期的"词汇风景"与"文本山岳"

所谓"山水文化"的汉学研究的真正起源可回溯到近90年前沙畹（Édouard Chavannes, 1865—1918）笔下关于泰山的巨作。[1]自此之后，随着着力于其他山岳的重要学术研究也相继出现，[2]更多的专著和论文则是受传统中国与自然世界的和解这一相关却更为宽泛的问题启发而成——无论是从文学、政治、还是宗教的角度出发。[3]数次学术会议已就该主题的方方面面展开过讨论，[4]并进一步扩展了一直与日俱增的参考文献。《远东亚洲丛刊》（Cahiers d'Extrême-Asie）这个期刊也为"神圣境域"（"sacred geography"）这一主题投入了相当可观的篇幅。[5]从目前来看，任何一本汉学期刊似乎都有刊载至少一篇关于某座山岳的文章，而这种发表频率已经可以与王维的"山水诗"或是柳宗元的"游记"这类长青的研究主题相比肩。我自己也为山水研究的陡然出挑撰写过文章。这趋势迫使我们不得不开始思考这一切的指向所在。

当然，对于一切涉及任何主题或地方的全新信息或资料我们应心怀感激，因为它们的出现帮助我们更清晰地了解中国传统文化。在你看过一座山之后，并不意味着你看到了所有的山，尽管它们之间的轮廓经常显得模糊，且逐渐消失于彼此。或许是时候来重新审视一下我们对中国山水文学的价值的某些设想了。对于唐研究的

[1] *Le T'ai chan: essai de monographie d'un culte chinois* (Paris: Ernest Leroux, 1910).

[2] 例如 Michel Soymié（苏远鸣），"Le Lo-feou shan: étude de géographie religieuse," *BEFEO* 54 (1956): pp. 1–132; Edward H. Schafer（薛爱华），*Mao Shan in T'ang Times*, rev. 2nd edn. (Boulder: Society for the Study of Chinese Religion, 1989).

[3] 重要著作包括青木正儿1934年的文章：《支那人の自然観》，重印于《青木正儿全集》，6册（东京：春秋社，1969—1975），第2册，页552—521; Richard B. Mather（马瑞志），"The Landscape Buddhism of the Fifth-Century Poet Hsieh Ling-yün," *Journal of Asian Studies* 18.1 (1958): 67–79; J. D. Frodsham（傅乐山），"The Origins of Chinese Nature Poetry," *Asian Major* 2nd ser., 8.1 (1960): 68–104; 小尾郊一：《中國文學に現われた自然と自然観，中世文学を中心として》（东京：岩波书店，1963）; Paul Demiéville（戴密微），"La montagne dans l'art littéraire chinois," *France-Asie* 183 (1965): pp. 7–32, rpt. in Demiéville, *Choix d'études sinologiques (1921–1970)* (Leiden: Brill, 1973), 364–389; 王国璎：《中國山水诗研究》（台北：联经出版事业公司，1986）; 户仓英美：《詩人たちの時空：漢賦から唐詩へ》（东京：平凡社，1998）；以及 Donald Holzman（侯思孟），*Landscape Appreciation in Ancient and Early Medieval China: The Birth of Landscape Poetry* (Taipei: College of Humanities and Social Sciences, National Tsing Hua University, 1996). 还应一并提及的是桀溺（Jean-Pierre Diény）关于各种自然现象的象征主义以及意象的研究。例如：Diény, "Pour un lexique de l'imagination littéraire en Chine: le symbolisme du soleil," *BEFEO* 69 (1981): pp. 119–152. 在众多关于具体草木的研究中，近期出现的最有趣的作品之一是 Martin Kern（柯马丁），*Zum Topos "Zimtbaum" in der chinesischen Literatur: Rhetorische Funktion und poetische Eigenwert des Naturbildes kuei* (Stuttgart: Franz Steiner, 1994).

[4] 包括本文早先版本的会议；该会议于1993年1月在加利福尼亚大学圣芭芭拉分校举行。

[5] 其中比较好的一篇是罗柏松（James Robson）的大作"The Polymorphous Space of the Southern Marchmount (Nanyue): An Introduction to Nanyue's Religious History and Preliminary Notes on Buddhist-Daoist Interaction," *Cahier d'Extrême-Asie* 8 (1995): pp. 221–264.

学者而言，我们的视角尤其模糊，因为这个时期虽已有充分的研究，其魅力却丝毫不随着时间的推进而减弱。因此，我们的当务之急是要尽可能规避那些局限我们的判断和观点的过度简化的分析范畴，以及那些过于顺耳的陈词滥调。

[6] 瞿蜕园、朱金城：《李白集校注》（上海：上海古籍出版社，1980），卷一九，页1095；《全唐诗》（北京：中华书局，1960），卷一七八，页1813。

基于这个出发点，我们在这里不沿用"自然诗歌"（"nature poetry"）这个毫无批评价值的肤浅标签。诚然，中国诗歌——正如几乎所有的其他古典诗歌一样——从一开始就从自然世界广泛地汲取其最基本的意象。但这是一个显而易见甚至可以说平淡无奇的现象。只要深思一下这个观点你就会发现它再没有什么发展余地了。同样地，除非是在最为粗浅的层面上，我们也不承认所谓"宗教"文本和"文学"文本之间存在任何令人信服的界限。这就好比在说唐朝的文人精英对他们自己和他们的文字的认知与我们大学课程的学科划分别无二致。相反，我们认为文字的力量和神灵的存在从历史的最早期就不断交融，彼此契合。关于这一点的论述空间还有很多，想要掸去更为固执的"虼蚤"却非易事。

但在我进入本文的核心内容之前，有两个问题关注点需要先强调一下。我们可以从李白（701—762？）的一首家喻户晓的绝句说开去：

问余何意栖碧山	You ask for what purpose do I roost in the cyan hills;
笑而不答心自闲	Smiling, I don't reply, my heart freely at ease.
桃花流水窅然去	Drifting waters with peach blossoms go off inscrutably:
别有天地非人间 [6]	It is another heaven and earth, not amidst the human realm.

关于这首小诗我们经常听到这样的解读：它表现了李白对现世或世俗的鄙弃；它反映了李白对自然的钟爱；它揭示了李白古怪性情之中流于表面或令人振奋的超然离群和轻松玩兴。即便这些解读是正确的，它们也都属于

陈词滥调,且乏善可陈。有洞察力的读者会注意到第三句典出陶潜(365—427)的桃花源以及第四句喻指着道教的洞天意象。我们甚至看到过这样一种分析:即此诗诗题(即由后人所题的《山中问答》["Question and Answer in the Mountains"])所寓示的"对话"其实并不是一个真正的对话,因为诗中的主人公没有将他的回应付诸言辞。[7] 然而,如果我们对早先的诗歌所留下的历史回响还略识一二——如李白那样——那么我们就能捕捉到一个更为重要的线索,那就是发生在陶弘景(456—536)与齐高帝(479—483在位)之间的对话问答。当这位南齐皇帝试图召见当时正隐居于茅山的著名道士和学者陶弘景时,据说他在诏令中提出了"山中何所有"这样一个自大的疑问。陶弘景在当时尚不愿离开,便以以下这首绝句作回复:

山中何所有	"What is there to be had amongst the mountains?"
岭上多白云	Plenty of white clouds atop the ridge.
只可自怡悦	Here alone may one be freely cheerful and content—
不堪持寄君 [8]	Impossible to send this in hand to you milord.

李白那首绝句中的主人公并不是不作回答,只是没有用言辞回答:诗中的景色描写已经替主人公做了回答。早在两个半世纪之前,陶弘景就已经把所有可付诸的言语都用来回答同样的一个问题。[9] 但是我们不能忽视这样一个事实:即作为诗人的李白——相对于诗中笑而不答的主人公

[7] Stephen Owen(宇文所安), The Great Age of Chinese Poetry: The High T'ang (New Haven: Yale University Press, 1981), p. 136. 这个出人意料的沉闷解读忽视了诗人的言语表现——即这首诗本身。"问答"当然很难在任何意义上、更不用说字面意义上构成一个"对话"。更糟糕的是,他的解读完全基于《山中问答》这个后来才有的诗题。在所有早期的李白作品集以及首次收录了此诗且成书于八世纪中叶的《河岳英灵集》中,这首诗的诗题都是《答俗人问》("Reply to a Worldly Fellow's Question")——这个原本的题目足以说明确实存在一个明确的回应。

[8] 逯钦立辑:《先秦汉魏晋南北朝诗》(北京:中华书局,1983),页1814;《茅山志》(HY 304),卷二八,页2b;Paul W. Kroll, Meng Hao-jan (Boston: G. K. Hall, 1981), p. 101. 关于这次交换的背景轶事,见《太平广记》引述七世纪早期杨松玠的《谈薮》,见《太平广记》(台北:文史哲出版社,1976),卷二〇二,页414a。

[9] 另一个可能的历史先例已由李白最早的注疏家杨齐贤(活跃于1190)指出:"三人问其所志,亮但笑而不言。"("Someone inquired of Chu-ko Liang's ambitions. Clasping his knees, Liang *smiled but did not reply*.")原文出自《三国志》(北京:中华书局,1973),卷三五,页911,引《魏略》。诗人和这位隐居的策略家在蜀地这一点上有联系。见《分类补注李太白诗》,(《四库全书》本),卷一九,页3a。杨齐贤的注疏颇为有用,但很可惜,即便那些标榜为全面集校的版本,包括这个例子在内的很多内容皆未被收录到最新的李白集中。

而言——在描写诗中景色的时候一定是小心挑选了他所使用的词汇与意象，而这些词汇所指涉的并不是一个实写的山景，而是一套文学意象。词汇（而不是眼见景物）的本义以及其历经时间所积淀的回响是我们在重新思考唐诗中的山水景观时需要注意的首要因素。下文将就此展开更为详细的讨论。

第二个因素是现世世界所拥有的宗教支配力。唐人对此是如此的习以为常，以至于如果在他们的文字或仪式中没有特别标明，我们很容易产生这样的误解：即山水对他们来说——一如山水对我们而言——只不过是一种城市生活的背景点缀。然而，对唐代文化所具备的一切无可否认的文明而言，这些人每天与自然世界的亲近关系是我们难以比拟的。我们需要多一分想象，多一分理解，才能在认知层面上进入这样一个世界，就如我们必须有意识地逼迫自己，才能体会到生活在印刷（甚至是后印刷）文化之下与写本文化之下的天壤之别。这种差别是如此巨大，以至于不管我们再怎么努力也无法片刻间掌握住这种不同的意象；我们对这样疏离的现实的拥抱往往稍纵即逝。同样地，哪怕是在长安城，一个八世纪的士族或者平民都能在青天无片云的夜幕中看见万里星空；而在我们的城郊则只有在除去了光尘污染之后的洁净中，星空才会直接出现在我们眼前；对于唐人来说，月亮每夜的圆缺晦明也不是偶然的撞见，而是无从躲避又影响深远的日常现象。这些都不是微不足道的简单事实，它们从根本上决定了人与周遭世界的联系。

本文开篇曾指出，近年来相当一部分的学术研究是围绕中国的"神圣境域"展开的。其数量之多以至于形成了这样的一个格套："中国山水最显著的特征不仅仅是一种自然的客体更是一种神明的客体。"[10] 尽管如此，我们仍然应该提醒自己：这种观念无论在政治范畴还是宗教范畴（在这里实则是一件事）都是根深蒂固的。举例来说，回想当年李隆基（即唐玄宗，721—756 在位）极其在意并持续关注自己对所辖疆域内最重要山川的尊崇和认可，

[10] Kroll, "Verses From on High: The Ascent of T'ai Shan," *T'oung Pao* 69 (1983): p. 233; 修订版见 Lin Shuen-fu（林顺夫）and stephen Owen eds., *The Vitality of the Lyric Voice: Shih Poetry from the Late Han to the T'ang* (Princeton: Princeton University Press, 1986), p. 167。加斯东·巴拉什（Gaston Bachelard）则认为构成伟岸和敬仰的意象的乃是地质而非天体意义上的地貌；所以他说："对于那些在大自然中实现梦想的人来说，最小的山丘都会启发他们。"（"La moindre colline, pour qui prend ses rêves dans la nature, est *inspirée*."）参见他非常具有争论性的 *Le terra et les rêveries de la volonté* (Paris: Librairie José Corti, 1948), pp. 378–403, esp. 379–380。上述引文位于页 384。

这从他在位期间为五岳（泰、衡、华、恒、嵩）、四渎（河、江、淮、济）、四镇（会稽、沂、医无闾、霍）、四海以及其他山川神祇所赐赠的新称谓和新封号就能体现出来。[11] 对这些神祇的井然有序的皇家祭祀和取悦仪式都是由皇帝钦点的高级使臣完成的，且派出的经常是同宗的亲王。[12] 玄宗于725年12月亲临泰山，成功举行的封禅仪式为人熟知。而最有趣的，则是当我们从这个角度去重新审视中国的实地疆域之后所得到的一种印象：即固定和环绕这片土地的因素并不是其地势地貌，而是一系列或多或少都具有地域性和支配力的灵君。

有人或许会主张，这个看法到了唐代如果不是不合时宜，也总有些过时了；或者说，上述提到的皇家仪式基本上已徒具形式。这种主张当然可以提出，但事实看起来却与之相反。相对于期愿或宣告一种含糊的（但对当代思维来说令人感到安适的）"理性主义"趋向而言，这个问题要远为复杂。乐唯（Jean Levi）的研究已经很清楚地指出，中古时期帝国官员的首要观念性角色并非政治官吏，而是以天子为中心的国教——儒家之道——的代理人。[13] 我们已经习惯将唐朝政府的行事人员称为"政府官僚"（其中自然蕴含了权力的阶梯这种必然的内涵），以至于完全忽略了他们作为宗教代理人的根本行事属性。如同道士一样，他们的目的在于对任意地区的各种受淫祀供奉的地方神明施加管控；而所谓的"教化"，即他们所承担的一项已经得到了充分佐证的职责，相当于将地方性的信仰改替成对儒家教诲的学习和依遵，而这种改替是通过学校和寺庙的建立来实现的。的确，中古时期儒家官员和受箓的道士在功能性职责上有很多共通处："或许朝廷官员和道家方士在中国只是同一神职的一体两面。"[14]

[11] 关于玄宗在这方面活动的部分诏令，见《册府元龟》（北京：中华书局，1980），卷三三，页7a—23b；《唐会要》（台北：世界书局，1960），卷四七，页834；以及《唐大诏令集》（台北：鼎文书局，1978），卷七四，页418—419。Kroll, "Verses From on High," pp. 236–237, n. 53 (pp. 184–85, n. 53) 中概述了其中的部分内容。

[12] 例如《册府元龟》，卷三三，页13a（该诏令作于开元二十五年十月八日，即公元737年11月4日），卷三三，页15b—16a（该诏令作于天宝三载四月三日，即公元744年5月19日），卷三三，页21b—22a（该诏令作于天宝十载三月十六，即公元751年4月16日）；《令嗣郑王希言分祭五岳敕》，载《唐大诏令集》，卷七四，页418。

[13] 特别参见 Jean Levi, "Les fonctionnaires et le divin: luttes de pouvoir entre divinités et administrateurs dans les contes des Six Dynasties et des Tang," *Cahiers d'Extrême-Asie* 2 (1986): pp. 81–106; Levi, *Les fonctionnaires divins* (Paris: Seuil, 1989)。

[14] Levi, "Les fonctionnaires et le divin," p. 106. 关于地方信仰和道教的"纯粹"神学之间的碰撞，特别参见 Kristofer M. Schipper（施舟人）, "Taoist Ritual and Local Cults of the T'ang Dynasty," in *Tantric and Taoist Studies, in Honor of R.A. Stein*, vol. 3 (*Mélanges chinois et bouddhiques* 22; [转下页]

就此而言，我们可以将唐代国家认可的五岳四渎等地貌与当时道教的十大洞天、三十六小洞天及七十二福地的体系（该体系于玄宗时期由高道司马承祯[647—735]敲定入典[15]）互相层叠来更好地理解唐代圣灵之地的分布（佛教的地理地貌体系我们暂且不论）。在这个时期，我们甚至可以看到国家体系向道家体系的靠拢。例如，司马承祯说服玄宗：五岳真君并非玄宗所册封的普通山林之神。他们原是上清天的仙真，降真到各大重要山岳的洞府中，以履行他们在人间的责任。玄宗下诏在这些山岳之上，依照司马承祯所提供的具体规格，建造名为"真君祠"（"Bethels of the Realized Lords"）的宫观，以尊尚这些更具威势的神明。[16]

山水与地貌当然不仅仅是一种陆地的纹理与形貌——这是另一个经常被我们忽视的认识。所以有些常识仍然值得一提，比如"分野"这个传统的概念。"分野"是指将早期中国的地理和政治疆域逐一与对应的天空区域相匹配，并将前者完全归置于后者所具有的各种星体作用之下。这种划分到了唐代依旧在沿用着。在道教的世界观里，尘世的山水地貌被看作是天体现象的呈现形式。在某些方面，它们还被看作是天体现象的容载之处，一如人体本身可以被视为一个微观世界（"microcosm"），在躯体和精神层面同时保持了与山川、峡谷、日月及星辰之间的同一性。对于佛教徒而言，尤其是在密宗的传播上扮演了重要角色的僧一行（683—727），将取自印度天文学的二十八星宿更精密地对应在传统的分野模块之上，并使之更为完善。僧一行以此获得殊荣。这两个信手拈来的例子对八世纪的作者们而言都是很普遍甚至可以说毫无新意的概念（其他没有提到的例子还包括私人花园的兴起、历史地图的制作、佛教

[接上页] Brussels: Institute Belge des Hautes Études Chinoises, 1985): pp. 812—834。关于道家在中国文化里核心地位的最好讨论，见 Schipper, *Le corps taoïste: corps physique-corps social* (Paris: Fayard, 1982); Anna Seidel（索安）, *Taoismus, die inoffizielle Hochrreligion Chinas* (Tokyo: Deutsche Gesellschaft für Natur- und Völkerkunde Ostasiens, 1990)。

[15] 完整的布局设计可参看司马承祯的《天地宫府图》；该图保存于十一世纪的类书《云笈七签》（HY 1026）的第 27 章。这个布局是现在更为知名的杜光庭的《洞天福地岳渎名山记》（HY 599）的基础。在司马承祯的序中，他对圣山的构成和各路神仙的居所进行了十分有趣的描述。唐前关于道家神圣地貌的具体构成有很多不同的版本。成书于六世纪的《无上秘要》（HY 1130）的卷四，页 5b—10b 总结了所有人间神圣地貌的所在之处。另请注意葛洪（283—344）列出的早期"可以精思合作仙药者"（"conducive to concentrated thought and the compounding of medicaments for transcendence"）的 28 座山。见王明：《抱朴子内篇校释》（北京：中华书局，1988 年修订本），卷四，页 85。

[16] 见《真系》（李渤作；序作于 805 年），载《云笈七签》卷五，页 15b。《真系》中的司马承祯传是《旧唐书》本传的基本来源。本传中也记录了此事。见《旧唐书》（北京：中华书局，1975），卷一九二，页 5127—5129。

[17] 这个说法来自艾布拉姆斯（M. H. Abrams），是他著名的 *Natural Supernaturalism: Tradition and Revolution in Romantic Literature* (New York: Norton, 1971) 的核心概念。这本书也为本文的主题提供了很多有趣的可比之处。

[18] Demiéville, "La montagne dans l'art littéraire chinois," 15 (372). 其中描述了延续到中古早期的关于山岳的"古典"式感觉。关于十七世纪晚期到十八世纪的欧洲文学中存在的类似的山景之变化，见 Marjorie Hope Nicholson（玛乔丽·尼克尔森），*Mountain Gloom and Mountain Glory: The Development of the Aesthetics of the Infinite* (1959; rpt. New York: Norton, 1963)。

[19]《望庐山瀑布二首》其二，《李白集校注》，卷二一，页1241；《全唐诗》，卷一八〇，页1837。十世纪的《文苑英华》（台北：新文丰出版公司，1979），卷一六四，页4a中有异文：上文的第一句被置换到了第二句，而第一句则作"庐山上与斗星连"。我以为这个开头过于大胆且乏味；第二句的衔接方式也不令人满意。把"瀑布"翻译成"Sheet of Spray"而非通常的（转下页）

曼荼罗［mandala］的传播以及对盆栽的持续痴爱）。而对我们而言，这些概念都需要我们刻意地保持警觉才不至于忽视或忘记，不然的话唐人对山水的认知就很容易被我们自己对山水的认知悄然取代。

以上的讨论最终说明的是：尽管在南北朝时期山水得到了充分的美化，尽管随着江南地区的持续文化融合，人们愈发能够以温柔的眼光去观赏一种更加宜人的自然环境，我们却尚未进入一种可称为"自然的超自然主义"（"natural supernaturalism"）的山水，[17] 即便是深藏的要塞已经不再骇人至被看作"圣恐的地带"（"zones of sacred horror"）[18]。

这些评述虽然可能还不够充分，但已足以构成我们后续讨论的前提。唐代生活的几乎每一个方面都和这个主题有着这样那样的关联，分岔路也很容易找到。但是是时候来读一些文本了。

我们首先从李白入手，且暂留在地表上。先来看两首关于庐山瀑布的诗。其中更为知名的是以下这首七言绝句：

日照香炉生紫烟	Sunlight illuminates the Incense Burner, quickening a purple haze;
遥看瀑布挂前川	Far off I see the Sheet of Spray—a vertical waterway before me.
飞流直下三千尺	Its flying flow descends straight down three thousand feet;
疑是银河落九天 [19]	I fancy *that* is the Silver Ho, dropped down from the Nine Heavens!

该诗的末联历来都备受好评，诗人将瀑布视为倒挂的银河从天而落的奇特处理甚至得到了苏轼（1036—1101）的特别赞许。[20] 我们不常注意到的是，诗人其实从该诗的一开始就为了最后这个别出心裁的设计做好了铺陈。我们首先看到的并不是瀑布本身，而是日光照耀下庐山西北的这个香炉峰。[21] 和往常一样，李白在一个地名的语义范围上做了文章，把香炉确切地看作这个名字本身的所指。诗人揭示给我们的第一个意象是一个真正的博山炉，其顶部是一个天愠色的雾气所构成的帽状云，而其中云雾的轨迹则是庐山之气的外显之象。然后才是雾气的颜色这个单一的细节，它把这一句里的视觉意象在概念上进行了统一，因为紫色是天极的颜色，也是宇宙统一体的颜色。在这里，诗人已经奠定了该诗对他界的偏好，而这种偏好在诗的结尾处得到了实现。[22] 在这个掌控力很强的意象的压力下，位于较为直白的二、三句里的瀑布就被赋予了超越其表象的意味——即第四句中触发诗人的启示。

我们在这里观察到的是一个受想象和语言的合力所塑造出来的景象的小例子，它先前可能被误以为是一种纯粹的描写。在展开更进一

（接上页）"waterfall" 乍看可能显得有点过，但是这个翻译既保留了这个词语背后原来的意义（它并不是一个双声叠韵词）又提示了其在音韵上的共鸣（中古音为 *bau- pu-）。这个翻译也使得我们可以更好地处理类似于"瀑布泉""瀑泉"和"瀑布水"之类的相关词汇，因为这些词汇必须和"瀑布"区分开来，不然就会一并被简单地译为毫无区分性的"waterfalls"。虽然"瀑布"在现代汉语中是常见词，但在八世纪的时候还并非如此。几乎没有证据显示该词在四世纪以前就被使用过；它的第一次出现是在孙绰（约310—397）的《游天台山赋》里，此赋对后世"登高"文学产生了深远影响。"瀑布"一词有时也被当作专指庐山瀑布的专有名词来使用，就像李白诗里的那样：在这个情况下仅将"waterfall"的开头字母"w"改为大写是不够的，就算加上指定冠词"the"（哪怕"t"也大写）也无法在承受如此重的语义负担的同时不显得幼稚。所以我们必须保护该词的完整性，不将其切割成一个单独的字——至少在唐前不能这么做。无论如何，只要多见几次，读者便感觉"sheet of spray"不再突兀。

[20] 王松龄：《东坡志林》（北京：中华书局，1981），卷一，页4。
[21] 在庐山整个山体上有四处分布的香炉峰。所有唐前对香炉峰的指涉指的都是位于其西北面且与高僧慧远有关的那一个。清代的著名李白注家王琦（1690—1774）似乎早就解决了关于李白所指的香炉峰究竟是哪一个的争论；然而，安旗在她最近出版的附带了编年和传记评注的李白集子里认为——如个别清朝以前的学者一样——李白所指的香炉峰实则是位于更为南面的那一座（从诗人在诗的第一句所切入的视角来说，仍旧属于"西"面）。见《李白全集编年注释》，三卷本（成都：巴蜀书社，1990），页49。虽然安旗所列举的地理证据很有说服力，但是她的这个观点却与在李白时期已经稳固确立了的文学传统直接矛盾。另外请注意：六世纪的《高僧传》中所载的慧远传也指出，位于西北面的那个香炉峰附近有一个漂亮的瀑布；见《高僧传》（T 2059，第50册），卷六，页358b。
[22] 满晰博（Manfred Porkert）对紫色的象征意义总结为："（它是）宇宙的整体与丰满，未减弱的力量，因此（它）也是重新获得的统一，向宇宙的道的回归。"（"kosmische Ganzheit und Fülle, ungeschmälerte Macht, deshalb auch die wiedergewonne Einheit, die Rückkehr zum kosmischen Tao."）见 Porkert, "Untersuchungen einiger philosophisch-wissenschaftlicher Grundbegriffe und Beziehungen im Chinesischen," *Zeitschrift der deutschen morgenländischen Gesellschaft* 110.2 (1961): pp. 439–440. 关于此处所表现的大气现象，见 Kroll, "Li Po's Purple Haze," *Taoist Resources* 7.2 (1997)。

步的讨论前，我们先看一下这首同题组诗中的另一首。与前一首不同，这是一首五言诗：

	西登香炉峰	To the West I scaled Incense Burner Peak,
	南见瀑布水	To the South viewed the waters of the Sheet of Spray—
	挂流三百丈	Vertical in flow for three hundred staves,
4	喷壑数十里	Spurting through the strath several tens of leagues;
	欻如飞电来	Flashing like the onset of lightning in flight,
	隐若白虹起	Or dulled as though at the raising of a white rainbow.
	初惊河汉落	At first I feared that the Ho and Han had dropped down,
8	半洒云天里	Half spewed out from within the clouded heavens!
	仰观势转雄	Look upward and observe the rolling might of its power—
	壮哉造化功	Oh, valiant—the exploit of the Shaper of Mutations!
	海风吹不断	A wind from the sea blows on, unrelentingly;
12	江月照还空	And the river's moon shines, back into the void.
	空中乱潈射	Out of that void a confused confluence shoots forth,
	左右洗青壁	Washing to left and right the walls of bice-blue.
	飞珠散轻霞	Flying pearls scatter in buoyant rose-pink clouds,
16	流沫沸穹石	As a flowing froth churns over vaulted rocks.
	而我乐名山	And it is mine to take delight in a mountain of renown!
	对之心益闲	Confronting it, the mind is ever more free.
	无论漱琼液	Let there be no more talk of quaffing rose-gem liquor,
20	且得洗尘颜	For I am now to gain a face washed clean of dust!
	且谐宿所好	Now reconciled to sojourn where I please,

22 永愿辞人间 [23] Let me take leave forever of the human realm!

这首诗虽然未及前一首知名，但它的创作却并不平庸，其可圈点之处愈看愈明显。我们首先注意到，前一首绝句中出现过的大多数意象在这里也以更为饱满的形式全都出现在前八句。只是这次,落天银河的意象（第 7—8 句）所带出的是对瀑布更进一步且更为全面的审视。在这个节点上，换韵让诗人可以暂时后退一步，从而以一个祈使和一个感叹的句式来欣赏"造化"之作，也就是自然所具有的选择和合成的原则 [24]（同时请注意"转"这个词在形容瀑布的汹涌上的贴切性）。继之，李白选择了两个具体的细节来做进一步的突出。任何经历过瀑布的人都能准确地了解第 11 句在说什么——瀑布的周遭好像永远有风在吹，且比预想中的更强，更狂。第 12 句中时而映照在水面的月光（在这里瀑布被视为一条垂直的"江"）则好似发射出一道光晕，直返天空——这个美丽的意象使我们回想起第 5 和第 6 句之中的光照效果。[25] 下一个韵脚的变化通过顶针手法的使用从而在修辞层面上前后贯通。第 12 句句末融化了月光的"空"即是第 13 句句首射出了乱潈的"空"，这个乱潈在这一章里顺着昏暗的崖壁奔涌而下。其间四散的水珠，也就是第 15 句中的"飞珠"，进而消散在环绕四周的雾气中(因为反射的月光早已折返回天空)。与此同时，瀑布的水流继续前行，在湍急而下的过程中化为泡沫。

到了下一个转韵处，这首诗明显可以归为写景的部分就结束了；这里集中考量一下李白这篇幅颇长的景物描写。在这开首的三节中，具有方向性的意象沿着一个垂直平面上下移动，其中又穿插了一些精心安排的横向铺陈。其方向的安排是：第 1 句：上；2—4：下；5—6：上；7—8：下；11：横；12：下/上；13：下；14：横；15—16：外/上/下。这个安排完美地模拟了瀑布的"势转"：我们的视线一直在移动，不断被忽上忽下的不同景致所吸引，如奔流的瀑布一样反复却不重复。若要对诗中所有李白使用了声音效果来加强的视觉及其他感官刺激逐一展

[23]《望庐山瀑布二首》其一,《李白集校注》，卷二一，页 1238—1239。《全唐诗》，卷一八〇，页 1837。

[24] 关于这个观点的大致介绍，参见 Edward H. Schafer, "The Idea of Created Nature in T'ang Literature," *Philosophy East and West* 15.2 (1965): pp. 153–160。杰拉德·霍普金（Gerard Manley Hopkins, 1844—1889）所提出的"应激模型"（"instress"）和"内在特性"（"inscape"）两个概念包含的类似性值得我们探索。

[25] 在偏爱此诗多于另一首绝句的学者［包括注疏家胡震亨［活跃于 1590 年左右］和王琦］眼中，这两句诗得到了高度的评价。

开分析，我们的讨论就会显得拖泥带水；但是有两处必须强调指出：第9和第10句——也就是两处感叹句——的音调韵律是完全一致的。在整首诗中只有这两句之间的韵律是保持不变的；这种节奏上的重复为这两句诗增加了额外的冲击力。[26] 另外一处是第13句中的内在叠韵（中古音：*kung tyung lwan- chung dzyek*），这是一种刻意为之的同声聚合，似乎是在用语音的形式再现瀑布的"乱漅"。

在最后一节里，诗人就所写之景做出了判断，并宣告了此景对他的效应以及对他未来行为的影响。历史上，庐山与佛教的关系从慧远（334—416）著名的寺院群落开始，远比其与道教的联系显要得多。[27] 在这个背景下，李白摈弃了他在其他语境下所偏爱的道家仙药（即"漱琼"）而选择了佛教的洗尘：瀑布洗去了他现世的尘垢，净化了他尘世的自我（注意这个字面意象的贴切性），并让他远离"人间"，而他自己也誓言要永远解脱。[28]

最后，我们回看一下这首诗在技术层面上的另一个卓越之处，即整首诗的叶韵结构。第一节的八句押仄声韵，即 xAxAxAxA。第二节的四句押平声韵，即 BBxB。第三节的四句押仄声韵，即 CCxC。最后一节的六句（或者说，一首绝句加上一联作为结尾的诗句。这一联的补充性从其首语重复法 [anaphora] 即"且"字的刻意重复可见）押平声韵，即 DDxDxD。这种非典型的叶韵转换或许是诗人以另一种方式表现该诗中的"转"的动感作用。[29]

至此，我们必须克制仅从这两首诗就推演出肤浅论断的诱惑。看起来似乎是第二首的描写更"写实"或更"精确"；它至少比第一首来得更详尽。

[26] 注意，这个不仅发生在换韵处，而且突出了一个韵律上的变化：即从前八句的双数句押韵到后四句的 AABA 形式。当然，所谓"近体"诗的严格音韵规律在这里并不是一个问题；唐代诗人在"古体"诗上对音韵形式的自觉把玩早已有之。关于李白这方面的特点，见 Elling O. Eide（艾龙），"On Li Po," in Arthur Wright（芮沃寿）and Denis Twitchett（杜希德）eds., *Perspectives on the T'ang* (New Haven: Yale University Press, 1973), esp. pp. 377–383；Kroll, "Li Po's Transcendent Diction," *JAOS* 106.1 (1986): esp., pp. 115–117。

[27] 关于慧远和庐山的关系，特别参见 Eric Zürcher（许理和），*The Buddhist Conquest of China: The Spread and Adaptation of Buddhism in Early Medieval China*, 2 vols., rev. edn. (Leiden: Brill, 1972), vol. 1: pp. 208–211, 241。

[28] 最后这个马上要被摒弃的"人间"的意象可能会让我们想起"碧山"那首绝句相同的结尾。"人间"这个词对李白来说一直是充满了贬义意味的。

[29] 这里还有最后一个不寻常的地方，我觉得也并非偶然：除了第七句，每一章的非押韵句中的最后一个字都如我们所预料的那样，连同押韵句的最后一字分属于相对的韵部。第七句的"落"（*lak*）以其音韵特点为这个字加上了感叹的意味，而这种方式，如我们所见，正是银河意象的最惊艳所在。我不认为李白，或者其他优秀诗人，会刻意地先勾勒出这种音韵策略，仿佛它们是一种隐藏的编码。相反，应该是一个字的声音或者一个词语的节奏形态——也就是说，一种已经内化了的对声音形态的自觉——往往决定诗人在词汇和语法之间的选择。关于这首诗完整的中古音重构，参看本文的附录，其中也包括了音调模式的图示。

六百年后的韦居安（活跃于 1368 年左右，元末明初时期）在评论这首诗时先是将之称颂为古今绝唱，再提出："非历览此景，不足以见此诗之妙。"("But unless one has had the experience of actually looking upon the scene itself, one cannot appreciate sufficiently this poem's perfection.") [30] 如果这段评注不止是某个读者对他自认为是独到见解的沾沾自喜，我们就必须承认，此诗的整体艺术力量来自一种超越它本身的洞察力，它存在于构成此诗的文字之外。我们不需要通过援引来自博洛尼亚（Bologna）或者巴黎（Paris）的圣贤们来证实——或混淆——这个观点：在传统中国对语言和现实之关系的思考中这种观点早就被明确且清晰地表述过，从孔子、庄子、老子至于荀子等都有相关论述。我们了解这个观点在其他领域的影响力，尤其是山水画的创作。但这里所涉及的依然是"类真性"（"verisimilitude"）这个老问题，即作为一个景的表现形式的语言描述能有多"真"、多信实？如此简化之后这个问题可能就变得毫无意义。但是，让我们在将这个问题复杂化的同时先不要忽略它的存在。

李白当然不是第一个以庐山为作诗对象之人。但是，在他作这些诗之前（最有可能作于公元 725 或 726 年 [31]），瀑布意象在诗歌里一般都是一笔带过。尽管如此，如果我们用心去找的话，就会发现，在早先的一些诗歌里已经出现了类似李白措辞的词汇和意象，其中有一些甚至是我们会认为充满了李白"个人风格"的。例如，慧远的侪辈支昙谛（卒于 411）这位中亚僧人的《庐山赋》中有这样一联诗句（这两句诗保存于李白一定读过的《艺文类聚》[成书于七世纪]中；该联是 30 句引文中的最后两句）：

[30]《梅涧诗话》（《丛书集成》本），卷一，页 3。
[31] 安旗认为是 725 年。见《李白全集编年注释》，页 49。另一位当代顶尖的李白专家詹锳则认为是 726 年。见其《李白诗文系年》（北京：作家出版社，1958），页 5。另见《李白集校注》，卷二一，页 1240—1241。黄锡珪则认为这些诗皆作于 756 年李白隐居庐山期间。见其《李太白年谱附李太白编年诗目录》（北京：作家出版社，1958 年重印本），页 75。
[32]《艺文类聚》（台北：文光出版社，1974），卷七，页 134；《全晋文》，收入严可均辑：《全上古三代秦汉三国六朝文》（1893 年本），卷一六五，页 16b。

香炉吐云以像烟　　The Incense Burner ejects a cloud, in semblance of haze;

甘泉涌雷而先润 [32]　　The sweet wellspring showers foam, soaking us first off.

[33]《艺文类聚》，卷七，页134；《登庐山诗二首》其二，《先秦汉魏晋南北朝诗》，页1282。

[34]《艺文类聚》，卷七，页134；《从冠军建平王登庐山香炉峰诗》，《先秦汉魏晋南北朝诗》，页1557；亦见《文选》（台北：文津出版社，1987年重印本），卷二二，页1058。和唐朝其他诗人一样，李白对《文选》烂熟于心。

我们是否可以怀疑，李白关于庐山的那首绝句的开篇意象（香炉催生出的紫烟；颜色特征除外）基本出于此？香炉峰和瀑布的并列又如何呢？重要的并不是这里的用典（"allusion"）——这里并没有，至少在通常意义上没有——而是一个词汇的循环被激活了，以至于《庐山赋》中的这两句话在一定程度上影响了李白观赏和呈现这些景致的倾向。

类似的词汇共鸣（"verbal resonance"）还可以在另外两首关于庐山的诗中找到，且两首诗都保存于《艺文类聚》中。第一首来自鲍照（约414—466）：

高峰隔半天	The tall crag cleaves half the sky;
长崖断千里 [33]	Long bluffs are sheer for a thousand leagues.

这两句分别与李白绝句中的第三句（"直下三千尺"）和另一首中的第八句（"半洒云天里"）似有回响。第二首更有趣，来自江淹（444—505）：

绛气下紫薄	Scarlet vapors fall upon embrangled thickets;
白云上杳冥	White clouds rise into inscrutable faintness.
中坐瞰蜿虹	Sitting here, I catch sight of a swelling rainbow;
俯伏视流星 [34]	Huddled with lowered head, I behold a coursing star.

这里的"绛气"是否变成了李白的"紫烟"？这里的"蜿虹"又是不是升起的白虹的原型（第二首第6句）？最耐人寻味的或许还是这样一种可能性（或者说概率）：江淹从山上向下俯视流星的意象可能启发了李白的瀑布如银河落天这个著名的意象。

或许这样的理解可以帮助我们窥视到诗人创作技巧的一隅。虽然我们无法通过重构诗人通过阅读所获取的文本和词汇积累来解决诗歌的奥妙或理解诗歌的魔力，但是我觉得我们在了解李白——或者任何其他唐代诗人——的智识"库房"方面已经更进了一步，尽管我们无法像约翰·劳斯（John Livingston Lowes, 1867—1945）解构柯勒律治（Samuel Taylor Coleridge, 1772—1834）的素材那样彻底和细致。[35]（在其他先唐关于庐山的文字中，需要特别指出的是鲍照的《登大雷岸与妹书》。这篇文字构成了他许多后期诗歌的一种底色。[36]）

虽然溯源研究（quellenforschung）本身很令人满足，但我们不应受其羁绊。尽管如此，它还是体现出了把山水描写看得太"现实主义"（"realism"）的另一个危险之处。至少就"诗"这种诗歌体式而言，它几乎不存在容许详细审查某个景色的空间。所以王维（701—761）所谓的"山水诗"（"nature poetry"）其实主要是由通属类的意象组成的，它们建立在一种相对有限的词汇上，且无法呈现太多的视觉特定性。[37] 其他唐代的诗人在这方面较之王维更加精确，但是对所有人来说，"诗"体诗歌创作的第一要务是安排一系列具有指向性的意象，而非精确地描写一个景色。我颇欣赏肯尼斯·伯克（Kenneth Burke, 1897—1993）的下述说法，它可以直接用在中国诗歌之上：

> 就意象展开持续的讨论时……难以避免落入象征主义的范畴。诗人的意象组织是根据它们之间的象征主义关系来进行的。一个事物的意象，如果不针对其自身作考量，而把它放在一个关系纹理中的功能作考察，我们就会马上把注意力转移到这个意象的象征主义内容上去。[38]

[35] 参见劳斯著名的 *The Road to Xanadu: A Study in the Ways of the Imagination* (1927; rpt. Boston: Houghton Mifflin, 1964)。在这方面的李白研究中，最好的成果是阮廷焯：《李白诗论》（台北："国立"编译馆，1986），页183—225 当中关于李白诗歌词汇来源的章节，唯一可惜的是这一章忽略了佛教和道家的影响。而在这方面，葛景春发表了很多独到的见解。见其《李白思想艺术探骊》（郑州：中州古籍出版社，1991）。此书是过去十年间李白研究领域出现过的最一流的专著。

[36] 钱仲联：《鲍参军集注》（上海：上海古籍出版社，1980），卷二，页84—85。孙康宜（Kang-i Sun Chang）的非常零碎的翻译竟以韵文形式出现，因瑕疵过多，且只是意译本，不足推荐。见 Chang, *Six Dynasties Poetry* (Princeton: Princeton University Press, 1986), p. 89. 她把这段文字视为鲍照对日落景色的准确描述，这一看法忽视了这样一个事实，即从鲍照所描述的视角来看，他不可能看得到自己作品中提到的所有景色。这里的描述其实是一种抒情和想象的杰作。她在这章中关于鲍照所谓的"微观"（"microscopic"）和"真实"（"realistic"）的意象所具有的"类真性"（"verisimilitude"）的评论在我看来也过于牵强。

[37] 关于这方面更多的参考，见 Kroll, *Meng Hao-jan*, pp. 99–100。

[38] Burke, *Attitudes toward History* (1937; 2nd edn., Los Altos, Calif.: Hermes, 1959), pp. 281–282: "One cannot long discuss imagery...without sliding into symbolism. The poet's images are organized with relation to one another by reason of their symbolic kinships. We shift from the image of an object to its symbolism as soon as we consider it, not in itself alone, but as a function in a texture of relationships."

[39] 李曰刚:《文心雕龙斠诠》(台北:"国立"编译馆, 1982), 卷四三, 页1903。《物色》篇的标准排序是第46篇, 但是李曰刚接受了范文澜的意见, 把这篇挪到了50篇中的第43篇。见范文澜:《文心雕龙注》(台北:世界书局, 1958年重印本), 卷十, 页2a。李曰刚极度详尽的版本和大陆学者周振甫的《文心雕龙注释》(台北:里仁书局, 1984年重印本)(上述引文见卷四六, 页846) 两书已经可以与范文澜的著作相媲美, 应一并作为现代学者的标准参考书。

这些"象征主义关系"("symbolic relationships")才是一首诗的聚合剂——如果这样可行的话,并且赋予了诗中的词汇大于其字典解释的含义。而编织起这种"关系纹理"("texture of relationships")的技巧,即对代表了传统的经线和代表了个人风格的纬线的安排(我差点说成过去的轻哼与现在的呐喊),这是我们作为读者一直会评价的东西。我们可以引用刘勰(约465—522)这位对每一个文学主题无不通晓的理论家的话,同这里最相关的内容来自他的《物色》篇("The Guises of Physical Things"):

物色虽繁,而析辞尚简;使味飘飘而轻举,情晔晔而更新。古来辞人,异代接武,莫不参伍以相变,因革以为功,物色尽而情有余者,晓会通也。若乃山林皋壤,实文思之奥府,略语则阙,详说则繁。然屈平所以能洞监风骚之情者,抑亦江山之助乎![39]

Though the guises of physical things are diverse, in hewing one's phrases there is need of succinctness, so that the flavor rises lightly, wafted aloft, and the feelings are ever renewed, blithely burgeoning. Since long ago, poets of one age have trod heel-to-toe with those of other times, never failing to join ranks and intermingle in effecting their own variations, to accept or recast [the words of their predecessors] in working out their own achievements. Those by whom the guises of physical things are used to the utmost while there remains no end to the feelings [suggested by those things] are those who understand with total comprehension. And so it is that mountain forests and riverbank loam really are the tacit treasury of literary thought! But if one's wording is too abbreviated, there is something wanting; if one's saying is too detailed, there is more than need be. Yet the reason why Ch'ü P'ing (i.e., Ch'ü Yüan) could see so penetratingly into the feelings behind the feng and sao is very likely due to the assistance of the rivers and the mountains!

这段话直指我们所讨论的主题的核心，它探讨了文学的约省性、取法前贤和山水所激发的灵感这三个问题。

回到关于李白的讨论，要对他在诗歌中所表达的庐山瀑布观进一步进行总结，只需要先参考一下《庐山谣寄卢侍御虚舟》中的一联。艾龙（Elling O. Eide）我们只需要对这一联有过非常精彩的讨论：[40]

银河倒挂三石梁　　The Silver Ho is upended, vertical, across three joists of stone;
香炉瀑布遥相望[41]　Incense Burner and Sheet of Spray gaze on each other afar.

这里再次展现了银河式的瀑布，它和香炉峰也依然成对出现。这两个意象在《留别金陵诸公》中的一联再次同时出现，据诗中所述，庐山是李白此行的目的地。他说道：

香炉紫烟灭　　There, Incense Burner's purple haze is snuffed out,
瀑布落太清[42]　As Sheet of Spray drops down from the realm of Grand Clarity.

天界的紫烟再度出现，并在这里被从天际落下的水流浇灭。[43]很显然，一旦诗人涉及这些意象，对他来说它们就变成了一种符号——也就是庐山所必然要象征的东西。如果我

[40] Eide, "On Li Po," pp. 379–387.
[41]《庐山谣寄卢侍御虚舟》，《李白集校注》，卷一四，页 863；《全唐诗》，卷一七三，页 1773。这首诗安旗（《李白全集编年注释》，页 1580）和詹锳（《李白诗文系年》，页 143）都系于 760 年，而黄锡珪则认为是 756 年（《李太白年谱附李太白编年诗目录》，页 77）。
[42]《留别金陵诸公》，《李白集校注》，卷一五，页 926；《全唐诗》，卷一七四，页 1784。安旗（《李白全集编年注释》，页 914）和詹锳（《李白诗文系年》，页 76）都将该诗系于 750 年，黄锡珪则认为是 756 年（《李太白年谱附李太白编年诗目录》，页 75）。
[43] 根据葛洪的说法（《抱朴子内篇校释》，卷一五，页 275），"太清"是位于地表上空 40 里以外的空域。在中古时期成熟的道教宇宙体系中，"太清"以下分别是（从下至上）"太极""上清"和"玉清"。然而，在中古时期的诗歌中"太清"通常作为天的通称来使用。

[44] 安旗(《李白全集编年注释》,页 1968)认为是 757 年,詹锳(《李白诗文系年》,页 94)认为是 753 年,黄锡珪(《李太白年谱附李太白编年诗目录》,页 93)认为是 754 年。

[45] 见《子虚赋》,《文选》,卷七,页 349。英译见 David R. Knechtges (康达维), *Wen xuan, or Selections of Refined Literature*, vol. 2: *Rhapsodies on Sacrifices, Hunting, Travel, Sightseeing, Palaces and Halls, Rivers and Seas* (Princeton: Princeton Univ. Press, 1987), p. 55。

[46] 从大约 727 至 735 年,位于湖北北部的安陆是李白同他第一任妻子许氏的"家"(英译中的"wine"并非"wife"的误写,因为原文是"酒隐")。这几年的生活相对来说较平静,在他其后的生命里不再出现过。见前野直彬:《安陆の李白》,《中国古典研究》(东京:中国古典学会,第 16 号〔1970〕,页 9—22。

[47] 这里所指的是位于庐山北面的九江,在唐代也被称为浔阳。传说认为长江在此处被分入 9 个支流。

[48] 这些地点和在其中嬉戏的赤鳞根据慧远的说法是庐山地方传说的一部分,他在《游庐山记》指出这个地区的野人只能对着香炉峰的瀑布水发出无言的惊叹。见《世说新语》第十章中刘峻(462—521)的评注(对此李白一定是知晓的),徐震堮:《世说新语校笺》(北京:中华书局,1984),卷二,页 314。英译见 Richard B. Mather, *Shih-shuo Hsin-yü: A New Account of Tales of the World* (Minneapolis: University of Minnesota Press, 1976), p. 288;又见《全晋文》,卷一六二,页 7b。

[49] 李白把自己描绘成一个隐藏的学道者:他只抚摸却不去驾乘仙人的坐骑——仙鹤。在他等待仙药出炉以及寻找能带他飞升而去的白龙时(类似把隐士窦子明带去凌阳山那样),他用长啸来自娱(即和隐士孙登有关的长啸)。

[50] 即:如果(出于对安禄山的恐惧或记忆?)政治风暴在帝国兴起,那么他将像西晋动乱时隐居桃花源的人们那样悄然逃走。"秦人"之鞭让我们想起贾谊(前 201—前 169)对秦始皇"振长策而御宇内"的描写。见贾谊:《过秦论》,《全汉文》,卷一六,页 5b。

们接受安旗或者詹锳的系年,那么对于李白来说这些意象对他的影响持续了近四分之一个世纪之久。这幅画面是十分具有吸引力的。黄锡珪的系年则不同,他把所有这些诗系于同一年。倘若如此,我们的诗人相当于在原始基础上不断做出了一连串的改动。

到目前为止我们只讨论了李白的"诗"类诗歌体式。如果我们在他的作品集里继续搜寻,就会发现另一篇可同上述诗歌放在一起考量的文字,那就是作于八世纪五十年代中期的《秋于敬亭送从侄耑游庐山序》这篇散文。[44] 同李白的大多数散文作品一样,这篇文字几乎全然无人知晓。在这里将全文引用,因为它在情感表达上的魅力使之值得通读。尽管如此,我们的注意力应该集中在大约出现于此文中间部分专门描写庐山的几句话上。他们读起来也让我们会很有熟悉感:

余小时大人令诵《子虚赋》,私心慕之。及长,南游云梦,览七泽之壮观。[45] 酒隐安陆,蹉跎十年。[46] 初,嘉兴季父谪长沙西还,时予拜见,预饮林下。耑乃稚子,嬉游在旁。今来有成,郁负秀气。吾衰久矣,见尔慰心,申悲道旧,破涕为笑。方告我远涉,西登香炉。长山横蹙,九江却转,[47] 瀑布天落,半与银河争流,腾虹奔电,潨射万壑,此宇宙之奇诡也。其上有方湖石井,不可得而窥焉。[48] 美君此行,抚鹤长啸,恨丹液未就,白龙来迟。[49] 使秦人着鞭,先往桃花之水。[50] 孤负宿愿,惭归名山。[51] 终期后来,携手五岳,情以送远,诗宁阙乎?[52]

[51] 他依然期望逃离这个世界, 去往类似庐山这样的名山上自由遨游; 但他在这里已经感觉自己不配这么做了。《文苑英华》中(卷七二一, 页 5b)的异文"惭未归于名山"("... but I am embarrassed not to have returned to the mountain of renown") 给我们提供了一个很好的例子, 它看似互相矛盾, 但在加以一点思考之后就能看出其意义完全没有两样。这个例子也证明了《文苑英华》的这个异文其实是编者试图澄清被他误读了的一句话的一种努力。

[52]《秋于敬亭送从侄耑游庐山序》,《李白集校注》, 卷二七, 页 1566;《全唐文》(台北: 大通书局, 1979), 卷三四九, 页 6b—7a。敬亭指的是位于安徽省东南的宣城以北的敬亭山。

When I was young, an adult set me to reciting the "Rhapsody of Master Vacuous", and I took it to my heart in admiration. When I was grown, I traveled south to Yün-meng and looked out upon the valiant sight of the Seven Marshes [just as in the poem]. Ten years then slipped tumbling by, as I lived reclusive with wine in An-lu.

Some time later, when my paternal uncle in Chia-hsing was going back west, upon demotion to Ch'ang-sha, and I paid my respects to him at a farewell party held within a grove, you, Tuan, were then just a stripling, cavorting in high spirits by his side. And here you are now quite mature, richly bearing about you an impressive air. As for me, I have been in decline for a good while, but seeing you brings comfort to my heart, and the sadness that comes over me in speaking of long-ago things is changed from tears to smiles.

You have just now acquainted me with your [plans for a] distant excursion, on which you'll scale Incense Burner to the west. There where long mountains are creased athwart and the Nine Rivers draw rolling back, the Sheet of Spray drops down from the heavens, half contending in its flow with the Silver Ho: a leaping rainbow, darting lightning, a confluence that shoots forth into a myriad straths—it is singular anomaly of all space and eternity! And on the summit there is a square lake and stone well, impossible to get a look at.

I envy you this trip, as I [can merely] pet a crane and whistle long, regretting that the cinnabar ichor is not yet completed and the white dragon's arrival is late. Should the man of Ch'in show the lash, I would soon take to the waters of peach blossoms. Alone I carry still a long-held vow, but I am embarrassed to return to the mountains of renown. Once the appointed time is fulfilled, we'll go hand-in-hand through the Five Marchmounts.

My feelings hereby send you off afar; [adding] a poem could only detract from this!

很显然，庐山在这个时候对于李白来说已经是一种记忆了，而且他之前用来形容庐山的词汇依然跟随着他，并在这里被再次激活——个别词汇甚至一字不差。李白又提及同样意象的一致性是这些意象的象征主义本质的最好见证。如果熵变真的随着时间不可避免地增强，如果记忆也随之促生出混乱，那么我们或许可以把对符号的建立——无论刻意与否——视为一种稳定流变的方式。另外一种相对苛刻的解读可能会把这种反复斥责视为对旧调重弹的让步——只是我们必须明白这些所谓的旧调重弹是诗人自己创造出来的。所以此处存在的最严重的罪过也许是语言上的自恋，一种可以用来指控每一位诗人的罪过。尽管现代主义对新颖和独特有着执着的追求，我们仍然可以欣赏李白在不同语境下运用他的关键符号时所展现的技巧，并感知到这些意象对他具有的巨大支配力。我们或许可以简单地概括：李白对庐山的经历和构想被他用来第一次尝试形容庐山的词汇永久地固定了。

李白对山和瀑布的想象一旦形成后就如此一以贯之，这与他同时期的诗人有本质的不同吗？由于没有足够的篇幅来深入探讨这个问题，我们只能集中谈谈两位重要诗人的部分相关作品。第一位是张九龄（678—740），他是开元期间（713—742）最负影响的诗人之一，也是八世纪三十年代最有权势的朝廷官员之一。因为其出生地位于广东北部，张九龄是八世纪在汉人的心腹区域获得权贵和认可的最著名的南方"克里奥尔人"（creole）。他的诗歌很少受到关注；这很可惜，因为其中蕴藏着不少罕有的美丽和迷人的特点。张九龄对他的南方出身有着相当的自觉意识，且（很罕见地）为其感到无比自豪。他很多最吸引人的作品都是在颂扬之前被（北方人）忽视的属于他出生地的辉煌；在其中他也试图对传统的地域偏见进行修正。他那篇精彩的《荔枝赋》便是一个很好的例子。[53] 在他其余取材于南方的创作中，张九龄有时会颠覆我们对非汉地名物的通常反应。因此在数首诗作中我们看到了凄瑟的猿啸居然出人意料地驱散了这位南方诗人心中的阴郁：对他来说这些都是熟悉的陪伴，暖心的声音。[54] 换句话来说，只要他自己认为是合理的，张九龄在诗歌方面就不会羞于依照自己的心意来进行创作（在这方面他和李白很像；李白也是一个来自异域的外人）。

庐山在八世纪中叶并不是一个特别"南方"的地方，但是作为一个对山水之美抱有非常敏感的南方偏好的张九龄来说，把瀑布的葱郁也看作是最值得冥想的对象就丝毫不显得突兀。下面是他依庐山而作的诗篇中的两首。第一首题为《湖口望庐山瀑布泉》（"Gazing from the Mouth of the Lake, toward the Wellspring of Mount Lu's Sheet of Spray"）（这里的"湖"指的当然是彭蠡湖，也就是今天的鄱阳湖。）：

	万丈洪泉落	Through ten thousand staves the flooding wellspring drops,
	迢迢半紫氛	Distance beyond distance, half perfused in purple.
	奔飞下杂树	Flying headlong, down past trees of different sorts;
4	洒散出重云	Spewed and scattered, coming out from the layered clouds.
	日照虹霓似	Sunlight illumines what seems a rainbow iris;
	天清风雨闻	The sky is clear, but wind and rain are heard.
	灵山多秀色	This numinous mountain is full of impressive guises;
8	空水共氤氲 [55]	Its air, its water, both with full-flavoring auras.

作为一首律诗，这首紧凑的小诗很成功地把我们"推进"了倾泻的瀑布

[53]《荔枝赋》,《曲江张先生文集》,(《四部丛刊》本),卷一,页11a—12b;《全唐文》,卷二八三,页1b—3b。编者按：柯睿教授后来专就《荔枝赋》发表了论文，该文的中译本收入本书内，由饶骁翻译。

[54] 以上几句话的部分内容取自我之前写的一篇关于张九龄的介绍文章。见 Kroll, "Chang Chiu-ling," in William Nienhauser, Jr.（倪豪士）ed., *Indiana Companion to Traditional Chinese Literature* (Bloomington: Indiana University Press, 1986), pp. 207–209。

[55]《湖口望庐山瀑布泉》,《曲江张先生文集》,卷四,页8a;《全唐诗》,卷四八,页590;《文苑英华》,卷二六四,页3b。第二和第三句所据版本的是《曲江张先生文集》和《文苑英华》；第四句据《文苑英华》（我认为张九龄不会在一首律诗的连续四句里重复使用"落"字）。

[56] 有些汉学家依照薛爱华（Edward H. Schafer）的做法将所有的律诗称为"复式绝句"（"double quatrains"）。对此我们视为用词上的不当。一首所谓的"复式绝句"应该确切指代的是（1）一首由一对韵脚不同的绝句所组成的长度为两节的诗——而律诗从来都不是这样；（2）一种不常见的律诗，其首四句的音韵结构与尾四句的音韵结构完全相同的——这种精准的"复式"对称与标准的上下两个绝句之间的镜像对称（mirror-imaging）是相互矛盾的。张九龄的这首诗实际上属于第二种。

[57] 杨承祖：《唐张子寿先生九龄年谱》（台北：商务印书馆，1980），页52。

[58] 对比浩然在《彭蠡湖中望庐山》（"On Lake P'eng-li, Gazing Afar at Mount Lu"）中的一联："香炉初上日，瀑布喷成虹。"（"Now Incense Burner rises up in sunlight,/ Its cascading waters spurting into a rainbow!"）见 Kroll, *Meng Hao-jan*, p. 73。

中——尽管（请注意诗题）诗人只是在远处凝视。如果我们一字一字、一句一句地分析其中的意象，我们就会注意到它们在很多地方和李白那首长诗的前十六句在铺陈和递进上很类似。但是张九龄是在律诗的格律限制下进行的创作，[56] 我们不得不钦佩他此处的成就：像是第3第4两句对仗句的动态感，以及第5第6两句对仗句之间的张力。我们也一定能注意到紫色的烟气、彩虹和风等已经在李白诗中出现过的意象，不过张九龄对其中每一个的处理方式都和李白不尽相同。由于我们先读的是李白，也由于李白在两人之间更为有名。如果两者之间有任何影响关系的话，我们可能倾向于将李白视为首创者。我们基本可以确定的是，张九龄的这一首（和下一首）诗作于727年的春天，那时他在去往洪州任职的路上经过了庐山这方地界（洪州位于彭蠡湖的西南沿岸）。[57] 如果安旗或詹瑛把李白的诗系年于725或726年是正确的话，那么张九龄确实是在李白之后才写的。但是，由于李白在当时还鲜为人知，他的诗歌也没有在任何范围内流传，我们没有理由去假设张九龄读到过这位晚辈的诗作。当然了，如果黄锡珪的系年是正确的话（756年），那这又是另外一种情况，因为我们完全有理由认为李白在那时已经读过了张九龄的诗作。但是我觉得最安全的做法还是放弃一切关于互相影响的猜想，不管是谁先谁后。最可能的情形是两位诗人彼此独立地使用了这些意象，他们想象的来源应该是四世纪或五世纪（类似我们之前已经提到过）的作品，而这些作品被保存在类似《文选》或《艺文类聚》里。[58] 对于诗人来说，这里的诀窍在于在做出自己贡献的同时，要为从过去继承下来的传统注入新的活力："传统和个性"于是就可以被视为孔子口中"温故而知新"在文学创作上的表现，抑或说它与一流爵士乐或印度拉格乐（"ragas"）演奏者所具有的不失控的创造力有着异曲同工之妙。

接下来是张九龄的第二首诗，它比上一首长一倍，题为《入庐山仰望瀑布水》("Looking Up at the Waters of the Sheet of Spray upon Going Into Mount Lu"):

	绝顶有悬泉	From the steep crest there is a wellspring suspended;
	喧喧出烟杪	With deafening din it comes out from the nibs of the haze.
	不知几时岁	One cannot tell what is the season here or the year;
4	但见无昏晓	One only sees there is neither dusk nor dawn.
	闪闪青崖落	Flashing, flaring—it drops down the bice-blue scarp;
	鲜鲜白日皎	Fresh and fair—glistening in the white light of day.
	洒流湿行云	Its spewing flow wets the moving clouds,
8	溅沫惊飞鸟	And the swashing froth startles flying birds.
	雷吼何喷薄	A roaring of thunder—what frenzied fury!
	箭驰入窈窕	An arrow speeding—into the covert depths.
	昔闻山下蒙	Long ago, I heard of it as a mist below the mountain,
12	今乃林峦表	And now it is there, beyond the wooded tor.
	物情有诡激	In the nature of things there are anomalous outbursts;
	坤元曷纷矫	In the source of the Latent how could there be muddled promptings?
	默然置此去	Wordlessly, it placed this here and went off;
16	变化谁能了 [59]	Flux and transformation—who is able to understand them?

这是一个不同视角下的瀑布。在诗的前十句它仅仅是一种自然景象——其中没有任何超自然的东西。但尽管如此，这依然是这个景象最不寻常的特征，且在诗人的眼前比想象中的要显著得多。这样看来，这就是诗中所谓的"诡激"（注意"激"在字源层面上的贴切性：即水之受碍受压）的例证，

[59]《入庐山仰望瀑布水》，《曲江张先生文集》，卷四，页8b；《全唐诗》，卷四七，页573—574。

它是世上千万种现象中由坤元的生成力和繁殖力的所创造出来。[60] 诗人在此自然会思考：这种景象的存在应该不会毫无理由吧？但是，我们又何尝能知晓创造和改变了它们的强大力量背后的目的呢？

这也是一个令人意外并发人深思的自然山水观——或者可以说其实是那片自然山水里很不寻常的一部分。张九龄在遇见令他惊艳的自然景观时，会重新思考这种山水观。例如他的这首《浈阳峡》("The Chen-yang Gorge")（其地在今广东中部的北江之上，位于其家乡曲江和广东之间）：

	行舟傍越岑	The advancing boat sidles by the crags of Yüeh,
	窈窕越溪深	As, coved and comely, the streams of Yüeh deepen.
	水暗先秋冷	The waters, turned dull, are first to feel autumn's chill;
4	山晴当昼阴	The mountains, unclouded, can be dim even in daytime.
	重林间五色	Their layered forests interleave all the five colors,
	对壁耸千寻	And the facing cliffs rear upward for a thousand spans!
	惜此生遐远	I regret such things are produced so far off and out of the way—
8	谁知造化心 [61]	Who can know the mind of the Shaper of Mutations?

[60] 坤，或者是这里的"坤元"，象征隐和受的原则，代表滋生万物的大地。与其相对的是"乾"或者"乾元"，代表天，象征刚和互动的原则。这对传统概念背后的活力或许可以用希腊神话中的盖亚（Gaia）对应坤，乌拉诺斯（Uranus）对应乾。

[61]《浈阳峡》，《曲江张先生文集》，卷四，页 11a；《全唐诗》，卷四八，页 590。关于浈阳峡的民间传说，见《水经注疏》（扬州：江苏古籍出版社，1981），卷三八，页 3186。这个印刷精美、附有晚清学者杨守敬和熊会贞宝贵注疏的版本实在是留给学界的一种恩惠。

[62]《柳河东集》（台北：世界书局，1963），卷三十，页 317—318；《全唐文》，卷五八一，页 16a/b。这段文字被翻译过很多次，但是最好的依然是薛爱华的译本，见 Schafer, *The Vermilion Bird: T'ang Images of the South* (Berkeley: University of California Press, 1967), p. 117。

没有一个唐代文学的学者在读到最后一联时不会想到柳宗元（773—819）在他著名的《小石城山记》("Record of the Little Hill of Stone Citadel"）结尾处的疑问。[62] 对于当时被贬南方、郁郁寡欢的柳宗元来说，他很困惑所谓的"造物者"

（也就是张九龄笔下的"造化"）为什么会把这么无可比拟的自然美景放在如此荒蛮的南方——那里根本就没文人雅士可以欣赏它们。柳宗元这个众所周知的思考就我们现在看来一定是受到了七十年前张九龄的文字的启发（柳宗元毫无疑问是熟悉张九龄的诗作的）。但是这已经偏题了，我们所关注的是张九龄的作品。在上面这两首张九龄的诗中，他都能轻松地从外部的景过渡到内部的思考（也就是我们常说的情景交融）。此举证实了——至少在上述两首诗中——"诡"的物质外形和地理位置除了具有单纯的感官目的之外一定还存在更多的内涵，虽然那个内涵已经超出了我们的理解范畴。正如华兹华斯（William Wordsworth, 1770—1850）所写：

[63] "In the light of setting suns, / And the round ocean and the living air, / And the blue sky" ... "the mind of man."
[64] 756 年叛军占领长安之后，李华被迫与其合作。在他去世前，似乎这个耻辱一直困扰着他。
[65] 这篇赋因为没有换韵，所以不分节。另外，节奏副词"兮"在译文中以破折号表示。（在没有"兮"字的"诗"类体式作品里我常用破折号表示其他的目的，但在赋类作品的破折号只用来"翻译""兮"字）。长仅二三字的"导入"性短语没有被算在行数内。

一种由崇高思绪的喜悦 而触动我的存在；某种远为 相渗之物的庄严感知……	A presence that disturbs me with the joy Of elevated thoughts; a sense sublime Of something far more deeply inter- fused...

可是有谁的居所虽然处在"落日的霞光 / 浑圆的海洋，鲜活的空气 / 湛蓝的天空"却是不对"人的心灵"[63]开放的？这与李白关于庐山瀑布那些诗之间所形成的对比是显而易见的。我们当然没有理由去期待不同诗人在自然观上的趋同，尽管文学传统往往迫使词汇和意象保留一定的一致性。

关于这熟悉的庐山瀑布，我们再看一下李华（735 年进士；约卒于769）的《望瀑泉赋》（"Rhapsody on Gazing at the Wellspring of Spray"）。该赋作于安史之乱之后诗人隐居期间，[64]也就是说，比李白、张九龄以及其他大多数到访过庐山并就此作诗的盛唐诗人都晚。由于这是一首赋，我们可以期待看到一些比以上所有的"诗"类体式作品对庐山景物更为全面的描写。诗人是在清晨泛舟彭蠡湖时看到以下景色的：[65]

	曙无云兮川无波	With no clouds in the dawn glow—no waves on the waterway,
	泛余舟于空碧	My boat is set adrift upon the deep blue of the void.
	彼庐山	Mount Lu, there,
	浮重湖之上兮	Floats up on top of the layered lake—
4	峨极天之峻壁	Upborne in pinnacled walls reaching to the sky.
	凝黛色之深明	An intense luminosity in hue of thickened kohl,
	噫林岭之岑寂	And, oh, the craggy stillness of its sylvan ranges!
	何神造之杳冥	In the inscrutable faintness shaped by some divinity.
8	跃腾泉于山脊	There leaps a curveting wellspring upon the mountain's spine.
	孤流皎皎于苍梁	Its unique flow brightly glistens against the verdant joists,
	翠淙千仞兮悬帛	Whooshing halcyon-blue, a thousand fathoms—of hanging silk!
	玉绳缒于寥天	A jade cord is let down from the endless sky,
12	银河垂于广泽	The Silver Ho is fallen in amplest almifluence.
	春风雷兮筵霜雪	Pounding wind and thunder—sifted frost and snow!
	穿重云而下射	Piercing the layered clouds, downward it shoots forth:
	白龙倒饮于平湖	A white dragon drinking head-downward from the level lake,
16	若天地之初辟 [66]	Or it is like the initial sundering of Heaven from Earth...

[66]《全唐文》，卷三一四，页 10a。

这一段节选应该足够给我们一个直观的感

受。除了在词汇的选择和铺陈上比上述所有的"诗"体作品都要放纵和深远之外，这一段也是一席意象和比喻的盛宴。诗人使用了尽可能多的方式来描绘和呈现庐山瀑布，其中不乏出色的措辞：像是千仞的悬帛（令人想起"瀑布"这个词字面意所含有的织物色彩）、缒天的玉绳、筛过的霜雪以及倒饮的白龙都令人印象深刻。这些意象与李华笔下的银河、强风、重云交织在一起。所有的这些描写所具有的鲜活性都好像把我们拉回到阴阳初分的创世景象中。在这里，瀑布已经成为文字技艺臻于完美的原动力，并在这个过程中为诗化了的现实增添了新鲜的成色。

[67] 关于这一点还有很多可以且应该说的，但是在这个节点上再展开的话就会有些偏题。有兴趣的读者可以参考 Isabelle Robinet（贺碧来）, *Méditation taoïste* (Paris: Dervy-livres, 1979), pp. 29-44。该书的英译本在很多地方不够精确，参考时需谨慎。见 Julian F. Pas（包如廉）and Norman J. Girardot（吉瑞德）tr. *Taoist Meditation: The Mao-shan Tradition of Great Purity*, (Albany: State University of New York Press, 1993)。

我们总是在和两个最根本的范畴打交道：世界与文本、世界与语言。在最字面（或许同时也是最抽象）的层面上，我们所要打交道的其实是作为文本的世界。如果我们把山水地貌这个概念——无论是宇宙意义上的还是地球意义上的——看作是一个以待解读的宏大文本，那么这个概念早就镶嵌在伏羲法天象地，观察鸟迹虫纹始作《易经》八卦的传说中。如果这还不足以同"太初有道"（"In principio erat Verbum"）相提并论的话，那么我们只需要参看一下中古时期道教关于永世经文的说法，即其在物理世界的创造之前就已经由身披耀眼光芒的角色以"口述"的方式展现出来。[67] 无论是用宇宙发生学的语言，还是用认知科学的语言来说，都是文字创造了世界。

如果我们回到人世的和历史的时间洪流里，语言——不仅仅是任意的语言，而是经过巧妙安排的语言——就成了一种将精神的瞬间永远延存下去的方式。这里必须特别强调这一点，因为这是又一个把我们微妙却致命地与唐人区分开来的因素。我们所生活的时代的确是在一个全球性文化之内，是一个极度且高度矛盾与冲突的时代。无论我们之中有多少人不希望如此，事实上我们的这个世界——随着通信渠道和通信技术的迅猛发展——已经不把诗歌看作是一种最必要的需求。这并不是说这个文化下不再有人支持或欣赏这门艺术，也不是说无人为其倾心或者十分"熟知"它；而是说，如果必须那

[68] 取自"The Necessity of Poetry," in Paul Valéry, *The Art of Poetry*, tr. Denise Folliot（丹尼斯·佛利奥特）(rpt., Princeton: Princeton University Press, 1985), p. 219: "not at all the man without eyes or ears of whom we are told; he is merely the man who is not tormented by 'what exists only in the forgetting of what exits,' who is not harassed by a mad desire to live as though the luxuries of the mind were a necessity of life itself."

么做的话，这类人中的大多数甚至可以脱离这种生存的修饰品而生活。大约60年前，保尔·瓦勒里（Paul Valéry, 1871—1945）把这类人定义为真正的中产阶级。他们并不是对艺术不敏感，也"完全不是别人口中没有眼睛或耳朵的人；他们只是不被'那些只存在于自身的存在早已被遗忘的东西'所折磨，同时如果把精神的奢侈当作生命的必需，他们也不被这种疯狂欲望所烦扰。"[68] 但是对于中古时代中国的文人雅士而言，也就是那些长达一千五百年（或者传统说法的三千年）的以文字为中心的文化的继承者和承载者来说，正是对语言艺术的掌握和不断实践，以及对词汇、语法和节奏的有意操控才构成了生命中不可缺少的关键性核心。对于那些创作了我们现在用来研究的文字的极少数文人来说，文字以外的所有东西才是无关紧要的。也就是说，通过文字才看到的世界或者被视为文字的世界才是一种最根本的世界观。（这样看来，难怪当时的人们把发配到落后又无人陪伴的帝国边疆视为一种骇人的惩罚：随之而来的孤立感一定会导致难以想象的个人价值的枯朽。）

那么我们在处理唐代山水的意象和景象时所触碰的究竟是什么呢？我们所涉及的是我们充满感同身受（且我们自己希望是准确）的理解，以及我们针对唐代作者的"愿景"（"vision"）充满想象力（且我们自己希望是诚实）的重构。"愿景"是这里的关键词，因为这些文字本身就是充满想象力的创构，而非一丝不苟的描述。传统的重要性在这里就自然浮现出来，因为诗人本身在不同程度上受到了前人已经付诸语言的各种愿景的塑造和启发。我们所处理的是漫山的烟雾、瀑布的水汽以及不仅是被眼前的景象同样也是被脑中的思维和词汇的调配所点燃和唤起的愿景——无论这种愿景的成色是感情的、私人的、精神性的还是难以触摸的。我们不是通过视觉来"看"的，而是通过加诸其上的"心灵之眼"（"eye of the mind"）来"看"的。在这之后如果不是文字的解构就是五蕴（*skandhas*）的解散。

然而当我们回到关于山水的具体诗歌时，我们几乎可以确定，以上绝大多数的思考都会在我们阅读文本的同时逐渐消散，就像一杯玛格丽塔杯口的盐圈一样。我们就是想要去相信文本中所描写的东西就真实地在那里,在作者的眼前。也许其中的一些或大多数真的在那里,但是让我们来听听华莱士·史蒂文斯(Wallace Stevens, 1879—1955)的这一段话;这位诗人对本体("noumenon")和现象("phenomenon")之间的关系有着超乎寻常的关怀:

[69] Stevens, "The Figure of the Youth as a Virile Poet," in his *The Necessary Angel: Essays on Reality and the Imagination* (New York: Vintage, 1951), pp. 65–66: "Poetry is the imagination of life. A poem is a particular of life thought of for so long that one's thought has become an inseparable part of it or a particular of life so intensely felt that the feeling has entered into it. When, therefore, we say that the world is a compact of real things so like the unreal things of the imagination that they are indistinguishable from one another and when, by way of illustration, we cite, say, the blue sky, we can be sure that the thing cited is always something that, whether by thinking or feeling, has become a part of our vital experience of life, even though we are not aware of it. It is easy to suppose that few people realize on that occasion, which comes to all of us, when we look at the blue sky for the first time, that is to say: not merely see it, but look at it and experience it and for the first time have a sense that we live in the center of a physical poetry, a geography that would be intolerable except for the non-geography that exists there— few people realize that they are looking at the world of their own thoughts and the world of their own feelings."

> 诗歌是生命的想象。一首诗是生命中长久持续的一个思绪,它持续至已经成为生命的不可分割的一部分;一首诗也是生命中一个强烈的感受,它强烈到已经完全浸入生命当中。所以,当我们说这个世界是一个真实事物的缩影,就像想象中所有的不真实事物,两者已经难以分辨的时候,或者举例来说,当我们引述蓝天的时候,我们可以确定,无论是通过思考还是感觉,我们所引述的那个东西已经成为我们生命重要经历的一部分,尽管我们自己可能还没有意识到。其实很容易想象,很少有人能够在第一次仰望蓝天的时刻就意识到这一点,而这个时刻会发生在我们每一个人身上。我所谓的仰望并不是简单地看,而是去凝视它和体验它,并且第一次体会到我们其实生活在一首有形的诗歌,即一个如果缺少了非地理的存在就让人无法忍受的地理之中。很少有人意识到:他们所观望的其实是他们自己思绪的世界以及他们自己感觉的世界。[69]

让我们重温一下刘勰的这几句话:"因革以为功,物色尽而情有余者,晓会通也。"所以说,在文学的世界中,乐山("the Delectable Mountains")和庐山一样真实,上清境的星河也和大峡谷的裂缝同等真实。

[70] Mair, "Li Po's Letters of Political Patronage," *HJAS* 44 (1984): pp. 141–142.

[71] 译文可见 James Robert Hightower（海陶玮）, "Some Characteristics of Parallel Prose," in *Studia Serica Bernhard Karlgren Dedicata* (Copenhagen: Ejnar Munksgaard, 1959), pp. 70–74。

[72] 维扬是扬州的古称；大概是孟公的故乡。

[73] 大块，即所有的土地，是自然本身的标志。参见郭庆藩：《庄子集释》（北京：中华书局，1961），卷二，页22；卷六，页110；卷六，页119。

[74] 洪荒即混沌蒙昧的状态；那时的地球还是一片巨大而未分化的荒原。

[75] 翼和轸是共同控制古楚国地理疆域（即今日的湖南及其南面）命运的两个星宿——分别由巨爵座和乌鸦座的星群构成。见 Edward H. Schafer（薛爱华）, *Pacing the Void: T'ang Approaches to the Stars* (Berkeley: University of California Press, 1977), pp. 76–77。

[76] 即荆州和横州，或者是荆山和横山。

　　我们需要一篇不太寻常的文字来强化一下这种情绪。如果我们的主题和美国文学相关，那么我们的选择会是赫尔曼·梅尔维尔（Herman Melville）的心理小说 *Pierre: or, The Ambiguities*（《皮埃尔：或者是，模糊》）。这是我知道的唯一一部向一座山（位于伯克夏郡的格雷洛克山 [Mount Greylock in the Berkshires]）致敬的书。盛唐也有同样不寻常的一篇作品，作品中的山被赋予了说话的能力。读者可能已经猜到，这就是李白的《代寿山答孟少府移文书》（"Missive on Behalf of Mount Shou, in Answer to the Despatch of Junior Repositor Meng"）。李白以一座位于安陆地区的小山寿山的口吻进行叙述。在李白居住安陆期间（约727—735）他曾在这座山上保留了一处居所。这份《书》是李白对一位地方官员的回应（少府是尉的别称；尉是县一级的官阶），因为这位官员写了一封明显是斥责——大概也很轻浮——口吻的移文来贬低寿山，指控它不足以庇护那些不应该埋首于公务的隐士们。该《书》的前三分之二是寿山为自己做出的辩护和给自己身份的定义，也是我们最感兴趣的部分。后三分之一转向了寿山对与其志趣相投的居客李白的介绍，并突出了寿山对李白自由思想的赞颂。这部分聚焦于李白自己的内容已有梅维恒（Victor Mair）的英译。[70] 在这篇妙趣横生却不失严肃的文字的前三分之二里，李白笔下的寿山试图去澄清自己作为一座山岳和国家之间应有的正确关系。作为一座有文化且熟读经典的山（我们马上就能看到），寿山不仅用骈文的形式来诉说，并且显示出比其唯一对手孔稚珪（447—501）的《北山移文》（"Despatch from North Mountain"）[71] 更令人愉悦和更为灵活的心态。它是这么说的：

淮南小寿山谨使东峰金衣双鹤衔飞云锦书于维扬[72]孟公足下曰：
　　仆包大块[73]之气，生洪荒[74]之间，连翼轸[75]之分野，控荆衡[76]

之远势。盘薄万古,邈然星河。凭天霓以结峰,倚斗极而横嶂。颇能攒吸霞雨,隐居灵仙。产隋侯之明珠,[77] 蓄卞氏之光宝。[78] 磐宇宙之美,殚造化之奇。方与昆仑抗行,阆风接境。[79] 何人间巫庐台霍[80] 之足陈耶?

昨于山人李白处见吾子移文,责仆以多奇,鄙仆以特秀,而盛谈三山五岳[81] 之美。谓仆小山无名,无德而称焉。观乎斯言,何太谬之甚也?吾子岂不闻乎?无名为天地之始,有名为万物之母。[82]

假令登封禋祀,曷足以大道讥耶?然能损人费物,庖杀致祭,暴殄草木,[83] 镌刻金石。使载图典,亦未足为贵乎?且达人庄生常有馀论,以为尺鹞不羡于鹏鸟,秋毫可并于太山。[84] 由斯而谈,何小大之殊也?

又怪于诸山藏国宝、隐国贤,使吾君榜道烧山,披访不获,[85] 非通谈也。夫皇王登极,瑞物昭至,蒲萄翡翠以纳贡,[86] 河图洛书以应符。[87] 设天网[88] 而掩贤,穷月窟[89] 以率职。天不秘宝,地不藏珍,风咸百蛮,春养万物。王道无外,何英贤珍玉而能伏匿于岩穴耶?所谓榜道烧山,此则王者之德未广矣。

昔太公大贤,傅说明德,栖渭川之水,藏虞虢之岩,卒能形诸兆联,感乎梦想。[90] 此则

[77] 随侯曾救治了一条受伤的蛇,此蛇以明珠报之。见刘文典:《淮南鸿烈集解》(北京:中华书局,1989),卷六,页198,高诱(活跃于约212)注。

[78] 卞和先后把一块璞玉献给两位君主,两位君主非但不识宝玉,还给了他膑刑惩罚。直到第三位君主才终于将这块璞玉取出并琢磨。见《淮南鸿烈集解》,卷六,页198。不同的材料所指认的三位君主也不同:参考高诱的注;《韩非子》(《百子全书》本),第13章,卷四,页4a;以及《后汉书》(北京:中华书局,1965),卷八十下,页2633,李贤(651—684)注。

[79] 即位于西方仙境的昆仑山;阆风是昆仑山的三座高峰之一。

[80] 即中国境内四座传说中的名山。但是他们与同寿山相提并论的昆仑山根本无法相比。注意李白在这里对"人间"的使用还具有贬低意味。

[81] 三山即位于东海之中的蓬莱、方丈、瀛洲三岛。

[82] 此处引《老子》第1章。

[83] 即为祭祀准备空间。

[84] 见《庄子集释》,卷一,页14;卷二,页39。

[85] 孙惠在三世纪早期试图通过藏身于山林来躲避朝廷的计谋。东海王通过张榜"寻人"迫使他出山。见《晋书》(北京:中华书局,1974),卷七,页1883。一个世纪之前的阮瑀曾试图以同样的方式来逃避曹操的召见,但是曹操为了得到他,直接将其所隐居山林付之一炬。见《三国志》,卷二一,页600,裴松之(372—451)注引三世纪《文士传》。烧山求贤的原型是晋文公在公元前七世纪为了得到介子推而焚烧绵山的故事。这个传说保存在刘向:《新序》(《汉魏丛书》本),卷七,页14b—15a,当中,介子推终因不愿出山而被活活烧死。《左传》和《史记》中所载介子推的故事并没有这个悲惨的结局。

[86] 即来自于中亚和遥远的南方的异域物品。

[87] 河图和洛书是预示圣人到来的祥瑞。

[88] 天纲是联结天上星体网络的纲维,所以也是天子掌控天下权力的纲纪。

[89] 月窟即是天上的月窟,也是大地上的西极。

[90] 太公即吕尚(原名姜子牙)。他在渭水之阳垂钓时被得到下述出猎之卜的周文王发现:"所获非龙非螭,非虎非熊;所获霸王之辅。"("What is caught will not be dragon or wyverne, neither tiger nor bear; what is caught will be the prop of an overlord king.")《史记》(北京:中华书局,1972),卷三二,页1477—1478。吕尚后来成了文王的太师,号曰太公。成为商王武丁之相的傅说,据说是在为虞虢之间筑道的胥靡之中被发现的。在发现他之前,武丁夜梦得圣人,名说。见《史记》,卷三,页102。

天道暗合，[91] 岂劳乎搜访哉？果投竿诣麾，舍筑作相，佐周文，赞武丁，总而论之，山亦何罪？

乃知岩穴为养贤之域，林泉非秘宝之区，则仆之诸山亦何负于国家矣？[92]

The Lesser Mount of Longevity in Huai-nan commissions with deference a pair of golden-garbed cranes from its eastern peak to bear a flying-cloud missive [wrapped] in damask to His Majesty, Lord Meng of Wei-yang, reading:

I, your servant, enfold the pneumas of the Great Ball-of-Earth, produced in the midst of Whelming Waste. Linking the terrains allotted under the stations Wing and Axletree, I dominate the far contours of the realms of Ching and Heng. Distended, diffuse, for a myriad ages, reaching so remotely to the Starry Ho; propped against Heaven's rainbow as I knot my peaks together, I lean on the Dipper and Polestar in laying out my palisades. Quite adept at gathering and drawing in auroral clouds and rain, or giving secluded residence to numinous transcendents, I generate pearls luminous as that of the Marklord Sui, produce gems bright-lit as that of Mister Pien. Exhausting all the beauty of space and eternity, I deplete the wonders of the Shaper of Mutations. Right along with K'un-lun, I am its high peer in act, as with Lang-feng I touch bounds. So how could I bear to be arrayed with Mounts Wu, Lu, [T'ien-] T'ai, and Huo of the mortal realm?

I sat yesterday with the mountain-dweller Li Po, looking respectfully at your dispatch, in which your servant is dispraised for his many wonders, in which your servant is vilipended for his special qualities, while you speak fulsomely of the beauty of the Three Mountains and Five Marchmounts. You refer to me as just a little mountain without name and without potency enough

[91] 暗合即不谋而合。
[92]《代寿山答孟少府移文书》,《李白集校注》, 卷二六, 页 1521—1524 ;《全唐文》, 卷三四八, 页 16b—18a。安旗(《李白全集编年注释》, 页 1851) 和詹锳(《李白诗文系年》, 页 9) 都将该文系年于 727 年 ; 黄锡珪(《李太白年谱附李太白编年诗目录》, 页 92) 则系于 731 年。

to be esteemed thereby. But, musing on these words [of yours], how grandly, how exceedingly preposterous they are! How is it, sir, that you have not heard?— "Without name, it is Inceptrix of Heaven and Earth;/ With name, it is Mother of the Myriad Things"!

Suppose that you were to order an ascent for the feng-sacrifice, the incense-rites, and libations; how is that anything but a mocking of the Great Tao? Even if one could [in so doing] expend his people and waste creatures, butchering in the shambles to deliver to sacrifice, to scorch and root out plant and tree, or to incise and carve in metal and stone so that tableau and testament be indited—still it is not much of an honor! What's more, there is Student Chuang himself, the Unconstrained One, always in possession of elaborate arguments, who had it that the merest quail is not envious of the p'eng-bird, and that an autumn hair can be equal to T'ai Shan. To speak from this premise, what different is there between the "little" and the "great"?

Again, to place blame on my several hills for hoarding treasures useful to the state or secluding men worthy for state service—which then causes our sovereign to post placards by wayside to burn out whole mountains in a search and quest that is ultimately unsuccessful—is not intelligent talk. You see, when an august king ascends to the pinnacle or power, auspicious phenomena are brought forth in all their splendor: grapes and halcyon feathers are brought in as tribute, the Ho diagram and Lo document come out as responsive signs, Heaven's mainstays are adjusted and men of worth are gathered in, the chasms of the moon are depleted to present those best suited for official duties. Heaven does not then hide away its treasures, Earth does not hoard its prodigies; the prevailing wind then overawes the hundred-fold barbarians, and that is a springtime that nurtures the myriad things. There is nothing then standing outside the Royal Way, so how could it be that the finest men of worth or the rarest of gems would lie hidden and unrevealed in inaccessible caves? This business of "posting placards by wayside" and "burning out whole mountains" is, then, but a matter of the Kingly One's moral potency not being ample enough [to attract men to him naturally].

Long ago the great worth of T'ai-kung took refuge by the waters of the Wei River and the illustrious potency of Fu Yüeh was closed away amid the cliffs of Yü and Kuo, eventually able to take form in enigmatic omen or be sensed in dreaming vision. These were obscure concurrences of the Way of Heaven, and certainly not belaborings in quest and pursuit. As a result, the one cast aside his fishing-line and advanced to the nation's standard, the other gave over pounding earth and became State Minister—the one assisting King Wen of the Chou, the other commending Wu Ting of the Shang. To speak of it in short: how can the mountains, for their part, be at fault?

We know, after all, that the cliffs and caves are realms for nurturing men of worth, that the groves and springs are not spots for keeping treasures hidden. In such case, how indeed could your servant's hills shrug aside state and homefold?

所以说，就连山也是一种政治个体，只不过它们按照自己的主张存在。而且只有李白会想到用一座山的口吻来诉说（他自己）。在其他时候他可以和太白山对话，这座山的名字和他的字一样，可以被看作是李白的一个高贵的重身。[93] "山水文化"着实是多种多样的！我们甚至想说：与其说山水是唐代文学的一个主题，不如说——借用史蒂文斯的说法——它是夹杂在一种地理诗歌里的"非地理"（"non-geography"）存在。如他在别处所言的那样："一个诗人的用词是离开'词汇'就不存在的东西"。[94]

但是最后的一个词语应该留给一个唐代作家。本文的论述，以与李白同时期的诗人和道士吴筠（？—778）的一首赋作结。薛爱华最近的两篇长文讨论了吴筠大部分关于道教主题的诗

[93] 见 Kroll, "Li Po's Transcendent Diction," pp. 113–117。
[94] Stevens, "The Noble Rider and the Sound of Words," in *The Necessary Angel*, 32: "A poet's words are of things that do not exist without the words."

歌，[95] 从而将吴筠从文学史的边缘重新带回我们的视线中。但是吴筠的赋还没有被翻译过，而我想做的正是以他的《岩栖赋》（"Rhapsody on Roosting in the Cliffs"）来结束这篇文章。这篇赋会给我们呈现出另外一种对刘勰口中的"江山之助"的非凡想象。这篇赋的标题取自谢灵运（385—433）著名的《山居赋》（"Rhapsody on Dwelling in the Mountains"）序的开头："古巢居穴处曰岩栖，栋宇居山曰山居。"（"Of old, to dwell nesting in a cave was called 'roosting in the cliffs;' to dwell under ridge-pole and roof in the mountains was called 'dwelling in the mountains.'"）[96] 我们在这里看到的将是自然山水的改造力的全面体现。吴筠在自然世界中寻找到了，或者可以说创造出了一种超凡脱俗的内在性（"transcendent immanence"）。由此，与其试图脱离这个尘世以进入一个更高的境界（他在其他作品中完全有能力这么做），吴筠于此欣然地让自己——也就是他的"身"——迷失在这山景中。或者反过来说，他在最后找到了完整的自己（"自得"），而这个自己已经在稳定且细致的静谧中隐藏了他的光亮（"韬精"），并和一种非地理的净化了的非物质性（"the rarefied non-materiality of a non-geography"）的状态和谐地融合在一起，且已被昏暗的漩涡（即"隐沦"）所吞噬。

[95] Schafer, "Wu Yün's 'Cantos on Pacing the Void,'" *HJAS* 41 (1981): pp. 377–415; "Wu Yun's Stanzas on 'Saunters to Sylphdom,'" *Monumenta Serica* 35 (1981–83): pp. 309–345. 薛爱华前一篇论文中所包括的吴筠生平的概述有几点不正确的地方。一般认为李白于742年被朝廷召见一事与吴筠有关；郁贤皓撰文对此事及吴筠生平中的其他一些事件进行了详尽的考察。见郁贤皓:《吴筠荐李白说辨疑》，载《李白丛考》（西安:陕西人民出版社，1983），页65—78。

[96]《宋书》（北京:中华书局，1974），卷六七，页1754。《全宋文》，卷三一，页1a。

[97]《岩栖赋》，《宗玄先生文集》（HY 1045），卷一，页1a—2a；《全唐文》，卷九二五，页3b—4a；《文苑英华》，卷八九，页2a—3a。

[98] 玄圣即老子。

[99] 随着对现实的"悟"，诗人扬名立万的愿望也就消散了。

岩栖赋 [97]

Rhapsody on Roosting in the Cliffs

感玄圣之垂训 [98]　　　Sensible of the instructions descended from the Mystic Saint,

悟已亲而名疏 [99]　　　My awakening now draws close and the wish to be known dissipates.

言可放而从默　　　Words may be cast off as one becomes attached

		to silence;
4	身应卷而勿舒 [100]	One's person is meet to curl away, no need to be slackened.
	爱鹪鹩之巢林	I am partial to the grove where the pipit makes its nest,
	在一枝而有余 [101]	Lighting on a single bough and still with room to spare.
	性所悦而难违	What pleases my inbred nature is impossible to oppose;
8	托兹山以结庐 [102]	Taking refuge in this mountain, here I have built a hut.
	果栖迟而我惬 [103]	Indeed, "roosting in indolence," I am well contented;
	即逍遥之灵墟 [104]	This is exactly the holy ground of the "footloose and free"!
	观其	*Observe here*
	缭崇峦横峻谷	The winding and lofty tors, cross-angled and lifted valleys;
12	激泌泉罗森木	The welling and gushing springs, thick-set and enveloping tress.
	后巍峨以萦纡	Behind, exaltedly upborne, in their twisting and looping round;

[100] 也就是说在默默无闻中"卷"而非于万众瞩目下"舒"。
[101] 比较《庄子集释》, 卷一, 页 13:"鹪鹩巢于深林, 不过一枝。"("The pipit nests in the deep grove, needing no more than a single bough.") 关于这个主题的一个更全面的发挥, 见张华（232—300）的《鹪鹩赋》(《全晋文》, 卷五八, 页 3a/b)。其序曰:"鹪鹩小鸟也, 生于蒿莱之间, 长于藩篱之下, 翔集寻常之内, 而生生之理足矣。"("growing up beneath the hedgerows, hovering and perching in the realm of the ordinary, its system for keeping alive the living is complete.")"生生之理"见《庄子集释》, 卷六, 页 115。
[102] 这一联的遣词造句有着很浓的陶潜的味道。
[103] 对比《毛诗·陈风·衡门》(《毛诗》第 138 号) 第一、二句:"衡门之下, 可以栖迟。"("By a slat-wood gate,/ One can roost in indolence.")
[104] 逍遥"("Footloose and free") 取《庄子》第一篇《逍遥游》意旨。

	前参差而耸伏	Before, erratically arrayed, upthrusting and huddled low.
	追阴壑之夏凉	I pursue the summer coolness of shaded straths,
16	偃阳崖之冬燠 [105]	Rest in the winter warmth of sun-lit scarps.
	美劲节于松筠	I admire sturdy composure in pine-tree and bamboo-culm,
	玩幽芳于兰菊	Enjoy the especial fragrances of mum and thoroughwort.
	虚籁清耳 [106]	Attenuated pipings purify the ear,
20	闲云莹目	And languid clouds bedazzle the eye.
	因海鹤以警夜 [107]	I depend on the seagoing crane to advise me of nightfall,
	任鹥鸡以知旭 [108]	Trust in the painted stork to let me know of sunup.
	虑静于无扰	Apprehensions are subdued in a want of excitement,
24	神恬于寡欲 [109]	And spirit is calmed in a lessening of desires.
	于是	*At this,*
	歌考槃于诗人 [110]	I sing of "fulfilling my joy" like the man of the *Odes,*
	讽嘉遁于大易 [111]	Chant of the "estimable retreat" in the great *Change.*

[105] 这一联的上下两句同时构成了阴阳互补的好例子。
[106] 虚籁是天籁的声音（寻常人耳听不见）;《庄子集释》, 卷二, 页 22—24。
[107] 参看鲍照《秋夜诗二首》其二的第 9—10 句:"霁旦见云峰, 风夜闻海鹤。"("In the fair light of dawn I see the clouded peaks; / In the breezy night, hear the seagoing cranes.")《先秦汉魏晋南北朝诗》, 页 1308。
[108] 参看《大招》:"鹥鸿群晨, 杂鹜鸧只。"("Painted storks and swan-geese flock in the morning, / Mingling with adjutant storks, with gray cranes.")《楚辞补注》(北京: 中华书局, 1983), 卷十, 页 224。
[109] 参看《老子》第 19 章: "见素抱朴, 少私寡欲。"("Show the plain and embrace the unhewn,/ Diminish the personal and lessen desires.")
[110] "考槃"是《毛诗·卫风·考槃》(《毛诗》第 56 号) 首句二字 (所以) 也是这首诗的题目。这是一首隐士的赞歌。唐朝孔颖达 (574—648) 将《毛传》的解释定为标准, 其中把"考槃"释为"成乐"; 很显然吴筠在这里就是这么使用和理解"考槃"的。《毛诗正义》(《十三经注疏》本)(北京: 中华书局, 1979), 卷三, 页 53c。
[111] 《周易》第 33 卦《遁》卦的九五爻辞中"嘉遁"一词, 据韩康伯 (?—约 385) 注, 孔颖达疏, 其意为通过正志而成的遁居值得称赞。见《周易正义》(《十三经注疏本》), 卷四, 页 36b。

	远浮俗之艰险	Afar I drift out of the troubling hazards of the vulgar,
28	消毁誉之损益	Dissolving and sapping the profit and loss of acclaim.
	蹈方外之坦途 [112]	Treading the open route of the ultramundane,
	信可免于兢惕	Is truly to be in avoidance of dismay and misgiving.
	既即阴以息影	Having taken up the darkness, to put shadow in repose,
32	由不行而灭迹	Hereon I proceed no longer but instead blot out my tracks.
	虽区中之末计	Though I make no plan at all for within this sphere,
	实世表之长策 [113]	I have in fact a lasting program for beyond the world.
	人所弃而己收	What is discarded by others is what I bind up,
36	故处约而恒适	Hence I dwell in restraint with perpetual aptness
	览无见以收视	Behold the unseen, thereby gathering in vision;
	听无声以黜聪 [114]	Listen to the soundless, thereby dismissing hearing.

[112] "方外"("The ultramundane"), 尤见《庄子集释》, 卷六, 页121中孔子对方外之士的评论。
[113] 参看陆机(261—303)《叹逝赋》("Rhapsody on Sighing Over the Departed") 的第79—80句(《文选》, 卷一六, 页727):"精浮神沦, 忽在世表。"(Quintessence drifts off, spirit founders, / And suddenly I am beyond the world.) 与陆机不同, 吴筠欲意逃离世间。《文苑英华》作"世途之良策"("... a good program for getting along in the world")。
[114] 此处依照《文苑英华》和《全唐文》作"黜聪", 以保留与第40句中"聪"字的押韵。《宗玄先生文集》作"逃默", 而"默"与第36句中的"适"不

叶韵。参看《远游》第175—176句(《楚辞补注》, 卷五, 页174):"视倏忽而无见兮, 听惝恍而无闻。"("As I beheld the flickering instant, there was nothing to be seen—/ Giving ear to the humming hush, there was nothing to be heard.") 见 Kroll, "On 'Far Roaming,'" *JAOS* 116.4 (1996): pp. 663, 669。另请注意《庄子集释》, 卷一一, 页173:"无视无听, 抱神以静。"("Behold nothing; hear nothing. Hold spirit close and so be still.") 还可参看陆机《文赋》(《文选》, 卷一七, 页764)第15句:"其始也, 皆收视反听。"("To begin with, one gathers in vision, pulls back from listening.")

	和非专于旨酒	For congenial blending, one is not restricted to fine-flavored wine;
40	乐奚必于丝桐	For glee-making, what need is there of strings and paulownia-wood?
	焚清香以炼气 [115]	I burn the purest incense and refine my *ch'i*;
	启玉检而击蒙 [116]	Undoing book-tags of jade, I strike against ignorance.
	期遣滞于昭旷 [117]	Engaged to banish hindrances in "splendid enhancement,"
44	庶近（延）真于感通 [118]	I hope to draw near the Perfected in empathetic connection.
	荃太虚之有象	Trapping the active images contained in the Great Void,
	覆妙用之非空 [119]	I ensnare the non-emptiness of the Wonderfully Useful.

[115] 参看谢灵运《山居赋》："怨清香之难留。"("I resent that the purest incense does not linger longer.")《全宋文》，卷三一，页 4b。诗人"炼气"是为了净化他的躯体以期进入更高的境界。

[116] 诗人隐居期间阅读过的一些文卷轴字，"玉检"附着其上——很明显这些文字是真人的经文（见第 44 句）。诗人所击之"蒙"让我们联想《易经》第 4 卦《蒙》卦的"童蒙"，而《蒙》卦是由上艮（山）下坎（水）组成的。《象》曰："蒙，山下有险，险而止。"("a perilous place below the mountain; it being perilous, one stops");《周易正义》，卷一，页 8b。因此这个指涉也就有不少的指向性。

[117] 参看《庄子集释》卷一二，页 198 中对"神人"的描述："上神乘光，与形灭亡，是谓照旷。致命尽情，天地乐而万事销亡，万物复情，此之谓混溟。"("The higher spirits are borne up by light, as their physical form is snuffed into nothing; this we call 'splendid enhancement.' They bring their destiny to its ultimate point, taking their true being to the utmost. In the delight of heaven and earth, the myriad concerns [of the world] disintegrate into nothing, and all things return to their true being: this we call 'coalescing in darkness'.")另一段相关的文字依然来自谢灵运。在他《富春渚》的结尾处，他使用了"照旷"这个词语来庆祝自己重新获得的拒绝仕途一心远游的决心："宿心渐申写，万事俱零落。怀抱既昭旷，外物徒龙蠖。"("This long-held intent is ever more discovered and declared; / As the myriad concerns all waste and wither away. / Now that my heart has enfolded 'splendid enhancement,' / Seeing material things as extraneous, I am but a [sleeping] dragon or [inconspicuous] inchworm.")

[118] "真"指的是居住在苍天之上接近星空的仙人。"draw near" 作为一个翻译既符合《宗玄先生文集》中的"延"字，也符合《文苑英华》和《全唐文》中的"近"字。"感通"即仙人和凡人之间和谐共鸣关系的维系。无论在唐代的宗教文本还是非宗教文本中，它都表示了两个界域之间仙人应凡人之虔诚举动而降真所产生的联系。

[119]《宗玄先生文集》中第 45 和 46 句的首字分别是"荃"和"核"。《文苑英华》和《全唐文》则作为"鉴"和"覆"。从同义关系的考量出发，正确的配对应该是"鉴 / 核"或者"荃 / 覆"。上文中我选择了后面这个解读。在上下两句中皆作为宾语的五字短语（即"太虚之有象"和"妙用之非空"）非常整齐地构建了一个关于虚中有实和实中有虚的悖论。

	朝天甚简	For audience at court there is too little time;
48	采药多暇	For the culling of herbs there is plenty of leisure.
	形犹资于吐纳 [120]	My physical frame remains supplied by "expelling and receiving,"
	意已迸于将迓 [121]	While purposeful mind is shattered in "escorting and welcoming."
	知道无废兴	I recognize that the Tao is without rise or fall,
52	而物有存谢	Although phenomena have their presence and decay.
	故	Hence
	挹生本而常生	I draw from the root of life, making life persistent;
	体化宗而不化 [122]	Embody transformation's ideal, no longer transforming.
	萧萧绝尘	Serene and sedate, sundered from the dust,
56	谁与为邻	Who is there to be neighbor to me?
	迹远而朋游益广	With my tracks reaching far, friends and familiars spread ever wider;
	机忘而鸟兽可驯	With mundane machinations forgotten, birds and beasts may be tamed.
	韵靡叶于当时	My consonance agrees in no respect with the present age,

[120] "吐纳"是一种用来引导一个人呼吸的控制方式，在这个过程中滞气被呼出，"活"气被吸入。见《庄子集释》卷一五，页137中所形容的"道引之士"（"adepts of guiding and conducting [ch'i]"）——他们都是"养形之人"（"men that nourish their physical form"）。

[121] 依《文苑英华》和《全唐文》作"迸"字；不随《宗玄先生文集》中的"屏"字。"将迓"指的是平静地接受往迎来所形成的物之废存——如后一联所展开描述的那样。参见《庄子集释》，

卷六，页115："杀生者不死，生生者不生。其为物，无不将也，无不迎也，无不毁也，无不成也。"（"One who kills off living, never dies; one who keeps alive the living, is never born. As to phenomena, there is nothing he does not escort, nothing that he does not accept, nothing he does not bring to ruin, nothing he does not bring to fulfillment."）

[122] 他已经成功获得与真人相同的"定格世界旋转的静止点"（"the still point of the turning world"）。

60	心常依于古人	As my heart inclines persistently toward the men of olden times.
	仰巢由之逸轨 [123]	I exalt the imprints left behind, deeply distant, by Ch'ao and Yu;
	咏羲农之化淳 [124]	Celebrate the suasive incorruption, mutely hushed, of Hsi and Nung.
	师黄老之元奥 [125]	I take for tutors Huang and Lao with their arcane mysteries,
64	友松乔之道真 [126]	Look to Sung and Ch'iao as mates in the realization of the Way.
	惭无功之逮物	Abashed at my lack of merit in keeping hold of material things,
	良独善于吾身 [127]	It is right to "advance in solitude the goodness in my own person."
	只所幸其自得	Simply to gain the best fortune, to become self-possessed,
68	敢韬精于隐沦	I venture now to sheathe my essence in the eddies of reclusion.

[123] 即古之贤人巢父和许由；两人皆选择不营世利。
[124] 即伏羲和神农两位上古时期的文化英雄。伏羲教授百姓渔猎、畜牧，神农教授耒耜并亲身遍尝百草。第 61—62 句《文苑英华》和《全唐文》作"仰由皓之逸轨，咏羲农之化淳"（"I exalt the imprints left behind by [Hsü] Yu and the [Four] Grayheads, celebrate the suasive incorruption of [Fu-]hsi and [Shen-]nung"）。"皓"即隐士商山四皓；见《汉书》（北京：中华书局，1975），卷七二，页 3056。
[125] 即黄帝和老子。
[126] 即赤松子和王子乔。他们作为一对仙人的名望最早可以追溯到《远游》第 23—24、54 以及 61—74 句。见 Kroll, "On 'Far Roaming'"。
[127] 参见《孟子》7A（《尽心上》）第 9 行："穷则独善其身，达则兼善天下。"（"Destitute, they [i.e., the men of old] advanced in solitude the goodness in their own person; successful, they advanced concurrently the goodness of the whole world."）

附录

《望庐山瀑布二首》其一之中古音、平仄规律（O=平，X=仄）、押韵形式示意图：

	西	登	香	炉	峰		
	sei	těng	hyang	lu	byong	O O O O O	
	南	见	瀑	布	水		
	nam	ken-	bau-	pu-	shwi:	O X X X X	rA
	挂	流	三	百	丈		
	kwǎi-	lyou	sam	pǎk	dyang	X O O X X	
4	喷	壑	数	十	里		
	p'en	hak	sryu:	shěp	li:	O X X X X	rA
	欻	如	飞	电	来		
	hwět	nho	pěi	den-	lai	X O O X O	
	隐	若	白	虹	起		
	iěn:	nhak	bǎk	ghung	k'i:	X X X O X	rA
	初	惊	河	汉	落		
	tr'yo	kyǎng	gha	han-	lak	O O O X X	
8	半	洒	云	天	里		
	pan-	sei:	ywěn	t'en	li:	X X O O X	rA
	仰	观	势	转	雄		
	ngyǎng:	kwan	shei-	tywen:	yung	X O X X O	rB
	壮	哉	造	化	功		
	tryang-	tsai	ts'au-	hwǎ-	kung	X O X X O	rB
	海	风	吹	不	断		
	hai:	pyung	ch'wiě	pyeu:	dwan-	X O O X X	
12	江	月	照	还	空		
	kaung	ngywǎt	cheu-	ghwǎn	k'ung	O X X O O	rB

	空	中	乱	潆	射		
	k'ung	tyung	lwan-	chung	dzyek	O O X O X	rC
	左	右	洗	青	壁		
	tsa:	you-	sei:	ts'yeng	pek	X X X O X	rC
	飞	珠	散	轻	霞		
	pěi	chu	san-	k'yeng	ghǎ	O O X O O	
16	流	沫	沸	穹	石		
	lyou	mat	pěi-	k'yung	zhek	O X X O X	rC
	而	我	乐	名	山		
	nhi	nga:	lak	myeng	srǎn	O X X O O	rD
	对	之	心	益	闲		
	twai-	chi	syěm	iek	ghǎn	X O O X O	rD
	无	论	漱	琼	液		
	myu	lywin-	sou-	gyweng	yek	O X X O X	
20	且	得	洗	尘	颜		
	ts'ya:	těk	sei:	dyin	ngǎn	X X X O O	rD
	且	谐	宿	所	好		
	ts'ya:	ghǎi	syuk	sryo:	ghau-	X O X X X	
22	永	愿	辞	人	间		
	ywǎng:	nghwǎn-	zi	nhin	kǎn	X X O O O	rD

（姚竹铭 译）

《河岳英灵集》与盛唐诗歌的特征

在人们认识文学的过程中，尤其是（虽不仅限于）来自不同时代和不同传统的文学，选集扮演着重要角色。而当一种文学经历了悠久的发展进程或是拥有大量经典文献，情况便更是如此。因为只有最痴迷的读者或最用心的学者才会从头到尾通读某一诗人的全部作品；而能完整阅读某一历史时段全部文学作品的人就更少了。中国有着全世界最悠久的诗歌传统，在此传统之中，文学选集占据着醒目的位置。如果我们将《诗经》视为诗歌选集，那么选集在中国文学的开端时期就已出现。在唐朝，也就是本文所关注的时代，最重要的选集是编纂于六世纪的《文选》。唐代学子以对待儒家九经的热忱来学习和研究《文选》，而相比于儒家经典，《文选》或是《文选》中收录的一些作品其实更能吸引他们。至于他们更认同哪些作品，则取决于个人喜好。

在接下来的讨论中，我会将目光锁定于"盛唐"时期，也就是唐朝最负盛名的君主玄宗治下的 712 至 756 年。当然这也是中国诗歌长河中最引人注目的阶段。即使一个人只听说过几首古诗或者一两位中国诗人，他所知道的诗作和诗人很可能就来自这半个世纪。需要说明一点，此处我关注的重点是诗体诗歌。我在其他地方已经探讨了赋体诗歌（*fu*-poetry）在唐代文学中的重要地位，[1] 本文的讨论仅限于诗体诗歌（*shi*-poetry）。提到中国诗歌，大部分读者首先想到的就是诗体诗歌（或许他们也只注意到了这一种诗歌体式），也就是我们通常所说的"诗"。另外再说明一下，我所说的"特征"指的是大家通常认为的为盛唐诗所独有的那些特色，而这些特色又被用来定义盛唐诗的"时代风格"（"period style"）。为使本文的观点更加清晰，结尾处我会以李白诗歌为例作具体说明。

在过去的 250 年中，大部分学者对唐诗的了解起步于孙洙（1711—1778）的《唐诗三百首》。1757 年，诗歌创作重新成为进士考试的重要环节。有鉴于此，孙洙在 1763 年刊印了这部诗选集，以年轻学子为目标读者。此后，在不同层次的学者当中，它受到的欢迎程度要远超三百多种先于它存在的选集以及同等数量的编成于其后的

[1] Kroll, "The Significance of the *fu* in the History of T'ang Poetry," *T'ang Studies* 18–19 (2000–2001): pp. 87–105。编者按：此文的中文翻译收入本书，由罗奕奕翻译。2009 年此文重新发表时有所修订。见 Kroll, *Essays in Medieval Chinese Literature and Cultural History* (Farnham, Surrey: Ashgate Variorum, 2009)。

选集。[2] 于是孙洙的一己之见便成了重要常识。在接下来的讨论中，通过考察唐人对唐诗的评论，我们会看到一些与孙洙的意见相左而且更为复杂的观点。

唐朝是类书和选集的时代。唐代一些类书长达上百卷，不过关于类书的情况只好留到其他场合讨论。至于选集，在唐人编纂的诗选集中，我们知道名字的就有 20 种（可惜其中一部分诗选集留给我们的也只剩名字了）。[3] 1958 年，十种唐人选编的唐诗选集编排出版，当中有几种选集已经部分残缺。[4] 得益于这本《唐人选唐诗》的出版，学者们可以更加便捷地来研究这些唐诗选集，其中包括我们下面会重点讨论的《河岳英灵集》。许多中国学者和日本学者已经注意到这些唐诗选集，但大部分西方学者却尚未认识到它们的重要性，宇文所安（Stephen Owen）和余宝琳（Pauline Yu）是两个例外。在他研究盛唐诗的著作中，[5] 宇文所安就经常提到殷璠的诗选集；余宝琳则在她讨论诗歌选集的文章中，[6] 对《河岳英灵集》和其他几种诗选集在中古文学经典形成过程中所起的作用，做了十分精彩的论述。在增补 1958 年版《唐人选唐诗》的基础上，《唐人选唐诗新编》出版，[7] 由此也在中国引发了对这些诗选集新一轮的关注。这股热潮大概持续了十余年，最近开始消退。而西方学界整体上依旧很少关注这些唐人编选的唐诗选集，也几乎没有学者尝试通过考察它们来获得关于唐之唐诗更加全面的认识。

在加深我们对盛唐寺的认识这一方面，《河岳英灵集》（A Collection of the Finest Souls of River and Alp）是非常珍贵的一个本子。《河岳英灵集》成书于 753 年，此后没几年，玄宗的统治就在安史之乱中结束了。而在盛唐人编纂的唐诗选集当中，它是唯一一部完整保存至今的选本。《河岳英灵集》的编者殷璠是一位低阶品的官员，他赋闲在家之时完成了这部诗选集的编纂工作。据殷璠所述，《河岳英灵集》分为两卷，共收录 24 位诗人的 234 首作品（现存《河岳英灵集》中只有 229 首诗作）。在殷璠编纂他的诗选集时，这 24 位

[2] 孙琴安：《唐诗选本六百种提要》（西安：陕西人民教育出版社，1987）。
[3] 胡震亨（1569—1645）：《唐音癸签》（上海：上海古籍出版社，1981），卷三一，页 320—321。
[4] 《唐人选唐诗》（北京：中华书局，1958）。
[5] Stephen Owen（宇文所安），*The Great Age of Chinese Poetry* (New Haven: Yale Univ. Press, 1981)。
[6] Pauline Yu（余宝琳），"Poems in Their Place: Collections and Canons in Early Chinese Literature," *HJAS* 50 (1991): pp. 163–196.
[7] 傅璇琮编：《唐人选唐诗新编》（西安：陕西人民教育出版社，1996）。

[8] 王运熙、杨明：《〈河岳英灵集〉的编集年代和选录标准》，载《唐代文学论丛》第一辑（1982），页197—218；这篇文章关于《河岳英灵集》编纂年代及其他相关问题的论述十分有说服力。

[9] 参见李珍华、傅璇琮两人的重要论著《河岳英灵集研究》（北京：中华书局，1992）。

[10] 王克让编：《河岳英灵集注》（成都：巴蜀书社，2006）。

来自唐帝国不同地方的诗人大都还健在，少数则刚去世不久。他们当中，有一些是我们今天熟知的，有一些则被我们归入"二流"诗人之列。当然还有一部分，他们的名字可能连研究唐代的专家学者都未必听说过。殷璠还交代，在他选录的诗作中，最早的作品写于714年，最晚的写于753年，所以这些诗作的创作年代几乎横跨了整个玄宗朝。[8] 因为它的这些特点，《河岳英灵集》为我们提供了一个从唐人的眼光来认识盛唐诗的独特视角。

流传至今的《河岳英灵集》有几个不同版本，它们大体可以分为两个系统：一个是三卷本，始于明代；另一个是两卷本，始于南宋。北京国家图书馆古籍馆藏有两个清朝的两卷本，这两个本子应该是较为真实地摹刻了一个南宋本。正如李珍华和傅璇琮所述，这些版本应该最接近殷璠《河岳英灵集》的原貌。[9] 所以在1996年出版的《唐人选唐诗新编》中，傅璇琮用宋代的两卷本取代了之前通用的三卷本，而这个两卷本现在也越来越为人所知，尽管最新出版的《河岳英灵集》注本仍旧以明代的三卷本为底本。[10]（在这篇文章中，我以宋代两卷本为底本，同时参考另外五个版本的《河岳英灵集》，以及相关诗作在它处的异文，例如诗人的别集或是其他文集。）

下面这个表格列出了《河岳英灵集》收录的24位诗人以及每位诗人被收录的诗作数量，与之对比的是《唐诗三百首》中收录的盛唐诗人和这些诗人收在其中的作品数量：

表一

《河岳英灵集》收录诗人			《唐诗三百首》收录诗人（盛唐）	
次序	诗人	诗作数目	诗人	诗作数目
17	王昌龄	16（约690—约756，开元十五年[727]进士）	*杜甫	36（712—770）
3	王维	15（701—761，开元九年[721]进士）	李白	35
1	常建	15（约708—约754，开元十五年[727]进士）	王维	34
8	*李颀	14（约690—约751，开元二十三年[735]进士）	孟浩然	15

续表

次序	《河岳英灵集》收录诗人		《唐诗三百首》收录诗人（盛唐）	
	诗人	诗作数目	诗人	诗作数目
2	李白	13（701—762？）	王昌龄	8
9	高适	13（716—765，天宝八载[749]进士）	*刘长卿	8（约710—787以后，开元二十一年[733]进士）
16	*储光羲	12（开元十四年[726]进士）	岑参	7
15	*崔国辅	11（约678—754，开元十三年[725]进士）	*张九龄	5（678—740，长安二年[702]进士）
	崔颢	11（约700—754？，开元十一年[723]进士）	崔颢	3
7	陶翰	11（701—754，开元十八年[730]进士）	祖咏	3
4	刘眘虚	11（704—745？，开元二十一年[733]进士）	*钱起	3（约720—约783，天宝九载[750]进士）
12	*薛据	10（702—？，开元十九年[731]进士）	常建	2
14	孟浩然	9（689—740）	高适	2
20	王湾	8（693—751，先天元年[712]进士）	*王之涣	2（688—742）
10	岑参	7（715—770，天宝四载[745]进士）	*裴迪	2（约716—？）
22	*庐象	7（700—约760，开元中进士）	刘眘虚	1
18	*贺兰进明	7（？—约761，开元十六年[728]进士）	王湾	1
19	崔署	6（开元二十六年[738]进士）	崔署	1
13	綦毋潜	6（约692—约749，开元十四年[726]进士）	綦毋潜	1
21	祖咏	6（699—746？，开元十二年[724]进士）	*邱为	1
6	*王季友	6	*张旭	1
5	*张谓	6（天宝二年[743]进士）	*贺知章	1（659—744）
23	*李嶷	5（695？—？，开元十五年[727]进士）		
24	*阎防	5（开元二十二年[734]进士）		

星号（*）表示此诗人的作品没有被选入另一选集。

这一表格呈现出了几个值得注意的方面。首先来看《唐诗三百首》。它一共选录了300首唐诗，其中盛唐诗人的作品有172首，占了一半以上。在这172首盛唐诗中，李白、杜甫和王维的诗作加起来有95首，差不多全书的三分之一。如果再算上孟浩然的作品，那么这四个人的诗作就有120首，占了入选盛唐诗的四分之三，全部入选诗作的40%。而其他18位盛唐诗人的入选作品全部加起来也就只有52首，平均下来每人不到3首诗。由此可见，《唐诗三百首》强调李杜王孟在诗坛的主导地位，而轻视与他们同时代的其他诗人。在过去的两个世纪，刚开始接触唐诗的读者大都受到了孙洙这一主观判断的影响。

殷璠的诗选集则体现了一种更为开阔和平衡的视野。《河岳英灵集》中，王昌龄的诗最多，共16首，其次是常建和王维，各15首，最少的李嶷和阎防，各5首。这样一来，殷璠展现的就是一个群才闪耀而非为少数几个人所主导的诗坛。我们还可以发现，《唐诗三百首》中杜甫的诗最多，但杜甫的作品并没有出现在《河岳英灵集》：当殷璠完成他的这部诗选集时，杜甫虽然已经40岁，却仍然只是一个默默无闻的诗人——他尚未成为日后那个为人们所熟知和倾慕的杜甫。另外，殷璠选录的诗人几乎全都是进士出身，只有三人例外：孟浩然在728年（时年已四十）的进士考试中落榜，李白从未参加过任何科考，至于王季友，我们对他的生平所知寥寥，因此也就无法断言。到殷璠完成《河岳英灵集》为止，这24位诗人中没有任何一人担任过六品以上的官职，所以即使身在官场，他们的官阶也都很低。王湾在他们中间最年长，早在712年，也就是玄宗朝初始，他就通过了进士考试；岑参和高适最年轻，一个是745年的进士，一个是749年的进士。值得注意的是，殷璠特别关注在开元十年到二十年之间通过进士考试的诗人：他选录的24位诗人中，有9人在开元十一年至十六年（723—728）之间考取了进士。开元十五年（727）最为特殊，这一年李嶷摘取了进士考的头名，和他同时成为进士的还有王昌龄和常建。这三个人都在《河岳英灵集》诗人之列，而王昌龄和常建入选的作品又是最多的。关于《河岳英灵集》中每位诗人的入选作品下文会有更多讨论。

根据这24位诗人彼此酬赠的诗作，无论这些作品是否收入《河岳英灵集》

（殷璠收了十几首），我们可以知道他们当中有一半以上的人最少认识这个诗人群体中的其他5人，而他们当中任何两人都可以通过另外一位诗人建立起联系。也就是说，一些诗人即使彼此没有直接的交往，他们之间也只存在着所谓的"一度分隔"（one degree of separation）。我们可以把这看作一张扩大了的关系网，它呈现出活跃于八世纪前中期年间的低阶官员之间可能存在的多种联系中的一种。需要补充一点，我并不认为殷璠处于这个关系网的中心，因为从这24位诗人现存的作品来看，他们没有一首写给殷璠的诗，而且其他传世文献中也没有任何关于殷璠曾经出现在这些诗人或其他同时代诗人作品中的记载。或许我们可以把殷璠看作盛唐诗的泽里格（Zelig）。

《河岳英灵集》的价值不仅在于它是罕见的一部盛唐人选编的盛唐诗选集，更重要的是，在每位诗人的作品之前都有殷璠对这个诗人的单独评价，其中不乏全面而精彩的论述。这些评论原本是和每位诗人的诗作连在一起，但是因为它们论断精妙，后来的一些著述便开始单独引用它们，比如成书于十二世纪的《唐诗纪事》，而它们也就随之进入主流文学史的叙述。殷璠的诗评展现了中国传统诗论的特点：概念性印象式评述与准确的语言表达相结合。他的一些论述精准地说明了不同诗风的本质特征，并将其与诗人的自身特质联系在一起，同时他还引用相关诗句来进一步阐发他的观点。通过仔细观察这24段评语，我们可以很好地认识殷璠的阅读习惯和文化修养，也许还能由此了解作为八世纪中国小范围"读者大众"中的一员，他是如何回应以及评价同时代著名诗人的作品的。下面来看一下殷璠是怎么评价众所周知的王维的：

> 维诗词秀调雅，意新理惬，在泉为珠，着壁成绘，一句一字，皆出常境。至如"落日山水好，漾舟信归风"，又"涧芳袭人衣，山月映石壁"，"天寒远山净，日暮长河急"，"日暮沙漠陲，战声烟尘里"。

> In Wei's poetry the phrasing is graceful and the lyric tone [or lyricism] is decorous, the impressions are fresh and the inner coherence pleasing—[like] a pearl found in a wellspring, or a painting brushed on a wall, with each line and word coming free of ordinary surroundings; as in: "In the fading sun,

[11] "半"("half")在这里是"全"("completely")的近义词,而非反义词;"半"的这一用法出现在很多唐诗的对仗中。

mountain and water are lovely,/ And a swift-borne boat trusts to a homeward breeze"; or "The scent of the rill works into one's clothing,/ And mountain moonlight glints against a stone bluff"; [or] "As the sky turns cold, far mountains look cleaner;/ As the sun sets, the long river runs more quickly"; [or] "The sun sets at the edge of the desert sands,/ And sounds of battle are within the haze and dust."

  我非常喜欢殷璠把王维的诗作比作珍珠和壁画,不过我很怀疑有多少人能从这段评论或者殷璠后面的描述中认出我们平常熟悉的王维,那个写作了很多风格恬淡、表现人与自然和谐融为一体的"山水诗"的诗人。这是我们今天对王维的标准式认识,也是我们脑海中固有的王维形象,然而殷璠喜爱的却是一个有着更多不同方面的王维。《河岳英灵集》共收录了15首王维的诗作,里面只有3首是我们熟悉的"山水诗",6首是表现历史女性或女神这一传统主题的作品,此外还有描绘年轻男子从军的边塞诗,以及其他题材的诗作。其中最叫人吃惊的当属一首王维抱怨自己一身山野气的作品。从这些方面来看,阅读《河岳英灵集》会鼓励我们去重新思考有关盛唐诗人的传统认识,至少我们会意识到那些所谓的传统认识其实是建构出来的,并且也会开始思索如何去丰富并扩展这些传统认识。

  下面再来看几个殷璠评论其他诗人的片段,由此来更好地了解他的批评风格,以及他在评价这些诗人时使用的几个关键词:

李颀:"发调既清,修辞亦秀,杂歌咸善,玄理最长。"	Li Qi: "The lyric tone expressed is pure, and the phrasing he crafts is graceful. His assorted songs are all of them excellent, a deep inner coherence being their great forte...."
孟浩然:"半遵雅调,全削凡体。"[11]	Meng Haoran: "...wholly respecting of decorous lyric tone, completely paring away the everyday style...."
储光羲:"格高调逸……削尽常言……言博理当。"	Chu Guangxi: "...coordination is lofty and lyric tone uninhibited.... paring away all ordinary diction... diction is comprehensive and inner coherence fitting...."
祖咏:"气虽不高,调颇凌俗。"	Zu Yong: "...though his qi is not elevated, the lyric tone quite rises above the commonplace."

常建："建诗似初发通庄，却寻野径，百里之外，方归大道。所以其旨远，其兴僻，佳句辄来，唯论意表。"	Chang Jian: "...Jian's poems seem at first to start out on the public avenue, but then withdraw to explore uncultivated byways, and only a hundred miles off do they return to the main road. This is the reason why his purport is far-reaching and his evocative power uncommon, with fine verses tumbling forth that can only be regarded as from the other side of thought."

除了单独针对每位诗人的评价，《河岳英灵集》开篇的序论也十分重要。殷璠的序论现在一般被分为两篇不相关的短文，有时会有文字删减或以段落的形式出现。序论的一部分文字能够保存下来完全是因为它们被收录在了成书于九世纪初的《文镜秘府论》。此书的编者日本和尚空海（774—835）曾在804至806年之间赴唐访问。被分开的这两篇短文或许现在应该重新合为一篇介绍性序文，我在文末的附录就做了这一工作。我们会看到，在这篇完整的序论里（如果它是完整的——因为目前仍无法确定现在的这篇序论是否有文字缺漏），殷璠不仅交代了他编纂《河岳英灵集》的目的和过程，也表达了他对文学选集总体价值的看法：包括它们为后世文学创作和文学风格提供的灵感，对唐前五百年诗歌发展产生的影响，以及对唐代最优秀的诗歌形成其独特品质所起的作用。这是中国文学批评史上的一份重要文献。为了便于对照参看中文原文，附录中的英文翻译分成了11段（在星号之间的第二段到第六段是保留在《文镜秘府论》中的文字）。

这篇序论里有几个值得我们注意的地方。首先，殷璠在努力地区分他所谓的适度音律运用和过分严苛的声律规则。五世纪后期的永明（483—493）时代，沈约（441—513）及其友人制定了严格的声律规则，这也成了后世诗歌创作的一个重要转折点。[12] 沈约他们还批评齐以前诗人不谙"四声八病"（"four tones and eight defects"）之精妙细微，而殷璠则极力反对这些批评。比如在第3、4两段，他主张"高唱者"（"eminent poets"）偶有"小失"（"minor slips"）实属正常，指责"专事拘忌"者（"those who were narrow specialists held tight to

[12] 关于沈约及他身边的诗人群体在声律方面的创新，目前有很多研究，其中最好的英文论著应该是 Richard B. Mather（马瑞志），*The Poet Shen Yüeh (441–513): The Reticent Marquis* (Princeton: Princeton University Press, 1988)。

their jealousies")"弥损厥道"("significant damage to the Way [of poetry]"),甚至直接表示"能文者匪谓四声尽要流美,八病咸须避之"("those with skill in literature are not those who say that the four tones are necessary to realize the most fluent beauty or that the eight defects must all be avoided")。

殷璠在第5段简要说明了他理想中的声律和谐。这包括追求"刚"与"柔"的平衡,也就是声母的清浊、送气不送气,和"高"与"低"的平衡,也就是声调的平仄。王昌龄在他的诗论《诗格》(*Poetic Norms*,同样因为《文镜秘府论》而得以保存下来)中表达过类似的声律主张,殷璠这里似乎是在提倡王昌龄的观点,而王昌龄正是《河岳英灵集》中收录作品最多的诗人。在殷璠开始编纂《河岳英灵集》前的几十年中,以修订永明声律为基础,近体诗格律已逐渐形成。而殷璠对声律的要求比近体诗格律更宽松。由于在一定程度上受到《唐诗三百首》偏爱近体诗的影响,我们通常视近体诗为盛唐诗最高成就的代表,但这一判断其实是有失偏颇的。与孙洙不同,殷璠则希望至少给予内容和形式同等程度的关注。他并非主张诗歌彻底摆脱格律的束缚,但是如果一首作品能够兼备"气骨"与"兴象",那就无须介意它在声律形式方面有一些失误。"气骨"与"兴象"是殷璠提出来的描绘诗歌特质的两个概念,讨论它们的内涵另需较大篇幅。就本文目的而言,我们只需知道"气骨"指的是内容和结构上的刚健之气,而"兴象"指的是运用能够引人联想的意象。汉末建安(196—220)诗人(人称"建安七子")的作品就是兼具"气骨"与"兴象"的典范。《河岳英灵集》收录的诗人当中,殷璠认为陶翰、高适、崔颢(在他边塞之行以后所写的"风骨凛然"的作品中)、薛据、王昌龄和储光羲的诗作具备"气骨"或是"风骨",而"兴象"则突出表现在常建、刘眘虚、陶翰、孟浩然、储光羲和贺兰进明等人的作品中。至于声律方面的技巧,他只在评价王昌龄和刘眘虚的时候提到。

"气骨"和"兴象"作为诗歌特征主要是和古体诗而非近体诗联系在一起,《河岳英灵集》中近体诗的数量也确实相对少于古体诗。我在下面这个表格中列出了相关数据。

表二

	诗歌总数	近体	律诗	近绝	排律	近体诗占比（%）
王昌龄	16	5	2	3		32
常建	15	4	4			27
王维	15	4	3	1		27
李颀	14	2	1	1		14
李白	13	0				0
高适	13	2		2		15
储光羲	12	1		1		0.8
崔颢	11	4	3	1		36
陶翰	11	0				0
刘眘虚	11	1	1			0.9
薛据	10	0				0
崔国辅	9	3	1	2		33
孟浩然	9	8	6	2		89
王湾	8	4	3	1		50
岑参	7	0				0
庐象	7	2			2	29
贺兰进明	7	2	2			29
崔署	6	1	1			17
綦毋潜	6	4	4			67
祖咏	6	4	2	1	1	67
王季友	6	0				0
张谓	6	0				0
李嶷	5	3	2		1	60
阎防	5	1	1			20
	228	55	36	15	4	23

需要说明一下，我判断一首诗为近体的标准是相对宽松的。如果是五言诗，只要每一句的第二和第四个字平仄相对即可；如果是七言诗，只要每一句的第二、第四和第六个字平仄相对即可。如果一首诗总共八句，中间两联对仗，即使它有两处平仄不当，我依然算它为律诗；如果是十句以上的排律，它最多可以有三处平仄不当；如果是绝句，它可以有一处平仄不当。即便是根据如此宽松的标准，《河岳英灵集》中属于近体诗的作品也仅有不到四分之一，其中只有4位诗人（孟浩然、綦毋潜、祖咏和李嶷）的作品以近体诗为主，7位诗人的作品中完全没有近体诗。刘眘虚的11首诗中只有1首是近体诗，而殷璠还特意称赞了他在声律方面的技巧："声律婉态，无出其

右。"("...in the supple handling of euphonic strictures, there is no one who is his better.")[13] 诚然,没有任何一部文学选集能够真正代表一个时代,但我们可以确定一点,这个编纂于盛唐的诗选集并没有将近体诗当作盛唐文学的主要形式。

为了不失偏颇,让我们来对比一下另一部编于盛唐的诗选集《国秀集》(*A Collection of the Ripened Talents of the State*)。《国秀集》成书于天宝三载或四载(744或745),[14] 书中既收有玄宗朝的诗作,也有早于玄宗朝几十年的作品。同时,它还表现出对近体诗的强烈偏好。《国秀集》共选录了90位诗人的220首作品(每位诗人都只有几首作品被选录,除了名不见经传的庐僎,他一共有13首诗收录其中)。它的编者芮挺章是长安官学的学生,他在准备进士考试期间编纂了这个诗选集,这或许可以部分解释《国秀集》对近体诗的偏爱。[15] 这或许也解释了为什么《国秀集》收录的当代诗人大都是五品以上的显赫官员,这也是它与《河岳英灵集》的很大一个不同。

让我们再回到殷璠。在《河岳英灵集》序论的第8段,殷璠表达了他的文学史观。他认为,活跃于高宗、武后朝(七世纪中叶)的诗人大多已经摆脱了前代不良文学风气的影响,但只有到了睿宗景云年间(710—712),文学创作才开始"颇通远调"("a breakthrough in far-reaching lyric tone")。这一观念在今天看来可能有些奇怪,因为我们通常认为睿宗朝的诗歌创作依然被限制在宫廷文学的规范之内。不过殷璠也明确指出:在开元十五年(727),唐诗才真正达到了"声律风骨始备"的境界。我们并不十分清楚为什么这一年对殷璠有着如此特殊的意义。[16] 在中古时期,十五并不是一个很重要或是能让人随时就想起来的数字。如果727年是一个甲子年,也就是干支纪年的第一年,那么我们可以理解为何殷璠把它作为一个崭新的开始。但它是一个丁卯年,也就是干支纪年的第四年,而且这一年也未曾发生什么重大事件。所以答案一定在其他地方。

我们试着来考虑一下几个可能的因素。开元

[13] 讲究声律当然是近体诗的必要条件。
[14] 不过此时的《国秀集》还只是一个草稿;乾元元年(758)后不久,《国秀集》最终润色完成,它的前面还加上了楼颖写的序。见《河岳英灵集研究》,页15—17。
[15] 官学的学生大部分时间都在为进士考试做准备,而在玄宗朝,进士考试中杂文("various forms")一项经常就考律诗和赋,因此它们也是这些学生研习得最勤的文学形式。
[16] 关于这一问题的相关讨论可以参见尚定:《走向盛唐》(北京:中国社会科学出版社,1994),页227—235。

十五年,玄宗的朝廷设在洛阳,当年年底才迁回长安。上文提到,殷璠选的诗人中有3人——王昌龄、常建和李嶷——在这一年通过了进士考试。我们还知道在这一年,《河岳英灵集》中的另外4个诗人——李颀、储光羲、孟浩然和綦毋潜——也都有一段时间身处洛阳。殷璠是否将此7位诗人同时现身东都看作诗歌高潮到来的标志?答案如何,我们只能臆测。或许这里面还有更私人的原因。开元十五年共有19位举子通过进士考试。除王昌龄、常建和李嶷外,我们还知道另外一位进士的名字是杜颀(史料中没有关于他的任何记载)。不过我怀疑殷璠或许是剩余的15位不知名进士中的一个。所以他将开元十五年作为诗歌创作达到完美状态的开端,也许隐含了一定程度的自指?当然这也纯属猜测。

[17] 此处"进士"一词的含义是有疑问的。在唐代文献中,"进士"表示的通常不是成功通过进士考试的举子,而仅仅是参加过进士考的士子。唐人用"前进士"这个词或是更具体的"及第"("making the grade")一词来指称科考成功的举子。到了宋代,"进士"才慢慢被用来称呼通过进士考试的人,就和我们今天对这个词的理解一样。虽然南宋的这个本子称殷璠为"进士",不过我们无法确定整理出版这个本子的人是否只是简单地抄录了唐代的一条记载而没有意识到"进士"一词在唐时的不同内涵。

关于殷璠,我们所知甚少。在《河岳英灵集》的序论中殷璠没有直接谈到他自己,仅仅表示他在《河岳英灵集》中的判断比此前所有的文学选集都更为准确,同时还交代了他是因为有一段时间赋闲在家,所以趁机完成了这个构思已久的诗选集。在唐代留存下来的文献中,唯一提到殷璠的是吴融(龙纪元年[889]进士)《过丹阳》诗中的一条自注。吴融不是一个特别引人注目的诗人,他在九世纪末途经丹阳(就在今天江苏南京的下游)时写下了这首诗,此时距离《河岳英灵集》的编纂已经过去了一百五十多年。这条注写道:"殷文学于此集《英灵》。"不过这条注并没有告诉我们太多信息:"文学"是一个八品(官位共分九品)官职,主要负责地方文书;它也可以是一个敬称,用来称呼有文学才能的士子。如果"文学"在这里指官职,我们可以推测殷璠确实通过了进士考试,因为只有这样他才能获得"清流"("pure-stream")官衔。南宋后期的一个《河岳英灵集》本子就是这么介绍他的:"进士殷璠,丹阳人。"可惜殷璠的名字并没有出现在任何流传下来的进士名录上。[17] 不过后世的丹阳方志都以殷璠为当地名人,所以尽管这些方志没有提供更多具体细节,殷璠和丹阳的联系是很明确的。

更重要的是,《河岳英灵集》不是殷璠编纂的唯一一部或首部诗选集。《新唐书·艺文志》(成书于十一世纪)两次提及殷璠编选的《丹阳集》。《丹阳集》只有一卷,收录的都是丹阳当地诗人的作品,不过它并没有完整保存下来。陈尚君辑录并研究了残存的《丹阳集》片段,从中整理出部分入选诗人名单,证实这些诗人都是来自润州地区。[18] 他还证明殷璠一定是在开元年间的最后几年,也就是735年到741年之间,编纂了这个集子。《丹阳集》可能是较早(或许是最早)的一部专门选录同一地方诗人作品的诗选集。《河岳英灵集》中的诗人则来自全国不同地区,它的编纂也比《丹阳集》晚了15到20年。上述这些就是我们能够知道的有关殷璠生平的全部。

现在让我们从殷璠回到诗选集本身。我们需要认清一点,任何文学选集都是片面的,并且深受编选者主观偏见的影响,《河岳英灵集》也不例外。作为一名读者,殷璠有他自己的喜好和主张。除了上文已经讨论过的一些表现外,殷璠还特别关注那些"高才而无贵位"("are highly gifted but have no important position")的诗人。这6个字出现在他对常建诗作的评价中。在今天常建几乎已经被完全遗忘,但是殷璠却将他列于24位诗人之首(他也是在开元十五年通过进士考试的举子之一)。在序论里,殷璠特意点出王维、王昌龄和储光羲来代表"河岳英灵"("finest souls of river and alp"),也就是他最为欣赏的一类诗人。"河岳英灵"一词也出现在诗选集的标题,它指的既是"大好山河之诗人",又是在野而非在朝之诗人。殷璠选的这24位诗人,除李白和王维外,大都没有经历过上层宫廷生活。在天宝元年秋到天宝三载春(742—744)这一年半的时间里,李白作为玄宗的文学侍从,有过一段宫廷生活,而关于这段经历的实际情况,学者间仍有很多争议;王维在开元年间和天宝初期几次在长安短暂地担任过几个低阶职位。《河岳英灵集》中的诗人多数担任的都是地方低阶职位,尽管殷璠表示他们应当被授予更好的官职。这些诗人之所以能够引起殷璠的注意,并不是因为他们拥有显赫的声名或官威,而是由于他们独有的个人特质和用诗作表达自我的能力。在他人生的这一阶段,殷璠想要称颂那些他认为值得拥有更高官职的出色诗人,一定有他的理由。名与才相符是人们向往的理想状态,但在现实生活中,真正才名相符的情况却如凤毛麟角,所以自古以

[18] 陈尚君:《殷璠〈丹阳集〉辑考》,载《唐代文学论丛》(北京:中国社会科学出版社,1997),页223—243。此文最早发表于1984年。

来,文人就一直不停地在文学中抱怨这一现象。于此我们无需多言。

《河岳英灵集》还透露了其他什么信息,可以帮助我们进一步思考有关盛唐诗的传统看法?首先,让我们将这些诗人按照另外一种方式来排序。上文表一中的诗人排列根据的是他们各自收在《河岳英灵集》的诗作数量,如果排序标准变成诗句数量呢?若按此排列这24位诗人,先后次序就很不一样了,如表三所示:

表三

	诗句数	诗作数	换韵的诗作数	诗节数
李白	286	13	11	56
李颀	242	14	6	36
王昌龄	220	16	1	17
陶翰	196	11	1	12
崔颢	180	11	3	21
高适	174	13	6	29
储光羲	164	12	0	12
常建	154	15	1	18
薛据	154	10	1	11
王湾	150	8	0	8
王维	148	15	2	17
刘眘虚	138	11	0	11
庐象	96	7	1	8
王季友	94	6	3	13
张谓	86	6	2	10
崔署	80	6	0	6
岑参	76	7	3	13
崔国辅	74	9	1	10
阎防	70	5	0	5
孟浩然	64	9	1	10
祖咏	60	6	2	9
贺兰进明	58	7	3	11
綦毋潜	54	6	0	6
李嶷	34	5	0	5
		228	48	

如果根据诗句而不是诗作的数量来计算，那么李白就是选集中分量最重的诗人。从这一角度来考察《河岳英灵集》，我们还会得到其他一些与之前不同的有趣信息。比如，《河岳英灵集》中王维诗作的数量仅次于常建，但是他这些作品的诗句全部加起来也仅及李白的半数。同样的，常建的排位也从第二滑落到中间。在这个表格里我还列出了每位诗人作品中换韵一次或以上的诗作数量；因为韵的转换就表示一个新的诗节，所以我们可以从结构和声律两方面来讨论诗韵。诗选集中只有3位诗人——李白、李颀和高适——有3首以上诗作是换韵的。就李白来说，几乎他所有的诗作都是换韵的，而李颀和高适则有不到一半的诗作是换韵的。就诗选集中的全部作品来看，大概有五分之四的诗是一韵到底的。

我向来不是一个喜欢摆弄数据的人，也很少花精力去做数据分析，但是通过量化分析《河岳英灵集》中的作品，我们确实能够获得许多有意思的信息。如果我们从诗节的角度继续以量化的方式来分析这些诗作，就会发现更有趣的现象。或许现在有必要重新说明一下，我很清楚任何文学选集都不能替代全面而无预设目的的阅读。然而，《河岳英灵集》的编者是一位既有欣赏力和鉴别力又十分熟悉当代诗坛的读者。就我们了解的情况来看，殷璠的判断应当很好地体现了他所处阶层的观念和趣味，而且他自身的情况与诗选集中的诗人也十分相似。他并没有赋予这些诗人或从他们身上接受什么价值取向。从这一角度来说，殷璠对他所处时代的最好诗歌做出的判断是我们可以看到的可靠地反映了盛唐人诗歌观念的评价。如果有时它和我们对盛唐诗的传统认识有偏差，这或许有助于扩展我们的期待视野。

现在谈谈诗节形式。在我们学习中国诗歌的过程中，通常一开始就会学到这样一个"常识"：古典诗歌最"常规"的韵格是偶数句末字押韵，也就是 ABCBDB……韵格（译者按：B 是韵脚。韵脚以粗黑体表示，下同）；另外一种可供选择的模式是首句末字也入韵，也就是 AABACA……韵格，但 ABCB 韵格依然占明显优势。后来我们大都也是这样教学生的。然而，当我们去分析《河岳英灵集》中 229 首诗的用韵情况，这样一个相对庞大的样本库就会说明，实际情况并非完全如此。我们先来看一下表四，下面我会具体解释其中一些数据的意思。

表四

	总计	常规韵格	*(n)	II	III	V	X	常规韵格%
李白	56	11	27(25)	7	2	1	8	18
李颀	36	9	15(12)	12				25
高适	29	10	18(14)	1				36
崔颢	21	6	14(12)	1				29
常建	18	14	2(0)	2				78
王昌龄	17	13	4(0)					76
王维	17	11	4(1)				2	65
王季友	13	3	10(7)					23
岑参	13	4	5(2)	4				31
陶翰	12	10	2(0)					83
储光羲	12	11	1(0)					91
薛据	11	9	2(1)					82
刘眘虚	11	10	1(0)					91
贺兰进明	11	3	4(3)	4				27
张谓	10	4	5(3)	1				40
崔国辅	10	8	2(1)					80
孟浩然	10	5	5(1)					50
祖咏	9	4	4(2)	1				44
王湾	8	6	2(0)					75
庐象	8	5	3(1)					62
崔署	6	5	1(0)					83
綦毋潜	6	6						100
阎防	5	4	1(0)					80
李嶷	5	3	2(0)					60
	354	174	134(81)	33	2	1	10	49.1
				180				

注:总计=诗节数量;常规韵格=ABCB韵格的诗节;*=AABA韵格的诗节;(n)=除首尾诗节以外AABA韵格的诗节;II=两联韵诗节;III=三联韵诗节;V=四联韵诗节;X=用了一个以上的韵(例如ABCDBD)或大量诗句入韵(例如AAAABA)的诗节;常规韵格%=ABCB韵格诗节所占的百分比。

这里的诗人排序根据的是他们的诗节数量，这对表三中的诗人次序又有所调整。第二栏（"常规韵格"）列出了每位诗人使用 ABCB 韵格的诗节数量。《河岳英灵集》中只有少数诗节使用了 ABCB 韵格，对此我们也许会感到有些奇怪，因为这并不符合我们对盛唐诗特征的传统认识。不过有一部分诗人确实在坚定地使用 ABCB 韵格，比如常建、王昌龄、王维、陶翰、储光羲、薛据、刘昚虚、崔国辅、王湾、崔署、綦毋潜和阎防等。另外有些诗人，包括张谓、孟浩然、祖咏、庐象和李嶷，他们则平均交替使用"常规"韵格和其他"非常规"韵格。最有意思的是，一些诗人有意回避 ABCB 韵格，选择尽可能多地使用韵字。他们更加充分地利用了语言本身的音韵特色，由此为诗作增添一丝音乐性。这样的诗人有贺兰进明、岑参、王季友、崔颢、高适、李颀，以及用韵最不寻常的李白。这些情况说明，即便是古体诗，在很多时候，它们也比我们想象的更具变化性和多样性。

除了《河岳英灵集》收录的作品，还可以举一些其他例子。比如说，王昌龄有一首七言诗《箜篌引》，全诗共 45 句，句句押韵。[19] 再如武后朝（八世纪初）的诗人富嘉谟，他现存的唯一一首诗共 21 句，由 7 个三联韵诗节组成。[20]

"非常规"诗节不仅包括使用 AABA 韵格的诗节，还有两联韵、三联韵和四联韵诗节，以及其他韵格更为独特的诗节，像是使用连锁韵或是开头几句全部入韵再转向隔句押韵。从表四来看，这 24 位诗人中李颀最喜欢用两联韵诗节，他有整整三分之一的诗节是两联韵诗节。贺兰进明和岑参也有同样的偏好。李白亦是如此，不过他还同时使用了别的一些允许他尽可能多使用韵字的韵格，而这些韵格几乎没有任何其他《河岳英灵集》诗人尝试过。

为使表四中的数字更加具体，表五将按照诗节和韵格来分解《河岳英灵集》中的每一首诗，以一种新的方式来呈现表四的信息。这里先简单说明一下表五中用的几个标记符号：分号用来分隔不同的诗作；每一分号内的第一个数字表示这一首诗的总诗句数，其后括号里的数字表示这首诗用了几个韵；跟在破折号后面的一列数字表示每一诗节的句数；星号（就如它在表四的用法）表示这一

[19] 李云逸编：《王昌龄诗注》（上海：上海古籍出版社，1982），卷二，页 90—93；《全唐诗》（北京：中华书局，1960），卷一四一，页 1436。

[20]《明冰篇》，《全唐诗》，卷九四，页 1011。

诗节的韵格是AABA；最后的"律"表示这是一首律诗，"绝"则表示这是一首近体绝句。其余的标记应该就无须多作解释了。

表五 诗的诗节分解：诗句、诗韵和诗节的具体情况

王昌龄	16(1)；22(1)；14(1)；10(1)；24(1)；16(1)；14(1)；12(1)；8(1)，律；4*(1)，绝；16(2)—8/8；6*(1)；8(1)，律；4*(1)，绝；32(1)；4*(1)，绝
王维	14(1)；20(2)—12/8；8*(1)；8(1)；8(1)；8(1)，律；16(1)；4(1)，绝；4(1)，绝；8(1)x；8(1)x；10(2)—4*/6*；4*(1)；8(1)，律；16(1)
常建	16(1)；8(1)；8(1)，律；8*(1)；8(1)，律；8(1)，律；8(1)；8(1)，律；24(1)；6(1)；6*(1)；12(4)—4/4/2/2；24(1)；12(1)
李颀	40(1)；12(1)；20(1)；18(1)；16(1)；16*(1)；12(3)—6/2/4*；16(4)—4*4*/4/4*；18(4)—8*/4*/4*/2；30(5)—8/14/4*/2/2；20(6)—4*/4*/4*/2/4*/2；12(6)—2/2/2/2/2/2；8(1)，律；4*(1)，绝
李白	20(3)—6/4/10*；21(3)—12x/3/6*；6(2)—4x/2；47(6)—14/4*/9x/2/9x/8；12(2)—8x/4；44(10)—4*/4*/2/8/2/4/6x/8*/2/4*；63(14)—4*/4*/4*/10x/4*/5x/4*/4*/4*/4*/4*/4*/4*/4；10(1)；12(3)—4/4*/4*；4*(1)；14(3)—6*/2/4*；26(6)—2/4/4*/4/8/4*/4；7(2)—4*/3
高适	24(3)—4/8/12；16(1)；6(1)；8(1)；4(1)，绝；16(3)—4/4*/8*；22(3)—4/8/10*；16(3)—4*/8*/4*；14(4)—4*/4*/2/4*；28(6)—4*/4*/4*/4*/8*/4*；12(1)；4*(1)，绝；4*(1)
储光羲	14(1)；14(1)；14(1)；14(1)；16(1)；16(1)；12(1)；14(1)；16(1)；4*(1)，绝；16(1)；14(1)
崔颢	16(1)；16(1)；8*(1)，律；4(1)，绝；64(8)—4/14*/6*/8*/4*/10*/4*/14*；20(1)；12(1)；14(4)—4*/4*/2/4*；10(2)—4*/6*；8(1)，律；8(1)，律
陶翰	12(1)；18(1)；20*(1)；16(1)；18(2)—10*/8；30(1)；12(1)；16(1)；20(1)；14(1)；20(1)
刘眘虚	18(1)；10(1)；14(1)；16(1)；12(1)；8(1)，律；12(1)；12(1)；12(1)；16(1)；8*(1)
薛据	18(1)；20(1)；4*(1)；8(1)；8(1)；24(1)；20(2)—10/10*；20(1)；16(1)；16(1)
崔国辅	8(1)，律；18(1)；4(1)；4(1)；4(1)，绝；4(1)；8(2)—4*/4*；20(1)；4(1)，绝
孟浩然	8(1)，律；4*(1)，绝；8(1)，律；8(1)，律；8(1)，律；8(2)—4*/4*；8(1)，律；8(1)；律；4*(1)，绝
王湾	30(1)；36(1)；22(1)；34(1)；8(1)，律；8(1)，律；8*(1)，律；4*(1)，绝
岑参	24(1)；16(1)；4*(1)；12(3)—4/4/4*；8(4)—2/2/2/2；8(2)—4*/4*；4*(1)
庐象	16*(1)；12(1)；16(1)；10(1)，p；16(2)—12/4*；16*(1)，p；20(1)

续表

贺兰进明	8(1),律;8(1),律;10(1);8(3)—2/2/4*;8*(1);8(2)—2/6*;8(2)—2/6*
崔署	18(1);12(1);8*(1),律;12(1);14(1);16(1)
綦毋潜	10(1);8(1),律;12(1);8(1),律;8(1),律;8(1),律
祖咏	12(2)—8/4*;16(3)—10/4*/2;8(1),律;12*(1),p;8*(1),律;4(1),绝
王季友	12*(1);14(3)—4*/6*/4*;8(2)—4*/4*;24(1);16(1);20(5)—4*/4*/4*/4*/4*
张谓	20(1)1 16(1);24(1);10(3)—4*/2/4*;12(3)—4/4*/4*;4*(1)
李嶷	8(1),律;8(1),律;6*(1);6(1),p;6*(1)
阎防	16(1);12(1);18(1);16(1);8*(1),律

这些数据说明,一些诗人在诗歌形式上力求创新。比方说,李颀和岑参各有一首诗完全由两联韵诗节组成。崔颢有一首诗由三个 AABA 韵格的四句诗节组成,其中插入一个两联韵诗节。王季友有一首诗由五个 AABA 韵格的四句诗节组成;高适有一首诗由五个 AABA 韵格的四句诗节组成,其中插入一个 AABA 韵格的八句诗节;李颀有一首诗以一个 ABCB 韵格的四句诗节开始,随后是一个 ABCB 韵格的十四句诗节,然后是一个 AABA 韵格的四句诗节,最后以两个两联韵诗节结束。不过就大量用韵以及在长诗中使用复杂的诗节结构这两方面来说,没有任何人比得上李白。对此我们需要做更细致的观察。

1973 年,艾龙(Elling O. Eide)发表了一篇文章叫《论李白》("On Li Po"),虽然题目很简单,但它却具有开创性的意义。文章中,艾龙要求我们思考这样一个问题:"中国古代很少有诗人能够大范围地、迅速地在他同时代的人中获得认可,为什么李白是其中一个?"[21] 随后他从语言学角度详细分析了李白的四首诗,引导我们走向正确的思考方向。正如艾龙所展示的那样,加强对李白诗歌语音特质的关注能够有效地帮助我们找到问题的答案。其实不论阅读哪一位唐代诗人,诗歌

[21] "On Li Po," in Arthur F. Wright and Denis Twitchett eds., *Perspectives on the T'ang* (New Haven: Yale University Press, 1973), pp. 367–403. 正文所引的这个问题的原文在该文的第 368 页:"Why, indeed, was he one of the very few Chinese poets to be widely and immediately recognized as a genius by his contemporaries?"

的语音特质都应该是我们必须考虑的一个方面。因为诗不仅仅是文字，甚至不仅仅是柯勒律治（Samuel Taylor Coleridge, 1772—1834）所说的"最好文字的最善排列"（"the best words in the best order"）。如果面对一首唐诗，我们只知道破解它的语义内涵，而不同时去聆听它发出的声音，那么我们几乎就是把诗当成散文来读。这就像是把蒲柏（Alexander Pope, 1688—1744）当成华兹华斯（William Wordsworth, 1770—1850），拜伦（George Gordon Byron, 1788—1824）当成骚塞（Robert Southey, 1774—1843），霍普金斯（Gerard Manley Hopkins SJ, 1844—1889）当成休·布朗特（Hugh F. Blunt, 1877—1955），狄兰·托马斯（Dylan Thomas, 1914—1953）当成阿什波瑞（John Ashbery, 1927—2017）。根据表四和表五提供的数据，我们立马就能看出在用韵和诗节结构方面，李白经常表现出他的独特性。这也许是他个人风格中最一看即明，或一听即明的方面。

[22] "玄之又玄"（"even more mysterious than what is mysterious"）。

在为李白诗歌写的评论里，殷璠以"奇之又奇"（"even more unordinary than what is unordinary"）来评价《蜀道难》之类的作品，并以之暗指李白其人。这条评语呼应了《老子》第一章，[22] 它以简明扼要而又让人印象深刻的方式说明了李白的独特性。殷璠紧接着又说："然自骚人以还，鲜有此体调也。"（"So it is that from the sao-poet [i.e., Qu Yuan 屈原, reputed author of "Li sao" 离骚] to now, scarcely has there been this kind of lyric style."）这条评论颇为费解，因为无论从内容或形式上来看，没有任何一位李白诗的读者会把它们比作屈原的作品。那么殷璠这句话是什么意思？

殷璠首先想到的可能是屈原形象的不可模仿性。在中国诗歌史上，屈原是第一位具有鲜明自我个性的人物，此前没有任何一个形象能够与之相比。同样的，殷璠认为屈原以后，没有任何一个人能同李白一样奇特。在为李白写的评语的开篇，殷璠这样写道："白性嗜酒，志不拘检。常林栖十数载，故其为文章率皆纵逸。"（"By his very nature Bo is given over to wine and his impulsiveness cannot be held in check. Having nestled in the hinterlands for more than a decade, it is no wonder that his writings are for the most part self-willed and uninhibited."）换句话说，与众人不同，李白不是在书斋里学习的文学技巧。

或许这里我们可以再做个联想，据说屈原也是在远离社会规范的束缚之后，才开始在文学中找到属于他自己的声音。

将李白和屈原相比，殷璠一定也想到了李白对奇特诗歌形式的喜爱。这直接体现在他用的"体调"（"lyric style"）一词，因为"体调"最直白的意思就是"抒情表达的形式/结构"（"lyricism in form/structure"）。当然，这并不是说李白和屈原的风格相似。殷璠想要表达的是，正如屈原是和骚体这种独特的诗歌形式紧密联系在一起，李白很多诗作（尤其是《河岳英灵集》收录的那些作品）展现的也是一种完全属于李白的个人风格。没有任何一位唐代诗人能像李白这样彻底地、自由地把语言当作音乐，当作声音的载体来进行创作；也没有人愿意像他那样大胆地去进行各种新的、不同寻常的尝试。当然一个人必须保证他的这些实验是成功的，否则它们就毫无价值，甚至荒唐可笑。而同时代人对李白的赞美和认可说说明他的实验毫无疑问是成功的。

现在我们已经非常接近李白诗歌能使人如此着迷的关键因素了。现代学者通常认为，作为一名诗人，李白的特殊性在于他偏爱并且精通古体诗，尤其是乐府诗。这个观点忽视了这样一个事实，就是李白同样擅长写作规范更为严格的近体诗；同时它还误把结果当成原因。我们知道，几乎每一位《河岳英灵集》中的诗人都很擅长古体诗，他们创作的很多精彩的乐府诗就收在里面。所以我们会发现，其实李白就像莫扎特（Wolfgang Amadeus Mozart, 1756—1791），他的天赋在于，不论面对何种体裁，他都能写出巧妙而浑然天成的作品，而且能轻松运用各种规定以内的或出人意表的表达方式。

殷璠选的李白的13首诗大都具有独特的表现形式，而李白的天才也在这些表现形式中得以体现。这13首诗在《河岳英灵集》中出现的次序（这也是它们在表五中的次序）如下：

1.《战城南》

2.《远别离》

3.《野田黄雀行》

4.《蜀道难》

5.《行路难》（其一）

6.《梦游天姥山别东鲁诸公》

7.《忆旧游寄谯郡元参军》

8.《咏怀》

9.《酬东都小吏以斗酒双鳞见赠》

10.《答俗人问》

11.《古意》（白酒初熟山中归）

12.《将进酒》

13.《乌栖曲》

这些诗中只有4首（第4、5、6、12首）被选入《唐诗三百首》，而《唐诗三百首》共选了35首李白的作品。可见孙洙和殷璠看到的是两个不同的李白。相较孙洙的取舍，殷璠选录的李白作品中"非常规"诗作占的比重要大出许多。像《远别离》《梦游天姥山》《将进酒》《蜀道难》以及下面我们马上要讨论的一首，这些作品的内容都很独特，而它们的形式则更为独特。在此前的文学传统当中，并没有什么显而易见的作品可供它们模仿。从这个角度来看，它们确实是殷璠所说的"奇之又奇"，而且确实也只有屈原能够与它们的作者相提并论。在这里，我们看到了形式与内容的完美结合。

不过我并不认为李白是凭一己之力发明了他使用的全部诗歌技巧，如同怪物一般。一些学者已经注意到，李白从鲍照（约414—466）和谢朓（464—499）那里学到了诗歌语调的抑扬变化。他从卢照邻那儿学到的就更多了，而这一点尚未引起学者的关注。至于具体情况，我们需要另写一篇文章，考察那些所谓属于李白的独特声音，在此前哪些文学作品中就已经出现了；而这篇文章可以仿照博尔赫斯（Jorge Luis Borges, 1899—1986）的短文《卡夫卡和他的前辈们》（"Kafka and His Precursors"），取名《李白和他的前辈们》（"Li Bo and His Precursors"）。许多被认为是李白所独有的声音在卢照邻的作品中就已经出现，现在简单提几点：在他的作品中，卢照邻大量使用了富于自我表现的第一人称（事实上"初唐四杰"["Four Elites of Early Tang"]中的另外三位诗人也是如此，尤其是王勃[649—676]和骆宾王[约628—约687]），尽管我们通常认为这是李白诗歌独有的特点；在诗歌形式方面，卢照邻也多有创新，尤其是他在晚年所作的两首分章节的长篇骚体诗；[23] 更让人惊讶的是，在其中一篇骚体诗的结尾，卢照邻将自己描绘成一位"谪仙"（"exiled transcendent"），[24] 而这一形象后来总是和李白联系在一起，无论在他生前还是身后。不过我已经说过，这些讨论需要留待另外一个时机。

　　这篇文章其实和我平时的写作风格很不一样，尽管它是关于诗歌的讨论，但到目前为止我还没有引用过任何一首诗。就大的写作计划来说，它其实是我正在完成的《河岳英灵集》英译本的引言的一部分。但在结束这篇文章之前，我起码要讨论一首诗选集中的诗作。而这首诗应该是李白的作品。它是殷璠选的 13 首李白诗中的第 7 首，也是李白诗歌中不太为人所知的一首作品。关注它有这么几个理由。这首诗共 63 句，除了崔颢有一首诗比它多了一句外，[25] 它是《河岳英灵集》中最长的一首诗。它也是"奇之又奇"的一首作品，节奏生动，大量用韵——我们要特别留意在诗作氛围逐渐激昂时李白用的一个四联韵诗节。同时它还是一首极其个性化的作品，李白在这首写给远方友人的诗作里动情地追忆了四件往事：他们多年前在洛阳的初次相遇以及之后他们三次彼此做伴的情形。

　　这首诗是《忆旧游寄谯郡元参军》（在下面的翻译中，中文诗句后面的黑点表示此句入韵）。题目中的"元"指的应是元演，大部分读者都知道李白有一个朋友叫元丹丘，而元演正是元丹丘的兄弟或侄子。[26] 英文翻译中如果有信息需要补充，我都加上了脚注。在分析这首诗之前，我们应该先了解一下它的叙述结构，这对接下来的讨论会有所帮助。诗的 1—8 句，也就是前两个诗节，追忆了李白和元演两人在洛阳的初次相遇。第 9—12 句，也就是第 3 诗节，是表现两人离别的一个插曲。第 13—31 句组成了第 4、5、6 三个诗节，描绘的是两人在湖北的相会。第 32—51 句组成了第 7、8、9、10、11 五个诗节，追忆两人的山西相会，这也是全诗中最长的章节。接下来的第 12 诗节，即第 52—55 句，是表现两人分离的又一插曲。第 56—59 句是第 13 也是倒数第二个诗节，它叙述了两人最近一次在河南的

[23]《五悲》（"Five Griefs"）和《释疾文》（"Text to Resolve Illness"）。
[24] 有关《释疾文》中这部分描写的讨论，参见：Kroll, "The Representation of Mantic Arts in the High Culture of Medieval China," in Michael Lackner ed., *Fate and Prognostication in Chinese and European Traditions*(Leiden: Brill, 2014)。
[25]《赠怀一上人》（"Presented to the Monk Huaiyi"）
[26] 参见郁贤皓：《李白与元丹丘交游考》，载《李白丛考》（西安：陕西人民出版社，1982），页 103—106。

相会。第60—63句是第14也是最后一个诗节,它以李白对元演的无限思念结束全诗。

	忆旧游寄谯郡元参军[27]	"Remembering Our Former Travels, Sent to Yuan of Qiaojun, Aide-de-Camp"
1	忆昔洛阳董糟丘•	I remember long past in Luoyang, Mr. Dong of the Mound of Lees
2	为余天津桥南造酒楼•[28]	Made mine his wine-loft south of the bridge of Heaven's Ford,
3	黄金白璧买歌笑	Where I bought song and laughter with yellow gold and white-jade discs,
4	一醉累月轻王侯•	During one long binge of many months disdaining princes and nobles.
5	海内贤豪青云客•	Of the worthies and powerful within the four seas, or guests from clouds in the blue,
6	就中与君心莫逆•	Among all it was only you with whom my heart was never at odds.
7	回山转海不作难	Compassing the mountains, rounding the seas, was not any trouble for us,

[27] 因为目前只有一种《河岳英灵集》的注本(即王克让编:《河岳英灵集注》),而它对这首诗的注解又相当粗浅,所以读者最好同时参看下面两种李白集注本中这首诗的注释:詹锳:《李白全集校注汇释集评》(天津:百花文艺出版社,1996),卷十二,页1942—1959;瞿蜕园、朱金城:《李白集校注》(上海:上海古籍出版社,1980),卷十二,页844—851。关于这首诗的写作时间,学者间有三种不同意见,分别是开元二十年(732)、开元二十三年(735)和开元二十七年(739)。不过本文不会讨论这个问题,因为它的系年并不影响我们对这首诗的理解。

[28] 关于这位"董生"我们一无所知。"糟丘"是他的昵称,表明他酒馆主人的身份;它也有可能是他开的酒馆的名字。第二句开头的多余音节词"为余"(小字)当然是李白夸张的一种表达,不过在他的回忆中,这个酒馆仿佛是随他差遣一般。天津桥(The Bridge of Heaven's Ford)是三座横跨洛河的桥梁中间那一座。端门(Meridian Gate)通向洛阳的行政中心皇城(imperial city),在它的南向就是洛河,自北流向宫城。董生的酒馆在天津桥的南面,所以它一定坐落于洛阳城积善坊之内。

8	倾情倒意无所惜•	Spilling thoughts and pouring out feelings with nothing ever held back.
9	我向淮南攀桂枝•[29]	Then I went south of the Huai, lingering by cinnamon branches,
10	君留洛北愁梦思•	As you stayed north of the Luo, longed for in sadness and dreams—
11	不忍别	A separation I could not bear
12	还相随•	Till again we should go on together.
13	相随迢迢访仙城•[30]	And going on together some time after, we visited Mount Xiancheng,
14	三十六曲水回萦•	With the river winding round about six and thirty bends.
15	一溪初入千花明•	Along one stream first we plunged into brilliance of a thousand flowers,
16	万壑度尽松风声•	Passed all the way through a myriad vales to the sound of wind in the pines.
17	银鞍金络到平地	On silver saddles with halters of gold we moved on to level ground,
18	汉东太守来相迎•[31]	Where the Prefect of Handong commandery came out to welcome us.
19	紫阳之真人 [32]	There the Perfected One of Purple Yang

[29] 自从《楚辞》中《招隐士》("Summoning the Recluse")一诗在公元前二世纪问世以后,淮河以南的安徽和江苏地区就经常和桂枝这一意象以及隐居联系在一起。

[30] 仙城山(Transcendents' Fortress)在随州(今湖北随县)的东面。这里提到的河指的是淮河向西流去的一支。

[31] 汉东郡是随州的别名。它在隋朝建立,武德三年(620)改名为随州,天宝元年(742)又改回汉东。

[32] 紫阳真人(The Perfected [or Realized] One of Purple Yang)姓胡,是一名道士,李白后来还为他写过碑铭。见:《汉东紫阳先生碑铭》,《李白全集校注汇释集评》(集外诗文),页4494—4510;《李白集校注》,卷三十,页1734—1738。"紫阳"这个名号在道教史上是有渊源的,它曾经属于公元前80年出生的真人周义山,后来周义山登仙,并且是东晋兴宁元年至太和五年(363—370)年间上清降真面授杨羲的仙人之一。

20	邀我吹玉笙•	Blew a jade mouth-organ, inviting us
21	餐霞楼上动仙乐 [33]	To his Loft for Quaffing Rose-Clouds, where transcendent music played,
22	嘈然宛似鸾凤鸣•	So dulcetly mellisonant as the calls of simurgh or phoenix.
23	袖长管催欲轻举•	As the pipes hurried, sleeves swayed long, on the verge of lifting away,
24	汉东太守醉歌舞•	While the Prefect of Handong commandery tipsily sang and danced.
25	手持锦袍覆我身	Taking up in his hands a damask robe, he draped it over me,
26	我醉横眠枕其股•	As drunkenly I lay insensate, pillowed on his thigh.
27	当筵意气凌九霄•	From the mats our thoughts and fancies rose up to the ninth empyrean,
28	星离雨散不终朝•	But like stars we scattered, like rain dispersed, before the dawn was full,
29	分飞楚关山水遥•[34]	Each in own flight from the borders of Chu, to mountains and rivers afar—

[33] "餐霞"（"Quaffing rose-clouds"）是道教修养精气的一种方法，为修道之人所熟知。此次餐霞楼之行，李白还写了一首五言诗《题随州紫阳先生壁》，共 16 句，题在餐霞楼墙壁之上。见：《李白全集校注汇释集评》，卷二五，页 3563—3568；《李白集校注》，卷二五，页 1437—1438。可能也就是在这次餐霞楼之行，李白写了一篇序，《冬夜于随州紫阳先生餐霞楼送烟子元演隐仙城山序》（"Preface [to Poetry] on a Winter Night at the Master Ziyang's Loft for Quaffing Rose-clouds in Suizhou, Seeing Off Yuan Yan, Master of Mists, on his Reclusion at Mount Xiancheng"）（"烟子"["Master of Mists"] 是元演的道教名号，与他哥哥或者叔叔元丹丘的名号"霞子"["Master of Rose-clouds"] 相配合）。见：《李白全集校注汇释集评》，卷二七，页 4143—4145；《李白集校注》，卷二七，页 1591—1593。这篇序引出了一个很难回答的问题，而这个问题也不是我们在这里就能解决的。简单来说，根据这篇序，元演被胡紫阳对仙城山仙境的描述所吸引，于是决定前去隐居一段时间，所以有了这一次的送别。但是根据我们现在讨论的这首诗（第 31 句），元演和李白在随州分别之后，便去了长安。李白还告诉我们，在他和元演到达随州之前，二人曾同游仙城山，并且受到胡紫阳的接待。深入讨论这些互相矛盾的地方需要等到另外一个场合，不过可能的一个解释是：因为这首诗和序的写作时间隔了很久，一些事情李白已经记得不太清楚了。

[34] 随州（汉东）靠近旧时楚国的北境。

30	余既还山寻故巢·	I heading back to the mountains, to seek out my onetime nest,
31	君亦归家度渭桥·[35]	And you returning westward, to cross the Wei River bridge.
32	君家严君勇貔虎·	The respected lord of your family was fearless as tiger or bear,
33	作尹并州遏戎虏·[36]	Serving as governor of Bingzhou whence he curbed the hostile caitiffs.
34	五月相呼度太行	In the fifth month then you bid me to cross the Taihang range;
35	摧轮不道羊肠苦·[37]	Though it dash my cart-wheels I heeded not the ordeal of Sheep-gut Pass.
36	行来北京岁月深·	So I came on into the northern capital when the months of the year were full,
37	感君贵义轻黄金·	And was moved by your noble manner making free with gold at hand.
38	琼杯绮食青玉案	Snow-gem cups and gossamer food on trays of blue-green jade
39	使我醉饱无归心·	Made me drunk and sated, left me no thought of going home.
40	时时出向城西曲·	One time and another we went out

[35] 指的是长安城外的渭桥。元演可能是因为公事去的长安,或者是去参加进士考试。
[36] 指元演的父亲。并州包括太原(唐时又称晋阳),在今天的山西。太原是李唐王室先祖居住的地方。李白也许是在开元二十三年(735)来到太原。天宝元年(742)年太原正式被定为北京;和西京长安与东京洛阳一样,它的行政官称为"尹"("governor")。诗中第 36 句称太原为"北京",这显然是根据李白写作这首诗时太原的称谓。"戎虏"("hostile caitiffs")指的是并州北部(今属内蒙古地区)的突厥部落,他们一直是唐朝的隐患。
[37] 太行山将河北南部和山西分隔开来。在李白应元演之邀去太原前,他显然人在山东。曹操(155—220)在表现士兵行军之艰辛的诗歌《苦寒行》里,将太行山羊肠道描绘为艰险之地,羊肠道也因此为后世所熟知。

41	晋祠流水如碧玉 •[38]	beyond the city-wall's west corner, Where the river's flow by the shrine of Jin was as jade of cyan-blue.
42	浮舟弄水箫鼓鸣	Adrift in a boat, enjoying the river, we made the syrinx sing forth,
43	微波龙鳞莎草绿 •	As the rippling waves were dragon scales and nutgrass was bright green.
44	兴来携妓恣经过 •	When in the mood we took courtesans by hand, indulging our every whim,
45	其若杨花似雪何 •	Like willow flowers they were, and oh so resembling snow!
45	红妆欲醉宜斜日	In their rosy make-up, nearly drunk, just right in the sun's slanting rays,
47	百尺清潭写翠蛾 •	Or by a tarn, clear a hundred feet down, that traced their alcedine brows.
48	翠蛾婵娟初月辉 •	With alcedine brows alluringly drawn, in the gleam of early moonlight,
49	美女更唱舞罗衣 •	The beauties sang in turns and danced in their gauzy clothing.
50	清风吹歌入空去	A clear breeze wafted their songs away and into space,
51	歌曲自绕行云飞 •	Where songs and tunes wrapped round clouds flying on high.

[38] 晋祠是叔虞的祠堂。叔虞乃周武王之子，后受封于唐，是唐国开国君主。这个祠堂在太原西南外大概四里处，靠近晋水，它对李唐王室的重要性不言自明。

52	此时欢乐难再遇•	The happiness and joy of those times was hard to come by again,
53	西游因献长杨赋•[39]	As westward I made my way to proffer a "*Fu* on Tall Poplars Palace."
54	北阙青云不可期[40]	At the northern pylons I could not hope to mount up to clouds in the blue;
55	东山白首还归去•[41]	To my eastern mountains, white-haired back home once more I went.
56	涡水桥南一遇君•[42]	Then at the south end of Guo River's bridge all at once I came upon you,
57	鄫台之北又离群•[43]	But soon north of the Terrace of Cuo we parted company again.
58	问余别恨今多少	You asked me there how often must we be pained by such separations,
59	落花春暮争纷纷•	As falling blossoms at springtime's waning fluttered in fractious confusion.
60	言亦不可尽	My words, they cannot say it all,
61	情亦不可极•	Nor can feelings be told to their end.
62	呼儿长跪缄此辞	I call to the boy and, kneeling long, now I seal up these lines,

[39] 李白现在是要去长安。《长杨赋》("*Fu* on Tall Poplars Palace")是扬雄(前53—18)写的一篇以皇家狩猎为主题的汉大赋,"献长杨赋"表示到朝廷寻求仕途晋升之路。李白在其他诗作中也曾以"献长杨赋"指代他在天宝元年(742)应召入宫的经历;参见《答杜秀才五松山见赠》第一句,见《李白全集校注汇释集评》,卷十七,页2756;《李白集校注》,卷十九,页1137。

[40] 北阙通常是士人向朝廷上书的地方。登上"青云"("clouds in the blue")意味着在朝廷获得高位。

[41] 归去"东山"会让人立马联想到政治家谢安(320—385)著名的东山之隐,不过不同于李白,谢安的隐居是在他入仕之前。

[42] 这里提到的涡水桥在河南亳州(靠近今天的亳县)谯县附近。元演就是在谯县担任诗题中提到的参军一职。

[43] 鄫台在鄫县,距谯县(靠近今天的河南永城)东面不远。据说正是在鄫台,西汉将军萧何(?—前193)被封为鄫侯。在一些版本中,第57句的前四个字作"渭桥南头",显然有误。

63　寄君千里遥相忆・　　　To send a thousand miles to you—so far, but remembering you.

　　李白这首诗有很多精彩的地方，就我们讨论的形式风格来说，他巧妙地在三个关键处放慢了节奏。在第 11—12 句，当叙述他与元演的第一次分别，李白从七言换到三言。在第 19—22 句，当写到他们受邀来到胡紫阳的餐霞楼，他从七言换到了五言（此后愉悦的氛围到达了顶峰，紧随其后的是一个很少见的五联韵诗节）。在最后一个诗节的开头一联李白再次放慢了节奏，从七言换到五言。同时，他还通过两种方式加强了这首诗行将结束的意味：这是全诗唯一没有用 AABA 韵格的一个四句诗节，而且开头两句在用词上除了两处同义词的变换外完全相同，这也是放慢节奏的一种方式，由此读者能够更好地品味充满情感的最后一联。

　　李白组织这首诗时使用的其他一些形式和语音上的技巧也值得我们注意。全诗由 12 个四句诗节组成，再加上较为特殊的第 4 和第 6 诗节。第 4 诗节共有 10 句（第 13—22 句），开头 4 句全部入韵（AAAA），随后 6 句才变成通常的隔句押韵；而第 6 诗节（第 27—31 句），之前已经提到，是一个五联韵诗节。这两个诗节，前者突出了细节描写异常丰富的一段叙述，后者强调了不同寻常的欢愉之情。诗中另一个"非常规"诗节是第 3 诗节。在上面的翻译中我把它看作一个 AABA 韵格的四句诗节，它的最后一联由两句三言句组成。但是在李白诗歌中，看起来是前后相接的两句三言句，很多时候最好把它们当作一句七言句，而这七言句的第 4 个字是一个重停顿（3-X-3）。如果我们把"不忍别还相随"这 6 个字当成一句而不是两句，那么这一节就变成了一个三联韵诗节。此处表现的是两位友人的（首次）离别，因此不论是一个最后两句是简短的三言句的诗节还是一个短促的三句诗节，它们在形式上都很符合这里所要表现的离别的氛围。

　　在由很多诗节组成的长诗里，诗人通常会前后交替使用平声韵和仄声韵。在这首诗里，李白在第一诗节用的是平声韵，而在之后的诗节中他大体上也是统一地交替使用平、仄声韵。但在两处地方他没有这么做。第一处是第 4 诗节，这一节共 10 句，是本诗中特别长的一节。它的前 4 句全部入

[44] 因为平声韵的字多于仄声韵的字。

韵,这是很引人注目的,而且这一诗节用的是平声韵,尽管它之前的第3诗节用的也是一个(不同的)平声韵。一般来说,长诗节会偏向用平声韵。[44] 第二处是第11诗节(第48—51句),同样的,它也是在第10诗节用了一个(不同的)平声韵后,紧接着又用了一个平声韵。不过通过顶针法("thimble-phrasing"),也就是在第10诗节的结尾和第11诗节的开头重复使用"翠蛾"一词,这两个诗节被连接在一起了,表明它们是在回忆同一件往事。

现在我们开始理解为什么殷璠选了这首诗来代表李白"奇之又奇"的风格。在《河岳英灵集》收录的13首李白诗作中,这一首可能是在今天最少有人知道也最少被人阅读的(可能是由于此诗篇幅较长),但它却完美展示了李白在创造独特诗歌形式方面的天赋。虽然中古时期有无数以追忆友情为主题的诗歌,但这首诗一定是其中最优美动人的作品之一。它无愧于这样的赞美。《河岳英灵集》中很多类似的诗作也是写给即将分别或远在他方的友人,但没有一首比它更独特、更复杂和更个性化。

毫无疑问,对于这首诗传递的情感殷璠一定有所感受和回应,但他并没有谈论它引起的情感波动。他评论李白诗歌,正如他评论诗选集中另外23位诗人的作品,针对的主要是文学技巧而非主题内容。如果我们想要获得一个认识盛唐诗的崭新视角,这个视角又不同于后世建构的观点,并且可以向我们展示最少一位有识见的盛唐读者的喜好,那么我们需要就本文中谈到的问题进行更多的思考。

附录:殷璠《河岳英灵集序》原文及英译

梁昭明太子撰《文选》,后相效著述者十有余家,咸自称尽善,高听之士,或未全许。且大同至天宝,把笔者近千人;除势要及贿赂者,中间灼然可尚者,五分无二,岂得逢诗辑纂,往往盈帙。盖身后立节,当无诡随,其应诠拣不精,玉石相混,致令众口销铄,为知音所痛。

(1) After Zhaoming, heir-designate of the Liang, compiled the *Wen xuan*, there were more than a dozen individuals who put together presentations in a similar manner, all of them claiming that they were more excellent than the rest, gentlemen of the highest discernment, though few could fully be so credited. Again, from the Datong era (535–546) to that of Tianbao (742–present) nearly a thousand men have plied the brush [as poets], but aside from those in influential positions or personally well-connected, fewer than two in five among them could stand out vividly from the others. So why is it necessary for us to be compiling whenever we encounter a poem so that ever and anon we are filling up scrolls? To be sure, in planting an honest reputation for after one's death, one ought not be "slavering and glavering." Should the critical selection not be the most exact and jade be intermixed with stone, it will lead to the opinion of the many being confused and confounded and be painful to those who truly "know the tone."

昔伶伦造律，盖为文章之本也。是以气因律而生，节假律而明，才得律而清焉。宁预于词场，不可不知音律焉。

(2) *** Long ago Ling Lun fashioned the pitch-harmonics, this being indeed the foundation of literary design. In this way, vital force exists owing to the harmonics in it, integral balance is lit up according to its harmonics, genius is made clear by the harmonics it attains. And if one is to excel in the lyric arena, one cannot but be aware of the place in it of the harmonics of sound.

孔圣删《诗》，非代议所及。自汉魏至于晋宋，高唱者十有余人，然观其乐府，犹有小失。齐梁陈隋，下品实繁，专事拘忌，弥损厥道。

(3) But the sage Kong's editing of the *Poems* is not something that has been understood in all ages. From the Han and Wei on to the Jin and Song there were some dozen or so eminent poets, yet when one looks at their *yuefu* there still

are minor slips in them. In the Qi, Liang, Chen, and Sui, those of inferior grade really were numerous; and those who were narrow specialists held tight to their jealousies, which did significant damage to the Way [of poetry].

夫能文者，匪谓四声尽要流美，八病咸须避之。纵不拈二，未为深缺。即"罗衣何飘飘，长裾随风还"，雅调仍在，况其他句乎？

(4) Now, those with skill in literature are *not* those who say that the four tones are necessary to realize the most fluent beauty or that the eight defects must all be avoided. And even if we do not adhere to the rule of "tweaking the second word," that is not a profound deficiency. To wit, "Her gauze cloak, how if flutters and swirls!/ Her long skirt trails after the breeze" [which consists of ten level-tone words in succession] still retains a decorous lyric tone, to say nothing of other lines [with less severe "defects"].

故词有刚柔，调有高下，但令词与调合，首末相称，中间不败，便是知音。而沈生虽怪曹王无先觉，隐侯言之更远。

(5) Likewise, in phrasing there is harder and softer, in lyric tone there is higher and lower, but as long as phrasing and lyric tone match up, well balanced from beginning to end, with no falling off in the middle, this is to "know the tone." And even if Mr. Shen [Yue] finds fault with Prince Cao [Zhi] for not having been awake formerly [to the euphonic necessities in poetry], the Reticent Marquis would be going much too far to say so.

璠今所集，颇异诸家，既闲新声，复晓古体，文质半取，风骚两挟。言气骨则建安为传，论宫商则太康不逮。将来秀士，无致深憾。

(6) Those whose works I, Fan, have collected here are quite different from all

others in that they are well-schooled in the newer sounds and also knowledgeable about the older styles, drawing equally on refined ornament and plain substance, bringing together both the [classic style of the *Guo-*]*feng* and the [more exuberant style of the *Li-*]*sao*. To talk of true vigor, they carry on the tradition of the Jian'an era (196–220); to speak of fine differentiation of sound, even the [poets of the] Taikang era (280–290) cannot come up to them. So let there be nothing here to make the finest scholars of future times complain in any respect.

夫文有神来、气来、情来，有雅体、鄙体、俗体。编纪者能审鉴诸体，委详所来，方可定其优劣，论其取舍。

(7) Now, there is writing that comes from beyond oneself, from vital force, and from feelings; there is the decorous style, the low, and the popular. Only if an anthologist is able to carefully scrutinize these several styles and meticulously specify their provenance can he determine the better from the worse and pronounce on what should be included or excluded.

至如曹、刘诗多直语，少切对，或五字并侧，或十字俱平，而逸驾终存。然挈瓶肤受之流，责古人不辨宫商徵羽，词句质素，耻相师范。于是攻异端，妄穿凿，理则不足，言常有余，都无兴象，但贵轻艳。虽满箧笥，将何用之？

(8) As to those like Cao [Zhi] and Liu [Zhen], their poems are mostly direct in language with little precise parallelism. Sometimes there even are five successive characters in deflected tones or ten all in level tone, yet a relaxed control is maintained throughout. But still the tendency of the pint-sized and hypersensitive is to dispraise the ancients for not distinguishing one tone from another and for the artlessness and plainness of their verses, being too fastidious to learn anything from their example. And so these sorts "attack from a different angle," pushing on heedlessly, with a theory that is inadequate but always with words to spare,

totally lacking in evocative imagery, only prizing frivolous allure. Even if one fills a coffer with *their* writings, of what use would they be?

自萧氏以还，尤增矫饰。武德初，微波尚在。贞观末，标格渐高。景云中，颇通远调。开元十五年后，声律风骨始备矣。实由主上恶华好朴，去伪从真，使海内词场，翕然尊古，南风周雅，称阐今日。

(9) From the [Qi and Liang reigns of the] Xiao clan onward, pretentious glitter was specially emphasized. At the beginning of the Wude era (618–627) faint ripples [of this trend] were still in evidence, but by the end of the Zhenguan era (627–650) a [new and] conspicuous standard was gradually being raised. In the Jingyun era (710–712) there was something of a breakthrough in far-reaching lyric tone. But it was only after the fifteenth year of Kaiyuan (727) that both euphonic imperatives and pervasive vigor were alike perfected. Truly, from His Highness on down there was then a dislike of the showy and a fondness for simplicity, an aversion to the contrived and a bent for the sincere, which effected in the lyrical arena within the Four Seas a consonant appreciation of the ancient, so that the Airs of the South (i.e., the 周南 and 召南) and the court-songs of Zhou are commended and accessible in the present day.

璠不揆，窃尝好事，愿删略群才，赞圣朝之美。爰因退迹，得遂宿心。

(10) I, Fan, am no expert but have flattered myself that as an amateur I might make a choice edition from the host of talents, thus celebrating the excellence of our peerless dynasty. As it happens, my current withdrawal from the greater world has enabled me to follow through with this long-cherished intention.

粤若王维、昌龄、储光羲等二十四人，皆河岳英灵也，此集便以《河岳英灵集》为号。诗二百三十四首，分为上下卷，起甲寅，终癸巳。伦次于叙，品藻各冠篇额。如名不副实，才不合道，纵权压梁、窦，终无取焉。

(11) Now, in very truth, the twenty-four men [whose works are included here]—Wang Wei, Wang Changling, Chu Guangxi, and the others—are all of them the finest souls of our rivers and alps. This collection, then, has readily been so named. The poems here are two hundred thirty-four, and are divided into two scrolls. The earliest dates from the *jiayin* year [of the current cycle, i.e., 714], the latest from the *guisi* year (753). In the sequential arrangement in which I have set them out, each poet is introduced by a brief evaluative headnote. But if a poet's reputation does not match with the facts or his talent does not concord with the Dao, then even if the weight of his prestige would overpower the formidable magnates Liang [Ji] and Dou [Xian], he will not after all be included here.

（缪晓静 译）

九世纪中叶诗歌的怀旧与历史
——郑嵎的《津阳门诗》

导言

唐朝300年中,李隆基(685—762,庙号玄宗)在位的44年(712—756)是唐朝文化如日中天的时刻。在此期间,中国的政治和经济实力达到顶峰,对周边东亚、南亚和中亚文化产生了重大的影响。这便是盛唐:跨越开元(713—742)天宝(742—756)两朝,造就了李白(701—762?)、王维(701—761)和杜甫(712—770)等伟大的诗人。作为国际大都会,国都长安是当时世界上最宏伟的城市。它的城墙外郭环抱着三十平方英里的土地,其间蒸蒸然一百万生灵。皇帝和士大夫们曾在此炊金馔玉,纵情声色,直到天宝十四载(755)12月,安史之乱打破了盛唐的荣景。叛军于翌年即756年7月占领长安,迫使玄宗落荒而逃,杨贵妃香消玉殒。虽然一年半之后,忠于皇朝的军队帮助新登基的肃宗(756—762在位)收复了长安,并于代宗广德元年(763)恢复了对整个国家的统治,然而,此后的唐王朝已是江河日下。

当盛唐后的一代人回顾历史的时候,他们会毫无疑问地察觉到宏伟的盛世与他们身处的社会间仿佛隔着一界分水岭。这种情怀似乎在中唐追怀往日的诗文里最为显著。这些作品虽然距盛唐去日不远,但就作者的心境而言,已与盛唐不可同日而语。在安史之乱后的第一代人中,历史已经开始演变为传奇故事。这一现象,我们可从韦应物(737—792?)等诗人追忆玄宗朝昔年辉煌的作品中得以管窥。[1] 不管是出于惋惜、怀旧、迷恋、谴责还是这一切感受的交融,文人们把开元天宝朝的历史转变成了记忆的宝库,其中存储的景象既熠熠生辉又意在教诲。刚刚消逝的盛唐,正如塔列朗(Charles Maurice de Talleyrand-Périgord, 1754—1838)形容大革命前的法国时所说:"没有体验过1787年那个时代,就不能完全知晓人生的乐趣。"("Qui n'a pas vécu dans les années voisines de 1787 ne sait pas ce que c'est

---

[1] 韦应物书写这一题材的十几首诗为其后的作品确定了基调。特别值得关注是以下几首:《温泉行》《白沙亭逢吴叟歌》和《骊山行》。分别见《全唐诗》(北京:中华书局,1960),卷一九四,页2001;卷一九五,页2004、2005。韦应物的修辞和意象(imagery)在白居易的《长恨歌》里时时回响,透露了其作品对于白居易的影响。就连"长恨"这一词,从它的情感色调上来看,也像是从韦应物那借用而来的。参见韦应物《行路难》的最后一句:此诗用双连环(linked bracelets)来象征昔日的爱情。见《全唐诗》,卷一九四,页1998。虽然人们会认为杜甫是第一位回顾玄宗王朝的诗人,其实这不准确。与他同时代的诗人也曾写过类似的作品,而杜甫的诗句并没有深刻地影响其后唐朝诗人的作品。

le plaisir de vivre.")到了九世纪,追忆盛唐的欢乐和奢侈,重塑盛唐的光辉灿烂成为唐诗主题的一项次类型(subgenre)。随着幼年亲历这分水岭的人——谢世,中央政府不断地自我重构,该主题被赋予愈来愈重大的意义。文人既可以把重点放在王朝命运这一题材上,讲述唐朝怎样从繁荣的顶峰滑入废位内战的低谷,也可以拿朝廷的穷侈极奢和平民的难堪苦难做对比,或可以渲染玄宗对杨贵妃的一片痴情。这段故事,不管是从政治角度还是私人角度来看,都无法令人漠然置之。直到天祐四年(907)唐王朝土崩瓦解,这个故事的起承转合(以及它的缘由)是一个不断吸引唐代学者的主题。

[2] 笔者曾对《长恨歌》做过注释和翻译。见 Kroll, "Po Chü-i's 'Song of Lasting Regret': A New Translation," *T'ang Studies* 8–9 (1990–91): pp. 97–105;修订本(主要是脚注被缩短)重刊于 Victor Mair(梅维恒)ed., *The Columbia Anthology of Traditional Chinese Literature* (New York: Columbia University Press, 1994), pp. 478–485。

[3] 靳极苍的《长恨歌及同题材诗详解》(郑州:中州古籍出版社,1989)选录了这类诗作,虽然不完整,但很便于使用。更早的一部诗集是胡凤丹于1877年编订的《马嵬志》,最重印在严仲义:《唐明皇杨贵妃事迹》(南京:江苏古籍出版社,1990)中。胡凤丹收录了一些相关引文,没有提供解注,但他收集了很多容易被忽略的文献。

现存于世的有一百多首诗和赋书写这段历史方方面面的作品,都创作于八世纪末至唐朝末期。这些作品中最著名、最受欢迎也是最具有戏剧性的,当然是白居易(772—846)写于元和二年(807)初的《长恨歌》[2]和元稹(779—831)写于元和十一年(816)的《连昌宫词》。但不管是作为文学作品还是历史反思,这两首诗都不一定是最耐人寻味的。从各种角度来说,其余的百来首诗更能反映九世纪的文人对于玄宗时代的回忆。这些诗文大多取材于两处古迹:其一是坐落于长安东25英里处的骊山华清池。冬天中的几个月,玄宗一般会于此避寒。这座温泉因带给他与杨玉环无数良辰美景而闻名于世。另一处地点是长安以西30英里的马嵬驿站。天宝十五载(756)7月15日,为了维持禁军的忠心,逃亡途中的玄宗被迫将他的情人绞死。笔者先前已发表论文讨论过这些作品。眼下我们将要关注的是同题材作品中最非同寻常的一篇。[3]值得一提的是,在九世纪期间,杨贵妃最喜欢用来伴舞的套曲《霓裳羽衣》曾两度成为进士考试的考题:分别在开成二年(837)用作诗题,次年(838)用作赋题。这样的考题既可鼓励考生勾画出宏伟气派的玄宗宫廷,也可让他们有分寸地批评天宝年间君主的殆政。这些考题表明这一题材已融为晚唐官僚系统道德作风的一部分。同时,该考题也突显了文宗（826—840在位）的个人兴趣，反映了他复兴玄宗时代的宫廷音乐的愿景。

如果一首诗歌直截了当地跟历史打交道，我们便不得不面对修辞艺术和文学欣赏以外的其他问题。服从学科划分的束缚鲜有好处，那些框框架架仅起源于现代大学中饱受争议的学科定义。如果要研究古代中国（或者西方）的任何一个领域，"文学"和"历史"之间的界限毫无疑问是最容易被渗透的。众所周知，中国文化自古以来就热衷于历史记录的书写和保存。就其延续性而言，任何其他文明都不能与之匹敌。中华文明对于历史记录的关切跨越千年，25部"官方"正史正是这种关切的代表性结晶。这些史书由一代又一代供职于史馆的学者负责编修。即便按现代的版式印刷，也能在我们的图书馆中累累充架。虽然25部正史对历史的证言令人肃然起敬，但它们只是海上的冰山一角；很多文献都潜藏在官方认可的历史叙述之下，这些史料如深海中的激流一般相互冲击。在九世纪的野史（或者是湮没了的历史叙述）中，我们可以找到更多资料来佐证后世是怎样呈现（"represented"）玄宗时代的。笔者在此主要关注九世纪学术作品，它们的显著特征是用轶事型的文体（"anecdotes"）来书写盛唐。[4]

这些轶事文本既可以帮助我们回顾这段历史，也可以将这段历史复杂化。在很大程度上，这类文献的态度倾向主导了后世对于玄宗时代的反思。比如说，司马光（1019—1086）在《资治通鉴·唐纪》（最早由范祖禹[1041—1098]起草）中就大量采用了这些文献。这些非官方性的故事集锦（"unofficial collections"）常常自称是记录玄宗年间以来口耳相传的回忆，或是摘录鲜为人知的材料。它们所记事件长短不一，或具体、或简略地讲述了私家娱趣、公众庆典、个人癖好、吃穿玩乐的风尚、艺术品及人们对艺术品的痴迷、不加删减的对话以及上下之清议等——总而言之，其内容涉及玄宗年间现实生活的方方面面，都是我们想要知道，却没被收入正史的。这类文献源于街谈巷语，更加迎合了人性本有的好奇心。

伟大的唐代史学家刘知几（661—721）在其《史通》中把这类文献归类为"杂述"。在他所提到的十种杂述中，第三种是"逸事"。他写道："国

[4] 笔者当然不认为野史或者轶事的搜集是九世纪才发展出来的新的学术现象。但是跟之前保存下来的文献相比，成书于九世纪的轶事集锦更多，而且总的来说更加完整。

史之任，记事记言，视听不该，必有遗逸。于是好奇之士，补其所亡……此之谓逸事者也。"[5] 他也告诉我们，这类作品的作者一般都是当事人之后的一两代人。他们"求诸异说，为益实多。即妄者为之，则苟载传闻，而无铨择。由是真伪不别，是非相乱"[6]。虽然如此，刘知几认为，抱有"博闻旧事"志向的学者还是应该批判性地来参考这类文献，因为仅仅依赖正史是得不到一个完整的历史画面的。[7] 跟开元天宝盛世相关的逸事文献中，有二十多种流传至今。在下面的论述中，我们会对这些文献作充分利用。

郑嵎的《津阳门诗》代表了九世纪学者两种倾向的融合与交织，即：把玄宗的黄金时代谱写成诗歌以及收集已被遗忘的相关的轶事。《津阳门诗》作成于大中五年（851）末或者是翌年初。这首七言诗长达200句，相当于《长恨歌》和《连昌宫词》相加的长度（前者是120句，后者90句）。白、元两诗是由诗节（"stanzas"）构成（大部分诗节或是押AABA韵的绝句["quatrain"]，或是两句一押韵的联["couplet"]），而郑嵎这一首却是"一韵到底"，堪称杰作。[8]《津阳门诗》是最长的唐诗之一，在长度上大大超过其他所有主题为回忆玄宗时代的诗作。不仅如此，郑嵎还为此诗自写夹注，长达2200字（约是诗作本身1400字的两倍）。通过自注，郑嵎对诗里呈现的意象加以解释和铺垫，有意识地提供将诗文还原于其历史背景的信息。

自九世纪上半叶以来，有些作家开始尝试为长诗写自注。可举的例子包括白居易长达88句的《霓裳羽衣歌》（见附录一），[9] 元稹写给姨兄胡灵之的百行诗，[10] 最有趣的可能是李德裕（787—850）长达80句的《述

[5] 浦起龙（1627—1762）:《史通通释》（上海：上海古籍出版社，1978），卷十，页274。引文的英译："The responsibility of state historians is to record both events and speech, but since they cannot see and hear everything, there must be collateral items that have escaped their attention. In this regard, scholars interested in such things supply the deficiencies [in the historical record]...these are what we call i-shih."

[6]《史通通释》，卷十，页275。引文的英译："[They] search through odd tales to augment and make addition to fact, making use of whatever doubtful items they come upon, haphazardly copying down rumor and hearsay without making a critical assessment or selection. Because of this, reality and fiction may not be distinguished, and the true and the false are jumbled together."

[7]《史通通释》，卷十，页276。

[8] 郑诗的用韵属《广韵》止摄下的韵部，即支、脂、之、微部。这是古体诗常用的"同用"韵法。近体诗则将微韵分出来。此诗的97个韵脚中，只有三个字被重用："旗"见第2和60句，"辉"见第54和94句，"帷"见第76和160句。参见许世瑛：《论郑嵎〈津阳门诗〉用韵》，《幼狮学志》第七卷第四期（1968），页一。

[9]《霓裳羽衣歌》,《全唐诗》，卷四四四，页4970—4971。元稹的《连昌宫词》也包括一些诗人自己写的夹注。

[10]《答姨兄胡灵之见寄五十韵并序》,《全唐诗》，卷四〇六，页4523—4524。

梦诗》。[11]李德裕自称在小睡中创作了一首长诗，醒来后试图回忆残存的片段，并根据回忆重构梦中的诗篇（恍如柯勒律治 [Samuel Taylor Coleridge, 1772—1834] ）。但在上述诗作中，没有一首诗的注长于诗文本身。所以《津阳门诗》不仅在诗文本身的长度上超过了以往同题材的作品，它的夹注也长于所有类似的先驱。从几个方面来说，《津阳门诗》都是一篇集大成之作。它所包含的历史细节比早先的作品更为丰富，在写作质量上也超越了它的前辈。不幸的是，此诗自问世以来，一直被广大学者所忽视。

[11]《述梦诗四十韵并序》，《全唐诗》，卷四七五，页 5390—5391。

《津阳门诗》与郑嵎自注

我们将在下文中讨论郑嵎生平，这里先对《津阳门诗》的一些特点做介绍。《津阳门诗》是一篇描述玄宗时代兴衰的杰作，之前从未有过此诗的外文翻译。本文将对该诗进行英译及注释。在徜徉于诗文及英译前，让我们先通览《津阳门诗》的内容，希望对读者有所助益。郑嵎以一篇 122 字的诗序开头，解释标题（津阳门为骊山华清宫城北面正门，俯瞰通向都城长安的南北向大道），并叙述他曾于开成元年至会昌元年（836—841）间寻得各种史料，于骊山北面幽静的石瓮寺闭关研习这些材料。由此可知，这段经历提醒读者，郑嵎曾亲自游历过玄宗朝往事所发生的故地，并且对这一段过往有专门的了解。更为重要的是，该序言为全诗铺陈了一个故事框架。这个故事说道："今年冬"（即大中五年 [851]，见下文说明），诗人自虢前往长安，在骊山脚下的旅店借宿一晚。旅店的老板是一位老翁，曾是玄宗禁军中的一员。他与诗人笑谈起往事，直至深夜。第二天，当郑嵎重新踏上旅途，"辄裁刻俚叟之语"（"swiftly shaped and sculpted the talk of this plain old man"）作七言诗一百韵（实为 200 句；如上文所述，全诗仅用一韵）。请注意：诗人在序言中坦诚地表示，他扮演着润色修饰老翁回忆的角色。

即便从表面上看，这个故事如果不是完全没有发生，也不太可能发生。如果老翁曾效力于玄宗的宫廷，他此时至少已经有 140 岁了。这是一种戏剧式的设计（"staging ploy"）。《津阳门诗》之前的作品也使用过这种手法，最著名的当属元稹的《连昌宫词》。《连昌宫词》安排一个老翁向诗人（应为郑嵎的前一代人）讲述他半个多世纪前在玄宗连昌行宫服侍的经历，由此将诗文内容熔铸成了亲眼所见的确凿回忆。[12] 在郑嵎诗中，叙述者曾为宫廷禁军的角色，使得诗人能够将读者带入一系列的人物和事件之中。我们可以推测，很多相关信息当由郑嵎在石瓮寺闭关期间苦读所得。当我们将注意力转向诗作本身时，我们可以发现全诗的八分之七——即第15句至第188句——都出自老翁之口。《津阳门诗》的叙事梗概如下。

第1—24句描述诗歌发生的场景。一个风雪交加的夜晚，郑嵎来到"鲐老"的小酒馆。第15句开始是灰发老翁（他的名字并未被提及）的独白。他首先自陈少壮时期的往事。老翁15岁时失怙，加入了皇家的羽林军。他对于玄宗宫廷的清晰回忆从第25句开始。第25至108句，近乎全诗的一半，以华清宫城和有幸在此享乐的皇亲国戚为中心。我们首先见到了出猎中的玄宗的皇兄弟（第35—44句），[13] 接着游览了宫城中央的奢华温泉（第45—52句）。第54至76句将重心放在杨贵妃亲属华贵的衣饰及骄肆的行径上。杨氏兄妹即在天宝十二至十五载（753—756）期间把持朝政的杨国忠和杨贵妃的三位姐姐，她们因贵妃的宠幸得到快速的晋升。贵妃本人直到第83—84句才出现。她伴随着玄宗的紫玉笛，弹起紫檀琵琶。出人意料的是，杨贵妃仅在这一联以生时面貌出现。后文（第131句）只描写了她凝血的尸身，以及第143—144句提到改葬贵妃时，她的肌肤已坏，下葬时佩带的香囊余香尚存。杨贵妃是白居易《长恨歌》的焦点；而郑嵎的处理恰恰相反，贵妃几乎没有在诗中出现，因为郑嵎关注的不只是伟大的爱情，他希望囊括更加恢宏的场面。（以爱情为主线的《长恨歌》在九世纪中叶已经广为流传。）郑嵎对于帝王爱情的相对不重视以及他对《长恨歌》中出现的史实上的错误表现出的轻蔑［见下文］或许是《津阳门诗》被后世批评家忽视的原因：

[12] 其他不符合史实的老年叙事者在唐叙事诗中也曾出现过。参见崔颢（进士：723；？—754）38句的《江畔老人愁》，《全唐诗》，卷一三〇，页1324—1325。此诗中的老人自称曾在少年时期亲历梁陈的兴衰，所叙述的已经是170多年前的事情了。（即使在该诗的第32句他自称已150岁高龄，他仍不足够年长以见证梁朝的灭亡。）至于散文体作品，可以《东城老父传》为例。该故事以98岁的老人为叙事中心，引出郑嵎诗中没有涉及的玄宗朝往事以及紧随其后的历史事件。关于这一传奇的翻译和研究，见 Robert Joe Cutter（高德耀），"History and 'The Old Man of the Eastern Wall'," *JAOS* 106 (1986): pp. 503–528。

[13] 据记载，玄宗的两位兄弟分别于开元十四和十七年（726和729）逝世。如果我们的主人公真的曾经在少年时期加入过皇家卫军，他遇见郑嵎时大约有140岁了！

此诗在戏剧性魅力上逊于《长恨歌》。)

接下来（第85—92句）诗人向我们呈现了华清宫和骊山的多处场景以及罗公远和金刚三藏在比试法力时所展示的神迹。下面八句（93—100）描写了玄宗传奇的月宫之旅，并讲述了他获得后来被谱入《霓裳羽衣曲》的仙乐的经过。接下来的8句（101—108）描绘了盛大的千秋节。千秋节为玄宗的生日庆典，每年在长安兴庆宫举行。安禄山在庆典中登场并"侍御侧"，成为下面14句诗的中心人物。全诗在玄宗仓皇辞庙和马嵬惊变的情节中达到高潮（第126—136句）。郑嵎对后续情节的叙述比白居易的匆匆掠影更加详细。第137—160句讲述玄宗于一年后作为太上皇重返长安，改葬杨贵妃的经过。开元天宝年间壮丽的宫苑此时荒废萧疏，其中的宫人和奇珍异兽死于战乱。最终玄宗离世，战时从皇家掠夺的御用之物也流散民间。

全诗的最后40句将我们带回到故事发生的当下。首先是一个较长的诗节，从中我们得知武宗会昌（841—847）灭佛以后，石瓮寺荒凉破败。虽然这听上去是老翁的自述，我们从序言中了解到郑嵎在开成年间与石瓮寺结下了个人因缘。该寺的衰落似乎是时光无情流逝的又一例证。灰发老翁最后说道：

今我前程能几许	The route that lies before me now is still of an unknown length;
徒有余息筋力羸	I can merely live out whatever is left in failing vigor and health.
逢君话此空洒涕	To encounter you, sir, and speak of all this is spilling tears in vain,
却忆欢娱无见期	Yet I remember the joys and delight of a time that will not be met with again.

郑嵎选择不以哀音收尾，他试图劝慰老翁：当今皇帝正带领我们重回盛世，您三生有幸，两度生逢圣君统治。显然，郑嵎是基于同一视角对玄宗进行赞扬（或讽刺）并对当朝皇帝做出评价。这一充满个人焦虑却又确保了诗人政治安全的结尾令人联想起元稹在《连昌宫词》篇末对当时

统治者的深深一躬。[14] 这或许差强人意,却是一种合理的谢幕,甚至让我们想起一些汉赋中教化式的结尾。

在安慰老翁的言辞中,诗人选择了一起特别的历史事件,使我们可以准确地推断《津阳门诗》的创作时间。他提到不久前("昨夜",即大中五年十月,公历 851 年 10 月 28 日—11 月 26 日)张义潮收复了自宝应二年(763)起落入吐蕃之手的甘肃走廊。[15] 朝廷于同年 11 月收到捷报,张义潮的胜利被视为唐王朝军事实力复苏的标志(尽管这一胜利并没有维持很久)。因此,诗序中所说的"今年冬"正是张义潮大捷的同年年底,也就是 851 年 12 月或 852 年 1 月。[16] 我们会在后文中看到,郑嵎也于这一年中进士。[17]

以上的概括只展示了《津阳门诗》全景的一半,即 200 句长的诗。我们可以就此暂停,讨论本诗在风格上以及意象上的建树,因为《津阳门诗》的确是一部精湛的杰作,它作为诗歌的精妙之处值得我们仔细研究。但是我们不应该忽视作品的另一半,即是那些以散文("prose")写成的长篇注释文字,郑嵎以之对其诗作频繁进行注解。他期望读者不是在读完全诗后再转向注释,而是将两者同时阅读。郑嵎自注(从第 24 句)开始后,几乎每 4 句后,有时甚至是每 2 句后,都有注释,分别在以下句数之后:24、28、32、34、44、48、60、68、72、76、80、84、88、92、100、108、112、116、118、120、124、128、136、140、144、148、152、156、172、176、180 和 184。如上文所述,这些夹注有 2200 多字,而诗本身只有 1400 字。郑嵎对待历史的热忱如他对于诗歌的品味一般敏锐,这些注释完美地织入整个篇章,并不显得突兀。将整部作品理解为一部混合着不同文体的历史记录似乎更为恰当。本文会在稍后讨论这些问题;现在,让我们注意郑嵎在自注中都囊括了哪些信息。

注释中只有很少一部分着力于语义学的考证,解释不为人熟知的名词或

[14] 更早使用这一手法结尾的唐诗是王昌龄(约 690—约 756,727 进士)的《代扶风主人答》,《全唐诗》,卷一四〇,页 1425—1426。王诗描写一位戍守边关的老兵一生奉献军旅,终得返乡后,发现家人和朋友都已离世。他却在结尾称颂为之奉献一生的当朝天子。
[15] 吐蕃趁帮助王朝平定安史之乱之机占领甘肃走廊。因此张义潮的胜利与玄宗的时代有重要的历史关系。
[16] 关于此事件的更多细节和资料,见英译部分的注 230—232。
[17] 一些学者坚持认为此诗创作于大中四年(850)末。这种观点的依据是,郑嵎于 851 年春参加了进士考试,而他在赴长安赶考之前,也就是 850 年末,在路途中写下了这首诗。见吴在庆、傅璇琮:《唐五代文学编年史:晚唐卷》(沈阳:辽海出版社,1998),页 327—328。然而,我们可以通过郑嵎诗中提及的张义潮在西北地区取得军事胜利这一史实来推断诗歌的创作时间——没有比这更为重要的证据了。

姓名。另一方面，郑嵎尽量地利用这个机会列举诗中没有涵盖的史实和琐闻以讲述人物地点的变迁。他似乎在编辑自己的琐闻集子。这些生动又带有个人感染力的评语让过去的史实（"Realien of the past"）变得栩栩如生。笔者在此摘录一小部分颇具传奇色彩的注释：有的描述玄宗兄弟李成义和李范猎鹰的场面（第 44 句后）；有的介绍负责营造虢国夫人乡间别业的工匠（第 72 句后）；有的描写佛教和道教法师的神通（第 92 句后）；有的叙述玄宗月宫之旅及谱成新曲的经过，郑嵎所述的《霓裳羽衣曲》的来源与其他版本的故事都不相同（第 100 句后）。有的注释是关于安禄山独享的宠溺和优待（第 112 和 116 句后）；有的是关于在收复长安后，玄宗和新皇帝肃宗的重逢，此处包含谁应当优先入城门的讨论（第 140 句后）；[18] 有的提供高力士改葬杨贵妃的细节，当年也是他奉命缢杀杨玉环；还有的注释提及杨贵妃豢养的鹦鹉、玄宗豢养的白鹿以及几乎被人遗忘的爱睡懒觉的罨飒公主（第 152 句后）；还有的材料说明石瓮寺的历史和习行，这些材料真实性可疑但十分有趣（第 172、176、184 句后）。《津阳门诗》多次提及一支著名的曲子，名曰《水调》，它对玄宗有着特殊意义。在其中一处（第 184 句后），郑嵎严肃地指出白居易将长生殿当作皇帝在骊山上的寝殿实为"殊误"，长生殿实是一处斋殿。显然，对于以虚幻笔触成篇的《长恨歌》，郑嵎很容易就能找到白居易的谬误。

　　郑嵎没有写明他所引用的文献，但是他的点评似乎是摘录自我们可以找到的资料，或者是根据这些资料作重述。其中一项重要文献是由郑嵎的族人郑处诲编撰的《明皇杂录》。尽管这部著作没有完整地保存下来，但它仍然是关于玄宗朝的杂史中内容最为引人入胜，史料最为可靠的一种材料。《明皇杂录》的作者是郑澣之子（贞元十年 [794] 进士），郑余庆（746—820）之孙，两位都是著名的官员和学者。[19] 郑处诲于大和八年（834）登进士第，此后的官宦生涯相当成功。[20] 他的父亲曾编纂《经史要录》20 卷，而他本人一如其父，对史学也充满了兴趣。他于会昌五年（845）完成了《明皇杂录》。[21] 郑

[18]《资治通鉴》记载了这一非同寻常的事件，这部分的英译参见本文附录二。

[19] 郑澣之子和郑余庆的生平见《旧唐书》（北京：中华书局，1974），卷一五八，页 4163—4168；《新唐书》（北京：中华书局，1974），卷一六五，页 5059—5062。

[20] 郑处诲生平见《旧唐书》，卷一五八，页 4168—4169；《新唐书》，卷一六五，页 5062。

[21]《合印四库全书总目提要及四库全书未收书目禁毁书目》（台北：商务印书馆，1978 年重印），卷二七，页 2888。

处诲编修此书的主要原因是他认为李德裕的《次柳氏旧闻》缺乏准确性。《次柳氏旧闻》收集玄宗宫廷的轶闻掌故，声称是根据可追溯到高力士处的口述历史编纂而成。该著作于大和八年（834）献于朝廷。[22]

郑处诲的著作似乎大受好评。它激发了更多人去回忆唐王朝的黄金时代，编撰历史琐闻集子：现存的大多数以玄宗时代为中心的集子都是在《明皇杂录》之后成书的。虽然如我们所见，天宝朝之后的一代文人已经开始创作同题材的怀古诗，但是直到 825 年之后，文人才明显展现出了对搜集这一时期历史或者野史的渴望。这种渴望在之后的 100 年中持续发酵并且扩散升级。我们不难理解这一现象，它与人类共同的渴望和需求相呼应。当亲历历史重大时刻的那一代人归于尘土，也就是事件发生后的 60 或者 70 年，人们往往会焦虑，随之而来的是这样一种愿望：当历史还未彻底蜕变成想象之前，他们会试着"抓住"甚至"修复"对于那个时代的回忆。比如说，在 1930 年以后，美国掀起了研究内战的热潮；近年来的美国社会也热衷于研究二战历史。

在九世纪的中国，郑嵎乘着自 830 年代开始蔓延的题材大潮，通过他的诗文和注释竭尽全力地去接近历史的真实。《津阳门诗》的序言提到了郑嵎对历史的痴迷。或许正是这种对史料的热衷导致他在 836 至 841 年间一次又一次地来到石瓮寺苦读。或许与族人郑处诲探讨后来编入《明皇杂录》的部分史料曾令他兴奋不已。这些都是笔者的猜测，但很明显的是郑嵎的部分注释可见于《明皇杂录》（尽管《明皇杂录》不是唯一记载这些信息的文献）。其中最引人注目的例子当属对于华清宫浴池的描述（第 48 句后）以及对于玄宗生日庆典的记录，后者包含了关于唐代的舞马及其悲剧结局（第 108 句后）。本文将在英译部分详述其他的例子。[23] 此外，文宗皇帝于 830 年代中

[22] 李德裕在序言中说他是从父亲李吉甫处得知所记录的事件。李吉甫从同事柳冕处听说。柳冕之父柳芳是八世纪中期的宫廷史官。高力士于上元年间（760—762）向柳芳讲述这些故事。见《次柳氏旧闻》，收入《开元天宝遗事十种》（上海：上海古籍出版社，1985 年重印），页 1；另参见《合印四库全书总目提要及四库全书未收书目禁毁书目》，卷二七，页 2886。郑氏家族与李德裕朋党间的政治斗争或许导致了郑处诲对于李著的不满。

[23]《明皇杂录》的流传历史十分复杂，派生了不同版本以及"别录""补遗"和"逸文"等，因此，有没有可能后世的学者征引郑嵎的诗注来填补《明皇杂录》在流传中遗失的部分呢？若真如此，当我们阅读郑处诲的作品时，我们实际上在阅读《津阳门》的片段。这个问题很难回答，有待进一步考证。笔者在这里提出一点意见：《津阳门诗》的文本在流传的过程中相对稳定，因此如果后人用它来修补《明皇杂录》，两者在相关段落的用词应该比现在的版本更为接近。相反地，如果郑嵎是在改写或缩写郑处诲书中的内容，我们比较容易察觉两者在词汇和句法上的差异，正如现行的文本所呈现的那样。

期努力恢复并扩大官方机构的藏书。[24] 这一与郑嵎、郑处诲同时代的举措或许激起了人们对编撰上述文集的热忱。文宗复兴文化的努力对当时学术的影响还有待学者进一步研究。

作者

同郑处诲一样,郑嵎也是荥阳郑氏的一员。郑氏家族的历史悠远,成员枝繁叶茂。传统观点认为,郑氏家族甚至要比作为唐代统治者的李氏家族更为显赫。尽管到了九世纪中叶,世家大族的影响力已经受到了相当大程度的削弱,但由于郑氏家族的声望,其女性成员长期以来都是其他门阀世族青睐的联姻对象。与此同时,郑氏家族的男性成员则常常能取得进士的头衔,或在中央或在地方为唐的官僚机构服务。郑处诲和郑嵎这一辈之后,又有一位出自荥阳郑氏的进士郑綮编纂了一部关注玄宗时期历史琐闻的集锦。郑綮是为唐王朝服务的郑氏成员中最后一位代表性人物,他在僖宗和昭宗时期尤为活跃。[25] 郑綮这部题为《开天传信记》的集子成书于僖宗广明元年(880),其中的内容也如同《明皇杂录》和《津阳门诗》一样出彩。得益于其成员长期参与政务,郑氏家族内部积攒起了非官方的唐王朝历史档案。这也许可以解释为什么出自三位郑氏成员之手的关于玄宗时期的作品都像是内传。总之,记载玄宗时期的历史,成了郑氏家族的一项专长。

遗憾的是,目前我们对于郑嵎的确切籍贯还并不是十分确定(除非有人恰好对本文之后将要提到的一部相当罕见的关于荥阳的集子有所了解)。我们仅能掌握的资料包括:郑嵎字宾光,大中五年(851)进士。现存最早的有关郑嵎生平的资料都来自十二世纪中期晁公武所编纂的《郡斋读书志》。[26] 除此之外,只有极少数学者对于郑嵎以及他唯一传世的作品《津阳门诗》产生过兴趣,但是这些学者提供的信息最多不过是猜测。

值得庆幸的是,在近期出版的《千唐志斋》中,

[24] 见 David L. McMullen(麦大维),*State and Scholars in Tang China* (Cambridge: Cambridge University Press, 1988), p. 237; Jean-Pierre Drège(戴仁),*Les bibliothèques en Chine au temps des manuscrits (jusqu'au Xe siècle)* (Paris: École française d'Extrême-Orient, 1991), p. 318.
[25] 郑綮的生平见《旧唐书》,卷一七九,页 4662—4663;《新唐书》,卷一八三,页 5384—5385。
[26]《郡斋读书志》(《国学基本丛书》本),卷四下,页 398。

我们发现了郑嵎姐姐墓志的拓片。[27] 这篇墓志为郑嵎的身世以及经历提供了不少有趣的细节。此篇墓志在两卷本《千唐志斋》中的编号为1130；[28] 同时，此篇墓志也被转写，经点校之后收录于《唐代墓志汇编》。[29] 此篇墓志的文字出于女主人公的长子李述之手。其母名为郑琯，出自荥阳郑氏，于大中八年（854年12月15日）去世。郑琯的丈夫李公度生前曾为颍州颍上县令，先于其夫人两年离世。[30] 郑琯去世时为64岁，据此推得其出生年份约为公元791年。

[27] 有关如何使用这类重要的墓志材料来补充或者更正正史，以及这类材料的不足之处，麦夫维发表过一篇典范性的文章，见 David L. McMullen, "The Death of Chou Li-chen: Imperially Ordered Suicide or Natural Causes?," *Asia Major* 3rd ser., 2.2 (1989): pp. 23–82。
[28]《千唐志斋藏志》（北京：文物出版社，1989年重印）。
[29] 周绍良：《唐代墓志汇编》（上海：上海古籍出版社，1992），页2320。
[30] 李公度的墓志在《千唐志斋》，编号1120，同时也收录于《唐代墓志汇编》，页2305。

郑琯的墓志中，最能引起学者注意的是以下这一段文字：

> 有弟曰嵎，少耽经史，长而能文，举进士高第，历名使幕扬州大都府参军。

There is a younger brother of hers, named Yü. When very young he became enthralled by the classics and histories, and when older was proficient in literature. He passed the *chin-shih* examination with a high ranking. He was subsequently commissioned as coadjutor militant (ts'an-chün) on the staff of the governor-general of Yang-chou.

这段文字提供了郑嵎的基本生平，但可惜在墓志中有关他的记载也仅限于此。我们可以明确的是，郑嵎从年轻时就对历史产生了热情，曾经担任过扬州参军，并且在大中九年（855）时仍然在世。尽管郑嵎的生卒年份或者年龄并未被提及，我们可以从他姐姐出生的年份来推测他生于公元791年之后。同时，由于郑嵎曾在公元836到841年间在石瓮寺求学，我们推测他出生的年份应该早于公元816年——这种推测的根据是：郑嵎在石瓮寺时，约在15到20岁之间（更可能靠近20岁）。郑琯的墓志提供的另一则信息让我们了解到她和郑嵎的父亲郑弘敏的背景。郑弘敏早经儒业，以明经上第；此后

[31] 陈尚君和陶敏在讨论郑嵎时，也对郑瑨墓志中的相关内容进行了概述。见《唐才子传校笺》第五册（北京：中华书局，1995），页386—387。

[32] 参见 Victor H. Mair（梅维恒），"Scroll Presentation in the T'ang Dynasty," *HJAS* 38 (1978): pp. 35–60。

[33] Mair, "Scroll Presentation in the T'ang Dynasty," pp. 39–40。有的学者曾经提出诗歌以及散文同时在行卷中存在，这也促成了唐传奇的产生。针对这一观点，梅维恒持否定的意见——他注意到几乎所有行卷的作品都是诗歌。

[34] 这项独立的考核通常是在尚书省的支持下完成的，一般会在一年中的第五到第十个月之中进行。参见 Robert des Rotours（戴何都），*Le Traits des Examens, traduit de la Nouvelle histoire des T'ang (chap. xliv, xlv)* (Paris: Librairie Ernest Leroux, 1932), pp. 42–44。

历任苏州华亭尉，宣州宣城尉，以及杭州唐山令。墓志还提到了郑瑨和郑嵎的祖父名为郑寰，但是关于这位祖父或者其他的祖先就没有更多的信息了。[31] 显而易见，郑寰、郑弘敏这一支在荥阳郑氏中并不算显赫。出生于书香世家的郑嵎虽然在官场上不如他的父亲，但是在文学才华上却大大超越了他。

将《津阳门诗》写作的日期定于郑嵎考取进士之后的冬天能够提供对此诗的另一种解读。诗及注是否有可能是作者有意识地对自身学识的一种展示？作者所展示的对象也许就是那些为新入第的进士决定官场职务的官员们。唐代进士科考生们的"行卷"习俗早已为人们所知，而行卷的目的恰恰也是设法获取在朝中有影响力的大员的支持。[32] 行卷之时，诗歌通常是考生们所递送的作品。然而，通过进士考试只是第一步。虽然进士们的一只脚已经迈入了官场的大门，但是进士的头衔并不能保证他们立刻获得在政府机构中的任命。[33] 在获得任命以前，新登科的进士们还要通过"选试"——每个候选人的外貌、言语、行为、书法以及学识都需要被考虑在内。[34] 即使克服了重重障碍，进士们可能还得再等上几个月才会得到正式的任命。因此，以下的推断并非是毫无根据的：郑嵎通过《津阳门诗》这一长篇诗作展示自身精湛的文学技艺，以此推销自我，最终达到快速获得理想职位的目的。这样看来，诗作终章对当时的统治者及其官僚机器的颂扬，也与作者对自身命运所倾注的希望密不可分。

资料来源

几乎所有的唐代诗歌一般都以诗集的形式流传，但是郑嵎的《津阳门诗》诗及注却以相对独立的状态流传了几个世纪。《崇文总目》最早提到了《津阳门诗》藏于十一世纪中叶宋代的官方藏书机构中（"津阳门诗一卷，郑嵋撰"）。[35] 这一记录在《新唐书》的《艺文志》[36]当中，以及南宋时期最重要的两部私修目录学著作——十二世纪中叶的《郡斋读书志》[37]和十二世纪中叶的《直斋书录解题》[38]之中，都得到了沿用。此外，十四世纪中叶的《宋史·艺文志》当中也包含了相同的记录。[39]《宋史·艺文志》提到的还有一种郑嵋所做的三卷本《表状略》，似乎是收录官僚机构中表状文书一类的作品。[40] 可惜的是，除了《津阳门诗》之外，郑嵋的其他作品都已经佚失了。

公元 907 年，在唐王朝覆没之前，[41] 刻有《津阳门诗》的诗及注的石碑在弘文馆的主持下矗立在津阳门之外（北面）。[42] 十一世纪的学者宋敏求（1019—1076）曾提到《津阳门诗》诗及注"及今所在迹"。[43] 十四世纪的骆天骧对此也有提及。[44] 到目前为止，人们并没有对津阳门的旧址进行任何考古发掘工作，这也意味着刻有《津阳门》诗及注的石碑有约五个世纪未曾为人所见到了。这块矗立在津阳门外的石碑，以及石碑上所刻的文字，可能曾是对某个特殊时刻的纪念，也必定提升了郑嵋及其家族的声誉。如果这个特殊时刻发生在《津阳门诗》这篇作品完成与郑嵋姐姐去世的三年之间，那么郑嵋在她姐姐墓志中的"少耽经史，长而能文"的形象就可以解释得通了。然而，作为一个入第仅仅不到两年的进士，若是郑嵋的诗作能如此迅速地就被刻到石碑上，相关的文献材料应该会对郑嵋及此殊荣有所记录（甚至是他人出于嫉妒所做的记录）。由于类似记录的缺乏，最有可能的情况是含《津阳门诗》诗及注的石碑刻成于郑嵋过世之后。

现行的《津阳门诗》及注的版本，最早可以追溯到十二世纪计有功（1121进士）所编的《唐诗纪事》。1972 年版《唐诗纪事》[45] 所载的《津阳门诗》要比最近出版的《唐诗纪事校笺》的版本更为可靠。[46] 后者虽然包括了较

[35] 王尧臣（1001—1056）《崇文总目》（1034—1038）。（《丛书集成》本），卷五，页 363。
[36]《新唐书》，卷六十，页 1613。
[37] 晁公武编纂《郡斋读书志》，该书序成于宋绍兴二十一年（1151）。见《郡斋读书志》（《国学基本丛书》本），卷四下，页 398。
[38] 陈振孙（活跃于 1235 前后）编纂《直斋书录解题》。见《直斋书录解题》（《国学基本丛书》本），卷一九，页 542—543。
[39]《宋史》（北京：中华书局，1985），卷二〇八，页 5342。
[40]《宋史》，卷二〇八，页 5352。
[41] 参见 Kroll, "The Last Year of T'ang, 907—Not 906," T'ang Studies 18–19 (2000–2001): pp. 107–110。
[42] 随着唐朝的覆没，弘文馆也不复存在。所以 907 年这个是时间是根据唐亡的时间而确定的。
[43]《长安志》(《四库全书》)，卷十，页 8a。
[44] 黄永年：《类编长安志》（北京：中华书局，1990），卷十，页 316。
[45]《唐诗纪事》（香港：中华书局，1972），卷六二，页 932—937。
[46] 王仲镛：《唐诗纪事校笺》（成都：巴蜀书社，1989），卷六二，页 1671—1686。

[47]《竹庄诗话》(《四库全书》本),卷十一,页 16a—20a。

[48] 似乎仅有一部现存的《荥阳杂俎》。《中国丛书综录》(上海:上海古籍出版社,1959—1962),第一册,页 994,提到此书在 40 年前藏于北京图书馆。另见本文补遗。

为丰富的校勘记,但是当有异文出现时,它所收录的《津阳门诗》(没有收录注的部分)却常常采用十二世纪何溪汶所撰的《竹庄诗话》里的说法。[47]《竹庄诗话》的版本并不十分可靠,因为它几乎将所有难懂的异文("lectio difficilior")都简化了。1972 年版《唐诗纪事》源自洪楩嘉靖二十四年(1545)的刻本(今有《四部丛刊》影印本),而洪楩本又是根据宋端平元年(1234)王禧的刊本翻刻的。此版的郑嵎《津阳门诗》及注全面考察了各种材料,但是对异文的更改并不频繁且有据可循。因此,在后文的翻译中,我采用了此版作为底本。有少数几处我对异文的意见与此版相左之时,我都给出了理由。《全唐诗》所收的《津阳门诗》毋庸置疑是最容易获取和看到的。尽管《全唐诗》本身存在很多人尽皆知的问题,其所收录的《津阳门诗》却是相对可靠的。某些时候,《全唐诗》版的《津阳门诗》还可以被用来更正洪楩本里的错误。除了以上提到的几个版本之外,还有另一个版本的《津阳门诗》可供参考,即清代早期席启寓(1650—1702)所编的《唐诗百名家全集》。

所有版本的《津阳门诗》中,最罕见的一版见于《荥阳杂俎》。这个由程定远在康熙年间(1662—1722)所编的集子收录了八位荥阳郑氏成员的作品。这八位成员三位活跃在唐代,一位在宋代,两位在明代,最后两位在清初。《荥阳杂俎》收录的作品之中就有郑嵎的《津阳门诗》(同时收录的还有郑綮的《开天传信记》)。在《千唐志斋》出版之前,任何有幸见到过《荥阳杂俎》的学者即能凭此对郑嵎以及郑氏家族之间的关系进行研究。[48]

回溯

《津阳门诗》和其同类诗作,以及此类著作所展现的历史琐闻,促使我们不仅对那一段特定的历史进行反思,同样还对考察历史的方法进行反思。伟大的荷兰历史学家约翰·赫伊津哈(Johan Huizinga, 1872—1945)在他的《文化史的任务》("The Task of Cultural History")一文中断言,由学者以研究特定历史主体而构建出来的统一性(unity)"并不存在于过往历史事实的任意片段中。人的头脑会从传统中刻意挑选出一些元素，然后将这些元素综合成连贯的历史画面。然而，这些连贯的画面本身并不存在于历史事实之中"[49]。从这个角度上去思考，笔者发现，公元九世纪的文人们对于通过诗歌散文来重塑玄宗朝的历史产生了浓厚的兴趣。如果说记忆和发明（"invention"）是决定人作为人的两种特征，重塑历史的兴趣即体现了人类对于这两种特征的永恒追求。

在八世纪的中期，郑嵎通过自己特有的方式将叙事诗和历史琐闻结合起来构成了一部杰作，以此来回顾唐王朝最伟大的时刻。但是这种混合两种不同文学体裁的方式也许妨碍了这部杰作在后世的流行。它既不像白居易的《长恨歌》或者元稹的《连昌宫词》那样引人入胜，也不像非官方的文集那样勾勒出一个个独立的片段。这部作品处于一个中间地带，因而不能被归入任何一种标准的文学体裁之中。话虽如此，在古代中国，将对学问的热爱和对诗歌的热爱结合，并不像在古代西方（或者就此而言，现代西方甚至后现代西方）那样不常见。[50] 郑嵎这部混合两种文学体裁的作品将学者展现自我学识的愿望与诗人表现自我魅力的欲望融合在了一起。这两种愿望恰恰和前文提到的人类的记忆与发明相对应。但也可能正是因为两种不同文学体裁混合，产生出异常的文学形式，使得后世的文人学者不愿为《津阳门诗》进行辩护。就抒情性而言，它没有像《长恨歌》那样充分地表达情感；而就历史性而言，它也不如历史琐闻类的集子那样令人满意。无论如何，弘文馆前所树的《津阳门诗》碑文表明了至少该作品在九世纪后半叶还是获得了一些学者的重视。

尽管郑嵎对《津阳门诗》的自注阐释的是他自己的诗句，他的注释并不着重于文字或语法的层面，而是对诗句进行反思性的评论。这些评论对诗句所记载的历史事件构成了平行或者更深层次的描述。当我们阅读《津阳门诗》时，必须像创作中的郑嵎一样平衡诗歌和自注间的关系，必须像任何希望通过唤起过去来创作现在的人一样。对此，我想引用阿纳尔多·莫米利亚诺

[49] Huizinga, *Men and Ideas: History, the Middle Ages, the Renaissance*, tr. James S. Holmes and Hans van Marle (Princeton: Princeton University Press, 1984), p. 26: "can never lie in an arbitrary slice of past reality itself. The mind selects from tradition certain elements it synthesizes into a historically coherent image, which was not realized in the past as it was lived."

[50] 在西方，这种不寻常的结合在公元前三世纪亚历山大诗歌和十六世纪的法国诗歌中尤为明显。见 Arnaldo Momigliano, *The Classical Foundations of Modern Historiography* (Berkeley and Los Angeles: University of California Press, 1990), p. 64。

[51] Arnaldo Momigliano, *The Classical Foundations of Modern Historiography*, 63: "An element of play and pastime was inherent in erudition from its inception," "erudite pleasure is always ambiguous."

[52] George Sampson, "Truth and Beauty," in *Seven Essays* (Cambridge: Cambridge University Press, 1947), pp. 102–103: "the universal belief that words arranged in a certain order have a potency denied to words arranged in another."

[53] 有关九世纪的诗人对于玄宗和杨贵妃的观点的变化，参见吴河清:《唐人马嵬诗之我见》，载《唐代文学研究》第八辑（桂林：广西师范大学出版社，2000），页179—185。

（Arnaldo Momigliano, 1908—1987）谈到公元前五世纪智辩派的古典学问时说的话："在学问创立之际，游戏和消遣都是其内在的要素"，而"博学的乐趣总是模棱两可的。"[51] 这种说法也适用于郑嵎。在他的作品中存在着劝诫、审美、博学和荒诞的冲动。我们对这些元素都需要保持关注。他的文字既不仅仅属于历史学家，也不是单单属于诗人。他必定吟唱诗句，因为当诗句的"词语以某种特定顺序排列时，它们产生的能量足够拒绝以另一种方式排列组合。"[52] 同时，郑嵎也必定会诵读那些散文体注释，因为它们能更加不受限制地提供和延伸他想要传达的信息。

公元九世纪文人对玄宗时代的迷恋促使他们将历史事件重新描绘和塑造成了令人回味的故事，同时也生动地定义了过往的人物。这一迷恋将文人笔下的时代与文人们身处的时代区分开来。[53] 对于研究中国中古时期的分期问题而言，这种区分是把安史之乱视为中古时期终结的另一个理由。虽然九世纪与开元天宝时期仅仅相隔了几代人，但是九世纪的文人似乎认为他们与玄宗的时代间存在着一个不可逾越的鸿沟。这个鸿沟，与几个世纪后的人们看待自己的时代与玄宗时代间的鸿沟，是极为相似的。换句话说，九世纪的作者们在他们的作品中，为下个千年的文人学者奠定了如何看待和描绘玄宗时代的基调。即便终于混乱，玄宗的统治曾一度充满了成就和美好的愿景。当我们回溯那一时期的进步和伟业，我们或许会联想到沃尔特·佩特（Walter Pater, 1839—1894）在他的名著《文艺复兴》（*The Renaissance*）的前言中对十五世纪意大利（"quattrocentesco Italy"）的赞美：

> 但是，时不时会出现这样一个时代：在这个时代中，人们的思想会比通常更紧密地联系在一起。各种学术兴趣都融合在一种完整的文化之中。意大利的十五世纪（我们可以理解为：公元712到756年的中国）便是这样一个令人兴奋的时代。有时人们把洛伦佐时代（我们可以理解

为：玄宗时期）看作意大利的伯里克利时代：这是一个充满了个性和多样性的时代，也是一个文化和艺术高度集中和完整的时代。在这个时代中，艺术家和哲学家（我们可以理解为：诗人）以及那些被时代造就的人们并没有孤立地从事自身的事业。相反，他们呼吸着同样的空气，从彼此的思想中吸收着光和热。惺惺相惜的人们互相交流沟通——这是一种普遍的提升与启迪的精神。[54]

当然，自从沃尔特·佩特或雅各布·布克哈特（Jacob Burckhardt, 1818—1897）时代以来，我们对文艺复兴有了更多不同层面的理解，我们的看法也越来越复杂。我们对八世纪中国的理解，也以同样的方式不断地改变和完善。[55] 正如雅克·勒高夫（Jacques Le Goff, 1924—2014）所说："变革和记忆是历史的主题，对过去的记忆将随着社会的更替而继续存在和变化。"[56] 当我们用诗歌来表现这段历史或者其中的某一部分时，诗歌形式上的张力就会发挥作用。如同九世纪的历史琐闻收集者，九世纪的诗人们对玄宗时代也做出了更加细致入微的描写。郑嵎更彻底地执行了这种努力，其作品甚至在构思和用词上认证了它自身的精妙构造。由于郑嵎的作品长期为学者们所忽略，我们可以像对待一个

[54] Walter Horatio Pater, *The Renaissance: Studies in Art and Poetry* (1873; rpt. New York: Mentor Books, 1963), xv-xvi: "There come, however, from time to time, eras of more favorable conditions, in which the thoughts of men draw nearer together than is their wont, and the many interests of the intellectual world combine in one complete type of general culture. The fifteenth century in Italy (*read*: the time from 712 to 756 in China) is one of these happier eras; and what is sometimes said of the Age of Pericles is true of that of Lorenzo (*read*: of Hsüan-tsung)—it is an age productive in personalities, many-sided, centralized, complete. Here, artists and philosophers (*read*: poets) and those whom the action of the world has elevated and made keen do not live in isolation, but breathe a common air, and catch light and heat from each other's thoughts. There is a spirit of general elevation and enlightenment in which all alike communicate."

[55] 例如，随着越来越多唐代碑文墓志类材料的发现和出版，唐代历史和文学的研究思路也逐渐产生了新的变化。

[56] Jacques Le Goff, *The Medieval Imagination*, Goldhammer tr. (Chicago: University of Chicago Press, 1988), p. 11: "History is a matter of transformation and memory, memory of a past that continues to live and to change as one society succeeds another." 也许我可以在此附上 Vladimir Nabokov（弗拉德米尔·纳博科夫）的建议："……因此，过去是图像的不断累积。它可以轻易地被思考和听取，也可以被随机地测试和体验。因此，虽然理论上相互关联的事件会有序变化，但是这种可能性，它已经不再具备。"（"The Past, then, is a constant accumulation of images. It can be easily contemplated and listened to, tested and tasted at random, so that it ceases to mean the orderly alternation of linked events that it does in the large theoretical sense."）这段话源自 *Ada or Ardor: A Family Chronicle* 一书第 4 部分中，主人公 Van Veen（范·维恩）对时间的冥想。尽管这段话与中国的历史琐闻并无关联，但是它对后者做出了极佳的描述。见 Vladimir Nabokov, *Ada or Ardor: A Family Chronicle* (New York: McGraw-Hill, 1969), p. 580。

新发现的材料一般重新研究它。当我们开始仔细阅读郑嵎的作品时,就会发现它蕴含着很多独创性的见解。

在对全文进行翻译和精读之前,笔者还想通过一个例子来类比我们对过去的重构——同样也是郑嵎对过去的重构。李肇(活跃于813前后)在九世纪初期所编的《国史补》中记载了如下的一个故事。在杨贵妃不幸离世之后,有一位居住在马嵬的老妇因为保存了杨贵妃生前用过的锦韈而变得富有:

> 玄宗幸蜀,至马嵬驿,命高力士[57]缢贵妃于佛堂前[58]梨树下。马嵬店媪,收得锦韈一只,相传过客每一借玩,必须百钱,前后获利极多,媪因至富。[59]

When he had reached the post-station at Ma-wei on his progress to Shu, Hsüan-tsung ordered Kao Li-shih to strangle the Precious Consort, which he did beneath a pear tree that stood in front of the Buddha hall. An elderly shop-mistress from Ma-wei [later] retrieved the upper portion of one of [Lady Yang's] stockings, of parti-colored silk tabby. Tradition has it that, for a fee of a hundred cash per sitting, she would allow visitors to fondle it. The profit she took in from this was, all told, so much that the old woman made a fortune.

[57] 高力士为玄宗的宦官亲信,见注85。

[58] 此事件发生于756年7月15日。安禄山叛乱之后长安沦陷于叛军之手,玄宗入蜀途径马嵬时禁军哗变,玄宗被迫缢死杨贵妃。见《津阳门诗》第123至132句。对此事件最准确的也是最动人的叙述应属司马光(1019—1086)的记载。见《资治通鉴》(香港:中华书局,1976),卷二一八,页6970—6974。我已将司马光的原文和考异以及胡三省(1230—1302)的注翻译成英文,见 Kroll, "The Flight from the Capital and the Death of Precious Consort Yang," *T'ang Studies* 3 (1985): pp. 25–53。人们不应该寄希望仅仅依靠阅读白居易的《长恨歌》(就像现在很多人正在做的一样)来了解类似的历史事件。这就好比一个人在看了电影 *Amadeus* 之后就相信自己完全了解了莫扎特(Wolfgang Amadeus Mozart, 1756—1791)和萨列里(Antonio Salieri, 1750—1825)的恩怨一样。

[59]《唐国史补 因话录》(上海:上海古籍出版社,1979),卷一,页19。

或许,那一只曾经穿在杨贵妃腿上的锦韈,可以被视为过去遗留下来的恰当信物。至于借玩那一只锦韈的行为,可能暗示人们希望短暂地感受那些业已消逝的现实,因此做出的学术上或者是情感上的尝试来重新把握逝去的时间。(这里让人联想到普鲁斯特[Marcel Proust, 1871—1922]笔下的混合在柠檬茶中的玛德莲蛋糕 ["petite madeleine"]。) 七个多世纪之后，洪昇（1605—1704）在他的戏剧《长生殿》中重现了李肇笔下所载的这一段历史。《长生殿》也成为明清时期对玄宗和杨贵妃爱情故事最为流行的演绎。[60] 在这种将过往的历史重新带回现实的尝试中，我们探索了艰深古奥的文字，畅游了褪了色的却又充满想象力的文学意境，也在感官上触碰到了文物所散发的气息。我们掌握的资源包涵了传世的文献和出土的书帛。这样一来，尽管我们可能不会像马嵬的那位店媪那样变得富有，但我们仍然可以实现人类更深层次的需求。

现在，我们将目光转向公元851年的某个雪夜，倾听郑嵎和他声称遇到的旅店老翁的对话。在下文中，笔者会在必要时给郑嵎的注添加进一步的注释，以详细说明郑嵎的用语或引用的材料中值得注意的问题。

《津阳门诗》：英译及译者注 [61]

序：津阳门者，华清宫之外阙，南局禁闱，北走京道。开成中，嵎常得群书，下帷 [62] 于石瓮僧院，[63] 而甚闻宫中陈迹焉。今年冬，自虢而来，[64] 暮及山下，[65] 因解鞍谋餐，求客旅邸。而主公年且艾，[66] 自言世事明皇。[67] 夜阑酒余，复为嵎道承平故实。翌日，于马上辄裁刻俚叟之话，为长句七言诗，凡一千四百字，成一百韵止，[68] 以门题为之目云耳。

Preface. The Chin-yang Gate was the outermost gatetower of the Palace of Floriate Clarity (Hua-ch'ing kung). South of it lay the forbidden portal [to

[60] 洪昇采纳了李肇这段简短的记载，并运用自己的想象力将其扩展为他戏剧作品中更具感染力的场景之一。《长生殿》中此部分文字的翻译，参见Stephen Owen（字文所安）, *An Anthology of Chinese Literature, Beginnings to 1911* (New York: W. W. Norton and Co., 1996), pp. 1063–1067。

[61]《全唐诗》，卷五六七，页6561—6566；《唐诗纪事》，卷六二，页932—937。关于《津阳门》各种版本的讨论见上。

[62]"下帷"的字面意思是"把帷幕放下"，延伸为"隔离开所有外界干扰，以便专心修习"。此名言初见于《汉书》董仲舒（公元前176—104）本传（北京：中华书局，1962），卷五六，页2495。

[63] 石瓮僧院坐落于骊山东北部的石瓮谷。因为东绣岭下的石鱼岩飞瀑是从一个瓶颈般的石嘴里喷流而出的，因此得名石瓮谷。见《临潼县志》（1775年刊）；《中国方志丛书》重印本），卷二，页36a/b；另见以下第176句后郑嵎自注，以及宋敏求（1019—1079）：《长安志》（《四库全书》本），卷一五，页12b—13a。

[64] 即是大中五至六年（851—852）间的冬天；见注232。虢州是河南省最靠西的部分，今灵宝市以南，位居于连接长安和洛阳的路途之上。

[65] 即骊山，"骊"意为"黑马"。华清宫坐落于骊山北坡。

[66]"艾"（"moxa gray"，艾灰色）一般定义为年50甚至70多岁。但据这位老人所说，他所回忆的经历发生在将近一个世纪以前。因此无法将这里的"艾"理解为一个具体的年龄，理解为"高龄"是更合适的。

[67] 李隆基的谥号是"至道大圣大明孝皇帝"。"明皇"是这个谥号广泛使用的简称。当然，他的庙号，玄宗，更加常见。李隆基年十分热衷道教，遂得此名。

[68] 关于此诗的用韵见注8。

[69] 关于骊山和长安之间路边的酒馆，参见王仁裕（880—956）编：《开元天宝遗事》，见《开元天宝遗事十种》（上海：上海古籍出版社，1985），卷二，页93。

the palace compound]; north from it ran the road to the capital. During the K'ai-ch'eng era (836–841), it was often my practice to take documents of sundry sorts and shut myself up in the Monastic Close of the Stone Urn (Shih-weng seng-yüan); at that place I learned a great deal about the traces of timeworn events. During the winter of this present year, I was returning from Kuo. At nightfall, when I had reached the foot of the mountain, I loosened my saddle and took thought for a meal. I sought lodging at an inn for travelers, the elderly proprietor of which was far advanced in years. He said that he had himself been in service to Ming-huang. As the night drew on and the wine flowed plentifully, he spoke to me at length of the verities of that olden time when the world had enjoyed tranquility. The following day, while on horseback, I swiftly shaped and sculpted the talk of this plain old man, making a poem in long lines of seven syllables. It has 1,400 words in all, since I ended after completing a hundred rhymes. I have entitled it with the name of the gate; it runs as follows:

	津阳门北临通逵	The Chin-yang Gate overlooks to its north a connecting crossway,
	雪风猎猎飘酒旗 [69]	Where snow and wind whipped and gusted, flurrying the wine-shop flags.
	泥寒款段蹶不进	Cold and muddied, my slow-gaited mount stumbled, advancing no more;
4	疲童退问前何为	My tired servant pulled back to ask, "How are we to go on?"
	酒家顾客催解装	A steward from a tavernhouse hurried out to loosen my packs;
	案前罗列樽与卮	Then, before me, on a table, he ranged goblet and flagon in order.
	青钱琐屑安足数	The bits and leavings of my copper coins were

8	白醪软美甘如饴	hardly enough to be counted, But the soothing taste of plain unstrained wine was sweet as sugary syrup.
	开炉引满相献酬	From out the brazier we drew full cups, pledging and toasting each other;
	枯肠渴肺忘朝饥	Famished stomach, dried lungs lost now the hunger felt since morning.
	愁忧似见出门去	Worries and cares seemed to have slipped out the door and departed,
12	渐觉春色入四肢	As I felt a sense of springtime gradually spread through my four limbs.
	主翁移客挑华灯	Then the graybeard host came to his guest, raised the wick of the ornate lamp;
	双肩隐膝乌帽欹	His hunched-over shoulders kept his knees from sight, his crowblack cap was askew.
	笑云鲐老不为礼 [70]	He chortled and said, "This ancient puffer no longer comports with the rites;"
16	飘萧雪鬓双垂颐	His snowy sidelocks, in bedraggled tangle, hung down both sides of his jowl.
	问余何往凌寒曦	He asked me, "Where is it you go, braving so the cold and wintry sun?
	顾翁枯朽郎岂知	You'd never guess, from my feeble condition, how I was when I was young.
	翁曾豪盛客不见	For this graybeard once was hale and lusty,

[70] "鲐老" ("Ancient puffer"): 鲐 (学名 *Tetraodontidae Spheroides*) 今天通常被称为河豚 ("river pigling"), 或是英语 的 globe-fish、swell-fish、puffer。它的种种名称都有臃肿和不美观的意思。"不为礼" 意为老人不会站得很规矩地跟诗人谈话。

20	我自为君陈昔时	Just let me describe it for you, sir, that time of long ago.
	时平亲卫号羽林 [71]	The times were tranquil, and the personal guard was called 'The Forest of Plumes,'
	我才十五为孤儿 [72]	As for me, I was but ten and five when I became a fatherless lad.
	射熊搏虎众莫敌	But in shooting the brown bear or grappling the tiger, none among them was my match;
24	弯弧出入随伕飞 [73]	In drawing the bow, passing into court or out, I was with the 'Apt and Volant.'

开元中未有东西神策军，但以六军为亲卫。[74]

During the K'ai-yüan era (713–742), there were no Armies of Divine Tactics (Shen-ts'e chün) of the East and of the West. Only men from the "Six Armies" were employed as personal guards [of the emperor].

[71] "亲卫"指的是皇帝的仪仗队和保镖。见 Robert des Rotours（戴何都）, *Traité des fonctionnaires et traité de l'armée*, 2nd, rev. ed. (San Francisco: Chinese Materials Center, 1974), p. 503。笔者将亲卫直译为更正式的"Proximate Paladins"，见 Kroll, "The Flight from the Capital and the Death of Precious Consort Yang," pp. 36–37。"羽林"（"Plume Forest"）在这里指的并不是其旧称所指的军队，而是一连特殊的、驻扎于长安的皇家护卫队，由 50 个从地方精选出来的民兵组成；见 des Rotours, *Traité des fonctionnaires*, p. 526。

[72] 参见《汉书》，卷八，页 260：宣帝（前 73—前 48 年在位）应募"伕飞射士、羽林孤儿"。据如淳（活跃于 189—265）注，汉政府会将阵亡士兵的孩子抚养大，送入羽林军。郑嵎在文字上把玄宗年间的两种不同的羽林军（见上注）融合在一起。

[73] "伕飞"（"Apt and Volant"）是皇家弓箭手中的一批精英，始于汉武帝（在位年：前 140—86）时期。"伕飞"（或作"兹非"）这一词据说本是指周代越国的一批勇士；见《汉书》，卷八，页 260。"伕飞"（"Apt and Volant" 或者 "Let Fly Aptly"）是这个词语义化的写法，适匹合作为一队弓

箭手的名字。"Volant" 的古意中有一个跟军事有关的定义："有快速行动能力的"；见 *Oxford English Dictionary*。参见 des Rotours, *Traité des fonctionnaires*, p. 531。

[74] 神策军是在 753 年即天宝（742—756）末年才组成的。代宗永泰元年（765），神策军被划分为左右两翼，驻扎于都城的皇家禁苑中。自此，由宦官控制的神策军在唐朝军史上扮演了重要的角色；见 des Rotours, *Traité des fonctionnaires*, pp. 565–569, 844–881，特别是 pp. 565–566, 845–846。"六军"（"Six Armies"）指的是驻于长安的左右龙武军（"Armies of the Dragon's Might on the Left and on the Right"）、左右神武军（"Armies of Divine Might on the Left and on the Right"）、和左右羽林军。戴何都（des Rotours, *Traité des fonctionnaires*, p. 567, n. 3）指出：《新唐书》将神策军归纳为六军的一部分，造成了误解。无论如何，神策军至少到至德二载（757）还没有被归为六军。陈寅恪在 1950 年指出，虽然九世纪的诗歌文献常常提到玄宗年间的"六军"，这其实是一混淆时代的错误。见《元白诗笺证稿》，重刊于《陈寅恪先生论文集》（台北：九思出版社，1977），页 718—720。

此时初创观风楼	This was the time when first was raised the Tower for Observing the Winds,
檐高百尺堆华栘	Its eaves being a hundred feet high, undergrouped by ornate rafters.
楼南更起斗鸡殿	South of that building next was reared the Great Hall for Cock-fights;
28　晨光山影相参差	The morning light and mountain shadows there were mixed and intermingled.

观风楼在宫之外东北隅，属夹城而连上内，[75] 前临驰道，[76] 周视山川。宝应中，鱼朝恩毁之以修章敬。[77] 今遗址尚存，唯斗鸡殿与毬场迤逦尚在。[78]

　　The Tower for Observing the Winds (Kuan-feng lou) was situated at the northeast point outside the palace proper, connected to the Supreme Interior by means of a subjoined pincer-wall. It overlooked, in front, the Fleet-way and took in on all sides a view of mountains and streams. During the Pao-ying (762–763) era, Yü Ch'ao-en had it razed in order to improve his [Monastery of] Emblazoned Reverence. Today the ruins of it are yet in evidence. But only the Great Hall for Cock-fights (Chi-tou tien) and the polo

[75] 关于观风楼，见《长安志》，卷十五，页9a,《临潼县志》，卷二，页35a。"上内"指的是皇宫以内。

[76] "驰道"（"Fleet-way"）是专供皇帝使用的道路。可惜不能运用"Speedway"这一词来翻译它，因为"Speedway"被广泛运用于今天的交通、商业领域，会带来不合适的联想意义。

[77] 在代宗时期（763—780）的前半期，宦官鱼朝恩（卒于770），神策军的统领（见以上注74），是朝廷内最有权势和广受畏惧的人。他在通化门（长安东城墙最靠北的城门）外的地产上，建起了一座祭奉代宗母之德的寺院，用她的谥号（章敬皇后）来命名它为章敬（"Emblazoned Reverence"）寺。因为长安当时缺少高质量的木材，满足不了鱼朝恩奢侈的构想，他拆毁了华清宫内的某些殿庭，以及长安东南角著名的曲江池周围的一些建筑，挪用这些拆下来的梁柱来建造章敬寺。郑嵎把此事的日期定在宝应年间（762年5月—763年8月），但其他资料记载的是大历二年（767）。见《旧唐书》，卷一八四，页4764；《新唐书》，卷二〇七，页5865；《资治通鉴》，卷二二四，页7195。

[78] 见《长安志》，卷十五，页9a/b;《临潼县志》，卷二，页36a。这些资料表明长安有两座马球场，一大一小。关于马球作为唐代皇家的娱乐活动，见向达的经典性的研究：《唐代长安与西域文明》（北平：哈佛燕京学社，1933），页74—81，以及罗香林：《唐代文化史研究》（上海：商务印书馆，1946），页136—166。关于唐代的斗鸡文化，见罗香林：《唐代文化史研究》，页127—135，以及Robert Joe Cutter（高德耀）, *The Brush and the Spur: Chinese Culture and the Cockfight* (Hong Kong: Chinese University Press, 1989), pp. 57–107.

fields, one next to the other, remain as they were.

其年十月移禁仗 [79]	In the tenth month of that year the adyta's honor-guard was shifted;
山下栉比罗百司 [80]	At the mountain's foot, set close as comb's-teeth, diverse administrators were ranged.
朝元阁成老君见	When the Gallery for Homage to the Prime was completed, Lord Lao was seen;
32 会昌县以新丰移	As the 'District of Assembled Glories' was 'New Prosperity' recast.

时有诏改新丰为会昌县，[81] 移自阴槃故城，置于山下。[82] 至明年十月，老君见于朝元阁南，而于其处置降圣观，[83] 复改新丰为昭应县。[84]

[79] 即是天宝六载十月，相当于公元 747 年 11 月 7 日至 12 月 6 日。"禁"（"adyta"）是非皇家成员便禁止入内的宫廷生活区域，受到"仗"（"honor-guard"）的守护。

[80] 在天宝六载最后一个月（748 年 1 月 5 日至 2 月 3 日）的期间，宫廷外建起了为"百司"提供的小舍。这表明皇帝准备从此延长他在骊山避寒的时间，超过以往两到三星期的小住。因此朝廷诸事需一起在附近处理。见《唐会要》（《国学基本丛书》本），卷三十，页 599；《新唐书》，卷三七，页 962。

[81] 新丰是骊山以北的一个县。"新"丰城最早是汉高祖（前 206—前 194 在位）在他登基后第 7 年为他想家的父亲修建起来的，仿他的故里沛郡丰邑而建。新丰不仅精确地重建了老丰邑的各个细节，也将老丰邑的居民迁入其内。见《汉书》，卷二八上，页 1543，特别是页 1544 应劭注；另见《元和郡县图志》（北京：中华书局，1983），卷一，页 7。这次行政区域的重新规划建立了一个新县：会昌。《旧唐书》（卷二八，页 1396）将此次重划记在天宝二年（743），而《新唐书》（卷三七，页 962）记载的是天宝三载（744）。然而郑嵎的注释意味着这次重划发生在天宝六载（747）。

[82] "阴槃"即是更常见的"阴槃"县府，在汉和西晋时期均有，在唐代离新丰很近。

[83] 老子显灵发生于天宝七载 12 月（而不是 10 月）2 日，等于公元 748 年 12 月 26 日。见《唐会要》，卷三十，页 599。另见《旧唐书》，卷九，页 222；《资治通鉴》，卷二一六，页 6892。然而，著名道士和道教史学家杜光庭（850—933）将老子这次现身的日期定为天宝五载十二月四日（公元 747 年 1 月 19 日）。据他所述，"日未出时，忽见骊山顶云物积异。须臾云散，见混元圣祖现于朝元阁上。帝与内人瞻谒良久"（"Before the sun had come forth, there suddenly appeared cloud-mottlings at the summit of Mount Li, portentous in their accumulation. In a moment the clouds dispersed and the Sainted Forefather of Integral Prime (Hun-yüan sheng-tsu) appeared above the Gallery for Homage to the Prime. The thearch, along with the women of the inner precincts, beheld him with respect and awe for a good while"）见杜光庭：《历代崇道记》（HY 593），页 10a。杜光庭的日期很有可能有误，因为玄宗在 749 年初为了纪念老子现身赐与骊山神一个新的头衔（见下注）；这应该不会等到两年之后才发生。朝元阁位于西绣岭；见《临潼县志》，卷二，页 39b。

[84] "昭应"这个地名在唐朝期间没有再次改变。玄宗封骊山神为"玄德公"（"Duke of Mystic Virtue"），以表彰老子在骊山神的领土内显灵这一事。《唐会要》（卷四七，页 834）将这次册封记载为天宝七载十二月九日（749 年 1 月 2 日），即老子显灵一星期以后。

廊宇始成，令大将军高力士[85]率禁乐以落之。[86]

At the time there was an imperial order to change Hsin-feng (New Prosperity) to Hui-ch'ang (Assembled Glories) District, shifting the county seat from the former city of Yi-pieh to a site below the mountain. In the tenth month of the next year Lord Lao appeared, to the south of the Ch'ao-yüan ko ("Gallery for Homage to the Prime," i.e., to Lao-tzu); at that spot was dedicated the Belvedere of the Descended Saint (Chiang-sheng kuan). The name of the old Hsin-feng district was changed again, to Chao-ying (Splendid Response) District. Upon the completion of the edifice, the Great General Kao Li-shih was ordered to lead the musicians of the adyta during the inaugural ceremony.

幽州晓进供奉马[87]　At daybreak horses from Yu-chou were presented for deference and devoir;

34　玉珂宝勒黄金羁　Jade rang out on their jewelled bridles, the halters of yellow gold.

安禄山每进马必殊特而极衔勒之饰。[88]

[85] 宦官高力士（卒于762）是玄宗最忠实的侍从，从玄宗登基便跟随其后，直到玄宗临终，历经天宝十五载（756年7月）的惨剧（当时是高力士执行处死杨贵妃的命令）、蜀地的流亡、玄宗的退位、以及回到长安后隐退为太上皇的日子。关于他所担的那项悲惨任务，另见郑诗以下第140—144句。高力士很早就被封为大将军。见《旧唐书》，卷一八四，页4758；《新唐书》，卷二〇七，页5858。作为一个音乐方面的行家，高力士常常参与朝廷舞乐方面的筹划和表演。关于他的祖系，见杜文玉：《高力士家族及其源流》，《唐研究》第四卷（1998），页175—197。

[86] "落"意为"宫室始建成举行的礼仪"。见杨伯峻注：《春秋左传注》（北京：中华书局，1981），卷四，昭公七年，页1285；James Legge（理雅各），*The Ch'un Ts'ew with the Tso Chuan* (*The Chinese Classics*, vol. 5; 1872, rpt. Taipei: Wenshizhe chubanshe, 1971), p. 612 (tr., p. 616)。

[87] 幽州（一名范阳）是今北京附近的行政区域。自天宝三载（744）起，安禄山在此独霸一方，逐步积累他的势力。越来越多的战马是由他统领的手下饲养的。"供奉"一词指的是那些特许可以在皇帝左右伺候的人员，在这里用来指安禄山为皇宫厩上供的马。

[88] 在众多关于唐代的马的研究中，可以参考Edward H. Schafer（薛爱华），*The Golden Peaches of Samarkan: A Study of T'ang Exotics* (Berkeley and Los Angeles: University of California Press, 1963), pp. 58-70, 以及李树桐：《唐代之军事与马》，重刊于《中国史学论文选集》卷二（台北：幼狮文化事业股份有限公司，1977），页353—406。

Each time An Lu-shan presented horses [to the court], they were sure to be decidedly outstanding and their snaffles and bridles ornamented to the maximum.

	五王扈驾夹城路 [89]	Where the cortèges of the Five Princes lined the road that skirted the wall,
36	传声校猎渭水湄 [90]	The sounds of the barricade hunt were rumored by the verge of Wei Water.
	羽林六军各出射	The Plume Forest and the rest of the Six Armies each went out for the shooting;
	笼山络野张罝维	Boxing the mountain, enclosing the countryside, spreading out cords for the snares.
	彫弓绣韣不知数	The carved bows, embroidered bow-cases—in numbers beyond knowing;
40	翻身灭没皆蛾眉 [91]	Bending their backs, racing in a blur—all in gracefulest lines.
	赤鹰黄鹘云中来	When the red goshawk and yellow falcon came down from amidst the clouds,
	妖狐狡兔无所依	The uncanny fox and wily hare had no way to protect themselves.
	人烦马殆禽兽尽	As the men grew weary and the horses were spent, beasts and fowl were obliterated—

[89] "五王"指的是李隆基和他的四个兄弟。五个皇族兄弟之间有这样深厚的感情是非同寻常的，因而广为人知。(李隆基另有一个弟弟，卒于武则天当政期间。)这句诗把这个出猎的场景记录在之前所述的事件之后，表明郑嵎的学术或者老翁的记忆确实已经有些零散，因为在741年之前，玄宗所有的兄弟就都已经去世了。

[90] 渭河流淌在骊山以北。"校猎"时，猎场会被围起来，使猎物更易被捕获。

[91] 这句诗的修辞值得评注。关于士兵翻身射箭，类似的用法参见杜甫《哀江头》，见仇兆鳌注：《杜诗详注》(北京：中华书局，1979)，卷四，页329。"灭没"这一词描绘"天马"飞驰晃过的样子，在这里指的是皇家猎手的骏马，出处见杨伯峻注：《列子集释》(北京：中华书局，1979)，卷八，页255；另参见瞿蜕园、朱金城注：《李白集校注》(上海：上海古籍出版社，1980)，卷三，页234。常见词"蛾眉"用来形容美人修长的眉毛，在此似乎在勾画骑在马上排列得整齐悦目的猎手们，或也有可能是转喻宫女们身为弓箭手参加狩猎。

44　百里腥膻禾黍稀　　A noisome reek for a hundred li, where the millet and grain was scarce.

申王有高丽赤鹰,岐王有北山黄鹘,[92] 逸翮奇姿,特异他等。上爱之,每弋猎,必置于驾前,目为决胜儿。[93]

The Prince of Shen had owned a red hawk from Koguryŏ, the Prince of Ch'i a yellow falcon from the Northern Mountains. With pinions unrestricted, in bearing uncommon, they were markedly different from others of their kind. His Highness doted on them and whenever he engaged in the hunt or the chase placed them before him on his carriage. He called them the "Sure Victors" (*chüeh-sheng erh*).

　　暖山度腊东风微 [94]　　In the warming mountains, Hallows Month was measured with a faint breeze from the east;

　　宫娃赐浴长汤池　　The palace beauties were granted leave to bathe in the long thermal pools.

　　刻成玉莲喷香液　　Lotus flowers incised from jade spouted forth scented liquids;

48　漱回烟浪深逶迤　　Circling, gurgling, misted ripples swirled and wavered over the deeps.

宫内除供奉两汤池,内(而)外(别)更有[长]汤十六所。长汤每

[92] 申王是李成义,睿宗(710—712在位)第二子,玄宗之兄。岐王是李范,睿宗第四子,玄宗之弟。前者死于729年,后者死于726年。所以我们只能推断他们的猎鸟比他们多活了二十多年。关于唐朝鹰猎的研究,见Edward H. Schafer(薛爱华), "Falconry in T'ang Times," *T'oung Pao* 46 (1958): pp. 293–338。

[93] 第44句诗后的注见于《开元天宝遗事》,卷二,页101,但未标出处,也不包括第二句。在这部更闻名的著作里,两只猛禽的昵称是"决云儿"。

("Cloud Bursters")。这两个名字都很贴切。

[94] 腊[月]是一年的最后一个月,是为"百神"上腊祭的时候,以便驱散夏至到冬至之间积累至盛的阴气。见Derk Bodde(卜德), *Festivals in Classical China: New Year and Other Annual Observances during the Han Dynasty, 206 B.C.–A.D. 220* (Princeton: Princeton University Press, 1975)。"东风微"当然是新年的春天即将到来的迹象。

赐诸嫔御，其修广与诸汤不侔。甃以文瑶宝石，中央有玉莲捧汤泉，喷以成池。又缝缀绮绣为凫雁于水中，上时于其间泛钑镂小舟以嬉游焉。[95]

Within the palace, besides the two thermal pools provided in deference [for the emperor], there were in addition sixteen "long thermae." These "long thermae" were each granted in use to various concubines of the autocrat. In length and breadth they were dissimilar to the various other thermae. They were tiled with patterned gems and precious stones. In the very center there were jade lotuses holding up thermal fountains that spouted forth to form the pools. What is more, in the waters there were ducks and wildgeese that had been stitched and sewn together in filigreed embroidery. His Highness occasionally floated in their midst in a small boat chased with gold and silver, drifting to delight among them.

犀屏象荐杂罗列	Rhinoceros-horn screens and ivory mats were ranged in intermixed order;
锦凫绣雁相追随	Brocaded ducks and embroidered wildgeese followed after one another.
破簪碎钿不足拾	Broken hairpins and splintered adornments

[95] 根据《开元天宝遗事》(卷二，页101) 的相关段落，我更正了郑嵎注文的第一句。郑处海于会昌五年 (845) 完成的《明皇杂录》(《开元天宝遗事十种》本，卷二，页25) 含有以下对温泉更具体的形容。这里用的是薛爱华的翻译，见 Edward H. Schafer, "The Development of Bathing Customs in Ancient and Medieval China and the History of the Floriate Clear Palace," *JAOS* 76 (1956): p. 376, 但我对最后一句做了些必要的改正。
玄宗幸华清宫，新广汤池，制作宏严。安禄山于范阳以白玉石为鱼龙凫雁，仍为石梁及石莲花以献，雕镌巧妙，殆非人功。上大悦，命陈于汤中，又以石梁横汤上，而莲花才出于水际。上因幸华清宫，至其所，解衣将人，而鱼龙凫雁皆若奋鳞举翼，状欲飞动。上甚恐，遽命撤去，其莲花至今犹存。又尝于宫中置长汤屋数十间，环回设以文石，为银镂漆船及白香木船置于其中，至于楫橹，皆饰以珠玉。又于汤中垒瑟瑟及丁香为山，以状瀛洲方丈。

The Mystic Ancestor graced the Floriate Clear Palace and renewed and broadened the thermal pools with fabrication and construction magnificent and lovely. In Fan-yang, An Lu-shan made fish, dragons, ducks, and geese of white jade-stone, and even built stone bridges and stone lotus flowers, and made offerings of them. The chiseling and carving were so cunning and miraculous as scarcely to be human craft. The Highest was greatly pleased, and commanded that they be laid out in the midst of the thermae. Moreover he set the stone bridges transversely over the thermae, while the lotus flowers emerged slightly from the water's edge. Then the Highest graced the Floriate Clear Palace, and coming to this place, undid his garments, and made to enter. But fishes, dragons, ducks and geese, all seemed to be agitating their scales or raising their pinions, being imaged on the point of flight and motion, and the Highest (转下页)

52　金沟残熘和缨绥　　　were worthlessly discarded;
　　　　　　　　　　　 In the sullied outflow from the metal drains
　　　　　　　　　　　 tassels and cap-bands were mingled.
　　上皇宽容易承事　　 His August Highness was generous and tolerant,
　　　　　　　　　　　 easily accepting events,
　　十家三国争光辉[96] As the Ten Houses and Three Principalities
　　　　　　　　　　　 vied for a gleam of his light.

（接上页）was very frightened, and forthwith commanded that they be eliminated and done away with. But those lotus flowers have still survived down to the present. Moreover he had 'Chambers of the Long Baths,' several tens of them, in the midst of the palace, and ringed them about with slabs of patterned stone. And he made boats of lacquer chased with silver, and also boats of white aromatic wood, and placed these in their midst. As to the paddles and sculls, all were adorned with pearl and jade. Further, he piled lapis lazuli and 'sinking aromatic' (i.e., aloeswood) in the midst of the thermae to make hills, in the image of [the paradise isles] Ying-chou and Fang-chang. 这一段并不是郑处诲的原作，而是引用陈鸿的《华清汤池记》（"Record of the Thermal Pools at the [Palace] of Floriate Clarity"）。见《全唐文》（广州：广雅书局，1901；台北：大通书局重印，1979），卷六一二，页5a/b。《华清汤池记》用陈鸿记录的这一段起头，随后整段引用了郑嵎的注文（包括几处异文），并将出处标为"津阳门诗注"。这很有可能是《津阳门诗》最早的引证。之后，陈鸿的文本用以下的几行结尾："次西口太子汤，又次西少阳汤，又次西长汤十六所。今惟太子、少阳二汤存焉。其穷奢而极欲，古今罕匹矣！"（"The next [pool] to the west was called the 'Bath of the Grand Heir' (t'ai-tzu t'ang), the next beyond that the 'Bath of Lesser Yang' (shao-yang t'ang), and next beyond that were the sixteen sites of the Long Thermae. Today only two of the thermae—those of the Grand Heir and 'Lesser Yang'—are preserved there. In reaching the extreme of luxuriousness and fully satisfying cupidity there has indeed rarely been a match for this, whether in ancient or modern times."）参见《开元天宝遗事》，卷二，页101关于温泉的两个条目。如果陈鸿的确是《华清汤池记》的作者，他只有可能在大中六年852）之后——他已经年近古稀的时候——将它写成。陈鸿得名于他的《长恨歌传》和《东城老父传》。前者是他

在元和二年（807）为白居易的《长恨歌》所著的姊妹篇。后者也跟玄宗年间的往事相关。如果他对这段历史的兴趣是广为人知的，也许在《华清汤池记》原作者的身份失传以后，陈鸿的名字被附加于这篇文章上。关于陈鸿，见Cutter, The Brush and the Spur, pp. 91–94。
华清宫最近的考古发掘让十几座天宝汤池重见天日，其中包括跟杨贵妃有密切关系的汤池（它基本是钥匙孔形的，被形容成"海棠花"，但应该指出它在形状上跟女性生殖器相似）以及太子汤（大约16.5英尺长9英尺宽），和莲花汤（"Thermae of the Lotus Flowers"）。莲花汤面积大约为34¼英尺长19⅔英尺宽，或370平方英尺，是已发掘出土的汤池中最大的一座。莲花汤（以及杨贵妃的汤池和其他几个池子）的进水道、排水道也都已经被发现。郑嵎诗注中所提的玉莲就是盖在这类进水道的水口上，水会从突出水面的玉莲花心中喷出。似乎所有的汤池都有在水面下突出的边沿，类似于现代汤池狭窄的坐浴。具体细节和照片可见发掘报告：《盛唐皇家园林华清宫遗址在临潼发现》，《中国文物报》（1988年3月18日）。骆希哲和陕西省文物事业管理局编的《唐华清宫》（北京：文物出版社，1998）最完整地收集了现有的发掘报告，以及上百个插图。此书525—528页含有关于"华清"这个名字的来源的一个详细而且有趣的讨论，特别是关于"华清"在道教中的含义。
[96] "上皇"（"His August Highness"）是至德元载（756）八月肃宗称帝以后，玄宗退位后所使用的称号。在这里，和诗中的其他几处一样，运用"上皇"这一称号是混淆时代的错误。"十家"指的是跟皇室有血缘或者联姻关系的家族成员。"三国"指的是杨贵妃的三姊，分别被封为韩、虢、秦夫人（"Ladies"）。她们享有出入宫殿的自由，并随时都可以得到玄宗的召见，而且玄宗常常赐给她们皇宫中的奇珍异宝。比如说，仅是为了补贴脂粉花销三人每年就得到一千钱。以下诗歌里和第180句后的注文会更具体地提到杨贵妃的二姐和三姐。

	绕床呼卢恣樗博 [97]	Around the game-table, calling for the 'black', they indulged in *chaupar*;
56	张灯达昼相谩欺	Setting out lamps, they outlasted the day, tricking and bluffing each other.
	相君侈拟纵骄横	The Minister to the Sovereign, shameless in intent, gave rein to pride and perversity;
	日从秦虢多游嬉	Daily accompanied by Ladies Ch'in and Kuo, he was wont to jaunt out for amusement.
	朱衫马前未满足 [98]	Vermilion tunics before his horses were not enough to bring satisfaction—
60	更驱武卒罗旌旗	He even forced martial footmen ahead to display his flags and banners.

[97] "樗蒲"[中古音 *t'yo bu*] 或此处的"樗博"[*t'yo pak*]("Chaupar")是印度的一种博弈游戏(也称为"chausar"或者"chaupad"),使用一个十字形的棋盘,两人一组、两组对弈。它跟印度十字戏("pachisi")很相似,但是更古老而且更复杂。中古的种种传说声称这个游戏是老子辞周西去,游历南亚之时发明的。见,Anna K. Seidel(索安),*La divinization de Lao tseu dans le taoïsme des Han* (Paris: École française d'Extrême-Orient, 1969), p. 49, n. 2。马融(79—166)在二世纪所著的《樗蒲赋》("Rhapsody on Chaupar")引于初唐类书《艺文类聚》(台北:文光出版社,1974),卷七四,页 1278。据马融所述,老子用这个游戏来打发他在"戎"人间居住的忧闷。但是郑嵎提到的这个游戏并不是经典的印度樗蒲。在经典的印度樗蒲中,每队使用十六个筹码和三个骰子。李肇在成书于九世纪初的《国史补》中形容了唐代的樗蒲,已被 E. D. Edwards(爱德华兹 · E · D)翻译成英文;见 *Chinese Prose Literature of the Tang Period, A.D. 618–906* (sic), vol. 1: *Miscellaneous Literature* (London: Arthur Probsthain, 1937), pp. 198–199。这里,我们可以看到每队使用五个一面涂黑一面涂白的木骰子(而不是三个),每个人只控制六个筹码(爱德华兹在这点上的翻译有误:这里指的并不是三百六十"人"["men"],而是棋盘上格子的数量)。掷骰子得全黑("卢")是最好的,可以让筹码做最大范围的活动。这即是郑嵎在第 55 句所指。我将第 56 句中的"谩欺"("tricking and bluffing")也理解成游戏的一部分。见《唐国史补 因话录》卷三,页 61—62。樗蒲常常出现于六朝文献。郑嵎也许暗想了葛洪《抱朴子外篇·百里》(《四部备要》本,卷二八,页 1b)中的一段,"围棋樗蒲而废政务者"("those who neglect their governmental responsibilities through playing *wei-chi* and *shu-p'u*")。李翱(约 722—836)的《五木经》(载于《唐代丛书》)也含有九世纪对樗蒲的形容,核实了《国史补》内的很多信息,并保留了其他的细节,比如最多可以五个人一起玩(又是跟经典的樗蒲不一样)。显然,唐代的"樗蒲"已经被汉化,而且"樗蒲"这一词开始指一般的"骰子游戏"(可参见现代汉语中该词的用法,写为"掷蒲"),而不是专指从印度引进的那个游戏。这个课题还需要更专门的研究。杨联昇的一篇经典文献作品包含一段关于唐代樗蒲的简短的讨论,见 Lien-sheng Yang, "An Additional Note on the Ancient Game *liu-po*," *HJAS* 15 (1952): pp. 132–134。

[98] "朱衫"是皇帝的臣仆的穿着。

杨国忠为宰相，带剑南节度使，[99] 常与秦虢联辔而出，[100] 更于马前以两川旌节为导也。[101]

Yang Kuo-chung served as a minister of state (*tsai-hsiang*), concurrently invested as Order-and-Rule Commissioner for Chien-nan (*Chien-nan chie-tu-shih*). He regularly went on outings in company with the Ladies of Ch'in and Kuo, all riding side-by-side. He also used the banners and verge of the Two Rivers (*liang-ch'uan*) to show the way before his horse.

画轮宝轴从天来	The painted wheels, jewelled axletrees, must have come here by way of heaven;
云中笑语声融怡	The laughter and talk, from out of the clouds, gave voice to perfused bliss.
鸣鞭后骑何蹉踱[102]	Cracking their whips, the riders behind—how daintily they paced!
64 宫妆襟袖皆仙姿	Palace adornments on lappets and sleeves were in the style of the transcendents.

[99] 杨国忠，杨贵妃的远房堂兄，在天宝十载（751）初李林甫逝世后便控制了朝廷和政府。杨国忠早年生活在四川（即是剑南）；751 年末他被任命为剑南节度使，此后开始在这里扩张他个人的军事势力。这是玄宗在 756 年夏天被迫逃亡长安的时候选择入蜀避难的主要原因。杨国忠和虢国夫人的乱伦关系是众所周知的。他和杨贵妃三姊的挥霍奢侈极其过分，导致了安史之乱前夕众人对他们的忌恨。参见《明皇杂录》，卷二，页 25。评论这几个英俊美貌的人物的最著名的诗歌应该是杜甫的《丽人行》，见《杜诗详注》，卷二，页 156—160。《丽人行》写于天宝十二载（753）春，形容的正是郑嵎这里提到的这次出游。另见杜甫《虢国夫人》，《杜诗详注》，卷二，页 162。

[100] "联辔"直译为"with all their reins joined"，即是三人同等并排骑行，而不是按照地位排列，鱼贯而进。参见《旧唐书》，卷一〇六，页 3245："有时与虢国并辔入朝，挥鞭走马，以为谐谑。"（"There were times when Kuo-chung entered the court, reins matched with those of the Lady of Kuo Principality, the two of them brandishing whips and racing their horses for sport and lark."）

[101] 东川和西川，包括巴也包括蜀，也就是说整个四川地区。

[102] "后骑"指的是杨国忠和他的女眷，因为他们骑在开路的仪仗队之后。这句诗使人联想到杜甫在《丽人行》里形容杨国忠骑马到达宴会的样子："后来鞍马何逡巡。"（"The saddled horse of he who comes last—how languidly it parades!"）《旧唐书》（卷一〇六，页 3245）描绘杨国忠的骊山出游为："国忠以剑南幢节引于前，出有饯路，还有软脚。"（"Kuo-chung had the banners and verge for [his position as military governor of] Chien-nan lead forth in the front. When he went out there was a feast for the road; when he returned there was another to 'soothe the viator.'"）《唐诗纪事校笺》从《竹庄诗话》本，作"鸣驺后骑何蹉踱"（"The front-criers [直译为"crying-hurriers"，指的是在前吆喝开路的人] and the riders behind—how daintily they paced"）。

	青门紫陌多春风 [103]	By the azure gates and purple lanes the spring time breezes were full;
	风中数日残春遗	Amid the breezes, for a number of days, fading spring time would linger.
	骊驹吐沫一奋迅	Where the ebony colts, in frothy sweat, had galloped all hot in haste,
68	路人拥篲争珠玑 [104]	Along the road, wielding brooms, folk vied to sweep up gemstones and beads.

事尽载在国史中，此下更重叙其事。[105]

These matters are thoroughly indited in the state history. Here below are recounted yet more of such.

	八姨新起合欢堂 [106]	Eighth Sister raised up anew a hall of Concordant Joy,
	翔鹍贺燕无由窥 [107]	Which the hovering stork and congratulant swallow could barely descry.

[103] "紫陌"（"purple lanes"）是皇朝国都的街道，因为紫色是象征皇权的颜色。

[104] 参见《旧唐书》，卷五一，页 2179："玄宗每年十月幸华清宫，国忠姊妹五家扈从，每家为一队，着一色衣，五家合队，照映如百花之焕发，而遗钿坠舄，瑟瑟珠翠，璨瑚芳馥之路"（"In the tenth month of each year, when Hsüan-tsung graced with his presence the Palace of Floriate Clarity, the five households of [Yang] Kuo-chung and the sisters [of Yang Kui-fei] followed in procession. Each household formed a single host, wearing garb of an identical color. When the five houses combined their hosts, they shone radiantly like the iridescent display of the hundred flowers; and the gauds that had fallen off, the slippers that had dropped, bluestones, pearls, halcyon feathers, all glittered and gleamed, fragrantly redolent on the road"）。参见《旧唐书》，卷一〇六，页 3245 类似的描述。

[105] 以上注释里的引证已经足以证明部分郑嵎参考过的文献中确实最终被编入正史。

[106] 玄宗称秦国夫人，杨贵妃的三姊（见以上注 96），为"八姨"。杨贵妃姐姐中最年长的是韩国夫人，被玄宗称为"大姨"，她的二姊被他称为三姨（"Third Sister"）。见《旧唐书》，卷五一，页 5178。郑嵎似乎在注里把虢国夫人和诗第 69 句的秦国夫人相混淆了。如上所述，是虢国夫人跟杨国忠有暧昧关系。"合欢"是汉代长安后妃宫殿的名字，见于班固（32—92）的《西都赋》，《文选》（上海：上海古籍出版社，1986），卷一，页 12，翻译见 David R. Knechtges（康达维），*Wen xuan, or Selections of Refined Literature*, vol. 1: *Rhapsodies on Metropolises and Capitals* (Princeton: Princeton University Press, 1982), p. 123. 这个宫名暗示了这三个行为放荡的姐妹住宅的豪奢生活。三人，连同杨国忠，在骊山都有别墅，四栋豪宅彼此邻近，都在华清宫东门以南。见《旧唐书》，卷一〇六，页 3245；另见《临潼县志》，卷二，页 38a。

[107] 即是说，此楼阁如此高大宏伟，已经超越了飞鸟的视野。"翔鹍"见于张衡（78—139）的《西京赋》，《文选》，卷二，页 56—57，被运用在类似的语境里——对汉武帝的通天台的形容："翔鹍仰而不逮。"（"The hovering great fowl [or stork], neck craned upward, was unable to reach the spire."）翻译见 Knechtges, *Wen xuan*, vol. 1: p. 195. 据《淮南子》，"贺燕"在高厦完成之时会飞来道贺。见《淮南子注》（台北：世界书局，1962），卷十七，页 295。

万金酬工不肯去	Ten thousand in gold to pay the builder was rejected by him out of hand;
72　矜能恃巧犹嗟咨	Proud of his competence, sure of his craft, he just sniffled self-pleased.

虢国创一堂，价费万金。堂成，工人偿价之外，更邀赏伎之直。复授绛罗五千段，工者嗤而不顾。虢国讶之，问其由，工曰：某生平之能，殚于此矣。苟不知信，愿得蝼蚁、蜥蜴、蜂虿之类，去其目而投于堂中，使有闲隙，得亡一物，[108] 即不论工直也。于是又以缯绤珍贝与之。山下人至今话故事者，尚以第行呼诸姨焉。[109]

The Lady of Kuo Principality had a hall designed, the expense and outlay for which was a myriad gold-pieces. With the completion of the hall she sought to reward the expertise of the builder's skill beyond the recompense promised: he received as a bonus five thousand lengths of scarlet silk-gauze. Contemptuous, he disdained even to look at it. The Lady was astonished by this and asked for an explanation. The builder said, "I have here expended the competence gained in a whole lifetime. Should you not perchance believe me, I pray you take such things as mole-cricket, ant, skink, wasp, or scorpion and, having put out their eyes, cast them into the hall. If there be any crack or fissure into which a single creature can disappear, then speak no more of my expertise as builder." At this she showered him in addition with silk-stuffs of variegated hues and costly treasures. The people who live by the mountain

[108] 这里我依从《唐诗纪事》本，"使有闲隙，得亡一物"；《全唐诗》作"使有隙失一物"。

[109] 关于杨贵妃显赫的亲戚们的建筑工程，见《旧唐书》，卷五一，页2179："每构一堂，费逾千万计，见制度宏壮于己者，即撤而复造，土木之工，不舍昼夜。"（"For the framing of any one hall the expense surpassed a thousand myriads in the reckoning. But if they saw a layout and measurements more spacious and grand than their own, they had theirs demolished and built anew. The landscapers and carpenters never rested, day or night."）特别是可以参见《明皇杂录》，卷二，页25—26关于虢国夫人如何占用韦嗣立的旧宅，将其拆卸以为己所用。用三个夫人的"第行"（"clan rank"）即是她们在辈分中的排行，像是"Miss Three"，而不是她们的宫廷爵号来称呼她们，表现了当地人是以随意和熟悉的口吻来谈论她们的。

tell of these old incidents even to the present day, and they still refer to the several sisters simply by their clan rank.

	四方节制倾附媚	Veritable moguls from throughout the empire bent to fawn on and truckle to her;
	穷奢极侈沽恩私	Utter extravagance, consummate squandering shopped favor and personal interest.
	堂中特设夜明枕	Specially placed inside the hall was a pillow that shone in the night;
76	银烛不张光鉴帷	The silver tapers were no longer set out, for it lit up mirror and curtains.

虢国夜明枕，置于堂中，光烛一室。西川节度使所进。[110] 事载国史，略书之。[111]

The Lady of Kuo's pillow that shone in the night was placed in this hall, where it lit up and illuminated the whole chamber. It had been presented to her by the Order-and-Rule Commissioner for Hsi-ch'uan. The matter is indited in the state history, there being briefly reported.

	瑶光楼南皆紫禁	South of the Tower of Gemmy Light spread the purple adyta,
	梨园仙宴临花枝	Where sylphine revelers from the Pear Garden looked out on flowering boughs.
	迎娘歌喉玉窈窕	Cozy Damsel's caroling throat was a supple

---

[110] 即杨国忠。见注 99。
[111] 参见《开元天宝遗事》，卷二，页 101："虢国夫人有夜明枕，设于堂中，光照一室，不假灯烛。"("The Lady of Kuo Principality had a pillow that shone in the night. It was placed in the middle of the hall, where it lit up and illuminated the whole chamber, unaided by lamp or taper.") 枕一般是用石头雕刻而成。这个夜明枕应该是用一块有荧光性的石头雕成的。在唐代，这种萤石已被人所知。

80	蛮儿舞带金葳蕤	suavity of jade, And Odalisque's dancing sash a tasseled tendril of gold.

瑶光楼即飞霜殿之北门，[112] 迎娘、蛮儿，乃梨园弟子之名闻者。[113]

The Tower of Gemmy Light (You-kuang lou) was the north portal of the Great Hall of Drifting Frost (Fei-shuang tien). Cozy Damsel (Ying-niang) and Odalisque (Man-erh) were famously notorious members of the Apprentices of the Pear Garden.

	三郎紫笛弄烟月	The purple cross-flute of the Third Young Lord played with the hazy moonlight,
	怨如别鹤呼羁雌	Plaintive as a crane set apart, calling out to its lone-roaming hen.
	玉奴琵琶龙香拨	The round lute of Jade Slave, with plectrum of dragon's aromatic.
84	倚歌促酒声娇悲	Falling in with the song, as wine was urged, gave voice to a delicate grief.

上皇善吹笛，常宝一紫玉管。贵妃妙弹琵琶，其乐器闻于人间者，有逻逤檀为槽，龙香柏为拨者。[114] 上每执酒卮，必令迎娘歌《水调曲

[112] 飞霜殿位于津阳门东。见《长安志》，卷十五，页8a。它是皇帝的寝殿。见第148句后的注文。

[113] 玄宗在开元二年（714）创建了著名的"梨园"（"Pear Garden"），编制了一组能歌善舞的"弟子"（"apprentices"）。他不仅是梨园的观客，还时不时亲手调教弟子。关于梨园方面的材料，最好的概述和讨论是岸边成雄：《唐代音乐の歴史の研究：楽制篇》两卷（东京：东京大学出版社，1960），卷一，页449—490。在这里以她的昵称"阿蛮"（"Odalisque"）命名的舞女是谢阿蛮。她来自西域，特别擅长于《凌波曲》伴舞。见《明皇杂录·补遗》，页35；

另见欧阳予倩主编：《唐代舞蹈》（上海：上海文艺出版社，1980），页145—146，引述王克芬对于《凌波曲》和谢阿蛮在玄宗的音乐节庆中的角色的讨论。

[114] 唐代人所称的"紫檀"（"sanderswood" "purple rosewood" 或者 "purple sandalwood"）是"制作弦乐器的首选木材，特别是琵琶"（"the preferred substance for making stringed musical instruments, above all the lute"）。见 Schafer, *Golden Peaches*, p. 135. 此树土长于中国中和亚，所以在此被称为"逻逤檀"（"Lhasa [i.e., Tibetan] rosewood"）。十四世纪的《文献通考》（《国学基本丛[转下页]

遍》，[115] 而太真辄弹弦倚歌，[116] 为上送酒。内中皆以上为三郎。[117] 玉奴，乃太真小字也。

His August Highness was expert at performing upon the flute; he regularly favored a unique pipe of purple jade. The Precious Consort played wondrously upon the round lute; her instrument, one renowned in the human realm, had a sound-box made of Lhasa rosewood, with a plectrum made of dragon's-aromatic cypress. When His Highness would take up a flagon of wine he would command Cozy Damsel to sing a turn of the "Melody of the Waters," while T'ai-chen plucked the lute-strings, falling in with the song— thus they "delivered up" the wine to His Highness. Within the inner palace all referred to His Highness as the "Third Young Lord" (San-lang). "Jade Slave" (Yü-nu) was the child-name of T'ai-chen.

饮鹿泉边春露晞　　By the side of Deer-drink Fountain, springtime dew dried in the sun,

[接上页]书》本），卷一三七，页1218上载有这样一段记录："唐天宝中，宦者白秀正使西蜀，回献双凤琵琶，以逻逤檀为槽，温润辉光，隐若圭璧，有金缕红文，蹙成双凤。贵妃每自奏于梨园，音韵凄清，飘如云外，殆不类人间。诸王贵主，竞为贵妃琵琶弟子。"("During the T'ien-pao era of the Tang, the eunuch-official Po Hsiu-cheng was commissioned to Shu. Upon his return he proffered a paired-phoenix lute the sound-box of which was made of Lhasa rosewood. Warmly lustrous, with a glossy sheen, its surface shadings resembled those of scepter or circlet; there was a crimson patterning, threaded in gold, forming in passement a pair of phoenixes. When the Precious Consort played it herself in the Pear Garden, its sound and resonance were clear and piercing; wafted as though beyond the clouds, it was scarcely of a kind with anything in the human realm. The several princes and honored princesses vied to be the Precious Consort's apprentices on the lute.") 蜀从地理上来说当然是最易获得由逻逤檀所制的物品的地方。这段文字又见《太平御览》（台北：台湾商务印书馆，1968），卷五八三，页5a，但稍有改动，并把出处标为《明皇杂录》。见《明皇杂录》，逸文，页37。

[115] 据说《水调》（"Melody of the Waters"）是隋炀帝（605—617 在位）所制。隋炀帝编写这首曲的时候是他步入阴暗的统治末年，在他退回了扬州（隋江都 "Metropolis on the Jiang"）之后。它的曲调被形容为"怨切"（"plaintive and sharp"）。据传，当炀帝听到所填的歌词以后，曾感叹自己再也不会返回江北。历史果如他所言。唐代的"水调"据说有 11 段"叠"（"repetitions"），前五段是"歌"，后六段是"入破"。这种有节奏的结构是"大曲"的前身（见注 132）。《水调》的 11 叠的歌词被保留了下来，可想也许就是迎娘（"Cozy Damsel"）所唱。但我们不知道它的乐曲是否为流传至唐的殇帝的原作，还是一首新的变奏。后者在史料中也有所提及。两个版本都是跟秋季相配的商调曲（因此 "怨切"）。见《宋本乐府诗集》（台北：世界书局，1961），卷七六，页 6b。另见以下注 167。

[116] "太真"（"Greatest Perfection"）是杨贵妃的道号，是她短暂作为道士之时所得之名。她离开寿王李瑁（玄宗的第 18 子）府之后，先如此得到所谓的"净化"，以便嫁与玄宗。

[117] 因为他是睿宗的第三子。

	粉梅檀杏飘朱墀 [118]	As powdery prunus and sandal-hued apricot wafted through the vermilion parvis.
	金沙洞口长生殿	At the mouth of the Grotto of Gold Granules was the Hall of Protracted Life;
88	玉蕊峰头王母祠 [119]	At the top of the Peak of Jade Stamens, the Bethel of the Spirit Mother.

山城内多驯鹿,流涧号为饮鹿。有长生殿,乃斋殿也,有事于朝元阁,即御长生殿以沐浴也。[120]

Within the mountain walls there were numerous tame deer and a flowing gill that was styled Deer-drink (Yin-lu). There was the Hall of Protracted Life (Ch'ang-sheng tien), it being a basilica for ritual purification. When there were events to be held in the Gallery for Homage to the Prime, it was to the Hall of Protracted Life that the autocrat repaired for ablution and lustration.

	禁庭术士多幻化	In the forbidden Court adepts of artifice multiplied unreal transmutations;

[118] "粉梅"("powdery prunus")指的是梅(学名 prunus mume)的花,是所谓的"日本杏"("Japanese apricot"),而不应是"李子"("plum"),虽然梅常被译作'plum'。见Edward H. Schafer(薛爱华),"Mildewed Apricots," *Schafer Sinological Papers* 25 (10 May 1985)。但是"梅"也不应译为"apricot",因为"apricot"已被用为"杏"(Prunus armeniaca)的贴切翻译。在这句中,这个问题变得更加棘手,因为这两个树种同时出现。若将两种树都称为"杏"显然是不可行的。我用"apricot"来翻译"杏",而以"apricot"的同义词"prunus"来翻译"梅"。"Sandal-hued apricot"(檀杏)突出了杏花的浅粉色调。传统认为梅花和杏是春天最早开花的树木。"朱墀"("vermilion parvis")指的是大堂入口的红漆门廊。

[119] 这座祠敬奉的"王母"("spirit mother")自然是道教女神西王母("the Spirit Mother of the West")。西王母一般被翻译成"Royal (or Queen) Mother of the West",但这理解是有误的。我的翻译依从 Paul R. Goldin(金鹏程),"On the Meaning of the Name Xi Wangmu," *JAOS* 122 (2002): pp. 83–85。王母祠的位置见《临潼县志》,卷二,页 36a。

[120] 长生殿("Hall of Protracted Life"),建于天宝元年(742),位于主宫城之后(东南方向)的山坡上。见《长安志》,卷一五,页 9a;《临潼县志》,卷二,页 38b—39a。关于唐代道教中的"斋"礼("ritual purification"或"purgation"),马雷凯(Roman Malek)在其出色的研究中,对"斋"这个概念的历史演变作了一个广博的概括。见 Malek, *Das Chai-chieh lu: Materialien zur Liturgie im Taoismus* (Frankfurt am Main: Peter Lang, 1985), pp. 1–34。长生殿附近的"峰头"和"洞口"是互补的一对,玄宗赐给它们的名字都跟炼丹有关——"金沙"("gold granules")和"玉蕊"("jade stamens")。这些地点尽在东绣岭附近。关于朝元阁,见上注 83。

上前较胜纷相持	Matching their prowess before His Highness, all to gain the upper hand.
罗公如意夺颜色	The *ju-i* of Sire Lo was stripped of its guise and appearance,
92 三藏袈裟成散丝	And the *kaṣāya* of Tripiṭaka was turned into raveled threads.

上颇崇罗公远，杨妃尤信金刚三藏。[121] 上尝幸功德院，将谒七圣殿，[122] 忽然背痒，公远折竹枝，化作七宝如意以进。[123] 上大喜，顾谓金刚曰：上人能致此乎？三藏曰：此幻诳耳。僧为陛下取真物。乃于袖中出如意七宝，炳耀而光，远所进即时复为竹枝耳。[124] 后一日，杨妃为二人定优劣。时禁中将创小殿，三藏乃举一鸿梁于空中，将中公远之首，公远不为动容，上连命止之。公远飞符于他处，窃三藏金栏袈裟于箧中，[125] 守者不之见。三藏怒，又咒取之，须臾而至。公远复嘷水龙符于袈裟上，散为丝缕以尽也。

His Highness quite esteemed Lo Kung-yüan, while Consort Yang put her trust specially in Vajratripiṭaka. Once when His Highness graced with his presence the Close of Pious Works (Kung-te yuan) and was about to pay a

[121] 唐代流传了很多关于罗公远的故事。他是个既让玄宗着迷又有时会令他懊恼的幻术士。罗公远后来成为了成都当地祭雨信仰的核心神祇。可参见傅飞岚（Franciscus Verellen）令人佩服的研究："Luo Gongyuan: Légende et culte d'un saint taoïste," *Journal asiatique* 275 (1987): pp. 283–332. 在第 299 页作者指出金刚三藏（Vajratripiṭaka）很有可能是密教大师金刚智（Vajrabodhi, 671—741），以身为不空 Amoghavajra, 705—774）的师傅而闻名。第 91 句诗里的"夺颜色"指的是罗公远变出的如意（见下注 123）褪色变回竹枝，而不是如傅飞岚所译，指罗"丢脸"（"losing face"）。

[122] 功德院在华清宫内，七圣殿南边。参见郑诗第 156 句后的注文。

[123] 正如许理和（Erik Zürcher）指出，如意杖是"佛教法师最庄严的特征"（"the most venerable attribute of the Buddhist priest"），原本只是一个爪杖，正如它在此段中的用法。见 Zürcher, *The Buddhist Conquest of China: The Spread and Adaptation of Buddhism in Early Medieval China*, 2 vols. (Leiden: Brill, 1972), vol. 2: p. 407, n. 59. 关于七圣殿，见郑诗第 156 句下的注文。

[124] 这句和之前一句依从《唐诗纪事》本。

[125] 金栏的袈裟（中古音 kāsrā，梵文 *kaṣāya*）或长袍，令人想到摩河波闍波提（Mahāprajāpati）为释迦摩尼（Śākyamuni）所织的袈裟。根据这个故事最通行的版本，释迦摩尼拒绝接受这件袈裟，并希望将它转赠给身旁的僧人。除了弥勒佛（Maitreya）以外，没人接受这份荣誉。该故事显露出弥勒佛即是"未来的佛"。

visit to the Temple of the Seven Paragons (Ch'i-sheng tien), his back suddenly became itchy. Kung-yüan broke off a branch of bamboo and transmuted it into a seven-treasure *ju-i*, to be presented [for the sovereign's use]. His Highness was greatly delighted. Turning to Tripiṭaka, he said, "Can Your Eminence top this?" Tripiṭaka said, "This is merely an unreal artifice. Let a monk bring the actual item to Your Majesty's hand." He then produced from his sleeve a *ju-i* whose seven jewels shone glittering and sparkling. Right away the one presented by Yüan became again merely a bamboo branch. On a certain day afterward Consort Yang proposed to determine which of the two men excelled the other. At the time a lesser hall was being built within the adyta. Tripiṭaka proceeded to levitate an enormous beam into the air, ready to drop on Kung-yüan's head. Kung-yüan's countenance remained unchanged, and His Highness had to order Tripiṭaka to stop. Kung-yüan then sent a talisman flying to a spot elsewhere, to snatch from its coffer Tripiṭaka's gold-stitched *kaṭāya*. The guardian there noticed nothing. Infuriated, Tripiṭaka made an incantation to reclaim it and it shortly came to him. Kung-yüan next spit out on the *kaṭāya* a water-dragon talisman that decomposed it so completely that it became just a frazzle of threads.

[126] 蓬莱池得名于东海三个仙岛之一的蓬莱岛。它位于大明宫北部，从长安城墙东北角突兀出来。它似乎有"太液"（"Grand Fluid"）这一别名。池中有一座人工的蓬莱山，其上有蓬莱亭。

[127] 三十六宫指的是皇宫内的各个殿堂寝室，用来代称它们檐下所居之人。三十六宫的出处是班固的《西都赋》："离宫别馆，三十六所。"（"The detached palaces and separate lodges / Are thirty-six in number"）。见《文选》，卷一，页113。

蓬莱池上望秋月 [126]	By the P'eng-lai Pool, He gazed at the autumn moon afar,
无云万里悬清辉	Unclouded for a myriad *li*, shedding its clear brilliance.
上皇夜半月中去	In mid-night the High Radiant One set off in the moonlight;
三十六宫愁不归 [127]	The six and thirty palaces feared he might

	never return home.
月中秘乐天半间	As orphic music from in the moon was diffused in mid-sky,
丁珰玉石和埙篪 [128]	A tinkling of jade stones harmonized with vessel-flute and flageolet.
宸聪听览未终曲 [129]	The Blessed Percipience harked and heard, but the tune was not finished;
100　却到人间迷是非	Arrived back among humankind, He could not make out fact from fiction.

叶法善引上入月宫，时秋已深，上苦凄冷，不能久留。归，于天半间尚闻仙乐。及上归，且记忆其半，遂于笛中写之。[130] 会西凉都督杨

---

[128] 这都是玄宗得以聆听的天界乐班的乐器。埙（"vessel-flute"）有时被翻译成"ocarina"。参见 Laurence E. R. Picken（毕铿），"T'ang Music and Musical Instruments," *T'oung Pao* 55 (1969): p. 118。篪是"Flageolet"。薛爱华误解了这两句：它表现"被废的皇帝晚迈之时"（"the deposed monarch in his declining years"）从遥远的回忆中听到了月亮的音乐。他也把郑嵎的生卒年和此诗的成诗时间错误地系于九世纪晚期。见 Schafer, *Pacing the Void: T'ang Approaches to the Stars* (Berkeley and Los Angeles: University of California Press, 1977), p. 196。

[129] 宸聪指的是受人崇敬的君主的听力。

[130] 玄宗登月的故事有众多的版本，牵扯到几个不同的向导。在郑嵎这里提到的版本里，带领玄宗到达人世外界的是法师叶法善（631—720；关于他的传记，可见《幻戏志》、《唐代丛书》（1806年版）；杜光庭的《道教灵验记》[HY 590]，卷一四，页8b—9a；《旧唐书》，卷一九一，页5107—5108；《新唐书》，卷二〇四，页5805）。现存文本中，跟这个版本关系最密切的见于蒋防（活跃于806—821）的《幻戏志》，页8a。蒋也见于《太平广记》（台北：古新书局，1976），卷二六，页75d，夹在一组叶法善的奇事之中。相关部分讲的是："又尝因八月望夜，师与玄宗游月宫，聆月中天乐。问其曲名，曰："紫云曲"。玄宗素晓音律，默记其声，归传其音。名之曰《霓裳羽衣》"（"Once, it being the full-moon night of the eighth month (i.e., the mid-autumn festival, 中秋节), the Master journeyed with Hsüan-tsung to the Moon Palace. Giving ear to the celestial music to be heard in the moon, [the monarch] inquired about the name of the tune being played. He was told, 'Purple Clouds.' Hsüan-tsung had long been an aficionado of 'notes and pitches' and he silently memorized the sound of the piece. Upon his return [to earth], he carried over its tonalities. The resulting piece was called 'Rainbow Skirts and Feather Vestments.'"）（这个版本还讲述了玄宗从月宫飞返人间的路上，飘在潞州[今山西长治]上空用笛子吹奏《霓裳羽衣》的情节。演奏完毕后，玄宗又将金钱洒在城中。十天以后，潞州将所听到的天乐和所获的金钱都禀奏于朝廷。）

在《幻戏志》中，这个故事之后带有另一个更加世俗化的版本。在这个版本里，玄宗在梦中聆听一个由十几个仙人组成的乐班，为他演奏了一首叫作《神仙紫云曲》（"Purple Clouds of the Divine Transcendents"）的乐曲。仙人宣称这是"圣唐正始音"（"sound of the True Inception of the incomparable Tang"）。翌日，玄宗听政之时精力很不集中，不屑一顾的态度令宰辅姚崇和宋璟惴惴不安。但当高力士询问的时候，玄宗解释说他并不是动怒于二臣，而是在试图回想前夜梦中所闻的奇乐，既而用笛子将旋律吹给高力士听。这个版本的情节跟托名杨巨源（789进士）的《李谟吹笛记》里的很相似（但在语言细节上非常不同）。一个几乎完全相同的版本载于郑棨（卒于899）所编的《开天传信记》（《开元天宝遗事十种》本，页54），薛爱华的英译见 Schafer, *Pacing the Void*, pp. 199–200。更多关于叶法善的讨论可见 Russel Kirkland（柯克兰），"Tales of Thaumaturgy: T'ang Accounts of the Wonder-worker Yeh Fa-shan," *Monumenta Serica* 40 (1992): pp. 47–96。敦煌变文中有一个叙事文本（不恰当地）名为《叶净能诗》（S. 6836），内含的月宫游览多出了几个带有佛教色彩的细节。见王重民等编：《敦煌变文集》（北京：人民文学出版社，1957），页225。关于篇名的错（转下页）

敬述进《婆罗门曲》，[131] 与其声调相符，遂以月中所闻为之散序，用敬述所进曲作其腔，而名《霓裳羽衣法曲》。[132]

Yeh Fa-shan conducted His Highness into the Moon Palace, when autumn was deep in season. As His Highness found the intense cold there to be painful, he was not able to linger long and had to return homeward. Transcendent music still sounded in his ears when he was in mid-sky. Upon his return he could recall from memory only the half of it, which he consequently reproduced upon the cross-flute. As it happened, Yang Ching-shu, Intendant-General for Western Liang, had presented to court the musical

(接上页) 误，见 Victor H. Mair（梅维恒），*T'ang Transformation Tales: A Study of the Buddhist Contribution to the Rise of Vernacular Fiction and Drama in China* (Cambridge, Mass.: Council on East Asian Studies, Harvard University, 1989), p. 12。

在另一个玄宗登月的版本里，《津阳门诗》第 91 句诗及注中提到的道教法师罗公远扮演了玄宗的向导。这个版本见于卢肇的《逸史》（847 年序），今本出后世类书引文辑佚而成。其翻译可见 Michel Soymié（苏远鸣），"La Lune dans les religions chinoises," in *La Lune: Mythes et rites* (Paris: Seuil, 1962), p. 310 以及值得特别看重的 Verellen, "Luo Gongyuan," pp. 327–328（带注）。这个版本里，登月的故事仍然发生在八月望夜，但日期被挪至天宝初。它还包括其他有趣的但不见己本的细节：像在故事开始的时候，罗公远扔一枝桂花扔入空中，化为银桥，给他和玄宗搭了一条登月的堤道。在他们返回陆地途中，银桥在两人的脚步后一级一级地消失了。在这个版本里，是诸仙人称此天乐为"霓裳羽衣"的。

还有一个更长的版本载于宋代晚期的《龙城录》（《唐代丛书》本），页 6b—7a。这里是天师道的申天师作为向导，还加上另外一个道士。翻译见 Soymié, "La Lune dans les religions chinoises," pp. 308–309; Schafer, *Pacing the Void*, p. 200 里含有这个版本的概述和讨论（文中的"Heavenly Master T'ien"需改为"Heavenly Master Shen"）。

[131] 西凉位于今甘肃西北部，大约在酒泉和敦煌之间。凉州的音乐混合了中土音乐和带有异国情调的龟兹音乐，成为十个主要的民间（跟"正式"相对应）音乐部类之一，在唐朝上叶的长安受青睐。在众多讨论中，可重看岸边成雄：《唐代音乐》，卷二，页 210—216；另见欧阳予倩：《唐代舞蹈》，页 67—69。据《旧唐书》（卷二九，页 1073）所载，《婆罗门》的编曲在标准的乐器组合上加上了两个漆筚篥（"double reed pipes"；见 Picken, "T'ang Music and Musical Instruments," p. 118–120）和一个齐鼓，即一个像大漆桶的鼓（见《旧唐书》，卷二九，页 1079）。最早提及杨敬述献《婆罗门》的应该是白居易在《霓裳羽衣歌》（《全唐诗》卷四四四，页 4871）里做的自注（见本文附录一）："开元中西凉府节度杨敬述造"（"During the K'ai-yuan era, it was composed by Yang Ching-shu, Order-and-Rule Commissioner for the Archivate of Western Liang"），注释的是"杨氏创音君谱"（"Mr. Yang created the music, the sovereign devised the setting"）这句诗。《新唐书》（卷二二，页 476）将杨的名误作为"敬忠"。

[132]《霓裳羽衣》舞蹈套曲是唐代曲目中最著名的。据史料所传，这套舞曲也给了杨贵妃一个发挥她的舞姿才赋的主要渠道。关于《霓裳羽衣》的研究很多，但并不是很精确。通过郑嵎以及白居易《霓裳羽衣歌》的形容，我们可以得知《霓裳羽衣》是一首大曲（"extended suite"）。唐代的大曲一般有三大部分——散曲（"free prelude"）、中序（"central prelude"）和破（有时被称为"入破"［"entering broaching"]），每个部分另分成几个小段。据郑嵎所述，玄宗记下的月宫曲集成为《霓裳羽衣》的散曲部分，即是一系列独奏的序曲；西域的《婆罗门》成为它的主题："腔"［字面翻译的话是"thorax"或者"main body cavity"]），在中序和破部分得到修饰演变（甚至可以说将这个"腔"充满）。参见 Martin Gimm（马丁·吉姆），*Das Yüeh-fu tsa-lu des Tuan An-Chieh: Studien zur Geschichte von Musik, Schauspiel und Tanz in der T'ang Dynastie* (Wiesbaden: Harrassowitz, 1966), pp. 224–230; 另见 Picken, "T'ang Music and Musical Instruments," pp. 83–87。关于《霓裳羽衣》更多的细节，见本文附录一。

piece "Brahman," the tone and mode of which rather tallied with that [of the celestial music]. Consequently, what had been heard in the moon was made into a free prelude and the tune presented by Ching-shu employed as a main theme, and this tune was named "Rainbow Skirts and Feather Vestments."

千秋御节在八月	The autocrat's festival of a Thousand Autumns took place in the eighth month,
会同万国朝华夷	A gathering that joined a myriad states, both Chinese and foreigners at court.
花萼楼南大合乐 [133]	South of the Tower of Blossom and Calyx was a great concert of music;
八音九奏鸾来仪 [134]	To the complete performance of all instrumentation, simurghs in ceremony came.
都卢寻橦诚龌龊 [135]	The Tu-lu pole-climbers were, in truth, most nimbly adroit,

[133] 兴庆宫是位于长安东市东北面的一个宫殿群。一系列围绕玄宗个人活动的官方庆典曾在此地举行。公元 701 至 712 年间，继位之前的玄宗曾在此居住。继位之后，兴庆宫被指定为皇宫的一部分，玄宗亦会在特殊场合亲临此地。宫殿群中的建筑在不同时期得到了翻新和扩建。花萼楼是位于宫殿群西南角的一栋多层建筑。玄宗可以在此楼中看到他那些仍居住在这个区域的李氏皇族兄弟的住所。这些皇室宗亲的居所依序连在一起，就像花萼周围的叶子一般环绕着萼上的花。正因如此，此楼便名为花萼楼。紧邻花萼楼的是勤政楼。郑嵎在此段诗句后的注里也提到了此楼。根据注文，此处诗句描述的庆典是为了庆祝玄宗的生日。有关兴庆宫的详情，参见《长安志》, 卷九, 页 3a—4b；徐松 (1781—1848) 有关此区域的具体布局，参见平冈武夫:《长安と洛阳: 地图篇》(京都：京都大学人文科学研究所, 1956), 第 23 及 24 号地图。

[134] 此处笔者将"八音"意译为"all instrumentation"。八音指的是金 (以钟为代表)、石 (磬)、丝 (古琴)、竹 (笛箫一类)、匏 (竽)、土 (埙)、革 (鼓)、木 (柷) 这八类中国乐器所发出的特有的声音。此处的诗句让人联想到《尚书》的《益稷》这一篇中的"箫韶九成，凤皇来仪"：凤凰 (在郑嵎的笔下变成了鸾) 如何来回应 (圣王舜的)《箫韶》九成。"九成"意味着全部乐章表演的圆满完成。另见《史记》(北京：中华书局, 1962), 卷二, 页 81, 以及卷八, 页 82 裴骃注中用到的同义词"九奏"。

[135] "都卢"一词最早出现在张衡的《西京赋》中, 指代来自缅甸一代的擅长爬竿之人。参见《文选》, 卷二, 页 58, 以及 Knechtges, Wen xuan, vol. 1: p. 197。康达维在他的注脚里提到, 尽管"都卢"一词最初用来转写爬竿之人来源地的地名, 但在中文的语境当中, 这个词已经成了爬竿戏演员的代名词。我们的确也可以在唐代的文学作品中找到相关的例子。譬如, 梁涉 (活跃于 730—750) 的《长干赋》(《全唐文》, 卷四〇七, 页 3a—4a) 就赞颂了玄宗时期的女性爬竿戏演员："有美人兮来从紫闱, 为都卢兮衣锦裳衣。凝靓妆似如玉, 耸轻身兮若飞, 倏龙盘而婉转, 遂花落而霏微。" ("There is a lovely person— / Come from the [palace ladies'] Purple Portals; / To perform as a pole-climber / Clothed in brocade, with a simple cloak. / She has applied her painted make-up to resemble jade, / Boosts up her lithe body, oh, as though taking flight! / Swiftly, a dragon coiling, she twines and twists; / Then is a blossom, falling amid fine flurries." 同时期的文学作品对于兴庆宫中的爬竿戏描写, 还见于王邕 (751 进士) 的《勤政楼花竿赋》(《全唐文》, 卷三五六, 页 16b—17a) ; 以及七世纪张楚金 (活跃于 630—680) 的《透橦童儿赋》(《全唐文》, 卷二三四, 页 2a—3a)。此外,《明皇杂录》(页 17) 亦有玄宗在兴庆宫观看爬竿戏的记载。相关记载亦见于崔令钦 (活跃于 710—730) 撰, 任半塘笺订:《教坊记笺订》(上海：中华书局, 1962), 页 46—48。(转下页)

公孙剑伎方神奇	And Madame Kung-sun's skill with the sword just uncannily wondrous.
马知舞彻下床榻	The horses knew when their dance was done, descending from upheld platforms;
108 人惜曲终更羽衣	And everyone grudged the melody's ending, when the feathered vestments were changed.

上始以诞圣日为千秋节，每大酺会，必于勤政楼下使华夷纵观。[136] 有公孙大娘舞剑，当时号为雄妙。[137] 又设连榻，令马舞其上，马衣纨绮而被铃铎，骧首奋鬣，举趾翘尾，变态动容，皆中音律。[138] 又令宫妓

（接上页）在《津阳门诗》诗中，"都卢"一词显然用作专有名词，和下一句中的"公孙"相对应，并且作为"寻橦"一词的修饰语。

[136] 玄宗的生日是八月初五。自开元十七年（729）起，玄宗采纳了左丞相张说和右丞相宋璟的建议，将这一天以及之后的两天一并定为"千秋节"。参见《全唐文》卷二二三，页 11a—12a。薛爱华用"bacchanals"（狂欢节）一词来英译"酺会"这类庆祝，参见 Edward H. Schafer, "Notes on T'ang Culture, II," *Monumenta Serica* 24 (1965): pp. 130–134。有关勤政楼下玄宗的生日庆祝，参见《明皇杂录》，卷二，页 23；原田淑人：《千秋节宴楽考》，载池内宏编：《白鸟博士還暦紀念：東洋史論叢》（東京：岩波书店，1925），页 833—843。

[137] 有关公孙大娘舞剑，参见《太平御览》，卷五六九，页 6a 以及卷五七五，页 8b 中引用的《明皇杂录》的逸文。此引文虽未见于传世的《明皇杂录》，但是与段安节（活跃于 894—898）的《乐府杂录》一书中"舞工"这个词条下的注文极为近似。《明皇杂录》《逸文》，页 37 也提到了《乐府杂录》中的这段注文。参见洪惟助：《段安节乐府杂录笺订》（台北：中华学苑，1972），页 125。关于公孙大娘舞剑的记录，最广为人知的莫过于杜甫所作的《观公孙大娘弟子舞剑器行》一诗，参见《杜诗详注》，卷二十，页 1815—1818。此诗描绘了大历三年（767）杜甫看到公孙大娘的一位不再年轻的弟子舞剑之时，感慨地回忆起自己 50 多年前亲眼目睹公孙大娘的表演。在此诗的序中，杜甫提到公孙大娘是在朝中表演舞剑的表演者之中独一无二的存在。他同时还提到了，书法家张旭（约 700—750）伟大的狂草书法也受到了公孙舞剑表演的影响。此诗的开篇写道：

昔有佳人公孙氏	Long ago there was a lovely lady, née Kung-sun,
一舞剑器动四方	Who quickened the four quarters whenever she danced with the sword.
观者如山色沮丧	Observers, many as the hills, turned pale of face, aghast,
4 天地为之久低昂	As heaven and earth seemed for long to drop and lift with her movements.
霍如羿射九日落	Streaks of light—like Yi as he shot the nine suns down,
矫如群帝骖龙翔	Poised high—like a host of gods hovering with teams of dragons.
来如雷霆收震怒	Advancing, like rolling thunder gathering in a crashing rage,
8 罢如江海凝青光	Halting, like river and sea freezing into a clear glow.

在接下来的诗句中，杜甫描述了自己对岁月转瞬即逝的沉思。此诗的英译，参见 Erwin von Zach（赞克），*Tu Fu's Gedichte*, ed. J. R. Hightower（海陶玮），2 vols. (Cambridge, Mass.: Harvard University Press, 1952), 2: pp. 670–672；另见 William Hung（洪业），*Tu Fu: China's Greatest Poet* (Cambridge, Mass.: Harvard University Press, 1952), pp. 251–252。这种舞蹈在表演时究竟是否用到了真正的剑，以及是否用到了一把或者两把剑，还存在着争议。对于这个问题的讨论，参见欧阳予倩：《唐代舞蹈》，页 106—109。真剑在舞蹈中使用的可能性很大，否则诗人没有理由在作品中称赞公孙大娘的勇敢无畏。

[138] 唐代舞马的表演，最初是由 100 人的队伍组成的，参见 Kroll, "The Dancing Horses of Tàng," *T'oung Pao* 67 (1981): pp. 240–268，编者按：该文的中译本见本书，由吴捷翻译。《津阳门诗》第 107 句提到用于舞马的"床榻"是由强壮的力士在底下抬着的。舞马时所用的曲调是用鼓和笛子演奏的《倾杯》。当乐曲演奏接近尾声时，舞马便会用嘴衔起酒杯并仰起头，象征着"倾杯"。

梳九骑仙髻，[139] 衣孔雀翠衣，佩七宝璎珞，[140] 为霓裳羽衣之类，曲终，珠翠可扫。其舞马，禄山亦将数匹以归，而私习之，其后田承嗣代安，有存者，一旦于厩上闻鼓声，顿挫其舞，厩人恶之，举筹以击之。其马尚为怒未妍妙，因更奋击宛转，曲尽其态。厩恐，以告。承嗣以为妖，遂戮之，而舞马自此绝矣。[141]

His Highness had begun to use the day of his birth as the "Festival of a Thousand Autumns," each time holding a large celebratory gathering below the Tower of Zealous Administration (Ch'in-cheng lou) which he made sure was open to view by both Chinese and foreigners. There was a Madame Kung-sun who danced with the sword and was proclaimed at the time the "intrepid wonder." Also, joined platforms were set out, upon which horses were made to dance. The horses were caparisoned in taffeta silks, decked out with grelots large and small. They tossed their heads and shook their forelocks, lifting their hooves and flaring their tails, changing their gait and shifting their aspect, completely in keeping with the concord of the notes. Also, palace artistes with their chignons combed as nine-fold cavalier-transcendents, clothed in vestments of peacock and halcyon feathers, with pendent necklaces of seven-treasure gemstones, performed in the manner of "Rainbow Skirts and Feather Vestments." When the melody ended, jewels and halcyon feathers could be swept up from the ground. Of the dancing horses, a number were taken in [after the capture of Ch'ang-an by his forces] by An Lu-shan who exercised them for his personal amusement. Afterward, when T-ien Ch'eng-ssu had supplanted An, one still survived. One day, upon hearing the sound of drums while in the stable, it stamped and nodded to the music. The stable-boy was horrified at this and lifted a broom

[139] 宫妓的表演象征着各类仙人。九仙指的是第一上仙、二高仙、三大仙、四玄仙、五天仙、六真仙、七神仙、八灵仙、九至仙。参见《云笈七签》（HY 1026），卷三，页 6b。

[140] 在不同的佛教文献中，"七宝"（梵文 saptaratna）所指代的东西有所不同。比如，在《妙法莲华经》中，七宝指的是金、银、琉璃、砗磲、玛瑙、真珠、玫瑰。

[141] 厩人以舞马为妖的故事和《明皇杂录》(《补遗》，页 34—35) 记载的故事在本质上是一致的。《补遗》所载故事的英译参见 Kroll, "The Dancing Horses of T'ang," pp. 244–246。

to strike it, at which the horse, thinking the anger was owing to its not doing beautifully enough, redoubled its effort with dip and swerve, until the music brought its posturings to a close. Frightened, the stabler reported this to Ch'eng-ssu, who considered the animal bewitched and accordingly had it flayed. From which time the dancing horses were no more.

禄山此时侍御侧	Lu-shan, during this time, attended at the autocrat's side;
金鸡画障当罘罳 [142]	A painted screen of a golden cockerel fronted the 'covert for second thoughts'.
绣褓衣袱日赑屭	In embroidered drapes and swaddling clothes he was each day more lusty and strapping;
甘言狡计愈娇痴	Through sweetened words and sly devices he was ever more petted and indulged.

上每坐及宴会，必令禄山坐于御座侧，而以金鸡障隔之，[143]赐其箕踞。[144]太真又以为子，时襁褓戏而加之，[145]上亦呼之禄儿。每入宫，必先拜贵妃，然后拜上，上笑而问其故，辄对曰："臣本蕃中人，礼先

---

[142] "罘罳" 指的是宫中一处被屏风遮蔽的区域。根据传统说法，臣子觐见皇帝之前可以在此处对自己所要上奏的事务进行最后一次"复思"。参见王先谦：《释名疏证补》（上海：上海古籍出版社，1984），释宫室第十七，卷五，页17b—18a。"罘罳" 一词也用来指代古代设在城门或城角上，用以防御的建筑，参见 H. H. Dubs（德效骞），*The History of the Former Han Dynasty, vol. 1* (Baltimore: Waverly Press, 1938), p. 25。关于金鸡的意义，请见下注。

[143] 在宣布大赦时，会在宫门旁的长杆顶上放置一只镀金的公鸡。参见 des Rotours, *Traité des Fonctionnaires*, pp. 364–365。安禄山坐在金鸡障边上象征着他享有君王一般的待遇，因此他可以按照自己的意愿有恃无恐地行事。关于玄宗对安禄山的特别待遇，参见《开元天宝遗事》，卷二，页102；《旧唐书》卷二百上，页5368；《新唐书》卷二二五上，页6413；乐史（930—1007)：《杨太真外传》，载《开元天宝遗事十种》，

卷二，页141。

[144] 箕踞指的是双腿分开的坐姿，传统上认为这样的坐姿是粗鲁和不敬的。然而，在玄宗面前采用箕踞这种坐姿的自由也被赏赐给了安禄山。文学史上最有名的箕踞，当属庄子的妻子去世后，惠子去凭吊时发现庄子双腿张开鼓盆而歌。参见郭庆藩（1844—1896)：《庄子集释》（北京：中华书局，1989)，卷一八，页614。

[145] 杨贵妃将安禄山视为养子，包括为其加之襁褓以及"三日洗禄儿对"（《资治通鉴》，卷二一六，页6903）等事迹，被当代人以及后世的史学家视为丑闻。有的学者认为这种不道德的亲密关系也许已经涉及了性的方面。蒲立本（Edwin G. Pulleyblank）认为这种将两人关系视为男女之情的看法过于"荒诞"（"grotesque"），笔者也选择赞同蒲氏的观点。参见 Pulleyblank, *The Background of the Rebellion of An Lu-shan* (Cambridge: Cambridge University Press, 1955), p. 97。

拜母后拜父，是以然也。"[146]

[146] 参见姚汝能:《安禄山事迹》(《学海类编》本)，卷一，页6a；法文翻译见 Robert des Rotours, *Histoire de Ngan Lou-chan (Ngan Lou-chan che tsi)* (Paris: Institut des Hautes Etudes Chinoises, 1962), p.45。另见《开天传信记》，页55。

[147] 亲仁里位于当时长安中部偏东的位置。有关安禄山的居所，参见《唐两京城坊考》，卷三，页60—61；《长安志》，卷八，5b—6a。

[148] "禄山眼孔大"象征着安禄山想拥有他看到的一切。玄宗不想因为自己的吝啬而被嘲笑。参见《新唐书》，卷二二五上，页6413；《唐两京城坊考》，卷三，页60。

Whenever His Highness sat down to a banquet he was sure to have Lu-shan seated to the side of His own place, set off by a golden-cockerel screen, and it was permitted him to sit with his legs spread apart. T'ai-chen, moreover, treated him as her child, sometimes adding to the sport by bundling him in swaddling clothes. His Highness, for his part, called him "Lu-boy" (Lu-erh). Whenever Lu-shan entered the palace, he would make obeisance first to the Precious Consort and only afterward to His Highness. Upon being asked by His Highness the reason for this, he quickly replied, "Your subject is by birth a man from foreign realms, where the ritual is to make obeisance first to one's mother and after to one's father; this is why I do so."

诏令上路建甲第	Fiat ordered that by the high road a fine mansion for him be erected,
楼通走马如飞翚	Its buildings to be reached by steeds as fleet as flashing pheasants.
大开内府恣供给	The Inner Storehouse was laid wide open to supply and equip him at whim:
116 玉缶金筐银籨箕	Vessels of jade, golden canisters, and winnowing-baskets of silver.

时于亲仁里南陌为禄山建甲第，[147]令中贵人督其事，仍谓之曰："卿善为部署，禄山眼孔大，勿令笑我。"[148]至于筹筐籨箕釜缶之具，咸金

银为之。今回元观，[149] 即其故第耳。

At that time a fine mansion was erected for Lu-shan's sake, by the south cross-street of the Ch'in-jen ward. Trusted persons of the palace administration were commanded to oversee the task and even told [by the emperor], "My stewards, do your very best in arranging and deploying things. Lu-shan's eyes are huge, and I would not have him mock me." Even such items as containers, winnowing-baskets, and pots were all made of gold and silver. At present the Belvedere of Turning to the Prime (Hui-yüan kuan) is on the former site of the mansion.

| 异谋潜炽促归去 [150] | His contrary schemes smoldered unseen, as he hastened back to his post; |
| 118　临轩赐带盈十围 | The belt bestowed him when he attended court stuffed in ten full girths. |

禄山肥博过人，腹垂而缓，带十五围方周体。[151]

Lu-shan's grossness and obesity were unexampled. His paunch hung down flabbily, and his belt measured fifteen girths before it could enclose his bulk.

[149]《唐诗纪事》中作"回元观"，而《全唐诗》中作"四元观"，笔者采用了前者。十一世纪的宋敏求提到了道观回元观，并引用了郑嵎的诗作为他的依据（《长安志》，卷八，页6a）。因此，"回元观"误作"四元观"应该发生在十一世纪之后。然而，九世纪的《安禄山事迹》中作"玄元观"。玄元是常见的道家用词，所以此道观的原名可能应为玄元观。

[150] 此时的安禄山以范阳（在今天的北京附近）为据，统领唐王朝东北边境的军事力量。他指挥的士兵大约有15万，许多都是胡人。这些士兵大多数是长期的职业士兵，在安禄山的手下效力的时间长达十多年。天宝十三载（754）安禄山谒见玄宗后，由于担心时任宰相杨国忠对他的敌意日渐加深，他惊慌失措地离开了长安并心急火燎地赶回了范阳。参见《旧唐书》，卷二百上，页5369—5370；《新唐书》，卷二二五上，页6416；《资治通鉴》，卷二一七，页6924—6925。

[151] 根据记载，天宝后期安禄山的肚子已经下垂到了膝盖的位置，他需要别人支撑着他的双肩才能行走。参见《旧唐书》，卷二百上，页5368；《新唐书》，卷二二五上，页6413。根据《旧唐书》的估计，他的体重约330斤，约500磅。而《安禄山事迹》，卷一，页7a和《杨太真外传》，卷二，页141曾提到他的体重甚至达到了350斤。由于安禄山腹缓及膝，有一则轶闻常常被提到：玄宗曾问："胡腹中有何大？"安禄山答曰："唯赤心耳！"参见《开天传信记》，页55；《新唐书》，卷二二五上，页6413。

忠臣张公识逆状	Lord Chang, a loyal magnate, had discerned the look of rebellion;
120　日日切谏上弗疑	Urgently he protested, day after day, but His Highness brooked no suspicion.

张曲江先识其必反逆状，数数言于上。上曰："卿勿以王夷甫识石勒而误疑禄山耳。"[152]

Chang Ch'ü-chiang had first discerned the look about Lu-shan of one certain to turn in rebellion. On numerous occasions he spoke of it to His Highness, but His Highness would say, "My good man, you should not wrong Lu-shan by seeing in him what Wang I-fu discerned in Shih Le."

汤成召浴果不至 [153]	A pool was prepared, An was summoned to soak, but now he did not come;
潼关已溢渔阳师 [154]	And T'ung Pass finally spilled over with legions from out of Yü-yang.
御街一夕无禁鼓	On the imperial avenue, throughout the night, was no drumbeat of interdiction;

[152] 张曲江即张九龄（678—740）。张九龄首次遇见安禄山，即后者必将带来灾祸。参见《安禄山事迹》，卷一，页 2a—2b（法文翻译 des Rotours, Ngan Lou-chan, p. 18）；《资治通鉴》，卷二一四，页 6814—6816。前书给出的时间是公元 733 年（将前书卷一，页 2a 的"开元十一年"校订为"开元二十一年"），而后书给出的时间是公元 736 年。两书都包括了玄宗将张九龄疑安禄山类比作王夷甫识石勒的文字。石勒（274—333）是后赵（319—352）的开国君主。自晋咸和六年（311）洛阳陷落，晋室南迁后，后赵是统治中国北方的十六国中的第二个非汉人政权。石勒出自匈奴，原本效力于前赵（十六国中的第一个政权）刘氏，后取而代之。根据《晋书》（[北京：中华书局，1974]，卷一〇四，页 2707）记载，时年 14 岁的石勒在洛阳经商。当时的清谈名士王琰（字夷甫；256—311）善于品评人物，当他见到石勒时深为异之，谓将为天下患。王琰的预言后来成为现实。当石勒攻陷洛阳之后，作为西晋官员的王琰被其俘虏并杀害。将张九龄疑安禄山比作王夷甫识石勒事实上不失为一个极佳的类比，只是当玄宗反驳张九龄之时，他并不知道之后将会发生的事。参见《安禄山事迹》，卷一，页 2b；《资治通鉴》，卷二一四，页 6814。《开元天宝遗事》（卷二，页 89）提到了张九龄也曾预言了杨国忠的失败，以及那些"向火乞儿"的人最终会被遗弃。这条记录从时间上来看是谬误的，因为当张九龄在开元二十八年（740）过世时，杨国忠还没获得权倾朝野的地位。

[153] 这一句的汤指的是在华清池中一种新式的沐浴池。

[154] 渔阳位于现今的北京东面大约 70 英里的距离，是当时安禄山驻军之地。潼关在长安东面大约有 75 英里的距离，是扼守从中原进入长安的关卡。天宝十五载（756）7 月 10 日，在经历了长达 7 个月的僵持之后，潼关陷入了叛军之手；如此一来，长安的最后一道防线陷落了。从 755 年 12 月 16 日在渔阳开始的安禄山叛乱至此到达了顶峰。

124 玉辂顺动西南驰 [155]　　The jade conveyance stirred smartly away, speeding westward and south.

其年,赐柑子使回,泣诉禄山反状云:"臣几不得生还。"上犹疑其言。复遣使,喻云:"我为卿造一汤,待卿至。"[156] 使回,答言反状,上然后忧疑,即寇军至潼关矣。[157]

That year an envoy, sent to bestow on Lu-shan a gift of sourpeel tangerines, returned to report tremulously that Lu-shan had the look of revolt, confessing, "I barely was able to return here alive." His Highness still doubted such words and dispatched another envoy to notify Lu-shan that, "I have provided a bathing pool for you and am awaiting your arrival." When the envoy returned, he acknowledged Lu-shan's look of revolt. Only after this did His Highness grow distressed with doubt; but the marauding army had already reached T'ung Pass.

九门回望尘坌多 [158]　　On gazing back at the Nine Gates—dust and soot was deepening;

[155] 公元756年7月14日日出之前,玄宗与皇族成员、朝中高管以及他的亲信们,在大约一千名骑兵的护送下逃离长安。在此前一日,玄宗曾在勤政楼下制,将亲自率长安守军迎战正在东进的叛军。成都是玄宗一行人此行的目的地(见上注99)——杨国忠早已经营了成都数年,并巩固了城防。他将此地视作自己一旦在朝政中失宠之时的避难所。有关玄宗离京之前以及之后所有事件的详细记载,参见《资治通鉴》,卷二一八,页6970—6974。相关文献的英译,参见 Kroll, "The Flight from the Capital and the Death of Precious Consort Yang"(见注58)。

[156] 根据《安禄山事迹》,卷二,页4a(法文翻译见 des Rotours, Ngan Lou-chan, p. 149),第一次为玄宗出使安禄山的是辅璆琳。由于受到贿赂,辅璆琳回复玄宗时盛言赞安禄山。第二次出使安禄山的是冯承威(《安禄山事迹》,卷二,页6b—7a;法文翻译见 des Rotours, Ngan Lou-chan, p. 166),受命邀安禄山诣玄宗于华清池。冯承威回复玄宗称他几乎没能活着回京。参见《资治通鉴》,卷二一七,页6930—6932,页6933—6934。有关此事的记载,司马光在《资治通鉴考异》中还提到了《明皇实录》和《玄宗幸蜀记》两个文本。虽然两书现已佚失,但是《考异》中所引的两书的记载与《安禄山事迹》中的记载基本相同。司马光认为玄宗两次遣使都发生在天宝十四载(755)。需要注意的是,《资治通鉴》中记载第二次出使的使者名为冯神威,《旧唐书》(卷二百上,页5369—5370)提到了辅璆琳于天宝十二载(753)出使安禄山,却没有玄宗第二次遣使安禄山的细节。《旧唐书》原文为"玄宗又召之,托疾不至"。

[157] 此句中对时间的描述运用了夸张的手法。第二位使者回复玄宗应该是在天宝十四载(755年12月下旬)安禄山叛乱之前。而潼关和长安沦陷则发生在756年的7月中旬。

[158] "九门"是长安的象征,因为长安的东墙、南墙、和西墙各设有三个大门。此外,用"九门"来指代皇宫也有先例。

六龙夜驭兵卫疲 [159]	The Six Dragons were driven till dark—troops and paladins were spent.
县官无人具军顿	Of the district officers there were none that had provided for His army's halts;
128 行宫彻屋屠云螭	So the rooms of the traveling palace must be stripped, His wyvern of the clouds slaughtered.

时郊畿草扰,无御顿之备,上命彻行宫木,宰御马,以飨士卒。[160]

At that time the territory of the surrounding countryside was in terrific turmoil, and there were no proper dispositions for the autocrat's halts. His Highness ordered the wood stripped from the traveling palace [for use as firewood] and his own horse butchered in order to supply refection for the soldiers.

马嵬驿前驾不发	Before the Ma-wei post-station, the royal rig could not set off;
宰相射杀冤者谁 [161]	The minister of state was shot at and slain by those who sought vengeance.

[159] "六龙"即天子车驾的代名词。

[160] 参见《资治通鉴》,卷二一八,页6972引史官柳芳(活跃于735—770)所撰《唐历》;英译见 Kroll, "The Flight from the Capital," p. 42. 此事发生于7月14日的中午,玄宗一行人到达了位于长安西面约13英里的咸阳望贤宫。尽管有遣使提前向地方的官员通报了玄宗即将抵达,但是沿途的地方官员早已各自逃难。而这种情况还会继续不停地发生。"行宫"指天子临时的住所。"云螭"即腾空翱翔的龙,指代天子的骏马。

[161] 公元756年7月15日,马嵬之变发生于离长安约30英里的马嵬驿站,参见《资治通鉴》,卷二一八,页6973—6974;英译见 Kroll, "The Flight from the Capital," pp. 48–52. 当杨国忠与吐蕃的使节交涉时,一名禁军的士兵放箭射中了杨国忠的马鞍。杨国忠试图逃跑,但是被禁军军士赶上并诛杀。统领禁军的将军陈玄礼请求玄宗赐死造成叛乱的元凶杨贵妃,否则禁军将不再随从玄宗前行。玄宗别无他法,只能答应赐死杨贵妃的要求。他命令自己的宦官亲信高力士用白绫缢死了杨贵妃(所有的文献都记载贵妃愿意赴死)。当陈玄礼与禁军军士看到杨贵妃的尸体时,才愿意继续护送玄宗。然而,与玄宗同行的太子李亨(即后来的肃宗)此时被人说服,带领一部分士兵与玄宗分别,前往西北组织忠于唐王朝的士兵以御叛军。玄宗与他的随从们按计划继续向成都前进,终于在8月28日抵达。9月10日,李亨的使者抵达成都,玄宗得知太子在抵达灵武(今宁夏银川)之后的第三天,于8月12日宣布继位。此时的玄宗不得不屈服于事态,于9月14日下诏宣布退位。

长眉鬓发作凝血 [162]	Then elongate eyebrows and deep-black hair turned to clotted blood;
132 空有君王潜涕洟	Of no avail was the sovereign king, who could only weep to himself.
青泥阪上到三蜀 [163]	Later, from over Blue Mud Slope, he reached the land of the Three Shu;
金堤城边止九旗 [164]	And beside the walls of the Metal Embankment he rested the Nine Banners.
移文泣祭昔臣墓	In the text of a despatch was a tearful oblation for the tomb of a former vassal;
136 度曲悲歌秋雁辞	To a measured tune sadly was sung the lyric on the wildgeese of autumn.

驾至蜀,诏中贵人驰祭张曲江墓,悔不纳其谏。[165] 又过剑阁下,[166] 望山川,忽忆《水调辞》云:"山川满目泪沾衣,富贵荣华能几时。不见只今汾水上,唯有年年秋雁飞。"上泫然流涕,顾问左右曰:"此谁人诗?"从臣对曰:"此李峤诗。"复掩泣曰:"李峤真可谓才子也。"[167]

[162] 参见白居易《长恨歌》的第37—38句:"六军不发无奈何,宛转蛾眉马前死。"("And then the Six Armies would go no farther—there was no other recourse / But the fluently curved moth-eyebrows must die before the horses.")见 Kroll, "Po Chü-i's 'Song of Lasting Regret': A New Translation," p. 98(见注 2)。

[163] "青泥阪"是位于略阳(陕西西部)东北面的一个驿站的所在地。此地是入蜀之道的东北方向的入口。李白在《蜀道难》(《李白集校注》,卷三,页 199)中感叹道:"青泥何盘盘,百步九折萦岩峦。"("So twisted and tortuous is Blue Mud Pass—/ Nine turnings every hundred paces wind round its rugged crest.")"三蜀"指的是蜀郡、广汉和犍为。有关玄宗入蜀之路的细节,参见冈野诚:《唐玄宗の蜀蒙塵路について》,《明治大学社会科学研究所纪要》第 32 卷(1993 年),页 55—67。

[164] 此句描绘了玄宗的旅途已经到达了终点。"金堤"是由公元前三世纪的蜀郡太守李冰负责建造的。建造之时,李冰将岷江的江水引到了成都城的两面。"金"同时象征了石堤的坚固。"九旂"指代玄宗以及随从们的各种旌旗。

[165] 参见《津阳门诗》第 119—120 句,以及注 152。张九龄之墓位于现今的广东韶关城外罗源山山脚下。1960 年,当地政府对张九龄墓进行清理和挖掘,参见杨豪:《唐代张九龄墓发掘简报》,《文物》第六期(1961),页 45—51;冈崎敬:《唐张九龄の坟墓とその墓志铭》,《史渊》第八十九期(1962),页 45—83。

[166] 剑阁是蜀地东北的一处关卡。人们必须在剑阁通过狭窄的悬崖小道之后才能进入蜀地的腹地。传统上认为剑阁是秦地(陕西)和蜀地(四川)的自然分界线。

[167] 这里提到的诗句是李峤(644—713)的《汾阴行》中结尾的四句。此诗一共有 44 句,描绘了昔日汉武帝的荣耀和名气。武帝的到访给当地带来了短暂的荣耀和名气,这些荣耀和名气很快就被人们遗忘了。俗世一再反复的辉煌,对比自然界本身的重复循环,就是《汾阴行》的基调。此诗的结尾四句直白地点出了这一主题,而这四句也被用来作《水调》这一悲伤旋律的唱辞(见注 115)。有些文献对这一事件的记载与郑嵎的注有所出入:离开长安之前,玄宗在兴庆宫享受了凄美的最后一刻。当歌者唱到《水(转下页)

When the royal rig arrived in Shu, an edict was given to trusted persons of the palace to speed away and make oblation at Chang Ch'ü-chiang's tomb, out of remorse that his protests had not been heeded. Again, when passing below Saber Gallery, the emperor, gazing out upon the hills and streams, suddenly recalled aloud the lyrics to the "Melody of the Waters" that went: "Hills and streams fill up one's eyes, and tears wet one's cloak; / Wealth and esteem, honor and glory, last for how long a time? / Don't you see, just at present, above the Fen River, / There are autumn's wildgeese flying as they do year upon year." His Highness wept, his face glistening with moisture, and turning round to his attendants asked if anyone knew who the author of this poem was. "It is a poem by Li Chiao," replied a follower. His Highness tried to hide his tears, and he said, "Li Chiao may truly be called a genius."

明年尚父上捷书 [168]	A year later the Magistral Father forwarded a writ of triumph,
洗清观阙收封畿	Having repurified the outlooks and gatetowers, regathered the royal domain.
两君相见望贤顿	Then the two sovereigns met each other at the halt of Viewing-the-Worthies;
140 君臣鼓舞皆歔欷	Sovereigns and subjects, amid drumming and dancing, all gave way to sobs.

（接上页）调辞》最后的四句时，玄宗凄然泪下，并问起了此诗出于谁手。得知李峤是作者后，玄宗赞叹其为真才子，随即便在曲终之前就离开了兴庆宫。参见《次柳氏旧闻》，载《开元天宝遗事十种》，页7；《明皇杂录》，页41；《全唐诗》，卷五七，页690。《唐诗纪事》（卷十，页145）将这些文献中的版本与郑嵎的注组合成了一个更长的叙述。不管读者偏好哪个版本，它们都触及了这样的一个核心主旨：玄宗突然意识到了李峤诗中所蕴含的真理：所有的荣耀，甚至玄宗自己的荣耀，都必定会从他们的手里溜走（事实上已经从玄宗的手里溜走了）。

[168] "尚父"这一尊称在传统上一般指代的是吕望（又名吕尚，太公望）。吕望辅佐了周文王和周武王建立了周朝。在此句中，"尚父"指代的是唐朝大将郭子仪（697—781）。在他的指挥下，唐王朝的军队在公元757年11月从安禄山叛军的手中夺回了长安，一个月后又收复了洛阳。郭子仪杰出的军事生涯长达约四分之一个世纪并获得了各种至高无上的成就。779年7月，在唐德宗（779—805在位）继位一个月之后，郭子仪被尊为"尚父"。参见《旧唐书》，卷一二〇，页3465；《新唐书》，卷一三七，页4608；《资治通鉴》，卷二二五，页7259。郑嵎在此句中用尚父指代郭子仪，从时间上说是有问题的。

望贤宫在咸阳之东数里，[169]时明皇自蜀回，肃宗迎驾，上皇自致传国玺于上，[170]上歔欷拜受。左右皆泣，曰："不图今日复观两君相见之礼。"驾将入开远门，[171]上皇疑先后入门不决，顾问从臣，不能对。高力士前曰："上皇虽尊，皇帝，主也。"上皇偏门而先行，皇帝正门而入，后行，耆老皆呼万岁，当时皆是之。[172]

[169] 望贤宫处咸阳的旧址与长安之间，位于长安的西北方数英里处。当唐朝天子前往咸阳与渭河一带的皇陵时，望贤宫可能被用作歇脚休憩之所。
[170] "传国玺"指的是天子的玺印。唐代天子的玺印有可能是仿照秦始皇的传国玉玺制作的，参见《太平御览》，卷六八二，页1b—7b。
[171] 开远门是长安西墙上三道大门中最北面的一道。
[172] 在回纥的帮助下，唐王朝的军队于757年11月13日收复了长安，接着于12月3日收复了洛阳。12月4日，肃宗离开凤翔，启程返回约70英里外的首都长安。4天之后，在欢庆中肃宗回到了长安。玄宗从蜀地出发，于758年1月6日抵达了凤翔。在附录二中，笔者摘录和翻译了《资治通鉴》中关于玄宗回到长安的记载。

The Palace for Viewing the Worthies (Wang-hsien kung) was located several *li* to the east of Hsien-yang. At this time, when Ming-huang returned from Shu, Su-tsung welcomed his carriage there. His August Highness delivered over to His Highness the state-transmitting seal, which His Highness, giving way to sobs, accepted in obeisance. All the attendants and acolytes wept, and said, "We could not have hoped for this day—to see again the two sovereigns, meeting each other in ceremony." As his rig was about to enter the Gate of Opening-to-the-Distance (K'ai-yüan men), His August Highness was uncertain lest the precedence regarding who should enter the gate first not be correct. Looking round, he inquired of the vassals in his entourage, but they could make no reply. Kao Li-shih came before him and said, "Although Your August Highness is revered, you are now a subject; though the August Thearch is your son, he is now the ruler. Your August Highness should advance first, but should enter through the side gateway; the August Thearch should enter through the main gate, but proceed afterward." With elders and seniors all shouting "A myriad years!" everyone at the time thought this was correct.

宮中亲呼高骠骑 [173]	From the palace the monarch called in person for Kao of the Alert Cavalry,
潜令改葬杨真妃	Ordered in stealth the burial to be changed of Realized Consort Yang.
花肤雪艳不复见	Her flower-fresh skin and snow-white allure could no longer be seen;
144 空有香囊和泪滋	In vain was there a scented sachet that comported a dampness of tears.

时肃宗诏令改葬太真,高力士知其所瘗,在蒐坡驿西北十余步。当时乘舆匆遽,无复备周身之具,但以紫褥裹之。及改葬之时,皆已朽坏,惟有胸前紫绣香囊中,尚得冰麝香。时以进上皇,上皇泣而佩之。[174]

At this time Su-tsung gave a fiat, ordering the burial-site of T'ai-chen to be changed. Kao Li-shih knew the place of her inhumation, a dozen or so paces northwest of the Ma-wei post-station. At that earlier time, in the haste in which [Hsüan-tsung] sped off in his carriage, no appropriate disposition was made for her corpse, which was simply wrapped up in a purple bed-roll. When Kao Li-shih came to move her body for reburial, he found it moldering

[173] "高骠骑" 指的是高力士。天宝七载(748),高力士受封骠骑大将军。这一官职是汉武帝于元狩二年(前 121)设立并封予霍去病(约前 146—前 117)的,参见 A. F. P. Hulsewé (何四维), *China in Central Asia, The Early Stage: 125 B.C.–A.D. 23; An Annotated Translation of Chapters 61 and 96 of the History of the Former Han Dynasty* (Leiden: Brill, 1979), p. 74, n. 35。德效骞(H. H. Dubs)在他的《汉书》英译中将"骠骑"翻译成了 "Agile Cavalry" (Hulsewé 也提及了这一点)。当提到高力士时,薛爱华用了托尔金式 (Tolkienesque) 的 "Rohan Rider" 来翻译"骠骑",见 Schafer, "Wu Yün's 'Cantos on Pacing the Void,'" *HJAS* 41 (1981): p. 380。这两种翻译都是错误的。

[174] 虽然在他的注里,郑毓明确表示改葬杨贵妃是肃宗的诏令,但是根据其他文献的记载,尤其是《旧唐书》(卷五一,页 2181)和《杨太真外传》(页 143)这两者的记载,杨贵妃被改葬主要是由玄宗(就像人们所预期的那样)推动的。由于亲信宦官李辅国和礼部侍郎李揆的反对,肃宗撤回了改葬杨贵妃的诏令。尽管如此,玄宗"密令中使改葬于他所"。上述两书中都提到了"紫褥裹之"和"香囊"的细节,并对贵妃的遗体做出逼真的描述:"肌肤已坏"(《旧唐书》);"肌肤已消释矣"(《杨太真外传》)。后书中还提到改葬之后,玄宗将香囊置之怀袖中而不是佩于腰间。有关杨贵妃的"香囊",参见张祜(活跃于 820—845)的绝句《太真香囊子》(《全唐诗》,卷五一一,页 5844):

蹙金妃子小花囊	Of gold-passement, the little flowered sachet of the Consort,
销耗胸前结旧香	Upon her bosom, wasted now to ruin, it tied up an aromatic.
谁为君王重解得	Who, for the sake of the sovereign king, will loosen it again,
一生遗恨系心肠	Regrets for all the rest of one's life will bind a feeling heart.

and decayed. There was, however, a scented sachet, of purple embroidery, upon her bosom; it still gave off the aroma of curdled musk. This he took and presented to His August Highness, who wept on seeing it and wore it thereafter as a pendant.

鑾輿却入华清宫	When the simurgh-belled carriage again made its way to the Palace of Floriate Clarity,
满山红实垂相思	Red-pink drupes in the mountains around hung down longing for her.
飞霜殿前月悄悄	Before the Hall of Drifting Frost, the moonlight was sinkingly silent;
迎春亭下风飔飔 [175]	Beneath the Pavilion to Welcome Spring, breezes whispered coolness.

飞霜殿即寝殿,而白傅长恨歌以长生殿为寝殿,殊误矣。[176] 上皇至明年复幸清华宫,信宿乃回,[177] 自此遂移处西内中矣。[178]

[175] "迎春亭"指的也许是位于华清池东墙的主门——开阳门外的"宜春亭"。参见《长安志》,卷一五,页8a;《临潼县志》,卷二,页35a。

[176] 郑嵎所言白傅《长恨歌》殊误矣,指的是白居易《长恨歌》的第115至118句。诗中写到仙子杨太真向玄宗派来的道人诉说她和玄宗在夜半许下的誓言:
七月七日长生殿　On the seventh day of the seventh month, in the Hall of Protracted Life,
夜半无人私语时　At the night's mid-point, when we spoke alone, with no one else around—
在天愿作比翼鸟　'In heaven, would that we might become birds of coupled wings,
在地愿为连理枝　On earth, would that we might be trees of intertwined limbs.'
(英译见 Kroll, "Po Chü-i's 'Song of Lasting Regret'," p. 100。)骊山上的长生殿是一处道教的"斋殿"(见上注120),主要用于静心研习、冥想以及祷告前的准备。参见《长安志》,卷一五,页9a;《临潼县志》,卷二,页36b—37a。飞霜殿(见注112)中有天子的寝殿;宋敏求在《长安志》(卷一五,页8a)中,根据此处郑嵎的注,再次反驳了白居易将长生殿误作寝殿。陈寅恪在《元白诗笺证稿》(页727—728)中对这一问题做了进一步的探讨。他指出,唐代长安洛阳宫殿中的寝殿都称为长生殿。但是骊山上的长生殿是特别用来祀神沐浴的斋宫,因此不宜作为玄宗和贵妃夜半叙儿女私情的寝殿。此外,历史上玄宗从未在夏季或者初秋临幸过骊山,所以《长恨歌》中提到的玄宗和贵妃在七月许下了夜半的誓言不应是发生在骊山的长生殿。据此,诗中的长生殿应当指的是位于长安的寝殿。

[177] 玄宗和杨贵妃通常在冬季临幸华清池。有关玄宗迁出华清宫的完整记录,参见《唐华清宫》,页604—605。收复长安后第一个冬季的中旬,玄宗回到了带给他无数良辰美景的华清池。从公元758年的11月20日到12月13日,玄宗差不多在此驻留了一个多月。参见《资治通鉴》,卷二二〇,页7063。郑嵎的注似乎让人觉得玄宗在再度临幸清池之后,就迁出了华清宫。实际上,此事发生在大约20月之后。

[178] "西内"指的是位于长安城中轴线北部的太极宫。在大明宫(相应地被称为"东内")建成之前,整个李唐皇族都居住在此宫殿群之中。760年8月22日,玄宗为李辅国所迫,从他心爱的兴庆宫(南内)迁出。此前,李辅国曾数度以玄宗日与外人交通而未受监控,建议肃宗将玄宗迁出兴庆宫,都未被采纳。随后,李辅国矫称肃宗邀请迎玄宗游太极宫。当玄宗的车马行至兴庆宫外时,李辅国率五百骑露出剑刃挡住去路。李辅国(转下页)

The Hall of Drifting Frost was the hall for repose, but in Po's telling of "The Song of Lasting Regret" he takes the Hall of Protracted Life as the hall for repose, which is an egregious mistake. When [winter of] the next year [after the return to Ch'ang-an] came, His August Highness again graced with his presence the Hua-ch'ing Palace, where he sojourned with satisfaction and then went back [to the capital]. Henceforth his residence was shifted to within the Western Interior.

雪衣女失玉笼在	The snow-caped maiden was gone, but her cage of jade remained;
长生鹿瘦铜牌垂	The long-life deer was now gaunt, its bronze medallion dangling.
象床尘凝鸳飒被	On the ivory couch the dust was thick on Yen-sa's coverlet;
152 画檐虫网颇梨碑	Under painted eaves insects had webbed the plaque of crystal-glass.

太真养白鹦鹉，西国所贡，辨惠多辞，上尤爱之，字为雪衣女。[179] 上常于芙蓉园中获白鹿。[180] 惟山人王旻识之曰："此晋时鹿也。"[181] 上异之，令左右周视之。乃于角际毛雪中，得铜牌子，刻之曰："宜春苑中白鹿。"[182] 上由是愈爱之，移于北山，目之曰："仙客。"[183] 上止华清，

(接上页) 以肃宗的名义奏请玄宗永久迁居太极宫。由于玄宗受到了惊吓，高力士斥责了李辅国与他所带的五百骑，随即执拿玄宗的马鞯，护卫着玄宗到了西内。之后，玄宗迁居到了甘露殿，侍卫的数量也大大减少。没过多久，连高力士也被禁止伴随玄宗的左右。玄宗顺服地宣称，迁居甘露殿一直都是他自己的愿望。事已至此，肃宗便原谅了李辅国的行为。参见《资治通鉴》，卷二二一，页7093—7095。

[179] 画家周昉曾经为杨贵妃的白鹦鹉（实际上是一种凤头鹦鹉）作画。另外，当玄宗与人博戏局面将要输时，贵妃命此鹦鹉跃上博局，扰乱了游戏。参见 Schafer, *Golden Peaches*, p. 101。

[180] 参见《临潼县志》，卷二，页34b—35a；《唐华清池》，页533。

[181] 王旻是一位精通秘术的道士。传说玄宗宣召他时，他已有数百岁。由他来认出仙鹿，并不令人意外。王旻的传记参见《历代真仙体道通鉴》（HY 1026），卷三二，页3b—4b。其他相关记录见《太平广记》，卷七二，页144c/d，引《纪闻》。其他资料中，白鹿是张果的标志之一。关于张果的记载见下注196。译者按："晋"，据《唐诗纪事》（北京：中华书局，1965）；作者英译译作"Han"（汉）。因北美图书馆藏书所限，译者未能获得柯教授所采用的底本，即1972年香港中华书局版《唐诗纪事》。根据出版信息，1965年北京本应与1972年香港本为同一版本，或为最接近1972年香港本的版本。

[182] 宜春院始建于秦，汉代沿用。唐代时，在其旧址上建芙蓉园及曲江。《唐两京城坊考》，卷三，页92。

[183] 北山指华清宫以北的骊山一带。仙客是对于道行高深的道士的泛称，人们认为他们从遥远的地方做客人间，并且相当长寿。

罨飒公主尝为上晨召，[184] 听按新水调。主爱起晚，遽自珍珠被而出。[185] 及寇至，仓惶随驾出宫，后不知省。[186] 及上归南内，一旦再入此宫，而当时罨飒之被，宛然而尘积矣，上尤感焉。温泉堂碑，其石莹彻，见人形影，宫中号为颇梨碑。[187]

T'ai-chen had kept for pet a white parrot sent as tribute from the western lands, which was quickly clever and loquacious. His Highness was particularly fond of it, and dubbed it "Snow-caped Maiden" (Hsüeh-i nü). His Highness once captured a white deer in the Garden of Lotuses (Fu-jung yüan). Only a hermit from the mountains, Wang Min, could identify it; he said, "This is a deer from Han times." His Highness thought it extraordinary and ordered his attendants to examine it thoroughly. In the snowy fur at the base of one of its antlers was discovered a small bronze medallion, carved with the words "White deer from the Befitting Spring Park" (I-ch'un yuan chung pai-lu). Because of this, His Highness became even fonder of it. He had it moved to the northward mountain and referred to it as "Transcendent Visitor" (Hsien-k'o). When His Highness stopped over at Hua-ch'ing, the Princess Yen-sa once was summoned by him at daybreak to hear him try out a new version of "The Melody of the Waters." The Princess, who was inordinately fond of sleeping late, came out flustered with a pearl-bejewelled coverlet around her. [Some years afterward,] upon the arrival of [An Lu-shan's] marauders, she left the palace in fear and frenzy, trailing after the royal rig; later she became unbalanced. Upon His Highness's homecoming to the Southern Interior, one morning he went again

[184] 笔者目前还没有找到这位不幸的公主的相关资料。如果她随玄宗的銮驾入蜀，她应该不在最终和玄宗一起抵达蜀地的24位女眷之列。《旧唐书》，卷九，页234。
[185] 关于这支著名的曲调及其词，见注115及167。
[186] 笔者认为，"不知省" 的直译为 "unreflective," "incapable of examining oneself," 或者 "non compos mentis"。
[187] 此碑据说为纪念北魏元苌所立。元苌曾于延昌元年至四年（512—514）左右任雍州刺史。元苌的传记见《魏书》（北京：中华书局，1974），卷十四，页351—352，及《北史》（北京：中华书局，1974），卷十五，页548。此碑至迟至宋代仍存，藏于附近的灵泉观；《临潼县志》，卷二，页33b—34a。关于唐代的玻璃和手工雕刻玻璃，见 Schafer, *Golden Peaches*, pp. 235—237。玻璃，即制成此碑的材料，在唐代仍属于舶来品。

into her rooms, and there was Yen-sa's coverlet from that time past, quite the same but with dust piled on it. His Highness was affected exceedingly by it. The [inscription-] plaque at the Hall of the Hot Springs (Wen-ch'üan t'ang) was of a mineral of hyaline transparency, through which one could see a man's shape and shadow. Within the palace it was referred to as the "crystal-glass plaque."

碧菱花覆云母陵 [188]	Caltrop-blossoms of cyan-blue cover Cloud-Mother Tumulus;
风篁雨菊低离披	Storm-torn bamboo and chrysanthemum droop, staggered and snapped off.
真人影帐偏生草	The valance of the Realized One's icon is grown about with weeds;
果老药堂空掩扉	To the medicine hall of Kuo the Venerable it is now futile to close the door.

真人李顺兴，后周时修道北山，[189] 神尧皇帝受禅，[190] 真人潜告符契，[191] 至今山下有祠宇。[192] 宫中有七圣殿，[193] 自神尧至睿宗连窦后

---

[188] 尽管此句的字面意思不难理解，笔者并没有找到云母陵作为地名的相关资料。或许云母是对华清宫所在山坡的美称（取山峦丰饶之义）。碧菱花所指亦不甚明了。如果碧菱花是指水草的话，他们是生长在沐浴池中还是在宫殿外的溪水中呢？

[189] 李顺兴是一名能预知未来的道士。见《北史》，卷八九，页 2929；详见《历代真仙体道通鉴》，卷三十，页 9a–12a。后者将他登仙的年份记为大统六年（540）即他 38 岁那年；《北史》记为大统十三年（547）之后。两处文献均记载骊山为他在人间最后住处。《北史》称西魏文帝（535—551 年在位）赐李顺兴温泉东二亩田（约三英亩）。西魏为北周（后周）所替。

[190] 唐高祖李渊（566—626 年在位）的完整谥号为"神尧大圣大光孝皇帝"。玄宗于天宝十三载（754）年初下诏上此谥号（见《旧唐书》，卷

一，页 18）。传说中尧被分封在"唐"。李氏家族认为他们的祖先起源于唐地，因此命名他们的王朝为唐朝。唐高祖于公元 618 年 6 月 1 日正式接受隋恭帝杨侑禅让，成为唐代第一任皇帝。（杨侑为隋炀帝之孙，时年 13 岁。李渊在出征长安（大兴城）时，立他为傀儡皇帝，在位 6 个月。）

[191] 这是君权神授的标志。除郑嵎之外，现存资料中没有李顺兴证明高祖继位正统性的记载。关于道教预言和确认唐朝统治正统性，见 Stephen R. Bokenkamp（柏夷），"Time After Time: Taoist Apocalyptic History and the Founding of the T'ang Dynasty," *Asia Major* 3rd ser. 7 (1994): pp. 59–88。

[192] 此庙宇至乾隆四十一年（1776）仍存。见《临潼县志》，卷三，页 19b。

[193] 此殿位于华清宫殿群北部，长汤十六所以北。见《临潼县志》，卷三，页 34a/b。

皆立，衣衮衣[194]。绕殿石榴树，皆太真所植。俱臃肿矣。南有功德院，其间瑶坛羽帐皆在焉。[195]顺兴影堂、果老药室，亦在禁中也。[196]

The Realized One, Li Shun-hsing, had cultivated the Tao on the north mountain in the time of the Latter Chou. When the August Thearch of [the Clan of] the Divine Yao accepted the abdication [of the last Sui ruler], the Realized One gave notice in secret of talismanic concurrence. There is to this day a fane to him below the mountain. Within the palace was the Temple of the Seven Paragons—from the Divine Yao to Jui-tsung and his Empress Tou, each was represented, wearing imperatorial robes. The pomegranate trees around the temple, every one of them planted by T'ai-chen herself, have all grown rank and rife. To the south was the Close of Pious Works, in whose midst were to

[194] "七圣"通常指其他一组或几组古代圣君（最常见的组合包括尧、舜、禹、汤、周文王、武王及周公）。佛教和道教的"七圣"各有所指，所以郑嵎特别说明此处所指是唐王朝的七圣，即高祖（"神尧"）、太宗（626—649在位）、高宗（649—683在位）、中宗（684, 705—710在位）、睿宗（710—712在位）以及睿宗的皇后窦氏（即玄宗生母）。武周长寿二年（693），她与睿宗的皇嗣妃刘氏被武则天以厌盛巫蛊诅咒皇帝的罪名处死。武则天不允许别人看她们的遗体，没有举行任何仪式就将她们掩埋。睿宗于710年继位后（改元景云；见注226）追封窦氏为昭成皇后，刘氏为肃明皇后，《长安志》，卷三，页8b引郑嵎注"自神尧至睿宗，昭成、肃明皇后。"包括肃明皇后于补齐七圣。玄宗确实于开元二十年（732）下诏允许她配享太庙，玄宗生母已于开元四年（716）配享太庙。关于昭成和肃明皇后，见《旧唐书》，卷五一，页2176;《新唐书》，卷七六，页3489—3490;及《资治通鉴》，卷二〇五，页6488，卷二一〇，页6661—6662，卷二一一，页6719—6720，卷二一三，页6799。如果肃明皇后不在七圣之列，那么接受供奉的只有可能是武则天（笔者认为供奉武则天的可能性不大，因为她处死了窦氏）或者是在710年仅在位20天的少帝（李重茂）。

[195] 关于功德院见上注122。

[196] 显然，功德院内有李顺兴的塑像或画像，置于用珍贵石材制成神坛以及其附近，围以羽帐（这让我们联想到李顺兴的仙格）。果老即张果。他是一位著名的秘术师和炼丹家，自称已有数百岁。他为躲避武则天征召，佯死;开元二十一或二十三年（733或735）在玄宗两次宣召后，他再度入朝。皇帝

他倾倒，一度要把玉真公主嫁给他，张果没有答应。玉真公主为玄宗之妹，潜心修道20年。（关于玉真公主，见 Edward H. Schafer [薛爱华], "The Princess Realized in Jade," *T'ang Studies* 3 [1985]: pp. 1–23; Charles D. Benn 研究了关于玉真公主及金仙公主入教的仪式，有些地方值得商榷。见 Benn, *The Cavern-Mystery Transmission: A Taoist Ordination Rite of A.D. 711* [Honolulu: University of Hawai'i Press, 1991]。）张果最终得到玄宗允许，辞归恒山，号"通玄先生"。张果的传记，参见《旧唐书》，卷一九一，页5106—5107;《新唐书》，卷二〇四，页5810—5811; 唐传奇小说对他有更栩栩如生的记载，见 Jean-Pierre Diény（桀溺）, "La legende, le conte et l'histoire: Le cas du venerable Zhang Guo (VIIIe siecle)," in Jacques Gernet and Marc kalinowski eds., *En suivant la Voie Royale: Melanges en hommage à Leon Vandermeersch* (Paris: Ecole francaise d'Extreme-Orient, 1997), pp. 315–328。桀溺在其颇有洞见的文章中将关于张果的各种传记追溯至九世纪早期。他还发现《明皇杂录》（卷二，页26—28）中关于张果的记载有混用其他资料的迹象，可能是由后人加入的。更多关于张果的研究，见孟乃昌：《张果考》,《宗教学研究》第十一期（1985），页15—27。"药堂"或"药事"是张果制药炼丹的地方。彦彦远（活跃于847左右）在《历代名画记》(《丛书集成》本，卷九，页295）中，记录了朱抱一于开元二十二年（734）完成的张果画像，其摹本一个世纪后仍在通行; 另见 William R. F. Acker, *Some T'ang and Pre-T'ang Texts on Chinese Painting*, vol. 2, part 1 (Leiden: Brill, 1974), p. 25。

be found both an altar-platform of chalcedony and a plumed valance. Shunhsing's icon hall and Kuo the Venerable's medicine room were likewise within the adyta.

鼎湖一日失弓剑	By Cauldron Lake one day the king's bow and sword were left behind,
桥山烟草俄霏霏 [197]	And grasses in Bridge Mountain's mists were erelong a rampant tangle.
空闻玉碗入金市	Helpless I hear of jade bowls brought to the gold-piece market,
160 但见铜壶飘翠帷 [198]	Merely look on as a ewer of bronze drifts out the halcyon curtains.
开元到今逾十纪 [199]	From Opened Prime to the present day ten cycles have now run through;
当初事迹皆残隳	The traces of events from that former time are all withered and fading away.
竹花唯养栖梧凤	Only on flowers of bamboo feeds the phoenix that roosts in the wu-t'ung;
164 水藻周游巢叶龟 [200]	All through water-milfoil swims the tortoise

[197] 黄帝升天的故事用来借指玄宗之死。《史记》卷二八, 页1396: "黄帝采首山铜铸鼎于荆山。鼎既成, 有龙垂胡髯, 下迎黄帝。黄帝上骑, 群臣后宫从上者七十余人。龙乃上去, 余小臣不得上, 乃悉持龙髯, 龙髯拔堕, 堕黄帝之弓……故后世因名其处曰鼎湖。" 在今河南省。"胡髯"的"胡"可能误作"湖"; 见《水经注》(台北: 世界书局, 1962), 卷四, 页47; 及袁珂:《中国古代神话》(上海: 上海商务印书馆, 1957年修订本), 页138, 141, 注341。黄帝的弓叫作"乌号"; 关于其名称的考证, 见 Édouard Chavannes (沙畹), *Les Mémoires historiques de Se-ma Ts'ien*, vol. 3 (rpt. Paris: Adrien-Maisonneuve, 1967), p. 489, n.2。桥山在今陕西省黄陵区, 据说是黄帝陵或其衣冠冢所在地。见《史记》卷二八, 页1396。这里指玄宗最终安息之所在弥漫的烟草之中。另, 韦应物 (737—792?) 在其诗《温泉行》第17—18 句也以黄帝登仙比喻玄宗薨逝。见《全唐诗》, 卷一九四, 页2001。

[198] 玄宗御用的器皿如今为古玩商人所得。此联中的一些意象或许受到沈炯 (502—560) 骈文的启发。沈炯的骈文讲述了作者500 年后途经汉武帝通天台的经历。沈文以桥山、鼎湖的典故开头, 中间思考武帝之死。他写道: "甲帐珠帷, 一朝零落, 茂陵玉碗, 遂出人间。"关于通天台, 见《三辅黄图校正》(台北: 世界书局, 1975), 卷五, 页38; 及注107。《南史》在沈炯的传记中收录了这篇骈文。《南史》(北京: 中华书局, 1975), 卷六九, 页1678。

[199] "十纪"是约120 年。诗人自开元年间算起, 而不是天宝年间。因为诗人视开元朝为唐代的鼎盛时期, 天宝朝已见衰落的征兆。

[200] 凤凰非梧桐不食, 非竹花不食 (或, 非练实不食) 在诗歌传统中被用来比喻期望被明君识别和任用的贤臣。相同的题材可见《诗经·大雅·卷阿》(《毛诗》第252 号)。游曳于水草之中, 栖息于莲叶之上的是可用作卜筮的神龟。《史记·龟策》(卷一二八, 页3227) 是关于此主题的经典资料, 根据《龟策》, 此处的"叶"或许当作"莲"。这里龟的典故象征有远见的臣子需要适宜的环境以发挥所长。

会昌御宇斥内典	In the reign of Assembled Glories the throne decried the "Inner Canons".
去留二教分黄缁[201]	Purged one teaching, preferred the other, distinguishing yellow-capped from ebon-robed.
庆山污潴石瓮毁[202]	Mount Felicitation's pool was defiled, the Stone Urn was dismantled,
168 红楼绿阁皆支离	The crimson tower and the green gallery both lapsed into ruin.
奇松怪柏为樵苏	Exceptional pine-trees, impressive cypress were used for firewood and fuel;
童山窅谷亡崄巇[203]	The mountain bare-headed, the vale gouged blind, lost their awesome aspect.
烟中壁碎摩诘画	Within the haze the walls have crumbled, with paintings by Mo-chieh on them.
172 云间字失玄宗诗	Amid the clouds, the calligraphy of verses by Hsüan-tsung is lost.

[201] 唐武宗会昌年间（841—847），朝廷出于政治需求、经济拮据以及武宗个人对于道教的青睐，进行了大规模的灭佛运动，没收寺院财产。关于此事件的介绍，参见 Stanley Weinstein, *Buddhism under the T'ang* (Cambridge: Cambridge University Press, 1987), pp. 114–136. 修行者不同颜色的服饰通常代指"二教"。"黄（冠）"代指道教徒，"缁（衣）"代指佛教徒。第 165 句中"御宇"的直译为'the autocrat's precincts; the Imperial House"。佛教徒称他们的经籍为"内典"，非佛教经籍为"外典"。

[202]《新唐书》卷三二，页 910 载："垂拱二年九月己巳，雍州新丰县露台乡大风雨，震电，有山涌出，高二十丈，有池周三百亩，池中有龙凤之形、禾麦之异，武后以为休应，名曰'庆山'。"荆州人俞文俊足够勇敢也足够愚蠢地上奏说："今陛下以女主居阳位，反易刚柔，故地气隔塞，山变为灾。陛下以为'庆山'，臣以为非庆也。"被武则天流放岭南。《资治通鉴考异》引用《两京道里志》："庆山踊出，初时六、七尺，渐高至三百尺，则非一旦骤为三百尺也。自六、七尺，日日累增至三百尺，是积力为之，非一夜雷雨顿能突兀如许也。此为人力所成，大不难见。"《新唐书》和《资治通鉴》均记载庆山涌出于垂拱二年九月己巳，但垂拱二年并没有己巳日，可能为乙巳（九月三十）之误。载初元年（690）《大云经》献于朝廷，作为武则天成为转轮圣王及菩萨的依据。《大云经》的一部重要注疏多次提及庆山和神池。详见 Antonino Forte（富安敦）, *Political Propaganda and Ideology in China at the End of the Seventh Century: Inquiry into the Nature, Authors and Function of the Tun-huang Document S.6502 Followed by an Annotated Translation* (Naples: Istituto Universitario Orientale, 1976), p. 194, n. 66, pp. 236, 238. 根据此诗诗序所述，郑嵎在 830 年代后期在石瓮寺研读历史记录。石瓮寺在庆山中。郑嵎在这节诗之后的自注中提供了更多关于石瓮寺的细节。第 162—172 句描写会昌灭佛之后，此寺荒凉衰败之象，又是一物是人非的例证。

[203] 童山指树砍尽后，山像一个未冠的男孩。窅谷指池塘干涸后，峡谷如失去了眼睛。

持国寺，本名庆山寺，德宗始改其额。[204] 寺有绿额，复道而上，[205] 天后朝，[206] 以禁臣取宫中制度结构之。石瓮寺，开元中以创造华清宫余材修缮。[207] 佛殿中玉石像，皆幽州进来，与朝元阁道像同日而至，[208] 精妙无比，叩之如磬。余像并杨惠之手塑。[209] 肢空像皆元伽儿之制，[210] 能妙纤丽，旷古无俦。红楼，在佛殿之西岩，下临绝壁，楼中有玄宗题诗，草、八分每一篇一体，王右丞 [211] 山水两壁。寺毁之后，皆失之矣。摩诘乃王维之字也。[212]

The Monastery Supporting the State (Ch'ih-kuo ssu) was originally the Monastery of Mount Felicitation (Ch'ing-shan ssu). It was Te-tsung who first changed the name-placard. The placard was green and hung above the covered way. The court of the Heavenly Empress employed minions consigned to the adyta to frame the monastery according to measurements on a palatial scale. During the K'ai-yüan period, the Monastery of the Stone Urn was renovated and refitted using spare materials from the construction of the Hua-ch'ing Palace. All of the images for its Buddha-hall that were made of precious stone were brought in from Yu-chou, arriving on the same day as the Taoist images for the Gallery for Homage to the Prime. They

[204] 约在大历十四年至永贞元年（779—805）间。
[205] "复道"指秦始皇于咸阳与骊山间所建的架空的通道。见《临潼县志》，卷二，页 29b。在庆山上的寺庙可俯视复道。
[206] 此指武后。
[207] 范朝律诗描写此寺在玄宗朝鼎盛时期的盛况。(《全唐诗》，卷一四五，页 1469—1470。)

胜境宜长望	A precinct of surpassing beauty—fit for lengthy gazing;
迟春好散愁	In slow-paced springtime—good for casting out sadness.
关联四塞起	From the links of the mountain-barriers four passes rise;
河带八川流	From the river's belt the eight streams flow.
复磴承香阁	Doubled ledges support the incense-filled galleries,
重岩映彩楼	And layered cliffs reflect the high multicolored buildings.
为临温液近	Comported to look upon the vicinity of the warming pools,
偏美圣君游	Inclined to the pleasures of the sagely sovereign's rambles.

（关中四塞为为东函谷，南武关，西散关以及北萧关。传统意义上的八川指泾、渭、灞、浐、酆、镐、潦、沆八条河流。）

[208] 关于幽州，见注 87。关于朝元阁见注 83，或为第 168 句中的"绿阁"。
[209] 杨惠之是一名著名的雕塑家，见《历代名画记》，卷九，页 286。英译见 Acker, *Tang Texts on Painting*, vol. 2, part 1, p. 233. 开元年间，洛阳城北的玄元观中也有他雕塑的道教神像。见《唐语林校证》（北京：中华书局，1987)，卷五，页 489;《太平广记》卷二一二，页 439c。
[210] 笔者尚未找到元伽儿的资料。
[211] 此指著名的画家和诗人王维（701—761），曾任尚书右丞。
[212] 郑嵎提及王维的字，因为它与佛教相关。"摩诘"置于其名"维"之后组成摩诘的梵文音译。维摩诘即中古时期广为流传的《维摩诘经》中符合佛教理想的居士。

were absolutely wondrous and incomparable. When one rapped them with one's knuckles they resounded as though they were chime-stones. The remaining [stone] images were alike sculpted by the hand of Yang Hui-chih. All of the hollow-limbed [bronze] images were cast by Yüan Chieh'ehr, wondrous of manner and beautiful in their delicacy, forever unprecedented and without peer. The crimson tower was located on the cliff west of the Buddha-hall, overlooking a sheer bluff. Within the tower were verses in the calligraphy of Hsüan-tsung, each poem in its own style, either cursive (*ts'ao*) or outspreading (*pa-fen*). There were landscape paintings of Wang Yu-ch'eng on two walls. After the dismantling of the monastery, all of these things have been lost. Mo-chieh was Wang Wei's byname.

[213] 石鱼岩（见注63）是一处峭壁，其上为石瓮寺红楼。峭壁"下有涧泉瀑布千尺"，见《临潼县志》卷二，页36a。
[214] 银床是用来安装下文中辘轳的装置。
[215] 红叶是瀑布池中的水生植物，为柔和的月光笼罩。然而由于会昌灭佛的破坏，曾经月光下清净的涟漪此时已不见踪影。
[216] 参见注63。
[217] "上"即玄宗。
[218] 即瀑布从掩映着红楼的树梢倾泻而下。

石鱼岩底百寻井 [213]	At the base of Stone Fish Cliff was a well a hundred armspans deep,
银床下卷红绠迟 [214]	And a silver frame uncoiled downward a length of crimson cord.
当时清影荫红叶	In those times limpid shadows lay on the leaves of crimson,
一旦飞埃埋素规 [215]	Till one morn blowing grit buried the pure-white disks.

石鱼岩下有天丝石，[216] 其形如瓮，以伫飞泉，故上以石瓮为寺名。[217] 寺僧于上层飞楼中悬辘轳，叙引修筜长二百余尺，以汲瓮泉，出于红楼乔树之杪。[218] 寺既毁拆，石瓮今已埋没也。

Below Stone Fish Cliff there were naturally striated stones, the formation

[219] "路岐"指年代更替，玄宗朝的辉煌一去不返。
[220] 见本诗第 69 句，注 106 和 111。
[221] 上元节即正月十五元宵节。此夜宵禁暂停，所有坊门通宵大开，四处张灯结彩。关于唐代都城的节日活动，见石田干之助：《長安の春》(东京：平凡社，1967)，页 65—76, 146—48。
[222] 几乎与《开元天宝遗事》，卷二，页 102 的记录一致。

of which resembled an urn storing up the waters of the soaring wellspring. Hence His Highness gave the name "Stone Urn" to the monastery. The monks of the monastery would carefully unwind, by means of a windlass poised in the uppermost storey of the lofty tower, a lengthy braid of bamboo [with attached bucket] stretching more than two hundred feet to draw water. The wellspring of the urn emerged from the nibs of upturning trees near the crimson tower. Now that the monastery has been laid to waste, the urn of stones has come to be buried in obliteration.

韩家烛台倚林杪	The candle spire of the household of Han was nigh the nibs of the grove,
千枝灿若山霞摛	And its thousand branches glistened like the display of a mountain daybreak.
昔年光彩夺天月	In years long ago the brilliance of its light eclipsed the moon in the sky;
180 昨日销熔当路岐 [219]	By yesterday all had melted away, at the forking of the paths.

韩国为千枝灯台，[220] 高八十尺，置于山上，每年上元夜则燃之，[221] 千光夺月，凡百里之内，皆可望焉。[222]

[The Lady of] Han Principality had a thousand-branch lantern spire made. It was eighty feet tall and was placed on the mountain. When the night of the First Prime arrived, she would have it lit up. Its thousand lights eclipsed the moon. Anyone who was within a hundred *li* could catch sight of it.

龙宫御榜高可惜 [223]	The autocrat's nameplate over the dragon demesne was astonishingly high,
火焚牛挽临崎岘	But fire scorched it, then oxen pulled it down from above the crested crags.
孔雀松残赤琥珀 [224]	The peacock-pines are now no more, nor the red amber;
184 鸳鸯瓦碎青琉璃 [225]	Mandarin-duck tiles are shattered, and the blue lapis-glaze.

寺额,睿宗在藩邸中所题也,[226] 标于危楼之上。世传孔雀松下有赤茯苓,[227] 入土千年则成琥珀。寺之前峰,古松老柏,洎乎嘉草,[228] 今皆樵苏荡除矣。

The monastery's placard had been handwritten by Jui-tsung at his feudatory residence. It showed forth conspicuously from atop the steep tower. Tradition tells that below the peacock-pines there was the red pachyma fungus which, if it remains underground for a thousand years, will turn to amber; and on the peak in front of the monastery were ancient pine-trees, old cypresses, and even mioga ginger. Now everything has been cleaned out and uprooted by fuel-gatherers and plant-foragers.

[223] 龙宫即石瓮寺。
[224] 孔雀松是孔雀绿色的松树。赤琥珀见郑嵎自注。
[225] 鸳鸯瓦为中国传统屋瓦形式,一俯一仰,如鸳鸯依偎。琉璃可以指天然青金岩、绿柱石材料(梵文为 vaidūrya,佛教七宝之一)或者是仿宝石的玻璃制品。见 Schafer, *Golden Peaches*, 235–237. 蓝色琉璃常用来装饰庙宇。
[226] 发生在圣历元年至神龙元年(698—705)间。684—690 的六年间,睿宗是武则天摆布下的傀儡皇帝,690—698 的八年间为武周名义上的皇嗣(实际上被严格监视)。698—705 年,武则天改立中宗为皇嗣,睿宗被贬为相王,并迁往皇宫外的住所。

[227] 茯苓(学名 *Pachyma Cocos*)是一种可用于药材和食疗的菌类,生长于杉树根部。见 G. A. Stuart, *Chinese Materia Medica: Vegetable Kingdom* (1911; rpt. Taipei: Southern Materials Center, 1987), p. 298. 张华(232—300)及其他作者记录道:"松脂沦入地中,千岁为茯苓。"见范宁:《博物志校证》(台北:明文书局,1981,1984 年再版),卷二,页 48:"琥珀千年变为丹光,丹光色紫而照人。"因此被当作不死药,见《太上灵宝五符序》(HY 388),卷二,页 12a。
[228] 嘉草是茗荷("mioga ginger")的别名,直译为"finest of herbs"。

今我前程能几许	The route that lies before me now is still of an unknown length;
徒有余息筋力羸	I can merely live out whatever is left in failing vigor and health.
逢君话此空洒涕	To encounter you, sir, and speak of all this is spilling tears in vain,
188 却忆欢娱无见期	Yet I remember the joys and delight of a time that will not be met with again.
主翁莫泣听我语	Weep not, my graybearded host, but harken to my words:
宁劳感旧休吁嘻	Lay down the burden of feelings for the past, and cease your somber sighs.
河清海宴不难睹 [229]	The Ho running clear, the sea at rest, is not an unthinkable sight,
192 我皇已上升平基 [230]	For our August Lord has raised the foundations already of prosperous peace.
湟中土地昔湮没 [231]	The land around Huang-chung was engulfed and lost long ago,
昨夜收复无瘢痍 [232]	But yesternight it was taken back, no longer a

[229] 只有天下承平、圣人当世时黄河才会变得清澈。

[230] 此指自会昌六年（846）4月25日始的宣宗统治。之前的武宗时期，社会政治动荡，不仅有会昌灭佛运动，840年代早期也外临回鹘强敌。见 Michael R. Drompp, "The Writings of Li Te-yü as Sources for the History of T'ang-Inner Asia Relations" (Ph.D. diss., Indiana University, 1986), 以及同作者的 "A T'ang Adventurer in Inner Asia," *T'ang Studies* 6 (1988): pp. 1–23；会昌三年至四年（843—844）爆发昭义之乱。在下面几联中，郑嵎重点描写昭义之乱。

[231] 湟中在青海湖正东约45英里处（今甘肃临藩城南8英里处），隶属唐陇右东道。甘肃走廊于广德元年（763）脱离唐王朝的控制，为吐蕃所占。《新唐书》，卷二一六上，页6087；《资治通鉴》，卷二二三，页7146；及 Christopher I. Beckwith, *The Tibetan Empire in Central Asia: A History of the Struggle for Great Power among Tibetans, Turks, Arabs, and Chinese during the Early Middle Ages* (Princeton: Princeton University Press, 1987), pp. 146–147.

[232] 此指大中五年（851）末，甘肃人张义潮收复甘肃走廊，再次臣服唐朝。见 *The Cambridge History of China, vol. 3: Sui and T'ang China, 589–906* (sic), part 1, ed. Denis Twitchett（杜希德）(Cambridge: Cambridge University Press, 1979), pp. 678–679, 及 Beckwith, *The Tibetan Empire*, pp. 170–171. 虽然旧唐书》（卷十八下，页629）载张义潮的起义于当年农历八月结束，《新唐书》（卷八，页249）及《资治通鉴》（卷二四九，页8048—8049）称起义结束于十月（10月28日至11月26日），《资》的《考异》证实了后者的正确性。郑嵎诗的创作时间根据此日期确定，并于851年11月上呈朝廷。因此，郑嵎所说的"今年冬"指851年12月或852年1月。"昨夜"为泛指。"瘢痍"的直译为"ulcerous score"。90余年前河西走廊落于吐蕃之手，重创了唐王朝的自尊。

393

	source of discomfort.
戎王北走弃青塚	The king of the savages has fled northward, abandoning the Green Mound,
196 虏马西奔空月支 [233]	And the caitiffs' horses have run off westward, deserting the Yüeh-chih!
两逢尧年岂易偶 [234]	Twice to encounter the 'years of Yao' is surely no easy chance;
愿翁颐养丰肤肌	So take good care, graybeard, and may you stay in the best of health.
平明酒醒便分首	At the first light of dawn, our heads cleared of wine, we parted company;
200 今夕一樽翁莫违	But tonight I'll have a goblet in pledge that the old man not be forgotten.

附录一：关于《霓裳羽衣曲》

尽管今天大多数学者都认同，如注 132 所述，《霓裳羽衣曲》这组套曲来源纷杂，引于注 130 中的跟玄宗登月有关的传说大多都声称此曲为玄宗所传，完整记录了玄宗在月宫聆听到的曲目。显然，很多人都曾认为这套乐曲既然如此美妙，必然来源于俗世之外。在刘禹锡（772—842）诗里，还可以找到第三个关于《霓裳羽衣》起源的故事，但相对比较简略。这首诗描写在三乡驿（今河南宜阳附近）登楼向西眺望女儿山的经历。半世纪前据说玄宗也曾在此登高望远：

[233] 青塚为传说中王昭君墓所在，因所处荒漠之中，其上独生青草而得名，传说在今内蒙古呼和浩特。见 Kwong Hing Foon, *Wang Zhaojun: Une héroïne chinoise de l'histoire à la légende* (Paris: Institut des Hautes Études Chinoises, 1986). 月支是汉代甘肃一带的游牧民族，后来西迁。见 Hulsewé, *China in Central Asia*, pp. 119–123。 郑嵎用汉代的典故描写吐蕃畏惧张义潮的军队，其首领逡巡于北境。

[234] 尧年指如尧一样的圣人统治时期。老叟有幸经历两代圣君，即百年前的玄宗及当今皇帝。

开元天子万事足	The Son of Heaven, during "Opened Prime," was content in all affairs,

	唯惜当时光景促	Except he grudged the swift passing of the time's brilliant scenes.
	三乡陌上望仙山	From cross-paths of San-hsiang he looked off to a mountain of transcendents
4	归作霓裳羽衣曲	And came back to compose the tune "Rainbow Skirts and Feather Vestments."
	仙心从此在瑶池	From then on his transcendent heart rested by the Chalcedony Pool;
	三清八景相追随	The Three Clarities and Eight Phosphors chased round about before him.
	天上忽乘白云去	In Heaven, up above, he suddenly mounted a white cloud and went off;
8	世间空有秋风词	While in the mortal realm remain vainly the lyrics of the autumn wind.[235]

瑶池作为西王母在昆仑仙山上的逗留之地而闻名。三清代表道教天界三君，太清（"Greatest Clarity"）、上清（"Highest Clarity"）和玉清（"Jade Clarity"）（递升序）；八景既是八方的神明，也是镇守在人体中重要枢纽的神明。该诗第 6 句描写了玄宗对此类话题的痴迷。结尾提到的《秋风词》也许既指玄宗羽化后人间空空然的场景，也指汉武帝的《秋风辞》（"Lyrics of the Autumn Wind"）。汉武帝是汉代皇帝中与玄宗地位相当的大帝。他在《秋风辞》中叹息：青春与光阴的流逝不以人的意志为转移。在刘诗里，玄宗似乎超越了武帝的无奈困扰。

乐史在《杨太真外传》的自注里提到了这首诗，也谈到了它对《霓裳羽衣》来源的独特的解释。这首诗有利维·霍华德（Howard S. Levy）的英译，见其 *Harem Favorites of an Illustrious Celestial* (Taipei: Chung-t'ai, 1958), p. 144。但译文相当拙涩。乐史也写到，在天宝四载（745）七月，杨贵妃正式册封为贵妃之日，曾特意为玄宗表演这套舞曲。

[235] 逯钦立辑：《先秦汉魏南北朝诗歌》（北京：中华书局，1983），页 94。《全唐诗》，卷三五六，页 3999。

到了九世纪初，按照原样来表演这组套曲已经比较罕见。白居易（772—846）对这组套曲特别钟情，曾尝试编结可以胜任的戏曲班子。他在长达88句的《霓裳羽衣歌》以及与友人元稹（779—831）的通信里讲述了为此所付出的努力。韦利（Arthur Waley）在 The Life and Times of Po Chü-i ([London: Allen and Unwin, 1949], pp. 154–155) 曾概述上述内容，然而他的措辞让人察觉不到他在概括白居易的诗。这首诗保存了现有资料中对这套组曲最好的形容，白居易的自注又是锦上添花。以下是与《霓裳羽衣曲》最为相关的诗句（第13—30句）及白居易自注：

[236] 隋朝流传下来的仿古乐曲。玄宗因为欣赏这种音乐，曾将它教授给梨园中的一部分乐师。乐器组合包括手铃、铙、钹、钟、磬、幢箫以及琵琶；见《新唐书》，卷二二，476页。

| 磬箫筝笛递相挽 | Lithophones, syrinx, koto, and cross-flute support each other in series; |
| 击抹弹吹声迤逦 | Struck, finger-stopped, plucked, and blown, they are voiced one after another. |

凡法曲[236]之初，众乐不齐，唯金石丝竹次第发声，《霓裳序》初，亦复如此。

At the beginning of fa-ch'ü the various instruments do not play in consort. Rather, those made of metal, stone, strings, or bamboo produce their music serially in order. The prelude (hsü) at the beginning of "Rainbow Skirts" also was done this way.

| 散序六奏未动衣 | Throughout the free prelude's sextuple execution, the dancers betray no movement: |
| 阳台宿云慵不飞 | The overnight clouds of the Sunlit Terrace indolent before taking flight. |

散序六遍无拍[237]，故不舞也[238]。

The six segments of the free prelude are unmeasured, hence there is no dancing during it.

| 中序擘䐴初入拍 | Now, as though ripped by a thumbnail the middle prelude brings the beat into play, |
| 秋竹竿裂春冰拆 | Like an autumn bamboo's stem torn apart or the cracking open of ice in spring. |

中序始有拍，亦名拍序。

Not until the middle prelude (*chung-hsü*) is there a measured beat. It is also called the "measured prelude" (*p'o-hsü*).

飘然转旋回雪轻	Swirling awhirl so driftily, the circling snow comes lightly;
嫣然纵送游龙惊	Unheld, unhindered so beguilingly, the roaming dragons are skittish.
小垂手后柳无力	Behind tiny hands dropping down—a willow with no strength at all;
斜曳裾时云欲生	As lappets are dragged all aslant, the clouds seem about to come forth!

四句皆霓裳舞之初态。[239]

These four verses pertain to the initial postu-rings of the dance.

---

[237] 不用打节奏的拍板。
[238] 这里值得留意的是打拍子对舞蹈的重要性。诗文把静止的舞女比作"阳台宿云"["overnight clouds of Yang-t'ai"]，即是巫山与楚王云雨过的虹蜺女神。她既像晨间的"朝云"["dawn cloud"]，也像傍晚的"行雨"。见宋玉:《高唐赋》,《文选》,卷十九,页 393。
[239] 欲生之云指的是舞女的胸脯，是唐代艳情诗里比较常见的比喻。参见李洞（活跃于 893）《赠庞炼师》("To Present to Refined Mistress P'ang"): "两脸酒醺红杏妒，半胸酥嫩白云饶。"("Both sides of your face suffused with wine—pink almond-blossoms are jealous; / Half-shown bosom creamy soft—the white clouds are luxuriant.") 见《全唐诗》,卷七二三,页 8296。

烟蛾敛略不胜态	Hazy moth-eyebrows pulled together, in bearing unsustainable;
风袖低昂如有情	Windblown sleeves fall and rise, as with a feeling of their own.
上元点鬟招萼绿	The Shang-yüan Lady nods her hair-coil, summoning O-lü,
王母挥袂别飞琼	The Royal Mother shakes out her sleeve-cuffs, parting from Fei-ch'iung.

许飞琼、萼绿华，皆女仙也。[240]

Hsü Fei-ch'iung and O Lü-hua are both female transcendents.

繁音急节十二遍	Intricate tones and surging cadences—for all of a dozen turns;
跳珠撼玉何铿铮	Jounced beads and joggled jades—how they tinkle and clink!

《霓裳》破凡十二遍而终。[241]

The "broaching" (*p'o*) of "Rainbow Skirts" normally concludes after twelve turns (*pien*).

翔鸾舞了却收翅	When the soaring simurgh's dance is over, it retreats, gathering in its wings;

[240] 关于许飞琼最为人所知的是《汉武帝内传》[HY 292, 3a] 里的一段，描述她在西王母的乐工里吹"震灵簧"（"numen-quaking reed-flute"）。萼绿华是一个上清女仙。据《真诰》[HY 1010, 卷一, 页 1a—2a] 所书，她曾试图传授羊懂天界秘传，但被羊懂辜负。上元（"Lady of the Highest Prime"）是上清最显耀的仙真之一。见 Kroll, "Three Taoist Figures of the T'ang Dynasty," Society for the Study of Chinese Religions Bulletin 9（1981）: pp. 30–34 ; Kroll, "Li Po's Transcendent Diction," *JAOS* 106（1986）: pp. 100–102。

[241] 比较白居易在另一首诗里对《霓裳羽衣》音乐的形容："宛转柔声入破时。"（"Fluently flexuous, the tender notes during the 'entering broaching.'"）《全唐诗》, 卷四四九, 页 5069。

> 唳鹤曲终长引声
>
> As the calling crane's music ends, it prolongs a last drawn-out note.

凡曲将毕，皆声拍促速，唯霓裳之末，长引一声也。[242]

Whenever a piece is nearing its close, the beat of the music usually quickens to allegro. Only in the finale of "Rainbow Skirts" is there a single note prolonged and drawn out.

白居易的这首诗也许是我们能跟《霓裳羽衣》这组千载扬名的套曲的最近距离接触。南唐后主李煜在十世纪所见的版本已经经历衍变，当时的人们也知晓这一事实。姜夔（约1155—约1235）重构的"中序"部分保留在日本的"唐乐"（tōgaku）曲目内。近年来，毕铿（Laurence Picken）对"中序"进行了再创造，并为其录音。姜夔的重构虽属猜测但其准绳总聊胜于无，然而猜测终归是猜测。[243]

附录二：玄宗回长安

在郑诗第140句后的自注中，郑嵎描写了玄宗作为太上皇返回长安的种种情节和礼仪。当时的局势是相当微妙的：虽然肃宗已经在756年8月12日称帝，却是在一个月之后才得到玄宗的同意（见上注161）。唐军于757年11月13日收复国都后，肃宗作为当朝皇帝，在757年12月8日先入长安。玄宗似乎是等到获取了儿子的批准或邀请之后才从蜀地出发。758年1月6日，他到达了长安以西70英里的凤翔（见注172）。无论是父子重逢，还是玄宗再入离开了一年有半的国都，这些都是富有戏剧性而扣人心弦的场景。《资治通鉴》[244]有如下的描述（文中的"上皇"指玄宗，"上"指肃宗）：

> 丙申（公历1月6日），上皇至凤翔，从兵六百余人，上皇命悉以甲兵输郡库。上发精骑

[242] 类似的描述参见《新唐书》，卷二二，页476。
[243] 董锡玖对《霓裳羽衣》的相关研究做了简明扼要的总结。见其《唐代舞蹈》，页141—143。
[244] 资治通鉴：卷二二〇，页7044—7045。

三千奉迎。十二月,丙午(1月16日),上皇至咸阳,上备法驾迎于望贤宫(见郑诗第139句)。上皇在宫南楼。

上释黄袍,着紫袍,望楼下马,趋进,拜舞于楼下。上皇降楼,抚上而泣。上捧上皇足,呜咽不自胜。上皇索黄袍,自为上着之,上伏地顿首固辞。上皇曰:"天数、人心皆归于汝,使朕得保养余齿,汝之孝也!"上不得已,受之。父老在仗外,欢呼且拜。上令开仗,纵千余人入谒上皇,曰:"臣等今日复睹二圣相见,死无恨矣!"

上皇不肯居正殿,曰:"此天子之位也。"上固请,自扶上皇登殿。尚食进食,上品尝而荐之。

丁未(1月17日),将发行宫,上亲为上皇习马而进之。上皇上马,上亲执鞚。行数步,上皇止之。上乘马前引,不敢当驰道。上皇谓左右曰:"吾为天子五十年,未为贵;今为天子父,乃贵耳!"左右皆呼万岁。

上皇自开远门(见注171)入大明宫(即皇室所居之地),御含元殿[245],慰抚百官;乃诣长乐殿[246],谢九庙主,恸哭久之;即日,幸兴庆宫(见注133、177、178),遂居之。上累表请避位还东宫(即大明宫,在位皇帝的住所),上皇不许。

[245] 含元殿,大明宫的主殿,位于宫殿中南部;同代人对含元殿的描写可见李华(进士:735;卒于766)《含元殿赋》,《全唐文》,卷三一四,页1a—9a;宫殿的发掘报告可见傅熹年:《唐长安大明宫含元殿原状的探讨》,《文物》,第7期(1973),页30—48。

[246] 长乐殿,位于大明宫中西部。因为太庙在叛军占领长安期间被摧毁,皇室的祖先牌位被暂时移至于此。

On the *ping-shen* day (6 January), His August Highness reached Feng-hsiang, with a military entourage of over six hundred men. He ordered them to lay up all their armor and weapons in the commandery's depot. His Highness set out with three thousand of the finest cavalrymen to offer respectful welcome. On the *ping-wu* day of the twelfth month (16 January) His August Highness reached Hsien-yang. His Highness made ready a formal carriage to welcome him at the Wang-hsien palace. His August Highness was at a pavilion on the south side of the palace.

His Highness had removed his [imperial] yellow robe and put on a purple robe [suitable merely for a prince]; when he came in sight of the pavilion, he dismounted and hurried forward on foot [as a sign of respect], to perform an obeisance below the pavilion. His August Highness descended from the upper storey and embraced his son, weeping. His Highness clasped his father's feet, unable to keep himself from sobbing loudly. His August Highness then unfastened his own yellow robe, to place it himself upon His Highness. But the latter louted low, with his head down, refusing obstinately. His August Highness then said, "The appetence of Heaven and the hearts of men have all turned allegiance to you. Should We gain protection and sustenance in the years remaining, it is owing to your filial devotion." His Highness could do nothing but accept. The fatherly elders who stood outside the line of the guards cried out in joy and offered their salutations. His Highness commanded the guards to stand aside, thus allowing the thousand and more people to pay their respects to His August Highness. They said, "We, your subjects, have today beheld our two sages meeting each other again, and we can now die without regrets!"

His August Highness was unwilling to abide in the principal hall [of the Wang-hsien kung], saying, "This is the seat of the Son of Heaven only." But His Highness insisted and took him by the arm up into the hall. When the magister of repasts presented their food, His Highness acted as taster for each dish and only then put it before Hsüan-tsung.

On the *ting-wei* day (17 January), before they set out from the temporary palace, His Highness personally worked a horse for His August Highness before presenting it to him to ride. When his father mounted, His Highness himself held the bridle and advanced with him for several paces, at which time His August Highness made him give over [this excessive kindness]. His Highness then set himself on his own horse and led on ahead, but was careful not to encroach upon the [imperial] causeway. His August Highness addressed the attendants, saying, "For fifty years I was the Son of Heaven but did not feel the [dignity of the] honor. Today, being father to the Son of Heaven, I feel honored at last." The attendants all cried out, "A myriad years!"

From the Gate of Opening-to-the-Distance, His August Highness proceded on to the Palace of Great Luminosity, where he held sway at the Throne-Hall for Enclosing the Prime, where he gave consolation and solace to the hundred-fold officials. He then visited the Throne-Hall of Lasting Jubilation to beg indulgence before the spirit-tablets of the Nine Enshrinements [to the imperial ancestors], weeping heart-stricken there for a long time. Later the same day, he graced with his presence the Hsing-ch'ing palace, where he resided thereafter. Although His Highness repeatedly expressed the suggestion that he should ignore [questions of] status and come back to the Eastern Palace, His August Highness would not agree.

以上《资治通鉴》引文其译的最开头的一部分，包含了戴何都的翻译。戴氏翻译的根据，是他对林旅之（Lin Lü-tche）的 *Le règne de l'empereur Hiuan-tszong*（713—756）一书中相关内容的理解。[247]

补遗

当本文的校样刚刚到手，笔者又收到了康奈尔大学丁香（Ding Xiang Warner）教授的来信，函寄她从《荥阳杂俎》抄录的与本文相关的部分。如注 48 所述，中国国家图书馆的藏本似乎是该丛书的唯一版本。丁香教授于 2003 年 10 月在国家图书馆做研究期间，从善本部得到了参阅此书的许可。虽然善本部不允许复印，她不辞辛苦，亲手抄写了郑嵎的诗和夹注，还有程定远的跋。她慷慨地同意笔者使用这份材料，令笔者感激不尽。

因为篇幅所限，我只能对此善本做几个短小的评析。程定远的跋写于 1699 年初，其中以下这

[247] 见 Lin, *Le règne de l'empereur Hiuan-tsong (713–756)* (Paris: Institut des Hautes Études Chinoises, 1981), p. 478.《旧唐书》对于这些事件有比较简短的记载，见《旧唐书》，卷九，页 235；卷十，页 249。

段值得关注：

> 右《津阳门诗》一百韵，唐礼部侍郎宾先公讳峄所作。公长于词赋，夙擅盛名。与李君都、崔君雍、孙君璜号"四君子"。承眄睐者，咸得升进。时人为之语曰："欲得命通，问峄、璜、都、雍。"其为世所推重如此。

> The "Poem on the Chin-yang Gate" in one hundred rhymes was composed by [Cheng] Pin-hsien, personal name Yü, deputy director of the Bureau of Rites during the T'ang. He excelled in [the writing of] *tz'u-fu*. For some time he enjoyed a full degree of fame together with Lord Li Tu, Lord Ts'ui Yung, and Lord Sun Huang, who were [collectively] called the "Four Lordlings". Receiving fond glances, they all were able to be promoted and advanced. Because of this, contemporaries said of them, "If you would have success in life, inquire of Yü, Huang, Tu, and Yung." In his time this is how greatly he was esteemed.

我们首先应该注意，郑峄的字被写为"宾先"，而不是其他材料里的"宾光"。在词义上，"宾光"作为"峄"这个名的字更切合，所以"宾先"应该只是一个简单的抄写错误。再往下，孙璜的名字在两个不同的句子里写成了两个不同的字（异文是"璜"），但第二个用字——"璜"——是正确的。[248] 这种不严谨也出现在《荥阳杂俎》本郑峄的诗文以及自注中，含有众多形旁声旁跟他本不一的异文。

郑峄官及礼部侍郎是条新的信息。这是一个比较高的官位——正四品下，属于唐朝分为30个等级的官僚系统的第8等。可惜的是，没有信息指明郑峄是何时官居此位的。如果这条信息是可靠的，他应该在大中九年（855）以后才迁升到此职位。我们知道，在此之前，他还只是扬州大都督府中职位较低的小官。从唐代常见的仕途轨道和成功官僚的生平经历来看，我们可以合理地推测出郑

[248] 译者按：根据国家图书馆《中华古籍资源库》的《荥阳杂俎八种》刻本（1699），两处"璜"字都作"瑝"，不含"璜"这一异文。译者未能查明此版本是否为丁香教授和柯教授所见的版本。

峿成为礼部的二把手的时间不会早于公元 860 年早期。据此，我们可以推测，郑峿所活跃的时期一直延伸至九世纪六十年代。

引文所见跟郑峿有交往的三人既引人注目也使我们感到有些困难。虽然他们不是什么大人物，但三人都青年有成，有步步高升的潜力。程定远的用词似乎在暗示他们的早年成功或许也是得益于家族关系以及贵人的提携。但是三人后来都遭遇了贬黜或不幸。孙瑝官至御史台二把手以后，跟他结交的翰林院士宰相刘瞻因在咸通十一年（870）上谏过激而被贬。孙瑝也被牵连，被贬官至南方的偏远之地。[249] 崔雍在 860 年间官为和州刺史，因未能镇压庞勋的叛军而被朝廷赐死。[250] 李都，身在军职，在 880 年代末黄巢军攻至长安之时降于叛军。[251] 我们不得不寻味：哪种家传记载会把郑峿和这三个人联系起来？逸事材料鼓励我们把注意力放在他们早年的成功上，而不是他们被掩盖的不光彩的结局，因为这些成绩使他们受到了世人的关注。但我们是否应该由此推测郑峿也在晚年遭遇屈辱，抑或只是"四君子"这样的词语朗朗上口，因此被记载和流传下来了？

有些蛛丝马迹表明史实有可能被讹传了，或是因为家传记载有误，或是因为程定远对于历史的理解有偏差。有意思的是，崔雍跟郑颢[252]——郑峿更有名的族人——有密切的关系。《唐语林》的一则逸事记载了两人少年结交，同为神童的故事。[253] 在他处我们找到另一个"欲得命通"的流行说法，词句基本无异，却是用来形容郑家的另一成员：郑鲁。[254] 更有意思的是，《唐摭言》里的一个故事又把这个郑鲁跟崔雍联系起来。[255] 在唐代的后半叶，荥阳郑氏担任不同官职的成员有数十人。如果八个世纪以后，他们中一些人的生平信息没有得到准确的记录，也是可以理解的。

接下来，程定远开始讨论郑峿的作品，其中似乎也有失考的地方：

> 著述甚富，有文集十卷，《圣政纪》八卷，表状略三卷，载《唐书·艺

[249]《旧唐书》，卷一七七，页 4606；《新唐书》，卷一八一，页 5353；《唐语林校证》，卷四，页 374—375。
[250]《新唐书》，卷一五九，页 5353。
[251]《旧唐书》，卷一八二，页 4695；《新唐书》，卷一八二，页 5364，卷一八七，页 5435—36。
[252] 郑颢的传可见《旧唐书》，卷一五九，页 4181—82；《新唐书》，卷一六五，页 5076。
[253]《唐语林校证》，卷八，页 82。
[254]《新唐书》，卷一六零，页 4974。这一组除了郑峿以外还包括崔铉、杨绍和薛蒙。
[255]《唐摭言》上海：古典文学出版社，1957)，卷八，页 82。

文志》《文献通考》等书。今所获见者，仅此诗而已。

His writings were plentiful, including a *Collected Works* in ten *chüan*, the *Sheng cheng chi* in eight *chüan*, and *Piao-chuang lüeh* in three *chüan*, as recorded in the *[Hsin] T'ang shu* bibliographic monograph, the *Wen-hsien t'ung-k'ao*, and other sources. But today what we are able to see is nothing more than this poem alone.

这里提到的第二部编著集子《圣政纪》，其他文献没有将之归属为郑嵎的作品。其书名与《圣政录》相似，令人生疑。《宋史·艺文志》把《圣政录》归为宋人郑居中（十二世纪早期重要官员）的作品；而程是否粗心地把他与一位同名的唐人——在825年左右活跃于朝廷牛僧孺门客的郑居中——混淆？然而，根据两部唐史，[256] 825 年这个日期实在太早，让我们无法把两郑牵强地视为一人。这一段既可能是一条关于郑嵎写作的真实记录，也可能是一位身份不明的郑嵎被误认为家族的另一成员。

跋的剩余部分是对郑嵎自序内容的重述。结尾是程定远的评语，表示《津阳门》虽为诗作，但也是"实史"（"veritable history"），而用它可以来填补郑綮《开天传信记》中的一些缺漏，所以将它置于此书之后。

跟标准的传世本相比，程本的诗注含有大概 70 处左右的异文。大多数异文都是在读写过程中形成的，或是增易偏旁，或是同义词互换（比如第 156 句"堂"作"室"，第 172 句"间"作"中"）。时不时会有一两个字词脱于注文，但没有脱文改变了文意的。这又一次表明何谿汶的《竹庄诗话》本含有频繁的改动，是不可取的。何本的异文使得诗文更加易懂，很有可能反映了何谿汶对文本不加思索便做出"改善"。[257]《荥阳杂俎》也含有明显的错误。比如第 110 句："罘罳"作"梁楣"。后者是常见的词组，但在此处完全不通；前者不常用，但在此处明显是正确的。又如在第 156 句后的注文里，"神尧"作"神农"。如前一例，虽

---

[256]《旧唐书》，卷一六八，页 4382；《新唐书》，卷一六二，页 4993。

[257] 在《荥阳杂俎》中，只有第 37—38 句对应何谿汶本："六军各出射犀兕，弋徒络野张罝维。"（"The Six Armies each went out to shoot rhinoceros and gaur;/ The bowmen enclosed the countryside, spread out cords for the snares."）

然"神农"更常见，但在当下的语境里是行不通的；而"神尧"指的是唐朝的开国皇帝唐高祖。还有几处奇数句(即不押韵的句)的最后两字被互换之例。

《荥阳杂俎》本唯一反常的一处是出现了40句的诗文次序颠倒。第28句后的注文在"宝应中鱼朝恩毁之"之后被打断，尔后正文跳至第69句。直到第92句之后又把所脱的第29到68句补入。这一顺序影响了叙述的展开，可以推测为编写中发生的错误。

（边百茜　朱曦　杜恒 译）

有无之间 *

> * 美国东方学会（The American Oriental Society）会长演讲。这场演讲原本安排在2007年圣安东尼奥（San Antonio）的年会发表，但由于一些不可预见的情况，未能如期进行。本文是根据一年后，即2008年3月16日，在芝加哥举行的第218次会议上发表的演讲稿做出最少修订的版本。除非另有说明，文中所有的英文翻译都出自本人手笔。为了保持原稿口头陈述的风格，我省略了大部分注脚；如有需求，可提供引文。
> 编者按：本演讲原定计划发表前的短时间内，柯教授突然心脏病发作，幸好抢救及时，保住了性命。演讲在一年后发表时经过了修订，在讲稿的结尾部分加入了一些个人对于生死的感言，不免有哀伤情调。

首先，请允许我对每一位参与这次盛大聚会的成员致以真挚的感谢！正值我们学会成立165周年之际，我很荣幸在过去的一年能作为主席为学会服务。我衷心感谢诸位！在当今这个急速发展的社会，165年是一段非常长的时间。在这个国家没有太多学院或大学经历过这么长的时间。尽管他们各自有其独特的历史，但是有谁可以说他们所推动高等教育的理想建设真的会像他们的砖瓦一样经久不衰？当我们的高等学院逐步轻视甚至舍弃文科教育的人文精神原则，而去迎合利益导向的商业化管理模式的时候，这便不难理解为何有些教职员往往不认为他们自己是某一大学的一员，甚至不愿意承认自己是某一学系中的一员（取决于其同事的性格）。他们反而认为自己是作为一个学会中的一个成员，学会成员间拥有共同的目标和标准，让我们相信自己从不是孤军奋战。我们美国东方学会（The American Oriental Society；简称AOS）就是这样的一个学会——我们都十分自豪能在她这超过150年的历史中占有一席之位。

在我所任职大学的图书馆的正门上方刻有西塞罗（Cicero，前106—前43）的一句话："那些只知道他自己那个时代的人永远只是个小孩子。"("Who knows only his own generation remains always a child.") [1] 那些成就这个可敬的社会的人印证了这句话的必然性：以西塞罗的话来讲，在座中的大多数人，都颇为年长。我们在这些会议中歌颂乔治·森茨伯里（George Saintsbury，1845—1933）格言的智慧："从一个纯粹批评性的角度看，没有现代的古代便是一个绊脚石，而没有古代的现代将变得愚蠢和无可救药。"[2] 森茨伯里就像那些所有关心和记住前人来之不易的成就的人一样，如果了解现今社会，就会十分认同孔子的经典名言："温故而知新，可以为师矣。"("Rekindling the old while acknowledging the new, one can be a teacher.")我们也可以像世界各地自由的人那样有足够的理由宣称："我是一个柏林人。"("Ich bin [ein] Berliner.")因此，所有真正的学者的内心深处都一定是一个儒家。

我想首先引用尼可罗·马基雅维利（Niccolò Machiavelli，1469—1527）的一段话。他的姓氏衍

[1] Nescire autem quid ante quam natus sis acciderit, id est semper esse puerum (*De Oratore*, sec. 120). 英译来自乔治·诺林（George Norlin，1871—1942），一位古典学的学者，于1919年至1939年任科罗拉多大学校长。

[2] "If, from a purely critical point of view, Ancient without Modern is a stumbling-block, Modern without Ancient is foolishness utter and irremediable."

生出一个形容词,而这个形容词残酷地曲解了他自己的话(就像伊壁鸠鲁 [Epicurus,前 341—前 270] 之前经历的一般)。身兼学者、历史学家和诗人身份的马基雅维利在 1513 年 12 月 10 日给他的朋友弗朗切斯科·维托里(Francesco Vettori)写了一封十分著名的信。信中他写到在佛罗伦萨(Florence)以北 7 英里的小山上,一个村庄里的日常琐事。这是正值他在美第奇(Medici)家族工作不如意之时。在一个夜晚,他从刚吃过晚饭的小旅馆离开,步行回家。这段话他是用意大利文,而不是拉丁文写成的。他说道:

> 夜幕降临,我回到家走进我的书房。在那扇门前,我脱去日常的衣着——那充满郊野的泥泞和污垢的衣裳,换上了神圣且庄严的长袍。我穿着整齐,进入先贤的古老殿堂。在那里我受到了友好的欢迎。在那里,我以自己的放牧为食,亦为此而生。在那里,我不羞愧于与他们交谈,探问其作为的因由。而他们宅心仁厚,予以回答。在四个小时里,我不再感到不安,忘记所有的艰辛。我不惧怕贫穷,也不再恐惧死亡。我将我的所有融入其中。[3]

这几乎足以让人热泪盈眶。我认为,如果有一个人坐下读他的文字,而从未有过这种感觉,那么他就配不上学人或人文主义者的称号。

这种对过往的探访,对于尼可罗及其同代学人(如伊拉斯谟 [Erasmus, 1466—1536]、托马斯·莫尔 [Thomas More, 1478—1535] 和约翰·科利特 [John Colet, 1467—1519] 等人)而言,并不仅仅是一次古文物游览——只为收集漂亮贝壳,即被遗忘的事实或数据,巧妙地将它们在一本书的章节或一篇

[3] 意大利文原文:"Venuta la sera, mi ritorno in casa, ed entro nel mio scrittoio; e in sull'uscio mi spoglio quella vesta cotidiana, piena di fango e di loto, e mi metto panni reali e curiali; e revestito condecentemente, entro nelle antique corti delli antiqui uomini. Dove, da loro recevuto amorevolmente, mi pasco di quel cibo, che solum è mio e ch'io nacqui per lui; dove io non mi vergogno parlare, con loro e domandarli della ragione delle loro azioni; e quelli per loro umanità mi respondono; e non sento per quattro ore di tempo alcuna noia, sdimentico ogni affanno, non temo la povertà, non mi sbigottisce la morte; tutto mi tranferisco in loro."
作者英译:"With the coming of evening I return home and go into my library. At the door I doff these everyday clothes, full of country mud and filth, and instead put on robes courtly and regal. Clad fittingly now, I enter the ancient courts of the men of old. And there I find a kindly welcome. There I feed on that pasturage which alone is mine, and for which I was born. There I am not ashamed to converse with them and to ask the reason for their actions. And they, in their humanity, give me answer; and for four hours of time I feel no more malaise, I forget every toil, I do not fear poverty, I lose my dread of death. I transfer all of myself into them."

[4] 译者按：原文"farthingale"，伊丽莎白时期妇女所穿裙子内的鲸骨衬籠。

[5] "No other study touches our own life at so many points and more illuminates the world of daily experience."

[6] "Human history becomes more and more a race between catastrophe and education."

期刊论文中重新组织或展现出来。他们是当下体现具积极意义的智慧。如今的人文学科，甚至在一些专业的从业者看来，它对我们的"真实"生活而言是多余且毫无价值的，是我们在没有更重要的事情要做时用来摆弄的裙子支架。[4] 若真如他们所言，那么这两千多年来，文科教育——作为中国的孔子和罗马的经院哲学家推动人类发展的原动力——就真的走上了末路。但是，我们都十分清楚，人文学科远不仅有附加的或"额外的价值"。它们对于一个完全成熟的生命而言非常必要，正因为其对生理上的需求毫不重要（这是从野兽的角度而言）。这并不是一个悖论，而是基于一个很简单的理由：我们不只是一个躯壳，不仅仅满足于生理上的舒适和我们所创造的机器。正如海伦·加德纳（Helen Gardner, 1908—1986）对文学研究和人文学科的见解："再没有其他的研究可以如此从多个方面打动我们的人生，为日常经验的世界带来这么多的启发。"[5]

不可否认，大多数对于所谓物种永恒（sub specie aeternitatis）的努力，似乎都是无关紧要的。但是根据马基雅维利的经验，甚或是我们自身的阅读和与过去对话的经验，都显示出当下与过往的紧密联系。如果古典历史或中古文学的研究可以为我们和我们的学生带来的不只是知识上的愉悦，而更重要的是可以帮助我们更好地管理上天赐予我们的时间，帮助我们提升（我敢说）道德上的修养，那么我们的工作就有更具价值的成果。赫伯特·乔治·威尔斯（H. G. Wells, 1866—1946）在八十多年前所说的话在今天看来更加正确："人类的历史变得越来越像是大灾难与教育之间的竞赛。"[6] 因此，我们成了这场戏剧的主要演员——正如孔子在他所处的时代，看到了"天丧斯文"的潜在危险，这就像如今的同样情况下，那些把仁爱看得比纯粹力量更重的人一样。

尤其在像今天这样的场合，人对类似的事件很容易过度紧张甚至忧伤。但我们的年会所带来的舒适和欢乐，就像生活中得到的大多数满足一样，转瞬即逝。24小时过后，这个聚会自身就会被解构，我们将成为一个"自我消耗的人工制品"，我们将会飞回各自所扎根的地方。正是对这种无可避免的无常的认知,为我今天的演讲提供了主旨。让我来解释一番。

首先,我想到了《庄子》第 22 章(《知北游》)中著名的一段,老子正在教导孔子,他说道:

[7] 但是不要与《诗经·小雅·白驹》(《毛诗》第 186 号)中指代离开朝廷的官员的那匹活跃的"白驹"混淆。

> 人生天地之间,若白驹过隙,忽然而已。注然勃然,莫不出焉;油然漻然,莫不入焉;已化而生,又化而死,生物哀之,人类悲之。

> Man's life between heaven and earth is like a white colt's passing by a gap in a wall—suddenly there, and then gone! Streaming on, dashing on, everything comes out of it; sliding by, sweeping by, everything goes into it. Born of transformation, dying by another transformation; living beings sorrow over it, humankind despairs for it.

文中的那匹白驹经常出现在中国的古典文本中。[7] 例如《史记·留侯世家》,恶名昭著的吕后在与张良(卒于前 185)的对话中就曾引用过"白驹过隙"这一谚语。再如《汉书》记载公元前 204 年,魏豹被刘邦的将军韩信打败之前,也曾引用此语。在其他早期的文字中,四马两轮的战车是作为单独一匹白驹的替代品出现的;然而到了七世纪中期,注家成玄英和颜师古将"白驹"解释为白日飞驰,这一单独的意象似乎得到了更原始和贴切的理解。

自从 40 年前起,当我初次接触白驹这一形象,它便一直时显时隐地伴随着我。与其形象相似的东西不仅在中国文学中随处可见,在其他国家的文学作品中也有出现。我相信我在圣比德(Venerable Bede, 672?—735)的《英吉利教会史》(*Ecclesiastical History of the English People*)第 2 册的第 13 章中,见过与白驹角色相对应的鸟类形象。这部书在西方的知识分子间广泛流传,其受欢迎的程度就像《庄子》在中国学者间一样。在 730 年代初期(那时,在欧亚大陆的另一端,正值伟大的皇帝唐玄宗开元年间的鼎盛时期)写的这本书中,比德讲述了 627 年诺森布里亚(Northumbria)的国王埃德温

（Edwin，582—632）是如何转向信奉基督教的。国王与其谋士之间的讨论过程在英国的历史上十分有名，但其中最令人难忘的一段话却来自一位不知名的贵族：

噢，我的君主，在我看来是这样的：目前在这片土地上人类的生命，与我们所不知道的那些时代相比，就如同您与您的将领和大臣在冬日时一起坐下来举行宴会，在你们中间炉火熊熊，饭厅里一片温暖，尽管不处于狂暴的雨雪的盛怒之下——一只孤独的麻雀来到房子前，很快地飞过，从一扇门进入，又迅速从另一扇门离开。因此，仅仅是在进入室内的那一瞬间，它逃离了寒冬的袭击。然而在一瞬即逝的好天气之后，它从冬天来又往冬天里去，从您的视线中消失。在这种情况下，人类的生命显然太过短暂，我们对于过往和将来所发生的事情都毫不知情。因此，如果这个新的宗教能为我们带来更多确定性，看来便值得我们去追随它。[8]

比德告诉我们：结果，诺森布里亚的国王和贵族很快就接受了这种信仰。在这小小的劝导中，那只麻雀被用来服务于教会。这种对于存在之前和之后的关注极具西方的特色。但是就最理性的层面而言，小鸟快速从温暖的宴会厅中飞过，与白驹过隙的奔驰是一样的。

在庄子和比德的两段引文之后，我想引用一位粗鲁不仁的游吟诗人罗宾逊·杰弗斯（Robinson

[8] 拉丁文原文："'Talis,' inquiens, 'mihi videtur, rex, vita hominum praesens in terris, ad comparationem eius quod nobis incertum est temporis, quale cum te residente ad coenam cum ducibus ac ministris tuis tempore brumali, accenso quidem foco in medio et calido effecto coenaculo, furentibus autem foris per omnia turbinibus hiemalium pluviarum vel nivium, adveniensque unus passerum domum citissime pervolaverit qui cum per unum ostium ingrediens, mox per aliud exierit. Ipso quidem tempore quo intus est, hiemis tempestate non tangitur, sed tamen parvissimo spatio serenitatis ad momentum excurso, mox de hieme in hiemem regrediens, tuis oculis elabitur. Ita haec vita hominum ad modicum apparet; quid autem sequatur, quidve praecesserit, prorsus ignoramus. Unde si haec nova doctrina certius aliquid attulit, merito esse sequenda videtur." 作者英译："Of such kind seems to me, O King, the life of man at present on earth, compared with that time that lies unknown to us, as when you are settled down to a feast in wintertime with your captains and ministers, the hearth kindled in your midst and the dining hall warm, though all without be in raging furies of freezing rain or snow—and a lone sparrow coming to the house should fly quickly through, entering through one door and in a moment exiting through another. And so, for just the time it is indoors is it untouched by the blast of winter, yet after the shortest span of fair weather hurrying past in an instant, from winter returning back to winter, it slips from your sight. In such a way this life of man is manifest all too briefly, while of what comes after or what before we are quite unwitting. Wherefore if this new religion bring us any more certainty, it would seem deserving to be followed."

Jeffers)的一首诗。这是一首由 11 行组成的佳构，名为"珍宝"（"The Treasure"）。各位将会明白我为何引用此诗：

群山，大地一瞬间掀起的波涛和深挖的洞穴；大地也是浮游生物；星星——

生命短暂如小草的星星在星云中加速，在夏日中干涸，它们盘旋

遮蔽太空，散布着未来的黑色种子；没有什么是永恒的，整个天空

周而复始地流淌着海湾诞生前的时代中每一小时中的每一秒，而海湾

死后便似乎已经过时了：在永恒的一段时间里劳作八十年并不算什么，且不太令人烦厌，

巨大的休息之后，巨大的休息之前，活动的闪烁。

你一定做梦也无法想象，那不可思议的深渊仅仅是序幕和尾声

在地面上阳光下玩耍，那瞬间的生活，什么叫作生活？我想

那寂静就是此物，这喧闹就是它的称呼；一阵惊叹，是对那种寂静的呼吸；

星星在燃烧，小草在生长，人们在呼吸：就像一个找寻宝藏的人说道："啊！"但是这个宝藏才是本质；

在这个人开口之前，它就在那里；他一开口，他把它收集到取之不尽的宝藏里去。[9]

[9] Mountains, a moment's earth-waves rising and hollowing; the earth too's an ephemerid; the stars—
Short-lived as grass the stars quicken in the nebula and dry in their summer, they spiral
Blind up space, scattered black seeds of a future; nothing lives long, the whole sky's
Recurrences tick the seconds of the hours of the ages of the gulf before birth, and the gulf
After death is like dated: to labor eighty years in a notch of eternity is nothing too tiresome,
Enormous repose after, enormous repose before, the flash of activity.
Surely you have never dreamed the incredible depths were prologue and epilogue merely
To the surface play in the sun, the instant of life, what is called life? I fancy
That silence is the thing, this noise a found word for it; interjection, a jump of the breath at that silence;
Stars burn, grass grows, men breathe: as a man finding treasure says "Ah!" but the treasure's the essence;
Before the man spoke it was there, and after he has spoken he gathers it, in exhaustible treasure.

这里没有野兽，没有鸟，只有一声逃脱的惊叫。我们可以继续为此作解说。

我想起了《老子》第25章，[10]因为：沉默为"名"，即个人的名字，而声音为"字"，即个人的别字。我以为，杰弗斯所说的是生命之光这个转瞬即逝的比喻中的最后一个词——或者它是第一个词，唯一的一个词，它实在是最原始的召唤。这种思想来自并昭示着孤独自我的内心生活，它否认了物质作为决定事物为何（"what is"）的唯一因素。

在进一步研究这些文学形象（小马、麻雀、惊叫、沉默等）之前，我注意到最根本的本体论（ontological）问题：什么是（"what is"），什么不是（"what is not"），以及它们从何而来，都成为中国中古早期学者几代人以来所讨论的前沿话题。我所指的讨论是中国三世纪至四世纪很多作者和思想家均有论及的玄学（英译为"abstruse lore"［深奥的学问］或"dark learning"［神秘的知识］）。在这里我没有足够的时间去详细描述这十分值得探讨的现象，但可以分享我的一些观察。

在印欧语系中，"to be"这个强力动词经常同时承载不同的功能，这些功能在西方形而上学中产生了麻烦的高峰和低谷，而在古代汉语中则可用不同的词汇表达。其中最主要的是"有""无"这一对含义丰富的概念。最简单而言，"有"所指的是"X的所有"（"[the] having [of X]"），"有某东西"（"having something"），"带有X"（"with [X]"），"有任何东西"（"to have aught"），或者以去动词化（"deverbalized"）的形式说："那是X"（"there is [X]"），"某（特定）的东西在那里"（"the something [specific] that is there"），"'实在的'，但并非所有事物的存在"（"'the actual,' but not the presence of everything"）。另一方面，"无"所指的是"X的缺失"（"[the] lacking [of X]"），"缺少某东西"（"lacking something"），"没有东西"（"having naught"），"不带有"（"without"），或者"什么是'零值'"（"what is 'null'"），"那不是X"（there is not [X]），"'非实在的'，但并非仅为所有都缺失"（"'the non-actual,' but not the mere absence of everything"）。虽然有时为了方便，我们直接将这些概念英译为"something"和"nothing"（即"no-thing"），但是中文词汇里"有"的概念并不等同于英文中"存在"（"being/existence"）和"非存在"（"non-being/non-existence"）的静态特性（"static qualities"）。

[10] 吾不知其名，故强字之曰道。("I do not know its personal name, so I impose on it the byname 'Dao'.")

探究"有""无"的概念及其含义是玄学学者所关注的焦点，他们通常将某些早期文本——尤其是《庄子》和《老子》——的关键段落视为自己论述的出处并加以发挥。例如，《老子》第2章中押韵的段落："有无相生，难易相成，长短相形，高下相倾。"（"Something and Nothing engender each other, [just as] difficult and easy complete each other, long and short conform with each other, and high and low incline to each other."）加上无韵部分："音声相和，前后相随。"（"Sound and tone harmonize each other, before and after succeed each other."）其中关键在于如何联结这些在意义上互补的关键词组，而并非只考虑它们表面的对立性。实际上，如同排除或修正典型的实证主义（"Positivist"）倾向一般，"无"通常是类似讨论中最受欢迎的伙伴。

另一个颇具延伸性的文本是《老子》第40章："反者，道之动；弱者，道之用。天下之物生于有，有生于无。"（"Reversal is the movement of the Dao,/ Yielding is the function of the Dao./ The things of the world are born from *you* [Something, the something that is there),/ and *you* is born from *wu* [Nothing, the nothing that is there]."）早期玄学研究的闪耀明星之一王弼（226—249）对此段引文的注解是："有以无为用，此其反也……天下之物皆以有为生，有之所始以无为本。"（"*You* functions by means of *wu*, which is what is meant by 'reversal.' ... The things of the world arise in every case from Something, but the beginning of Something is rooted in Nothing."）王弼以及其他遵循此倾向的人被称为"贵无"（"valuing Nothing"）论的倡导者。那些主张这种困难且有些违反直觉的观点的人所提出的论点，起初是比较大胆和复杂的，因他们的观点显然不合乎逻辑。当这些说辞开始听起来越来越熟悉，就有可能发展出新保守主义派（neo-conservatism）"崇有"（"esteeming Something"）的论点，于是裴頠（267—300）在晋元康七年（297）撰成了那篇著名的反驳文章。

当然，就像任何语言一样，语言的魅力在于使语言比人们通常期许的或认为它能做的更多。而且在解决具体局面、问题和分歧上，尚有许多工作要做。郭象（？—约312）的《庄子注》，其实大部分是向秀（约221—约300）的注释，这个学术融合体可能是带领我们能更好地辨识事物的最佳例子。自四世纪起，佛教的影响逐渐加深，尤其是围绕"空"（梵语：śūnyatā）这一概念的讨论，深化、扩大和改变了玄学的思潮。这与中观派（Mādhyamika）教义在中国的传播和渗透密不可分。我们知道"空"（"Void"）既不是"存在"（"being"），也不是"非存在"（"non-being"），既不是"任何其他东西"（"anything else"），也不是"没有其他东西"（"nothing else"）。因此，至少在不断地否认龙树（Nāgārjuna, 150—250）之说；但欧诺米（Eunomius, 335—393）会赞同龙树，假如他所受到的压力比他思考上帝的本质时的更大。然而，尼撒的贵格利（Gregory of Nyssa, 335—394）和伪亚略巴古的丢尼修（Pseudo-Dionysius the Areopagite, 生于约五至六世纪）将这种否定神学（"Apophatic negation"）的方式提升到更高的超越层次。在六世纪末至七世纪的中国，华严宗宏大的宇宙观蓬勃发展，可能会产生类似的效果。正如黑格尔（Georg Wilhelm Friedrich Hegel, 1770—1831）所示，矛盾会导致混乱扬弃（"Aufhebung"）。

　　如果我们全面探讨这个问题，那就有点离题太远了。但让我举一个在中国的例子，这是个稀奇的事件，在玄学时代即将结束之时，人们对玄学产生了新的理解和诠释。在晋兴宁元年至太和五年（363—370）期间，南京城外许氏家族的修道士兼灵媒杨羲在一系列午夜见证了一群先前无人知晓的仙人——上清真人——的降临。杨羲把在这些非同寻常的降真活动记录下来，被视为最早的上清派大启记载（这些文字稍后保存于以《真诰》命名的道经）。上清派这个道教的新分支，对中古的宗教、社会、历史和文学都有极大的影响，与佛教这个外来的宗教并行，时或与之抗衡，时或互补。这些降真活动中的其中一次对话，与今天的讲题有密切关系，它发生在365年10月4日的晚上。首先造访杨羲的是一位神女，她为杨羲吟唱了一首简短的歌，颂唱她在天界的自由邀游，其中尤其对"有待"（"having something to rely on" [or "with reliance"]）一词有正面的诠释。这一典故出自《庄子》第1章《逍遥游》中一个著名的段落，其中描述了一个叫列子的人幸福地御风而行十五日；然而，叙述者说道："此虽免乎行，犹有所待者也。"（"Though this one was freed from walking, there was still *something on which he had to depend (youdai).*"）果然，在那位神女将这首歌唱给杨羲的不久后，她的神女姐妹便到来，反驳对"有待"的称美，并以一首赞美"无待"（"having nothing to depend on" [or being "without reliance"］）的诗作为回答。在这次交流之后，正如南京宫廷的贵族精英聚会上所期待那样，另一群仙人也加入其中，由 8 位真人轮流带来 9 首歌，这些歌都围绕着"有待"与"无待"这个中心论题。

这场以诗歌为形式的辩论有好几种解读方式。其中一个就是将其视为一场典型的玄学辩论，尽管辩论的层次比平常要高——既是因为参与者的地位，也是因为辩论是以诗歌的形式进行的。当每位真人吟唱其诗歌时，我们发现：所有在诠释上可能会出现的细微差别都被探索了，这些探索大抵以机智辩说或娱乐嬉戏的方式进行。那些后发言的仙人努力地解决、甚至试图超越"有待"和"无待"似是而非的对立状态。在此我引用这些后来加入辩论的真人的作品，其中一位是太虚南岳真人，即更为人熟知的赤松子。其诗曰：

	无待太无中	"Without reliance" is in the midst of Greatest Nothing,
	有待太有际	"With reliance" is placed in Greatest Something.
	大小同一波	Smaller and larger share one and the same wave,
4	远近齐一会	Far and near are proportioned in their convergence.
	鸣弦玄霄巅	Sounding the strings at the summit of the mystic empyrean,
	吟啸运八气	I chant and whistle to the turning of the eight auras.
	奚不酣灵液	So why not drink full on numinous liquor,
8	眄目娱九裔	Sliding one's gaze with joy across the Nine Margins?
	有无得玄运	"With" and "without" needs turn mysteriously,
	二待亦相盖	Two "reliances" each overtopping the other.

最后到达的访客是一位名叫王林的仙人，其称号为南极紫元夫人。她吟诵了两首诗，各 12 句，为这场辩论画上了句号。她的第二首诗，就像很多真人的作品一样，以描述自己坐在一辆富丽堂皇的由龙拉动的车，并在仙境漫游作为开头。引诗如下：

命驾玉锦轮	Commanding an equipage with wheels of jade and damask,
舞辔仰徘徊	I shake out the reins, going upward, round and about;

	朝游珠火宫	In the dawn rambling to the Palace of Vermilion Fire,
4	夕宴夜光池	At dusk I revel by the Pool of Night-Shining Light.
	浮景清霞杪	I drift the phosphors by the nib of auroras on high,
	八龙正参差	My eight dragons just now disparately displayed.
	我作无待游	I have contrived this ramble "without reliance,"
8	有待辄见随	But "with reliance" always follows in due course.
	高会佳人寝	At our lofty gathering in the Seemly One's nightchamber,
	二待互是非	The "Two Reliances" are mutually "right" and "wrong."
	有无非有定	"With" and "without" possess no fixity:
12	待待各自归	Each "reliance" takes its own way home.[11]

这里所见，无论是崇"有"或贵"无"，都不会带来任何利益和真理。诗的最后一联指出其完全的偶然性，留给我们许多思考空间。

我现在想强调的是，在经过一场初步的修辞上的博弈之后，大多数争论"有"和"无"的辩论者，无论是人还是神，都承认语言只可以进行暂时性的阐述，而不能完全反映现实。事实上，可以说，所有或几乎所有的中国思想都是对这个根本问题的参与或思考。虽然长期以来有一个权威的儒家规范——"正名"（"get the names right"），这甚至是政府的主要活动；但是"言不尽意"（"words do not get to the end of one's meaning"）却被广泛接受。举一个最好的例子，我们不超越"玄学"这个术语本身属性的讨论，这就是玄学的主要特征。"玄"这个字的用法明确地指向《老子》第1章，当中所谈论的"有"、"无"，如："有名"（"the named"）和"无名"（"the nameless"），"同出而异名"（"emerge together but are differently named"），二者均可被称为"玄"。我们通常将"玄"翻译为"dark, obscure"（黑暗、晦涩）或象征性称为"abstruse, arcane, mysterious"（深奥、玄妙、神秘）。但其内涵同时比这些翻译具有更多及更少的内涵。古代汉语中"玄"通常用以描述天（"Heaven"）的颜色，就像"黄"是指地

[11] 第3句和第4句提到的宫殿和池塘是天界常出现的地方；第4句的光是从神女的床散发出的神光，补充了那些在她的灵性躯体内的神光；第9句中的"佳人"指的是那夜在杨羲的房间聚集的仙人。

（earth）的颜色。在这个引人注意的词组"玄天"中，"玄"通常翻译为"dark"（黑暗），但只需稍加思考即发现其严重的误导性。"玄天"一词并不是"明亮、晴朗而无云的天空"（"bright, fair, or cloudless sky"）的反义词。天不是"黑暗的"（"dark"），因为，夜空是黑暗的（"the night sky is dark"），它既非"不透明"（"opaque"），也非"阴暗"（"dull"）：它能透光，但人们不能透过蓝色的天空来辨别光源。"玄"的独特性质在于"半透明"（"translucent"），严格意义上来讲是"允许光线通过，但会将光线扩散，以致物体无法被清晰看见"。[12] 我们只能隐约窥见何为"玄"。你可能会说，只能如透过镜子看一个谜团（"per speculum in aenigmate"）那般理解它。这恰恰反映出我们是如何通过语言来理解世界。

[12] *Oxford English Dictionary*: "allowing the passage of light, yet diffusing it so as not to render bodies lying beyond clearly visible."
[13] 可惜的是，中古英语的"hewe"和古英语的"hīw"这两个表达"外表、气色"（"appearance, complexion"）含义的词，已不复重要。

八世纪诗人王维在描述他乘船游览周围的景色时，写道："江流天地外，山色有无中。"（"The river's flow goes beyond heaven and earth,/ The hue of the mountains lies between something and nothing."）这里翻译为"hue"的"色"有时会更明确地译作"color"。但"色"包含"形式、物质"（"form; matter"）这一更为普遍的意义（因此一般作为梵语"*rūpa*"的标准汉译），[13] 这一点尤为重要。王维并不只是单纯地描述朦胧的山色。从他所处的一望无际的河道上有利位置看，那些山挡住他的去路，在他面前延伸，看起来像是若有似无（"between there and not-there"）地占据了他前进路线的中间地带。它们物质上的存在和其可感知的外表似乎是有问题的，正如他此刻漂浮在其上的那条河流，似乎流向了一个可即时感知的世界之外的一个地方。如果允许使用这样一种矛盾修饰法（"oxymoron"），那就好像它是"真正的虚无"（"real nothing"）一样。在这种"有与无之间"（"between something and nothing"）的情境下，在"有"和"无"之间，如果王维需要一个单字的同义词来形容那些山的状态，他会说"玄"。

一个相关的词汇"冥"，也是玄学的爱好者所津津乐道的。这个词通常也被（浅显地）翻译成"黑暗"（"dark"）。然而，与"玄"相比，它意味着"蒙上阴影"（"dark-cast"）的光，就像是黄昏的微光或昏暗的深渊。在正常的用

[14] 值得注意的是，"冥"与其语义相反的"明"在语音上的相似性，它们在现代普通话中是同音异义字，但在中古音中它们的元音有些不同。

[15] θε ος σκότος；ὑπέρφωτος γνόφος（马太福音，第一章）。这启发了亨利·沃恩（Henry Vaughan, 1621—1695），他在上帝身上发现了"一种深沉而耀眼的黑暗"（"A deep, but dazzling darkness"）。沃恩是一位痴迷于光和天堂意象的诗人，这样的例子不胜枚举。

[16] 鸠摩罗什（Kumārajīva，约404）和玄奘（约649）两者的中文译本中，均译为"色即是空，空即是色"。

法中，它比"玄"占有更大的比重。在道教的语境中，它指的是俗眼看不见的领域，即超越世俗经验的领域。举例而言，在遥远的空间，众神居住之所就是"冥"：对大多数人而言，它似乎只是单纯的黑暗（"dark"），但道士能看到那里的光，就好像它是正常光谱以外的紫外线部分。在玄学的论述中"冥"是一个含义丰富的术语，它暗示了现象的非实际起源，是一种不可言说却是对证据的必要补充。[14] 说到这里，大家可能会想起亚略巴古（Dionysius the Areopagite，一世纪）的"神圣或耀眼的黑暗"（"divine or dazzling darkness"），那是多余的光遮蔽了光本身。[15] 只要稍一转头，我们便离《心经》那最核心而又包罗万象的"色即是空，空即是色"（*rūpam śūnyam śūnyataiva rūpam*）不远了。[16]

正如"玄"与"冥"各自所代表的不同的"黑暗"（"darknesses"），在语言与现实的关系中，我们发现自己面对的——当我们太过接近时——似乎是海森堡（Werner Heisenberg, 1901—1976）"不确定原理"（"uncertainty principle"）的一种版本。我们尽力做到精确，但是不论是所处的位置还是速度都总是可疑的。尽管如此，我们并不会停止说话或思考。当我们退一步看时，点彩派（pointilliste）画家的每一个彩点都可形成一个可识别的场景。虽然我们只是五蕴（*skandha*）的集合，某一秒永远都与它的下一秒不同，但我们仍然是一个完整的人。对于十二入（*āyatana*）和十八界（*dhātu*）而言，亦是如此。如果语言是用以缓和"有"与"无"之间矛盾的手段，那么我们运用时必须谨慎。又或者，用另一个关键词说明同样的道理，那就是"无心"（"without mind"）。

陆机（260—303）是三世纪末至四世纪初最著名的作家之一，活跃于玄学蓬勃发展的中期。他在中国文学传统的一块试金石——《文赋》中，有效地在论述诗人及其作品时运用这些意象。就像上文所引罗宾逊·杰弗斯的诗中所说的那样，陆机对文学创作有这样的看法：

伊兹事之可乐	Oh, 'tis the joyance of this very act
固圣贤之所钦	Surely to be held in awe by saints and worthies——
课虚无以责有	Trying the empty Nothing to procure a Something,
叩寂寞而求音	Striking the still-and-null to beseech a sound.

这里说的是那些从永恒的寂静中绞出的声音，制成我们作为人类必须与之合作的文字，当中有神秘也有救赎。雪莱（Percy Bysshe Shelley, 1792—1822）曾言："语言是永恒的俄耳甫斯之歌，它以错综复杂的和谐统治群众的思想和形式，否则他们将会变得毫无意义且杂乱一团。"[17] 让我们一起期盼那些和谐有序的思想和形式（对比奥斯卡·王尔德 [Oscar Wilde, 1854—1900] 的定义："诗歌是理想化的语法。"）[18] 能在它们自身的生命中延续下去，把作者的思想延长至其死后更远的将来。约瑟夫·布罗茨基（Joseph Brodsky, 1940—1996）提出的"也许艺术只是一个有机体对其固有局限的一种反应"，[19] 以及他所说的"审美意识是自我保护本能的孪生兄弟，比伦理更可靠"，[20] 都是非常深刻且恰当的。

每个凡人都有一种焦虑：希望击退黑暗，希望在未来发现自己不会看到一颗救赎和接纳的心灵。有了这种感觉，人们也会情不自禁地以一种更温柔的眼光看待前人。他们的文字不再仅仅像矿石一样被人们的再创作所掠夺——一般是"创造性误读"（"creative misreadings"）。我们意识到，常识总是告诉我们：错误的解读是存在的，所有的诠释（"interpretations"）都是无效的，逝者有他们的权利，因此人们应该仔细研究逝者的遗产——就像我们自己不希望我们的口头遗产随意被使用，或被误用。我所指的是王羲之在353年的一次春游聚会上一众友人的诗作撰成的那篇著名的《兰亭集序》中的最后几句话：

每览昔人兴感之由，若合一契，[21] 未尝不临文嗟悼，[22] 不能喻之于怀……后之视今，

[17] "Language is a perpetual Orphic song/ Which rules with Daedal harmony the throng/ Of thoughts and forms, which else senseless and/ shapeless were."

[18] "Poetry is idealized grammar."

[19] "Perhaps art is simply an organism's reaction against its retentive limitations."

[20] "Aesthetic sense is the twin of one's instinct for self-preservation and is more reliable than ethics."

[21] 有人可能会补充说，对于"意图谬误"（"intentional fallacy"）的任何担忧太多了。

[22] "文"这样可感知的标记（"tangible marks"）通过单个字符传送某种特定的图案的"文"（"patternings"），留在它们被写下的（"written"）"文"中。

亦犹今之视昔。悲夫！故列叙时人，录其所述。虽世殊事异，所以兴怀，其致一也。后之览者，亦将有感于斯文。

Whenever I look round broadly at the reasons for men of past times being stirred with emotion, they seem to accord, all of a piece. Never can I gaze upon their markings without sighing in sympathy; but I am helpless to explain it out of my closest-held feelings... Those who come after will look at us now——oh, in heaviness of heart——just as we now look at those of times past. This is why I range my contemporaries in order and here record what they have written. Even if the world changes and experiences differ, the way one is moved at heart will come surely to the same thing. And those of aftertimes who look round broadly——may they themselves be sensible of these, our markings.

这令人既心酸又感动，在大约16个世纪过后，这篇序文所传递的情感甚至超越了王羲之想要努力保存的诗歌。

更让人心酸的是以下这四句简单的诗句，来自同样的担忧，出自詹姆斯·埃尔罗伊·弗莱克（James Elroy Flecker, 1884—1915）虔诚的一首诗《致一千年后的诗人》（"To a Poet a Thousand Years Hence"）：

噢，我那素未谋面的、尚未出生的、未认识的朋友，
　　我们甜美的英语的学生，
　　在黑夜中独自朗读我的文字：
　　我是个诗人，我很年轻。[23]

每个成熟的人都感到需要把时光串联起来——唤醒过往，展望未来，无论是在个人还是家庭关系层面，甚或是更遥远的但拥有同样情感领域的艺术（这其中我把学术研究也包含在内）。这种需求在某些类型的写作中

---

[23] O friend unseen, unborn, unknown.
　　Student of our sweet English tongue,
　　Read out my words at night alone:
　　I was a poet, I was young.

尤为明显。此时人们会想到最著名的纪念诗句，比如雪莱的《阿多尼斯》（"Adonais"）纪念济慈（John Keats, 1795—1821）之死；丁尼生（Alfred Tennyson, 1809—1892）献给阿瑟·亨利·哈勒姆（Arthur Henry Hallam, 1811—1833）的《纪念》（"In Memoriam"）；奥登（W. H. Auden, 1907—1973）的《纪念叶芝》（"In Memory of W. B. Yeats"）；贾谊（约前200—前168）的《吊屈原赋》等。所

[24] "Men sometimes speak as if the study of the classics would at length make way for more modern and practical studies; but the adventurous student will always study classics, in whatever language they may be written, and however ancient they may be… To read well—that is, to read true books in a true spirit—is a noble exercise, and one that will task the reader more than any exercise which the customs of the day esteem."

有的这些作品都试图赞美、保留和永远整理好逝者的精华，这些动机促使诗人也为自己保留一个空间，去追随逝者逐渐远去的影子。如此，他便能为自己最终的纪念发声。贾谊在屈原死后几百年后所写的那篇赋，除了悲叹逝者曾遭遇的磨难，同时也为他自己被放逐至长沙而表示抗议；奥登作品的最后一联"在他那个时代的监狱里，教导自由的人们如何去赞美"（"In the prison of his days/ Teach the free man how to praise"）所说的就是他自己的希望，而非叶芝的。学术期刊上的讣告同样揭示了幸存者那悲哀又含蓄的焦虑，它经常告诉我们的不仅是逝者的成就，还有司祭者的理想。这并没有任何不妥之处，我们都希望为自己撰写悼词，期望在死后能有一定的影响力。我们只能寄希望于后世的理解。

顺着这条思路，是时候再引用一句激励的话了。亨利·梭罗（Henry David Thoreau, 1817—1862）曾说过："人们有时说，经典作品的研究仿佛最终会让路给更现代和更实用的研究。但富有冒险精神的学人总是会研习经典的，无论它们是用何种语言写成的，也无论它们多么的古老……好好地阅读——即以真心读真书——是一种高尚的修习，而这种修习会比其他当今任何风俗惯所推崇的修习给读者更多的任务。"[24] 在这具有教育意义的同一章（关于"阅读"["Reading"]的一章）稍后的段落里，梭罗分辨了对所有语言都很重要，但对古代汉语的学人尤其重要："若只能够说那个国家的书面语言，那是远远不够的。因为口语与书面语言，即听的语言与阅读的语言之间有一个显著的间隔。口语通常是短暂的一种声音、一种说话、只是一种近乎粗鄙的方言，但我们如野兽般向我们的母亲无意识地学习。书面语是

有无之间　424

[25] "It is not enough even to be able to speak the language of that nation by which [the texts] are written, for there is a memorable interval between the spoken and the written language, the language heard and the language read. The one is commonly transitory, a sound, a tongue, a dialect merely, almost brutish, and we learn it unconsciously, like the brutes, of our mothers. The other is the maturity and experience of that; if that is our mother tongue, this is our father tongue, a reserved and select expression, too significant to be heard by the ear, which we must be born again in order to speak."

口语经过成熟的且有经验的提炼；如果口语是我们的母语（"mother tongue"），书面语便是我们的父语（"father tongue"）。这是一种含蓄而精挑细选的表达方式。它太过重要了，以致我们的耳朵听不到。这种语言我们必须经历'重生'才有能力去说。"[25]

这个说法我们可以做更进一步的讨论。古代汉语的学者——或者是梵语、苏美尔语、阿拉伯语、希伯来语、古波斯语等的学者——我们必须在那个语言里"重生"，这不仅为了我们可以学习理解和说我们的父语，更让我们可以正确地为逝者做诠释，让他们可以通过我们在这个后世得以重生。我认为，作为古典文本的研习者和翻译者，我们所承担的工作与神圣崇拜和产科上的严谨同等重要。当我们阅读和翻译的时候，我们的手中——我应该说在我们的脑海里——紧握着过去生活轨迹，这些印迹与我们自身的生活一样珍贵和真实。我们可能会说，古典主义者是前人的精神能量的拾穗者，他们得益于那些思想强大或幸运得以留名后世的人在几个世纪或几千年前播下的种子。天体物理学家从逐渐减弱的空间边缘捕捉光波，因而能够从字面意义上考察时间（和时代）的过去。至于我们，或多或少可以准确地拼凑出那些字面上难以理解，但跨越时代仍闪烁着生命光芒的语言，印证了比星星更为奇妙的事物所具有的复杂性和激情。

最后，让我回到我们目前所关心的问题上来。当代诗人安东尼·赫克特（Anthony Hecht, 1923—2004）在其《死亡的假设》（"The Presumptions of Death"）组诗中的其中一首，让死神暂且穿着学者的长袍并将"无知"（"Ignorance"）定义为"不可原谅的罪行"（"the one unpardonable crime"）。死神说：

我的学术修订可以揭露
所有你最珍惜的错误。我就是那些

可被称为真正的慈善家的人。[26]

这句话像一个女巫所说的话一样直截了当。尽管措辞巧妙，但这是一种严厉的爱。更让我们喜欢的可能是华莱士·史蒂文斯（Wallace Stevens, 1879—1955）在《餐后的朗诵》（"Recitation after Dinner"）中的话：

> 学者总是在遥远的空间
> 在他周围，在那远处冥想
> 更遥远的事物。传统离得很近，
> 它连接在一起而不分离。[27]

[26] My scholarly emendations can expose
All your most cherished errors. I am of those
Who may be called authentic philanthropes.

[27] The scholar is always distant in the space
Around him and in that distance meditates
Things still more distant. And tradition is near.
It joins and does not separate.

[28] Serit arbores, quae alteri saeclo prosint.

从一个角度看，在我们的存在行为之间，在有无之间，我们永远保持镇定，永远在佛陀和新柏拉图主义者（Neo-Platonists）所说的"永恒时刻"（"timeless moment"）的节点上。

但正如一个拉丁谚语所说："植树是为了造福后世。"（"One plants trees to profit another age."）[28] 那么，让我们在（我们希望的）美国东方学会这棵母树不断扩大的树荫下，尽情享受彼此的陪伴。当我们穿上庄严的服装，在我们研究中读书或写作时，愿我们也能在那里找到来自过去和未来的朋友，他们是我们最值得拥有的。

（陈惠仪　陈伟强　译）

编后记

近月来的翻译、校对和编辑的工作把我们带进了时光隧道，回到当天柯睿教授的课堂里。物换星移，但我们对老师崇敬之情却丝毫没有退减，而且更加怀缅老师的教导之恩和当日学习的场景气氛。这次重读老师的大作，与旧日课堂毕竟有别：没有老师在旁指点，而却要更加专注于文章的意旨以及每一个细节，然后用精准而流畅的中文翻译出来，尽量把误解误读的可能性减到最低，期望把老师的这些精彩著述较准确地呈现在中文读者眼前。这是一个比课堂学习严格得多的阅读练习，更是一次宝贵的学习经验。能够有机会为这个翻译计划出一份绵力，是我们的光荣。我们借此报答我们最敬重的恩师的教导和勉励。

柯教授于 2018 年 6 月荣休，结束了 40 多年的教学生涯，这也是本书编纂的一个背景。柯教授任教的学校即我们的母校科罗拉多大学博尔德校区（University of Colorado, Boulder）有着最特别的意义，因为这里的亚洲语言及文明系（Department of Asian Languages and Civilizations）由柯教授于 1982 年一手创立，此后他直至退休，都在此诲人不倦，作育英才。为庆祝柯教授荣休及其 70 岁寿辰并向其彪炳的学术成就致敬，我们在 2018 年 4 月假母校举行了一系列盛大庆典，其中最重要的活动是一个俊采星驰的学术研讨会。大会邀请了二十多位学者到场做学术报告，柯教授细心聆听并点评了每一篇报告。参会学者都是柯教授的好友，其中不乏学术界泰斗级人物，例如：康达维（David R. Knechtges）、宇文所安（Stephen Owen）、余宝琳（Pauline Yu）、奚如谷（Stephen H. West）、鲍则岳（William G. Boltz）、艾朗诺（Ronald C. Egan）和柏夷（Stephen R. Bokenkamp）等，不胜枚举。其他参与盛事的有来自各地的学者朋友们，还有柯教授的往届及现届学生，老少咸集，济济一堂，融融其乐。

这个会议之后，适逢张宏生教授在南京大学出版社主编一套名为《海外汉学研究新视野》的海外汉学家自选集丛书。他一向赞赏柯睿教授的研究，希望能够将其自选集也收入其中，因此请我和柯老师联系，并建议我们联合柯老师的门生力量，共同协作，玉成此事。于是，自 2018 年 5 月起筹划，经各方辛勤努力，终于 2020 年 3 月定稿。

本书从选文定篇、订立体例、指派翻译人员以及工程期间的顾问工作皆由柯教授亲自指挥。书中所选，集中呈现了老师学术成就的精华，示范了在博学多闻、真知灼见、创新方法等方面成就的高质量研究成果，并因之卓然成家，奠定崇高的学术地位。这次在中国大陆出版柯教授的论文集尤其具有特别意义，因为老师的研究对象虽与大陆同领域学者一样，但视角和方法都颇为不同，各有千秋。我们作为柯教授的门生，有幸学到其学术之一二。老师在西方学界的地位早已超然，但其学对于中文世界的同行学者来说仍颇陌生，因此很有必要通过翻译其代表作品，进一步打开中西交流对话之门。

柯教授治学的其中一个重要成就是对文本的精心研读，为之做注解和翻译。其学风所体现并代表的是将西方语文学（philology）的研究基础思路及方法，有效地用于汉学研究上，继承并发展了汉学的这一重要学风的研究路向。柯教授的学术成果兼具学术和欣赏价值，它们是一些精选的文学、历史、思想、文化等方面的各具代表性的作品，经过他的精细解读和妙手处理，产生了准确反映原文意义而且行文极为流畅优美的英文翻译，这方面的成就在西方早已成为典范。但在中文世界里，这种从翻译切入文本作为研究手段的方法不易受到重视，这大概是由于以中文语感去阅读中文材料通常不涉及外语翻译过程所致。但从柯教授的多年实践可见：通过用一种外语把文本意义准确翻译出来，对于原文的理解才会较为确定并相对清晰。虽然这个方法在中文世界较难实行，但由于这是柯教授治学的精粹之一，因此他这次强调在论文中凡涉及并引述原典作品文字处，必须把他所做的英文翻译及注解都一并附上。这样才算较完整地呈现出他的研究特色及其学术价值。我们希望，通过这次翻译工作，同时也把柯教授对中文原始文献的英译附上的这种做法，能够将其学术这方面的影响力扩展至中文世界，达到交流的目的。

柯教授的学养之高深博大在这个选集中所见的只是冰山一角，却也侧面勾勒了其门人的学术承传与发展的概貌。如上述，本书所选篇章以及翻译工作主要由柯教授亲自指派，这是最好最合适的安排，因为除了老师之外，没有别人更了解学生的学习情况和学术特点。参与翻译的柯门弟子的语言水准和翻译技巧之高自不待言，最重要的是他们各自在相关学术领域皆术业有专攻，大都已取得不同程度的可观成就，更有个别学者早已在学术界颇有名望。因此，本项目集结各方力量，同时把柯教授作为宗师的这个学术流派中，处在不同发展阶段的弟子们的成就也作了概貌的勾勒。

柯门弟子的盛况除了参与本项目工作的人员之外，还有更广阔宏大的图景。在老师的启发教导下，学生们各自发展了自己的兴趣和事业，继续发扬师门学术传统。柯教授从教40多年，辛勤培养出的学生遍布北美，更遍布世界各地，早已有了第三代甚至第四代继承并发展其学术传统的学人。从地理上看，北美自然是柯门传统的重镇，其他地区由于学生分布之广，柯门的直接和间接影响力也遍及了海峡两岸及香港、澳门、新加坡、澳大利亚、菲律宾等地。由此可见，柯门弟子中多有卓然成家者，在学界继续为师门传统开枝散叶。

参与本项目工作的人员谨以此书呈献给我们最尊敬的柯睿教授。虽然此书所呈现老师的巨大成就不及十一，但我们希望通过努力翻译和编辑的工作，报答老师教导之恩。以下是每位人员的简单介绍。顺序按照翻译论文的排列次序。

1. 贾晋华，厦门大学本科提前毕业及文学硕士，科罗拉多大学哲学博士，曾执教于厦门大学、香港城市大学、澳门大学、香港理工大学，现任澳门大学教授。研究领域涉及中国古代思想、宗教、文学及性别。已出版众多论著，主要有《从礼乐文明到古典儒学》（东方出版中心，2020）；*Gender, Power, and Talent: The Journey of Daoist Priestesses in Tang China* (Columbia University Press, 2018)、《古典禅研究》（牛津大学出版社，2010；上海人民出版社，2013；汲古书院，2017）、*The*

Hongzhou School of Chan Buddhism in Eighth- through Tenth-Century China (State University of New York Press, 2006)、《唐代集会总集与诗人群研究》（北京大学出版社，2001、2015）等。

2. 王平，美国华盛顿大学（University of Washington）亚洲语言文化系副教授。楚乡皖人，生于宜城，少长江滨。弱冠北赴雪国，执教吉林大学。丁丑年赴美，求学波城。辗转任教于北美学府如威斯康辛大学麦迪逊校区（University of Wisconsin-Madison）、普林斯顿大学（Princeton University）等。出版专著 The Age of Courtly Writing: Wen xuan Compiler Xiao Tong (501–531) and His Circle (Leiden: Brill. 2012)、合编 Southern Identity and Southern Estrangement in Medieval Chinese Poetry (Hong Kong: Hong Kong University Press, 2015)。

3. 罗奕奕，生于重庆。2008 年毕业于复旦大学中文系；2011 年于美国科罗拉多大学亚洲语言与文明系获硕士学位；2019 年于美国普林斯顿大学（Princeton University）东亚系获博士学位。现为北京首都师范大学文学院讲师。研究兴趣：中国中古时期文学和诗学、宫廷文化、佛道教文学等。

4. 洪越，北京人。1995 年毕业于北京大学中文系，1998 年于北京大学中文系获硕士学位，2002 年于美国科罗拉多大学亚洲语言与文明系获硕士学位，2010 年于美国哈佛大学（Harvard University）东亚语言文明系获博士学位。曾任职于美国卡拉马祖大学（Kalamazoo College），现为中国人民大学文学院副教授。研究兴趣：唐代文学与文化。

5. 黄康妮，生于湖南长沙。2010 年毕业于北京外国语大学西葡语系；2015 年获欧盟伊拉斯谟计划（Erasmus Mundus）文学硕士学位；2018 年于美国科罗拉多大学亚洲语言与文明系获硕士学位。自 2018 年起于哈佛大学东亚系攻读中国古典文学博士学位。研究兴趣：明清文学，书籍与物质文化史，比较文学等。

6. 吴捷，先祖为闽南、赣东客家人，生长于北京。2003 年毕业于复旦大学新闻学院；2005 年于美国科罗拉多大学亚洲语言与文明系获硕士学位；2006 年于华盛顿大学（University of Washington in Seattle）

亚洲语言与文学系获硕士学位，2008年于同系获博士学位。曾任职于美国俄亥俄州魏登堡大学（Wittenberg University）、华盛顿州立大学（Washington State University）。现为美国肯塔基州莫瑞州立大学（Murray State University）世界语言与戏剧系副教授。研究兴趣：中国中古文学、文献学等。

  7. 饶骁，生于湖北襄樊。2010年毕业于湖北大学历史文化学院；2013年于美国科罗拉多大学亚洲语言与文明系获硕士学位；2019年于美国斯坦福大学（Stanford University）东亚语言与文化系获博士学位。现为美国北卡罗来纳大学格林斯堡（University of North Carolina at Greensboro）中国语言文学助理教授。研究兴趣：唐宋笔记，中国古代笑话与幽默，中国宗教文学等。

  8. 贾倩，生于南京。2009年毕业于南京大学英语系；2012年于香港大学英语系获研究型硕士学位；2016年于美国科罗拉多大学亚洲语言与文明系获硕士学位。现为美国斯坦福大学东亚系四年级博士候选人。研究兴趣：中国中古文学、文人文化、物质文化与文学等。

  9. 姚竹铭，上海人。2009年毕业于华东师范大学对外汉语系；2011年于哥伦比亚大学（Columbia University）获政治学硕士学位；2016年于科罗拉多大学博尔德分校获中国文学硕士学位。自2016年起于普林斯顿大学攻读中国文学博士学位，现为该学位博士候选人。研究兴趣：早期中国文学、比较文学、文艺理论等。

  10. 缪晓静，生于浙江。2011年毕业于中央民族大学文学与新闻传播学院；2014年于中央民族大学文学与新闻传播学院获硕士学位；2019年于美国科罗拉多大学亚洲语言与文明系获博士学位。现任美国科罗拉多大学访问助理教授。研究兴趣：中国中古文学与文化、修辞学、历史编纂学、幽默研究等。

  11. 边百茜，生于江苏南京。2012年毕业于南京审计大学审计系；2013年于伊利诺伊大学香槟分校（University of Illinois Urbana-Champaign）获会计学硕士学位；2018年于科罗拉多大学博尔德分校获中国文学硕士学位。自2018年起于耶鲁大学（Yale University）攻读中国文学博士。研究兴趣：六朝与唐代文学、中国中古思想史等。

12. 朱曦，生于浙江宁波。2010 年毕业于上海师范大学中文系。2013 年于美国科罗拉多大学亚洲语言与文明系获硕士学位。2017 年于华盛顿大学（University of Washington, Seattle）亚洲语言文学系获硕士学位，现为同系博士候选人，并任太平洋路德大学（Pacific Lutheran University）语言与文学系访问讲师。研究兴趣：先秦出土文献、古文字、上古音研究，早期中国文学等。

13. 杜恒，生于山东济南，少年移居美国纽约。2007 于康奈尔大学（Cornell University）获古典学系（Department of Classics）以及比较文学系学士学位。2010 年于科罗拉多大学获亚洲语言与文明系硕士学位。2018 年于哈佛大学获东亚语言文明系博士学位。现为亚利桑那大学（University of Arizona）亚洲研究系助理教授。研究兴趣：中国早期文学以及手抄本文化、书籍史、比较文学。

14. 陈伟强，生于香港。1989 年毕业于广州暨南大学中国语言文学系；1992 年于北京大学获中国语言文学系硕士学位；1999 年于美国科罗拉多大学比较文学系获博士学位。曾任职于美国俄亥俄州州立大学（Ohio State University）、澳洲悉尼大学（University of Sydney），现为香港浸会大学中国语言文学系教授。研究兴趣：中国中古文学、宗教文学、比较文学等。出版专著：*Considering the End: Mortality in Early Medieval Chinese Literary Representation* (Leiden: Brill, 2012)；《汉唐文学的历史文化考察》（南京：凤凰出版社，2014）。

15. 陈惠仪，生于香港。2017 年毕业于香港浸会大学中国语言文学系；现为美国科罗拉多大学亚洲语言与文明系三年级硕士生。研究兴趣：中国中古文学、唐诗选本等。

此外，参与初步编辑工作的还有张梦如，现就读于香港浸会大学中文系博士课程，是柯教授的再传弟子。

翻译是一项十分个人化的艺术活动。本书的翻译人员的共同背景是柯门汉学，但有着各自不同背景，百花齐放。这样既使得本书各个章节的文字风格各异其趣，但为了统一格式而又不影响各篇译文的风格，编者对译稿做了十分有限度的修订工作，这些修订意见，全由译者决定是否采纳，而校样也全由译者负责校对和订正。这样，期望能呈现出各篇译文的各自风格，为柯教授的大作增添一份师徒情谊的印记，具有特殊意义。

陈伟强

2020 年 3 月

图书在版编目（CIP）数据

舞马与驯鸢：柯睿自选集 /（美）柯睿著；陈伟强编；贾晋华等译. — 南京：南京大学出版社, 2021.5
（海外汉学研究新视野丛书 / 张宏生主编）
ISBN 978-7-305-23302-9

Ⅰ. ①舞… Ⅱ. ①柯… ②陈… ③贾… Ⅲ. ①中国文学－古典文学研究－文集 Ⅳ. ① I206.2-53

中国版本图书馆 CIP 数据核字（2020）第 106595 号

出版发行	南京大学出版社
社　　址	南京市汉口路 22 号　邮　编 210093
出 版 人	金鑫荣

丛 书 名	海外汉学研究新视野丛书
主　　编	张宏生
书　　名	**舞马与驯鸢：柯睿自选集**
著　　者	［美］柯　睿
编　　者	陈伟强
译　　者	贾晋华　等
责任编辑	张　敏
责任校对	李晨远
书籍设计	瀚清堂 / 朱　涛

照　　排	南京紫藤制版印务中心
印　　刷	南京爱德印刷有限公司
开　　本	635×965　1/16　印张 27.5　字数 420 千
版　　次	2021 年 5 月第 1 版　2021 年 5 月第 1 次印刷
Ｉ Ｓ Ｂ Ｎ	978-7-305-23302-9
定　　价	68.00 元

网　　址：http://njupco.com
官方微博：http://weibo.com/njupco
官方微信号：njupress
销售咨询热线：（025）83594756

* 版权所有，侵权必究
* 凡购买南大版图书，如有印装质量问题，请与所购图书销售部门联系调换